Carlo Emilio Gadda

Die gräßliche Bescherung in der Via Merulana

SERIE PIPER
Band 466

Zu diesem Buch

»Die gräßliche Bescherung in der Via Merulana«, »ein römischer Kriminalroman, zugleich ein Werk von weltliterarischem Format« (Hans Magnus Enzensberger), schildert einen Mordfall, der sich in den zwanziger Jahren in einer gutbürgerlichen Straße in Rom ereignet hat. Bei der Suche nach dem Täter (den Tätern?) führt der Weg vom biederen Bürgertum direkt in das Milieu der Dirnen, Zuhälter, Streuner und Gangster: Hinter der spießigen Moral lauert die Korruption, und der Fall gerät rasch zum heillosen Durcheinander, zur »verdammten Schweinerei«, zur »gräßichen Bescherung«. Alle Spuren verlieren sich im Ungewissen, der Fall kann nicht gelöst werden, weil sich das Leben jeder Erforschbarkeit entzieht.

Gadda spielt mit den Steinchen eines Mosaiks, die immer wieder falsch zusammengesetzt werden, weil sie sich nicht zusammensetzen lassen. Der Fülle von Wirklichkeiten und Möglichkeiten entspricht die Fülle der sich chaotisch gebenden und dennoch gebändigten Sprache, die von Toni Kienlechner, die u. a. für diese Übertragung mit dem Helmut M. Braem-Übersetzerpreis ausgezeichnet wurde, virtuos ins Deutsche übertragen wurde.

»Ebenso wie den mythischen Hintergrund zeigt Gadda die soziale Wirklichkeit; oder gibt anderswo Zeitblicke auf Politik und Wirtschaft; und im Ganzen einen Schnitt durch das Dasein, der alle Schichten öffnet, auch das undeutbare und schlummernde und sonst nicht gezählte Leben.« Franz Tumler

Carlo Emilio Gadda, am 14. November 1893 in Mailand geboren, wo er ein Ingenieurstudium absolvierte. Nahm als Freiwilliger am Ersten Weltkrieg teil; 1917 Gefangenschaft in Deutschland. War 1920–1935 als Elektroingenieur in Italien und im Ausland (in Argentinien, Lothringen, im Ruhrgebiet und in Belgien) tätig. Lebte 1940 bis 1950 in Florenz, dann in Rom, wo er am 22. Mai 1973 starb.

Neben philosophischen, psychologischen und historischen Studien schrieb Gadda Erzählungen und Romane; 1957 erschien »Die gräßliche Bescherung in der Via Merulana« (deutsch 1961); für »Die Erkenntnis des Schmerzes«, zwischen 1938 und 1941 in der Zeitschrift »Letteratura« abgedruckt und 1963 in Buchform erschienen (deutsch 1964), erhielt er den Internationalen Verlegerpreis.

CARLO EMILIO GADDA

Die gräßliche Bescherung in der Via Merulana

Roman

Aus dem Italienischen von
Toni Kienlechner

Piper
München Zürich

Die Originalausgabe erschien 1957 unter dem Titel
»Quer pasticciaccio brutto de Via Merulana«
im Verlag Garzanti Editore, Mailand.

Von Carlo Emilio Gadda liegt in der Serie Piper
außerdem vor:

Die Erkenntnis des Schmerzes (376)

ISBN 3-492-00766-x
Neuausgabe 1986
2. Auflage, 6.–12. Tausend März 1986
(1. Auflage, 1.–7. Tausend dieser Ausgabe)

Umschlag: Federico Luci,
unter Verwendung des Gemäldes »Case al Foro Traiano«
(Ausschnitt) von Mario Mafai
Photo Umschlagrückseite: Jerry Bauer
Satz: Ensslin & Laiblin, Reutlingen
Druck und Bindung: Clausen & Bosse, Leck
Printed in Germany

I

Mit der Zeit nannten ihn alle »Don Ciccio«. Er war der Doktor Francesco Ingravallo, abkommandiert zur Bereitschaftspolizei: einer der jüngsten und, wer weiß warum, am meisten beneideten Beamten des Untersuchungsdienstes: allgegenwärtig, allwissend in den dunklen Affären und finsteren Fällen. Von mittlerer Statur, eher rundlich in der Gestalt, ein wenig untersetzt vielleicht; die Haare, schwarz, dicht und gekraust, wuchsen ihm bis halb in die Stirn herunter, als wollten sie ihm quasi die beiden metaphysischen Stirnbuckel vor der schönen Sonne Italiens schützen. Er wirkte ein wenig verschlafen, bewegte sich schwerfällig und achtlos, ein wenig stumpf und unbeholfen, wie jemand, dem die Verdauung zu schaffen macht: gekleidet, wie eben das magere Beamtengehalt sich zu kleiden verstattete, ein oder zwei winzige Fettflecken am Rockaufschlag, kaum wahrnehmbar zwar, fast wie eine Erinnerung an die molisischen Hügel von zu Hause. Eine gewisse Weltkenntnis mußte er wohl haben, wenn er auch noch jung war (fünfunddreißig): eine gewisse Menschenkenntnis: und schließlich auch der Frauen. Seine Hauswirtin vergötterte ihn, um nicht zu sagen: betete ihn an: wegen und trotz des seltsamen Durcheinanders von Türgeklingel und unvorhergesehenen gelben Dienstkuverts, von nächtlichen Anrufen und ruhelosen Stunden, die den gehetzten Ablauf seiner Tage bildeten. »Er kennt kein Ende, er kennt kein Ende! Gestern ist er mir nach Hause gekommen, als es schon Tag wurde!« Für sie war er jener langerträumte »distinguierte Staatsbeamte«, dessen Suchinserat im ›Messaggero‹ mit fünf Sternen ausgezeichnet war, den sie herbeigesehnt, heraufgepumpt hatte aus dem unbegrenzten Reservoir der Staatsbeamten, herbeigelockt mit dem Angelköder eines »Sonnige Lage – zu vermieten« und trotz der strengen, einschüchternden Schlußklausel »Frauen ausgeschlossen«, die, wie man weiß, im Inseratsjargon des ›Messaggero‹ eine zwiefache Ausdeutung zuläßt. Und dann war es ihm gelungen, daß man bei der Quästur ein Auge zudrückte in jener lächerlichen Angelegenheit, jawohl, jenem Strafmandat wegen Unterlassung eines Antrags auf Untervermieterlizenz ... die sie sich ja bekanntlich miteinander teilen, diese Strafzahlungen, die Stadtverwaltung und die Quästur. »Eine Dame wie ich! Witwe des Commendatore Antonini! Den schließlich ganz Rom gekannt hat: und jeder, der ihn kannte, hat ihn in den Himmel gehoben, und ich sage das nicht etwa, weil er mein Gatte war! Aber daß sie mich jetzt wie eine Zimmervermieterin behandeln! Ich, eine Zimmervermieterin? Heilige Muttergottes! Lieber ging ich ins Wasser!«

In seiner molisischen Weisheit und seiner molisischen Armut unterbrach der Doktor Ingravallo, der von Schweigen und Schlaf sich zu nähren schien unter dem schwarzen Dschungel seiner Mähne, die wie Pech glänzte und gekräuselt war wie ein Astrachanlämmchen, – in dieser seiner Weisheit unterbrach er bisweilen jenen Schlaf und jenes Schweigen, um irgendeine theoretische Idee auszusprechen (eine allgemeine Idee selbstverständlich) über die Lebensfälle und Zustände der Menschen: und die der Frauen. Auf den ersten Blick, das heißt, beim ersten

Anhören, schienen es Gemeinplätze. Es waren keine Gemeinplätze. Daher lebten diese flüchtigen Aussprüche, die auf seinem Mund wie das plötzlich erhellende Aufflammen eines Schwefelhölzchens knisterten, in den Gehörgängen der Leute nach Stunden oder nach Monaten wieder auf: wie nach einer geheimnisvollen Inkubationszeit. »Stimmt«, sagte dann der Betroffene, »der Doktor Ingravallo hatte es mir ja gesagt!« So behauptete er unter anderem, daß die unvorhersehbaren Katastrophenfälle nie die Folge oder die Auswirkung, wie man es nennen möchte, eines einzigen Motives, einer einzigen Ursache seien: sie seien vielmehr ein Strudel, ein zyklonischer Depressionspunkt im Weltgewissen, auf welchen eine Vielzahl von konvergierenden Ursachen hingearbeitet hätte. Er sprach auch von einem Knoten oder einem Wirrwarr, von einem Verhau, einem Knuddel, was soviel bedeutete wie Knäuel. Vor allem aber entschlüpfte ihm immer wieder der juristische Ausdruck »Ursachen, ursächlich«, als ob er ihm gegen seinen Willen über die Lippen käme. Die Ansicht, daß es not täte, »in uns den Sinn für die Kategorie der Ursachen zu erneuern«, den Begriff, wie wir ihn von den Philosophen übernommen haben, von Aristoteles bis Kant, und anstelle der Ursache die Ursachen zu setzen, das war ihm ein zentrales und hartnäckiges Anliegen: war beinahe eine fixe Idee: und sie wölkte ihm immer wieder von den fleischigen aber ziemlich farblosen Lippen, wo ein verloschener Zigarettenstummel, vom Mundwinkel hängend, die Schläfrigkeit des Blickes zu begleiten schien, und jene Quasi-Grimasse, gemischt aus Bitterkeit und Skepsis, hinter der er aus »alter« Gewohnheit die untere Hälfte seines Gesichts verbarg, unter dem Dämmerschlaf der Stirn und der Lider und der Pechschwärze seiner Mähne.

Auf diese Weise, genau auf diese Weise nämlich begegnete er »seinen« Kriminalfällen. »Wenn man mich holt...! Ja, mich wenn man holt..., da kann man sicher sein, daß es stinkt, daß irgendein Sauhaufen, irgendein Kuddelmuddel daliegt zum Auseinanderklauben...« sagte er und verwob in seiner Sprache Neapolitanisch, Molisanisch und Italienisch.

Die treibende Ursache, die prinzipielle Ursache, das war eine einzige. Aber das Verbrechen war die Auswirkung einer ganzen Windrose von Ursachen, die wie ein Mühlrädchen in Schwung gesetzt worden war (genau wie die sechzehn Winde der Windrose sich zur zyklonischen Depression einer Windhose verdichten und schließlich, im Wirbelsturm des Deliktes, die geschwächte »Weltraison« abwürgen. Wie man einem Huhn den Hals umdreht.) Und dann pflegte er hinzuzufügen, ein wenig lahm jedoch: »Weiber findet man hinter jedem Dreck, man kann suchen, wo man will.« Eine späte italische Version des Gebotes *cherchez la femme*. Und dann schien ihn der Ausspruch zu reuen, als täte es ihm leid, das weibliche Geschlecht beleidigt zu haben, als ob er schon wieder anders dächte. Aber damit wäre der Diskurs in schwierige Bahnen geraten. So schwieg er nachdenklich, als fürchte er, zuviel gesagt zu haben. Er wollte andeuten, daß ein gewisses Gefühlsmoment, bis zu einem gewissen Grad, würde man heute sagen, ein Affektgehalt, ein »Quantum Erotica« sich auch in die »Geldverbrechen« mische, in jene Fälle also, die dem Anschein nach weitab liegen von den Stürmen der Liebe. Einige seiner Kollegen, die ihm seine Scharfsinnigkeiten neideten, einige Pfarrer, die etwas aufgeklärter waren über die vielen Schäden des Weltlichen, ein paar Untergebene, gewisse Türsteher und Amtsdiener, die Vorgesetzten schließlich, behaupteten, daß er seltsame Bücher läse: aus denen sauge er alle jene Ausdrücke, die gar keinen Sinn hätten, oder fast keinen, die aber wie nichts anderes geeignet seien, die Ungebildeten mundtot zu machen. Das waren Probleme fast wie fürs Irrenhaus: eine Terminologie wie die der Irrenhausärzte. In der Praxis war damit nichts anzufangen. Diesen Gehirnrauch und diese Philosophistereien sollte man lieber dem Gelehrten überlassen. Die Praxis der Kommissariate und der Bereitschaftspolizei bewegt sich auf einer anderen Ebene: da braucht man vor allem einen Haufen Geduld, viel Erbarmen und außerdem einen guten Magen, der was verträgt: und, damit nicht die ganze Italiener-Bude gleich ins Wackeln kommt, Verantwortungsgefühl und sichere Entschlußkraft, ein gesetztes Wesen, ja, ja – man braucht ruhiges Blut. Diesen ganzen sehr berechtigten Einwänden lieh er, Don Ciccio, sozusagen kein Ohr: er fuhr fort, im Stehen zu schlafen, auf leeren Magen zu philosophieren und so zu tun, als ob er seine halbe Zigarette weiterrauche, die regelmäßig ausgegangen war.

Für Sonntag, den 20. Februar, Kalendertag St. Eleuterius, war er bei den Balduccis zum Mittagessen eingeladen: »Um halb zwei Uhr, wenn es Ihnen recht ist.« Es war, so sagte die Signora, »Remos Namenstag«: und in der Tat war Remo auf dem Standesamt mit dem Namen Remo Eleuterio eingetragen und auch als solcher in der Kirche von San Martino ai Monti getauft, um auf diese Weise den Heiligen seines Geburtstages zu feiern. ›Zwei Namen, die gewissen Ohren gar nicht angenehm sind, weder der eine noch der andere‹* dachte Don Ciccio. Aber für einen von dem Kaliber, der sich über alles hinwegsetzt, war's geradezu verschwendete Finesse. Die Einladung war auch diesmal per Telephon erfolgt, zwei Tage vorher, per Anruf

»von außerhalb« im Polizeikommissariat von Santo Stefano al Cacco. Zuerst eine melodische Stimme, die Signora: »Hier spricht Liliana Balducci«: aber gleich hatte sich der Geißbock eingeschaltet, er, Balducci, der Mann. Don Ciccio, nachdem er den Festtag zuerst durch einen Besuch beim Barbier gefeiert hatte, brachte der Signora eine Flasche Olivenöl mit. Das Sonntagsmahl war heiter, im Licht eines wundervollen Frühnachmittags, der auf den Bürgersteigen noch die Spuren von Faschingskonfetti vorfand, ein paar freundliche Samtvisiere, einige Trompetchen, hier und dort ein hellblaues Aschenbrödel oder schwarzsamtenes Teufelchen. Bei Tisch sprach man von der Jagd: von Treibjagden und von Hunden: von Gewehren: dann vom Komiker Petrolini: dann von den verschiedenen Namen, mit denen man die Meeräsche entlang der tyrrhenischen Küste, von Ventimiglia bis Cap Lilibeo, benennt: dann vom Skandal des Tages, der kleinen Gräfin Pappalodoli: die von zu Hause durchgebrannt war mit einem Violinisten: einem Polen natürlich. Siebzehn war sie. Man konnte endlos darüber reden.

Bei seinem Eintritt hatte Lulu, das Pekinesenhündchen, ein Wollknäuel, gebellt, sehr wütend sogar: na, dann hatte es das Gekläff gelassen und lange an seinen Schuhen geschnüffelt. Unglaublich, die Vitalität dieser kleinen Scheusäler! Zuerst will man sie streicheln, dann möchte man sie am liebsten zertreten. Bei Tisch war man zu viert: er, Don Ciccio, das Ehepaar und die Nichte. Die Nichte war aber nicht dieselbe wie beim vorigen Mal, das heißt von damals, am St. Franziskus-Tag. Die war nur eine Nenn-Nichte gewesen, hatte ausgesehen wie eine Hochzeiterin vom Land, mit einem Kranz von schwarzen Zöpfen, kräftig, breit – die würde für sich allein das ganze Bett in Anspruch nehmen: und diese Augen dazu! diese Vorderfront!

diese Hinterfront! Konnte einen bis in die Träume verfolgen. Die von heute war nur ein Mädelchen mit Hängezöpfen, das bei den Klosterschwestern in die Schule ging.

Don Ciccio hatte trotz seiner Verschlafenheit ein höchst waches, ja ein geradezu unfehlbares Gedächtnis: ein pragmatisches Gedächtnis, wie er sagte. Auch das Dienstmädchen war neu, obwohl es eine vage Ähnlichkeit mit der früheren Nichte aufwies. Sie wurde Tina gerufen. Während sie servierte, entgleiste ihr ein Klätzchen Spinat von der ovalen Platte auf die Blütenweiße des Tischtuchs: »Assunta!« rief die Signora. Assuntina blickte sie an. In diesem Augenblick wollte es Don Ciccio scheinen, als seien sie beide von höchster Schönheit, die Frau und die Dienerin; die Dienerin herb, mit einem Ausdruck der Strenge, der Sicherheit in den festen, ungeheuer leuchtenden Augen, wie zwei Gemmen, der geraden Nase unter der flächigen Stirn: eine römische »virgo« aus der Epoche Clelias; die Herrin von solcher Herzenswärme, von solcher Vornehmheit in den Zügen, solch noblem Feuer und solcher Schwermut! und ihre wunderbare Haut! Wenn sie den Gast anblickte, so schienen die dunklen Augen mit dem Licht antiker Grazie hinter der armen Person des »Herrn Doktors« die ganze ärmliche Würde seines Daseins zu erfassen. Sie war reich: ungeheuer reich, sagte man. Ihr Mann machte gute Geschäfte, er reiste, dreizehn Monate im Jahr, hatte immer einen Mordsbetrieb mit gewissen Leuten aus Vicenza. Sie aber war von Haus aus noch viel reicher. Nun wohnten ja in dem großen Mietspalast auf Nummer zwohundertneunzehn überhaupt nur stinkreiche Leute, ein paar Familien vom eingesessenen römischen Bürgerstand, sonst aber nur Schwerverdiener von der Sorte, die man bis vor kurzem noch »Schieber« nannte.

Den Mietspalast selbst, den hießen die kleinen Leute hier im Viertel nur den »Goldpalast«. Das ganze Haus, so kam's ihnen vor, war bis unters Dach vollgestopft mit diesem schönen Metall. Drinnen gab's zwei Treppenaufgänge, A und B, sechs Stockwerke mit je zwölf Mietsparteien, zwei pro Stockwerk. Das Paradestück war auf Treppe A, dritter Stock, wo auf der einen Seite die Balduccis wohnten, piekfeine Leute – und gegenüber von den Balduccis wohnte eine Dame, die hatte ebenfalls einen Sack voll Geld, eine Witwe: eine gewisse Signora Menecacci: eine Gräfin vielmehr: wo immer man bei der ein wenig herumgräfelte, da fand man Gold, Perlen, Diamanten: alles, was gut und teuer ist. Und Tausendlirescheine wie die Schmetterlinge: denn wenn man das Geld auf die Bank legt, ist man nie sicher: plötzlich brennt die Bank ab, wenn man's am wenigsten erwartet. Drum hatte diese Dame eine Kommode mit doppeltem Boden.

So – oder so ähnlich – lautete der Mythos. Die Ohren des Doktor Ingravallo, die sich unter der schwarzen und kraushaarigen Perücke einer frühlinghaften Frische erfreuten, hatten ihn so eingefangen, aus der Luft geschnappt sozusagen, wie das Zirpen von Staren oder das Schwirren von Ast zu Ast nach jedem ihrer Triller im Frühling. Der Mythos war auf aller Lippen übrigens, in aller Leute Gehirn, war eine jener Ideen, die mit der Zeit durch die kollektive Phantasie zu Zwangsvorstellungen werden.

Während des Essens hatte er, Balducci, der Nichte gegenüber eine väterliche Haltung eingenommen: »Ginetta, sei so gut, ein bißchen Wein ... Gina, bitte, schenk dem Herrn Doktor nach ... Gina, einen Aschenbecher, bitte ...«, genau wie ein guter Papa: und sie darauf pünktlichst: »Ja, Onkel.« Die Signora Liliana blickte sie dann wohlgefällig an, mit Zärtlichkeit beinah: als blicke sie auf eine noch knospende und fröstelnde Blüte, die sich in der Morgenröte erschließt und unter ihren Augen im Wunderlicht des Tages zu erglänzen beginnt. Das Licht dieses Tages, das war die männliche, baritonale Stimme des Balducci, die Stimme des »Vaters«: sie, Frau und Gattin dieses Vaters, war also die Mutter. Mit großer Sorgfalt und mit einer gewissen Ängstlichkeit des Herzens verfolgte sie die zarte Hand ihrer Schülerin, die noch ein wenig unsicher war im Geschäft des Ausschenkens: gluck, gluck, gluck, Gold von Frascati, dem Farbton nach zu urteilen; die Kristallkaraffe wog schwer, der schmächtige Arm schien sie kaum halten zu können. Der Doktor Ingravallo aß und trank mit Maß, wie gewöhnlich: mit gutem Appetit jedoch und mit freudigem Zug.

Er dachte aber nicht daran, hätte es für unpassend gehalten, irgendwelche Fragen zu stellen: weder über die neue Nichte, noch über das neue Dienstmädchen. Er versuchte, die Bewunderung zu unterdrücken, die Assunta in ihm erweckte: ein wenig wie der seltsame Zauber, den auch die blendende Nichte vom letztenmal auf ihn ausgeübt hatte: ein Zauber, ein ganz und gar lateinischer und sabellischer Zauber, für welchen sich von selbst die antiken Namen einstellten, die Namen antiker jungfräulicher Kriegerinnen oder nicht mehr widerstrebender Ehefrauen, die man gewaltsam am Fest der Wölfin geraubt hatte, und die Namen der düsteren Paläste, mitsamt den Jahrmärkten und dem Papst in seiner Kutsche, mitsamt den schönen Wachslichtern von Sant'Agnese in Agone und von Santa Maria in Porta Paradisi zur Lichtmeß, zur Kerzenweihe: ein luftiges Gefühl von heiteren, fernen Tagen zwischen Frascati und Tivoli, welches die Mädchengestalten des Pinelli zwischen den Ruinen des Piranesi umweht, und, unter den Ephemeriden des Kirchenjahrs, im Glühen ihres Purpurs, auch alle seine hohen Kirchenfürsten. Wie lauter prangende Langusten. Die Fürsten der Heiligen Römisch-Apostolischen Kirche. Und im Mittelpunkt jene Augen der Assunta: jener Stolz, als sei es Herablassung von ihr, bei Tisch zu servieren. Im Mittelpunkt . . . dieses ganzen Systems . . . dieses ptolemäischen, ja, gewiß, ptolemäischen Systems. Im Zentrum, mit Verlaub zu sagen, dieses kleinmächtige Rund von einem Allerwertesten.

Das mußte man unterdrücken, unterdrücken. In dieser grausamen Notwendigkeit war die noble Schwermut der Signora Balducci wie ein Beistand: unter ihrem Blick schienen sich auf rätselhafte Weise alle unsauberen Gespenster zu verflüchtigen und in die Seelen eine harmonische Disziplin einzukehren: fast eine Musik: ein Gewebe von traumhaften Architekturen über den zweideutigen Verstößen der Sinne.

So war also Ingravallo, so war er also besonders höflich, geradezu ein ritterlicher Onkel, gegenüber der kleinen Gina; aus deren Hals, der noch ziemlich langgestreckt war unter dem Zopf, ein Stimmchen kam, das nur aus »ja« und »nein« bestand, wie die wenigen, klagenden Töne einer Klarinette. Er ignorierte, er wollte Assunta ignorieren, von den Maccheroni an, durch die weitere Speisenfolge hindurch, wie es sich für einen wohlerzogenen Gast geziemt. Die Signora Liliana schien, so konnte man fast glauben, von Zeit zu Zeit zu seufzen. Ingravallo bemerkte, daß sie zwei- oder dreimal mit halber Stimme »ach« gesagt hatte. »Wer sagt ›ach‹, der hat im Herzen Ungemach.« Eine seltsame Trauer schien sich über ihr Gesicht zu legen, in den Augenblicken, da sie nicht sprach oder ihre Tischgenossen nicht anblickte. Bedrückte sie ein Gedanke, eine Sorge? versteckte sie sich hinter dem Vorhang ihres Lächelns, ihrer freundlichen Aufmerksamkeiten? hinter den Gesprächen, die zwar nicht gekünstelt, nicht einstudiert, aber doch betont höflich waren, und mit denen sie so gern ihren Gast umrankte? Allmählich waren dem Doktor Ingravallo jene Seufzer, jenes Hinhalten, jene Blicke, die sich ab und zu traurig verloren und einem Raum, einer irrealen Zeit nachzuspüren suchten, die, wie man hätte sagen können, nur ihr bekannt waren – allmählich waren sie ihm aufgefallen: er hatte gewisse Rückschlüsse daraus gezogen, auf eine zwar nicht ursprüngliche, aber temporäre Seelenverfassung, auf eine wachsende Trostlosigkeit. Und dann, hin und wieder, ein Wort von Balducci selber: von jenem rotgesichtigen Mannsbild, das nur aus Geschäften und Hasenjagden bestand, und das nun unter der großzügigen Inspiration des Albanerweins so geräuschvoll daherschwafelte.

Er glaubte erraten zu haben, was los war: sie hatten keine Kinder. »Etcetera, etcetera« hatte er hinzugefügt, als er einmal mit dem Doktor Fumi darüber sprach, als spiele er auf eine wohlbekannte Phänomenologie an, auf eine feststehende und geläufige Erfahrung. Er kannte den Balducci als Jäger, als erfolgreichen Jäger. Jäger *in utroque*. In seinem Innern nahm er ihm gewisse männliche Grobschlächtigkeiten, gewisse Derbheiten übel, das ein wenig zu dröhnende, wenn auch gutartige Gelächter, gewisse Egoismen oder Egotismen seiner Gockelhaftigkeit: gegenüber einem so sanften Geschöpf! Wollte man den Gedanken freien Lauf lassen, so hätte man sagen können, daß er, Balducci, ihre Schönheit und Zartheit nicht zu schätzen, nicht zu durchdringen vermocht hatte: all das Noble, das Verborgene in ihr: na, und somit ... Kinder waren eben keine gekommen. Sozusagen wegen einer gamischen Unvereinbarkeit der beiden Gemüter. Kinder entstehen aus einer idealen gegenseitigen Durchdringung der Eltern. Sie allerdings liebte ihn: er war der Vater in der Vorstellung, Mann und Vater als Möglichkeit, wenn auch nicht de facto, als Potenz, wenn auch nicht als Tatsache. Er war der mögliche Vater einer erhofften Nachkommenschaft. Über seine Treue – vielleicht war sie sich auch darüber nicht sicher: was das betraf, so schien ihr, daß ihre nicht vollbrachte Mutterschaft gelegentliche jagdliche Gebietsüberschreitungen des Gatten rechtfertigen könnte, gewisse Wißbegierden, Extravaganzen der männlichen und väterlichen Potenz, jene allgemein männliche Lüsternheit nach jeder Himmelsrichtung. »Es mit einer anderen ausprobieren!« Das, was sie für sich selber niemals auch nur in Gedanken in Anspruch genommen hätte (die Ehe ist ein Sakrament, eines der sieben Sakramente unseres Heilands), nicht, daß sie es für ihn gewollt hätte, nein: auch Don Corpi sagte, es sei etwas Häßliches bei einem gutchristlichen Gatten: aber schließlich... man mußte in allem geduldig sein: und klug, klug! Don Corpi war ein Mensch, dem man sich voll und ganz anvertrauen konnte. Die »Klugheit« war eine der vier Kardinaltugenden.

All dies hatte der Doktor Ingravallo zum Teil herausgespürt, zum Teil sich zusammenreimen können aus einigen Andeutungen des Balducci selber, und aus den so sanften »Momenten« ihrer Schwermut: auch Don Corpi, Don Lorenzo, Don Lorenzo Corpi, Don Corpi Lorenzo von der Kirche der Santi Quattro glänzte selber oft auf in den Gesprächen der Signora Liliana. Zum Teufel, auch mit Don Lorenzo! Man hätte sagen können, daß sie in jedem Mannsbild . . . einen Ehrenvater, einen potentiellen Vater verehrte: sogar in Don Lorenzo, ja: trotz des schwarzen Rocks, trotz der Unvereinbarkeit mit dem Sakrament . . . der beiden entgegengesetzten Sakramente.

Auch in Don Lorenzo. Der offenbar nicht gerade schlecht gebaut war, dieser Maulesel. Aus gewissen Andeutungen von ihr zu schließen, war er einer von denen, die immer den Kopf neigen, um ja durch jede Tür zu kommen. Zumindest die *δύναμις* des Vaters mußte er wohl besitzen. In diesen Dingen war Don Ciccio ziemlich versiert: von wacher Intuition, und zwar schon seit seinen Knabenjahren: wach und offen gegenüber allen geburtenfördernden Begegnungen jener Rasse, die »fruchtbar ist im Werk und tödlich in den Waffen«: mehr angeborener Genius als systematische Lektüre. Aus dem dichten Gewimmel der Generationen, aus den Wachlokalen der Quästuren, zwischen dem Latium und der Marsica, zwischen dem Piceno und dem Sannio, oder bis hinunter zu seinen molisischen Hügeln: harte Berge, harte Nacken, hart auch der Teufel! Und die heilige und namenlose Gültigkeit der Matern! Unter diesen seinen Volksstämmen, seinen volkreichen Stämmen, hatte er lernen können, die Umstände der Fortzeugung von den Umständen der Nichtfortzeugung zu unterscheiden. Was ihn aber allmählich wunderzunehmen begann, war, das Reservoir der Nichten bei den Balduccis so randvoll zu sehen mit blühenden und liebenswerten Gestalten: vielmehr, diese hier war liebenswert, aber die anderen waren schlechthin überwältigend. Seit er im Haus der Balduccis verkehrte, hatte er bereits einige kennengelernt: drei oder vier. Und dann noch ein anderer Umstand: kaum von der Bildfläche verschwunden, war die Nichte nichts mehr als der Name einer Toten. Kam nie mehr zum Vorschein, nicht ums Verrecken, wie ein Konsul oder der Präsident einer Republik, wenn die Amtszeit abgelaufen ist.

Don Ciccio war gerade bis zum Grund des sogenannten Bechers gediehen – ein etwa Fünfjähriger, Extratrockener, nunmehr, aus der Kellerei des ›Cavaliere Gabbioni, Empedocle & Figlio, Albano Laziale‹, dem man noch in der Quästur nachträumen konnte, dem Wein, dem Becher, dem Vater, dem Sohn, dem Latium – als ihn das Luftgepäck seiner privaten Ansichten über das affektive (er sagte sogar erotische) Zusammenwirken der menschlichen Zufälle und Zustände ganz von selbst zu der Überlegung führte, daß eine Nichte unter solchen Umständen keine gewöhnliche Nichte sei: eine Luciana oder Adriana, die heute zu Onkel und Tante in die Stadt kommt, dann wieder geht, dann wiederkommt, dann telegraphiert, dann abreist, dann zu Hause eintrifft, eine Karte schreibt mit vielen Küßchen, dann plötzlich aus Viterbo oder Zagarolo wiederkehrt, weil sie zum Zahnarzt gehen muß: und so weiter.

»Das mit der Nichte ist ein aufgelegter Schwindel«, murmelte er in sich hinein, zusammen mit dem trockenen Weißen in der Porta Paradisi, der ihm immer noch das Halszäpfchen kitzelte. Ja, ja. Hinter dem Ausdruck »Nichte« mußte ein ganzer Wirrwarr verborgen sein ... von Fäden, von Gefühlsspinnweben, von den feinsten, von den allerseltensten ... Sie. Er. Sie, aus Respekt vor ihm. Er, aus Rücksicht auf sie. Sie hat dann eine Nichte aufgetan, nach Jahren: Kummer, Tränen, die Nächte – und am Tage Kerzen für den Heiligen Antonius in allen Kirchen Roms: und wieder Hoffnungen und Heilkuren in Salsomaggiore, sowohl *in loco* wie am Wohnsitz, und Untersuchungen beim Professor Beltramelli und beim Professor Macchiori. Bei jeder neuen Kerze eine neue Hoffnung. Bei jeder neuen Hoffnung einen neuen Professor.

Da hat sie diese Gina aufgefischt, arme Ginetta! Aber vor der Ginetta hatte die ganze Angelegenheit eine andere Richtung, eine andere Färbung gehabt. Eine seltsame Sache, seltsam, dachte Ingravallo.

Die Virginia! (die Vorstellung war wie ein glorreiches Wetterleuchten, ein plötzliches Flammen in der Düsternis): und die vor der Virginia, die ist dann nach Monteleone: wie hieß sie gleich? Und die Dienstmädchen! Man weiß ja, daß sie leicht davonschwirren wie die Spatzen, beim ersten Flügelschlag einer neuen Laune: aber die Balduccis, nun, die wechselten ihre Mädchen, man konnte sagen, fast jeden Monat. Ein Gedanke ging ihm durch den Kopf, mit einem respektlosen Ausdruck: das kam vom Wein.

Die Signora Liliana, sie konnte aus eigener Pfanne mit nichts aufwarten... Und daher jedes Jahr: eine neue Nichte mußte offenbar (im Unbewußten) symbolisch herhalten, als Ersatz für die Leere der häuslichen Pfanne. Wie für seine eigene Mutter, die acht auf die Welt gebracht hatte, in jedem Frühjahr, der neue Sohn der richtige Sohn war. Die im Mai auf die Welt kommen, sind Augustkinder. ›Guter Monat!‹ dachte Don Ciccio, ›auch bei den Katzen, die schreien was zusammen, in gewissen Nächten!‹

Von Jahr zu Jahr... eine neue Nichte: fast als wollte sie im Herzen die aufeinanderfolgenden Geburtszeiten symbolisieren. »Jedes Jahr ein Kind, jedes Jahr ein Kind...« hatte ihm der Deutsche in Anzio vorgesungen, der aussah wie ein Seehund.

Und er, er, der Jäger (er betrachtete ihn), was fühlt er dabei, was spürt er da drin, wenn ihm wieder eine neue Nichte ins Haus schneit, die Nichte vom Dienst? Was hatte er gedacht über die verschiedenen... Nichten?

Für sie war, vom Tiber abwärts, hinunter, jenseits der zerfallenen Schlösser und der hellen Weinberge, auf den Hügeln, auf den Hängen und in den gedrungenen Ebenen Italiens, war alles wie ein großer, fruchtbarer Leib, zwei fette Samenstöcke, beperlt von einer körnigen Überfülle, dem körnigen und fettigen, dem glückhaften Kaviar des Volkes. Von Zeit zu Zeit lösten sich vom großen Ovarius reife Follikeln, wie die Spalten eines Granatapfels: und rote Körner, voll toller Liebeszuversicht, wanderten abwärts *ad urbem*, dem männlichen Anhauch entgegen, dem belebenden Impuls der spermatischen Aura, von der die Ovaristen des achtzehnten Jahrhunderts fabelten. Und in der Via Merulana 219, Treppe A, dritter Stock, erblühte die Nichte, im besten Keimnest, weiß Gott, des Goldpalastes.

Die Nichte! Die albanische Nichte, Blüte des unsterblichen Sabinervolkes. Anhauch der Frauenräuber. Das war's. Die Sabinerinnen brauchten nicht mehr geraubt zu werden ... die tiefen Erwartungen der vermittelnden Nächte, laues Fleisch der Morgendämmerung. Die Albanerinnen sorgten selbst dafür, heutzutage, und kamen flußabwärts. Und der Fluß trieb und trieb, über die Unruhen hinweg, hinunter zum Strand, in die unausschöpfliche Erwartung der Ewigkeit.

Aber er? der Signor Balducci? Was dachte er, der Jägersmann, von der albanischen, von der tiburtinischen Nichte?

Die Türklingel schrillte. Lulu bellte sich die Seele aus dem Leib. Die Assunta war öffnen gegangen. Nach einigem Hin- und Hergerede draußen betrat das Eßzimmer ein junger Mann, gekleidet in einen grauen Anzug von nicht unelegantem Schnitt. Man lud ihn zum Sitzen. »Noch eine Tasse, Gina, für den Signor Giuliano.« Sogleich wurde er vorgestellt und stellte sich auch selbst vor: »Valdarena.« - »Doktor Ingravallo«, schnaubte Ingravallo, indem er sich kaum vom Sitz erhob und kaum, sozusagen unwillig, die Hand drückte, die ihm der andere hinhielt. »Das ist Doktor Valdarena«, sagte Liliana, mit dem Kaffee beschäftigt und mit den Tassen. »Vetter meiner Frau«, erklärte Balducci, rotgesichtig.

Es gab da, bedauerlich es sagen zu müssen, in Don Ciccio eine gewisse Kälte, eine Art grollende Mißgunst gegen die Jungen, insbesondere gegen die schönen Jungen, und vor allem gegen die Verwöhnten. Dieses Gefühl überschritt sonst nicht die zulässigen Grenzen eines internen Phänomens, hätte auch niemals seine Haltung als Kommissar des Sicherheitsdienstes beeinflußt: er – nein, keineswegs – er war nicht »schön«: und es gelang ihm auch nicht, sich mit dem Ausspruch zu trösten, den er von einem Mädchen in Mailand im venerischen Ambulatorium der Via delle Oche gehört hatte: »Alle Mannsbilder sind schön.«

Er spürte schon, im Herzen, eine Enttäuschung, eine Stimme: eine Stimme, die vor kurzem ... und schon flüsterte sie in der Kammer, ob in der Herzkammer oder der Gehirnkammer, wußte er selber nicht zu sagen, und vielleicht war es die Wirkung des trockenen Weißen von der Firma Gabbioni, ein etwas aufreizender Wein, eine Stimme, die auf vermaledeite Weise munkelte: »Das ist der Hausfreund«, wie das grausame Tacktack jener gewissen Kopfschmerzen, die ihn an den Schläfen packten.

Er wußte nicht wieso, aber es kam ihm so vor, er stellte es sich so vor, als sei dieser junge Mann einer von denen, die, koste es, was es wolle, ans Ziel kommen möchten: auch der, einer von denen, die sich ordentlich festkrallen, die vom Gedanken an Geld verblendet sind, worüber man sich übrigens billig entrüsten kann, denn das Geld ist einem jeden angenehm. Beim Hereinkommen hatte er Möbel und Ausstattung gemustert, die schönen Tassen, die silberne Kürbiskanne und die silberne Zukkerdose, Überbleibsel aus den alten humbertinischen Glanzzeiten, Erinnerung an die fetten Kühe, mit einer goldenen Eichel und zwei Silberblättchen auf dem Deckel. Na ja, zum Hochheben des Deckels. Er hatte eine dickgestopfte Zigarette vom Balducci entgegengenommen (der ihm die goldne Zigarettendose unter der Nase aufspringen ließ mit plötzlichem Track-track): und er rauchte sie nun, mit zurückhaltender Wollust und gleichzeitig mit eleganter Natürlichkeit.

Da wurde Ingravallo von einer seltsamen Idee ergriffen, als hätte er Gift getrunken – das war der trockene Wein von Gabbioni: es kam ihm die Idee, daß der »Vetter« der Signora Liliana den Hof mache ... aber ja ... um geldliche Vorteile dabei herauszuschlagen. Das brachte ihn in Wut: in heimliche, versteckte Wut, wenn es auch nur ein Verdacht war. Ein perfider Verdacht jedoch... der ihm die Schläfen dröhnen ließ, eine der ingravallischsten Verdächtigungen, der aller-don-ciccionischsten.

Am rechten Ringfinger, auf der weißen Hand mit den schlanken Fingern des vornehmen Herren, die ihm dazu dienten, die Asche abzustäuben, trug das Herrchen einen Ring: aus Altgold, tiefes Gelb: wundervoll: mit einem blutroten Jaspis in der Fassung, einem ovalen Jaspis mit eingeschnittener Initiale. Vielleicht das Familienwappen. Ihm, Don Ciccio, wollte es scheinen, als schwebe, jenseits vom Schleier der Worte und der Gesten, eine Kälte zwischen ihm und dem Balducci ... ›Giuliano ist ganz Aug und Ohr für seine Kusine‹, dachte Ingravallo, ›so hochnäsig er auch tut.‹ Die Gina hatte er überhaupt nicht beachtet, abgesehen vom üblichen Händedruck. Nur der Hündin gab er einen Klaps: die von ihrem wütenden Gebelfer, die Böse! allmählich in Knurren absank, wie ein kleines Ungewitter, das sich verzieht und allmählich verstummt.

Die Signora Liliana war ja nun, ungeachtet der (tageweise) schlecht unterdrückten Seufzer, unter den wehenden Wolken ihrer Traurigkeiten, eine begehrenswerte Frau: alle nahmen, im Vorübergehen, ihr Bild in sich auf. In der Dämmerstunde, in jenem ersten Absinken in die traumbeladene römische Nacht, wenn man auf dem Heimweg war ... da blühten von den Ecken der Palazzi, von den Gehsteigen, die Ehrenbezeigungen der Blicke ihr zu, einzeln oder kollektiv: Augenblitze und jugendliches Feuer: ein Flüstern, manchmal, streifte sie: wie ein leidenschaftliches Murmeln des Abends. Manchmal, im Oktober, erhob sich aus jenem Farbloswerden der Dinge, aus der fliehenden Wärme der Mauern ein plötzlicher Verfolger, Hermes, mit den kurzen Flügeln des Mysteriums: oder, vielleicht, ein seltsames Friedhofsgewächs, das ins Volk, in die *urbs*, wieder heraufgestiegen war. Einer, der geiler war als die anderen. Und unverschämter ... Rom ist Rom. Und sie schien Mitleid zu haben mit dem armen Esel, der so siegessicher dahinsegelte, auf gut Glück, getragen von seinen großen Eselsohren: mit ihrem Blick, halb Entrüstung, halb Erbarmen, halb Dankbarkeit und doch Entrüstung, schien sie zu fragen: »Na und?« Verschleierte Frau, für die Lüsternsten, von süßem, dunklem Klang: mit blendender Haut: versunken, so oft, in einen ihrer Träume: mit einem Vlies schöner, kastanienfarbener Haare, die ihr aus der Stirn sprangen; sie zog sich wunderbar an ... Sie hatte feurige Augen, entgegenkommend fast durch das Licht (oder war es ein Schatten?) schwermütiger Brüderlichkeit ... Bei der halb gesungenen, halb geblökten Ankündigung der Assunta: »Der Signor Giuliano ist da«, schien ihm, dem Ingravallo, als sei sie etwas aufgeschreckt: oder errötet: von einer »subkutanen« Röte. Unmerkbar.

Als die beiden Polizisten ihm sagten: »In der Via Merulana hat's eine Schießerei gegeben: auf Nummer zweihundertneunzehn: im Stiegenhaus: im Schieberpalast...«, wallte ihm das Blut hoch, wißbegierig oder angstvoll, und überschwemmte ihm die rechte Magenseite. »Zweihundertneunzehn?« konnte er nicht umhin zu fragen und fiel sofort zurück in jene ferne Schläfrigkeit, die bei ihm die Maske des Dienstbewußtseins war. Indes kam schon der Chef der Untersuchungsabteilung in sein Büro. Er trug den noch nicht deflorierten ›Messaggero‹ bei sich und ein weißes Blütenblatt, ein einziges Blatt, im Knopfloch. ›Eine Mandelblüte‹, dachte Ingravallo und erforschte den Vorgesetzten mit den Augen. ›Die erste des Jahres. Zahlen sie jetzt am Ende auch die Mandelblüten?‹ »Gehen Sie dorthin, Ingravallo, in die Via Merulana? Schauen Sie sich die Sache einmal an. Reiner Blödsinn, wie ich höre. Und noch dazu die andere Geschichte da, heut morgen, mit der Marchesa vom Viale Liegi... und dann dieser Schlamassel hier in der Nähe, bei den Botteghe Oscure: und dann das nette Veilchenbouquet: die zwei Schwägerinnen und die drei Nichten: und um den Rattenschwanz von unseren eigenen Sachen müssen wir uns schließlich auch noch kümmern: und dann, und dann...«, er faßte sich mit der Hand an die Stirn, »ich selber geh jetzt zu dem Langweiler von einem Staatssekretär. Man schaut überhaupt nicht mehr raus, sag ich Ihnen. Tun Sie mir also den Gefallen und gehen Sie dorthin.«

»Gehn wir, gehn wir«, sagte Ingravallo, und dann brummte er: »Gehn wir halt hin«, und griff sich vom Haken den Hut. Der schlecht eingepflöckte Holzhaken löste sich, fiel auf den Boden, wie immer, und rollte ein Stückchen: er hob ihn auf, stöpselte ihn wieder ins ausgeleierte Loch: und mit dem Ärmel des Unterarms, als wäre das eine Kleiderbürste, säuberte er den schwarzen Hut, rundherum um das Hutband. Die beiden Polizisten folgten ihm, wie auf einen stillschweigenden Befehl des Oberkommissars: Gaudenzio war der eine, bei der Unterwelt als der »Große Blonde« bekannt, und Pompeo der andere, der seinerseits »Greifer« genannt wurde.

Mit der Linie PV bis zum Viminale, und von dort aus nahmen sie die Trambahn bis San Giovanni. So langten sie im Verlauf von zwanzig Minuten vor dem Mietspalast zweihundertneunzehn an.

Der Goldpalast, der Schieberpalast, wie man will: da stand er, fünf Stockwerke hoch, und schien grauer und vermotteter denn je. Sollte man aus diesem trostlosen Wohnsitz schließen, aus der Kohorte von Fenstern, so mußten Myriaden von Schiebern drin hausen: Raubfische mit heißhungrigen Mägen, sicherlich, aber von höchst bescheidenen Ansprüchen, was das Ästhetische betraf. Unter Wasser lebend, von Freßgier und Magensensationen schlechthin, war das Grau oder jener opalisierende Schummer des Tages Licht für sie: jenes bißchen Licht, das sie nötig hatten. Was das Gold betrifft, nun ja, – konnte durchaus möglich sein, daß sie Gold hatten und Silber. Eines dieser Riesenhäuser aus den Jahren der Jahrhundertwende, die einem beim bloßen Anschauen das Gefühl von Schmuddligkeit und kanarienvogelhafter Nichtigkeit einflößten: ja, das genaue Gegenteil zur Farbe von Rom, zum römischen Himmel und seinem blendenden Sonnenglast. Ingravallo, so konnte man sagen, war das alles im Herzen vertraut: und in der Tat überfiel ihn ein leichtes Herzklopfen, als er mit seinen beiden Polizisten sich der wohlbekannten Architektur näherte, ausgerüstet mit so viel und so entscheidender Autorität.

Vor der lausfarbenen Wohnkaserne eine Menschenansammlung: ringsherum ein Schutzgitter von Fahrrädern. Frauen, Einkaufstaschen und Selleriestauden: einige Ladenbesitzer von nebenan, im weißen Kittel: ein paar Dienstmänner, in gestreiften Jacken und mit Nasen in der Farbe einer prächtigen Paprikaschote, Portiersweiber, Dienstmädchen, Töchter von Portiersweibern, die kreischten: »Peppii!«, Buben mit Ball und Reifen, ein Offiziersbursche mit einer vollen Ladung Orangen und Paketen, in seinem Netz eingefangen, mit Fenchelbüscheln obendrauf: zwei oder drei dicke Beamte, die in dieser späten Stunde, wo die höheren Dienstgrade für die Bürozeit reif werden, soeben erst die Segel entfaltet hatten: jeder auf sein Ministerium zusteuernd: und so zwölf bis fünfzehn Tagediebe und diverse Herumstreuner, die keinerlei Ziel hatten. Ein Briefträger im Stadium höchster Post-Schwangerschaft, der neugierigste von allen, boxte mit seiner überfüllten Tasche alle Umstehenden in den Hintern: die schimpften, Kreuzteufel, und nochmals Kreuzteufel, Kreuzteufel, einer nach dem anderen, pünktlich, wenn die Tasche beim Vordrängeln wieder eine Hinterseite gerammt hatte. Ein Gassenjunge sagte mit tiburtinischer Ernsthaftigkeit: »In dem Haus, da ist mehr Gold als Dreck!« Und ringsherum das Räder-Korsett, die Fahrräder, wie eine Schutzhaut *sui generis*, die diesen kollektiven Fleischklumpen undurchdringlich zu umgeben schien.

Unterstützt und beinahe geführt von den beiden Polizisten, schaffte Ingravallo sich Zugang. »Die Polizei«, sagte jemand. »Laß den Greifer da durch, du . . . Servus, Pompeo! Na, hast du ihn schon gegriffen? den Dieb? . . . Ah, da ist auch der Blonde . . .« Das halbgeschlossene Haustor war von einem Posten der Ordnungspolizei vom Kommissariat San Giovanni bewacht. Die Portiersfrau, die ihn vorbeipatrouillieren sah, hatte ihn zu Hilfe gerufen: kurz nachdem die Sache passiert war, und kurz ehe die beiden von der Sicherheitspolizei gekommen waren, Gaudenzio und Pompeo also. Sie kannte ihn schon lange, wegen der polizeilichen Anmeldungen nämlich, und des Einwohnerregisters. Die Sache war vor ungefähr einer Stunde passiert, kurz vor zehn Uhr war's: eigentlich eine unglaubliche Tageszeit für sowas! Im Eingang und in der Hausmeisterloge war ein weiterer kleiner Auflauf, die Mieter des Hauses: das Grillennest der Weiber. Ingravallo, gefolgt von seinen Beiden, und von der Hausmeisterin, und von den Bemerkungen aller anderen: »Die Polizei, die Polizei«, stieg bis zum dritten Stock, Treppe A, wo die Bestohlene wohnte. Das große Geschwatz folgte ihnen auf den Fersen: die spitzen oder geradezu tremolierenden Stimmen der Frauen, die, mit einigen männlichen Baßtrompeten wetteifernd, von jenen sogar hin und wieder übertönt wurden; die Volksseele suchte den Glücksklee der direkten Zeugenschaft, das »ich schwöre, ich hab's gesehen«: begann die phantastische Torte eines Epos zusammenzubacken. Es handelte sich um einen Diebstahl, genauer gesagt um einen Raubüberfall in einer Wohnung, um einen bewaffneten Raubüberfall.

Eine ziemlich schwerwiegende Angelegenheit also. Die Signora Menegazzi war, kurz nach dem erlittenen Schrecken, in Ohnmacht gefallen. Der Signora Liliana war's ihrerseits »schlecht geworden«, kaum daß sie aus dem Badezimmer gekommen war. Don Ciccio sammelte und protokollierte stehenden Fußes alles, was er erfahren konnte aus dem Sturzbach der ersten Zeugenschaft: er begann bei der Hausmeisterin, und ließ so der Menegazzi Zeit, sich ein wenig zu frisieren und herzuputzen: ihm zu Ehren sozusagen. Er hatte auch Papier und Füller zur Hand, ließ aber alle »Oh, Jesusmaria! Herr Kommissar!« und andere Zwischen- und Anrufungen aus, mit denen die »Signora« Manuela Pettacchioni den Bericht spickte: einen dramatischen Bericht. Der Hausmeistersgatte, Angestellter bei der Städtischen Milchzentrale, wurde erst um sechzehn Uhr zurückerwartet.

»Jesusmaria! Zuerst hat er bei der Signora Liliana geklingelt ...« – »Wer?« – »Na, der Mörder ...« – »Was heißt Mörder, hat ja keinen Toten gegeben?« Die Signora Liliana (Ingravallo erschauerte) war allein, hatte nicht geöffnet. »Sie war im Badezimmer ... ja, sie nahm gerade ein Bad.« Don Ciccio, ohne es zu wollen, strich sich mit der Hand über die Augen, fast als wolle er sie vor einem überhellen Leuchten schützen. Das Dienstmädchen, die Assunta, war wenige Tage zuvor nach Hause abgereist: ihr Vater war erkrankt, wie das häufig bei Dienstmädchen der Fall ist »besonders wie jetzt bei Vollmond.« Die Gina war den ganzen Tag in der Schule: im Sacré Coeur, bei den Schwestern: da blieb sie über Mittag und manchmal auch zur Nachmittagsjause. Daraufhin, »versteht sich«, als niemand aufmachte, »klar«, hatte der Übeltäter bei der Menegazzi geläutet: »ja, genau da«, auf dem gleichen Treppenabsatz, gegenüber von der Balducci: Eingang gegenüber. Ah! Don Ciccio kannte ihn gut, jenen Treppenabsatz, jene Wohnungstür!

Die Menegazzi, wohlfrisiert, trat, leicht hüstelnd, wieder auf die Szene. Ein großes lila Foulard um den Hals, welcher sich vorne mager und welk zeigte: einen Hauch von Mattigkeit um ihre ganze traumatische Erscheinung. Ein Negligé von etwas ungewöhnlicher Art, halb spanisch, halb japanisch, halb Mantilla und halb Kimono. Ein bläulicher Schnurrbart überm schlaffen Gesicht, blasse Haut, wie ein gepuderter Mauergecko, die Lippen, gemalt zu zwei herzförmigen Hälften, in leuchtendstem Erdbeerrot, verliehen ihr das Aussehen und das momentane äußere Prestige der Besitzerin oder Ex-Besitzerin eines etwas heruntergekommenen Stundenhotels: wäre nicht jene gewisse Aura von Neu-Jüngferlichkeit und Wiedervertrocknung gewesen, und jene typische, hingebungsvolle Beflissenheit der Ungekosteten, deretwegen man sie leicht und ohne Verdacht in das romantische Register der alten Mädchen, und außerdem der anständigen Frauen, einreihen konnte ... Sie war Witwe. Der Mantilla-Schlafrock überwog das Foulard, verwob sie vielmehr, die Foulards (nicht eines, sondern mehrere), bepudert auch sie und leicht im Farbton untereinander variierend und zart ineinanderspielend, mit den Blütenblättern (oder waren es etwa Schmetterlinge?) des leicht kastilianischen Kimonos. Sie durchkreuzte mit ihrem Bericht den der Portiersfrau, richtete ihn aus, präzisierte ihn. Sie schaltete sich ein mit einem Zittern in der Stimme, ihrer armen Stimme, mit einem Hoffnungsschimmer im Auge. Vielleicht nicht in der Hoffnung, ihren Schmuck zurückzuerhalten, aber in der Gewißheit ... den Schutz des Gesetzes zu erfahren, das Ingravallo auf so überzeugende Weise personifizierte. Auf das Klingeln hin hatte die Menegazzi mit dem üblichen »Wer ist da?« reagiert: sie wiederholte es, in halb besorgtem, halb klagendem Tonfall, wie sie es bei jedem Klingeln der Türglocke ausstieß. Dann hatte sie geöffnet. Der Mörder war ein hochgewachsener junger Mann mit einer Mütze, in grauem Monteuranzug, so schien es ihr, von dunkler Gesichtsfarbe, mit einem braun-grünen Wollschal. Ein hübscher Bursche, jawohl, ein fescher Kerl. Aber ein Typ, der einem sofort ein Gefühl der Angst einflößte. »Was hatte er für eine Mütze?« fragte Don Ciccio, indem er weiterschrieb. »Er hatte ... bestimmt, ich weiß es nicht mehr, ich kann mich nicht genau erinnern, könnte es Ihnen nicht sagen ...« – »Und Sie?« fragte er die Portiersfrau. »Wie er weggerannt ist, wie er unter Ihren Augen davon ist? Haben Sie ihn da nicht gesehen? können Sie mir nicht sagen, wie die Mütze ausgesehen hat?« ...

»Aber Herr Kommissar ... bei so einer Aufregung! Wer denkt denn in einem solchen Augenblick an die Mütze! Was glauben Sie denn ... Sagen Sie selber, wenn da zwischen den Leuten herumgeschossen wird, meinen Sie, daß eine Frau da an eine Mütze denken kann ...«

»War er allein?« – »Ganz allein« sagten die beiden Damen *unisono*. »Ah, Herr Kommissar!« flehte die Menegazzi. »Sie müssen uns helfen! Sie, der Sie uns helfen können! Helfen Sie uns, um Gottes willen, Heiligemariamuttergottes! Einer armen Witwe! Allein im Haus, Heiligemaria! Die Welt ist ja so schlecht! Das sind ja keine Menschen mehr, das sind ja Teufel, Teufel, die direkt aus der Hölle kommen ...!«

Die Menegazzi verbrachte, wie alle Frauen, die allein wohnen, ihre Stunden in einem Zustand der Bedrängnis oder zumindest zweifelvoller und angstvoller Erwartung. Seit einiger Zeit hatte sich diese ihre fortdauernde Furcht vor dem Schrillen der Klingel in einen Komplex von Vorstellungen und bedrohlichen Gestalten ausgewachsen: Männer mit Gesichtsmasken vor allem, Filzsohlen an den Füßen, wiederholte, völlig geräuschlose Einbrüche in die Diele, Hammerschläge auf den Kopf, Würgegriffe mit der Hand oder mit einer geeigneten Schnur, etwa nach vorausgegangenen »Mißbehandlungen«, letzteres eine Vorstellung, beziehungsweise ein Ausdruck, der in ihr unsagbare Erregung auslöste. Vermischte Ängste und Wahnvorstellungen: begleitet, unter Umständen, von plötzlichem Herzklopfen, hervorgerufen durch ein unversehenes

Knacksen im Dunkeln, in einem Schrank, der älter war als die anderen: jedenfalls gingen solche düsteren Anzeichen dem Ereignis voraus. Welches schließlich und endlich ja nicht hatte ausbleiben können. Die lange Erwartung eines Überfalls in der Wohnung, dachte Ingravallo, war wirkender Umstand geworden, nicht so sehr was sie betraf, und ihre Aktionen und Gedanken als bereits vorbelastetes Opfer, vielmehr als Mitwirkung am Schicksal, im »Kraftfeld« des Schicksals. Die Figurenanordnung eines Verbrechens hatte sich nach der historischen Prädisposition abspielen müssen: hatte gewirkt: nicht nur auf die Psyche der zu Berauben-Erstechen-Mißhandelnden, sondern auf ihr Umwelts-»Feld«, auf das äußere psychische Spannungsfeld. Denn Ingravallo schrieb, ähnlich wie gewisse unserer Philosophen, jenem System von Kräften und Wahrscheinlichkeiten, das jede lebende menschliche Kreatur umgibt, und das man gemeinhin Schicksal nennt, eine Seele zu, vielmehr eine schmutzige Drecksseele. Kurzum: ihre Heidenangst hatte die Menegazzi ins Unglück gebracht. Ihr vorherrschendes Denken pflegte sich bei jedem Klingeln in jenes »Wer ist da?« zu koagulieren, in das Blöken oder Röhren, das so bezeichnend ist für jede Gefangene, welche die traurigen Laren nicht zu schützen vermögen. In ihr war es ein zitternder Gegenlaut zum Trillern der Klingel, zu den häuslichen Instanzen der Türglocke.

Es ergab sich, daß der junge Mann, kaum daß die Signora Teresina sich entschlossen hatte, die Sicherheitskette aufzuhaken und zu öffnen, erklärte, er komme im Auftrag der Hausverwaltung, um die Heizkörper nachzuprüfen: die er, einen um den anderen, inspizieren müsse. In der Tat war einige Tage zuvor die Rede gewesen von Heizkörpern, die jetzt, wo der Winter und die offizielle Heizperiode zu Ende gingen, noch lauwarmer (oder eher kälter) waren als die Lust der Mieter, noch weiter Geld für die Heizung auszugeben.

Die Flamme jeglicher zentralen Heizanlage verlöscht in Rom um die Iden des März, manchmal schon um die Nonen, wenn nicht gar schon um die Kalenden. In den doppellangen Wintern mit ausgedehntem Epilog, wie dem Winter jenes Jahres siebenundzwanzig, nährte man sie noch den ganzen Monat und ließ sie den Tod langsamer Ermattung sterben, nicht ohne akademische Diskussion und heftige Kritik der Hausbewohner, die in verschiedener Lautstärke zu dem Vorgang Stellung nahmen, proportional zu ihrer Eigenschaft als Groschenkratzer oder Melkkuh, zu dünnen oder dicken Geldbeuteln. Was die Zimmer in den oberen Stockwerken von Nummer zweihundertneunzehn betrifft, so gehörten sie zweifellos zu den »sonnigsten römischen Lagen«: ein Grund, weshalb man, da es in diesem frühen Vorfrühling schnee-regnete, dort vor Kälte bibberte.

Der Mechaniker hatte weder eine Tasche noch ein Werkzeugbündel bei sich: Werkzeug brauche er für den Moment nicht, es handele sich lediglich um eine Inspektion. Die Signora Teresina fügte noch hinzu, was Don Ciccio jedoch nicht ins Protokoll nahm, sie sei sicher, daß dieser junge Bursche ... ja, der Mörder halt, der Mechaniker ... sie war sicher, hätte es auch vor Gericht schwören können, war sicher, daß dieser Kerl sie hypnotisiert hatte (Don Ciccio hörte mit offenem Munde zu, wie ein Schlafender, dem das Maul offensteht), denn er hatte sie, noch in der Diele draußen, starr angeschaut. »Fixiert«, wiederholte sie fast deklamierend, begeistert von der Dauer und der Festigkeit dieses Blickes: »es war ein erbarmungsloser Blick aus starren Augen«, unter der Mütze hervor »wie eine Schlange.« Und sie hatte dabei genau gespürt, wie ihre Kräfte sie verließen. Sie sagte sogar, daß sie in diesem Moment, was immer der Bursche von ihr verlangt oder gefordert, in diesem Moment, getan, ihm ohne weiteres gehorcht hätte – »wie eine Gliederpuppe« (so sagte sie).

»Heilige Muttergottes, er hat mich hypnotisiert ...« Don Ciccio, in seinem Innern, konnte nicht umhin, auszurufen: »Diese Weibsbilder!«

So war's gekommen, daß der Mensch da, der Mechaniker, die Runde durch die ganze Wohnung gemacht hatte. Im Schlafzimmer, wo er einige Goldgegenstände auf der Kommode eräugt hatte, auf der Marmorplatte, hatte er nur einen einzigen Handgriff getan, während er mit der anderen unterwärts die Tasche, die er in seinem Monteuranzug hatte, wie einen Eimer weit aufhielt. »Was machen Sie denn da?« hatte die Menegazzi gegackert, von ihrem hypnotischen Zustand doch nicht ganz gelähmt. Er, indem er sich rumdrehte, hatte ihr eine Pistole vors Gesicht gehalten: »Halt's Maul, alte Hexe, sonst verbrenn ich dich!« Nachdem er ihren Schrecken abgeschätzt hatte, öffnete er die Schublade, die obere, dort wo der Schlüssel steckte ... Und er hatte es gleich richtig getroffen. Da drin war alles Gold, und der Schmuck: in einer Lederschatulle. Da war auch das Geld. »Wieviel?« fragte Ingravallo. »Genau weiß ich's nicht. Viertausendsiebenhundert, glaub ich.« Das Geld, in einer alten, vertrockneten Brieftasche, einer Herrenbrieftasche: von ihrem Seligen. (Ihre Augen wurden feucht). Der da, schneller als der Blitz, hatte schon die Lederschatulle in so einen alten, schmierigen Schneuzlappen, oder Schmutzlappen, gewickelt, fuffuffu, mit fiebrigen Fingern: die Brieftasche hatte er mirnichts – dirnichts in die Tasche gesteckt, mit einer Fixigkeit! Heiligemaria.

»Da in die Tasche ...«, und die Signora schlug sich mit der Hand auf den Schenkel.

»Diese Teufel, ich weiß nicht, wie die das fertigbringen, diese Teufel! Teufel!«

»Sei still jetzt!« hatte der Bursche mit düster drohender Stimme zu ihr gesagt, indem er sie wieder beäugte, sein Gesicht fast unter dem ihrigen. Jetzt sahen sie aus wie Tigeraugen, die seinigen: die Raubtierseele hatte ihr Opfer: sie würde ihren Raub unter allen Umständen verteidigen. Er war entwichen, ohne das geringste Hindernis, wie ein Schatten. »Still!«, so lautete das schreckliche Gebot. Sie aber, statt dessen, kaum daß sie ihn hatte hinausgehen sehen, war sofort ans Fenster gestürzt, ja, an dies hier, genau, das auf den Hof ging, hatte es aufgerissen und geschrien, geschrien, die Hausbewohner behaupteten sogar, verzweifelt gekrischen: »Diebe! Diebe! Hilfe! Diebe!« dann... sie wollte ihm sofort nachrennen: aber es war ihr schlecht geworden, noch schlechter als vorhin. Sie war aufs Bett gesunken, oder hatte sich drauffallen lassen: auf »ihr« Bett: dort. Und sie zeigte mit dem Finger darauf.

Nummer zweihundertneunzehn: fünf Stockwerke, von der Straße gerechnet, dazu noch die Dachwohnung, und die beiden Treppenhäuser A und B, nebst einigen Büros auf Treppe B, im Hochparterre – das alles war groß wie ein Meereshafen. Die Treppen waren auch recht praktisch, eine dunkler als die andere, die Treppe A stiller als ihre Schwester B: alles wirkliche Herrschaften dort, *du côté de chez madame*.

Aus den zusammengefügten und sich überkreuzenden Berichten der Portiersfrau und der anderen Einwohnerinnen, die am widerstandslosesten der Fabel zuneigten, und die Ingravallo ohne mitzuschreiben befragte, im Eingang unten, hinter dem

Haustor und am Seitenpförtchen, das vom Brigadier und später von einem Polizisten bewacht wurde, konnte er schließlich den Vorfall rekonstruieren. Und einen weiteren, recht merkwürdigen Umstand aufklären. Der Einbrecher war auf sehr mutige Weise verfolgt worden. »Ah«, machte Ingravallo. »Jawohl«, vielleicht sogar zu mutig. Denn der, der ihm nachrannte, oder so tat, als ob er ihm nachrenne, die Treppen hinunter und durch den Eingang, noch ehe der Signor Bottafavi aus dem vierten Stock ihm nachsetzte, mit dem Revolver, der erste also, war ein junger Mann gewesen, »jawohl, ein junger Bursch.« – »Nein, nein, kein junger Bursch, ein Bub ...« – »Was heißt Bub! der war riesenlang«: und sah aus wie der Ladenschwengel einer Lebensmittelhandlung, den weißen Schurz hochgerollt und um die Hüften gewickelt, hatte aber kurze Hosen drunter an und grüne Socken. »Doch nicht grün!« Er war gleich nachher unter dem Haustor hinausgesaust, nachdem man die zwei Schüsse, die Revolverschüsse im Stiegenhaus gehört hatte. Und keiner hatte ihn mehr gesehen. »Doch ich! Auf dem Trottoir! Ich kam grad von Santa Maria Maggiore! Er ist weggerannt ...« Der Herzensbrand der Augenzeugenschaft, nachdem er Feuer an die Seelen gelegt hatte, verglutete ins Epos. Alle sprachen gleichzeitig. Verworrenheit der Stimmen und Bilder: Dienstboten, Herrschaften, Blumenkohlköpfe: riesige Blätter eines Blumenkohls ragten aus einer hochgeschwollenen, verwesenden Einkaufstasche. Schrille oder kindliche Stimmchen taten Zustimmung oder Verneinung kund. Ringsherum, ringsherum, wedelte ein aufgeregter weißer Pudel, der ebenfalls von Zeit zu Zeit bellte: so gebieterisch wie möglich.

Ingravallo meinte zu ersticken, zermalmt zu werden zwischen Berichterinnen und Bericht.

Auf die Schreie der Menegazzi hin waren die beiden Bottafavis von oben, Mann und Frau, in Pantoffeln auf den Treppenabsatz herausgekommen, ebenfalls schreiend, ein schönes eheliches Bariton-Sopran-Duett: »Diebe! Diebe!« Sie heischten nun angemessene Bewunderung für ihren Mut, ihre Geistesgegenwart. Bottafavi sogar mit einem großen Trommelrevolver in der Hand: den wollte er dem Kommissar vorführen, beziehungsweise den Umstehenden: die Frauen wichen etwas zurück. »Na, schießen Sie jetzt nicht gleich noch auf uns!«: die Buben reckten die Hälser, voller Bewunderung. Von da an hatten sie eine hohe Meinung von diesem Signor Bottafavi. Er fuhr mit seiner Rezitation fort, Revolver in der Hand, der aber nicht geladen war: Revolverlauf nach oben. Mit großer Genauigkeit wiederholte er das Vorgefallene. Wie es gekommen war, daß ihm, so sehr er es auch versucht hatte, nicht gelungen war, ihn abzufeuern. Denn da war eine Sicherung, ein Bolzen im siebten Loch der Trommel. Und er, in den vielen Jahren der absoluten Inaktivität des Schießeisens, hatte ganz vergessen, daß richtige Revolver, wie der seinige, eben diese Ladesicherung hatten! Und wenn die zu ist, kann man eben nicht schießen. So daß, grad' auf dem Höhepunkt, der Dieb in langen Sätzen hatte das Weite suchen können. »Aber die zwei Schüsse, haben Sie die denn abgegeben?« fragte Ingravallo. »Was denken Sie, Herr Kommissar! Ich bin doch kein leichtsinniger Bengel ... so aufs Geratewohl zu schießen!« – »Aber Sie haben's doch versucht!« »Versucht, und ob versucht! Aber mein Revolver ist doch nicht so einer wie von diesen Verbrechern ... die ernstlich schießen. Das hier, Herr Kommissar, das ist der Revolver eines Ehrenmanns. Ich ... ich bin als junger Mann bei der Ehrengarde gewesen: und ich glaub, ich kann mit Waffen besser umgehen als viele andre. Ich, ich hab mich und meine Nerven gut in der Hand . . . « Der Dieb war entwischt. Um Haaresbreite . . . »aber ein zweites Mal wird es ihm nicht gelingen . . . «

»Und was können Sie über den Ladenburschen aussagen?« – »Was für einen Ladenburschen?« – »Den Austräger vom Lebensmittelgeschäft«, sagten die Weiber. »Haben Sie denn nicht gehört, was die Frauen da erzählt haben? Stundenlang reden sie schon davon . . . «, sagte Ingravallo. »Na, ich kümmere mich doch nicht um Lebensmittelgeschäfte: das sind Sachen, die meine Frau angehen«, antwortete er in gewichtigem Ton. Die Ladenjungen der Wursthandlungen konnten ganz offensichtlich nicht mit seinem Revolver konkurrieren. Nein, er hatte keinen Ladenburschen gesehen: weder von einem Lebensmittelgeschäft noch von irgendeinem anderen: weder vom Metzger noch vom Bäcker.

Und doch hatte die Signora Manuela ihn gesehen, und gut gesehen, wie er gestreckten Laufs aus dem Tor schoß, direkt hinter dem Dieb. »Aber was denn«, rief die Bottafavi, um ihren Gatten zu unterstützen. »Wieso, was denn! Nichts ›was denn‹, Signora Teresa! Glauben Sie, ich habe meine Augen für nichts und wieder nichts? . . . Das wäre ja noch schöner . . . bei dem Hin und Her hier im ganzen Haus?« Die Frau Professor Bertola dementierte, was die Bottafavis abstritten: und korrigierte gleichzeitig die Behauptung der Portiersfrau. Sie war grad auf dem Heimweg: am Mittwoch hatte sie nur eine Stunde Unterricht, von acht bis neun. Grad wollte sie beim Haustor herein, als sie ihn herauskommen sah und er sie beinahe über den Haufen rannte, dieser verängstigte Seraphim mit der unglaublichen Haarmähne: mit verstörtem Gesicht, weißen Lippen . . . die Lippen hatten ihm gezittert, dessen war sie sicher. Sie hatte ihn aus den Augen verloren, denn gleich darauf war dieser »üble Bursche« hintennach gekommen, der im grauen Monteuranzug *sui generis*, ganz ausgestopft, und mit einem eingewickelten Paket, »der Mörder in Person . . .« – »Und was für eine Mütze hatte er auf?« fragte Ingravallo. »Die Mütze . . . ja, wissen Sie . . . die Mütze . . .« – »Wie war sie? Sagen Sie nur!« – »Ich könnte es nicht sagen, kann mich nicht erinnern, Herr Kommissar.« Kurz vorher, ja, ja, doch, sicherlich, hatte auch sie die beiden Schüsse gehört: zwei Einschläge, die durchs Haustor schallten.

Die Portiersfrau ihrerseits hackte zurück. Die zwei Schüsse wohl, zuallererst die zwei Schüsse . . . stimmt. Dann aber hatte sie etwas Graues vorüberfegen sehen im Hausgang, eine fliehende Ratte . . . »Kam mir vor wie die Mäuse, die davonrennen, wenn man mit dem Besen hinter ihnen her ist . . . Und dann, hinter ihm, der Ladenbursche.« Sie konnte drauf schwören. Wie der Ladenbursche vorübersauste, ganz in Weiß gekleidet, außer der Hose, wie gesagt, nun, da war der Mörder schon vorbei. Die Revolverschüsse: ja, sicher . . . einen Augenblick vorher hatte dieser Dreckskerl zwei Schüsse abgegeben. Auf der Treppe oben noch, die dröhnten wie zwei Bombeneinschläge. »Bumm! Bumm! Ich sag Ihnen, Herr Kommissar, ich hab ein Herzklopfen davon gekriegt . . .«

Die Bertola wollte etwas erwidern. Zwischen den beiden Frauen gab's eine Keiferei. Die Signora Liliana hatte sich nicht gezeigt: und Don Ciccio war froh darüber! sie! sollte sie sich einem solchen Marktgeschrei aussetzen?

Es schien ihm nicht angemessen, seine Zeit mit der Suche nach den Geschossen oder Geschoßspuren zu verplempern. Ob sich's nun um eine 6,5 Beretta oder eine 7,65 Glisenti handelte, war ihm ziemlich gleichgültig: eine Pistole konnte man mit Leichtigkeit auf einige Zeit verschwinden lassen, das wußte er aus Erfahrung: man brauchte sie nur einem Kameraden, einem Freund zur Aufbewahrung zu geben.

So entließ er Mieter und Mieterinnen, Dienstboten und Einkaufstaschen; unversehens versetzte er dem Pudel eins auf die Pfote, der in ein Teufelsgekläff von »kai, kai, kai« ausbrach, daß selbst der Papst in seinem Palast es hören mußte. Ließ das Haustor ganz abschließen, das Seitenpförtchen von dem Polizisten bewachen, der auf den Posten des Brigadiers gerückt war. Stieg hinauf. Zu einem nochmaligen kurzen Augenschein bei der Menegazzi: Pompeo, der ihn begleitete, hinter ihm her: Gaudenzio war obengeblieben. Fragte und guckte nochmals, ob Spuren, genauer gesagt, Fingerabdrücke des Mörders vorhanden waren. Die Schubladengriffe, die Marmorplatte der Kommode: der glänzende Marmorfußboden.

Schließlich erschien auch die Signora Liliana, (wunderschön): behauptete, von sich aus keinerlei Vermutungen anstellen zu können: hatte freundliche Worte für die Menegazzi, bot ihr an, sie bei sich unterzubringen: bestätigte, auf Befragen hin, daß einige Zeit vor den zwei Pistolenschüssen an der Wohnungstür geklingelt worden war, reichlich schüchtern jedoch, wie ihr schien. Sie war im Bad. Hatte nicht öffnen können: vielleicht hätte sie sowieso nicht geöffnet. Um diese Zeit schrieben die Zeitungen ja viel über jenes »düstere« Verbrechen in der Via Valadier, dann über jenes andere, noch »finsterere« in der Via Montebello. Ihr gingen die Dinge, die sie gelesen hatte, nicht aus dem Kopf. Und außerdem ... eine Dame ... die allein zu Hause ist, hat immer ein wenig Angst, aufzumachen. Sie verabschiedete sich. Dann erst fiel dem Ingravallo seine grünliche Krawatte ein (die mit den schwarzen Kleeblättchen in Fünferordnung) und sein molisischer Bart der letzten sechsunddreißig, achtunddreißig Stunden. Aber ihre Erscheinung hatte ihn beseligt.

Er befragte nochmals die Witwe Menegazzi, geborene Zabalà, ob sie etwa, bei genauer Überlegung, irgendeinen Verdacht gegen irgend jemanden hätte, irgendeinen Hinweis, irgendein Indiz geben könnte? Keiner von den Leuten aus dem Haus? Aber die Gewohnheiten des Hauses mußten ihm doch vertraut sein, der Ungeniertheit nach, mit der er vorgegangen war. Er fragte nochmals, ob irgendwelche Spuren vorhanden wären ... Abdrücke, oder andere ... des Mörders. (Dieser Ausdruck des fabulierenden Kollektivs hatte sich ihm inzwischen im Gehörgang eingenistet: seine Zunge mußte ihn nachsagen). Nein, keine Spuren.

Er ließ Gaudenzio und Pompeo die Kommode wegrücken. Staub. Ein gelber Halm vom Kehrbesen. Ein bläuliches Trambahnbillett, fest zusammengeknäuelt. Er bückte sich, klaubte es auf, faltete es sehr vorsichtig auseinander, den dicken Kopf über dieses Nichts gebeugt: das ganz verknittert, fast ganz verknittert schien. Trambahnlinie zu den Castelli. Geknipst am Datum des Tags zuvor, vielleicht, es ging da ein Riß durch, bei der Station »Tor ... Tor ... Herrschaftnochmal! Die Haltestelle vor ... Due Santi.« – »Das ist die Haltestelle von Torraccio«, sagte da Gaudenzio, der hinter Don Ciccios Schultern den Hals vorgereckt hatte. »Ist das von Ihnen?« fragte Don Ciccio die verängstigte Menegazzi. »Nein, Signore, es ist nicht von mir.« Nein, sie hatte auch keine Besuche gehabt, am Tag vorher. Die Putzfrau, die Cencia, eine etwas bucklige Alte, kam nur halbtags, um zwei Uhr: was ihr gar nicht recht war (ihr, der Menegazzi). Deshalb mußte sie sich zum Beispiel morgens selber ihr

Bett machen, obwohl . . . ihre armen Nerven, ach, Herr Kommissar! Sie hatte es übrigens schon gemacht, als plötzlich, inmitten des friedlichen Schweigens »diese gräßliche Klingel« so unvermutet ertönte. Ins Schlafzimmer, Heiligemuttergottes, dahinein kam doch niemand, in dies Heiligtum der Erinnerungen, nein, nein, dahinein hätte sie nie jemanden geführt.

Don Ciccio zweifelte daran in keiner Weise: aber ihr Ton und ihr »Heiligemuttergottes« waren dergestalt, daß sie Zweifel am Gegenteil durchaus zuließen. Nein, die Putzfrau war nicht aus Marino, war nicht aus der Gegend der Castelli Romani . . . Sie wohnte vielmehr, seit undenkbaren Zeiten, in so einer Bruchbude, einer ganz stinkigen Bruchbude in der Via dei Querceti, auf halber Höhe, direkt an der Hinterpartie der Santi Quattro, mit einer Schwester, einer Zwillingsschwester, die nur ein klein bißchen kleiner war als sie, aber kaum zu merken. Übrigens, beide, das konnte er glauben, kreuzbrave Frauen. Sie schleckte gern Zucker, das wohl, und Kaffee, ganz süßen Kaffee. Aber daß sie was angerührt hätte . . . nein, bewahre . . . sie hätte nie was genommen ohne zu fragen. Sie litt an Frostbeulen, an Händen und Füßen, jawohl: konnte oft kein Geschirr spülen, so brannten ihr die Hände: mußte viel ausstehen, die Arme. Diesen Winter war's nicht gar so schlimm, wenn auch arg genug, aber den vorherigen Winter. Eine sehr brave, fromme Frau: den ganzen Tag mit dem Rosenkranz in der Hand: besonders den Heiligen Joseph verehrte sie. Auch Don Corpi konnte Auskunft über sie geben, Don Lorenzo, kannte er den nicht? . . . Ach, ein so heiligmäßiger Mann: von der Kirche Santi Quattro Coronati: ja, er war ihr Beichtvater: manchmal machte sie auch Kirchendienst für ihn, wenn die Kirchenputzerin, Rosa, selber nicht konnte.

Ingravallo hatte mit offenem Mund zugehört. »Dann ist also das Billett da? dies Billett, von wem ist denn dann dies Billett? Wer kann das hiergelassen haben? Sagen Sie! Der Mörder?...« Es war, als ob die Menegazzi dem Eifer und der Dringlichkeit der Fragestellung ausweichen wollte, die Anstrengung scheute, nachzudenken: ganz zittrig, ganz durchweicht von verspäteter Hoffnung, im Traum und im Charisma der ach, nur gestreiften und nicht erlittenen »Mißbehandlungen«. Eine vielfarbene Flatterhaftigkeit wölkte aus ihren violetten Foulards, ihrem blauen Bartanflug, ihrem vogelprangenden Kimono, (es waren keine Blütenblätter, sondern seltsame Flugwesen, zwischen Vogel und Schmetterling), von den gelblichen Haaren mit dem brüchigen Tizianschimmer, vom lilafarbenen Band, das sie zusammenhielt fast wie ein Strahlenschüppel im Glorienschein: oberhalb der vagotonen Schlaffheit des Epigastriums und des welken Gesichts, und der Seufzer ob der – ach! – entronnenen Brutalitäten und der nicht entronnenen Beraubung der Goldschätze: sie wollte nicht nachdenken, wollte sich nicht erinnern: oder doch, wollte sich nur an das erinnern, was wohlweislich nicht geschehen war. Der Schreck, das »Unglück«, hatten ihr das Gehirn verdreht, das bißchen, was man bei ihr Gehirn nennen konnte. Sie war neunundvierzig Jahre alt, auch wenn sie aussah wie fünfzig. Das Unglück hatte sie doppelt heimgesucht: in ihrem Geld, jenem unvergleichlichen Urkundenbeweis... der nun nicht mehr zu leugnenden Wertgeschätztheit: und in ihrer eigenen Person, mit der Titulierung »alte Hexe«, dem Pistolenlauf, der Pistole. »Früher bist du nicht so nichtsnutzig gewesen«, war sie versucht von ihrem Schutzengel zu denken. Nein, sie dachte es nicht, wollte es nicht denken: sie war ganz durcheinander: hielt sich nicht mehr im Zaum. Wer sie aber trotz allem zum Reden zwang, war Ingravallo – er packte sie, als ob er mit fester Zange ein knisterndes Glutstück halte, das spritzt, raucht und zu Tränen reizt. Bis sie schließlich, erschöpft, ihm bestätigen mußte, daß der . . . nun ja, der Halunke, die Pistole aus der Tasche gezogen hatte, oder wo er sie sonst stecken hatte, jawohl, grad hier vor der Kommode; und dann das dreckige Sacktuch, den Monteurlappen, oder was es war, in den er die Lederschatulle einwickelte . . . das Schmuckkästchen, nachdem er es aus der Schublade geholt hatte. Mit der Pistole war noch was anderes aus dem Sack gefallen, ein Taschentuch oder sowas ähnliches, irgendsowas Zusammengeknuddeltes, Papier wahrscheinlich, Heiligemuttergottes! wenn sie sich nur genau erinnern könnte . . . Papier? Der Bursche, ja sicher, wahrscheinlich, hatte sich danach gebückt. Sie sah die Szene nebelhaft vor sich: wonach gebückt? nach dem Taschentuch? . . . wenn's ein Taschentuch war. Wie soll das Gedächtnis da noch funktionieren . . . in allen Einzelheiten . . . wenn man solche Ängste ausstehen muß?

Ingravallo bettete das Billett in seine Brieftasche, stieg hinab. Es waren inzwischen kaum fünfzehn Minuten verflossen. Dunkel auf den Treppen. Von unten her, Helligkeit vom Hauseingang: selbst bei geschlossenem Haustor hatte man dort Tageslicht von einem Fenster zum Hof hin. Gaudenzio und Pompeo folgten ihm. Er suchte noch einmal nach der Portiersfrau: da war sie und keifte mit irgend jemandem.

Nachdem sich auf seine Aufforderung hin neunzig Prozent der Mieter und Mieterinnen entfernt hatten, wenn auch nur auf einige Schritte und mit gespitzten Ohren, war's ihm nicht schwer, seinem Verhör noch ein kleines Zusatzverhör anzufügen, bezüglich des geheimnisvollen Ladenjungen: indem er im

Hauseingang den bereits aufgelösten Haufen, das Bündel von Menschenwesen und vegetables (Gemüsen) wieder zusammenberief, aus welchem er Aufschlüsse über die Umstände und eventuellen Personalreferenzen hervorpressen mußte. Dabei kam heraus, daß kein einziger Hausbewohner, weder von Treppe A noch von Treppe B, irgendwelche Warensendungen erwartete, an jenem Vormittag, aus keinem Lebensmittelgeschäft der *urbs*. Niemand hatte einem Laufburschen im weißen Ladenschurz zu jener Stunde die Tür geöffnet. »Das war alles eine abgekartete Komödie«, ereiferte sich eine Mieterin aus dem fünften Stock, eine Freundin der Bottafavi, und deshalb der Menegazzi nicht gerade freundschaftlich gesinnt. »Man weiß ja, wenn einer klaut, dann hat er immer einen, der Schmiere steht ... Die zwei da, glauben Sie mir, Herr Kommissar ... die ... die haben unter einer Decke gesteckt ...«

»Habt ihr in diesem Haus nie Laufburschen von Lieferanten gesehen?« fragte Ingravallo im Ton gebieterischer Verantwortlichkeit und leicht gereizt. Überdruß und gewohnheitsmäßige Strenge ließen ihn die Augendeckel hochziehen: dann bekamen seine Augen ein Leuchten und eine durchdringende Sicherheit. »Aber sicher«, sagte die Pettacchioni, »das Riesenhaus hier ist ja der reinste Taubenschlag ... hier wohnen lauter feine Leute, Geschäftsleute, was glauben Sie denn, Herr Kommissar!« Alle lächelten: »Leute, die nicht nur vom Zuschauen leben!« Und zu wem kamen die Lieferanten? Erinnerten sie sich nicht? ... Wem wurde der frische Schafkäse ins Haus gebracht? ... »Nun ja, Herr Kommissar, mal dem, mal jenem« ... sie senkte den Kopf, legte den Zeigefinger an den Mundwinkel. »Lassen Sie mich mal nachdenken.« Alle ließen nun plötzlich Ladenburschen mit Schafkäse durch die Luft schwirren: plötzliches Aufbrodeln von Vermutungen, Disputen, Erinnerungen: Buckelkörbe und weiße Ladenschürzen. »Ja richtig ... der Signor Filippo hier ...« Man blickte in seine Richtung: als ob man ihn vorstellen wollte: »Der Commendator Angeloni: vom Ministerium der National-Wirtschaft«, und deutete auf ihn, in der Gruppe. Die anderen wichen zurück, und der Bezeichnete verbeugte sich leicht: »Commendator Angeloni«, annoncierte er sich selbst. »Ingravallo«, erwiderte Ingravallo, der noch immer nicht einmal den Titel »Cavaliere« erlangt hatte, und berührte mit zwei Fingern seine Hutkrempe. Der National-Wirtschaft zu Ehren.

Der Signor Filippo, groß, im dunklen Überzieher, etwas birnenförmigen Leibes und mit auswattierten Schultern, die ein weniges abfielen, einer Miene zwischen verängstigt und melancholisch und in der Mitte eine Riesennase wie die Steuerflosse eines fischigen Propstes, die beim Schneuzen sicher trompetete wie die Posaunen beim Jüngsten Gericht, zeigte – trotz Commendatoren- und Ministeriumswürde, letztlich und endlich ... eine undefinierbare Traurigkeit, eine Unsicherheit, gemischt mit einem Anflug von Widerspenstigkeit in den Augen, wie er so den Doktor anblickte, den Doktor Ingravallo, fast als ob er befürchtete, irgendwo seine Standfestigkeit einzubüßen ... beim nächsten Wechsel des Ministeriums etwa: das aber bekanntlich erst am 25. Juli 1943 schließlich zu Fall kommen sollte. Ein seltener Rabenvogel, Heiliger Hieronymus, wie er da so eingebündelt dastand in seinem hochgeschlossenen Anzug und mit dem elegischen Schal: ein Ministrant des Katasteramts, einer von den ganz Schwarzen, die sich vorzugsweise zwischen San Luigi de' Francesi und der Santa Maria sopra Minerva einnisten. Unbemerkt von zerstreuten Passanten, oder von den

Eiligen, gen Feierabend, pflegen sie dort, einen Fuß vor den anderen setzend, in ihren Lieblingsgassen zu wandeln, vom Torbogen von Sant'Agostino und von der Via della Scrofa durch die Via delle Capelle und von der Rabenzisterne bis hinauf zur Santa Maria in Aquiro. Ganz gelegentlich wagen sie sich, still und klamm, bis zur Via Colonna oder entweichen leutscheu hinaus aufs Kopfsteinpflaster der Piazza della Pietra, nicht ohne sich ein Gläschen Rotwein zu genehmigen und die snobistische Pizza der Neapolitaner: und dann, durch diesen Dünndarm der Via de Pietra, gedeihen sie vielleicht gar bis zur Mündung des Corso, aber da muß es schon Fastnachtssamstag sein, vors Gebäude der Enciclopedia Treccani, bis zu den höchst einladenden Uhren in der Auslage des Juweliers Catellani. Während der Fastenzeit bescheiden sie sich, trauervoll und nasenhängerisch an der Santa Chiara entlangzuschleichen, trotten unter den Eingangskuppeln der beiden Hotels, bis zum Elefanten und seinem graziösen Obelisken und den Auslagen voller Rosenkränze und Madonnen: Schritt vor Schritt hinaufwärts: oder Schritt vor Schritt herunterwärts: um ein Haar von einem Radler gestreift, biegen in die Palombella ein und scheuern sich an der Hinterpartie des Pantheons vorbei, jetzt allerdings schon Richtung heimzu und wie enttäuscht von dieser Dämmerstunde.

Vor einigen Jahren war der Commendatore Angeloni in die Via Merulana gezogen, nachdem das Stadtviertel Parlament-Campo Marzio zum Abbruch bestimmt worden war. Dort hatte er von jeher gewohnt. Er mußte ein Feinschmecker sein: jedenfalls aus den Paketen, aus den Trüffelkörbchen zu schließen ... Paketchen, die er für gewöhnlich sich selbst »überbrachte«, indem er sie mit allen Anzeichen der Hochachtung horizontal vor seiner Brust trug, als müsse er sie dort säugen:

Paketchen aus Delikatessengeschäften, gefüllt mit Aspik oder *pâté*, verknotet mit hellblauen Schnürchen. Gelegentlich schickte man sie ihm auch ins Haus, auf Nummer zweihundertneunzehn, oberster Stock; man reichte sie ihm dar, wie man in Florenz sagt. (Artischockenböden in Öl, Thunfischscheiben).

»Der Signor Filippo hier«, wiederholte die Signora Manuela. »Na, zu Ihnen ist doch der schon öfters gekommen, aber ja doch, ein junger Bursch mit Päckchen, mit einem weißen Schurz. Hab ihn zwar nie vom Gesicht gesehen: könnte also nicht genau sagen, wie er ausschaut. Aber wenn ich's mir so überlege, jetzt, wo's mir einfällt, hätte der von heut früh auch der Ihrige sein können. Einmal, gegen Abend, wie ich ihm auf der Treppe nach bin, hat er mir heruntergerufen, daß er zu Ihnen hinaufwill, weil er Ihnen Schinken bringen muß.«

Alle Blicke richteten sich auf den Commendatore Angeloni. Der Beamte war verwirrt.

»Ich? Laufburschen? ... Wieso Schinken?«

»Mein lieber Commendatore«, flehte die Signora Manuela, »Sie wollen mich doch wohl nicht blamieren und behaupten, es sei nicht wahr, ins Gesicht vom Herrn Kommissar ... Sie sind alleinstehend.«

»Alleinstehend?« erwiderte Signor Filippo, als ob alleinstehend zu sein ein Verbrechen wäre.

»Na, wohnt vielleicht noch jemand anderer mit Ihnen? Nicht einmal eine Katze ...«

»Und was wollen Sie damit sagen, daß ich alleinstehend bin?«

»Ich sage, daß Ihnen deshalb jemand das Essen ins Haus liefert, wenn's regnet, am Abend, kann doch sein, oder nicht ... vielleicht nicht? ... meinen Sie nicht auch?« Sie sagte es in versöhnlichem Ton, fast beschwörend: als wollte sie sagen: »Aber was brockst du mir denn da ein, Dummkopf!«

Alles in allem ein Durcheinander. Die Verwirrung des Signor Filippo war offensichtlich: dieses Gestottere, dies Rot- und Blaßwerden: diese Blicke voller Unsicherheit, fast möchte man sagen Bedrängnis. Neugier hing erwartungsvoll über allen: sämtliche Hausbewohner starrten ihn offenen Mundes an: ihn, die Portiersfrau, den Kommissar.

Eines war sicher, sagte sich Ingravallo, nämlich daß die Portiersfrau den Laufburschen auch diesmal nicht von Angesicht gesehen hatte: wenn es ein Laufbursche war. Sie hatte seine Fersen gesehen, und auch seinen ..., sagen wir, seinen Rücken: das ja. Die Frau Professor Bertola, die ja, die hatte ihn von Angesicht gesehen: er war leichenblaß: mit weißen Lippen: aber sie hatte ihn vorher nie gesehen, konnte also ebenfalls nichts dazu sagen.

Auch der Mörder ... Die Signora Manuela mußte schließlich zugeben, daß sie auch bei dem nicht imstande sein würde, ihn wiederzuerkennen. Nein. Niemals bis zu jener Stunde hatte sie ihn je gesehen. Nie. Und vorbei wie ein Blitz!

Und die beiden Revolverschüsse, im Dunkel der Treppe, o je, wer weiß, wo die eingeschlagen hatten.

Der Doktor Ingravallo machte es kurz. Es wurden auf die Quästur vorgeladen: die Signora Manuela Pettacchioni, Portiersfrau, und die Witwe Teresina Menegazzi, geborene Zabalà, um dort protokollarisch zu Papier zu geben, was sie sonst noch etwa zu melden hatten: die letztere vor allem, um den Diebstahl zur Anzeige zu bringen. Der Schaden war recht erheblich: der Fall ziemlich schwerwiegend. Es handelte sich um einen vorsätzlichen Diebstahl, und zwar an Gegenständen von beträchtlichem Wert: achtzigtausend Lire ungefähr an Gold und

Schmuck (eine Perlenkette, ein großer Topas, unter anderem): und zirka viertausendsiebenhundert Lire in Bargeld, in der alten Brieftasche. »Der Brieftasche meines verstorbenen Egidio!« schluchzte die Menegazzi, als man sie in die Quästur vorlud.

Der Commendatore Angeloni wurde auf äußerst rücksichtsvolle Art gebeten, sich der Polizei zur Verfügung zu halten zu weiteren Aufklärungen. Ein schöner Euphemismus. »Sich zur Verfügung halten« bedeutete nämlich praktisch, Don Ciccio zu folgen auf die verschiedenen Trittbretter der Trambahnen bis zum Gäßchen von Santo Stefano del Cacco. Außerdem mußte er auf diese Weise das Mittagessen überspringen.

»Hab gar keine Lust, danke«, sagte er traurig zu Pompeo, der ihm den Vorschlag machte, die Rastlosigkeit des Wartens mit ein paar belegten Broten zu unterbrechen. »Würde mir nicht schmecken, hier ist nicht der richtige Ort.« – »Wie Sie meinen, Signor Commendatore. Jedenfalls, wenn Sie Appetit kriegen, der Nudelkoch, hier in der Via del Gesù, ist extra dafür da. Der kennt uns alle, wir sind gute Kunden. ›Rostbiff‹, noch blutig, das ist die Spezialität vom Peppi.« Die Signora Manuela, nachdem sie auf dem Schreibtisch von Don Ciccio jenen gräßlichen und nicht enden wollenden Knuddel ihrer ehrenwerten Unterschrift hingeschnörkelt hatte, Manuella Petachoni, wollte sich, als sie diese Bruchbude von Wartezimmer durchquert hatte, von dem vermummelten Commendatore verabschieden: grüßte ihn also jovial, ganz Sang und Klang aus dem Volke: »Auf Wiedersehen, Signor Commendatore . . .« Alle stierten ihn an. »Kopf hoch, wird schon nichts dahinter sein . . . Ist alles schneller gesagt als getan.« Und verschwand wackelnd wie eine Wachtel und tack-tack-balancierend auf den Stöckeln ihrer besten Schuhe; die waren hoch wie zwei Sprungtürme: wie eine Muttersau auf ihren Spitzhufen. »Vor lauter Gefrett wird der da heut kaum Lust haben, seine Artischockenböden zu fressen ... der kriegt heut keinen Krümel hinunter, armer Signor Filippo ... Das haben wir nötig gehabt, am Santo Stefano zu landen! Finstere Gegend!«

Der Commendatore konnte sich nicht beruhigen. Das Tick-Tack dieser vermaledeiten Uhr hier im Zimmer höhlte ihm von Schlag zu Schlag die Augen tiefer aus: daß er schon aussah wie ein aus dem Grab Gestiegener. Zum Verhör, am frühen Nachmittag, kam Ingravallo selber und wechselte Milde und Freundlichkeit mit drangvolleren Phasen: wenn er, zuweilen, von jener gewissen Dienstzimmer-Benommenheit befallen wurde, die ihm auf so nützliche Weise die Lider beschwerte. Momente der Lebhaftigkeit und Ironie: plötzliche Zuckungen von Ungeduld: Überdruß, als ob er in der Aktenflut ertrinken müsse: dazwischen harte Einschnitte. Später erzählte der Deviti, der Gaudenzio, der, ohne daß man's ihm anmerkte, dem Verhör beiwohnte, von einem Tischchen in der Ecke aus, den Dickschädel auf den Aktenkram von tags zuvor gebeugt, – erzählte also, wie gleich zu Beginn des Duetts der geplagte und verschüchterte Angeloni sofort völlig aus dem Häuschen geraten war. Genau das konnte den feinen Leuten passieren, den anständigen Leuten, denen, die besonderen Wert darauf legen, als solche dazustehen, in gewissen Situationen, für die sie nicht gebaut sind. Eine unglaubliche Angst schien sich des Commendatore bemächtigt zu haben. Schließlich schneuzte er sich die Nase: rote Augen, trompetete wie eine Witwe. Behauptete, nichts zu wissen, nichts zu meinen, sich nicht vorstellen zu können, was mit diesem Laufburschen in Zusammenhang stünde. Bestand peinsam darauf, entgegen jeder Gepflogenheit, das

Wort »Boten« anzuwenden. Je heftiger Ingravallo sich seinerseits in das zwischen Tiber und Biferno gebräuchliche Folklore stürzte, je heftiger er ihm mit Dialektausdrücken zu Leib rückte, um so tiefer zog der andere sich wie eine Schnekke zurück ins schützende Schneckenhaus der offiziellen Terminologie: welchselbe aber mit der generellen Atmosphäre des polizeiamtlichen Mißtrauens, mit Pasteten und Artischockenböden in Öl nichts zu tun hatte. Das Ministerium in der Via Venti Settembre, mit seinen ›Boten‹, seinen Amtsdienern, mußte ihm in dieser erbarmungslosen Stunde mehr denn je wie ein bedrohtes Paradies erscheinen: ein ferner Olymp, beherrscht von einem Commendatore Quirino, nein, sogar Grand' Ufficiale, der aber, ach, wenig geneigt sein würde, ihm zu Hilfe zu eilen! Was? die magischen Papiere der süßen bürokratischen Trägheit sollte er lassen? Die linde Lauheit der Zentralverwaltung? Die »beträchtlichen« Zuschüsse durch das ansteigende Diagramm der Sardellen-Fischerei? Die Monopolgebühren an der Salzgewinnung? Das ungewitterhafte und trotz allem köstliche Murren der Finanzpolizei, den heiligen Widerschein des Obersten Rechnungshofes? All dem Lebwohl? Allein und verlassen auf einem Schragen der Quästur sitzend und die ganzen Spitzfindigkeiten der Kriminalpolizei über sich ergehen lassend (wie ihm schien), verschleierten sich ihm die Augen. Sein armes Gesicht, armselige Visage eines Mannes, der nicht angeschaut werden will, mit dieser Stiefelnase in der Mitte, die keinen Augenblick davon abließ, die ganzen, unausgesprochenen Verdächtigungen seiner Frage-Plage-Geister aufzureizen, – dieses Gesicht schien dem Ingravallo wie ein stummer, verzweifelter Protest gegen die Unmenschlichkeit, die Grausamkeit jeglicher organisierten Inquisition.

Sonst, jawohl, hatte er sich manchmal Schinken ins Haus bringen lassen. Von wem? Ja, das zu sagen, war viel verlangt. Wenn er das wüßte! Nein, mein Herr, er konnte keine näheren Angaben machen. Konnte sich nach so langer Zeit nicht mal dran erinnern. Er ... war alleinstehend. Hatte keine festen Lieferanten. Kaufte mal hier, mal dort: heute bei dem einen, morgen bei einem anderen. In sämtlichen römischen Geschäften sozusagen. Eins nach dem andern probierte er aus. Nun, eben. Wo's grade trifft, da trifft's. Wenn er wo was Billiges sah, oder was Gutes. Manchmal nur ein paar Stückchen Kuchen. Nur so zum Abgewöhnen, wenn er Lust hatte ... Oder ein bißchen marinierten Aal, ein wenig Aspik. Aber vor allem, er schneuzte sich die Nase, einige Konserven: ein bißchen Vorrat im Haus ist sehr praktisch. Und wer ihm die Sachen brachte? das weiß man ja, die Boten der Geschäfte.

Er hob die Schultern, glättete die Augenbrauen, als ob er sagen wollte: »Was ist natürlicher als das?« – »Zur Portiersfrau haben Sie einmal gesagt« (Don Ciccio gähnte) »daß Sie den mageren Schinken in der Via Panisperna kaufen ...«

»Ah, stimmt! Jetzt, wo Sie mich daran erinnern, fällt's mir auch wieder ein, daß ich früher mal ... hab mir einen ganzen Schinken gekauft dort: einen mageren Bergschinken, nur zwei Kilo schwer.« Es schien, als ob er im geringfügigen Gewicht jenes Schinkens einen ganz besonders mildernden Umstand erblicke. »Richtig, den hab ich mir nach Hause schicken lassen. Vom Delikateßhändler in der Via Panisperna, stimmt, der ganz am Ende von der Straße, fast Ecke Via Serpenti ... einer aus Bologna.«

Der arme Befragte holte mühsam Luft. Gaudenzio wurde in die Via Panisperna entsandt.

Um dreiviertel sechs Uhr, zweites Verhör. Wieder traten auf: die Signora Manuela mit der Menegazzi, die man eiligst erneut herbeizitiert hatte, außerdem die Frau Professor Bertola, blaß und von unmerklichen Schauern durchbebt. Der Bursche, den der Gaudenzio an der Ecke Via Serpenti hatte auftreiben können, wurde hereingeführt. Ziemlich ungeniert, aber nicht gerade von lupenreinem Aussehen, schwarze Haare, auf Hochglanz geölt, blickte er forschend auf den Kommissar und dann geschwind auf die Umstehenden.

»Ist das der Ihrige?« fragte Don Ciccio die Bertola.

»Wieso«, schnappte die Lehrerin, beleidigt über den Ausdruck »der Ihrige!« Don Ciccio wandte sich an die Portiersfrau. »Erkennen Sie den wieder? Ist es der von heut morgen?«

»Nein, das ist er nicht. Nicht der von heut morgen ... ich hab ihn nicht von vorn gesehen: wie oft soll ich Ihnen denn das noch sagen, Herr Kommissar? Im Vergleich mit dem da war es ein Jüngelchen.«

Don Ciccio wandte sich nun an den Commendatore Angeloni: »Ist das der, der Ihnen den Schinken gebracht hat?«

»Jawohl.«

»Und Sie?« sagte er zu dem Burschen. »Haben Sie uns was zu sagen?«

»Ich?« Der junge Mann zuckte mit den Achseln und blickte die Umstehenden an, ein Gesicht nach dem anderen. »Woher soll ich wissen, was man von mir will?« Don Ciccio, finsteren Blicks, runzelte die Brauen. »Etwas mehr Respekt, junger Mann. Sie sind hier amtlich vorgeladen!« Und er trällerte quasi: »Artikel 229 des Bürgerlichen Gesetzbuchs. Geben Sie zu, den Signor Commendatore hier zu kennen?« und deutete mit dem Kinn auf den Angeloni.

»Der ist voriges Jahr hin und wieder ins Geschäft gekommen. Dann hat er sich nicht mehr sehen lassen. Einmal hab ich ihm einen Bergschinken ins Haus gebracht, bis hinauf in die Via Merulana. Es hat stark geregnet, damals, ich war ganz durchweicht.«

»Sind Sie noch einmal dort gewesen oder öfters? Kennen Sie das Haus?«

»Ich? Das Haus? ... Ich bin zwei- oder dreimal dort gewesen, wenn was hinzubringen war.« Seine Antwort war bereitwillig und doch gleichzeitig verlegen. Eine gewisse Eile, damit zu Ende zu kommen.

»Und Sie, Signor Commendatore?«

»Ich bestätige dies. Er ist in der Tat zwei- oder dreimal dagewesen.« Er gab sich einen Ruck, das war klar: wollte überlegen erscheinen. »Hab ihm auch ein Trinkgeld gegeben.«

»Ah! Sie haben ihm ein Trinkgeld gegeben.« Don Ciccio glättete die Stirn: schien diesen Umstand sehr anzuerkennen: und doch mit einer unerklärlichen Ironie. Er konzentrierte sich wieder. Beugte den Kopf über die Protokolle. Blätterte und raschelte ein wenig. Befragte wiederum die Pettacchioni, indem er auf den jungen Burschen deutete: »Ist das der junge Mann, von dem Sie mir gesagt haben, er habe einmal heruntergerufen ... vom Stiegenhaus oben?«

»Nein, der ist es auch nicht. Da bin ich sicher. Der hätte nun wieder der von heute vormittag sein können ... das waren beide viel jüngere Bürschchen als der hier. Der damals hatte eine viel freundlichere Stimme: und hatte auch kurze Hosen an, wenn's auch vielleicht nicht derselbe war.«

»Der hier trägt auch kurze Hosen!«

»Herr Kommissar, aber das sind doch Sporthosen, der andere,

das war ein richtiges Milchgesicht, sag ich Ihnen. Den hier kann man ja schon zum Militär schicken. Und überlegen Sie doch, wann es war, daß der in die Via Merulana gekommen ist! Vor einem Jahr! Der, den ich meine, das war vor zwei oder drei Monaten. Kurz nach Allerheiligen.«

Ingravallo schöpfte Atem, als ob er zum Abschluß kommen wollte.

»Für den Augenblick können Sie gehen.« Er hielt seine Augen auf den jungen Mann gerichtet. »Merken Sie sich aber, daß hier nicht der richtige Ort ist, um den Draufgänger zu spielen ...« Jener verschwand, verfolgt von einem langen, eindringlichen, kommissarischen Blick. Seinen Papierkram und die Fäden seiner Inquisition zusammenraffend, verkündete Ingravallo: »Die hier anwesende Signora Pettacchioni, wenn ich richtig verstanden habe, bezeugt, daß sie einen anderen Laufburschen mit dem Schinken auf dem Weg zu Ihnen angetroffen hat ... mehrmals, einen von jugendlicherem Aussehen, und zwar einen, der scheint's mehr Ähnlichkeit hat mit dem von heute vormittag ... welchen die Frau Professor«, und er zeigte auf sie, »von Angesicht gesehen hat und daher wiederzuerkennen in der Lage ist. Stimmt das, Signora Bertola?« Jene nickte.

Der Angeloni schöpfte wieder Atem. Er setzte sich einen Moment lang in die Positur des Sittenschilderers.

»Nun, die Signora Manuela ist die Portiersfrau. Sie ...« – »Sie was?« schnappte die Inhaberin der Portiersloge drohend. Der Angeloni zog sich erneut in sein Schneckenhaus zurück, ließ nur die Nase draußen: draußen, vor der Seelenkruste. Er wollte vielleicht sagen, daß sie als Portiersfrau die Aufgabe hatte, alle Leute, die vorbeigingen, auszuspionieren.

»Ich will damit sagen ...« Er verhedderte sich, es tönte leicht näselnd wie aus einer Papptrompete. »Nun ja, ich hab's Ihnen ja schon gesagt, Herr Kommissar. Ich kaufe eben da ein, wo's grade trifft. Kann durchaus stimmen, was die Signora behauptet. Auch vorgestern hat man mir zum Beispiel Sachen ins Haus geliefert. Das Dienstmädchen von einem meiner Kollegen, vom Wirtschaftsministerium, hat sie mir gebracht.« – »Das Dienstmädchen! Na endlich, eine hübsche Magd!« brummelte Ingravallo. Klopfte den Aktenstoß zurecht, brummelte noch etwas. Die drei Madams wurden entlassen.

»Wieso, können wir gehen?« fragte die Bertola, bleich. »Jawohl, Gnädigste, bitte sehr!«

Donna Manuela, mit einem Busengebibber, welches ihr die ganze Bluse aufknöpfte, ließ ein merulanisches Lächeln los: »Oh, auf Wiedersehen, Herr Doktor. Kümmern Sie sich um unseren Signor Filippo. Behandeln Sie ihn ja gut!«

Don Ciccio, stumm, verharrte stehend, Protokolle auf dem Tisch, Aug in Aug mit seinem Untersuchungsgegenstand: wie ein dunkler Falke mit halbgeöffneten Schwingen, der noch nicht die Krallen in seine Beute geschlagen hat.

Aber er ließ nicht von ihr ab, unter dem schwarzen Pudelfell, das er auf dem Kopf hatte: dickschädelig wie er war.

Der Commendatore verbarrikadierte sich hinter den »Erfahrungen, die man auf dieser Welt macht.«

»Die da«, greinte er, »wenn die sich nur wichtig machen kann!« Er schnaufte, mühsam, unregelmäßig, kurzatmig, und die Augenhöhlen waren wie Kavernen: völlig erledigt war er. »Was meinen Sie damit? Was stört Sie denn dabei! Was geht Ihnen denn so an die Nieren? Sagen Sie nur! Los ...«

»Ein Herr wie ich, Herr Kommissar, was glauben Sie? Ich kann doch schließlich nicht mit einem Schinken unterm Arm durch die Stadt marschieren. Mir scheint das eine reine Boshaftigkeit, da Vermutungen dranzuknüpfen, ob das nun ein Ladenbursch gewesen ist, der geschossen hat oder nicht, oder ob er Schmiere gestanden hat für den anderen oder nicht. Was soll denn ich darüber wissen! Was glauben Sie denn! Versetzen Sie sich mal ein bißchen in meine Lage. Wie das dann ist, wenn die Leute hergehen und behaupten: wir haben den Commendatore Angeloni in der Via Panisperna gesehen, wie er sich mit einem ... Pferdeschinken abgeschleppt hat: mit zwei Weinflaschen, eine links, eine rechts, wie eine Amme, mit zwei Wikkelkindern im Arm ...«

Ingravallo schwenkte das Haupt, auf und nieder, den Blick auf die Protokolle geheftet. Es sah aus, als ob er dabei sei, die Geduld zu verlieren. Er erhob die Stimme, und skandierte die Worte und Silben: »Die Port-jes-frau be-haup-tet, daß auch der andere Laufbursche mehrmals zu Ihnen gekommen ist: der, der noch jünger ist, verstanden? Vor zwei oder drei Monaten, was etwas weniger ist als eine Ewigkeit, wenn Sie gestatten. Und da der ein Typ ist, der mich interessiert, weil alle drauf schwören, daß er ganz so aussieht wie der andere, der von heute vormittag, verstanden! Wenn Sie also gütigst gestatten ...«

»Ich verstehe, verstehe«, blökte der Commendatore.

»Na also, warum tun Sie mir dann nicht den kleinen Gefallen? ... Wo ich doch so gerne auch wissen möchte, wer das andere Jüngelchen ist!«

Es stand geschrieben, daß die Nummer zweihundertneunzehn der Via Merulana, der Goldpalast, oder, wenn man will, auch Schieberpalast – es stand also geschrieben: daß auch er eine schöne Blüte treiben sollte, wie viele andere Baulichkeiten dieser Welt, übrigens. Die große, dunkelrote Nelke, die da heißt

»Ist das die Möglichkeit!« Zum großen Geraune der Hausbewohner und der Kollegen im Wirtschaftsministerium, von der Signora Manuela gar nicht zu reden, wurde jedenfalls der Commendatore Angeloni bis um neun Uhr abends festgehalten.

Durch einige blasse Indiskretionen, vielmehr Andeutungen der beiden Polizisten, besonders des Blonden, auf dem Umweg über: Manuela–Menegazzi–Bottafavi–Alda Pernetti und Bruder (Treppe A), oder auf dem Umweg: Manuela–Orestina Bozzi–Signora Elodia–Elia Cucco (Treppe B) – scheint es, konnte man erahnen, daß die Polizei eine indirekte und außerdem, wohlverstanden, unfreiwillige (und im übrigen schwer feststellbare) Mitverantwortlichkeit des Commendatore Angeloni an dem Vorfall vermutete: in ihm, als dem Hauptantrieb für das Hin und Her von Wurstwaren-Hauslieferanten. »Der will nicht damit herausrücken, also knöpfen sie ihn sich vor.« Die Polizei hatte sich in den Kopf gesetzt, daß der Commendatore in jedem Fall den Laufburschen des Feinkostgeschäftes kennen müsse, der an keiner Wohnungstür geklingelt hatte und »sich darauf beschränkt hatte, die Treppen hinunterzurennen, kaum daß die Schüsse losgegangen waren«: welchselbiger Commendatore sich aber auch aus irgendeinem unbegreiflichen Grunde darauf versteifte, so zu tun, als sei er aus allen Wolken gefallen. Das ganze Verhalten des Angeloni, seine melancholisch-dickschädelige Bockigkeit, sein ewiges Ableiern nichtssagender Phrasen, die nur ins Ungefähre und Abschweifende führten, seine mehr oder weniger gespielte und geschickt ausgespielte Schüchternheit, das wiederholte Rotanlaufen der tröpfelnden Nase, diese flehenden und fliehenden Augen zuerst, und dann diese beiden Erbarmen erweckenden Augenknöpfchen, verloren in den Kavernen der Angst, der Verwirrung, die manchmal echt, manchmal seltsam zweideutig war – all das hatte schließlich die beiden Beamten verärgert: den Ingravallo und den Doktor Fumi, Chef der Untersuchungsabteilung. Sie schätzten den Ernst der Tatsachen ab, beziehungsweise die geringe Berechtigung ihres ... Mißtrauens, das aus so unwägbaren Indizien erwachsen war: zu Lasten dieses Beamten sechster Stufe im Wirtschaftsministerium. Ein Beamter sechster Stufe von unzweifelbar hoher Moral, von unbeflecktem Ruf! ›Na ja!‹ dachte Don Ciccio, um sich zu trösten, ›jeder Galgenvogel ist unbefleckt bis zu seiner ersten Bekanntschaft mit der Quästur!‹

Und außerdem: gar keine Rede: es ging gar nicht um einen Verdacht. Er mußte nur erklären, sagen, was er dachte, mußte singen: trällern, pfeifen. Wenn er sich was dachte, warum sagte er's dann nicht? War doch klar: der Dieb hatte bei den Balduccis versehentlich geklingelt: vielleicht in der Aufregung, vielleicht weil er falsch verstanden oder nicht richtig behalten hatte, was ihm von dritter Seite an Angaben, als unzureichende Angaben gemacht worden war. Die Idee, daß jener versehentlich an der falschen Tür geklingelt hatte, ging ihm nicht aus dem Schädel: die beiden Türen sahen völlig gleich aus: von zweihundertneunzehnfarbigem Braun alle zwei, das Nummernschild oben nicht zu erkennen, wegen der Dunkelheit im Treppenhaus. Nach erkanntem Irrtum, und weil nicht aufgemacht worden war, hatte er am gegenüberliegenden Eingang geläutet: am richtigen. Nach der Ansicht des Doktor Fumi aber hatte der Bursche bei den Balduccis geläutet, um sich zu vergewissern, daß niemand zu Hause war: die Signora Liliana pflegte um diese Stunde auszugehen, gegen zehn: die Assuntina war weg, auf dem Dorf, beim »alten Vater«, der drauf und dran war, das Zeitliche zu segnen: die Assuntina, mit dem Busen, mit dem gottvollen Hintern! Gina bei den Schwestern in der Schule: der Signor Balducci im Büro, vielmehr auf Geschäftsreisen, wie so oft, in Vicenza, in Mailand. Auch bei der Befragung der Signora Liliana – es war Don Ciccio, der sie selbst vernahm, höchst rücksichtsvoll, am Abend, *in loco* – kam nichts zum Vorschein. Sie erzitterte bei dem Gedanken, allein zu sein, sie und die Ginetta: sie hatte den Cristoforo, den Bürodiener ihres Mannes, gebeten, hinzukommen zum Abendessen und über Nacht zu bleiben: und hatte ihn im Zimmer des abwesenden Dienstmädchens untergebracht. Sie konnte sich gar nicht genugtun, ihm Woll- und Steppdecken anzubieten: ». . . für den Fall, daß es Ihnen kalt wird . . .« Er war ein Riesenlackel, der schon allein mit seinem Geschnauf Diebe in Schach halten konnte: viel Übung im Umgang mit Hunden, Hasen und Jagdgewehren.

Die Gräfin Menegazzi war dem Himmel ein Stockwerk näher gerückt: sie war zu Gast bei den Bottafavis, die am Eingang ein »englisches« Türschloß hatten, achtmal zu sperren, geeignet sogar für den Buckingham-Palast. Der Bottafavi, wenn er gewisse dicke Suppen verspeist hatte, träumte des Nachts davon: träumte, daß er den Sperriegel auf dem Magen liegen hätte. Dann hörte man ihn im Schlaf »Hilfe! Hilfe!« schreien. Aus welchem er dann durch sein eigenes Geschrei aufwachte. Er hatte den Revolver frisch geputzt: geschmiert mit Vaseline, hatte den Bolzen entfernt: so daß die Trommel jetzt surrte wie ein Mühlrädchen. Der Lauf war bereit zum Schuß, beim geringsten Anzeichen einer passenden Gelegenheit.

Ingravallo wunderte sich, Lulu nicht bellen zu hören, und erkundigte sich danach. Das Antlitz der Liliana Balducci nahm sanfte Traurigkeit an. Verschwunden! Seit mehr als zwei Wochen nunmehr. Es war an einem Samstag gewesen. Auf welche Weise denn? Nun so. Wahrscheinlich hatte sich einfach einer das Hündchen in die Tasche gesteckt. In den Anlagen bei San Giovanni, wohin die Tina es spazierenführte, diese kopflose Person: statt darauf aufzupassen, denn da gab es massenweise Tagediebe, die nur zu sehr auf die Tina aufpaßten. »Ein so auffallendes Mädchen ... und bei den heutigen Zeiten!« Nachforschungen beim städtischen Hundezwinger, zwei Suchinserate im ›Messaggero‹, Fragen und Vorwürfe an die Tina, Hilferufe und -flehen ringsumher – nichts hatte es wieder zum Vorschein gebracht, armes Luluhündchen!

Don Ciccio war am nächsten Morgen denkbar schlecht aufgelegt. Es regnete und windete: ein bitterer und launischer Nordwest, der alles über den Haufen fegte, von den Soutanen der Priester angefangen bis zu den durchnäßten Straßenkötern. Die Schirme schafften es gar nicht mehr. Ebensowenig die Dachtraufen der Mietskasernen. Nach allem, was Pompeo ihm berichtete, war klar, daß in der ganzen Nachbarschaft die Juwelen der Gräfin Menegazzi ins Sprichwörtliche eingegangen waren. Zum Epos, zum Schauerdrama geworden, unablässig vom Neid und von der Phantasie der Frauen und Kinder beschworen. Man fabulierte davon seit Jahren. Sagten die Ehegesponse: »Das möchte ich auch haben«, oder: »Und dies würde mir gefallen«, und griffen sich an den Hals, an die Brust, an die Ohrläppchen, als ob die Finger sich dort an einem Geschmeide ergötzten oder das Fruchtkorn einer Perle streichelten: und sie fügten hinzu: »Wie die Signora Menegazzi, wie die Gräfin Menecacci.« Denn sie war eine richtige Gräfin.

Von ihren prunkenden Lippen stieg dieser venetische Name

flußauf, wandte sich gegen den Strom, das heißt gegen die Erosion, welche der Lauf der Jahre angerichtet hatte. Die Anaphonesis bohrte sich den Abfluß, wie der Aal kraftvoll sich durchzwängt, oder gewisse Fische, die kilometerweit flußauf wandern, hinauf, hinauf, hinauf, bis sie die heimatliche Lymphe wieder trinken: bis zum Quellgebirge des Yukon oder der Adda oder des Rio Negro in den Anden. Aus den letzten Transliterationen der Pfarregister fand er wieder den Anschluß an die gutturale Sanftheit der Ursprünge, von Menegaccio zu Ménego und zu Menico, zu Domenico, Dominicus, zum »Possessivum, dessen ein und alles er war«.* Junge Mädchen, die wenig bewandert waren in den kirchlichen Paragraphien, stolperten darüber mit gewisser sabellischer oder tirburtinischer Unbeholfenheit, und nach zwei oder drei Ansätzen blieben sie beim Menecacci, die Kinderchen in ihren Balgereien kreischten es, und die beiden Polizisten vom Bereitschaftsdienst, in Gegenwart des Doktor Fumi, hatten Gelegenheit, ihn auszusprechen und zwar mit hochlöblicher Nonchalance.

Das Epos dieses Namens und dieser Juwelen, ob sie nun echt oder gefaselt waren, dieses Goldhaufens der »Gräfin« aus dem dritten Stock von Nummer zweihundertneunzehn (Treppe A wohlgemerkt, denn Treppe B steht auf einem ganz anderen Blatt), hatte seine Herrschaft mittlerweile über die ganze Via Merulana und Labbicana bis zur Kirche Sant'Antonio di Padova, zu San Clemente und zu den Santi Quattro ausgebreitet und warf seinen Feuerschein, seine Flammengarben aus: wie das Auflodern eines fettigen Papiers. Seit langem eigentlich. Seit Monaten: oder seit Jahren schon. Anläßlich des Verlusts eines Topas- oder Topatzrings (manche sprachen es auch Topatsch aus), welchen die Menegazzi, um es säuberlich auszusprechen, die Menecacci, auf dem Abort liegengelassen hatte, einzig und allein weil sie eine aufgetakelte Gans war, der das Hirn verdampft ist, hatte sie ihn also in der Wannenbadeanstalt Cobianchi bei San Lorenzo in Lucina vergessen, den Ring wohlgemerkt, an der Ecke vom Palazzo Ruspoli, aber im Kellergeschoß, hatte ihn dann aber auf wunderbare Weise wiedergefunden, auf der Glasplatte unterm Spiegel am Waschlavor, dank der Stiftung einer Kerze für den Heiligen Antonius, wozu sie eigens zur Kirche von San Silvestro gegangen war, sie anzünden zu lassen. Und erst nachdem sie sie hatte anstecken lassen, ging sie den Weg zurück, um ihn zu suchen; bei der Gelegenheit und an dem gleichen Tag hatten mehrere Frauen von Nummer 217 und 221, nachdem sie von der Neuigkeit gehört hatten, die Nummern im Lotto gespielt, auf dem Glücksrad von Neapel: das ja spezialisiert ist auf Wunder, wie man weiß. Tatsächlich war ein »Doppel« herausgekommen, ein prachtvoller »Doppel«, genau richtig: leider jedoch auf dem Glücksrad von Bari. Dies nebenbei, damit man sieht, daß der Ruhm dieses Goldschmucks ganz kolossal war. »*Fama volat*«, seufzte der Doktor Fumi, die Hände auf dem Stoß roter Aktenblätter: »*Fama volat.*« Mußte auf Windesflügeln geflogen sein bis zu den Ohren dieses Halunken.

Versteht sich, daß es erste Sorge der Polizei war, speziell des Doktor Ingravallo, welchem die Chronisten nicht den Titel »scharfsinnig« verweigerten, vor allem die Identität dieses »Mörders« festzustellen, und, möglicherweise, ihn zu fassen, das heißt, den »Burschen im grauen Monteuranzug mit Mütze und braun-grünem Schal.« Die allervertrautesten Eingeweihten auf dem Sektor der Langfinger, nachdem man sie hinlänglich aufgekitzelt hatte, machten, jeder für sich, ihren üblichen kleinen

Rundgang: hatten hier und dort einen Zeisig aufgesteckt: hatten mit dem ihre Meinungen ausgetauscht: jeder für sich, versteht sich. Jene gaben präzise Auskünfte, präzise, wie sie die Sibyllen zu geben pflegen. Auf dem Sektor Herumtreiber ... nun, das ist nun weniger ein Sektor als ein Ozean: »Die Vertrauensleute auf die Fährten setzen!« Auf dem Sektor Strichmädchen und diesbezüglicher Freunde ... nein, daran war gar nicht zu denken in diesem Fall. Der »Typ«, wie ihn die Menegazzi beschrieben hatte, mußte ein Unhold von auswärts sein, und außerdem kein Stadtmensch. Nur daß am Mittwochmorgen um neun der Doktor Fumi, wie er ein wenig widerwillig und mit einem verspäteten Gähnen den Bericht überflog (über die ehrbaren Schönen von tags vorher) mit dem Auge hängenblieb an der Personalangabe einer gewissen Person, die im Bezirk des Celio inhaftiert worden war, und als ... Näherin ohne festen Wohnsitz, aus ... Torraccio ... angegeben war. Es war dies der Bericht über die von der Sittenpolizei zu nächtlicher Stunde Aufgefischten, ihm zur Kenntnisnahme vorliegend. Der Name der Lokalität Torraccio, kaum daß er ihn aus dem rechten Augenwinkel gestreift hatte, veranlaßte ihn zum Nachdenken. Er ließ sich das Protokoll bringen (Personalkarteikarte). Und die Karteikarte wiederholte: Cionini, Inse, 20 Jahre, aus Torraccio, ledig: bei »ohne festen Wohnsitz« ein Kreuz, das bedeuten sollte: tatsächlich »ohne«: »Beruf«: Hos.Näh. arbtsl. Dienstmädchen: »Ausweise«: ein waagrechter Federstrich, der bedeutete: keine! Sie hatte die Polizeibeamten beschimpft mit dem Ausdruck »Gescherte.« Gez. »Streife Celio-Santo-Stefano, Kommissariat San Giovanni.«

»Was heißt dies Hos. Näh.?« – »Hosen, Herr Oberkommissar. Sie ist Hosennäherin.« Die Streife hatte sie auf frischer Tat erwischt. Die »Tat« bestand in einer Art Almosen, vier Lire nämlich (Lire von damals jedoch), die sie von einem Passanten erbettelt und erhalten hatte: mit dem sie sich anderthalb Minuten lang stehenden Fußes verweilt hatte, im Schutz der Dunkelheit von Santo Stefano Rotondo, aus welchselbigem Dunkel sie sich drei Minuten vorher beim Annähern der Polizei hervorgewagt hatte: aber der barmherzige Herr hatte sich rechtzeitig (von seinem Standpunkt aus gesehen) verkrümelt.

Der Doktor Fumi schüttelte den Kopf: noch ein letzter Gähner: er erstattete dem Polizeibeamten die Karteikarte zurück, den Bericht dem diesbezüglichen Aktenstoß auf dem Tisch. Magere Resultate, weiß Gott. Zwei oder drei Festnahmen aufs Gratewohl »an den üblichen Örtlichkeiten«, diesmal waren es ein schäbiges Milchgeschäft, ein Bordell fünfter Kategorie in der Via Frangipane gewesen und eine Parkbank bei Santa Croce. Drei »Typen« mit Mütze auf dem Kopf: wen's trifft, den trifft's. Der dritte hatte außer der Mütze auch noch die Krätze.

2

An jenem Morgen, dem Donnerstag endlich, konnte Ingravallo sich einen kleinen Ausflug nach San Marino gestatten. Er hatte sich den Gaudenzio mitgenommen: dann aber überlegte er sich's anders, und am Viminale schickte er ihn wieder retour, indem er ihm einige Geschäftchen aufhalste.

Es war ein wunderbarer Tag: einer jener so glanzvoll römischen Tage, daß sogar ein Staatsbeamter achten Grades (aber schon mit einem Fuß im siebten), gut, also selbst so einer, etwas Unbeschreibliches in seinem Herzen sich aufkräuseln spürt, etwas, das dem Glück nicht unähnlich ist. Es kam ihm vor, als ob er wirklich Ambrosia einschnaufte, mit der Nase, sich in die Lungen rinnen ließ: goldene Sonne auf dem Travertingestein oder dem Peperin aller Kirchenfassaden, auf dem Gesims einer jeden Säule, wo schon die Fliegen herumschwirrten. Und dann, er hatte bereits ein ganzes Programm im Kopf. In Marino, da gibt's außer der Ambrosia, in der Weingrotte des Signor Filippo nämlich, einen ungebärdigen Weißen: ein Luderweinchen, ein vierjähriges, in gewissen Fläschchen, das vor fünf Jahren noch das Ministerium Facta elektrisiert hätte, wenn der Facta factorum imstande gewesen wäre, dessen Existenz aufzuspüren. Hatte die gleiche Wirkung wie Kaffee, auf seine molisischen Nerven: und bot ihm im übrigen alle Lüste – mit allen Abstufungen – eines alten Klasseweins dar: die Zeugenschaften und die reichmodulierten Zungen-Gaumen-Kehlkopf-Speiseröhren-Vergewisserungen einer dionysischen Einvernahme. Mit einem oder einigen Becherchen in der Krone, wer weiß!

Während der beiden Vortage war er – außer allem übrigen, denn es existiert auf der Welt schließlich nicht nur die Via Merulana – war er zweimal auf der Direktion der Trambahnlinie Castelli Romani gewesen: er trottete gern selber ein wenig los, so gegen elf, statt sich Geist und Ohren von konfusen und wenig stichhaltigen Berichten irgendeines Subalternen verwirren zu lassen: Gaudenzio und Pompeo waren anderweitig beschäftigt. »Wer was ausrichten will, gehe selbst, wer nichts ausrichten will, schicke andere.« Die fortlaufende Nummer und die Serie des Billetts, das Knipsloch auf dem Datum des 13. und der Einriß an der Haltestelle »Torraccio« hatten auf glückliche Weise gestattet, Tag, Stunde und Trambahnwagen festzustellen, wo das Billett ausgegeben worden war: außerdem, den diensthabenden Trambahnschaffner zu befragen, der, zusammen mit dem Kondukteur, für den Morgen seines zweiten Besuchs auf die Direktion bestellt worden war. Bei den Stationen Due Santi, Torraccio und Frattocchie waren an jenem frühen Sonntagnachmittag haufenweise Leute eingestiegen. Es war ihnen unmöglich, sich an alle zu erinnern: an ein paar wohl, und sie nannten einige der augenfälligsten Fahrgäste: nicht ohne Hin- und Hergerede zwischen Kondukteur und Schaffner und Verwechslungen mit dem Tag zuvor und dem Tag darauf. Der Schaffner, Merlani Alfredo, bestritt, einen jungen Mann im Monteuranzug gesehen zu haben, weder in blauem noch in grauem. »Mit der Mütze in die Stirn gezogen?« Auch nicht. »Mit einem Schal um den Hals?...« – »Einen Schal?« – »Doch... wohl...

das ja ...« – »Eine Art Schal oder Halstuch aus grüner Wolle?« – »Ja, ja. Grün wie schmutziges Gras.« Er erhitzte sich vor Zustimmung. Der Umstand war ihm aufgefallen, wie er ihm das Billett ausgegeben hatte, daß ihm nämlich der Schal das halbe Gesicht verdeckte, dem Fahrgast. »Er hatte den ganzen Kinnladen eingewickelt«, als ob es wer weiß was für eine Kälte hätte, am 13. März, am Torraccio. Nein, er hatte keine Mütze aufgehabt. Mit unbedecktem Kopf, jawohl: aber er hielt ihn gesenkt, ohne einem ins Gesicht zu schauen: eine Haarmähne, ganz verstrubbelt, und sonst nichts. Er kannte ihn nicht. Nein, vielleicht würde er ihn auch gar nicht wiedererkennen. Das war alles.

Es war also elf Uhr. Der Doktor Ingravallo war eben daran, in die Trambahn zu steigen, an der Ecke Via D'Azeglio. Die wenigen Autos, welche die Polizei zur Verfügung hatte, trieben ziellos irgendwo durch die Siebenhügelstadt, waren am Forum oder den Terrassen beschäftigt, am Pincio oder am Gianicolo: vielleicht nur, um gewisse Herrchen herumzukutschieren, die Großwesire, die Oberkürbisse dieses Zeitalters der Verdummung: oder sie hielten ein Schläfchen im Polizeipräsidium am Collegio Romano, genau wie die Strolche von den Marktplätzen, aber stets bereit, eben diese aufzustören, denn man kann nie wissen. Es gab große Staatsvisiten aus dem Irak, Führer des Generalstabs aus Venezuela, in diesen Tagen, ein Kommen und Gehen von Leuten voller Ordenslametta: die rudelweise auf der Mole Beverello ausgeschifft wurden von heiser tutenden Dampfschiffen.

Das waren die ersten Löwenbrüller, die ersten Zuckungen im Palast nach anderthalb Jahren Noviziat, die der »Totenschädel in Lackstiefeln und Gehrock« vollführte: das waren bereits die Raubtierblicke, das Großgekotze: die Zeit der steifen Hüte, der taubenfarbigen Gamaschen ging, konnte man sagen, zu Ende: kurzarmig wie eine Kröte, mit den zehn Wurstfingern, die ihm links und rechts über die Hüften baumelten wie zwei Bananenstrünke, wie einem Neger mit Handschuhen. Die herrlichen Zeiten hatten noch keine Gelegenheit gehabt, sich auszutoben, wie sie es bald darauf tun sollten, in all ihrem Glanz. Die Margherita,* einer Nymphe Egeria gleich, die abgesunken ist zur verlassenen Dido, ließ immer noch das »Novecento« vom Stapel, den damaligen Alpdruck der Mailänder. Sie oblag den Einweihungen, den Ausstellungen, den Ölbildern und Aquarellen, den Skizzen, wie eben eine freundliche Margherita solchen Gelegenheiten obliegen kann. Er hatte sich auf den Kopf ein Schiffchen gestülpt, fünf Schiffchen. Standen ihm wie angegossen. Die stieren Augen des erblichen Luetikers (abgesehen von der eigenen Lues), die Kinnladen wie die eines analphabetischen Erdarbeiters (bei diesem rachitoiden Akromegalen) füllten schon sämtliche Seiten der ›Italia Illustrata‹: schon begannen, kaum von der heiligen Firmung gesalbt, sämtliche Mariechen Babise Italiens sich in ihn zu vernarren, begannen schon, kaum vom Altar herabgestiegen, alle Magdas, alle Milenas, alle Filomenas Italiens ihn sich gebärmütterlich einzuverleiben; mit dem Gürtel, mit dem Schleier, myrtenbekränzt, photographiert von Photographen beim Austritt aus dem Portal, träumten sie schon von prunkenden und rasenden Wundertaten des meisterlichen Knüppels. Die Damen, in Maiano oder in Cernobbio, erstickten bereits in venerischem Schluchzen nach dem Starkmacher Italiens. Itekaquanische Journalisten eilten in den Palazzo Chigi, ihn zu interviewen, seine kostbaren Ansichten zu erfragen – gierig, gierig notierten sie sic, eilig,

eilig in ein Büchlein, um nicht ein einziges Krümelchen zurückzulassen. Die Ansichten des Kinnladigen überquerten den Ozean, früh um acht waren sie bereits ein Überseekabel, desde Italia, in der Prensa der Pioniere, der Wermuthändler. »Die Flotte hat Korfu besetzt! Diesen Mann hat die Vorsehung den Italienern gesandt!« Am Morgen darauf der Gegenhieb: desde la misma Italia. Es pfeift im Dudelsack. Und die Magdalenen: hinein!!! Gefolgschaftskinder fürs Vaterland produziert. Die Autos der Quästur waren stationiert: am Collegio Romano.

Also am 17. März um elf war es, und der Doktor Ingravallo stand in der Via D'Azeglio, schon mit einem Fuß auf dem Trittbrett, die rechte Hand am Messinggriff, um sich auf die Tram zu schwingen. Da kommt plötzlich der Porchettini dahergeschnauft: »Doktor Ingravallo! Doktor Ingravallo!«

»Was willst du? Was ist denn los?« – »Doktor Ingravallo, hören Sie! Der Oberkommissar schickt mich« – er sprach noch leiser – »in der Via Merulana ist was Furchtbares passiert ... heute morgen, ganz früh. Um halb elf haben sie angerufen, Sie waren 'grad erst fort. Der Doktor Fumi hat Sie gesucht. Inzwischen hat er mich schnell nachschauen geschickt, mit zwei Polizisten. Ich hab schon geglaubt, wir würden Sie dort treffen ... Dann hat er zu Ihnen nach Hause geschickt.« – »Na, und was?« »Wissen Sie's schon?« – »Was soll ich denn wissen? Ich war doch spazieren!« – »Man hat ihr die Gurgel durchgeschnitten, Sie entschuldigen, ich weiß ja, daß Sie weitläufig verwandt sind.« – »Verwandt mit wem?« sagte der Ingravallo und runzelte die Stirn, als wolle er jedwede Verwandtschaft mit wem auch immer von sich weisen. »Wollte sagen: befreundet.« – »Befreundet, mit wem befreundet, mit wem denn?« Die fünf Fingerspitzen der rechten Hand wie zu einer Tulpe zusammenlegend, schwenkte er sie, die Blüte gleichsam jenes Fingerfragespiels, das bei den Leuten aus Apulien so gebräuchlich ist. »Die Signora hat man gefunden ... die Signora Balducci ...« – »Die Signora Balducci?« Ingravallo erbleichte und packte Pompeo beim Arm: »Du bist verrückt!« Er preßte ihn so stark, daß der Greifer meinte, er sei zwischen die Zahnräder irgendeiner Maschine geraten.

»Der Vetter von ihr hat sie gefunden, der Doktor Vallarena ... oder Vallassena. Sie haben gleich bei der Polizeistation angerufen. Er ist jetzt dort, in der Via Merulana. Ich hab Anweisungen gegeben. Er hat gesagt, daß Sie ihn angeblich kennen. Er behauptet«, und er zuckte die Achseln, »daß er sie aufsuchen wollte. Um sich zu verabschieden, weil er nach Genua muß. Verabschieden! um diese Tageszeit! sag ich. Er sagt, er hat sie am Boden liegend gefunden, in einem Meer von Blut, Jesusmaria, da, wo wir sie dann auch gefunden haben, auf dem Parkettboden im Eßzimmer: quer hingestreckt, den Rock hochgeschlagen, in Unterhosen sozusagen, den Kopf ein wenig herumgedreht ... und die Gurgel ganz durchgeschnitten, ganz aufgeschlitzt auf der einen Seite. Den Schnitt müßten Sie sehen, Herr Doktor!« Er faltete wie flehend die Hände, strich sich mit der Rechten über die Stirn: »Und das Gesicht! Mir ist fast schlecht geworden! Sie werden's ja gleich sehen. Ein Schnitt! schlimmer als vom Metzger. Einfach fürchterlich. Die Augen! wie sie auf die Kredenz stieren. Und das Gesicht ganz steif und starr und so weiß wie ein frischgewaschenes Bettuch ... war sie am Ende schwindsüchtig? Wie wenn sie das Sterben schrecklich angestrengt hätte ...«

Ingravallo, leichenblaß, stieß einen seltsamen Schrei aus, einen Seufzer oder das Stöhnen eines Verwundeten. Als ob auch ihm schlecht wäre. Ein Eber, dem eine Kugel im Leib steckt.

»Die Signora Balducci, Liliana . . .«, stammelte er und starrte dem Greifer in die Augen. Er nahm den Hut ab. Auf der Stirn, am Rand, wo die schwarze Krause der Haare ansetzt, ein Perlenkranz von Wassertröpfchen: ein plötzlicher Schweißausbruch. Wie ein Diadem des Schreckens, des Schmerzes. Das Antlitz, sonst von blassem Oliv, war vom Entsetzen mehlig überpudert. »Gehen wir, komm!« Er war schweißbedeckt, wie ausgepumpt.

In der Via Merulana: eine Menschenmenge. Vor dem Haustor die Menschen schwarzgedrängt, mit der Korona von Fahrrädern ringsherum. »Durchlassen! Polizei!« Jeder rückte zur Seite. Das Tor war zu. Zwei Polizisten davor, mit zwei Verkehrsschutzleuten und zwei Carabinieri. Die Weiber bestürmten sie mit Fragen. »Platz machen«, gaben sie ihnen zur Antwort. Die Weiber wollten was herauskriegen. Drei oder vier von ihnen konnte man schon von Zahlen reden hören: über den Siebzehner waren sie sich einig, jetzt stritten sie über den Dreizehner.

Die beiden stiegen zur Wohnung der Balducci hinauf, zu jenem gastfreien Heim, das dem Ingravallo weiß Gott von Herzen wohlbekannt war. Im Stiegenhaus raunte es wie von Schatten, wisperten die Mitbewohnerinnen. Ein Kind weinte. In der Diele nichts Auffallendes (der gewohnte Geruch nach Bohnerwachs, die gewohnte Ordnung), nur daß zwei Polizeibeamte, stumm, der Befehle harrten. Auf einem Hocker ein junger Mann, den Kopf zwischen die Hände gestützt. Er erhob sich. Es war Doktor Valdarena. Dann erschien die Portiersfrau, tauchte, finster und feist, aus dem Schatten des Korridors auf.

Nichts Auffallendes, hätte man sagen können – doch kaum im Eßzimmer: auf dem Fußboden, zwischen dem Tisch und der kleinen Kredenz . . . diese grauenhafte Sache.

Der Körper der armen Frau lag da in einer geradezu schändlichen Stellung, auf dem Rücken, den grauen Wollrock und den weißen Unterrock zurückgeschlagen, fast bis zur Brust hinauf: so, als ob jemand den zarten Zauber dieser Dessous hätte aufdecken oder auf seine Sauberkeit hätte untersuchen wollen. Sie trug weiße Unterhöschen mit hübschem Trikotmuster, ganz leicht und dünn, auf halbem Schenkel von einem zierlichen Saum gerändert. Zwischen Saum und Strümpfen, die matt und seidig glänzten, entblößt die Blütenweiße des Fleisches, von fast bleichsüchtiger Blässe. Die beiden leichtgeöffneten Schenkel hatten ihren körperwarmen Sinn verloren, fügten sich schon der Eiseskälte: der Kälte des Sarges und der stummen Stätten. Umsonst unterstrich das sich den Blicken dieser Dienstmädchen-Klienten überdeutlich darbietende Maschenwerk das müde Angebot einer Wollust, deren Feuer, deren Schauer noch kaum entflohen schienen aus der sanften, weichen Wölbung, jenem Einschnitt, dem Zeichen des fleischlichen Mysteriums . . . das Michelangelo (und Don Ciccio sah dessen Werk aus der San-Lorenzo-Kirche ganz deutlich vor sich) geglaubt hatte, weglassen zu müssen! Spießige Kleinigkeiten! Reg dich nicht auf!

Die gespannten Strumpfbänder, kaum an den Rändern gerippt, hellgewellt wie Lattichblätter: Strumpfbänder aus lila Seide, in jenem Farbton, der zu duften scheint, waren Augenblicke lang wie das Kennzeichen der zerbrechlichen Lieblichkeit dieser Frau und ihrer Lebensart, der erloschenen Eleganz ihrer Kleidungsstücke, der Gesten, der geheimen Weise ihres

Unterworfenseins, verwandelt nun in die Unbeweglichkeit eines Dings oder einer entstellten Puppe.

Gespannt die Strümpfe, in goldblonder Eleganz, fast wie eine neue, über die sanfte kreatürliche Wärme sich legende Haut, ihr verliehen von den blasphemischen Schicksalswirkerinnen neuen Lebens: die Strümpfe, umwoben mit ihrem lichten Schleier die Rundung der Beine, der herrlichen Knie – dieser wie zu einer schrecklichen Aufforderung ein wenig gespreizten Beine. Mein Gott, diese Augen! – was, wen blickten sie an? Das Antlitz! ... O Gott, es war zerkratzt, die Ärmste! Bis unters Auge, auf der Nase ... dieses Gesicht! Wie müde es aussah, wie müde – arme Liliana, dieser Kopf, in der Gloriole der Haare, die ihn umgaben – Fäden, von der Barmherzigkeit gewoben. Scharf geschliffen das Antlitz in seiner Blässe: entleert, ausgehöhlt vom grauenhaften Sog des Todes.

Ein tiefer, ein schrecklicher roter Schnitt hatte ihr grausam die Kehle geöffnet. Er reichte über die Hälfte des Halses, von vorn bis rechts, das heißt bis links von ihr, rechts vom Betrachter aus gesehen: ausgefranst an den beiden Rändern, wie wenn immer von neuem angesetzt worden sei, mit einer Schneide oder Spitze – entsetzlich, gar nicht zum Anschauen! Von innen sah es hervor wie rote Fäden, zwischen dem schwärzlichen Schaum von Blut, schon geronnen, gräßliches Zeug! – mit halb aufgeworfenen Blasen. Komisch geformtes Zeug, schien es dem Polizeibeamten: sah aus wie Löcher, für den Laien, wie Maccheroni, rote oder rosa Maccheroni. »Die Luftröhre«, murmelte Ingravallo, indem er sich niederbeugte, »die Halsschlagader, die Vene ... mein Gott!«

Der ganze Hals war von Blut verklebt und vorn die Bluse und der Ärmel: die Hand, die mit einer gespenstischen schwarzroten Farbe angemalt, wie von Faiti oder von Cengio. (Arme Mutter! dachte einen Moment lang Don Ciccio, mit einem fernen Klageton in der Seele). Auf dem Fußboden hatte sich das Blut gestockt, wie auf der Bluse zwischen den beiden Brüsten: auch der Rocksaum war davon gefärbt, der umgebogene Rand des hochgeschlagenen Wollrocks, und die andere Schulter: es sah aus, als müßte es von einem Moment zum anderen trocken und schrumpelig werden, ein klebriges Gerinnsel wie aus einer Blutwurst.

Die Nase und das Gesicht – so hingesunken, ein wenig zur Seite gewendet, wie jemand, der eben einfach nicht mehr kann: dieses Gesicht! Ergeben in den Willen des Todes, darin wie Beleidigungen die Schrammen, die Kratzer: wie wenn dieser Dreckskerl sein Vergnügen daran gefunden hätte, ihr diese Verzierungen beizubringen, dieser Mörder, dieser Unmensch!

Die Augen hatten einen schrecklich starren Blick: auf was starrten sie denn überhaupt? Sie starrten und starrten – es war nicht auszumachen, wohin. Hinüber zur großen Kredenz, auf ihren obersten Rand, oder an die Zimmerdecke?

Die Höschen waren nicht mit Blut beschmiert: sie ließen die zwei Schenkelstücke unbedeckt, wie zwei Hautringe, bis zu den Strümpfen, den goldschimmernden. Die Furche ihres Geschlechts ... er kam sich vor wie im Sommer in Ostia oder in Forte dei Marmi bei Viareggio, wenn sie auf dem Sand herumliegen und sich aalen und einem alles zeigen, was dran ist, bei diesen verdammt eng anliegenden Badeanzügen heutzutage.

Ingravallo, mit unbedecktem Haupt, sah aus wie sein eigenes Gespenst. Er fragte: »Habt ihr sie anders hingelegt?«

»Nein, Herr Doktor«, antworteten sie.

»Gar nicht berührt?«

»Nein.« Blut war von den Schuhabsätzen herumgetragen worden auf dem Parkett, von irgendwelchen Schuhsohlen, man konnte ja sehen, daß sie mit den Füßen hineingetrampelt waren, in den Schreckenssumpf. Ingravallo wurde wütend. Wer von ihnen war es gewesen? »Ihr blöden Holzköpfe!« drohte er ... »Dämliche Saubande ...!«

Er ging hinaus auf den Korridor, ins Vorzimmer: wandte sich an den Doktor Valdarena, der auf einem Stuhl, einem Küchenstuhl, kauerte, Pompeo hinterdrein, ein Bübchen, das sich an Mutters Rockzipfel hängt. Die Portiersfrau war nicht mehr zu sehen, war vielleicht hinunter in die Glasloge: man hatte nach ihr gerufen.

»Nun, wieso sind Sie hier?«

»Herr Doktor«, sagte der Valdarena mit ernster Stimme, gesetzt und flehend zugleich, indem er ihm in die Augen blickte und die Frage als selbstverständlich nahm. »Ich war gekommen, um mich von meiner Kusine zu verabschieden: von der armen Liliana ... sie wollte mich unbedingt noch sehen, bevor ich abreiste. Ich fahre übermorgen nach Genua. Ich glaube, ich habe bereits erwähnt, daß ich mich in Genua niederlasse: wie Sie dawaren, an dem Sonntag, beim Mittagessen. Hab bereits mein Zimmer gekündigt.«

»Nach Genua!« rief Don Ciccio gedankenverloren aus. »Was für ein Zimmer?«

»Das Zimmer, in dem ich wohne, in der Via Nicotera einundzwanzig.«

»Er hat's als erster entdeckt ...« rief Santomaso, ein Polizist, »jedenfalls ist er als erster hereingekommen«, bestätigte der Porchettini. »Dann haben sie in der Quästur angerufen.«

»Wer hat angerufen?«

»Nun, alle zusammen«, antwortete Valdarena. »Ich wußte überhaupt nicht mehr, wo mir der Kopf stand. Ich, ein Mieter vom oberen Stock und alle Frauen. Die Portiersfrau war nicht da. Die Portiersloge war zu.«

»Waren Sie es ... der Alarm geschlagen hat?«

»Ich bin heraufgekommen, die Wohnungstür war angelehnt. Ich fragte laut: ›Darf man eintreten?‹ Niemand hat geantwortet.«

»Wo war die Portiersfrau? Sie haben sie also nicht gesehen? Und hat sie Sie gesehen?

»Nein, nein. Ich glaube nicht.«

Die Pettacchioni trat ein, bestätigte die Angaben. Sie war auf der Treppe B gewesen, zur täglichen Treppenreinigung. Sie hatte, natürlich, oben angefangen. In Wirklichkeit hatte sie, den Besen unterm Arm, zuerst auf dem Treppenabsatz geschwatzt, mit der Signora Cucco, aus dem fünften Stock, Treppe B: Elia Cucco, verwitwete Bolenfi aus Castiglion dei Pepoli: und geschwätzig wie ein Kuckuck. Dann war sie raufgegangen, mit Besen und Eimer. War »nur einen Moment« zum General hinein, dem Grand'Ufficiale Barbezzi, in die Dachwohnung, um ein paar Kleinigkeiten zu erledigen. Hatte den Eimer draußen gelassen, mitsamt dem Besen.

Ein Mädelchen, das zu den Bottafavis raufgekommen war, die Kleine von den Felicettis, sie kam jeden Morgen, um den Bottafavis »Guten Tag« zu sagen, die ihr ein Bonbon dafür gaben, nun, die Signora Manuela hatte sie jetzt hereinkommen lassen und sie gefragt, ob es wahr sei oder nicht: und sie mit ihrem kleinen Idiotenstimmchen hatte bestätigt, daß ihr nur zwei Frauen begegnet seien, die die Treppen herunterkamen. Sie hatten zwei Taschen, jede eine, als ob sie einkaufen gingen. »Sahen aus wie zwei vom Land«, ergänzte die Pettacchioni aus eigener Weisheit.

»Was für Frauen waren das?« fragte Ingravallo, zerstreut.

»Zeigen Sie mir die Hände!« sagte er zum Doktor Valdarena. »Kommen Sie rüber ans Licht!« Die Hände des Jünglings sahen blütenrein aus: die Haut weiß, gesund, warm, zart geädert: durchpulst von der Wärme der Jugend: ein Ring, nach Kavaliersart, aus gelbem Gold, mit einem herrlichen Jaspis, und im Jaspis das Wappen: am rechten Ringfinger, von dem er voll und turmhaft aufragte: bereit, einen Brief zu versiegeln, eine geheime Botschaft, sozusagen. Aber die rechte Manschette des Hemdes ... blutbefleckt! an den Ecken: vom goldenen Manschettenknopf nach außen.

»Das Blut da?« sagte Ingravallo und verzog den Mund voller Ekel, ohne jedoch die Hand fahrenzulassen, die er an den Fingerspitzen festhielt. Giuliano Valdarena erblaßte: »Herr Kommissar! Glauben Sie mir! Ich gestehe es Ihnen: ich habe das Gesicht der armen Liliana berührt. Ich habe mich über sie gebeugt: hab mich mit einem Knie auf den Boden gekniet. Ich wollte ihr über die Lippen streichen, sie war kalt! ja, ihr Lebwohl sagen! Ich konnte mich nicht zurückhalten. Wollte ihr den Rock herunterziehen, meiner armen Kusine! In welchem Zustand! Aber ich hab mich nicht mehr getraut ... sie nochmal anzurühren. Sie war kalt. Nein, nein. Und dann ...«

»Dann, was?«

»Dann hab ich gedacht: ist mir eingefallen, daß ich nicht das Recht habe, irgend etwas anzurühren. Ich bin hinausgerannt, hab gerufen. Hab gegenüber geläutet. ›Wer ist da? Wer ist da?‹ hat jemand gefragt, war eine Frauenstimme. Aber sie wollte nicht aufmachen.«

»Da hatte sie wohl recht. Und dann?«

»Dann ... hab ich wieder gerufen. Andere Leute sind heruntergekommen ... oder herauf. Leute sind gekommen, was weiß ich! Die wollten es auch sehen. Sie schrien. Dann haben wir die Quästur antelephoniert. Was hätte ich machen sollen?«

Don Ciccio sah ihn kalten Auges an, ließ die Hand fahren. Ein Zug von Ekel hing immer noch in seinem Gesicht, eine leichte Kräuselung der Nase, auf einer Seite nur. Er dachte einen Augenblick nach, ihm immer noch ins Gesicht starrend. »Wie kommt es, daß Sie so gefaßt sind?«

»Gefaßt? Ich kann nicht weinen. Seit Jahren hab ich schon keine Gelegenheit mehr gehabt, zu weinen. Nicht einmal, wie meine Mutter ... sich wieder verheiratet hat und nach Turin gezogen ist. Die Ecke von der Manschette muß die Wunde gestreift haben, am Hals: das war unvermeidlich: nicht wahr? ... bei so viel Blut! Ich muß übermorgen abreisen: hab schon die Umzugsanweisung! Mir kam vor, als ob ich die Meinen verlassen müßte, mein eigenes Fleisch und Blut. Ich wollte mich verabschieden, wollte ihr Aufwiedersehen sagen – arme, arme Liliana! Arme ... so traurig und so wunderbar ist sie gewesen!« Die anderen schwiegen. Don Ciccio blickte ihn an, forschend und kalt. »Eine Liebkosung nur, Jesusmaria! Einen Kuß hätte ich nicht über mich gebracht: sie war kalt! Dann bin ich weg von ihr: weggerannt beinah. Ich hatte Angst vor dem Tod, glauben Sie mir. Ich hab Leute gerufen. Die Wohnungstür war offen. Als ob Geister daraus entwichen seien. Liliana! Kleine Liliana!«

Ingravallo beugte sich herab, besah sich Valdarenas Hosen, an den Waden, am Knie: auf dem linken Hosenbein eine leichte Spur von Schmutz.

»Wo haben Sie sich hingekniet? Mit welchem Knie?«

»Nun, auf der Seite von der Kredenz, der kleinen Kredenz:

lassen Sie mich überlegen, mit dem linken Knie: ja, um nicht hineinzugeraten in all das Blut.«

Don Ciccio fixierte ihn wie ein Wachhund.

»Doktor Valdarena, seien Sie vorsichtig. Sie müssen hier die Dinge ganz genau berichten. So frei nach Phantasie ... hier an diesem Ort ... und in diesem Augenblick, das verstehen Sie selber auch, ist nicht ratsam.«

»Doktor Ingravallo, aber wo denken Sie hin! Ich sag Ihnen genau, wie sich alles verhält. Nehmen Sie doch Vernunft an...«

»Und wie soll ich Vernunft annehmen? Sagen Sie, erzählen Sie doch! Lassen Sie mal hören! Sie sind's, der unserer Untersuchung die Richtung geben muß. In Ihrem eigenen Interesse.«

Man verständigte Ingravallo, daß die Gina, die Schülerin, vom Sacré Coeur nach Hause gekommen sei, in diesem Moment. Am Donnerstag kam sie um ein Uhr nach Hause: zum Mittagessen. Der Balducci sollte am nächsten Morgen aus Mailand zurückkommen ... oder aus Verona. Ingravallo versuchte sich an dem weinenden Mädchen, aber es kam nichts dabei heraus: nach dem Milchkaffee, vor acht Uhr, hatte sie sich von der »Mamma« verabschiedet, hatte den üblichen Morgenkuß empfangen, begleitet von der üblichen Frage: »Kannst du deine Aufgaben?« ... sie hatte bejaht: und war gegangen. Fürs erste wurde sie den Hausbewohnern anvertraut, die sie später zu den Nonnen bringen sollten: den Bottafavis vom oberen Stock: die Menegazzi war zu verhuscht und verwirrt, um der Kleinen irgendeine Hilfe sein zu können. Ihr gelber Schnurrbart war bis zur Nase gesträubt. Sie hatte keine Zeit gehabt zum Frisieren: ihre Mähne sah aus wie eine gelbe Perücke aus Maisstroh, mit all den Schleifchen, die sie auf dem Kopf hatte. Sie sagte, der Teufel hocke in den Mauern dieses Hauses. Rief die »Jungfraumaria« an mit roten, eingesunkenen, verkniffenen Augen. Schrie, daß »die Siebzehn die größte Unglückszahl« sei, die es gibt. Das Kind, das den beiden Frauen auf der Treppe begegnet war, konnte gar nichts aussagen. Mit weit aufgesperrten Kalbsaugen sagte es »ja«, sagte »nein«, mit kraftlosen Lippen, eingeschüchtert von dem schwarzen Dickschädel des Ingravallo, der ihm vorkam wie der Schwarze Mann mit dem Sack, welcher die Kinder holt, wenn sie nicht aufhören zu flennen. Es konnte aufgeklärt werden, daß die zwei Frauen zum Advokaten Cammarota (vierter Stock) hinaufgegangen waren, das heißt zu dessen Frau, um ihr zwei frische Schafkäse zu bringen: es waren also vierzehntägige Schafkäse-Lieferantinnen.

Cristoforo, der Bürodiener von Balducci, wurde aufgespürt. Er schien wie vom Blitz getroffen. Er war um halb acht Uhr aus dem Haus gegangen, nach einem Kaffee plus Schnäpschen, den ihm Liliana freundlicherweise aufgenötigt hatte: Milch konnte er nicht trinken, vertrug sein Magen nicht. Jawohl, kurz vor der Gina, die ins Sacré Coeur ging um acht Uhr. Er wollte den Anblick nicht länger ertragen: »Ich halt' es nicht aus, sie anzuschauen.« Er schlug das Kreuzzeichen. Tränen rollten ihm über die Haut seines dicken, ein wenig welken Gesichts. Er hatte Auftrag, einiges für die Signora Liliana zu erledigen, arme Signora! Eine Rechnung bezahlen, beim Besenhändler zwei Besen kaufen: Reis besorgen, Bohnerwachs fürs Parkett, ein Paket zur Schneiderin bringen. Zuerst allerdings sollte er ins Büro gehen: das Büro aufschließen: die Tische dort abstauben. Der Doktor Ingravallo ließ ihn nicht los. Er beauftragte vielmehr den »Greifer«, ihn in einen Tratsch zu verwikkeln: Giuliano wurde indes aufgefordert, sich zur Verfügung zu halten.

Die Untersuchungen gingen, *in loco*, am frühen Nachmittag weiter: bei verschlossener Haustür: mit verstärkter Bewachung, mit dem Inspektor Valiani von der wissenschaftlichen Abteilung der Kriminalpolizei und unter Beihilfe des mit Apparaten ausgerüsteten Erhebungsdienstes. Die Hausbewohner und die Portiersfrau selbst wurden gebeten, sich nicht im Treppenhaus aufzuhalten, »um die Untersuchung nicht zu behindern«, sich aber andererseits, wenn irgend möglich, in Rufnähe der Polizei zu halten. Der Untersuchungsrichter traf nach halb sechs Uhr ein. Der Staatsanwaltschaft wurde das Verbrechen kurz vor vier Uhr auf dem Dienstweg, mittels des Doktor Fumi und des Quästors angezeigt. Der brave Cristoforo, die farbenschillernde Menegazzi, die kleine Gina, der Artillerist Bottafavi, Doktor Valdarena, der schöne Jüngling, wurden abwechselnd oder gleichzeitig vernommen. Aber »der dichte Schleier des Geheimnisses lag über dem Verbrechen«, so sagte später die Nachtausgabe einer Zeitung, einer Zeitung, die es geschafft hatte, daß die Nachricht schließlich am Corso Umberto hinaustrompetet wurde. Den Reportern, so sehr sie es auch mit aller List versuchten, gelang es nicht, die Schwelle der Balduccis zu überschreiten. Am Nebenpförtchen des Haustors allerdings waren sie auf die Signora Elodia, Treppe B, gestoßen, ja, aber die war ziemlich angeheitert, wie ihr das donnerstags und sonntags öfters passierte. Warf den Polizeiposten zärtliche Blicke zu, und die lachten sich eins.

Es wurde festgestellt, daß keiner der Hausbewohner irgendwelche Informationen über den Urheber oder die Urheber des Verbrechens geben konnte. Außer der Kleinen, der Maddalena Felicetti, hatte niemand irgend jemanden auf der Treppe angetroffen: auch den Valdarena hatte keiner hinaufgehen sehen. Der war Doktor der Wirtschaftswissenschaften, Ingravallo wußte es gut, und Angestellter bei der ›Standard Oil‹. Eine Zeitlang hatte er in Vado Ligure gearbeitet, dann in Rom. Jetzt war er im Begriff, nach Genua zu übersiedeln und sich außerdem zu verheiraten. Verlobt mit einem Mädchen aus Genua, einer hübschen Dunkelhaarigen, von der er die Photographie zeigte: eine gewisse Renata Lantini. Aus bester Familie natürlich. Nach Aussagen dieser »besten Familie« war er »bis über die Ohren verliebt«, der Doktor Valdarena, der junge Herr Giuliano. Balducci hatte dem Ingravallo davon erzählt, als er ihn im ›Cantinone‹ getroffen hatte, mit ein paar gutmütigen Anspielungen auf die hitzige Jugendzeit und überdies auf den Mangel an Pinkepinke, die den Armen plagte, und daß er noch lernen müsse, die Pinkepinke ein wenig an der Hand kleben zu lassen: statt dessen flog sie ihm davon wie die Schmetterlinge von den Fingern des Apoll: wie bei den Marmorfiguren in den Parkanlagen. Er hatte ihn »einen hübschen Burschen« genannt, der Balducci (das bedurfte keiner Bestätigung): promoviert in Wirtschaftswissenschaften *cum laude*, wenn er auch, wie es grade denen oft geht, die den anderen beibringen wollen ... wie man mit dem Geld umgehen muß: immer pleite, schwach auf der Brieftasche ... und zwar schlimmer, als es ihm als seinem römischen Vetter wünschenswert erschien, ganz zu schweigen vom genueser Schwiegervater. »Nein, nein, nicht daß er grad immer auf den Felgen war: aber schließlich, in dem Alter und bei den vielen lockenden Versuchungen ringsumher: Sie verstehen, ein hübscher junger Mann wie der ... wenn dem mal das Geld ausgeht, was anderes geht ihm sicher nie aus.« Ingravallo hatte ein finsteres Gesicht an jenem Abend, im Cantinone von Albano: diese rotgesichtige Nachsichtigkeit, ja, geradezu männliche Solidarität des Herrn und Gemahls Balducci, mit dem Zahnstocher zwischen den Zähnen, die schmeckte ihm ein wenig nach allzu guter Verdauung . . . oder nach Gabbioni Empedocle. Diese feiste Abendschoppensorglosigkeit eines Handlungsreisenden, eines frisch gestiefelten Jägers, heilige Madonna, die war ihm doch zuviel geworden, ihm, der er von armen Leuten abstammte, harte Jahre, vom kahlen Mateser Berge bis zu den Prozeduren und dem Aktenkram der Gesetze, ärmlicher und hartnäckiger Forscher der Fakten oder der Seelen, je nach Gesetz. Er hatte den Balducci angeblickt, ›jetzt wachsen sie dir aber, die Hörner!‹ hatte er gedacht. ›Ein ganzes Korallenatoll wächst dir!‹ Und statt dessen: »Diese Weiber!« hatte er geseufzt: mit einem Gesicht, das schrecklicher war denn je unter der Perücke aus Astrachan. Giuliano saß, jetzt, im guten Salon. Mit zwei Polizisten zur Gesellschaft.

Ein schöner Mann, der junge Herr Giuliano, wie er da saß: ziemliches Glück bei den Frauen. Ziemlich. Ja, ja. Sie verfolgten ihn in Schwärmen, streiften ihn im Flug: und stürzten sich dann auf ihn, alle miteinander, im Sturzflug, wie ein Fliegenschwarm auf den Honig. Er aber wußte sich schon zu helfen: er hatte ein Lockpfeifchen, ein Blinkspiegelchen, eine ganz eigene Art und Weise, und gleichzeitig so natürlich... daß er dich mit einem Nichts völlig verzauberte. Tat, als ob er sie vernachlässigte, oder als ob sie ihn langweilten: zu viele, zu leicht zu haben! konnte was Besseres haben, jederzeit. Spielte den starken jungen Mann, oder den Du-langweilst-mich, hin und wieder, oder den Eingebildeten, oder das Söhnchen aus reichem Haus von der Via dei Banchi Vecchi: oder den Geschäftsmann, der keine Zeit zu verplempern hat: je nachdem; wie's kam. Wie's ihm gerade einfiel. Je nachdem, wie's zu seinem Anzug paßte. Je nach Laune des Augenblicks. Je nachdem, ob er Zigaretten mit Goldmundstück hatte, oder gar keine Zigaretten, oder nur irgendwelche Glimmstengel, die zum Himmel stanken. Er spielte das Schoßhündchen. Oder war launisch wie ein Wetterfähnchen. Dann vernachlässigte er sie, warum nicht, die lieben Damen. Aber gerade dann wurden sie ganz verrückt nach ihm. Er ließ sich herbei, nach langem Zögern oder endlosem Verzehren und Vergehen des Opfers, indem er ihr aufwallendes Hinsinken hinausschleppte, oder das widerspenstige Sträuben aufbröselte, mittels einer Streutechnik von kontrastierenden Pseudosymptomen (in Wirklichkeit waren's Einflüsterungen) von Ja und Nein. Er liebt mich, er liebt mich nicht. Ich will dich, ich will dich nicht! Und dennoch: den wenigen vom Schicksal Vorherbestimmten, den in geheimer Wahl Erlesenen gewährte er sich: wie das ewige Heil bei den Jansenisten. Manchmal, unverhofft, mit plötzlicher Gewalttätigkeit: und in absolutem Widerspruch zu aller Wahrscheinlichkeit. Gerade dann, wenn jede Hoffnung erloschen schien, daß noch etwas in den Sternen stünde: Rumms! Indem er sich wie der Hühnergeier auf die Halsstarrigste aller Hennen des Hofs heruntersacken ließ: fast als ob er sie bestrafen wolle (oder wieder in Ehren einsetzen) mit dieser blitzartigen Teufelei: sie befreien wollte von einer verborgenen Schwächung ihres Wesens, einer Schmach... die dieser glorreichen Erkürung vorausgegangen war. In solchen Fällen konnte die Dankbarkeit der also Erhobenen bis zu den Sternen steigen: und ihre Angst, beziehungsweise ihre Hoffnung, auf eine Zugabe.

Ingravallo, das stand ja zu erwarten, so wie die Dinge lagen, entschied noch vor dem Eintreffen des Richters die Inhaftierung des Valdarena. Erst später, das heißt am nächsten Morgen erst, verwandelte die Staatsanwaltschaft die Verhaftung in vorübergehenden Gewahrsam: und erließ ein entsprechendes Mandat: nach bereits erfolgter Festnahme und Internierung des Genannten in Regina Coeli. Bis zum vorgeschrittenen Abend ließen der Oberbeamte und zwei Fachleute vom kriminologischen Amt nicht ab von den üblichen Erhebungen und den photographischen Aufnahmen der Ermordeten. Sie hatten alles mitgebracht, was man dazu benötigt. Dem Balducci brauchte man nicht zu telegraphieren, da seine Rückkehr unmittelbar bevorstand, noch brauchte man ihn über die verschiedenen Polizeiämter von Mailand, Padua, eventuell Bologna (denn nach Padua sollte er auch fahren), suchen zu lassen. Cristoforo, die Menegazzi, die überhaupt aus dem Wimmern über das fürchterliche Unglück nicht mehr herauskam, der Bottafavi, die Pettacchioni und ihr Alter, der von der Milchzentrale, alle boten sie sich einmütig an, den Balducci am Bahnhof abzuholen: man mußte ihm den Schock ersparen, ihn schonend vorbereiten. Die Verwandten? Ein Anruf gegen Mittag...

Die Verwandten wurden am späten Abend offiziell benachrichtigt, aber gleich am Morgen hatte Ingravallo verboten, sie hineinzulassen. Die wiederholten Untersuchungen und die genaue Leichenbeschau, sowohl durch Obermotz Don Ciccio wie auch durch Kriminalinspektor Valiani, man kennt das ja, brachten die Sache nicht viel weiter. Das heißt, bis auf einige Indizien auf Diebstahl. Keinerlei Waffe wurde gefunden. Aber einige Schubladen und Fächer: wenn man da reinguckte, wurde einem klar, daß die was wissen mußten. Die waren so unschuldig nicht, wie sie von außen taten. Waffen keine. Und keinerlei Hinweise, bis auf die roten Tropfen am Boden, und all das Blut... das von den Absätzen herumgetragene Blut. Beim Spülbecken in der

Küche war der Steinboden ganz naß. Das »scharf geschliffene Messer« vor allem, das am geeignetsten gewesen wäre, so eine Arbeit zu verrichten, kam nirgends zum Vorschein. Die Tropfen schienen weniger von einer Mörderhand als vielmehr von einem Messer heruntergetropft zu sein. Ganz schwarz waren sie jetzt. Das unvermutete Aufblitzen, die Schneide, die kurze, scharfe Härte einer Klinge. In ihr: Schrecken. Er, sicherlich, hatte überraschend zugestoßen, und dann weitergetrieben, drinnen in der Gurgel, in der Luftröhre, mit hartnäckiger Sicherheit. Das »Handgemenge«, wenn man überhaupt annehmen wollte, daß es dazu gekommen sei, konnte nicht mehr gewesen sein als ein kläglicher Versuch von seiten des Opfers – ein entsetzter Blick, der sofort flehend wurde, der Ansatz zu einer Geste: eine kaum erhobene Hand, eine weiße Hand, um das Entsetzen abzuwenden, ein Versuch, den Arm zu packen, die Hand des Mörders, unbarmherzig und schwarz, die Linke, die ihr schon das Antlitz zerkrallte und ihr den Kopf nach hinten drückte, um die Kehle freizulegen, ganz nackt und wehrlos gegen das Aufflammen einer Klinge: die die Rechte schon gezückt hatte mit der Absicht, zuzustoßen, zu töten.

Eine wächserne Hand hielt inne, sank herab ... als Liliana das Messer schon in der Gurgel steckte und ihr die Luftröhre zerriß, zerfetzte, und das Blut beim Einschnaufen ihr in die Lungen hineinrann – und beim Ausatmen so herausgurgelte, mit Husten und Keuchen, daß es jetzt aussah wie lauter rote Seifenblasen; und die Halsschlagader und die Vene spuckten es aus wie zwei Pumphähne, pluff, pluff, einen halben Meter weit. Der Atem der letzte Atemzug, ganz verklemmt und blasig, in diesem fürchterlichen Purpur ihres Lebens; und man spürte das Blut, im Mund, und sah jene Augen, die nicht mehr menschlichen, über der Wunde; das langte noch nicht hin, weitermachen, noch ein Ruck: die Augen dieses maßlosen Ungeheuers! Die unerwartete Wildheit der Dinge, plötzlich enthüllte sie sich ihr ... flüchtige Jahre! Aber die Qual nahm ihr die Sinne, vernichtete die Erinnerung, das Leben. Ein süßlicher, ein lauer Wohlgeschmack der Nacht. Die schneeweißen Hände mit diesen zarten Nägeln, wintergrünlich nun gefärbt, wiesen keine Schnitte auf: sie hatte die Klinge nicht anfassen können, nicht gewagt, sie anzufassen oder den Willen des Schlächters aufzuhalten. Das Gesicht und die Hände zeigten sich hier und dort verkratzt, in der Müdigkeit und Blässe des Todes, als ob der Haß noch über den Tod hinausgereicht hätte. Die Finger trugen keine Ringe, der Ehering war verschwunden (kam ihm in diesem Augenblick auch gar nicht in den Sinn, daß er auf dem Altar des Vaterlandes gelandet sein konnte). Das Messer hatte hemmungslos drauflosgearbeitet. Liliana! Liliana! Don Ciccio schien es, als ob alle Formen der Welt sich verdunkelten, alles Liebliche auf dieser Welt.

Der Beauftragte des Kriminalamtes schloß die Möglichkeit einer Rasierklinge aus, da sie saubere Schnitte abgibt, dafür aber oberflächlichere, wie er meinte, und für gewöhnlich zahlreichere: man konnte dabei nicht so tief mit der Spitze eindringen und nicht mit solcher Gewalt. Gewalt? Jawohl, die Wunde war tief, schrecklich tief: sie hatte den halben Hals durchschnitten ... Nein, nirgends im ganzen Speisezimmer irgendein Indiz ... außer dem Blut. Auch in den anderen Zimmern keines. Außer daß auch dort Blut war: offensichtliche Spuren in der Küche beim Spülbecken, aber so verdünnt, daß es wie Froschblut war: und viele scharlachrote Tropfen, runde und verspritzte, wie sie eben entstehen, wenn man Blut auf die Erde tröpfeln läßt: wie Sternchen. Diese Tropfen, diese schrecklichen Tropfen zeigten einen deutlichen Weg: vom noch lebenden Hindernis des Körpers, von der körperwarmen Zeugenschaft der Toten – Liliana! – bis zum Spülbecken in der Küche, zur Eiseskälte und zur Waschung: zur Eiseskälte, die uns von jeder Erinnerung befreit. Viele Tropfen, im Speisezimmer, da, von denen fünf oder sechs in das andere Blut hineingefallen waren, in diese ganze gräßliche Bescherung, die Flecken und die große Lache, wo sie dann mit den Füßen hineingetrampelt und es herumgetragen hatten, diese gottverdammten Eselsköpfe. Viele auch draußen auf dem Korridor, und viele in der Küche; und einige davon verwischt, wie wenn man sie mit der Schuhsohle hätte verreiben wollen, damit man sie nicht so sah auf den weißen Steinplatten, den sechseckigen. Die Möbel wurden untersucht: elf Schubladen und Türen an den Schränken und Kredenzen ließen sich nicht öffnen. Giuliano, im Wohnzimmer, wurde von zwei Polizeibeamten im Auge behalten. Cristoforo hatte ihm zwei Brötchen und zwei Orangen mitgebracht. Diese Kerle rochen und krochen unentwegt in der Wohnung herum. Zum Auswachsen. Don Ciccio setzte sich in der Diele nieder, völlig erschöpft, und wartete auf den Richter. Dann ging er wieder hinein: schaute, wie abschiednehmend, auf das arme Wesen, über dem die Photographen nun mit leiser Stimme herumdiskutierten, auf der Hut, damit sie sich nicht noch selber beschmierten, mit ihren Lampen und Kabeln, Lichtschirmen und ihrem Klappkästenkram. Schon hatten sie Steckkontakte hinter zwei Lehnsesseln entdeckt, zwei- oder dreimal hatte es bereits die Sicherungen herausgehauen, eine von den drei Sicherungen, die zu der Wohnung gehörten. Nun wollten sie's mit Blitzlicht machen. Sie lauerten wie düstere Vogelwesen, voller Gier, darauf niederzustoßen, über dieser erschreckenden Müdigkeit: ein kaltes, ein armes Relikt der Schlechtigkeit der Welt. Ihr Geschwirre wie von großen Insekten, diese Schnüre und Fänge, dieses flüsternde Sichverständigen, auf daß nicht der ganze Laden Feuer fing . . . das war das erste Surren der Ewigkeit über den erblindeten Sinnen, über dem Frauenkörper, der weder Scham noch Erinnerung mehr hatte. Da hantierten sie über dem ›Opfer‹, ohne auf dessen Leid zu achten und ohne es von seiner Schmach erlösen zu können. Die Schönheit, das Gewand, das erloschene Fleisch Lilianas – hier waren sie: der sanfte Körper, noch bekleidet unter den Blicken. In der Schamlosigkeit dieser unfreiwilligen Körperstellung, für die es Motive gab, zweifellos – der schändlich zurückgeschlagene Rock und das Zurschaustellen der Beine, hinauf hinauf, und die Wölbung, der Einschnitt der Wollust, der noch den Schwächsten gierig macht, und die Augen, eingesunken, aber auf schreckliche Weise aufgerissen ins Nichts starrend, auf ein sinnloses Ziel, auf die Kredenz – darin erschien Don Ciccio nun der Tod als ein äußerstes Auseinanderfallen aller Möglichkeiten, ein Auseinandergleiten zusammenhängender Ideen, die einst in dem Menschen harmonisch verbunden waren. Wie das Sichauflösen einer Einheit, die es nicht mehr verkraftet, weiterzubestehen und als solche zu wirken, im plötzlichen Verfall der Rapporte, eines jeglichen Rapports mit der systemschaffenden Wirklichkeit.

Die süße Blässe ihres Angesichts, so weiß in den mondsteinfarbenen Träumen des Abends, war durch die Verwandlungen des Todes zur Leichenblässe geworden, zu einem müden Wintergrün: fast als ob der Haß und die Schmach zu herb gewesen seien für die zarte Blume dieser Frau und dieser Seele. Schauer liefen ihm über den Rücken. Er versuchte nachzudenken. Der Schweiß brach ihm aus.

Mechanisch nahm er das Billett aus der Tasche: aus der rechten Jackentasche, wo er es am Morgen verstaut hatte und wo es immer noch steckte nach aller Pein des Tages: zusammen mit einer halben Zigarette und einigen Krümeln: das längliche, grünlich-blaue Billett der Trambahnlinien Castelli Romani, geknipst auf dem Dreizehner, und nochmals gelocht und eingerissen an der Station Torraccio. Er wendete es hin, wendete es her. Ging hinaus in die Diele, ins eheliche Schlafzimmer, warf sich in einen Sessel, völlig erledigt.

Er studierte dran herum, wie man die so zusammenhanglosen Fakten vereinen könnte: die Momente, die ausgeleierten Momente des Ablaufs, der zerrissenen, toten Zeit. Vor allem dies: konnte man die beiden »Schurkereien« miteinander in Zusammenhang bringen oder nicht? Der unglaublich freche Raubüberfall zu Schaden dieses armen Wellensittichs von einer Menegazzi, dieser Spinatwachtel: und dieses Grauen, jetzt? Das gleiche Mietshaus, im gleichen Stockwerk. Immerhin ... War's möglich? Drei Tage später?

Sein Verstand ... sagte ihm, daß die beiden Verbrechen nichts miteinander zu tun hatten. Das erste, nun ja, ein höchst unverschämter Überfall, ausgeführt von einem bestens informierten Halunken, der recht gut Bescheid wissen mußte über die Umstände und Gebräuche auf Treppe A von Nummer zweihundertneunzehn. »Treppe A, Treppe A«, brummelte er in sich hinein und wiegte kaum wahrnehmbar das Haupt, das gekrauste, schwarze: fixierte dabei einen gewissen Punkt auf dem Fußboden, mit verschränkten Händen, die Ellenbogen auf den Knien: »ein Einbruch, richtiger gesagt ein Raubüberfall, in der Wohnung.«

Dabei dieses nicht aufzutreibende Bürschchen vom Lebensmittelgeschäft als Anstifter: na, oder als Aufpasser. Wahrscheinlich eher als Ausspionierer, davon hatte ja diese Menegazzi, diese blöde Gans, nichts gemerkt: letzten Endes war das ein Komplize. Und mit dieser dämlichen Papptrompete von einem Commendatore des Wirtschaftsministeriums, der sich die Trüffeln ins Haus tragen ließ: »Ha, der Signor Commendatore Angeloni!« stöhnte er mit ziemlicher Wut, »ja, dem schmecken die Trüffelchen! Gucken wir doch mal! Und der Bergschinken von der Via Panisperna, wie der ihm schmeckt! Von da drunten an der Ecke, an der Ecke der Via dei Serpenti!«

Und das Klingeln an der Wohnungstür der Balducci? Ein Irrtum, sicherlich. Oder eine Alternative? Oder ein Akt der Vorsicht? Vom Schweigen ermächtigt? Wie auch immer: soviel stand fest: ein Dieb. Bewaffneter Raubüberfall, Hausfriedensbruch...

Der andere aber, Heilige Madonna, da mußte man erst einmal das Kreuz schlagen! Hatte man je so etwas gesehen? Doch konnte man, auch hier, die Beraubung als Tatmotiv nicht ausschließen, im Gegenteil! Zumindest nicht, ehe der Balducci eintraf. Und dann, ja was dann? Die Schubladen sprachen eine klare Sprache. Ja, aber schließlich ... das war etwas anderes, jene Augen, die entsetzliche Wunde: ein Motiv, vielleicht doch, ein viel finstereres. Der Rock ... so ... nach hinten geschlagen, wie von einem Windstoß: einem Gluthauch, der flammend, gierig aus der Hölle aufgelodert war: hervorgerufen von solcher Besessenheit, von solcher Verachtung, daß die Tore der Hölle ihm den Weg hatten freigeben müssen. Der Mord »trug alle Anzeichen eines Sexualverbrechens«. Schimpf? Leidenschaft? Rache?

Der Verstand gebot ihm, die beiden Fälle getrennt zu studieren, sie gründlichst »abzutasten«, aber jeden für sich. Ein Doppeltreffer kommt gar nicht so selten heraus auf dem Glücksrad von Neapel, oder von Bari, oder auch von Rom, als daß es sich nicht auch hier in der Via Merulana, in der Via dei Merli, in diesem grindigen Vogelbauer von Zweihundertneunzehn um einen tüchtigen Doppeltreffer handeln konnte. Der üble Doppeltreffer des Verbrechens. Tack-Tack! Ohne andere Verbindung als die topographische, oder vielmehr der äußeren Ursache, nämlich dem großen Getratsche vom Schieberpalast: und von dem Teufelsgold dadrin. Eine allbekannte Mär, wie man weiß, im Viertel von San Giovanni: von Porta Maggiore bis zum Celio, bis zur antiken Sumpfstadt, zur Suburra: wo aber der Wein kühl gelagert ist, des Sommers. Er betrachtete das Billett, wiederum. Er wendete es hin, wendete es her. Kratzte sich, ganz leicht, an der Nase, (indem er den Mund trüffelhaft vorschob), mit dem umgewendeten Daumen der rechten Hand: eine ihm gewohnte Geste, von beachtlicher Raffinesse.

3

Am nächsten Morgen brachten die Zeitungen die Nachricht des Ereignisses. Es war Freitag. Die Lokalreporter und das Telephon hatten ihn den ganzen Abend über sekkiert: sowohl in der Via Merulana wie drunten im Santo Stefano. Am Morgen: ein Geplärre: »Grauenhaftes Verbrechen in der Via Merulana«, johlten die Zeitungsverkäufer und hielten den Leuten die Zeitungspacken vor den Bauch: bis um dreiviertel zwölf. Innen, auf der Lokalseite, eine Schlagzeile über zwei Spalten: aber dann, drunter, nüchtern und kühl, der Bericht: eine Spalte, kurz und trocken, kaum zehn Zeilen auf die zweite Spalte überlaufend. »Die Nachforschungen werden mit aller Aufmerksamkeit weitergeführt«: und noch ein paar weitere verbindliche Sätzchen: im knappen neuen Ordnungsstil. Die schönen Zeiten waren vorüber ... wo man noch eine ellenlange, halbseitige Suppe kochte, wenn jemand einem Dienstmädchen auf der Piazza Vittorio in den Hintern gezwickt hatte. Die moralische Aufbesserung der *urbs* und ganz Italiens überhaupt, das Konzept einer gehobenen, zivilen Sittenstrenge, bahnte sich bereits den Weg. Man konnte sogar behaupten, daß es mit Riesenschritten voraneilte. Verbrechen und schmutzige Geschichten wichen auf immer von der alten Erde Ausoniens, wie ein trüber Traum, der sich davonmacht. Diebstähle, Messerstechereien,

Hurereien, Zuhälterei, Überfälle, Kokain und Vitriol, Arsen und Rattengift, Abtreibungen *manu armata*, Glanz und Glorie der Kuppler und der Hehler, Jüngelchen, die sich von einer Frau den Wermut zahlen ließen, na? das göttliche Ausonien wußte bereits nicht mehr, was dieses Zeugs überhaupt war.

Relikte einer Zeit, die sich in Nichts aufgelöst hatte, mit ihrem Firlefanz und ihren »Phrasen«, ihren Präservativen und ihren Freimaurerkellen. Das Messer, das alte Messer, das jeder Gassenganove und jeder Unterweltler bei sich hatte – jeder Birbant oder Hundsfott – die Waffe der unentwirrbaren kleinen Raufhändel, der verpißten Winkelgäßchen, in jenen Jahren schien es weiß Gott wie weggefegt von der Bildfläche, um nie, nie wieder zum Vorschein zu kommen: außer, daß es nun auf dem Leib der toten Helden bei den Beerdigungen zur Schau gestellt wurde, in Glanz und Glorie hervorgeholt, wie ein vernickeltes, ein versilbertes Zeugungsglied.

Gar kräftig herrschte nun die neue Kraft des Kinnladigen, der Totenschädel mit dem Pralinéhut, dann Emir mit Fez oder Federbusch, und die neue Keuschheit der Baronessa Malacianca-Fasulli, das neue Gesetz der Ruten im Liktorenbündel. Auch nur zu denken, daß es in Rom Diebe geben könnte, heutigentags? Wo doch der Gockel mit seinem rabiaten Gesicht im Palazzo Chigi saß! Zusammen mit dem Federzoni, der mit Gewalt alle ins Kittchen sperren wollte, die widersetzlichen Elemente vom Tiberufer, oder die gelegentlichen Raufbolde in den Kinos und sogar sämtliche läufigen Hunde von der Via Lungarna! Mit einem Papst, der aus Mailand stammte, und dem Heiligen Jahr erst vor zwei Jahren! Und mit lauter Jungvermählten! Und lauter jungen Hühnchen, die überall in ganz Rom so munter herumkratzten!

Lange Prozessionen von Schwarzgekleideten, unter dichten schwarzen Zeremonienschleiern, strömten zusammen im Borgo Pio, auf der Piazza Rusticucci, im Borgo Vecchio, unter den Kolonnaden, wogten durch die Porta Angelica und dann durch die Sankt-Anna-Pforte, um den apostolischen Segen einzuholen, vom Papst Ratti, dem Mailänder aus dem guten Stamm der harten Männer, die die Paläste bauten. Und warteten darauf, daß auch sie endlich eingereiht würden: um nach vierzig Treppenrampen in den Thronsaal vorgelassen zu werden, zum großen Papst, dem Alpenfreund. Man konnte sagen, daß die *urbs* nunmehr ohne den leisesten Zweifel die Stadt der sieben Kandelaber war, die die sieben Kardinalstugenden verkörpern: das, was alle ihre Dichter und alle ihre Inquisitoren, ihre Moralisten und Utopisten so lange Jahrtausende hindurch erträumt hatten, Cola di Rienzo mit aufgeknüpft. (Der wog nicht wenig.) Auf den Straßen von Rom sah man weit und breit keine Hure mehr, jedenfalls keine von denen mit Zulassungsschein. Als kleine Aufmerksamkeit dem Heiligen Jahr gegenüber hatte der Federzoni alle konfisziert. Die Marchesa Lapucelli war übrigens in Capri, in Cortina, oder war nach Japan gereist.

»Der Teufel hol ihn, diesen Nordländer...« brummte Don Ciccio und preßte die Zähne aufeinander: es waren Bulldoggenr zähne: und die knoblauchgesegnete Küche erhielt sie ihm schneeweiß. Einer nach dem anderen wurden ihm die Halunken weggeschnappt und als Verstärkung in die Mannschaft gesteckt: in die politische Mannschaft. Und ihn ließen sie derweil im Aktenkram herumkratzen.

Nun, vorläufig mußte er mal diesen schönen Knaben hiestudieren: und zwar ein bißchen ernsthaft. Ein schöner Knabe, jawohl: wirklich schön. Und knapp bei Kasse.

Er glaubte, sich an einen Ausspruch des Balducci erinnern zu können, eines Abends im ›Cantinone‹ von Albano, der als wohlwollende Meinung aus diesem feisten Rotgesicht hervorkam: er sprach von einer Kusine. »Die Frauen, das weiß man ja, wenn die verliebt sind...« und dabei streckte er ihm das Zigarettenetui hin, »achten gar nicht auf gewisse Kleinigkeiten. Da sind sie ganz großzügig.« Er hatte dem Ingravallo angezündet, sich selber angezündet. »Großzügig, großzügig sind sie dann!« Damals hatte er nicht darauf geachtet, das waren so noble Anwandlungen, die einem nach dem Nachtessen kommen. Mit ihm, dem Ingravallo, Doktor Francesco Ingravallo allerdings, war offengestanden nie eine Frau großzügig gewesen: außer vielleicht, ja, ja, die arme Signora: aus Güte, aus Freundlichkeit: wie eine liebenswürdige... Muse. Ihr zu Ehren hatte er sich einmal (er errötete) an einem Sonett versucht. Aber er hatte nicht alle Reime zusammengebracht. Die Verse selber jedoch, die hatte sogar der Professor Cammaruta als vollkommen gelungen bezeichnet. »Großzügig, großzügig.« Es schien ihm, als ob er jetzt die ein wenig generelle Auslegung näher zu bewerten hätte: vielleicht wirklich, waren die Frauen... ›Don Ciccio, halt dich zurück!‹ Die Gedanken gingen ihm durch und setzten einem Zorngefühl nach, einer rächerischen Wut. ›Ob sie wohl auch Geld springen lassen, neben allem anderen?‹ Nein, nein. Er wollte diese Hypothese abwenden. Aus zu vielen Anzeichen zu schließen, nein, Liliana Balducci... nein, nein, sie war nicht verliebt in ihren Vetter. Verliebt? Wieso denn! Sicherlich, sie hatte ihn wohlgefällig betrachtet, damals, hatte ihn angelächelt, aber ... so, wie man einem wohlgeratenen Glied der Familie, wie man einem Bruder zulächelt. Einem, das verstand er jetzt, der dem eigenen Stamm Ehre macht: auch er stammte vom gleichen Großvater ab, vielmehr vom gleichen Urgroßvater. Sie, dies arme Geschöpf, war die Kusine seines Vaters. Sie selber hatte weder Vater noch Mutter mehr. Nur den Ehegatten, na ja. Und Giuliano... ein schöner, gradgewachsener Sproß, der plötzlich aus dem gleichen Stamme aufgeschossen war. Vielleicht... ah, natürlich, sie hatten sich als Kinder oft gesehen, als Vetter und Kusine. Die Genealogie (Don Ciccio verglich mit seinem Notizzettel) hatte ihm der Pompeo zusammengestellt. »Seine Tante, die Tante Marietta, die Frau vom Onkel Cesare, war die Großmutter vom Giuliano. Sie waren zusammen aufgewachsen, könnte man sagen. So daß sie mit dem Giuliano stand wie eine Schwester. Eine größere Schwester.«

»Aber wieso hieß auch sie mit Mädchennamen Valdarena?...«

»Wieso? Aber das erklärt sich doch leicht aus dem Umstand, daß der Vater von ihr und der Großvater vom Giuliano, der Onkel Cesare, Brüder waren.«

»Warum aber kommst du mir auch noch mit der Tante Marietta daher? Die Verwandtschaft kommt doch von der männlichen Linie, von den beiden Vätern...«

»Gewiß!«

»Gewiß wie ein Kohlkopf, du Kohlkopf! Laß mich in Ruh mit der Tante Marietta!«

»Aber die hat sie doch aufgezogen, wie ihr die Mutter gestorben ist.«

Ingravallo entsann sich, daß der Balducci ihm das in der Tat erzählt hatte: Liliana hatte die Mutter verloren, als sie noch Kind war. Komplikationen nach der zweiten Entbindung. Das Kind war auch tot! Also... also... an jenem Abend also...

an jenem Abend also hatte sie dem Vetter gegenüber jene bewundernde und ein wenig neidvolle Nachsicht gezeigt, mit der schöne Frauen immer die schönen Jünglinge behandeln, welche ein wenig zu sehr von ihren Konkurrentinnen begehrt werden. Das war alles. »Diese Weiber!«

Es war ein Uhr. Er räumte Protokolle und Akten zusammen und stopfte sie in Mappen. Verzweifelt stand er auf, ging hinaus.

Und doch, dachte er, dieser Valdarena, der Vetter ... er war es gewesen, der Alarm geschlagen hatte. Und das war ein Symptom ... ein untrügliches? ... ein Symptom der Unschuld: zumindest ein Symptom des ruhigen Gewissens. Gewissen! Aber die blutige Manschette? Nein, er schaute da nicht durch. Die Geschichte von der Liebkosung schmeckte zu sehr nach Ausrede. Eine Liebkosung für eine tote Frau! Oder vielleicht ... Es gibt so trübe Momente im langsamen Dahintropfen der Stunden: der Stunden der Pubertät. Das Übel schießt wie ein Splitter hervor, unvorhergesehen, schreckliche Splitter unter der Hautdecke, unter der Schicht des Geschwätzes: ein schönes Diplom als Wirtschaftsprüfer, dann noch eines, als Doktor. Von unterhalb der Schutzdecke der dezenten Anstandsregeln, wie ein Stein heraufstößt, den man gar nicht wahrnimmt: wie die dunkle Härte unterirdischer Felsen in einer Wiese.

Schöner Giuliano! Zu verstört, zu nervös, zu bedrückt war er ihm vorgekommen. Er war ganz am Ende. Gelang ihm nicht, sich irgendein Verhalten zurechtzulegen. »Wieso sind Sie so ruhig?« hatte er ihn gefragt: das war eine Fangfrage. Er war alles andere als ruhig. »Großzügig! Ah!«

Liliana Balducci war sehr reich. Liliana Balducci, geborene

Valdarena. Sie hatte Geld von Hause aus, und in gewisser Weise verfügte sie auch darüber. Einzige Tochter. Und der Vater hatte sich drauf verstanden, aufs Geldverdienen. Auch dem Doktor Fumi war in dem weiten Getöse der Symphonie dieses Thema aufgegangen: »als Leitmotiv«.

»Der Vater, der war nicht zu kurz gekommen mit seinen Geschäften. Mit dem Krieg und nach dem Krieg. Der war wirklich ein ausgemachter Geschäftstiger. Der ist ihr dann auch weggestorben, vor zwei Jahren war's, nachdem die Tochter sich verheiratet hatte. Die Wohnung in der Via Merulana war sein Eigentum. Geschäfte, Geschäftsinteressen, Beteiligungen hier und dort. Besitz hier und Mitinhaberschaft dort. Hypothekenverleih hinten und vorn, an diesen und jenen, um ihn dann zu kassieren ... der muß ein ganz gerissener Blutsauger gewesen sein.« Er begleitete seine Ansprache mit einigen Voluten seiner rechten Hand. Liliana hatte einmal angespielt auf das Geschäftsglück des Vaters, an jenem St. Franziskus-Tag, während des so fröhlichen Mahls.

Na, die Verwandtschaft Valdarena, um die hatte sich der Doktor Fumi gekümmert. Zuerst war der Pompeo in die Wohnung gegangen, hatte das unterste zuoberst gekehrt: nichts: dann der Inspektor: nichts. Darauf waren sie zum Fumi gegangen. Dann hatte er sie alle ganz genau abgeklopft, ausgehorcht, abgefingert, wo's ihm grad einfiel, ein wenig hier, ein wenig dort, mit großem Zartgefühl, den Kopf hin und herwiegend, als ob er ein Gedicht aufsagte: mit genau solchen Augen und so einer Stimme. Der Fumi, wenn er's drauf anlegte, war der reinste Strafverteidiger! Bebte von Gefühlen!

Giulianos Mutter lebte nicht in Rom: schöne Frau angeblich. Pompeo hatte die notwendigen Familienstandsangaben für die

Untersuchung aufs knappe Schema reduziert. Sein angeborener Genius, geschärft durch gute Übung und durch den Zwang, Zeit zu sparen, in der Kunst die langen Ketten der logischen Schlußfolgerungen abzukürzen, Auge, Ohr und Nase zu Diensten von ein wenig Grips im Kürbis und unterstützt von gelegentlichen belegten Broten mit Roastbeef – dieser Genius verstand es meisterhaft, mit wenigen Strichen, in zwei oder drei der allerknappsten aber ergiebigen Zeilen die verzwicktesten genealogischen Stammbäume des Repertoires hinzusetzen: und mit den erbaulichsten Details.

Außerdem, was die Frauen betrifft, und Ausnützer von Frauen, Liebe, Liebhaber, echte Ehen, fingierte Ehen, Hörner und Vergeltungshörner, darin war er, so konnte man sagen, einzig. Gewisse Halunken Marke Biga- oder Polygamisten mit all ihren Hin- und Herkeifereien, mit all dem Durcheinander der verschiedenen Nachkommenschaften, die man sich teils streitig machte, teils aufeinander abschob, na, in diese ganze Drecklache, da preschte er hinein und heraus wie ein Taxichauffeur. Die damit notwendig verbundene Vertrautheit mit der Unterwelt, die abgekürzten Tiefenblicke, die er sich auf dem Weg der Intuition verschaffte, von jenen gewissen »Familienverhältnissen«, hatten ihn so weit gebracht, daß er dir mirnichts-dirnichts sämtliche »Konkubinate« zum Beispiel von der Via Capo d'Africa oder der Via Frangipane herunterrasseln konnte, und bis hinauf zu den Zingari, zur Via degli Capocci, zum Gäßchen Giancaleoni: und hinunter nacheinander hinter der Piazza Montanara, davon reden wir gar nicht, in der Via Monte Caprino, im Gäßchen von der Bucimazza bis zur Via dei Fienili: was kannte er nicht alles! oder rings um diesen anderen Grindhaufen am Palazzo Pio, in all den Dünndärmen von Gäßchen dahinter am Sant'Andrea della Valle, in der Grotta Pinta, in der Via di Ferro, in der Grottengasse vom Theater: und gar in der Piazza Pollarola, obwohl dort Leute aus dem guten Bürgerstand wohnen, eventuell ein paar gemischte Zuzügler oder solche, die nicht gerade gut mit der Polizeistreife standen, die waren vielleicht dabei. In der Gegend dahinter, da hatte er seine Hauptleimruten ausgelegt. Da konnte er alle Pärchen namentlich auswendig hersagen, mit der gesamten Verwandtschaft und allen Verästelungen, die da im Frühling hervorsproßten, sei's als Hörner auf dem Haupt oder weiter unten: die Doppelpärchen, die Tris, die Sequenzen zum König oder alle möglichen Verkeilungen: Geburten, Leben, Tod und Wunderfälle. Er kannte die Löcher, die sie vermieteten, und wußte, wann sie von dort auszogen und wohin, die Doppelbettzimmer, die Kammern, die Stundenzimmer, die Bettüberwürfe und sogar die Ottomanen mit all den Flöhen, die da drin hausen, jeden einzelnen.

Auf diese Weise war für ihn der Stamm der Valdarena ein Kinderspiel. Die Mutter Giulianos war nicht in Rom geboren und wohnte auch nicht dort. In zweiter Ehe mit einem gewissen Hauptbuchhalter Carlo Ricco von der Firma ›Moda Italiana‹ verheiratet, lebte sie mit demselben in Turin. Von deren Kindern erfreuliche Nachrichten: gingen fleißig in die Schule und lernten. Sie war von der reichen Verwandtschaft ein wenig »kaltgestellt« worden: und hatte auch von Turin aus keine besonderen Anstrengungen in Richtung Rom unternommen: denn zum Ausgleich lag darin die Möglichkeit, die »Schwiegermutter loszuwerden«, die »Schwiegerin«, wie man sie kurz nannte; den Sohn überließ sie der Großmutter. Im Grunde waren sie's alle zufrieden, nach dem vielen Gestreit und Geheule: denn wenn sie kein Geld hat, dann gibt's keine bessere

Verwendung für eine Witwe, als daß man einen findet, der sie nimmt. Giuliano war vielleicht ein wenig trübselig aus Eifersucht wegen der Mutter: eine Zeitlang hatte er allen ein muffiges Gesicht gezeigt: dann, mit dem Wachsen und der Entwicklung, so nach und nach, war er vernünftig geworden: die Mutter war hübsch, war jung. Und schließlich, die Trübseligkeit eines jungen Mannes wie er ... Er hatte sehr bald jemanden gefunden, der sie ihm vertrieb.

Die Großmutter verwöhnte ihn: die Großmutter, also die Tante Marietta der Liliana.

Na, und wie geht's weiter? Will's der Teufel ... Es war also dann folgendes passiert, daß man die Mutter Giulianos vor sieben oder acht Monaten nach Bologna ins Krankenhaus San Michele in Bosco hatte bringen müssen; ein Autozusammenstoß, als sie auf dem Weg nach Rom war, um die Verwandten zu besuchen, so ein Pech hatte sie, die arme Frau! Sie waren über Mailand gefahren. Beide Beine zerschmettert, und ein Wunder, daß sie mit dem Leben davongekommen war! Dort also, Gewichte und Gegengewichte, mal an diesem, mal am anderen Bein befestigt. Und Stützen und Apparate aller Kaliber. Deshalb wahrscheinlich war der junge Herr so verhuscht seit einiger Zeit: weil er sich um die Mutter sorgte. Und die Frauen alle eifrig dabei, ihn zu bemitleiden – armer Kleiner! – und rissen sich schier in Stücke, um ihn zu trösten.

Liliana Balducci war also sehr reich. Tochter eines Geschäftstigers. Na, gut.

Er, der junge Herr Vetter, seine Technik war die eines Flaneurs: eines schönen Jünglings. Der Frauen hat, oder haben kann, soviel er will, an jedem Finger. Sicher aber, irgendwo da drinnen, mußte er doch eine eigene Vorstellung haben. Ein

Ziel würde er sich, irgendwo im Herzen, doch gesetzt haben. Das war's, das war's: er wollte, daß sie es sein sollte, die nach ihm verlangte! Jetzt sah Ingravallo klar. Er wollte, daß man sich nach ihm verzehrte. Um sich dann hinzugeben; um sich sozusagen von hoch droben herabzulassen, um sich teuer zu verkaufen. Zum höchstmöglichen Preis. Er spielte den eleganten Mann, deshalb nämlich, um unverschämt sein zu können. Mit allen. Und auch mit ihr. Ja. Um nicht sie allein zu kurz kommen zu lassen.

Als dann auch sie ganz vernarrt war, so wie halt manche armen Seelen sich vernarren in gewisse Zugvögel (Ingravallo knirschte mit den Zähnen), Galgenvögel waren es, Hundsfotte! Dann aber, plack, plack, plack, kam der Regen der Tausendlirescheine. In dicken Tropfen!

Er, »repetieren wir«, er sollte nach Genua ziehen. Die Übersiedlung war bereits entschieden: stand kurz bevor: war nur noch eine Frage von Tagen.

Das schöne Zimmer in der Via Nicotera 21, nach Auskunft der Signora Amalia Bazz ... Buzzichelli, war tatsächlich für Ende des Monats bereits aufgekündigt. (Wegen dieser Schwindel-Pipe-Line, welche das Petroleum bis nach Ferrania pumpen sollte!) So daß also jetzt nicht mehr die Zeit blieb, die Verhexung komplett durchzuführen. Also was dann? Eine brüske Anfrage? Weigerung von seiten Lilianas? Mangel an bereitliegendem Bargeld? Oder vielleicht ein Anschlag auf den Goldschmuck? Auf die Juwelen? Diese entsetzliche Sache ... nur wegen einer Handvoll fettigen Papiers? Und die Juwelen?

An Doktor Valdarena, der sofort nach der Festnahme leibesvisitiert worden war, hatte man nichts gefunden: nichts von zweifelhafter Herkunft. Aber er hatte Zeit gehabt, hinauszugehen, zwischen neun und zehn Uhr, den Raub in Sicherheit zu bringen, zurückzukehren, (aber, aber, war die Idee nicht allzu gewagt? na ja, weiß Gott!), nachdem Cristoforo und die Gina ihre eigenen Wege gegangen waren, und ehe er Leute herbeigerufen hatte, um zehn Uhr zwanzig ... Na, dazwischen war, gering geschätzt, mehr als eine Stunde vergangen. Die Hausmeisterin Pettacchioni war oben beschäftigt, ganz droben, fast in den Wolken. Mit Schrubber und Eimer: und mit der Zunge außerdem. Um diese Zeit, dem Bericht des Pompeo zufolge, neigte sie dazu, sich auf die Seite B zu wenden, wo das Hauptziel, ganz weit droben, die Bolenfi oder Sbolenfi hauste. Ingravallo raschelte mit den Händen ein wenig in seinen Blättern. »Elia Cucco, verwitwete Bolenfi«, rezitierte er zielsicher.

Und über der Cucco, in der Dachwohnung, wohnte der General Barbezzo. Ingravallo, flink, pickte auch ihn aus seinem Papierkram, wie eine schwarze Glucke, gackgack-gackgack, ihre Würmchen pickt: mit einem Schnabelhieb, der nie danebengeht, selbst nicht auf einem Berg von Mist. Und wieder rezitierte er: »General Grand'Ufficiale Ritter Ottorino Barbezzi-Gallo, im Ruhestand: wie alt? oh je! aus Casalpusterlengo. Sehr erfreut!«

Adelig war er auch noch. Demzufolge, was der »Greifer« ihm ins Ohr geraunt hatte, ein hochfeiner Herr, Witwer, mit zwiegeteiltem Spitzbart, der aussah wie eine Luxusbürste: aber er mußte wohl an der Gicht leiden, nachdem was die Hausmeisterin sagte, und Höllenqualen erdulden. Die Ärzte hatten seinen Füßen untersagt, überhaupt die Erde zu berühren: er war also verbannt, auf der Höhe der Dachreiter auszuharren. Gute kleine Bibliothek hatte er zum Trost: vierzehn oder fünfzehn der hervorragendsten Geister, von denen, die dir gleich den Kropf verbrennen, kaum daß du sie runterschluckst. Ein perfekter Gentleman im übrigen: an den Füßen trug er ein Paar Pantoffel, wie zwei Elefantentrampel! Ein Gentleman. Dem die Signora Manuela in den wenigen freien Augenblicken, die ihr die Hausmeisterei verstattete, einige häusliche Handreichungen zu verrichten pflegte. Räumte ihm ein wenig auf . . . auch am Morgen, während er auf die Zugehfrau wartete, die spät eintraf, aber bereits mit den Einkäufen versehen. Ein Mann allein, und in dem Zustand! Aber sie wollte nicht, daß die anderen Hausbewohner davon erführen: die es aber bereits alle wußten, natürlich. Sie sagte, sie müsse sich um ihre eigenen Angelegenheiten kümmern, droben auf der Dachterrasse. Die Dachterrasse, das weiß man ja, das Reich der zum Trocknen aufgehängten Wäsche. Na, an gewissen Tagen, wenn der Nordwind blies, da schien es ihr, als ob sie selber auch davonfliegen würde, wie katapultiert von der Piste eines Flugzeugträgers. Mit den vier Bomben, die sie dranhängen hatte, vorn zwei und hinten zwei.

»Hier bin ich: hänge die Wäsche auf!« schrie sie hinunter zu den Schlafenden. Sang wie mit achtzehn Jahren. Die Buben riefen ihr manchmal von unten zu: aus dem märchenhaften Brunnenschacht des Hofs: »Signora Manuè . . . da ist jemand! Kommen Sie runter, man braucht Sie!« Wenn sie keine Schule hatten. Der Mann hatte alle Hände voll zu tun, in seiner Milchzentrale. Und sie kam herunter, paplaff, paplaff, mit glühenden Wangen: der Nordwind! und hundertzwanzig Stufen. Mit dem Atem, der nach Anis roch. Ein Windchen! Kam herunter, schnurstracks aus dem Paradies. Ein Paradies mit Anislikör.

»Mein lieber Don Ciccio!« und Ingravallo blätterte weiter. Zufolge der glaubwürdigsten unter den vielen melodiösen Zuflüsterungen aus der Nummer zweihundertneunzehn, die der »Greifer« so prompt aufgefangen hatte, schien es ... ja, schien es, daß sie und der Barbezzi-Gallo, von Zeit zu Zeit, wenn er, der Barbagallo selber, besonders gut »aufgestanden« war, wer konnt's verdenken, daß sie also das Bedürfnis verspürten, sich gegenseitig zu beglückwünschen, Gläschen in der Hand. Klassiker in der Hand. Echter Meletti, 120 Lire die Flasche, die Dreiviertelflasche. Dann hätte auch Napoleon mit der gesamten Armee an der Hausmeisterloge vorbeimarschieren können, wenn die Kinder in der Schule waren – wie an jenem verfluchten Donnerstag ... vorbei, dahin, und keiner hat's gesehen.

Die neuen Kräfte, die im italienischen Volk wirksam waren, diese tiefgehende Erneuerung, die sich als antike Epoche gebärdete oder doch die strengen Züge der Liktoren annahm, aber bereits deren Schlägerbegabung erraten ließ – (ein Sträußchen von Stöcken, knapp gebündelt um den Stamm des Beiles, das nicht nur ein Emblem war), ergingen sich sodann, ohne Schaden zu nehmen, in ihren Spruchweisheiten (*primum vivere*) und pflasterten mit den wortreichsten guten Vorsätzen den bekannten Weg zur Hölle. Nachdem sie sich solcherart zu düsterer Drohung verdichtet und Wort und Wind geworden waren, schossen sie eiligst zu jenem Wirbelsturm aus Luft zusammen, der sich in solche Höhe hinaufsteilte, daß er den Arsch der Wolken küßte, Zerstörer jener notwendigen Trennung der Gewalten und Zerstörer jenes lebendigen Wesens, das man gemeinhin Vaterland nennt: Zerstörer der Unterscheidung der »Drei Gewalten«: die der große Soziologe mit der bescheidenen und adretten Perücke, unter Berücksichtigung der besten Einrichtungen der Römer und der klügsten und neuesten Institutionen der englischen Geschichte, mit solcher Klarsichtigkeit voneinander geschieden hatte. Die neue Erhebung Italiens ging Hand in Hand mit einer sehr schwach durchwachsenen Wiedergeburt der *spezies naturalis*, ebenso wie der malerischen und poetischen, welche die Welt gleichzeitig als infam und als unbedeutend registrierte: und sie markierte, indem sie tat, als ob alles zum besten stehe, eine Art Risorgimento, das ein klein wenig zu üppig war in den pathetischen Ausdünstungen seiner dickbärtigen oder bemähnten oder schnauzhaarigen oder glorreich bürsten- und borstenreichen Troubadoure, die samt und sonders, unserem Geschmack nach, der Radikalkur eines Figaros mit drastischer Schere bedurft hätten. Der Effekt, den diese verbale Volkserhebung aus ihren Eingeweiden produzierte, aufgegeilt von der Möglichkeit, endlich über alles verfügen zu können, was die Verfügung über die Macht ihr zur Verfügung stellte, war genau jener, der jeweils eintritt: ich will sagen, bei jeder vollkommenen Übernahme derselbigen: Anhäufung der drei Gewalten – von Charles Louis de Sécondat de Montesquieu einst mit so hellsichtigem Verstand voneinander gesondert, elftes Buch, sechstes Kapitel seines Traktätchens von achthundert Seiten über den *Esprit des Lois* – nämlich die Zusammenhäufelung aller drei zu einer einzigen, dreifachen, undurchdringlichen und unbeweglichen Mafia. Unter solchen Umständen »*le même corps de magistrature a, comme exécuteur des lois, toute la puissance qu'il s'est donnée comme législateur. Il peut ravager l'Etat*«, (versteht ihr? *ravager l'Etat!*) »*par ses volontés générales et, comme il a encore la puissance de juger, il peut détruire chaque citoyen par ses volontés particulières*«: *particulières* für es, nämlich für das oben löblich erwähnte *corps*. In unserem Fall, in dem neuen *ravage*, entsprungen aus einer allzu feurigen Reminiszenz der antiken Liktorenstöckchen (die einst, wenn überhaupt, im Sinne des

Gesetzes zuschlugen und nicht im Sinne der Radaumacher), fand sich nun die prächtige Einrichtung des Telephons, um der dreifachen Mafia seine hervorragenden Dienste als offizieller Befehlsträger zu leihen, kontrolliert vom Eifer und von den hypersensiblen Ohren eines amtlichen Spitzels. Eine bürokratische Empfehlung dieser Art konnte den Ton und, darüber hinaus, den Charakter einer gebieterischen, ja geradezu befehlenden Anweisung annehmen, wie sie sich eigentlich nur der »*homines consulares*«, der »*homines praetorii*« des soeben ausgekochten neuen Imperiums geziemte. Wer sich seines Beweggrundes und seiner Macht gewiß ist, den berührt kein Zweifel an der Richtigkeit seiner Handlung. Wer sich für einen Genius hält, und für einen Leuchtturm für die anderen, dem kommt es nicht in den Sinn, daß er ein stinkiges Talglicht sein könnte oder ein eselsohriges Rindvieh. Von einem Siegelbewahrer oder einem Beauftragten der neu erstandenen Wahrheiten ist gar nicht denkbar, daß er etwa jeden Morgen neue Eseleien strunzen könnte: in die offenen Münder all jener, die ihm mit offenem Munde lauschten. Gut so. Die Telephonkaskaden der Parteigrößen waren, wie alle Kaskaden, die was auf sich halten, nicht umkehrbar innerhalb eines bestimmten Kraftfeldes, nämlich des Schwergewichtsfeldes oder des Reverenzial-Radfahrer-Nachoben-buckeln-nach-unten-treten-Kraftfeldes. Es bedurfte nicht einmal der Inanspruchnahme zweier braver Schnurrbartträger mit Pistolen und dolchgeschmückten Glanzledergürteln, auf daß der am anderen Ende der Leitung sitzende Subalterne sofort merkte, was er zu antworten oder wie er vorzugehen habe: »zur Verfügung ... jederzeit zu vollster Verfügung.« Klickklick. So geschah es auch im Falle unseres Vorkommnisses, des ersten, in der Via Merulana zweihundertneunzehn, kaum daß das zweite, das gräßliche Verbrechen also, dazugekommen war. »Die ungerechtfertigte Langsamkeit im Fortgang der Nachforschungen muß ein beschleunigtes Tempo einschlagen«, mußte sich von einem Augenblick zum andern dem hämmernden Befehl des Rudermeisters anpassen, der statt vom Heck her, am Bug trommelte, aber dafür mit allen vier Hufen. Dem statistischen Commendatore und (in der Freizeit) Trüffelliebhaber wurde achtundvierzig Stunden nach diesem Neun-Uhr-abends-Verhör vom Montag bereits wieder bedeutet, er solle sich neuerdings am Santo Stefano melden. Nach zweiundsiebzig Stunden wurde er, mehr tot als lebendig, zur Lungara* befördert, wo er sich die Nase im größten und unerwartetsten Taschentuch, das er jemals zur Verfügung hatte, putzen konnte.

Die arme Balducci hatte, so schien es nach den übereinstimmenden Aussagen der Hausbewohner, keinen Besuch empfangen in jenen Stunden, den zwei letzten Stunden ihres Lebens! Niemanden: außer ihrem Mörder.

Schreie hatten sie keine gehört, auch keine Geräusche, kein Poltern: auch nicht die Menegazzi, die sich gerade frisierte, auch nicht die Bottafavis, Mann und Frau. Eine Nachforschung bei der römischen Zweigstelle der ›Standard Oil‹, »persönlich von Herrn Doktor Ingravallo durchgeführt«, bestätigte den bevorstehenden, bereits seit geraumer Zeit geplanten Umzug des Doktor Valdarena nach Genua. Man hatte beschlossen, daß er am Montag, den 21. März, stattfinden sollte, vielleicht einen Tag früher oder später. Man konnte dort nur Lobendes über die Dienste des jungen Mannes äußern. Eine recht aufgeweckte Arbeitskraft, ein gewandter Redner, wenn er wollte, mit sicheren Umgangsformen: und im Grunde, jawohl, sehr eifrig. Man mußte ihn nicht extra bitten, auf daß er in ein Taxi stieg, einem Kunden nacheilte, oder einem von jenen Ingenieuren, die ständig auf der Walze sind, in ständiger Pendelbewegung auf der Eisenbahn. Vielleicht daß er manchmal an besonders schwülen Nachmittagen . . . könnte sein – er war ja schließlich jung. Ein wenig lustlos hin und wieder, an gewissen Föhntagen: bei der Büroluft! Aber mit den Kunden, im großen Ganzen, funktionierte er.

»Dazu braucht's nicht viel«, knurrte Don Ciccio in sich hinein: »Wo sollen sie denn sonst ihr Benzin kaufen? Bei der Blumenkohlfrau?«

Er hatte eine gute Witterung, jawohl. Die Konkurrenz, besonders beim Rohöl für Transformatoren, die beträchtliche Mengen konsumieren, zielte darauf, die Preise zu senken, wenn auch im Rahmen der amtlichen Preisvorschriften, um das Preisgefälle auszunützen . . . den Unterschied von zehn Lire pro Hektoliter. Er, nun, er kam gut zurecht: hatte ein gewisses Etwas, gute Manieren, was Vertrauenswürdiges, das vor überstürzten Entschlüssen bewahrte. »Sehen Sie, Herr Kommissar, Sie werden's nicht glauben, aber die Kunden sind ein wenig wie die Frauen. Es scheint ein Witz, und trotzdem . . . man muß sie richtig nehmen können. Eine Geduld braucht es da oft! Da muß man zuwarten können, warten: einfach dastehen, unter dem Vordach, mit schläfrigen Augen, aber sprungbereit wie ein verliebter Kater. Wo's aber zugreifen heißt, muß man zugreifen . . . bevor noch ein anderer dazwischenkommt, die Konkurrenz meine ich. Grad so wie man sich ein Mädchen angelt: genau so. Glauben Sie, man muß sie dahin bringen, daß sie sich verlieben, nur so ein bißchen wenigstens, wenigstens für einen Vormittag: *l'espace d'un matin*. Auch wenn die Tante dahintersteht, die große Holding-Gesellschaft, die so tut, als ob sie ihren Strumpf für sich alleine stricken würde, aber immer mit einem Seitenblick auf die Abrechnungen, und vielleicht doch einen schwachen Punkt hat, ihren schwachen Punkt. Auch sie leidet an ihren persönlichen Abneigungen und Zuneigungen, wie gewisse alte Schachteln, gewisse Schwiegermütter... und da muß man, um der Tochter zu gefallen, erst der Mutter gefallen. Genau so. Da gibt's die Platonischen, sagen wir, die Romantischen: die beim Mondschein träumen, die sich auf die zehn Lire versteifen, die hoffen, die fürchten, die sich zieren: die uns zum Stöhnen bringen! Denen, nun denen gefällt es auf diese Tour: wie den Katzen im Februar. Man kann nicht dagegen an. In Gottesnamen. Aber es gibt auch die anderen, die Schnell-Entschlossenen, die gleich zur Sache kommen. Ich sage Ihnen, Herr Doktor, man muß sie zu nehmen wissen! Jeden auf seine Art. Aber glauben Sie: damit wir ... damit wir pflichtgemäß funktionieren, wir einfachen Angestellten ... nun, nicht mal ein schönes Mädchen würde sich so ohne weiteres abwenden, Teufel auch, ich meine nicht von uns persönlich, nein, aber ... nun ja, von uns, von der ›Standard‹ im allgemeinen. Man muß es so weit bringen, daß man sich in die ›Standard‹ quasi verliebt: daß sie blindes Vertrauen in die ›Standard‹ setzen: daß sie einfach das nehmen, was wir anbieten. Weil wir von vornherein wissen, was wir ihnen anbieten, was für ein Zuckerplätzchen jeder einzelne von ihnen wünscht: für den einen das, für den andern jenes. Eine Weltorganisation wie die unsrige! Wäre gelacht! Zehntausende von Gallonen jährlich allein in Europa, von den besten Ölsorten – das nennt sich ›Standard Oil‹. Was glauben Sie denn!

Unser großes Geheimnis, sehen Sie, ist das, was wir allen gern erzählen: *die Konstanz der Faktoren in jeder einzelnen Öltype*. Nehmen Sie, um nur ein Beispiel zu nennen, unsere unschlagbare *Transformer-Öl-Marke B elf Extra*. Sie können auch hier den Ingenieur Casalis von der ›Anglo-Romana‹ fragen: den Ingenieur Bocciarelli von der ›Terni‹«. Er nahm seine Finger der linken Hand zu Hilfe, Daumen, Zeigefinger, Mittelfinger, indem er sie einen nach dem anderen zurückbog, um die Vorzüge der Marke elf aufzuzählen: er kam beim kleinen Finger an und verharrte dort: »absolute Anhydrizität: das ist der wichtigste Faktor: also: eine Eigenschaft *sine qua non*: Gefriertemperatur . . . äußerst niedrig: Viskosität . . . 2,4 Wayne, um nur soviel zu sagen: Säuregrad – kaum wahrnehmbar. Ausdehnungsvermögen, geradezu enorm: Entflammbarkeit . . . höchste Entflammbarkeit aller Industrieöle Amerikas.

Kann man vielleicht mehr verlangen, sagen Sie selbst, von einem Transformatoren-Öl? Aber schließlich, wie gesagt, das was zählt, ist die *Beständigkeit in der Zusammensetzung* innerhalb jeder einzelnen Marke, das ist es, was die besonderen Qualitäten jedes einzelnen Öltyps ausmacht . . . ich meine, die unseres Transformer B! Immer, immer gleichbleibende Qualität! Gleichbleibend in Zeit und Raum: von einer Lieferung zur anderen.« Er erhob die Stimme: »Über Jahre hinweg! Die Welt kann in Trümmer gehen, der Phönix kann auferstehen, das Kolosseum kann abbrennen . . . aber das Transformatoren-Öl Marke B elf Extra von der ›Standard Oil‹ ist und bleibt das gleiche. Darauf kann der Kunde sich todsicher verlassen, glauben Sie mir. Wir wissen schon selber, was er nötig hat. Und viele Kunden haben das ein für allemal kapiert. Man kann uns leicht einmal untreu werden. Aber dann? Eines Tages wachen Sie dann auf und merken, daß Sie in einen Transformator, der Sie sage und schreibe eine Million gekostet hat, Tomatensaft reingegossen haben statt Öl. Und wenn Ihnen der Transformator beim ersten Gewitter heißgelaufen ist, was dann? Dann: Prost Mahlzeit! für die sparsame Betriebsführung! Prost Mahlzeit für die Amortisation innerhalb von fünfzehn Jahren oder in zehn Jahren! ... Jawoll, in acht Monaten! Nein, glauben Sie mir, Herr Doktor, nicht nur der Preis darf ausschlaggebend sein für einen Geschäftsabschluß, das Lockvögelchen des Preises ... die Brutalität einer Ziffer: vier-neun-sechs pro Hektoliter. Nein. Der Preis ... das weiß man. Auch bei Uhren findet man welche zu vierzehnfünfzig in den Kramläden der Via dei Greci: aber beim Catellani gibt es welche zu zweitausend Lire. Kaufen Sie mir doch eine Patek Philippe, eine Longines, eine Vachéron-Constantin ... für vierzehnfünfzig! Wo gibt denn einer sie für den Preis her? Wenn Sie eine auftreiben, dann kriegen Sie auch meinen Transformer ›Marke B 11‹ zum Preis ... für den sich gewisses Zeug hier auf dem Markt herumtreibt.«

Er schnaubte: »Lassen wir's gut sein!« Ingravallo fühlte sich benommen. Die Augenlider begannen ihm langsam herunterzusinken wie eiserne Rolläden vor den Schaufenstern: sanken herunter auf die Hälfte der Pupille eines jeden Auges mit der mohntrunkenen Attitude der großen Anlässe: wenn die Bürobenommenheit ihn mit einer Geistesabwesenheit krönte ... die fast seherisch war. Und statt dessen präsentierte sich ihm das divinatorische Ereignis auf diese albernste Weise. Öl! Sie hatten wohl Öl, die Völker von Apulien. Von diesem hier aber, er hätte nicht gewußt, was er damit hätte anfangen sollen.

»Die Kundschaft verliebt machen! Darin liegt alles. Um ihnen diese Erkenntnis ins Gehirn zu treiben: den großen Nagel der Erkenntnis. Nichts weiter als das. Der Doktor Valdarena, na, was den ... Nagel betrifft, hatte er gute Anlagen gezeigt. Von dem Tag an, an welchem sie sich dann verliebt haben und den *Transformer B* ausprobierten, werden sie sich, glauben Sie mir, nur noch schwerlich anderweitig verführen lassen: dazu verführen lassen, uns Hörner aufzusetzen! Und dann, abgesehen von den Hörnern, wer uns liebt, der folgt uns nach: na, und dann ... Zigarette gefällig?« – »Danke!« – »Ja, dann, meine ich, zahlen sie auch den Preis, zahlen, ohne aufzumucksen.«

»Zahlen, ja, sie zahlen«, murmelte Don Ciccio in der Einsamkeit seines Inneren.

4

Nach zweiundzwanzig Stunden allgemeiner Ruhelosigkeit traf, am 18., der Balducci ein: unvorhergesehener Verpflichtungen wegen, behauptete er. Mittlerweile waren die verschiedenen Quästuren alarmiert worden: Mailand, Bologna, Vicenza, Padua. Für Ingravallo und für den Doktor Fumi war es eine wahre Erleichterung. Um rauszukriegen, wo er nun hockengeblieben war, hätte man die Nachforschungen über quasi die Hälfte der Halbinsel ausdehnen müssen, mit Hilfe eines langsamen Monsuns von Kabelgrammen.

Und der Knuddel, der schon ziemlich verworren war, hätte sich noch ganz und gar verheddert. Der Balducci, im gnadenhaften Zustand der Unwissenheit, stieg um acht Uhr aus dem Zug, mit hochgeschlagenem Mantelrevers, das Gesicht in diesem Moment alles andere als rotbackig, und überdies ein wenig rauchgeschwärzt: die Krawatte gelockert: wie einer, der unbequem geschlummert hat auf einer Unterlage von zahllosen Erschütterungen. Er und der Zug hatten sich treu an das Telegramm gehalten, das übrigens ungenau war. Aber an Schnellzügen, die am Termini-Bahnhof um acht Uhr einlaufen sollten, gab es nur den ›Sarzana‹: der beim letzten Kreischen und nachfolgenden Blockieren der Bremsen auf die Minute genau eintraf, zwischen den Uhren und offenen Mündern, die ihn unter dem Vordach auf dem Perron erwarteten – den neuen Direktiven gehorchend, die auf so glorreiche Weise vom Oberesel ausgegeben worden waren. Die Schreckensnachricht wurde ihm mit der gebührenden Schonung und mit jeder nur möglichen Dämpfung gleich an Ort und Stelle auf einem Bänkchen beigebracht, während das Reisepublikum sich von den Abteilfenstern aus noch die Gepäckträger mit gebieterischen und flehenden Zurufen streitig machte, und diese die Rolle ihres großen Augenblicks übernahmen: Schweizer und Mailänder Ankünfte mit solidem Gepäck. So wurde es ihm von den Verwandten seiner Frau mitgeteilt, die, aufgefordert von Doktor Ingravallo, herbeigeeilt waren, teils schwarz, teils dunkel gekleidet: voran Tante Marietta, einen schwarzen Schamanenumhang über den Schultern, geschnitten wie ein Mandrillsmäntelchen, eine Kette aus schwarzen Kügelchen um den Hals, ein Pädagogieprofessorinnenhütchen, ein Gesicht wie ein Staatsanwalt. Dann, dahinter, Tante Elviruccia mit Sohn, dem Orestino, der ganz Lange mit den zwei gelben Schneidezähnen, der dem armen Onkel Peppi so ähnlich sah, runtergerissen der Onkel Peppi. Auch er mit Friedhofsmiene. Dann war auch der Polizeibrigadier in Uniform da: Di Pietrantonio. Als sie es ihm so langsam beibrachten, dem Onkel Remo, was da passiert war, da stellte der arme Hauter zuerst einmal seinen Koffer ab: das andere, das schwere Gepäck, hatte sowieso der Gepäckträger genommen. Die Nachricht schien ihn nicht gerade umzuhauen. Vielleicht war's die Müdigkeit, die Benommenheit nach einer im Zug verbrachten Nacht. War grad, als ob er seinen Kürbis so hoch droben in der Luft herumtrug, daß er überhaupt nicht hören konnte, was die ihm da sagten.

In der Zwischenzeit war die Leiche abgeholt und in die Poliklinik gebracht worden, wo man den Körper einer äußeren Untersuchung unterzogen hatte. Nichts. Nachdem man sie wieder bekleidet und aufgebahrt hatte, wurde ihr der Hals verbunden: mit weißen Binden, wie eine Karmeliterin, aufs Sterbebett hingestreckt: das Haupt umhüllt mit einer Haube wie von einer Krankenschwester: ohne rotes Kreuz allerdings. Wenn man sie so erblickte, so weiß, so unbefleckt, nahm man unwillkürlich den Hut herunter. Die Frauen schlugen das Kreuzzeichen. Die Justizbehörden hatten sich in der Via Merulana eingefunden zwecks Abwicklung der gesetzlichen Feststellungen, dann in der Poliklinik, in Person des Untersuchungsrichters Cavalier Ufficial Mucellato. Auch der stellvertretende Staatsanwalt, Commendatore Macchioro, hatte ihr, könnte man sagen, einen Pflichtbesuch abgestattet. Sogar der vom Palazzo Chigi hatte seinen Senf dazu gegeben, und zwar lauter als alle anderen: »Der ruchlose Mörder müßte bereits seit sechs Stunden gerichtet sein!«

Aber der Balducci hatte die Zeitungen nicht gelesen.

Am Körper: keine Spuren, außer den Messerstichen und den Kratzern, den Nägelkrallern.

Kaum war er zu Hause angekommen, wurde der arme Signor Remo aufgefordert, Schubläden zu öffnen und ein paar widerspenstige Schranktüren. Von einigen konnte er nicht einmal die Schlüssel finden: von anderen Schlüsseln, die man zufällig fand, wußte er nicht, wohin sie gehörten. Er probierte hier, probierte dort, ohne Erfolg. In sein kleines Bürozimmer war niemand eingedrungen. Der Schreibtisch mit den Patentschlössern Marke ›Marengo Universal‹ schien keinerlei Manipulationen erduldet zu haben. Er selbst öffnete ihn: alles in Ordnung. Ebenso der eiserne Archivschrank: dort, wo er gewisse Geschäftsunterlagen aufbewahrte. Das war ein dunkelgrün lackiertes Schränkchen, blitzsauber, das zu dem hölzernen Bücherregal, welches halbleer und halb mit vergilbten Broschüren angefüllt war, ebenso gut paßte, wie ein blutjunger, frischrasierter Buchhalter zu einer reichen und triefnasigen alten Schachtel, deren Vermögen er verwaltet und verschnorrt, und die in ihn verschossen ist.

Dem stummen Verhör am Tatort wohnten die beiden Damen bei, die Tanten, außerdem der Oreste, der Brigadier der Sicherheitspolizei, Di Pietrantonio, der in Wirklichkeit nur Unteroffizier war, ein Polizeibeamter namens Rodolico und dazu die Signora Manuela. Einen Augenblick später kam auch noch der Blonde dazu. Auf den Pompeo und den Blonden aus Terracina vertraute der Ingravallo: die anderen hatten zu weiche Birnen, als daß sie von der Psychologie etwas begriffen hätten. Die zwei aber hatten feine Nasen: die konnten den Leuten im Gesicht lesen, mit einem Blick: und sogar so, daß keiner was merkte. Das, was dem Ingravallo am Herzen lag, war vor allem der Gesichtsausdruck, die Haltung, *die unmittelbaren Reaktionen psychischer und physiognomischer Natur*, wie er sich ausdrückte, sowohl was die Zuschauer wie die Akteure des Dramas betraf: dieser Hammelherde von Dummköpfen und Hurensöhnen, die die Welt bevölkern mit ihren Klatschbasen und stinkigen Schlampen.

Schließlich wurde der Bottafavi zu Hilfe geholt, nach einigen nutzlosen Versuchen des Rodolico, der nichts weiter ausrichtete, als daß ihm ein Knopf absprang, woher, wußte man nicht genau. Der Waffensachverständige eilte treppabwärts mit einem Werkzeugkasten, dessen viereckigen Henkel er am Arm hängen hatte, und der das ganze Sortiment enthielt vom Schraubenzieher über kleine Sägen und Meißel, Hämmer, Zangen und Pinzetten, einen Schraubenschlüssel, bis zu einer reichen Auswahl an losen Nägeln, geraden wie krummen. Am Schluß mußte ein Schlosser gerufen werden, ein echter Don Juan der Schlösser: der hatte einen Riesenstrauß von Haken mit einem Schnäbelchen am Ende, und der brauchte kaum ein wenig damit rumzukitzeln, mit dem einen oder dem anderen, und schon konnten die Schlösser nicht mehr an sich halten. Wie tugendhafte Weiber, die den Kopf verlieren. Der Balducci stellte sofort fest, daß die besten Sachen fehlten, sowohl Geld wie der Schmuck, den die Signora in einer kleinen Eisenkassette in der zweiten Kommodenschublade aufbewahrte: die Eisenkassette war verschwunden, samt dem Inhalt. Nicht einmal der Schlüssel dazu wurde gefunden, der für gewöhnlich in einem alten schwarzen, vergißmeinnichtbestickten Samttäschchen im Spiegelschrank aufbewahrt wurde, durch ein schönes himmelblaues Band zusammengehalten mit einer *élite* hübscher, klingelnder Gefährten. »Das Täschchen war hier, war . . . ja, sonst war es hier. Lassen Sie mich nachsehen!« Er wühlte mit den Händen in jenem Häufchen duftender Seide, in all den Unterröcken, Hemden, den gestickten Tüchlein. Ja, ja, auch das Täschchen war verschwunden. Auch die beiden Sparbüchlein kamen nicht zum Vorschein. »Mein Gott! nicht einmal die sind mehr da!« – »Was?« – »Die Sparbüchlein von Liliana.« – »Welche Farbe hatten sie?« – »Farbe? Eines vom Banco di Santo Spirito und eines von der Banca Commerciale.« – »Auf welchen Namen . . . auf den ihren?« – »Ja, auf meine Liliana.« – »Waren sie auszahlbar an den Überbringer?« – »Nein, auf den Inhaber.«

Die Verdünnisierung des Kapitals (wegen der namentlich ausgestellten Sparbüchlein brauchte man sich keine Sorge zu machen) schien den Signor Remo niederzuschmettern, mehr vielleicht, von außen her beurteilt, von jenen *unmittelbaren psychischen und physiognomischen Reaktionen* her, als von jener grauenhaften Nachricht, welche man ihm am Bahnhof Termini beigebracht hatte. Es war dies eine allzu billige Feststellung, eine trügerische, könnte man sagen: aber keiner der Anwesenden konnte sich ihr entziehen, weder der Brigadier noch Orestino: und noch viel weniger Tante Marietta und Tante Elviruccia, die verbittert und boshaft den dicken Mann in seiner Drangsal beobachteten.

»Ja, ja, nun kannst du ein bißchen Jäger spielen, der Hase ist auf und davon«, dieser feiste Mensch, der in der Wohnung hin- und herwepste und einen Schubladen nach dem anderen aufriß und hineinstierte ... als ob sie ihm nichts weiter als seine Bröschlein geklaut hätten.

Finster und habsüchtig geworden im großen Gebrodel des latenten Geizes, welcher der gesamten Verwandtschaft der Valdarena gemeinsam war, schienen sie nun, in jenen Wartestunden der vergangenen Nacht, unter dem Hin und Her von Ratschlägen, dem weitverzweigten Stimmengewirr von der Quästur, der echt römischen Stimme der Signora Manuela und dem wüsten Telephongequassel des Vortages, nunmehr schienen sie, Tante Marietta und Tante Elvira, enttäuscht von der Enttäuschung dieses Augenblicks. Wieso, Lilianuccia, hatte sie denn für die Kusinen nicht einmal ein kleines Andenken hinterlassen? Nichts für die Tanten? Für ihre Tante Marietta, die sie auf den Armen gehalten hatte, seitdem ihr die Mutter gestorben war? Nicht einmal einen kleinen Muttergottesanhänger? Von dem ganzen Juwelierladen, den sie da im Schrank versperrt hatte? An ein Testament hatte sie natürlich gar nicht denken können, das arme Mädchen! Wenn einer auf diese Weise sein Leben lassen muß, dann kann er das ja nicht vorher wissen, nicht vorausahnen. Heiligemuttergottes, man könnte den Verstand verlieren! Was für eine Welt! Was für eine Welt!

Und dann mußten sie an ihren Giuliano denken. Diese Verhaftung empfanden sie als eine Beleidigung: ein Unrecht an ihnen allen, an der prächtigen Familie der Valdarena, »einer Familie, wie es im ganzen Bürgerstand nicht eine zweite gibt«, einer der blühendsten, festverankertsten: Männer, Frauen, Kinder. Der Gedanke, daß eine Tochter aus diesem Hause auf diese Weise dem Teufel in die Fänge geraten war, noch dazu mitsamt den besten Hochzeitsgeschenken, mit allem Gold und allen Juwelen, ohne ein Andenken zu hinterlassen, ohne ein Wort des Abschieds! Allein dieser Gedanke ... arme Tanten! er verwandelte sich bereits in eine Wahnidee, in ein Herzleiden. Ein solches Hinmorden! Haß, Schrecken, Entsetzen, ein Schrei in der Finsternis! Die Verschwörung der Menschen, die *gentes*, die Geschlechtsgenossenschaften, sie neigen dazu, beim Ausbruch einer solch dämonischen Spannung, die auf so drastische Weise ihre standes-, einwohner- und kirchenamtlich bescheinigte Gemeinschaft zerfleddert, ihre langen, ihre wohlbedachten Lebensabsicherungen, sie neigen dazu, wenigstens nach dem Buchstaben des Rechts, wenn auch ohne faktischen Erfolg, ihre Pfunde wieder einzufordern. *Commodatam repetunt rem.* Sie rufen es zurück aus dem Dunkel der Nacht. Sie verlangen es wieder, verlangen ihre Blume! mit dem zerbrochenen Stiel! alles, was sie aus ihrem Leben dazugespendet haben. Wie Eisenspäne vor dem Magneten richten sich die kleinsten Fäserchen aus ihren Eingeweiden wieder aus in Richtung der »Heimkehrspannung«. Sie spüren den Drang, die ausgestrahlten Einheiten wieder zurückzusaugen, die biologischen Einheiten, die einst lebende Person, in ihnen ewig lebende Person und durch das heilige Sakrament der Ehe einem Sempronius überlassen. Sie möchten es wieder zurückerstattet haben, das ehefähige Element, welches sie einem anderen geboten hatten, dem Gatten (in diesem Fall): dem Schwager oder dem Schwiegersohn, der ihnen vom Volk geboten war. Und die ehefähige Einheit, deren Zugehörigkeit man reklamiert, schließt ja auch einen wirtschaftlichen Faktor mit ein. Sie war eine prachtvolle Tochter des Stammes, und da war ein Trühlein voller Juwelen: das eine wie das andere herangereift im Laufe der Jahre: der langsamen, verschwiegenen Jahre. Sie war eine Tochter mit einer Truhe: für die sie, die Valdarenas, dem Gatten das Schlüsselchen anvertraut hatten: und damit das Recht, sich beider zu bedienen: tricktrack: das geheiligte Nutznießertum. Und der Adjutant Christi in der Kirche der Quattro Santi hatte den Vertrag gesegnet. Mit viel Weihwasser *in nomine domine:* ohne allzuviel Geplansche jedoch. Sie, unter dem Kranz aus Orangenblüten und unterm Schleier, hatte das Haupt gesenkt. Nun sollte er's zurückzahlen, zurückzahlen, was er so schlecht verwahrt hatte, dieser Gorilla von einem Jäger, dieser Reisende in Textilien. Welchen Gebrauch hatte er von ihrer Schönheit gemacht? oder welchen Mißbrauch? von soviel sanfter Schönheit? oder von ihren Angebinden? von den hübschen, kostbaren Angebinden? Und wo hatte er sie hin verramscht, diese Angebinde? Und die Goldstücke mit dem Bild des häßlichen Ritters? Die goldgelben, die runden, schönen Taler von damals, als noch nicht der Narr drinsaß, im Palazzo Chigi, der vom Balkon herunterkreischte wie ein Lumpensammler. Achtundvierzig Stück hatte sie von denen, Lilianuccia, achtundvierzig, wohlgezählt: und sie machten Tschintschin in ihrem Beutelchen aus rosa Seide, dem Beutelchen des

Hochzeitskonfekts von der Großmutter. Die wogen mehr als ein Nierenbraten zu Weihnachten. ›Und wo sind sie jetzt?‹ dachten sie. ›Ob er's wohl weiß, der Herr Jäger?‹ *Manet sub dove frigido.* Welcher Hochzeit hat er sie je zugeführt? die Braut, die Gültigkeit ihres Fleisches und ihrer Mitgift? Was hat er draus zu machen gewußt, dieser schlagflüssige Reisevertreter, aus diesem zarten Fleische? und aus ihrem Schatze? der eins war mit ihrem Fleisch und Blut? Ja, ja, aus diesem Häufchen Gold? das ihr zugehörig war durch das hartnäckige Mahlen der Zeit, der wirtschaftlichen Begabung ihres spendenden Stammes? Genau wie jene lauen Glieder war es auf sie gekommen aus der aufgehäuften Kraft und dem Drang der Generationen, nach den herben Anfängen der Frühe. Also schienen sie zu sprechen, die Verwandten der Liliana: »Oh, süße Braut, gespickt mit süßen Beeren! Du Schatz der Jahre! Unverhofftes Guthaben der Tagundnachtgleiche! Geb er's zurück nunmehr, spei er's wieder aus, der kleinhändlerische Esel! Daß er's nicht wage, den Giuliano zu verdächtigen, diesen herrlichen Sproß des Stammes, nur weil er den Vergleich mit ihm hinnehmen muß!« Das Gehirn, das Gehirn dieser beiden Hexen, Tante Marietta und Tante Elviruccia, delirierte: »Giuliano, Blüte der Valdarena! Erfüllung der zeugenden Tage! Krume des Lebens!«

Es gibt einen dramatischen Bezirk des Grolls, von der Milz und der Galle und der nagenden Leber, bis hinein in das Halbdunkel hinter dem Hausrat, dort wo die Laren hausen: die schweigen und sehen, während sie den toten Naphthalingeruch der riesigen Kredenzen atmen, die aber beim ersten Aufblitzen der Messerklinge erzitterten ob ihrer Stummheit: und in den milchweißen Geräumen der Zimmer seufzten und weinten sie nun wie Märtyrergeister. Dort, hier, zwischen den Beinen des

Brigadiers und des Schlossers, vorbei am Allerwertesten der Manuela, spukten und wogten die kranken Gespenster. Hart und aufrecht erwarteten die Tanten, daß Gerechtigkeit geübt werde: der Oreste wußte auch nicht, wie er sich halten sollte.

Der Valdarena, im Collegio Romano, war wiederholten Verhören unterzogen worden: das Alibi, welches er vorgewiesen hatte (Büro, Bürodiener), hatte sich als stichhaltig herausgestellt bis 9.20 Uhr, nicht darüber hinaus. Er gab an, in der Stadt herumspaziert zu sein. Wo herumspaziert? bei wem? Kundschaft? Frauen? Zigarettenladen? Zwei- oder dreimal errötete er, als hätte er gelogen. Er hatte auch den Friseur vorgebracht, hatte aber diese Behauptung sofort wieder zurückgezogen: nein, da war er am Tage vorher gewesen. In Wirklichkeit hatte keiner von den Hausbewohnern ihn gesehen, um diese Zeit. Erst um 10.35 Uhr, als er Leute herbeirief. Die kleine Felicetti leugnete bei der Gegenüberstellung, ihn auf der Treppe gesehen zu haben: die Kleine, die zu den Bottafavis hinaufging, um ihnen Guten Tag zu sagen, und die dabei die Käseverkäuferinnen getroffen hatte: »n...ein«, sagte sie und hatte unendliche Mühe, ihre Lippen zu bewegen: »der ... war ... nicht da...« Dann verstummte sie: und, von neuen Fragen bedrängt, und weil alle auf sie einredeten, ließ sie das tränenfeuchte Gesicht sinken. Es sah aus, als ob sie damit etwas zugeben wollte, aber sie konnte sich nicht entschließen, den Mund aufzumachen. Dann, mit dicken Tränen auf den Wangen, schien es allen, als ob sie den Kopf schütteln wolle. Ihre Mutter kniete vor ihr, Gesicht vor Gesicht, und streichelte ihr das Haar, den Kopf, aus dem die Zeugenschaften entspringen, und flüsterte ihr ins Ohr und küßte sie ab: »Sag die Wahrheit, mein Schätzchen: sag mal, ja, ja, ich hab ihn gesehen, den jungen Herrn da, auf der

Treppe, schau, wie blond er ist! Schaut aus wie ein Engel. Komm, sag doch, mein Süßes! Nicht weinen, da ist doch deine Mamma, die dich so lieb hat, schau!« und sie schnalzte ihr zwei Schmätze auf, »keine Angst haben vor dem Herrn Doktor! Der Doktor Ingravallo ist keiner von den scheußlichen Doktoren, die so bös sind, die dir weh tun, und wo du die Zunge zeigen mußt. Das ist ein Doktor mit einem dunklen Anzug, und der ist sehr lieb«, und sie klopfte sie ab unterm Kittelchen, als ob sie sich vergewissern wollte, ob sie trocken oder naß sei: gewisse Momente in der Zeugenvernehmung sind manchmal mit angemessener Feuchtigkeitsausscheidung verbunden. »Sag's doch, sag's doch, mein Schätzchen, der Herr Doktor Ingravallo schenkt dir auch ein Püppchen, eines, das die Augen zumachen kann, mit einem rosa Schürzchen und blauen Blümchen! Du wirst sehen. Sag's der Mamma ins Ohr!« Da senkte die Kleine das Köpfchen und sagte »ja«. Giuliano erblaßte. »Und was machte der junge Herr? Was hat er zu dir gesagt?« Sie brach in Heulen aus und schrie verzweifelt unter Tränen: »Ich möcht fort, gehen wir fort!« Und dann schneuzte ihr die Mama die Nase: Schluß, aus, war nichts mehr zu machen. Das Mütterchen: »ach, ich sag Ihnen«, behauptete weiterhin, daß es ein besonders kluges Kind sei, für sein Alter: »man weiß ja ... mit den Kindern muß man's halt verstehen.« Dem Ingravallo jedoch schien es ein kleines Idiotenkind, in jeder Weise der Mutter würdig.

Der Fall Pirroficoni hatte damals noch nicht den Wirbel in der Presse der *urbs* verursacht: der Totenschädel mit Schiffchen aber gierte bereits nach der Pfauenfeder des Angeklagten und hatte Lust, sie sich aufzustecken, dort, wo er sich Federn aufsteckte: Pfau, der er war, stinkiger, ranziger Gockel.

Immerhin war es schon damals geboten, mit gewisser Umsicht

vorzugehen: Don Ciccio hatte das in der Nase und der Doktor Fumi nicht minder, nachdem sich nunmehr die öffentliche Meinung, das heißt also der kollektive Wahnsinn, des Falles bemächtigt hatte.

Das Ereignis »verwenden« – irgendein beliebiges Ereignis, das der übelwollende Zeus, der über den Wolken schwebt, dir vor die Nase pladdert, plaff, plaff – zur Verherrlichung der eigenen, pseudo-ethischen Aktivität benützen, um sich mit allen Registern einer schmutzigen Theatralik in Szene zu setzen, das ist das Spiel aller, Personen oder Institutionen, die in den Gewässern der Tiefe und Ernsthaftigkeit einer moralischen Aktivität gern im trüben fischen. Die Psyche des politischen Kretins (Narzißmus mit pseudo-ethischem Gehalt) ergreift das fremde Delikt, sei es realer oder eingebildeter Natur, und geifert darüber wie ein feiges, wütendes Tier in kalter Wut über dem Aas eines Esels: und bereinigt (vermindert) auf diese Weise zum harmlosen Ablauf eines rächerischen Mythos jene verwerfliche Lust, die ihn zum Pragma zwang: zu welchem Pragma auch immer, es genügte, daß es ein Pragma sei, zum Pragma *coûte que coûte*. Das fremde Verbrechen wird »benützt«, um die Megäre mit der blutigen Mähne zu besänftigen, die wahnsinnige Volksmenge: die sich doch nicht von so Geringem besänftigen läßt: es wird ihr vorgeworfen, wie eine Ziege oder ein Rehkitz zum Zerfleischen, den Lefzen, die es zu Stükken reißen, den springenden Bestien und den allgegenwärtigen und gierenden Menaden des Bacchanals, das sich an ihren Schreien erhitzt und sich von ihrer Qual und ihrem Blute purpurn färbt: und einen legalen Verlauf einnimmt, auf diese Weise, eine Pseudo-Justiz, eine Pseudo-Strenge, oder eine Pseudo-Berechtigung zum Urteilsspruch: als deren Beleg die

Anmaßung der rücksichtslosen Untersuchungsweise und der provozierte Orgasmus des vorausgenommenen Urteils sich dann kundtun. Man lese nach in ›Krieg und Frieden‹ im dritten Buch, dritter Teil, Absatz 25, den schmerzlichen, grauenvollen Bericht: und man lerne sie begreifen, die summarische Hinrichtung des unseligen Vereschagin, den man fälschlich für einen Verräter gehalten hatte; der Graf Rostowschin, Gouverneur von Moskau, wie er sich aufspielt, auf den Stufen des Palastes vor der düster harrenden Menge, und wie er den Dragonern befiehlt, ihn hier vor der Menge mit Säbelhieben zu töten: vor dem schönen Hintergrund der Erkenntnis, guter Gott! *«qu'il leur faut une victime»*. Es war am Vormittag um zehn. »Um vier Uhr nachmittags zogen die Truppen des Murat in Moskau ein.«

Viel feiger, viel theatralischer, *chez nous*, der Grimmige mit dem Federwisch: und wir gestehen ihm auch nicht, wie Rostowschin, die unmittelbaren Milderungsgründe zu: den der Furcht, daß er selber gelyncht werden würde, und den der Angst vor dem Zorn und der entfesselten Wut (totale Psychose der Menge), und vor dem Feind, der vor den Toren stand nach den harten Kanonenschlägen und dem großen Hinschlachten (bei Borodin).

Der unglückselige Pirroficoni wurde von einem jener Erzitaliener zu Tode geprügelt: weil er ihm unter allen Umständen im »Sicherheitsgewahrsam« die Aussage entreißen wollte, daß er gewisse kleine Mädelchen genotzüchtigt hätte. Er war aus allen Wolken gefallen und beteuerte, daß, nein, daß es überhaupt nicht wahr sei: aber es trommelte auf ihn nieder zum Zerplatzen. Oh, ihr freigebigen Hände des Beccaria!

Die *urbs* mußte gerade damals, als sie diese Anfälle von Wohlgeziemtheit und Federzonischer Polizeiordnung hatte (1926–27), immer wieder Bekanntschaft machen mit periodischem Abwürgen kleiner Mädchen: und auf den Wiesen und Matten geisterte das Andenken an ihre Qual und ihre leblosen Körper und ihre armselige, verloschene Unschuld: dort draußen *extra muros*, hinter den Andachtsstätten der *suburbis* und den Grabschriften der antiken Marmorsteine und Kapellen. Der Ficoni Pirro, der feige Hund! beschmuste damals eine seiner nicht nur schmalzigen sondern auch gut abgelagerten, wenn auch nicht leicht zugänglichen Damen: fünfter Stock: vornehmes Mietshaus: Hausmeisterin am Portal: Gatte anwesend, tüchtig-tüchtig in Pantoffeln: ringsherum traubenweise Hausbewohner, von Natur aus schwatzhaft, mehr als Irnerius. Von wannen, von dieser tatsächlichen Gegebenheit nämlich: ein rührendes Kommen und Gehen mit diversen handschriftlichen Botschaften zu Händen einer freundlichen Überbringerin (dreizehnjährig), die sie mit nicht geringer Umsicht und nicht geringem Herzklopfen dem Empfänger zuführte. Und Zeichensprache und Fingerzwiesprache vom Fenster zur Straße und umgekehrt. Der zaghafte und fingerfertige Galan wurde vom Trottoir weg in Arrest gesetzt, gerade als er dabei war, einige seiner Anliegen mit sechs oder sieben Fingern (Uhrzeit, Liebe) in Richtung Fenster im fünften Stock hinaufzufunken (das, was nach Ansicht der Quästur eine »irreführende Kriegslist« war): und als er soeben, wie ausgemacht, ein Billettchen für Madame ihrem sehr kindlichen Jüngferlein übergab, das ganz aufgeregt über solche Aufgabe war und purpurrot im Gesicht. Der Pirroficoni hatte, wie üblich, das Kind freundlich getätschelt, und diese Geste und ihre Röte wurden ihm zum Verhängnis. Auf Grund dieses prächtigen Indizes befahl der Totenschädel mit Federbusch, daß die »römische Polizei innerhalb von 48 Stunden etc.

etc. « Und der Sbirre, stark gemacht durch die hohen Worte des Obermotz, ließ den Prügel springen. Nur die zweifelnde Dazwischenkunft eines ehrbaren Beamten rettete dem Ficoni die Knochen, die bereits reichlich zerdroschen waren.

Der Balducci wurde ebenfalls ins Verhör genommen: am Nachmittag desselbigen Tages, 18. März, am Santo Stefano al Cacco: mehrere Stunden lang: vom Oberkommissar: der Untersuchungsrichter kam nur ordnungshalber dazu, »die Quästur hatte noch die Führung der Untersuchungen inne. « Ingravallo hatte diesmal weiß Gott keine Lust. Einen Freund! Gott bewahre! Er wollte nicht einmal dabeisein. Man wußte ja von vornherein, daß man dabei heikle Dinge zur Sprache bringen mußte: diese unangenehme Ausfragerei würde sich zu einem Aufbröseln von Spitzfindigkeiten einer ganz bestimmten inquisitorischen Art entwickeln oder in abscheulich schonungslose Grobheiten und Unverblümtheiten übergehen. Die Beziehungen ... zwischen dem Balducci und der Frau: die Seelenzustände. Da wurde diese ganze unglaubliche Geschichte wieder heraufgeschwemmt: mit den Nichten, den Neffen: diese seltsame ›Manie‹ der Ermordeten, koste es was es wolle, eine Tochter zu haben. Sie hätte wohl gar eine abgelegte gekauft auf dem Trödelmarkt vom Campo de' Fiori, wenn's nichts anderes gab. Was die Pinke angeht, so überzeugte sich der Doktor Fumi bald, daß die beiden Gatten, sowohl sie wie er, eine beneidenswerte wirtschaftliche Position innehatten. Mit soviel Ladung im Heck ... da konnte das Meer wohl stürmisch sein, konnten Inflationen ohne Schaden darüber hinwegschwemmen.

Der Witwer skizzierte eine Liste der Aktien auf, so ungefähr, nach dem Gedächtnis: seine und auch die von Liliana: um die

Darlegung zu erleichtern, sagte er, daß man ihn selber über jeden Verdacht stellen müsse, und sei es auch nur der Schatten eines Verdachtes. »Ich? Meine arme kleine Liliana? Um Gottes willen! Sie scherzen wohl?« Die Lippen begannen ihm zu zittern, er brach in Schluchzen aus, von dem ihm die Krawatte bebte. Als er die Tränen getrocknet, begann er wieder in seinem Gedächtnis zu forschen, half sich dabei mit einem ledergebundenen Notizbüchlein, Krokodilleder: ein wirklich vornehmes, das er bei sich hatte. Dort war ihr Besitz aufnotiert. Liliana hatte auf der Bank ein Schließfach, in der Filiale Nummer elf der Banca Commerciale, die auch einen Tresordienst hatte mit einer der modernsten Sicherheitsanlagen: an der Piazza Vittorio, genau gegenüber vom Markt, unter den Säulengängen; richtig, dort an der Ecke Via Carlo Alberto. Und dann hatte sie aber noch eins am Corso Umberto, im Banco di Santo Spirito. »Der Vater von Liliana, mein verstorbener Schwiegervater, war ein tüchtiger Mann: mit einer guten Nase: er hatte nicht viel Vertrauen zur Revolution, diesmal kommt keine mehr, sagte er, man kann sich auf die ›Gesellschaften mit beschränkter Haftung‹ nicht verlassen: im Gegenteil ... gerade weil sie beschränkt sind ... man weiß nicht, wie sie heißen, weiß nicht, was sie machen, weiß nicht, wo sie sitzen. Und wenn diese Was-weiß-ich-wie-sie-heißen eines Tages Lust kriegen, dich zu behumpsen, was machst du dann? Versuch mal, diese beschränkte Haftung ausfindig zu machen, da oben in Mailand: ›Hören Sie, Sie beschränkte Haftung, ich bin hier und möchte mein Geld zurück haben!‹ Dann bist du bedient! Nein, nein. Fünfjährige Festwerte! sagte er. Die sind sicherer als Gold! sagte er. Das Gold steigt heute und morgen fällt's wieder: lieber ein paar Festwerte, fünfprozentig, auf denen schläfst du ruhig wie auf Daunenkissen. Papierchen, die vom Staat garantiert sind: vom italienischen Staat! Das ist ein Gebäude aus Granit, der Staat, glauben Sie's mir: da begaunert dich keiner. Was für ein Interesse hätte der auch? Der hier, so sagt man, will die Sache ernstlich anfassen.« Nachdem er den Schwiegervater zitiert hatte, unter einem etwas gemischten Lächeln des Doktor Fumi, behielt sich der Balducci vor, noch detaillierte, genaue Listen der Wertpapiere nachzuliefern. Für ihn und für Liliana.

Er brachte ›tadellose‹ Geschäfts- und Bankreferenzen und verschiedene Bestätigungen seiner Position als Vertreter im Textilfach von einigen Herstellerfirmen im Norden. Eine Geldfrage, so konnte man behaupten, existierte überhaupt nicht zwischen ihm und seiner Gattin. »Uns ging überhaupt nichts ab, weder mir noch Liliana. Da gab's gar keine Schwierigkeiten, keine Bargeldknappheit, keine Anleihen, nicht einmal für vierundzwanzig Stunden ... geschweige denn einen Wechsel!« Man wußte bei ihm zu Hause überhaupt nicht, was ein Wechsel war. Geschäftswechsel, ausschließlich in seinem Geschäftsbetrieb ... das wohl, ohne Wechsel ging's im Leben nicht.

Wieso lebten sie, mit soviel Geld, inmitten dieser grindigen Krämer oder dieser pensionierten Geschäftsleute und Commendatoren mit tausendfünfhundert pro Monat?

»Nun ja, einfach der Gedanke an einen Umzug, die Trägheit! Die Wohnung hatte mein Schwiegervater gekauft, hatte selber dort gewohnt mit Liliana, wie sie noch ein junges Mädchen war. Wir beide haben uns dort kennengelernt.« Auch diesmal konnte der Arme die Tränen nicht zurückhalten. Die füllige Stimme zitterte: »Wir haben dort geheiratet! Lilianuccia und ich!« Der Doktor Fumi fühlte, wie auch ihn im Hals das Weinen bedrängte: wie ein Wasserspiegel, der steigt, im Brunnenschacht. Der Vater also, der Liliana. Was für ein Auge im Geschäftsleben! »Was wollen Sie, Herr Doktor!« Er hatte schon seit einigen Jahren mit ihm zu tun gehabt. Geschäftsbeziehungen. So war's nur logisch ... sie, als einzige Tochter: keine Mutter mehr: ein prachtvolles Geschöpf! Ach, jene herrlichen Zeiten!

Sie hatten sich in diesem Haus verlobt, verheiratet. Dann, als sie Mann und Frau waren ... sie hatten sich gern, waren gute Kameraden für einander. Beide von bescheidenen Ansprüchen. Beide zurückhaltend. Hatten beide keine Lust, für andere Leute Umstände zu machen. Was da ist, genügt. Eines Tages muß man ja doch sterben: Kinder hatten sie keine. Nicht, daß sie keine wollten. Und dann ... der Waffenstillstand, als der Krieg zu Ende war. Sie hatten sich nun einmal eingerichtet, eingewöhnt. Zentralheizung war auch da, wenn sie auch nicht grad sehr gut heizte, aber schließlich und endlich: man kann sich damit abfinden. Bad gab's auch ... Und ein paar zerbrochene Pfannen oder wacklige Stühle, nun, wer hat die etwa nicht! Liliana war nicht darauf erpicht, Leute im Haus zu haben. Mit ihrer fixen Idee dann, unbedingt ein junges Mädchen zu adoptieren ... Und das arme Hundetier, Lulu, das unter keinen Umständen woandershin wollte! Auch der Hund nicht. Weiß Gott, wo es hingeraten ist, das arme Tier! Wie ein schlimmes Vorzeichen!

Der Krieg! Und all die Sorgen, freigestellt zu werden! Dieser Papierkrieg! Eine Hundearbeit. Aber er hatte es geschafft. Nicht ganz freigestellt, aber immerhin. Ein Ledergürtel, eine Pistole, »daß man schon vom bloßen Anschauen Angst kriegte«: er schüttelte den Kopf. »In der Via Merulana ... im Jahre siebzehn, nach zweijähriger Verlobung, hab ich mir schließlich gesagt, die scheinen überhaupt nicht mehr aufhören zu wollen. Also, packen wir's! Wie's damals mit den Wohnungen war: alles voll mit Flüchtlingen! Bei meinem Schwiegervater war Platz: woanders war nichts zu finden. So bin ich also ... in die Wohnung vom Schwiegervater eingezogen, war nichts anderes zu machen. Die Wohnung war, als wär's die unsrige. Ich meine, von mir und Liliana.«

»Ich verstehe, es war euer Nest.«

»Sehen Sie: daß man in Hemdsärmeln gehen konnte, wie's einem gerade paßte.« Ein großes Bedürfnis nach Ruhe hatte man, nach der Arbeit, nach den Reisen, und danach, es sich einzurichten, wie's einem wohl war. Sich nicht um den ganzen Kram fremder Leute kümmern zu müssen.

Und dazu diese Schwermut der Liliana. Diese Art Verstörtheit. Dort war die Kirche der Santi Quattro ganz in der Nähe. »Und Liliana! Wehe, wenn ich versucht hätte, sie von den Santi Quattro wegzubringen!«

Alles hatte also ein wenig dazu beigetragen, daß sie blieben, wo sie waren: in diesem verfluchten Mietspalast Nummer zweihundertneunzehn. Nun bereute er es ... Jeder andere, in ihrer Lage, hätte sich was Besseres gesucht. Jetzt war ihm das klar: zu spät! Eine hübsche Wohnung im Prati-Viertel, eine kleine Villa am Tiber-Ufer ... Er seufzte.

»Eh! ... was das Übrige betrifft? ...«

»Was, das Übrige? Nun ja, Männer sind Männer. Das viele Herumreisen ... Hier und dort ein kleiner Seitensprung: man weiß ja ...«

Der Doktor Fumi betrachtete ihn. Da sah er ... einen Augenblick des Wankens: eine, wenn auch leichte Vertiefung der natürlichen Röte des Gesichtes.

Giuliano Valdarena hatte innerhalb eines Tages drei Verhöre durchgemacht, ungerechnet das erste vom Donnerstag am Tatort, in Gegenwart, sozusagen, der leiblichen Zeugenschaft des Opfers. Drei Beamte waren mit den Erhebungen beschäftigt, drei »Spürhunde«: darunter Don Ciccio: der hartnäckigste von allen. Außerdem Fumi und der Brigadier Di Pietrantonio, oder Unteroffizier, was er halt war. Kostbare Stunden und Tage: Ideen, Vermutungen, Hypothesen: die nirgendwo hinführten. Valdarena und Balducci, Vetter und Gatte, wurden einander gegenübergestellt: am Vormittag des neunzehnten, der ein Samstag war: Balducci hatte die Nacht im ›Hotel D'Azeglio‹ verbracht. Schwer und ernst der Gatte, verwirrt und verängstigt der Valdarena, nervöser. Sie blickten sich an, sprachen miteinander: es schien, als ob sie sich seit Jahren erstmals wiedersähen, einander nähergerückt durch den Schmerz: und suchten gegenseitig im Gesicht des anderen das schreckliche Motiv des Grauens, ohne daß jedoch der eine dem anderen die Schuld zuschob. Ingravallo und der Doktor Fumi verloren sie keinen Moment aus den Augen. Keinerlei Feindseligkeit. Giuliano, manchmal von Unruhe befallen: als ob ein Windstoß der Angst ihn streife. Ihre Behauptungen erwiesen sich als nicht widersprechend. Wenig, um nicht zu sagen gar nichts, fügten sie dem hinzu, was bereits vorlag.

Als Doktor Fumi sie verabschieden wollte, wurde ihm der Besuch »eines Geistlichen« angekündigt. »Wer ist es?« Don Lorenzo Corpi bat, vorsprechen zu dürfen, um dringende Mitteilungen zu machen, »welche den schmerzlichen Vorfall in der Via Merulana betrafen«. Er hatte mit dem diensthabenden Brigadier gesprochen. Fumi gab mit einer Handbewegung Befehl, die beiden hinauszuführen: den Valdarena mit

Bewachung. Bat den Balducci, noch in der Quästur zu warten.

Hereingeführt wurde Don Corpi, der sanft den Hut zog: mit einer Prälatengeste.

Er war ein schöner Priester, hoch und stämmig, mit einigen ganz wenigen weißen Fäden im rabenschwarzen Haar, mit zwei großen Eulenaugen, die ganz nahe an der Nase standen: welch letztere nicht umhin konnte, sich dazwischen wie ein Schnabel auszunehmen. Würdevoll im Futteral seines Priesterrockes steckend, hielt er in der Linken, zusammen mit dem neuen Hute, eine schwarze Ledertasche, wie sie oft die Pfaffen haben, wenn sie zu den Advokaten gehen, damit die begreifen, mit wem sie's zu tun haben. Zwei kohlschwarze, blankgewichste Stiefel, lang und stark, doppelt gesohlt, die taugten zum Spazierengehen sowohl auf dem Aventin wie auf dem Celio. Ein Mann von bemerkenswerter Ansehnlichkeit: und von außerordentlicher Körperkraft, nach Bewegung und Schritt und nach dem Händedruck zu schließen, den er dem Doktor Fumi bescherte, von der Wölbung des Priesterrocks her nach oben und herunter bis zur Hüfte: und dem Schütteln, das er dann dort drunten vollführte, wo der Rock in ein geistliches Unterkleid überging, aus so festem Tuch, daß er die Fahne des Jüngsten Gerichts hätte sein können.

Nach einigen etwas verlegenen oder doch zumindest sehr vorsichtigen Präambeln, angesichts der sanften Blicke des Doktor Fumi, die ihn zum Sprechen einluden, sagte er, daß er außerhalb von Rom gewesen sei, gewisse Freunde in Roccafringoli aufzusuchen, ganz, ganz da droben in den Bergen, am Monte Manno beinahe, wo man nur von Palästrina aus mit dem Esel hinaufreiten kann, und vor knapp zwanzig Stunden erst zurückgekehrt, kaum daß er »das schreckliche Ereignis vernommen«, eiligst sich daran gemacht habe, das eigenhändige Testament hervorzusuchen, ihm zu getreuen Händen von der »beklagenswerten« Signora Balducci übergeben, welchselbige er auch in der Poliklinik »aufgesucht« habe, am Abend zuvor, »der Herr habe sie selig in Frieden, Amen!«

»Zuerst«, so sagte er, noch ganz aufgewühlt und entsetzt über diese »Sache«, hatte er geglaubt, das Dokument sei ihm gestohlen worden. Überall habe er danach gesucht, alle Papiere durcheinandergeworfen, aus allen Schubladen seines Studierzimmers: und hatte es nicht finden können. In der Nacht dann, mit einem Schlag, war's ihm wieder in den Sinn gekommen: er hatte es, zusammen mit anderen Briefkuverts und gewissen ... persönlichen Erinnerungen im Banco di Santo Spirito hinterlegt, war hingegangen, sobald sie geöffnet hatten. Er hatte zwischendurch immer wieder Herzklopfen gekriegt.

Er zog aus seiner Mappe aus schwarzem Kalbsleder, indem er es dem Doktor Fumi darbot, und dieser es mit seiner Hand, der sehr weißen Hand, in Empfang nahm, ein weißes Kuvert im Amtsformat, mit fünf roten Siegeln verschlossen. Kuvert und Siegel schienen völlig intakt. »Eigenhändiges Testament von Liliana Balducci.«

Die drei Beamten, vielmehr der Doktor Fumi und Ingravallo, beschlossen, es ohne weitere Umstände zu öffnen: und die Lesung des »Letzten Willens der armen Signora Balducci« vorzunehmen: es zu Protokoll zu nehmen in Anwesenheit von Don Corpi und von vier Zeugen und des wieder herbeigerufenen Balducci. Letzter Wille: der jedoch zweifellos um einige Monate zurückdatiert werden mußte: letzter, und seither nicht wieder veränderter Wille.

Sie konsultierten, in erster Linie, per Telephon, den Notar, Doktor Gaetano De Marini in der Via Milano: Nr. 292.784: der nach Auskunft von Don Lorenzo »auf dem laufenden über die Angelegenheit sein mußte«. Man läutete dort an, immer wieder. Endlich antwortete er. Er war stocktaub. Eine neapolitanische Sekretärin assistierte ihm am Telephon. Beide fielen aus allen Wolken. Der Balducci kannte den De Marini, dessen Dienste sowohl Lilianas Vater wie er selber mehrfach in Anspruch genommen hatte: aber »es schien ihm ausgeschlossen«, daß Liliana sich für ihr eigenes Testament an diesen alten, sympathischen und schlauen, aber scheußlich schwerhörigen Aktenwurm gewandt haben sollte.

Als Zeugen wurden zwei amtliche Schreiber und zwei Polizeibeamte herangezogen. Das Zeremoniell wurde umgehend in die Wege geleitet: es war bereits Mittag, oder zumindest beinahe: wieder war ein Vormittag verflogen, ohne daß man zu irgendeinem Ergebnis gekommen war.

Das Testament gab, indem der Doktor Fumi es nach und nach mit lauter Stimme und lebhafter Betonung, mit neapolitanischem Widerhall aus den vier Ecken der Zimmerdecke, zur Kenntnis brachte, den Dingen eine überraschende Wendung: als ob es verfaßt worden sei von einem Menschen, der sich im Zustand besonderer Erregung, wenn nicht gar in einem Zustand der Unzurechnungsfähigkeit befunden habe. Aus dieser weichen, warmen, fließenden Vorlesung, die so wirkungsvoll in den harmonischsten Tönen des Golfes von Neapel durchgeführt wurde, konnten die Anwesenden mit wachsendem Interesse und mit wachsender Verwunderung entnehmen, daß die arme Balducci den Gatten zum Erben nur des geringeren Teils ihres Vermögens einsetzte, plus einiger Gold- und Juwelenstücke: nur für den Pflichtteil, also quasi zur Hälfte. Eine beträchtliche Portion zweigte sie hingegen ab, an »die geliebte Luigia Zanchetti, genannt Gina, Tochter des verstorbenen Pompilio und seiner Frau Irene, geborene Spinaci, gebürtig in Zagarolo am 15. April 1914«. Ihr also, dem armen Geschöpf: »da Gott in seinem unerforschlichen Ratschluß mir nicht die Freude gewährt hat, Mutter zu sein.«

Der Balducci sagte kein Sterbenswörtchen. Machte ein Gesicht, als sei er der Schuldige. Oder vielleicht war es der Gedanke, daß dieser ganze kostbare Kram (verfluchte Pest!) den Weg nach Zagarolo nehmen würde. Bis zur Großjährigkeit der Schülerin Gina sollte der Schatz zu Verwaltungszwecken zwei Kuratoren oder Vormunden anvertraut werden, einer davon Balducci, »mein Gatte Remo Eleuterio Balducci, dem Herzen nach, wenn auch nicht in Wirklichkeit, der Vater der geliebten Luigia«. Die Mutter der Luigia war, dem Testament zufolge, »von einer unheilbaren Krankheit befallen« (Tuberkulose, wahrscheinlich durch Priapomanie kompliziert): von Zeit zu Zeit besoff sie sich in Tivoli mit ihrem Metzger-Druden: und dann brauchte es einiges, eh die Carabinieri sie zurückbefördern konnten nach Zagarolo: da sie »nicht in der Lage war, aus eigenem Zutun ihr Leben zu bestreiten«, und da sie »öffentliches Ärgernis« erregte. Der Metzger brachte es jeweils fertig, wie, das war nicht rauszukriegen, daß sie das Maul hielten: wahrscheinlich mit dem unwiderstehlichen Argument des »Schnitzels erster Güte«: (beste Qualität): anders ausgedrückt: mit dem Argument, daß der armen Kranken sein Roastbeef sehr viel wohler täte als die allzu dünne Luft von Zagarolo droben, und der dadurch hervorgerufene, nichtgestillte Appetit. Manchmal klopfte er sie auch durch wie einen Teppich: sie hustete und spuckte Blut, wenn auch nicht gerade Himbeergelee, die Ärmste: »was hab ich denn getan, schließlich?« Sie hatte Gänseblümchen gebrockt in der Villa d'Este oder auf einer Märzwiese in der Villa Gregoriana, kurz bevor man an die Wasserfälle kommt. Ein künftiger Untertan des Schnurrbart-Reißtiers, Zeiß-bewaffnet, hatte beim Erforschen des Hügels der Vettel-Venus, Handbreit um Handbreit, Grashalm um Grashalm, mit diesem Perfektionsfernrohr, *more teutonico*, ganz plötzlich, hast-du's-nicht-gesehen, unter der senkrechten Sonne eine Art Spinne einatmen–ausatmen gesehen: einen der gregorianischsten (seinem Baedeker zufolge) von allen Buckeln von Tivoli: eine Art Rückgrat, in einer Art Landarbeiterjoppe: aber mit vier Beinen und vier Füßen: zwei davon verkehrtrum. Und dieser sehr robuste Buckel schien einer unaufhaltsamen Erschütterung ausgesetzt, in alternativem und metronisch genauem Rhythmus. Das fernrohrbewaffnete Seekalb hatte sich sodann verpflichtet geglaubt, der Verwaltung »Verwaltung! Verwaltung ... Wo ist denn die Verwaltung? drüben links? Ach so!...« – die er lange schweißbedeckt gesucht und schließlich gefunden hatte, Meldung zu erstatten: wo er aber kein Schwein gefunden hatte, denn die waren alle zu Hause beim Essen: um nachher ein Mittagsschläfchen zu halten. Padre Domenico hatte, am drauffolgenden Sonntag, von der Kanzel von San Francesco heruntergedonnert: der hatte vielleicht ein Paar Lungen! und hatte die Hölle vorausgesagt, die unterste Hölle: eine Verdammung in folgender Art: und er riß den Kopf hintenüber und hob die Faust, als spräche er zu Marta und Magdalena, zu Petrus und Paulus. Aber alle hatten schon beim ersten Brüller kapiert, wo er hinauswollte: weil ihm die Augen herausquollen und er so wütend war, daß man dachte, er wolle jemanden beißen; dann aber hatte er sich beruhigt, ganz allmählich: und schließlich gab er dem Teufel noch eins genau über den Schädel – und hatte sich nun ausgetobt: und der Teufel, mäuschenstill, saß drunten, ganz dasig vor lauter Angst: und dann schwang sich die Stimme sanft und süß wieder in die Höhe zu den »Schönheiten der Natur, die uns in unserem Tibur in so reicher Menge von der göttlichen Vorsehung beschieden sind« und weiter zu den »Wunderwerken der Kunst und der väterlichen Barmherzigkeit, die in dieser antiken Erde so fürsorglich vom hohen Römischen Papsttum Gregors des Sechzehnten an uns ausgeteilt worden, nach dem Erdbeben von 1826 und der entsetzlichen Überschwemmung des Aniene«: an der Überschwemmung des Aniene nahm er stolzen Anteil, da er aus Filettino gebürtig war, ganz in der Nähe von dessen Ursprung und auf 1062 m über dem Meeresspiegel. Heutigentages ist, Gott sei's geklagt, alles verseucht, ob Wunderwerke der Kunst oder Naturschönheiten, »vom stinkigen Atem der Hölle und den übelriechenden Finsternissen«: die allerorten auf der Lauer liegen: die genau wissen, wo überall sie eine Seele schnappen können und »der Rettung durch das Ewige Heil entziehen«: sogar der Park der Villa Gregoriana.

Als er bei der »unheilbaren Krankheit« angekommen war, verhedderte sich der Doktor Fumi und hustete: wie es einem passiert, wenn ein Brotbrösel sich in die Luftröhre verirrt. Erhitzt von der Lektüre, war ihm ein wenig Spucke hineingeraten. Du liebe Güte, der Hustenanfall schien ihm rein die Lunge sprengen zu wollen! Das Gesicht kaum gerötet, aber auf der Stirn die Venen geschwollen: die ganze Maschinerie verkeilt durch innere Entladungen, die ihn aber nicht aus der Bahn werfen konnten. Er faßte sich wieder: man hatte ihm den Rücken geklopft. Langsam rangierte er sich wieder ins Geleise, sogar mit geklärter Stimme. Nunmehr schien er, lauschte man ihm, ein Strafverteidiger, der sich in die düsteren Töne der Schlußphase stürzt, voll scheinbarer Ruhe, aber Schlimmeres ankündend: bereit zum dämonischen Ausbruch: »über die geliebte Luigia«. Ein hübsches Sümmchen, achtundvierzigtausend, für den Vetter, Doktor Giuliano Valdarena, Sohn des Romolo und der Matilde, geborene Rabitti etc. etc. Item: den Brillantring, »der mir vom Großvater, Cavaliere Ufficiale Rutilio Valdarena, als heiliges Vermächtnis hinterlassen worden ist: und die goldene Uhrkette mit Stein als Anhänger« *(sic: nec aliter)* »demselbigen gehörend«: Item: »Schildpatt-Tabaksdose, in Gold gefaßt« und schließlich einige Steinchen aus Onyx oder ein Kügelchen aus Lapislazuli, auch diese von vorväterlicher Herkunft: »weil ich seiner wie eine Schwester gedenke, die vom Himmel her unaufhörlich für ihn beten wird, auf daß er dem leuchtenden Beispiel der Großväter Valdarena und des unvergeßlichen Onkels Peppe folgen möge« (der Onkel Peppe hat dann in der Tat, als zwangsläufiger Diener des Faschistenbündels von der Via Nomentana, bis zum Jahr 1925 noch aus dem Schildpatt seinen Tabak hervorgeholt, im Viale della Regina 326) »und auf daß er zu jeder Stunde auf dem Wege des Rechtes wandle, dem einzigen, auf dem im Leben und Sterben das Verzeihen Gottes gefunden werden kann.« Sie hatte nicht einmal die alte Ex-Hausmagd Rosa Taddei vergessen, die gelähmt im San-Camillo-Hospiz lag: noch die Assunta Crocchiapalni (in Wirklichkeit Crocchiapani: das war ein Irrtum oder ein Lesefehler des Doktor Fumi beim Vortragen des Handschreibens), die albanische Virgo ohne Gefackel, gekrönt von der Hoheit des Schweigens und den blitzeversendenden Augen:

»deren blühender Jugend ich schon heute, aus meinem Frauenherzen, das hohe Glück einer christlichen Nachkommenschaft wünschen möchte.« Sie vermachte der Assunta, unter anderen, sechs Leintücher, doppelt breit, fürs Ehebett, achtzehn Kopfkissenbezüge: außerdem zwölf Handtücher mit Fransen, unter genauer Angabe, welcher. Es folgten verschiedene Zuwendungen, die alles andere als gering zu schätzen waren, an diverse weibliche Institute und Stiftungen: einige Legate für die Schwestern von Sant'Orsola, für einige Bekannte, einige Freundinnen und verschiedene kleinere und größere Mädchen, »die heute zarte Blüten der Unschuld sind und morgen, unter dem Schutz des Herrn, begnadete Mütter unseres Landes Italien sein werden.«

Schließlich ein Beutelchen mit zwanzigtausend Lire an Don Corpi, der die Ohren spitzte, ohne den Anschein zu geben, mit einem Ebenholzkruzifix, eingelegt mit Elfenbein, »auf daß er mir seinen kostbaren Beistand leiste auf dem Weg der Läuterung und zum Ewigen Heil, so, wie er in diesem Leidenstale mir beigestanden hat mit seinem väterlichen Rat und der heiligen Lehre der Kirche.«

»Das ist eine Frau, wie's wenige gibt!« rief der Doktor Fumi aus und hieb mit zwei Fingerknöcheln seiner Rechten, indem er sie mit der Linken hochhielt, auf die armen Papiere, über die die zarte Hand der Ermordeten geeilt war.

Alle schwiegen. Der Balducci schien, trotz dieser Mitteilungen, der erste zu sein, der Tränen in den Augen hatte. In der Tat, er gab zumindest zu verstehen, daß auch er davon überzeugt sei. Die Wärme, die von der Stimme aus dem Text fließende Volltönigkeit, hatte alle überzeugt: die einen zum Nehmen, die anderen zum Verzichten: als ob sie die hadernden Seelen auf dem Amboß des göttlichen Willens zusammenzwänge.

Eine schöne, männliche, parthenopeische Stimme, die aus den klaren Meeresgründen der Schlußfolgerungen heraufsteigt wie eine durchsichtige, sirenenhafte Nacktheit aus den milchigen Meeresgewässern im Mondlicht der Gajola, ist in der Tat und in jedem Atemzug völlig frei von jener zudringlichen Überzeugungswut, die vielen Grobianen des Nordens, und ihren grauborstig-verehelichten Condottieri (mit ihren Benzinleuchtfeuern) zu eigen ist. Es gefällt uns wohl, gefällt unserem Ohre, sich solch glücklichem Argumentieren zu überlassen, wie ein treibender Kork vom sanften Soge talwärts gezogen, dorthin, wo die Tiefe lockt. Der Fluß des Wortklangs ist nur das Symbol für den Fluß der Logik: die Wasserader der eleatischen Verkündung hat sich gestaut und fließt über: überspült die Dichotomien und sperrigen Unterbrüche des Geistes oder die blinden Unebenheiten des Wahrscheinlichen, verewigt sich in einem heraklitisch-dramatischen Fließen, *πάντα δε πόλεμος*, voll dialektischer Dringlichkeiten, Neugier, Lust, Ungeduld, Zweifel, Ängste und Hoffnungen. Der Zuhörer sieht sich befähigt, seine Meinung in jeder beliebigen Richtung zu finden. Der Standpunkt der Gegenpartei zerstäubt in musikalischer Wollust, fängt sich dann wieder, aber mit einer völlig neuen Nase, wie die doppelgesichtige Janusfigur, die man zuerst von vorn betrachtet, gleich darauf aber von hinten.

Alle schwiegen.

Beim Lesen, oder beim Lauschen des mit solcher Anteilnahme verlesenen Textes, der in der Tat etwas ungewöhnlich war, hätte man meinen können, daß die arme Liliana beim Verfassen dieses Testamentes sich in einem Zustand von Wahnsinn befunden habe, einer seherischen Halluzination, als ob sie bereits ihr Ende unmittelbar vorausgeahnt: wenn nicht gar Gedanken an Selbstmord in sich bewegt habe. Das Testament trug das Datum des 12. Januar, vor zwei Monaten also: das Datum ihres Wiegenfestes, bemerkte der Gatte: kurz nach Dreikönig. Es wäre dies ›der Erguß einer Verrückten‹ dachte ein anderer still bei sich. Auch die Schrift verriet dem Balducci, Don Ciccio und Don Lorenzo eine gewisse Sprunghaftigkeit, eine gewisse Erregtheit: ein Graphologe hätte daraus ein Gutachten abgeleitet. Ein seltsames Berauschtsein, über die Wirklichkeit, über die Namen und die Symbole der Dinge hinweg: jene Wollust des Abschiednehmens, die allsogleich eine heroische Bewußtseinslage erkennbar macht und einen unbewußt selbstmörderischen Geist: wie einer, der sich vielleicht nicht auf die Reise begeben will, aber sich schon mit einem Fuß am Gestade der Finsternis befindet.

Ingravallo dachte nach: er dachte sogar, daß durch das Weihnachtsfest, die Krippe, das Dreikönigsfest ... mit ihren Kindern, ihren Geschenken, ihren Drei Weisen, mit dem Gewirr von Goldfäden unter dem Heiligen Kinde ... Stroh in der Krippe, Licht vom göttlichen Urquell ... jene gewissen schwermütigen Heimsuchungen der armen Signora sich wie zu einem gedanklichen Glorienschein verdichtet haben könnten: 12. Jänner. Die arme Schreiberin, sie mußte in diesem Augenblick nicht alle Sinne beisammen gehabt haben. Verdammt: und doch ... und doch hatte sie ihre Anordnungen aufrechterhalten: nichts hatte sie daran geändert, auch später nicht, im Februar, im März: nicht eine Silbe. Deshalb vielleicht hatte sie das Testament Don Corpi anvertraut und ihn gebeten, »es zu verstecken und zu vergessen«.

Rätselhafte Bitte: aber sie war Don Ciccio völlig klar: es zu vergessen, solange sie am Leben war, als ob sie es eilig habe, dieses schändliche Verzeichnis ihrer Habtümer begraben zu sehen: welche allein ihr in jener letzten Verlorenheit zu verteilen vergönnt waren: die sie jeden Tag aufs neue ihren Pflichten und ihren tauben Daseinsgründen wieder zuführten, während die Seele bereits zur Auswanderung drängte (die liebevolle Seele!) aus dem sinnlosen Lande, hin zum mütterlichen Schweigen. Die Stadt und die Leute hatten eine Zukunft vor sich. Sie aber, Liliana . . .

Ungeachtet der Marktbänke und Schreier, mit den kurzen, milchfarbenen Flügeln, in der sanften Stunde des Dämmerns, wenn aller Abschied geboten ist, und alle einst warmen Mauern sich nächtlich entfärben, würde endlich Hermes, der ihr in seiner wahren Gestalt erschienen war, mit stummem Befehl zu den Türen blicken: zu den Türen, durch die man fortgeht, endlich, vom geschwätzigen Volk der Stadt, um niederzusteigen, niederzusteigen in eine entschuldbarere Nichtigkeit: »Entronnen, entsprungen: *spes et fortuna valete: nil mihi vobiscum est: ludificate alios«:* im Lateransmuseum: ein Sarkophag: Liliana hatte sich den Satz gemerkt: hatte ihn drum gebeten, ihn ihr zu übersetzen.

Dieses Geben, dieses Schenken, dieses Teilen mit anderen! dachte Ingravallo. Handlungen, die, seinem Urteil nach, so gar nicht zu der Leiblichkeit und der daraus folgenden Psyche einer Frau (Weibchen, wie er von manchen dachte, Kleinbürgerweibchen) gehören, die sonst den Hang hat zum Einheimsen: das Geschenk herauszulocken: anzuhäufen: zu verwahren für sich oder für die Söhne, weiße oder schwarze oder kaffeebraune: oder aber – zu verschleudern, aufzulösen ohne an andere zu verschenken, hunderttausend Papierchen in Rauch aufgehen zu lassen, im Kult ihrer selbst, ihres Nackens, ihrer Nase, ihrer Ohrläppchen oder ihrer Lippen, niemals aber – und Don Ciccio erhitzte sich, wie in einem vorsätzlichen Delirium – niemals aber zu Ehren der Nebenbuhlerinnen: schon gar nicht der jüngeren Nebenbuhlerinnen. Dieses Hinwerfen, dieses Hinstreuen, wie Blütenblätter in den Wind oder wie Blumen in den Bach, all jener Dinge, die am meisten zählen, die am sorgsamsten unter Verschluß gehalten werden, der Bettücher, entgegen den Gesetzen des menschlichen Herzens, das sich verschenkt mit Worten, mit Worten, oder das nicht einmal ihm Gehörige verschenkt, enthüllten schließlich Don Ciccio die Gemütsveränderungen des Opfers: die typische Psychose der unbefriedigten oder der gedemütigten Seelen: fast eine Auflösung panikartiger Natur, eine Tendenz zum Chaos: also ein Drang zu neuem Anfang: von so weit unten als möglich: ein »Wiedereingehen ins Unterschiedslose«. Denn nur das Unterschiedslose, der Abgrund, das »Dunkel« kann der Kette der Vorbestimmung eine neue Heraufkunft erschließen: ihre neue Gestalt, ihr neues Glück. Für Liliana hatten sie noch ihre Gültigkeit, die strengen Verbote, und viel mehr noch, die Gebote des Glaubens: die formalen Verkündigungen der Doktrin: und das Symbol wirkte als Leuchte, als Gewißheit. Erleuchtung der Seele. So dachte Ingravallo in seinem Innern. Die zwölf Glaubenssätze hatten bei ihr bewirkt, daß ihre Psychosen in perfekter Legalität durch den Trichter eines eigenhändigen Testamentes flossen. Die Todesbilanz stimmte auf Heller und Pfennig. Jenseits vom Beichtvater, vom Notar – die lichten Räume der Barmherzigkeit. Oder, für andere, die unbekannte Freiheit des Nichtseins, die Zeiträume der Freiheit.

Der Charakter der Frau – brummelte Ingravallo in sich hinein, als ob er sich selbst eine Predigt halten wollte – was wollt' ich gleich sagen? ... der weibliche Charakter, mit dem ihm typischen Gegengewicht der Ovarien, unterscheidet sich vom männlichen Charakter durch die Art des Funktionierens der Gehirnrinde, beziehungsweise dadurch, daß das weibliche Gehirn sich durch eine Art gelehriger Auffassung, eine Art Wiederholung der männlichen Gedankengänge, wenn wir es Gedankengänge nennen wollen, kundtut, oder geradezu durch eine echolalische Neuausgabe aller Wörter, die der Mann in Umlauf setzt, den sie respektiert: ein Professor zum Beispiel, oder ein Commendatore, ein Frauenarzt, ein Modeadvokat – oder jenes Stinktier auf dem Balkon des Palazzo Chigi. Die Moralindividualität der Frau heischt affekthaltige Verdichtungen und Koagulate vom Gatten: oder von dessen Statthalter, und erntet von den Lippen ihres Idols den täglichen Orakelspruch und den Hinweis: daß es keinen Mann gibt, der sich nicht für den Apoll im delphischen Tempel hält. Die wesenhaft echolalische Beschaffenheit ihrer Seele (siehe Konzil von Mainz Anno 589, das ihr eine Seele zugestand: und zwar durch Mehrheitsbeschluß) läßt sie sanft wie einen Schmetterling um die Nabe ihres Gatten flattern: formbares Wachs, das nach der Prägung des Siegels verlangt: vom Gatten das Wort und die Werbung fordert, das Ethos und das Pathos. Von wannen, vom Gatten nämlich, ihr auch das schwere, langsame Reifen kommt, die schmerzliche Niederkunft der Söhne. Daß ihm die Söhne fehlten, so urteilte Ingravallo, degradierte den achtundfünfzigjährigen Gatten, ohne sein Verschulden, zum guten Freund, aus Gips jedoch, zum freundlichen Ornament des Haushalts, zum Abgeordneten und Generalsekretär der Vereinigten Nippsachen, zum bloßen Abbild also, zur Lappenpuppe eines Gatten: und der Mann schlechthin (in ihrem unbewußten Begriff) wird zur Marionette: ein unfruchtbares Tier, mit einem Karnevalsmaskenschädel. Ein Werkzeug, das zu nichts dient: ein tauber Stichbohrer.

Und da löst sich nun die arme Kreatur auf, wie eine Blume, ein Blütenkelch, der, einst lebendig, nunmehr seine Blütenblätter dem Winde überläßt. Die sanfte, müde Seele fliegt zum Roten Kreuz, im Unbewußten »verläßt sie den Gatten«: und vielleicht verläßt sie alle Männer in ihrer Eigenschaft als gamisches Element. Ihr Wesen, das der Struktur nach dem Manne neidisch ist und nur durch die Nachkommenschaft besänftigt wird, fällt, wenn die Nachkommenschaft ausbleibt, einer verzweifelten Eifersucht anheim und gleichzeitig einer gewaltsamen schwesterlichen *συμπατία* für die Geschlechtsgenossinnen.

Sie tritt, so könnte man glauben, in eine Form sublimierter gleichgeschlechtlicher Erotik ein: in eine Art metaphysischer Vaterschaft. Die so von Gott Verlassene – und Ingravallo stöhnte vor Groll und Mitleid – küßt und liebkost im Traum den fruchtbaren Leib ihrer Mitschwestern. Sie späht, zwischen den Blumen der Gärten, nach den Kindern der anderen aus: und weint. Sie wendet sich an die Nonnen und an die Waisenhäuser, nur um »ihr« Kind zu haben, nur um ein »eigenes Söhnchen zu kriegen«. Indes ruft die Zeit aus ihren dunklen Kavernen. Die erzieherische Fürsorge ist, im Gang der Jahre, als Surrogat an die Stelle des süßen Liebestrankes getreten.

Ein weiterer Umstand, der mittlerweile durch die angeordnete und durchgeführte, (wohlgemerkt) minutiöse Haussuchung beim Valdarena zum Vorschein gekommen war: der im Bezirk Prati wohnte, in einem schönen Wohn-Schlafzimmer in der Via

Nicotera: in einer Villa: während an seiner Statt und in dem Bett, das als Jüngling zu Hause in der Familie das seine gewesen war, beziehungsweise früher das von der Großmutter (die Tante Marietta der Liliana), da schlief und rekelte sich, nachdem man den »Pfarrer« * aber nicht den Wärmtopf entfernt hatte, dieses Knochengestell von einer Tante Romilda: die Witwe des unvergeßlichen Onkel Peppe. Auf der Marmorplatte der Kommode, in der Via Nicotera, wurde ein Bildnis der Liliana »aufgefunden«: und drinnen, in der obersten Schublade, ein Herrenring aus Gold mit Solitär: und eine goldene Uhrkette, ziemlich schwer, ziemlich lang. »Ist ja die reinste Schiffskette«, sagte der Ingravallo, indem er sie dem Balducci vorwies: der die beiden Gegenstände als zum »Schatz« der Gattin gehörig identifizierte. Ohne Zögern und ohne ersichtliche Verwunderung.

Die Kette hatte an einem Ende den üblichen gefederten Verschlußkringel (die Öse für die Uhr): und am anderen Ende einen goldenen, zylinderförmigen Haken, der am Knopfloch des Gilets zu befestigen war: in einem der oberen neun von den damals zwölf: *ad libitum*. (Das richtig gewählte Knopfloch als Ausweis für »vornehme Persönlichkeit«.)

Dem Balducci fiel es sofort auf, daß der große, gewichtige Anhänger den Stein gewechselt hatte. Er war eine Art Reliquie: oval: eine winzige Kapsel, goldgefaßt und von einem goldenen Bügel gehalten, so daß er unter diesem Bogen hin- und herschaukeln und sich sogar darunter durchdrehen konnte, da er an beiden Seiten von zwei unsichtbaren Naben gehalten wurde: Gold, Gold, alles aus Gold, reinem Gold, Münzgold, schönem Gold, rotem Gold, gelbem Gold, auf den knochigen Fingern und den mageren Bäuchen der Vorväter, das, was heute zerknittertes und ekles Papier ist, voller Misere und Gestank, oder leere Streu im Wind. Im stinkenden Wind der Teuerung, mit Seife zu dreihundert Lire das Kilo. In die Fassung war ein herrlicher Onyxstein eingelassen, umseitig, wenn man ihn zwischen den Fingern drehte, montiert auf einem Goldplättchen. Elliptisch geformt auch dieses: das war selbstverständlich. Ein Blut-Onyx. Dunkelgrüner Stein, im glänzenden Farbton von Sumpfgewächs, das an gewisse noble Ausschnitte oder Ecken oder Bögen herrschaftlicher Geheimgemächer in den gemalten Architekturen des Lorenzo Lotto oder des Mantegna gemahnte oder an die Marmorbildgründe in den Fresken des Andrea del Castagno: Geäder von zinnobrigem Karmesin, wie durchschossen von Korall: Blutgerinnsel im grünen Traumleib. In sogenannten gotischen Lettern, miteinander verschlungen und verbunden in den Stein geschnitten: die beiden Buchstaben G. V. Auf der Rückseite, glatt und exakt, das Plättchen aus hellem Golde.

Diese ganze Verwandlung war an die Stelle des aschblauen Opals getreten, den der Balducci früher gesehen hatte: einem doppelgesichtigen Stein, oben und unten gleich, und trotzdem sehr schön, wie er dem Ingravallo erklärte: aber ... Stein im Zeichen des Mondes, elegischer Stein, von sanfter und verschwommener Milchigkeit wie ein nördlicher Himmel *(Nuits de Saint Petersbourg)* oder vielleicht wie Silikatleim, draufgestrichen und langsam erstarrt im kalten Licht, im Morgendämmer des 60. Breitengrades. Auf einer Seite war das Monogramm eingraviert gewesen RV, Rutilio Valdarena: die andere war glatt. Der Name des Großvaters, des Archetyps aller Valdarena: der als Knäblein blondhaarig gewesen war: rötlich-blond, sagten sie. Nach dem Tod des Großvaters war die Kette (samt Anhänger) an den Onkel Peppe übergegangen, auf dessem schwarzen, gelbgepunkteten Samtgilet sie einige Monate lang geruht hatte, an Sonntagen oder anderen festgesetzten Feiertagen. Der Großvater hatte sie für Liliana bestimmt: der Großvater Rutilio: hatte sie jedoch vorübergehend an den Onkel Peppe delegiert, als eine Art fideikommissarischen Ausgleichs. Hinsichtlich des Onkel Peppe hatte der Opalanhänger ohne Zeitverlust seine Wirkung getan: zwar nicht als Glücksbringer mit der wohltätigen und wohligstimmenden Lauigkeit aller Anhängsel und Glückshörnchen, vielmehr in seiner düsteren, krebsfördernden Eigenschaft, die wohl *ab aeterno* der noblen und melancholischen Kälte dieser Gemme anhaften mußte. Siebeneinhalb Monate nach dem Tod des Großvaters hatte der Onkel sich nicht mehr der schlechthin opalinen Pflicht entziehen können, Liliana das Eigentumsrecht an der Goldkette zu übertragen: getreu dem väterlichen Testament: mitsamt dem dranhängenden Klunker. Denn damals war es gewesen, so erklärte düster der Balducci, daß der Onkel als unvergeßlich in die Geschichte eingegangen sei.

»Der arme, gute Onkel Peppe!« schluchzten die Hinterbliebenen. Balducci, der Gatte der Nichte, konnte im Spiegel seines Herzens noch immer seine Gesichtszüge erkennen. Wohl versorgt saß er dort, in seinem Lehnstuhl, in einem Soufflé von lauter Kissen, umgeben von den Seinen, die an seinen Lippen hingen, ein prachtvoller, grauer Seehundsbart und zwei gelbe Pferdezähne als Orchesterbegleitung zu seinem trüben Lächeln, dem freundlich-gelblichen Lächeln des »Edelmanns alter Schule«, verdienter ehemaliger Kurgast der Thermalbäder von Chianciano. Während er solcherweise postiert und dem Dafürhalten des Doktors Beccari ausgeliefert war, mit jenem Licht auf dem Schnurrbart und den leicht mongoloiden Backenknochen, zelebrierte er vor der Familie die großen Eigenschaften derselbigen und des gesamten Gewächses der Valdarena und beherbergte dabei für gewöhnlich den bläulichen Sonn- und Feiertagsanhänger auf seinem schwarzen Wamse, in naher Korrespondenz zum Leber- und Duodenistrakt. Von den mageren, wächsernen Fingern des Fideikommissars hin und her geklunkert, lagerte die Gemme über beiden, sowohl über dem Duodenis wie über der Leber: ein wenig hier, ein wenig dort vielleicht: wie ein Mädchen, das es mit zwei Liebhabern gleichzeitig treibt. Genau gesagt, war es ein Krebs an der Leber, verbunden mit einem Zwillingsbruder am Duodenis, dem der Träger des Opals zu erliegen gezwungen war.

Mächtige Ausstrahlung des verfluchten Bioxyds! Zu Schaden der Abdominalorgane, Heiligemuttergottes, und des restlichen Gekröses vom Onkel Peppe! Dinglicher Zeuge eines unsichtbaren Lichtes, war dieser umgekehrte Talisman ein Sohn jener Elegie ohnegleichen; Bannerträger jener fernen Septemberdämmerung, Page der bläulich-milchigen Verschwiegenheit der Polarnacht. Würdig, seiner Noblesse wegen, als Schmuck für den Finger eines jener in Schlaf gesunkenen Grafen vom Schloß in Ronçesvalles mit den sieben Fenstern im Herzen: oder eines Vicomte, der plötzlich im Verließ des September erbleichte. Träger doppelter Verwünschung, so dachte Ingravallo, denn er trug ein doppeltes Gesicht. Zwiefaches Pech mußte dieses Zwiegestein ausstrahlen. Der gekoppelte Leber-Duodenis-Krebs ist einer der seltensten Doppeltreffer im Lotteriespiel der modernen Krebsforschung, in der modernen krebskundlichen Kabbala: sowohl in Europa wie anderwärts.

Allmählich wurde er ihnen allen unheimlich: hier und da hatten sie bei seinem Anblick schon, toi-toi-toi, an Holz geklopft. »Und was die Liliana betrifft, nun eben, mir scheint fast, Herr Doktor ...« Und auch jetzt würgte es den armen Balducci wieder, die Stimme zitterte ihm. Er weinte. Er wurde, so konnte man sagen, fast täglich zum Santo Stefano del Cacco vorgeladen.

Im kleinen Schreibtisch beim Balkon in der Via Nicotera fand der Inspektor Di Pietrantonio als Adjutant des Dienstbeauftragten Paolillo zehntausend Lire: in zehn niegelnagelneuen Tausenderscheinen. Die Angehörigen, konsterniert über den Tod der Liliana und die, wie sie sagten, willkürliche Festnahme des jungen Mannes, konnten keinen Aufschluß über deren Herkunft geben. Bei der ›Standard Oil‹ leugnete man, daß er weiteres Geld erhalten habe, nach der fälligen Auszahlung von Ende Februar. Zehntausend Lire! Sehr unwahrscheinlich, daß Giuliano etwa in Jahresfrist soviel von seinem Gehalt gespart haben konnte: als frischgebackener Doktor und untergeordneter Vertreter: als jugendlicher Repräsentant: als schöner junger Mann. Mit den ganzen Ausgaben für eine bevorstehende Hochzeit, die er also bereits zum Teil beglichen haben mußte.

Ein Monatsgehalt, selbst ein anständiges, und dazu einige Prozente aus kleinen Nebengeschäften, erlaubten ihm, in Rom, nicht mehr als das Essen, die Kleidung, die Wäsche und das schöne Zimmer mit Bad bei der Signora Amalia: Maniküre und Zigaretten nicht mitgerechnet und auch nicht die Nudelgerichte bei der Großmutter. Die Frauen, so schien es, mochten ihn, angesichts seiner faszinierenden Persönlichkeit, die Don Ciccio so aufreizte, nicht gerade viel kosten. »Er war oft eingeladen« behaupteten die Verwandten: und auch die Wohnungsinhaberin, die allerdings nicht Villenbesitzerin war. »In seinem Zimmer empfing er Besuche, jawohl. Nein, nicht die Dame auf dem

Bild. Einige Damen der Aristokratie ...« (so krächzte sie). Ingravallo holte tief Luft (in Gedanken) und hielt sich sehr zurück. Das Zimmer hatte separaten Eingang. Bei Ankündigung dieser Bezeichnung der Zimmer-Vermittlung machte sie, die Zimmerwirtin, eine so ernste und hochnäsige Stimme wie ein Grundstücksmakler, der sagt: »... hochherrschaftliche Lage, dreifacher Komfort.«

»Vor allem Einladungen zu großen Gesellschaften. Denn jedermann hatte ihn gern.« – »Oder vielmehr jede Frau«, grollte Don Ciccio innerlich, indem er die abgrundtiefen Augen der Signora Amalia betrachtete, die von zwei blauen Mondsicheln unterlegt waren, gut abgestimmt auf die beiden Mondsicheln, die ihr von den Ohrläppchen baumelten, und die bei jeder Wendung des Kopfes »tschin-tschin« zu machen drohten, wie bei einer Haremsodaliske.

Ingravallo nahm an jenem Tag den Valdarena zum x-ten Male ins Verhör. Nacht war es bereits draußen, halb acht. Er hatte, zur Unterstützung, eine »Speziallampe« angezündet, die über seinem Tisch hing. So zeigte er ihm, unvorbereitet, die *corpi delicta*: das heißt, die Kette, den Ring mit den Brillanten, die Zehntausendlire-Scheine, überdies, ohne sie unter die *corpi* zu zählen, die Photographie der Liliana: die er aber wohlberechnend ebenfalls dazugelegt hatte. Der Valdarena, als er das Geld und die Gegenstände zusammen mit Lilianas Bild auf dem Tisch liegen sah, errötete heftig: Don Ciccio hatte eine Zeitung weggezogen, die sie verdeckte. Der junge Mann setzte sich: dann erhob er sich langsam wieder, trocknete sich den Schweiß von der Stirn: richtete sich auf: und blickte dem Raubtier ins Auge. Er hatte ein Zucken im Genick, im ganzen Kopf, wobei die Mähne flog: als entschließe er sich, dem Schlimmsten sich entgegenzuwerfen. Indes trat er in die kühne, vielmehr in die redselige Phase seiner Selbstbehauptung, seiner Selbstverteidigung ein: er schwieg eine halbe Minute, und dann: »Herr Kommissar«, rief er aus, mit der Gekränktheit derer, die die Rechtmäßigkeit einer Sache, der Gefühle anderer, die einen aber doch angehen, reklamieren, »es ist sinnlos, daß ich weiterhin schweige aus menschlicher Rücksichtnahme oder aus Ehrfurcht vor einer Toten, einer armen Ermordeten: oder aus eigener Schamhaftigkeit. Liliana, ja, meine Kusine, hatte mich gern. Das ist alles. Sie liebte mich vielleicht nicht ... nein. Ich meine, im Sinn ... so, wie mich eine andere Frau an ihrer Stelle vielleicht geliebt hätte. Oh! Liliana! Nein! Aber wenn ihr frauliches Gewissen es ihr gestattet hätte, die Religion, in der sie aufgewachsen war ... nun, ich bin sicher, daß sie sich dann in mich verliebt hätte, daß sie mich wahnsinnig geliebt hätte.« Ingravallo erbleichte. »Wie alle anderen auch.«

»Ja, wie alle anderen.«

Der Valdarena schien taub für den Hohn. »Der große Traum ihres Lebens, das war für sie ... mit einem Mann zusammen zu sein«, er blickte auf den finsteren Don Ciccio, »mit einem Mann, vielleicht auch mit einem Monstrum, wenn er ihr nur das ersehnte Kind bescheren konnte: ›ihr‹ Kind, ihr Geschöpf ... auf das sie so lange und unter Tränen gewartet hat. Sie weinte und betete. Und als sie begriff, daß die Jahre dahingingen, auf Nimmerwiedersehen – arme Liliana! In ihrer Verstiegenheit wollte sie nicht ihr eigenes Ungenügen erkennen: wollte es einfach nicht zugeben. Obwohl sie es nie mit Worten aussprach, mit den Lippen phantasierte sie doch, daß sie mit einem anderen, vielleicht ... Glauben Sie, Herr Doktor: es gibt einen physischen Stolz, eine Eitelkeit des Körperlichen, der Eingeweide. Wir Männer, das weiß man ja, wir sind einfach von Natur aus, der eine mehr, der andere weniger, ein Haufen ... Pfauengöckel, die das Rad schlagen. Uns gefällt es, auf dem Corso zu paradieren.

Aber auch die Frauen haben ihren Ehrenpunkt: ihren körperlichen Ehrenpunkt, meine ich. Sie wissen's sicher besser als ich!« Ingravallo verkrampfte sich, finster und wütend wie ein Ungewitter. »Sie, Liliana, wenn ich so manchmal unter vier Augen mit ihr sprach, wie man es zwischen Verwandten tut, wissen Sie, da begriff ich das ganz genau ... Sie lebte einfach von dieser Vorstellung, könnte man sagen, daß sie mit einem anderen ... mit einem anderen! Leicht gesagt! So fromm, wie sie war! So daß sie in ihren Träumen, in ihrem Innern, vielleicht geglaubt hat, vielleicht zu verstehen glaubte, daß dieser andere, dieser Mann, daß ich das hätte sein können ...«

»Ah«, stieß Don Ciccio aus, »meinen allerherzlichsten Glückwunsch!« Mit einer abscheulichen Grimasse, einem Gesicht wie schwarzes Pech.

»Lachen Sie nicht, Herr Kommissar!« schrie emphatisch der Häftling, ganz überglänzt von seiner jugendlichen Blässe im »Speziallicht« der Hundertwattbirne. »Nein, lachen Sie nicht! Wie oft hat Liliana sich mit mir ausgesprochen: und immer hat sie gesagt, daß sie Remo geliebt hatte ... ehrlich geliebt: so etwa auf die Art braver, dummer Gänse, möchte ich sagen, die Ärmste!« Ingravallo, in der Tiefe seines Herzens, konnte nicht umhin, zuzustimmen: »einzige Tochter, ohne Mutter, ohne Lebenserfahrung ...« sie hatte ihn geliebt: »vom ersten Tag an, seit sie ihn gesehen hatte«, natürlich. »Sie liebte ihn immer noch, sie achtete ihn, arme kleine Liliana!«: seine Stimme zögerte, dann brach sie los: »Um keinen Preis der Welt, Religion hin oder her, hätte sie daran gedacht, ihn zu betrügen. Aber die Jahre so vorüberziehen zu sehen, die besten Jahre, ohne auch nur die Hoffnung zu haben ... auf eine Frucht dieser Liebe ... das war für sie wie eine schreckliche Tortur. Sie fühlte sich gedemütigt, wie alle jene, denen die Kinder schlecht geraten: ärger noch als der Kummer ist die Scham, zu denken, daß die anderen Frauen diesen Triumph erleben und sie nicht. Die bitterste aller Lebensenttäuschungen. Und so war für sie die Welt nichts anderes als eine Qual: nichts anderes als Weinen. Weinen, das keinen Trost bedeutet. Qual, Kummer, Langeweile. Ein riesiger Sumpf von Langeweile. Zum Wahnsinnigwerden.«

»Nun ja, Langeweile, Langeweile ... Und die Kette, und der Brillant? Bleiben wir bei den Tatsachen, verehrter Herr Doktor! Hier verlieren wir nur unnütz Zeit, scheint mir. Schenken Sie sich gefälligst diese ... diese romantischen Gedankenflüge«: er machte eine Handbewegung, als verscheuche er irgendwelche Vögel, als werfe er einen Falken gen Himmel. »Unterhalten wir uns doch ein bißchen über dieses Kettchen ...«, und er faßte die Kette an einem Ende und ließ sie dem anderen vor der Nase herumbaumeln: und faßte ihn genau ins Auge, wütend: »und dieses Klunkerchen«, und er wog es in seiner anderen Hand, »so niedlich.« Er schien, wenn man ihn hätte genauer beobachten wollen, voller Neugier: wie ein Affe, dem ein Trillerpfeifchen in die Hände gefallen ist. Pechschwarz und gekraust das riesige Haupt, über die Finger gebeugt und über dieses Metall, nach dem alle gieren, schien er düstere Gewißheit auszustrahlen: und die prozedürliche Helligkeit des Zimmers schien, kaum daß diese düsteren Gewißheiten aus seinem Haupt hervorsproßten, sie zu zwingen, sich zu kräuseln und dergestalt als glänzendes und kohlschwarzes Vlies auf seinem Schädel zu verharren:

»Wir haben das Testament der Signora Liliana – Friede sei ihrer Seele! – gelesen, diese arme Frau: und sie hat Ihnen diese Stücke vermacht«, und er legte die Kette auf den Tisch nieder und nahm den Ring auf und wog ihn in seiner Handfläche, »weil der alte Großvater Romilio, wie der Herr Balducci sagt, wie hieß er gleich? Romilio? stimmt das? Ah, Rutilio, also der Großvater Rutilio wünschte, daß er den Enkeln aus seinem eigenen Blut gehören, in der Familie bleiben sollte, das versteht sich, das heißt also bei Ihnen. Sie sind ja das Prachtexemplar. Aber wieso haben wir sie denn schon bei Ihnen gefunden? Wieso ist aus dem Opal ein Onyx geworden? ein Apris ... wie heißt's ... ein Jaspis?«

Giuliano erhob seine Rechte, die weiß aussah, frisch und nur leicht bläulich geädert von den schmiegsamen Venen der Jugend: er zeigte, am Ringfinger, den wundervollen Blut-Onyx, den man ihm auch im Gefängnis nicht weggenommen hatte: jenen, welchen Ingravallo sich entsann, an seiner Hand bemerkt zu haben, bei den Balduccis, nach dem Essen, am 14. Februar, als sie den Kaffee nahmen. »Sie wollte, daß er hierzu passen sollte«, antwortete er. »Sie wollte, daß ich mich verheiraten, daß ich einen Sohn bekommen sollte. Du wirst sicher einen bekommen, sagte sie jedesmal wieder, und weinte. Als ich ihr sagte, daß ich heiraten wolle (zuerst wollte sie's gar nicht glauben), daß ich nach Genua ziehen würde, als ich ihr die Photographie von Renata zeigte, ja, da ... nein, ich möchte nicht eigentlich behaupten, daß sie eifersüchtig war, wie es vielleicht eine andere Frau gewesen wäre ... Im Gegenteil, wie hübsch sie ist, sagte sie: aber, ein wenig wie mit zusammengebissenen Zähnen. Sie ist dunkelhaarig, nicht wahr? Ein schönes Mädchen: die paßt wirklich gut zu dir, wo du so blond bist wie ein

Engel. Und dann fing sie an zu weinen. Aber kaum hatte sie begriffen, daß es Ernst war mit der Heirat und nicht nur Geschwätz ... da hat sie, Sie werden's nicht glauben, Herr Doktor ... ich werd' verrückt, wenn ich dran denke ... da hat sie gleich verlangt, ich sollte schwören, daß ich sofort einen Sohn in die Welt setze: einen kleinen Valdarena. Einen niedlichen kleinen Valdarena, sagte sie unter Tränen, schwör mir's! aber einen ganz süßen und goldigen. Sie war ganz verrückt, die arme Liliana, eine so prachtvolle Frau wie sie! Unsere arme Liliana. Und dann würde sie ihn adoptieren. Denn Renata und ich, so sagte sie, wir würden sowieso gleich noch mehr Kinder kriegen, und die, die hätten wir dann für uns behalten können. Sie aber, so sagte sie, wollte das Recht auf das erste Kind haben. Die Vorsehung, die hätte der Renata und mir sicher so viele Kinder zugedacht, wie wir nur haben wollten. Denn Gott ist eben nun mal so, sagte sie: dem einen alles, dem anderen gar nichts. ›Und darin liegt ja gerade seine geheimnisvolle Größe.‹ Du bist jung, sagte sie, bist gesund ... (wie ein Korallenhörnchen, Herr Doktor, wenn ich so sagen darf) ... wie ein Valdarena. Kaum daß du verheiratet sein wirst, schon bekommst du ein Kind: ich kann's fast mit den Händen greifen, kann's mir genau vorstellen ... Wenn du's nicht gar schon fabriziert hast! Sie lachte ... und weinte. Und das Kind da, das mußt du mir schwören, das kriege ich. Das heißt, sie wollte es adoptieren: als wär's ihr eigenes.

›Und was kriege ich, wenn ich dir meinen Sohn abtrete?‹ sagte ich einmal. Es war schon nach Weihnachten, Neujahr ... auch Dreikönig war schon vorüber. Was sag ich, ich glaube, es war schon Mitte Januar. Ich sagte das so im Scherz. Und sie wurde ganz nachdenklich ... müde, traurig: wie eine arme

Seele, die gar nichts zum Tausch anzubieten hat: die um Almosen betteln muß. Die Liebe? nein, nein, das meinte ich nicht: ich wollte doch nicht, daß sie mich liebte, ich machte nur einen Scherz. Sie wurde blaß, sie warf sich in den Stuhl und schien ganz verzweifelt.« Auch Ingravallo erbleichte. »Und sie schaute mich mit ihren Augen ganz flehend an. Die Augen verschleierten sich ihr. Sie nahm meine Finger, die von der rechten Hand. Schaute den Ring an, den von meiner Mutter, den hier: und wollte ihn abstreifen. Den mußt du mir ein paar Tage dalassen, sagte sie. Warum? Darum: weil ich ihn brauche für das Geschenk, das ich dir machen will. Ich ließ ihn ihr. Und wie ich das nächste Mal hinkomme – Remo war verreist, war in Padua, und ich, ohne das zu wissen, wollte sie besuchen – das nächste Mal also, kaum daß sie mich sieht, gibt sie mir meinen Ring zurück, und dann, ganz ohne Umschweife, macht sie mir ein Zeichen ... und lächelt, so wie man kleinen Kindern zulächelt. Da nimm, sagte sie und schaute mich an: das ist für dich! Sie nahm mich an der Hand, streifte mir den Ring über, über den Ringfinger, den Ring von ihrem Großvater: den von meiner Mutter trag ich ja am Mittelfinger, wie Sie sehen. Hier nimm ihn, Giuliano, und paß gut auf, es ist der Ring vom Großvater! von meinem Großvater, und auch von dem deinen, deinem Urgroßvater eigentlich: und der war schön, gut und stark! Ein Mann war er, wie du! Wie du! (Bei diesem »Wie du! Wie du«, knirschten dem Bulldogg die Zähne) und das ist die Uhrkette vom Großvater ... und sie zeigte sie mir (diejenige, die man bei mir in der Via Nicotera gefunden hat), und sie richtete den Blick auf sein Bildnis, erinnern Sie sich? an das ovale im Goldrahmen mit den Efeuranken, erinnern Sie sich?«

»Efeuranken?«

»Ja, ganz grüne, im Wohnzimmer: das Bildnis vom Großvater: vom Großvater Rutilio: da sieht man noch diese Uhrkette über seiner Weste. Hier, das ist genau diese hier«, und er klopfte mit der Hand darauf, traurigen Gesichts. »Mit dem Anhänger...«, er schüttelte den Kopf. »Und dann sagte sie mir, die Liliana, die arme kleine Liliana!... sagte zu mir: du hast gesagt, du ziehst nach Genua. Und bevor du heiratest, mußt du dich ja einrichten: vielleicht am Lido von Albaro? Mit den Genuesern ist nicht zu spaßen, das weiß ich. Schau! Ich schaute: nein, sagte ich, nein, nein, Liliana. Was fällt dir ein?... Mach keine Geschichten, sagte sie, ein Mann wie du! Ich weiß, was ein Mann braucht, ein Mann, der heiraten will. Nimm es nur, einstweilen, nimm's! Nimm's, sag ich dir! Nimm! Tu mir den Gefallen, sag ich dir, mach mir's nicht so schwer! Du weißt, daß ich keine Lust hab, mich anzustrengen. Nimm! Ich wich aus, wollte nicht, tat, als ob ich davonrennen wollte, stellte einen Stuhl zwischen uns... Nimm! Sie packte mich am Arm, steckte mir ein Kuvert in die Tasche: das hier...«: und er deutete mit dem Kinn darauf, auf dem Tisch, neben den Geldscheinen: »die zehntausend Lire, es wird grad zwei Monate her sein, es war am fünfundzwanzigsten Januar, ich erinnere mich genau. Dann wollte sie mir auch die Kette schenken. Unbedingt. Da gab's keinen Ausweg, glauben Sie mir!« Ingravallo zweifelte stark, an allem. »Wir waren im Wohnzimmer.« Und dann, nachdenklich: »An der Kette aber war nichts dran, ich meine diesen Klunker mit dem Unglücksstein. Morgen mußt du beim Ceccherelli vorbeigehen, das ist mein Juwelier. Du brauchst ihm die Kette nur zwei Minuten zu lassen, damit er den Stein dran befestigt, weißt du... weißt du welchen? Aber ja, geh, du weißt doch genau, daß da dieser Stein dranhing: ich hab ihn dir oft und oft gezeigt. Jetzt hab ich ihn austauschen lassen, sagte sie. Ich hab den Opal gegen einen Jaspis austauschen lassen. Der paßt zu dem hier, den du hier in deinem Ring hast. Deswegen wollte ich vorige Woche, daß du ihn mir hierlassen solltest. Sie nahm meine Hand, betrachtete sie. Und sagte: wie schön er ist! und wie dir alle zwei gut stehen: auch das Gold! sieht aus wie Münzgold. Was für ein schönes Gold man früher gemacht hat, vor dem Krieg! Aber den hier hat mir meine Mutter geschenkt, sagte ich, zum Andenken ... damals, als sie sich mit dem Ingenieur wiederverheiratet hat, du weißt ja. Na, ich weiß das nicht so genau, sagte sie mit etwas schmollender Miene. Ich hab einen Jaspis hineinsetzen lassen, einen Blut-Jaspis, dunkelgrün und glänzend, viel dunkler noch als Immergrün, mit zwei korallenroten Adern ... blutrot! die schauen aus wie zwei Herzadern, eine für dich, eine für mich. Ich hab ihn ausgesucht, sagte sie, am Campo Marzio. Jetzt muß er schon fertig geschnitten sein, um diese Zeit: heute vormittag wollte er ihn fassen: mit zwei Lettern, so wie den hier, den du am Finger hast. Ich hatte keine Lust mehr, diesen Opal noch länger in der Familie zu haben. Schnell Holz berühren! Komm! und sie berührte ihr Tischchen, wissen Sie, und ich mußte es auch berühren. Sie lachte: wie schön sie dabei war!« Ingravallo kritzelte, düsteren Gesichts. »Ich will ihn nicht mehr in der Familie haben, den Opal. Mir kommt es vor, als ob er allen miteinander nur Unglück gebracht hat. Schluß damit, genug: ich mag ihn nicht mehr. Um diese Zeit ist der Ceccherelli schon fertig damit. Der Opal, nein, der ist weg! (und wieder den Tisch berühren!)

Weg ist er, weil ich genug davon hab, selbst wenn er vom Großvater stammt. Es heißt, er bringt Unglück. Und, weiß

Gott, der arme Onkel Peppe ... da hast du's ja gesehen! Krebs. Und zweifacher Krebs noch dazu! Wer hätte das gedacht! So gut war er, der arme Onkel Peppino! Glauben Sie, glauben Sie, Herr Doktor: jedes Wort ist mir in Erinnerung geblieben. Ich kann einfach das Gesicht nicht vergessen. Wie sie lachte! Wie sie weinte! Und ihre Geschenke! Eine Szene zwischen Vetter und Kusine. Und hätte eine Liebesszene sein können! Nein, nicht Liebe, unter keinen Umständen!« er schien sich zu berichtigen. »Es gab sogar was zum Lachen, arme Liliana! Also morgen gehst du, oder geh noch heute, sagte sie. Versprichst du mir's? Ja, ja, am Campo Marzio, ja, Ceccherelli, merk dir's, kurz bevor du zur Via Lucina kommst, da, wo die Pizzeria ist. Ja, ja, bei San Lorenzo in Lucina: stell dich nicht so dumm, du, du weißt es ganz genau. Auf der rechten Seite.«

Ingravallo wollte das alles nicht glauben, er durfte nicht. Aber er verstand, nach und nach, daß er ganz allmählich dahin getrieben wurde, das zu glauben, was er für unglaubwürdig gehalten hatte.

»Herr Doktor, hören Sie auf mich«, flehte Giuliano, »vielleicht war sie verrückt. Ich will nicht eine Tote beleidigen, eine arme Ermordete. Die so schrecklich umgekommen ist! Hören Sie, Herr Doktor. Ich war für sie ... das hatte ich genau verstanden. Ich ...«

»Sie ... na, was schon?«

»Ich«, Giuliano verhedderte sich ein wenig, lachte nervös, lachte über sich selber: »Ich war für sie wie ein Musterexemplar aus dem Stammbaum: aus dem herrlichen Stamm der Valdarena. Bestimmt. Wenn es an ihr gelegen hätte, wenn sie frei gewesen wäre ... Aber ihr Gewissen, und außerdem ... die Religion. Nein, nein, sie war nicht mannstoll« (sic) »sie war nicht wie so viele andere« (sic) »es war nur wegen dieser einen Idee, dieser einen fixen Idee vom Kind. Das war, das war, glauben Sie mir, die reinste Besessenheit, eine Zwangsvorstellung war das geworden, jeder hätte das begriffen: eine Idee, bei der sie nicht mehr normal war. Das war stärker als sie, glauben Sie mir, Herr Doktor!«

Die Behauptungen des Valdarena trugen das untrügliche Siegel und das Feuer der Wahrheit. »Und wie erklären Sie sich das Verschwinden der Schatulle, der Eisenschatulle? und der zwei Sparbücher?«

»Woher soll ich das wissen?« sagte der Jüngling. »Woher sollte ich wissen, wer das gewesen ist?« Er blickte den Doktor an. »Wenn ich es wüßte, dann säße dieser Schuft schon längst hier im Loch, statt meiner. Die Schatulle? Die hab ich überhaupt nie zu Gesicht bekommen. Die Kette und den Ring und die zehntausend Lire, die hat sie mir gegeben: hat sie mir einfach aufgedrängt. Das Kuvert, das hat sie mir hier unbedingt hineinstecken wollen«, und er schlug sich auf die Hüfte. »Übrigens... Remo wird wohl davon wissen, denke ich.«

»Nein, der wußte nichts davon«, bestritt Ingravallo mit harter Stimme. »Geheimnisse zwischen Vetter und Kusine!« Unter dem Pech, das er auf dem Schädel trug, war er blau angelaufen: »Und Sie«, und er bezichtigte ihn mit dem Zeigefinger, »Sie wußten, daß er es nicht wußte.« Giuliano errötete, zuckte die Schultern: »Nun, ich wiederhole: die zehntausend Lire, die hat sie mir gegeben. Hat sie mir hier hineingesteckt, in die Jacke«, und er berührte seine Seite. »Das Kuvert da, das man mir aus meinem Schreibtisch geholt hat.« Don Ciccio runzelte die Stirn. »Ich bin damals weggerannt, auf und davon. Bin ins Eßzimmer: hab mich dadrin eingeschlossen, so zum Scherz, track.

Und kaum war ich drin, klopft's... Da hab ich ihr aufgemacht: sie ging zur Kredenz... zum Buffet.«

»Ah, im Eßzimmer? Beim Buffet? Also genau da, wo Sie ihr die Gurgel durchgeschnitten haben?« Das Gesicht Ingravallos war jetzt schneeweiß: voll Zorn. Seine Augen waren die Augen des Feindes.

»Die Gurgel durchgeschnitten? Aber ich spreche doch von vor zwei Monaten, Herr Kommissar: vom Januar, vom fünfundzwanzigsten Januar, wie ich Ihnen gesagt habe. Ungefähr drei Wochen bevor... bevor wir uns dort kennengelernt haben. Erinnern Sie sich an diesen Sonntag, ungefähr einen Monat ist es her, wie Sie dort zum Mittagessen eingeladen waren? Nun, ungefähr drei Wochen vorher. Aber das kann man leicht nachrechnen. Gott, warum ist mir das nicht gleich eingefallen? Fragen Sie doch beim Ceccherelli nach, bei dem Juwelier am Campo Marzio. Da bin ich ja gewesen, um den Jaspis abzuholen. Er kann das bezeugen. Er war angewiesen worden, ihn mir auszuhändigen, von Liliana, mir persönlich, den Anhänger mit dem neuen Stein und dem eingeschnittenen Monogramm an Stelle des anderen: sollte ihn mir selber dran befestigen, an der Kette vom Großvater«, und er wies mit dem Kinn auf den Tisch, »an der Kette, die ich ihm bringen würde, ich persönlich. Liliana, die so gewissenhaft war in allen Dingen, hatte alles genau geregelt: hatte ihm sogar ein Bild von mir gezeigt. Er aber, der Ceccherelli, wie ich dort hinkam, verlangte einen Ausweis von mir, irgendein Papier, sagte er: einen Personalausweis. Und entschuldigte sich. Aber ich brachte ihm ja die Kette. Die war schließlich besser als alle Ausweispapiere, nicht wahr...«

»Zwanzig Tage vor dem zwanzigsten Februar also, vielleicht

auch fünfundzwanzig: na, gut. Aber wie erklären Sie sich's dann, daß Sie keinem Menschen etwas davon erzählt haben? Weder der Großmutter, noch Ihrer Tante? daß Sie nichts davon hergezeigt haben in der Familie? Hochzeitsgeschenke, so behaupten Sie doch! Familienschmuck. Alter Goldschmuck vom Großvater: der im Besitz der Enkel verbleiben soll. Warum in aller Welt das verstecken? Und wieso ist der Balducci heute morgen aus allen Wolken gefallen? Wegen eines Andenkens vom eigenen ... Urgroßvater ... das könnte man doch ruhig seiner Großmutter zeigen: die ja schließlich die Tochter vom Urgroßvater ist, wenn ich nicht irre?«

»Die Schwiegertochter, Herr Doktor: Großvater Valdarena, der Großvater Rutilio, war der Großvater meines Vaters: das heißt, verstehen Sie, der Vater meines Großvaters.« Don Ciccio betrachtete ihn wutentbrannt: ihm kam der Verdacht, daß der Kerl sich über ihn lustig machte: in seiner Lage? »Und deshalb trage auch ich den Namen Valdarena. Die Großmutter, Großmutter Marietta, die mich aufgezogen hat, war die Schwiegertochter vom Großvater Rutilio«.

»Schwiegertochter, Schwiegertochter, das soll einer verstehen! Ah? Wieso? Die Schwiegertochter? Der Großvater Ihres Vaters, sagen Sie? So wäre also die Signora Liliana ... Ihre Tante?«

»Nein. Die arme Liliana war meine Kusine zweiten Grades. Eine Generation vor mir. Vielleicht hat sie mir darum so gut gefallen! Deshalb war sie eine so wundervolle Frau!« Don Ciccio kritzelte, finster, pechfarben: »Sie war die Tochter vom Onkel Felice: dem Onkel Felice Valdarena, der ein Onkel meines Vaters war, ein Bruder vom Vater meines Vaters. Mein Vater und Liliana ... waren Vetter und Kusine ersten Grades.«

»Ich verstehe, ich verstehe. Und Sie haben also alles geheimgehalten? Mit größter Umsicht? Hatten Sie vielleicht Angst, daß Sie teilen müßten? die goldene Kette teilen ... mit den Armen? wie Amadeo II. das Halsband der Annunziata?«

»Vittorio Amadeo ...«

»Vittorio, Vittorio, oder wie er hieß: mit den armen Verwandten? mit irgendeinem Vetter dritten Grades?«

»Mit irgendeinem Küken aus der neuen Generation«, feixte der Angeklagte.

»Oder fürchteten Sie, daß der Signor Balducci, wenn er erst wieder aus dem Zug gestiegen war, daß ihm vielleicht alle diese Geschenke und das viele Geld ... ein wenig im Magen liegen würden?«

»Nein, nein!« rief der Verdächtigte mit flehender Stimme. »Sie war es, die Ärmste! ich dachte gar nicht daran, was zu verheimlichen: sie war's, die sagte: Paß auf, Giuliano, das muß unter uns bleiben: ein unschuldiges Geheimnis: ein Geheimnis unter Vetter und Kusine ... wie in einem Roman! Das Geheimnis der Schönheit, sind wir nicht schön, wir beiden? Geheimnis des erhofften und nie erfüllten Glücks. Was sag ich da, du lieber Himmel! und sie bedeckte ihr Gesicht mit der Hand. Du wirst dein Glück finden. Es ist also ... laß mich nachdenken, es ist das Geheimnis zweier guter Seelen, die in einer etwas besseren Welt als dieser ... nun, die weiteren Seelen das Leben gegeben hätten. In dieser Welt aber (ach, Herr Doktor, wenn Sie sie hätten sehen können! in jenem Augenblick!) müssen wir auseinandergehen, wie Blätter, wenn der Wind sie fortreißt. Mein Gott! sagte sie, was ich für dummes Zeug rede! Ausgerechnet heute. Und dabei sollte ich dir Glück wünschen. Wo du doch einen Sohn in die Welt setzen wirst, Giuliano. Verzeih mir, verzeih mir! Sie weinte: dann lächelte sie, unter Tränen: sie fing sogar an zu lachen. Lustig, schön, so mußt du ihn machen, deinen Sohn! sagte sie. Und blond, paß ja auf! so wie du, wie du klein warst, da hast du immer gelacht! du wolltest dich nie umdrehen, wenn du Pipi machen mußtest, und alle machten entrüstete Gesichter.« Don Ciccio fühlte sich gedrängt, ein wenig in seinen Papieren zu kramen, auf der Tischplatte.

»Sie lachte. Und sagte: was würde wohl der Remo sagen, wenn er zurückkommt! Wenn er wüßte, daß ich einem jungen Mann Geschenke mache! Auch wenn er ein Vetter ist, der schöne Vetter, der heiraten will. Sie lachte: der eine heiratet, ach, ich Ärmste! Nein, nein, nicht mal der Großmutter darfst du's verraten, der armen Alten, nicht mal deiner Mutter, wenn du nach Bologna fährst: niemandem darfst du's sagen: schwör's mir! Ich, ich schwor es ihr ...«

Don Ciccio kam der kalte Schweiß. Diese ganze Geschichte, theoretisch genommen, stank ihm nach Lügenmärchen. Aber die Stimme des jungen Mannes, der Tonfall, die Gesten, das war die Stimme der Wahrheit. Die Welt der sogenannten Wahrheiten, so philosophierte er, war nichts anderes als ein Gewebe aus Lügenmärchen: aus häßlichen Träumen. So daß nur der Dunst der Träume und der Lügenmärchen eigentlich den Namen der Wahrheit tragen darf. Und dieser ist, auf armseligem Papier, die Liebkosung des Lichts.

Mit seinem zahnlosen Grinsen, mit seinem Dunst aus Abfallgruben, sah er bereits den gesunden Menschenverstand hohnlachen ob dieser ganzen Erzählung, sah, wie er es ihm, Don Ciccio, mit Schweinegrinsen ins Gesicht schmettern wollte, das runde glatte Nein der Schlaumeier, es abladen wollte auf seine Polizistenperücke des noch nicht zum Cavaliere Avancierten. Aber dem Denken kann man nicht Einhalt gebieten: das Denken ist der Erste am Ziel. Man kann aus der Nacht nicht den Blitz einer Idee ausstreichen: einer etwas schmutzigen Idee vielleicht ... Man kann nicht den antiken Wechselgesang auslöschen, von der alten Erde die Fabel verbannen, ihre ewig währenden Atellanenspiele: wenn es heraufwölkt, immer höher, heiter und anzüglich, das Lachen der Völker und der Seelen: wie man auch nicht das Arom des Thymian oder des Minzkrauts oder des Majoran: die heiligen Gerüche der Erde, des nackten Berges, fortzaubern kann aus dem Wind. Wo er weht, hinauf von den übervölkerten Städten, von den Menschen, von den Straßenecken, von allen Brückenpfosten: von den dunklen Stränden, vom gewundenen, silbrigen Volk der Oliven, die hügelan steigen. Wenn er darüberkräuselt, über den Häusern und über den Dächern der Menschen, tiefblaues Lüftlein über den Gipfeln. Wenn der warme Misthaufen dampft, überm Frost, neuer Hoffnungsquell: märchenhafte Hoffnung auf die Wahrheit! Wenn er sich niederschlägt, all seinen Dreck, in dampfende Ackerfurchen! Wenn der glatte Hieb des Rebmessers dem Baum die Frucht sichert und die Lüge herausschneidet. Ingravallo aber, zwischen Schmerz und Entrüstung, die soviel leichter und natürlicher waren, blitzte es auf als sehr viel logischere Erkenntnis, in Anbetracht der Tatsache, daß Liliana soviel an einem Kind gelegen war, daß nämlich anstelle ihrer Geschenke an ihn, an diesen schönen Weiberheld (der da vor ihm saß), anstelle der Goldketten der Abgeschiedenen ... Goldketten machen schließlich keine Kinder ... daß es viel praktischer gewesen wäre, wenn sie sich hätte ein Angebinde machen lassen, von ihm, einen anderen kleinen Anhänger vielleicht, der für diesen Zweck wesentlich geeigneter gewesen wäre. Diese Geschichte da, die schmeckte weiß Gott nach Lügenmärchen. Lauter dummes Zeug, von vorn bis hinten eine Komödie.

Und dann, nein, nein, das war alles Quatsch. Der Gatte, der Balducci, war ja schließlich ein Gatte: und was für ein Mordstrumm von Gatte! Wenn dabei kein Kind herausgesprungen war . . . Pech gehabt, dieser Orang-Utan. Die Männer hatten da keine Schuld. Er preßte die Zähne aufeinander, ramschte seinen Papierkram zusammen, in einen rosa Aktendeckel. Er ließ ihn in den Gewahrsam zurückgeleiten.

5

Aber die Aussagen des Ceccherelli, seines »Ladenburschen«, eines gewissen Gallone, der ein schönes, mageres, altes Männchen war mit Nickelbrille, und eines Goldschmiedgehilfen namens Amaldi, oder Amaldini, waren rundherum positiv für Giuliano. Der Ceccherelli, unterstützt von den beiden, bestätigte in jeder Einzelheit den Auftrag, den er vor zwei Monaten von der armen Signora bekommen hatte, und die verschiedenen Phasen der Bearbeitung des Anhängers. »Der ist für einen Verwandten von mir, der heiratet, machen Sie's ja schön!« Die Signora hatte ihm einen goldenen Ring gezeigt, einen Siegelring, massives, gelbes Gold, mit einem herrlichen Blut-Jaspis, der die eingeschnittenen Lettern GV trug, in gotischer Schrift sozusagen: »Der Jaspis für die Kette soll genau zu dem Ring passen.« Sie hatte ihm den Ring dagelassen. Er hatte das Siegel in Wachs abgenommen: zuerst das Monogramm, dann den ganzen Stein, wie er aus der Fassung herausragte. Liliana Balducci war dann noch zweimal in seinen Laden gekommen, hatte den Stein ausgesucht unter fünfen, die man ihr vorlegte, und welche man sich von Digerini & Coccini verschafft hatte, dem Lieferanten, dessen er sich schon seit so langen Jahren bediente: so daß er sie ihm ohne weiteres leihweise überlassen hatte. Und gleichfalls vollauf bestätigt wurde die Existenz des Opals, wunderbarer Stein, wie alle diese verfluchten Opale, den mußte der Ceccherelli in Zahlung nehmen, trotz des eingravierten RV, das jedoch nur sehr leicht eingeschnitten war, »den ich aber dann, obwohl ich mich einen Schmarren kümmere um diese ganzen abergläubischen Geschichten, wie sie die Leute erzählen: daß man sich vorkommt, als lebte man noch im Mittelalter! und ich ja an meine Geschäfte denken muß, mit Verlaub zu sagen, und ich mach sie so anständig wie möglich; in den vierzig Jahren, wo ich meinen Laden betreibe, hab ich noch keine Anstände gehabt, nicht einmal um eine Stecknadel, glauben Sie, Herr Doktor! wie gesagt, ich hab ihn dann auf alle Fälle in die Kassette hineingeschmissen, die ich extra für diese Art Steine habe, gleich wie ich ihn aus der Fassung rausgezogen hab, mit der Pinzette, ohne ihn mit den Fingern zu berühren, kann man sagen: die Pinzette, mit der bin ich dann schnell zum Friseur gegenüber gelaufen und hab sie desinfizieren lassen mit Alkohol: und ihn, den Herrn Stein, hab ich hineingepfeffert in die Kassette, in die da hinten, im Abstellkämmerchen vor dem Abort, du, Alfredo, du weißt's ja, und du, Peppi, auch: daß da drin so viele Korallenglückshörnchen beieinander liegen, daß selbst, wenn's ihm dort einfallen sollte, mir etwa den Laden ... oder gar mich verhexen zu wollen! ha, glaubst du wohl, mein Sohn! Der liegt da drin wie ein Kapaun unter lauter Göckeln! ... die besser treten können, das sag ich Ihnen!«

Den Ring hatte er der Signora nach zwei Tagen wieder zurückgegeben, »ja, ich erinnere mich gut an den Tag, wie sie kam, um den Jaspis auszusuchen«. Den Anhänger sollte er Giuliano persönlich aushändigen. Er sollte vorbeikommen, um ihn zu holen und würde die Kette mitbringen: »die da, jawohl«: er erkannte sie sofort wieder. »Diese Kette«, hatte Liliana gesagt, »wissen Sie? Sie, Herr Ceccherelli, müßten sie gut kennen, erinnern Sie sich nicht? Die Sie auf zweitausend Lire geschätzt haben?... Die will ich jetzt verschenken. Und den Ring vom Großvater, mit dem Brillanten, erinnern Sie sich? den Sie auf neuntausendfünfhundert geschätzt haben.« Ingravallo zeigte ihm auch den Ring. »Das ist er, zweifellos: ein Brillant von zwölf Karat, zwölfeinhalb, gering geschätzt! Und reinsten Wassers.« Er nahm ihn, drehte ihn, betrachtete ihn: hob ihn gegen das Licht: »Wie oft hatte mir der Großvater gesagt, Liliana, der muß in der Familie bleiben! Du weißt, wen ich meine!« Das waren die Worte des Großvaters, für sie war's wie eine geheiligte Formel, wie man sieht: zweimal hat sie den Satz wiederholt, bei mir im Laden: »stimmt's nicht?«: Gallone war anwesend und Giuseppe Amaldi war anwesend, und sie nickten bestätigend. Dem Amaldi hatte Liliana alles selber genau erklärt: wie die zwei Buchstaben ineinander verschlungen sein sollten, die er schneiden mußte, und wie sie den Stein gefaßt haben wollte: etwas über den Rand der ovalen Goldleiste herausragend: der Ceccherelli folgte mit dem Nagel des kleinen Fingers den festen Umrissen des grünen Steins, der als Siegelring gefaßt war, das heißt, leicht erhaben über der Fassung: und mit einem Goldplättchen auf der Rückseite, um die ungeschliffene Seite des Steins zu verdecken, ihn abzuschließen.

Außer den Goldschmieden, die am Vormittag vernommen wurden, muß gesagt werden, daß die Familie Valdarena und Zubehör, das heißt also die Großmutter von Giuliano, der Balducci persönlich, die beiden Tanten von der Via dei Banchi Vecchi, und Onkel Carlo und Tante Elvira, überhaupt alle Verwandten, seit drei Tagen hin- und herwepsten, der eine dahin, der andere dorthin, um sozusagen das Ende der Rettungsleine zu finden und ihn herauszuholen, den Giuliano, aus dem Schlamassel, in dem er steckte, der Arme, ohne Schuld und Fehl. Leicht gesagt! Aber nach den drei Entlastungsaussagen der drei Juweliere, die schon etwas wert waren, folgte unverzüglich die noch bessere des Oberkassierers der Bank: des Banco di Santo Spirito. Aus dem Kontoauszug (der Sparbücher) ging hervor, daß sie die zehntausend Lire dort abgehoben hatte, und zwar genau am 23. Januar: zwei Tage vor der Schenkung: die sie am 25. vorgenommen hatte, als er dort Besuch gemacht und nur sie allein zu Hause angetroffen hatte. Der Oberkassierer Del Bo kannte Liliana: er hatte sie selber bedient: hatte Schalterdienst gehabt, an jenem Tag, väterlich lächelnden Gesichts, vor zwölf: er erinnerte sich haargenau: als er gerade die zehn Scheine auf die Glasplatte blättern wollte – zehn schmutzige, fleckige, lepra-kranke Lappen, die wohl lange in der Ausziehbrieftasche irgendeines Schafhändlers von Passo Fortuna oder auf der weingetränkten Theke eines Wirtes von den Castelli Romani gelegen hatten – da hatte sie ihm gesagt, mit ihrer sanften, weichen Stimme und den großen, tiefen Augen: »Ach, Signor Cavalli, darf ich Sie bitten, könnten Sie mir nicht schöne, neue geben, wenn Sie sie haben: Sie wissen doch, daß ich gern saubere habe...« denn sie nannte ihn immer Cavalli statt Del Bo. »Wollen Sie diese hier?« hatte er gesagt, indem er die dreckigen weglegte, die er schon in der Hand hatte: und zeigte ihr, indem er's in die Luft, quasi ins Gegenlicht hielt, ein Bündel ganz frischer Scheine, die ihm zwischen zwei Fingern baumelten: »Niegelnagelneue, sehen Sie... sind erst gestern frisch von der Staatsbank gekommen: grade erst ausgespuckt von der Druckerpresse: wie gut die riechen, riechen Sie einmal! Vorgestern waren die noch an der Piazza Verdi. Sie haben wohl Angst vor Bazillen! Da haben Sie recht... eine schöne Frau wie Sie!«

»Nein, Signor Cavalli, es ist, weil ich ein Geschenk machen muß«, hatte Liliana gesagt. »Hochzeitsgeschenk?« – »Ja, ein Hochzeitsgeschenk.« – »Zehn Tausenderscheine sind immer ein schönes Geschenk: auch für ein junges Paar.« – »Ein Vetter von mir: der wie ein Bruder ist für mich. Wenn Sie wüßten: ich hab fast Mutterstelle an ihm vertreten, wie er klein war.« Genau so hatte sie gesprochen: er erinnerte sich, Wort für Wort: konnte drauf schwören über der Bibel. »Glückwünsche fürs junge Paar: und auch für Sie, Signora!« Sie hatten sich die Hand geschüttelt.

Sonntag, den 20., vormittags, weitere Hinweise von seiten des Balducci für die beiden Beamten: dann für den Doktor Fumi allein, da Don Ciccio, gegen halb zwölf, sich »anderen Dingen widmen« mußte und es vorzog, »einen Augenblick wegzugehen«. In der Tat fehlte es nicht an »anderen Vorgängen« auf seinem Tisch. Wieso denn? Im Gegenteil, der Tisch schäumte über davon, bis hinauf in die Regale, in die Archive: und Leute, die kamen und gingen und draußen warteten: der eine rauchte, der andere schmiß die Zigarette weg, manche kritzelten auf die Wände. Dumpf und rauchig war es, das milde Klima von Santo Stefano del Cacco, ein Ausdünstungsgeruch, ein wenig wie in einer Kaserne oder wie in einer Loge vom Kino Jovinelli: so zwischen Achselhöhle und Fußschweiß und ähnliche mehr oder weniger märzliche Gerüche und Dünste, eine reine Wonne für die Nase. »Aktenvorgänge« gab's, um drin zu waten, drin zu schwimmen! und Leute im Vorzimmer! Heilige Muttergottes!

mehr als zu Füßen des Turms von Babel. Es waren Hinweise (und mehr als Hinweise) sehr intimer Natur, die der Balducci von sich gab: teils spontan, teils, sozusagen gleitend, nachdem der Jäger-Vertreter sich in jener gewissen Trübsal treiben ließ, welche manche in der Seelenpein übermannt, wenn sie vielleicht die Reue über gewisse Dinge ankommt, kaum daß die Phase des Weichwerdens eingetreten ist, so wie der blaue Flecken dem Stoß folgt: die post-traumatische Vernarbung: dann, wenn sie fühlen, daß die Vergebung naht, die Vergebung Christi und die der Menschen: zum Teil aber auch vom sanft-süßen Faden einer höchst zivilen Dialektik gezogen, von einem leidenschaftlichen Redefluß, von einem lebhaften Augenspiel, von einem maieutischen Zug und der barmherzigen Kombination von Mohnsaft und Aufpulverung in Rede und Geste eines Golf-Vomero-Bewohners: von so milder Wirkung und so verlokkend: track-track! wie ein liebenswürdiger Zahnausreißer. Da ist er schon, der Zahn! Liliana hatte sich also in den Gedanken verbohrt, daß sie vom Gatten... keine Kinder kriegen könne: sie hielt ihn für einen guten Gatten, gewiß, »in jeder Hinsicht«: aber daß etwa ein Kind unterwegs sei, ach! keine Spur! In den zehn Jahren ihrer Ehe, hin und wieder, ach nein, nicht einmal einen Schimmer: und dabei hatte sie mit einundzwanzig geheiratet. Die Ärzte haben nicht hinterm Berg gehalten: entweder lag's an ihr oder an ihm. Oder an beiden. Sie? wenn sie's hätte genau wissen wollen, daß es nicht an ihr lag, hätte sie's mit einem andern probieren müssen. Das hatte ihr auch der Professor D'Andrea gesagt. So waren aus diesen ständigen Enttäuschungen, aus diesen zehn Jahren, oder beinahe zehn, während derer der Schmerz, die Schmach, die Verzweiflung, die Tränen so tief Wurzel faßten, aus diesen sinnlosen Jahren ihrer Schönheit jene Seufzer entstanden, jenes »Ach!« jene langen Blicke auf jede andere Frau, auf die Schwangeren!... »Wer sagt ›ach‹, der hat im Herzen Ungemach«... auf die Kinder, auf die schönen Dienstmägde, die sellerie- und spinatbefransten, mit den Einkaufstaschen, wenn sie von der Piazza Vittorio kamen, am Morgen: oder den Allerwertesten in der Luft, wenn sie einem Kleinen die Nase schneuzten oder es abgriffen, ob sich's grad naß gemacht hatte: denn da sieht man die besten Stücke von so einer Dienstmagd, ihre ganze Gesundheit, die Schenkel, den Hintern: jetzt, wo's Mode ist, daß man ganz kurze Unterhosen trägt, wenn sie überhaupt welche anhaben. Sie schaute auf die jungen Mädchen, erwiderte blitzartig, wie eine tiefe, melancholische Note, die kühnen Blicke der Jünglinge: eine Liebkosung, oder eine wohlwollende Freimütigkeit im Geiste, gespendet für jene künftigen Spender neuen Lebens: manchen schien sie die Gewißheit einzuräumen, die keimfähige Wahrheit, den Nußkern des geheimen Werdens. Es war die lichte Zustimmung einer brüderlichen Seele: für alles, was das Siegel des Lebens trug. Aber die Jahre stürzten dahin, eines nach dem anderen, aus ihrem dunklen Stalle, ins Nichts. Aus jenen Jahren, unter dem Zwang der Sitte, stammten die ersten Anzeichen und dann die fortschreitende Verzweiflung eines Deliriums der Einsamkeit: »Kommt doch selten vor bei einer Frau?« fragte der Doktor Fumi sacht dazwischen: »noch dazu bei unseren römischen Frauen...« – »Wir halten's mit der Geselligkeit, wir Römer«, stimmte der Balducci zu: und dieses Bedürfnis, sich ganz im Gegenteil seelisch auf das physische Abbild der anderen zu stützen, und auf die lebendige Genesis der Leute: und der Armen: diese Manie... Bettücher, doppeltbreit, zu verschenken an die Dienstmädchen, ihnen unbedingt eine Aussteuer zu verschaffen, sie zum Heiraten zu ermuntern: dieser ständige Hang zum Heulen und Schneuzen, mit dem sie ganze Tage verbrachte, die arme Liliana, wenn sie dann schließlich wirklich heirateten: wie wenn sie plötzlich von Eifersucht ergriffen sei, wo's nun so weit war. Eine Eifersucht, die ihr an der Seele nagte: als ob sie's ihr zum Fleiß getan hätten, sich zu verheiraten, um gleich drauf zu sagen: »Hör einmal, in vier Monaten kriegst du schon das Kind. Unser Bübchen, das seine vier Kilo wiegt: ein Kilo pro Monat.« Manchmal genügte es schon, wenn eine Freundin des Morgens sagte: Die Clementina solltest du sehen! Was die für ein Faß geworden ist! – damit sie rote Augen bekam. »Einmal hat sie mir, ihrem Gatten, fast eine Szene gemacht, wegen eines Mädchens aus Soriano am Cimìno: die junge Bäuerin war nach Rom gekommen, um mir Hochzeitskonfekt zu bringen. ›Diese Schlampe will ich nicht zu Gesicht kriegen!‹ schrie sie. Die junge Frau, die Ärmste, kam mit ihrem Hochzeiter und trug einen Bauch vor sich her wie einen Fesselballon vom Jahrmarkt am San Giovanni. Sie sagten: wir haben das Hochzeitskonfekt gebracht. Sie können sich denken, daß sie dabei einigermaßen verlegen waren. Ich sagte zu ihnen, lachend: da sieht man, daß eine gesunde Luft weht, da droben auf dem Cimìno: sie wurde rot, senkte den Blick auf ihren Bauch, wie die Maria bei der Verkündigung, wenn ihr der Engel erklärt, was passieren soll: dann aber faßte sie sich ein Herz und antwortete: Ach ja, was soll man da machen, Signor Balducci. Wir sind halt jung. Wir haben ein bißchen auf Vorschuß gelebt... Wenn's Kind erst auf der Welt ist, wer denkt da noch dran? ob ein Pfarrer uns vorher eingesegnet hat oder nicht! Jetzt aber können Sie sicher sein, daß wir alle drei eingesegnet sind!« Die Jahre! wie eine Rose, die welkt: die Blütenblätter, eins nach dem anderen ... dahin, ins Nichts.

An diesem Punkt der Unterhaltung war es, daß Don Ciccio, aschfarbenen Gesichts, um Urlaub bat: aus dienstlichen Gründen, Nachforschungen und Rapporte von Untergebenen, Worte und beschriebenes Papier: Dispositionen, die zu treffen waren: Telephonate. Der Doktor Fumi folgte ihm mit dem Blick, während er sich, gesenkten Hauptes, zur Tür wandte, die Schultern gebeugt, in einer Haltung, die Müdigkeit und Nachdenklichkeit verriet: er sah, wie er ein Päckchen ›Macedonia‹ aus der Tasche zog und eine Zigarette aus dem Päckchen, die letzte, versunken in wer weiß welche Bedrängnis: die Tür fiel zu.

Don Ciccio kam es vor, als ob er diese ganze Geschichte schon längst gewußt hätte. Die Eindrücke und die Erinnerungen, die der Vetter und der Gatte Lilianas nun hervorkramten, in einer Art qualvoller Wiederentdeckung, aus ihrer so schmachvoll aufgelösten Lebenszeit, bestätigten ihm das, was er für sich allein bereits erahnt hatte, wenn auch in vager, ungenauer Weise.

Auch jener Wunsch, zu sterben, wenn das Kind ausbliebe: auch das hatte er, Don Ciccio, sich »vorgestellt«, oder schien es ihm nur so? – aus der Kenntnis der Person Lilianas: in etwa war es auch durch die Eingeständnisse des Vetters ans Tageslicht gekommen und jetzt aus den Reden des Gatten: der durchs Unglück redselig geworden war und weil er sich im Mittelpunkt der Aufmerksamkeit und der allgemeinen Anteilnahme fühlte (Jäger, der er war! kam's ihm vor, als käme er mit dem Hasen nach Hause, mit umgehängtem Gewehr, kotigen Stiefeln und abgehetzten Hunden) und müßte nun seine Erlebnisse auspakken: und erging sich, freien Fußes, über die Empfindsamkeit der weiblichen Seele und, überhaupt, generell, über die große

Anfälligkeit der Frau: die ja bei denen, arme Wesen! eine sehr verbreitete Sache ist. Das »sehr verbreitet« hatte er sich in Mailand angelesen, im ›Secolo‹, in einem Artikel von Maroccus... dem ärztlichen Ratgeber der Zeitung: hochfeiner Mann!

Die postume klinische Karteikarte Lilianas wurde dann noch ergänzt durch die mitleidsvollen Freundinnen und die Nutznießerinnen des Testaments: schluchzenden Waisenmädchen, nichtschluchzenden Nonnen vom Sacré Cœur, die sie bereits im Paradiese wähnten, darauf hätten sie schwören mögen: und von tiefvergrämten Tanten, Marietta und Elvira, und ein paar weiteren, von der Via dei Banchi Vecchi, die auch ziemlich verschnupft waren: und von diversen Bekannten, mit einbegriffen die Gräfin Teresa (die Menecacci also) und Donna Manuela Pettacchioni, abgesehen von noch einigen weiteren Mitbewohnerinnen der Nummer zweihundertneunzehn: die beiden widersätzlichen Dreigestirne: die Elodia, die Elia Cucco, die Giulietta Frisoni (Treppe B) einerseits, und andererseits die Cammarota, die Bottafavi und die Alda Pernetti (Treppe A), die auch noch einen Bruder hatte, der für sechs weitere zählte. Lauter Weiber also, mit »weitverbreiteter Anfälligkeit«: wenn auch von jener Art, von der Liliana... größtmöglichen Abstand hielt. Eine weitverbreitete und anfällige Eierstöcklichkeit, ja, genau, umwob ihren seelischen Blütenstengel: wie antike Essenzen, in den Feldern und Wiesen der Marsica um die Blumen und Halme: langverhalten, um dann wie eine süße Duftwolke im Blütenkelch sich zu entladen; ihr Blütenkelch aber, das war die Nase, die sie sich schneuzen konnten, wann immer sie Lust hatten. Lauter Weiber, in der Erinnerung und in der Hoffnung, und in der harten und aufsässigen Blässe der Widerspenstigkeit und im Purpur des Nicht-Bekennens: welches der Doktor Fumi in diesen Tagen hervorlockte mittels einer denkwürdigen Analyse, mit dem Takt und der Geschicklichkeit, die ihn während seiner ganzen langen und arbeitsreichen Laufbahn ausgezeichnet hatten (und ihn heute verdientermaßen auf Anordnung von De Gasperi zum Unterpräfekten von Lucunaro avancieren ließen, vielmehr, besser noch, von Firlocca, einem köstlichen kleinen Ort, wo er alle seine Qualitäten nach Belieben spielen lassen kann) und mit dieser seiner warmen Stimme ... die ihn sozusagen unverzüglich verriet, ehe noch die Klingel ertönte, sowohl den Ohren seiner Brigadiere wie denen der Diebe, kaum, daß er den Fuß in sein Büro setzte.

Die Beerdigung brachte, entgegen den Erwartungen oder vielmehr den Hoffnungen der Polizei, keinerlei Fortschritt in den Lauf der Untersuchungen, höchstens Nahrung für das Geschwätz. Die Zeitungen ließen nicht locker, die tausend mitleidsvollen Vermutungen prasselten wie ein Feuer, das im Oktober übers Stoppelfeld fegt: ohne irgendeine klare Idee hervorzubringen. Der Leichenzug setzte sich von der Poliklinik um acht Uhr früh am einundzwanzigsten März in Bewegung: an einem angesichts des beginnenden Frühlings ziemlich kalten Morgen, das Wetter war weder gut noch schlecht, der Himmel bedeckt. Die Beisetzung wurde in zurückhaltender und privater Form arrangiert, um nicht zu sagen, in aller Eile, wie es die Behörden wünschten, die von diesem ganzen Kuddelmuddel die Nase voll hatten. Ein paar Geistliche an der Spitze und ein paar Waisenkinder und Nonnen, dahinter aber »Teilnahme der gesamten Bevölkerung«, wie die Zeitungen schrieben, und vor allem der Frauen, die eine nicht enden wollende Prozession bildeten, überkreuzten sie auf dem kürzesten Weg den Viale Regina Margherita, der im Jahr zuvor bis dort hinaus verlängert worden war, und kamen so etwa um halbneun, dreiviertelneun am San Lorenzo-Friedhof an, nachdem sie hübsch viel Staub aufgewirbelt hatten, weil die Straße dort noch nicht asphaltiert war, aber die Teerfässer standen schon bereit. Die Behörden waren ärgerlich darüber, daß in Rom, am hellichten Tag, in ein und demselben Haus, zwei solche Verbrechen vorgekommen waren, das zweite noch schlimmer als das erste. Und außerdem, ja außerdem: die Verhaftung des Valdarena, erwies sich, so wie die Dinge sich entwickelten, als keineswegs gerechtfertigt: und die Festnahme des Commendatore Angeloni ... auch das half nicht weiter, wo doch der Ärmste so wenig in die ganze Sache hineinpaßte wie ein Blumenkohl auf den Frühstückstisch. Zur Rechtfertigung des Amtseifers der Polizei und der hierarchisch konstruierten Behörden im neu-ethischen Staate muß gesagt werden, daß grad am Tag vorher, am Sonntag, dem 20. März, an der Mole Beverello, um elf oder halb zwölf Uhr, der Maharadscha von Sherpure, von den Ufern des Brahmaputra kommend, an Land gestiegen war, um dem Schöpfer des neuen Vaterlandes seine Aufwartung zu machen, eventuell auch den Gräbern von dessen Eltern, die ihn fabriziert hatten, und dem Heimathaus, das übrigens nichts weiter ist als eine Bruchbude. Der hatte sechs oder sieben Hosenmänner hinter sich, mit Schokoladengesichtern, mit so weiten Seidenhosen, daß sie mit den Beinen drin schwimmen konnten, obwohl die Männer dort auch ganz schön fett sind, außer wenn man sie zur Strafe ein paar Monate Hungerkur machen läßt, hin und wieder, damit sie sich den Himmel verdienen, den sie dort ja auch haben. Dieser Maharadscha von Sherpure hatte sich, über der Stirn, direkt auf den Turban, zwei Brillanten aufnähen lassen, die glitzerten nicht schlecht, und der Federbusch, den er trug, war der längste von ganz Asien und Europa zusammen, aber der von unserem Regierungsoberhaupt war noch länger: und er, der indische Maharadscha, hatte schon seit einigen Jahren, mittels der üblichen diplomatischen Beziehungen und mittels unserer Konsuln, die der Chef bis nach Indien geschickt hatte, den Wunsch ausgesprochen, die Poliklinik zu besuchen und die Städtische Milchzentrale. Die Milchzentrale aber, die gab's noch gar nicht damals, und der Typhus vom Jahr 1915 war auch noch nicht passiert: was die Poliklinik betraf, so hatte er die Absicht, genau so eine zu bauen, an den Ufern des Brahmaputra: ein bißchen kleiner natürlich, aber genau so schön wie die unsrige, in Sherpure wollte er sie bauen, dort, wo er vor zwanzig Jahren auf die Welt gekommen war, und wo der Kronschatz liegt, die dicken Staatsgelder. Der Besuch der Poliklinik war angesetzt für Montag, den 21. März, um elf, wo diese verfluchte Beisetzung der armen Signora aller Voraussicht nach vorbei sein würde. Daher die verständliche Eile der Behörden, die sich bereits um zehn Uhr zum hektischen Durcheinander entwickelte. Don Ciccio, in San Lorenzo angekommen, drängelte sich mit gespitzten Ohren in die Menge, die in die Kirche strömte, und seine Gefolgschaft tat desgleichen. Und ebenso eine halbe Stunde später beim Ausgang. Mit wenig Erfolg. Der Signor Remo war dem Leichenwagen gefolgt, den Hut in der Hand, mit verstörtem Gesicht, zusammen mit den Tanten, die fast alle anwesend waren, und mit den nächsten Verwandten. Nachdem die Messe gelesen, der Sarg ausgesegnet und dann, drin im Friedhof, das Grab geweiht war, in welches weiße Lilien und Nelken niederfielen unter verzweifeltem Schluchzen »Leb wohl, Liliana, leb wohl!« heftete sich der finstere Ingravallo an die Flanken von Don Lorenzo Corpi, wie ein Boxerhund an die Flanken einer Giraffe, einer trauergeschmückten Giraffe, und ließ ihn nicht mehr aus den Augen, bis er in der Sakristei war. Dort durfte er sich umkleiden, dann lud er ihn in sein Auto (eigentlich war's ein Rumpelkasten) und nahm ihn mit zum Santo Stefano.

Dort, beim Doktor Fumi eingeführt, teilte ihm dieser seine Ansicht mit ... nämlich, daß der hochwürdige Priester ihnen vielleicht einige nützliche Aufhellungen vermitteln könne, bezüglich der ... geistigen Zustände der vielbetrauerten Signora: eine Hilfestellung sozusagen, für die Sicherheitsbehörde, bei der Abfassung des eingehenden und endgültigen Untersuchungsberichtes über die »psychologischen Hintergründe des Falles«. Ein Pünktchen aufs i sozusagen, ein paar Sätzchen, wurden durch die aufmerksame Klugheit von Don Corpi angefügt, an die Berichts-Synthese. Die Besuche und die flehentlichen Gebete der Balducci in der Kirche der Santi Quattro, bei gewissen Schönwetter-Perioden, oder Perioden verringerter Trübsal, waren sozusagen an der Tagesordnung. Sowohl im Beichtstuhl wie am Altar der Heiligen Jungfrau, oder in einer anderen Seitenkapelle, entlang der Säulengänge, rings um den »schönen Kreuzgang aus dem dreizehnten Jahrhundert«: das Himmelsgeviert darüber war reines Licht, wie eine immerwährende Gegenwart der vier Heiligen, der Quattro Santi: in jeder Ecke einer. Die arme Seele flehte um Hilfe in ihrer Pein: um das süße Wort der Hoffnung, das barmherzige Wort der himmlischen Gnade. Einen Glauben hatte sie, mehr als alle anderen. Don Lorenzo bemerkte, ohne das Beichtgeheimnis zu verletzen, indem er sich lediglich auf Mitteilungen außer-sakramentaler Art stützte, und auf die Hilferufe derjenigen, welche ihn als Depot ihrer Bedrängnisse erwählt hatten, bemerkte also, daß er voll und ganz das

Obige bestätigen könne, das heißt also, das, was aus den erinnerungsschwachen Ungewißheiten des *Dann* hervorgegangen war, von der Quästur dazu ermutigt, sich als Gewißheit und Wahrheit herauszuschälen, und aus der Intuition und der ergänzenden Weisheit des Vetters und, warum nicht, auch des Gatten. Hoheitsvoll und selbstsicher, nach der anfänglichen und nunmehr überwundenen Verlegenheit der ersten Vernehmung (Ausflug nach Roccafringoli, Verspätung, wenn auch unfreiwillig, beim »Vorsprechen bei der Behörde« und beim »Vorweisen des Testamentes der Verblichenen«) mit Bürstenkopf, im Tonfall einer hellsichtigen Milde, welche eine volle Urteilsklarheit mit sich bringt, bestätigte er, fast beschwörend, daß die arme Tote eine der keuschesten Seelen gewesen sei, eine der reinsten, in ihren Absichten ... »Wie meinen Sie das?« fragte der Doktor Fumi. Er fuhr fort. Die langen, schwarzgewichsten Stiefel schienen den Wert seiner Zeugenschaft zu erhöhen: ein solcher Verbrauch an Wichse, eine solch eifrige Betätigung des Ellenbogens (wessen auch immer), können nicht Hand in Hand gehen mit Lüge und Ungeordnetheit. Die Vorstellung von Ehescheidung oder Ungültigkeitserklärung, abgesehen von den kirchlichen Widerständen, schien ihr verabscheuungswürdig: nein, davon wollte Liliana nichts wissen! Allzusehr »liebte« und respektierte sie den Gatten, den von ihr erwählten Mann: den ihr von Gott einst zugeteilten. Ihre Hoffnungslosigkeit und ihre Hoffnung (leere) hatten sich zu einem melancholischen Wahnsinn verdickt (Don Ciccio kapierte das im Fluge, der Doktor Fumi etwas später, und nur so ungefähr): es schien ihnen, als wolle sie sich sozusagen loskaufen, mit diesem Sparren, den sie hatte (das Wort rutschte ihm so heraus) und dieser übergroßen Güte im Adoptieren: regelrecht gesetzlich ein armes Wesen adoptieren zu wollen. Indes jedoch, schien sie zu warten, zu warten: als ob sie darauf wartete, etwas Besseres zu kriegen, eines schönen Tages: von Tag zu Tag wartete sie auf ein Kind, von Jahr zu Jahr: von wem aber? ein künftiges Kind, ein künftiges Söhnchen: Don Corpi konnte sich überhaupt nicht mehr vorstellen, woher, von wem.

»Vom Vetter!« rief der Doktor Fumi aus.

Indes aber, als wolle sie über ihre Verzweiflung hinwegtäuschen, *adoptierte* sie. Adoptierte »provisorisch«, tat, als ob sie adoptiere. Leicht gesagt: adoptieren: wo sie doch das Testament ständig veränderte. Dreimal hatte sie das gelbe Kuvert mit den fünf Siegeln zurückverlangt. Dreimal hatte sie die Siegel erbrochen, und dann alles wieder umgeworfen. »Testament von Liliana Balducci.« Sie adoptierte, mit Worten, wenngleich in einem echten Seelenerguß, mit der ganzen Aufrichtigkeit des Hoffens: das bei jeder neuen Begegnung neu entflammte: bei jedem neuen Abschied neu enttäuscht wurde. Provisorisch adoptierte sie diese Mädchen: eine ganze Serie war's nunmehr, eine Perlenschnur. Eine besser als die andere. Viere hatte sie sich bereits ins Haus gezogen innerhalb von drei Jahren, eine nach der anderen, Gina mit eingerechnet, die arme Kleine.

Signor Remo ließ ihr ihren Willen: sagte zu ihr »mach's nur, wie du willst, mach's, wie du glaubst«, jedesmal, damit er nur etwas Ruhe in der Familie hatte, für ein Weilchen. Nur damit er sie ruhig zu Hause wußte, mit ein bißchen weiblicher Gesellschaft, während er mit Cristoforo den Hasen nachjagte und die Hunde ausprobierte, droben am Cimino. Auf alle Fälle tat sie nichts ohne das Gutachten von Don Corpi. Der aber, mit den vielen Schäfchen, die er zu hüten hatte, und soviel Arbeit in der Kirche, und weil er die Mädchen ja überhaupt nicht kannte (wußte ja nicht einmal, wer sie waren, wo sie herkamen), hatte sich jedesmal darauf beschränkt, ihr Vorsicht anzuraten, Vorsicht, so bestätigte er, und es schien auch sehr wahrscheinlich, daß er sie davor gewarnt hatte (»hören Sie auf mich! aber auf dem Ohr, da wollte sie partout nicht hören«), sie davor gewarnt hatte, auf diese Weise und in immer neuen Herzensabenteuern ihr Gut zu verschleudern ... den Schatz ... des unnennbaren Bewußtseins von der großen Sendung der Frau: das ihr gewißlich von Gott gegeben war. Vier Stück! in drei Jahren! »Was für ein großes Herz sie hatte, arme Signora Liliana!«

Und sie streichelte die Dienstmädchen und verzieh ihnen alles, wenn sie Teller zerschlugen. Sie ermahnte sie zur Hoffnung in Gott. Wo die doch, ganz im Gegenteil, mehr Angst hatten als Hoffnung: davor nämlich, daß sie etwa schon vor der Zeit zum Kind kommen könnten. Gott, der Herr, so sagte sie, und damit hatte sie nur zu sehr recht, läßt niemanden umsonst auf Leben hoffen, der das Leben will, die ewige Auferstehung des Fleisches. ›Das ist ein Wunsch, den viele haben‹, dachte Fumi.

Don Lorenzo verwies also, mit voller Rücksichtnahme auf die Lebenden und auf die arme »Verblichene«, auf jene drei jungen Mädchen, welche Liliana Balducci an Kindes Statt aufgenommen und dann wieder entlassen hatte: und auf die verschiedenen mehr oder weniger komplizierten, mehr oder weniger spontanen Beweggründe, welche zu dieser Aufeinanderfolge der drei mißglückten Adoptionen geführt hatten. Die vierte, nunmehr, die Gina aus Zagarolo, welche die Nichte vom Dienst war, profitierte an Stelle aller anderen. Die Carabinieri von Tivoli hatten bereits die Mutter vernommen und den Metzger ebenfalls; die Irene Spinaci hatte die Absicht, nach Rom zu kommen: aber wie sie hörte, daß die Gina im Sacré Cœur sei, wurde sie still: soweit dieses. Damit hat sich's ... Was wollte sie auch in Rom? Bloß zum Geld rausschmeißen? Wo sie kaum das Fahrgeld hatte!

Don Lorenzo, nachdem er eine kurze Hemmung überwunden hatte, öffnete also den Sack ... den Sack, sagen wir, seiner barmherzigen Klugheit. Zuerst ließ er, auf seinen Knien, seinen Hut ein paarmal kreisen, langsam und bedächtig: mit seinen Händen (und gleichgearteten Füßen) à la Sankt Christophorus. Nachdem er, obwohl Priester, von den lebhaften und gefühlvollen großen Augen des Doktor Fumi (die zur Abwechslung mal Dienst taten anstelle der Zunge) geködert war, überließ er sich dem magnetischen Sog der so sanft rotierenden Augenbälle, einer parallel zum anderen, jeder in seiner Fassung, gehalten von den Lidern: schwarze Iriden, wie tiefer Samt, zwei Turmalin-Sphären unter dem samtenen und ein wenig schwermütigen Schatten der Brauen: trauernde Flammen und doch lodernd vom Feuer der Überzeugungskraft und vom Fluß der Dialektik, im Gesicht, das bleich war, väterlich, gedankenvoll, einladend: anziehend wie eine Falle. Unter jenem anderen Vogel Greif über der gerahmten Visage des Kerls aus Predappio an der Wand, der mit bösen Wauwau-Augen die vertrockneten Fliegen an der gegenüberliegenden Wand anbellte: die wulstigen Lippen geschwellt wie Saubohnen, wie eine drei Jahre alte Maccheroni-Nudel, grad zum Verlieben für alle Marieschen-Babischen Italiens: mit dem Fez auf dem Deez und dem Emirspinsel. Ein Schmalziger-Samstags-Faschings-Emir.

Drei junge Mädchen. Die erste, Milena, ein sommersprossiges Ding, hatte, knapp, daß sie einen Monat lang das gute Essen bei den Balduccis futterte, die Wollmatratze unter sich und die

Steppdecke über sich genoß, schon angefangen, Fett anzusetzen: zwei runde Melönchen unterm Hemdchen: eine beachtliche Halbkugel hintenherum. Und wie ihr das Kälberfett wuchs, wuchs ihr auch die Lust zum Klauen und, im gleichen Verhältnis, die Lust zum Lügen. Sie blaute, klaute aus der Kredenz: und aus dem Geldbeutel auf der Kommode: und mit der Zunge log sie. Die Zunge folgte automatisch den langen Fingern, so wie der Schwanz dem Pferdehintern.

Eines Tages hatte dann, um ihr das Nest zu vermiesen, die Putzfrau eine Kerze gefunden: eine von der Firma Mira-Lanza in Turin, eine von den harten Kerzen von damals: die sie aus dem neuen Paket in der Küche genommen haben mußte, die dort zur Reserve in der Kredenz lagen: falls einmal der Strom ausbleibt. Sie hatte, geistesgegenwärtig, behauptet, sie wollte sie für die Madonna aufstecken: weil sie's der Madonna gelobt hätte: aber sie hätte keine Zündhölzer gehabt: und so war sie mitsamt der Kerze im Bett eingeschlafen. Der Doktor Ghianda untersuchte das Mädchen, ließ es Zitronenwasser trinken, was gut sein soll als Beruhigungsmittel bei gewissen Nervenzuständen, und gab ihr gewisse Tropfen, dreimal täglich, von antisterischem Wasser, von Santa Maria Novella von Bologna, das die Klosterbrüder dort, die darauf spezialisiert sind, mit Filter destillieren. (So lautete später die Bestätigung in merulanischer Stimmlage aus dem Munde der Signora Pettacchioni.) Jedenfalls wurde dann, um alle Mißverständnisse zu vermeiden, der Professor nochmals gerufen und von Liliana gebeten, seinen Rat zu geben. Er runzelte einen Moment die Stirn, betrachtete sie mit der Andeutung eines Lächelns, dem gezierten Lächeln eines gestrengen und doch gütigen Papas gegenüber den Kinderchen. Er war ein hochverdienter Kinderarzt. Er spielte mit drei Fingern an seinem goldenen Uhrenanhänger über der Weste. Glättete nach einem Augenblick des Zögerns die Stirn, holte tief Atem und gab den Rat »das scheint mir das beste«, das Mädelchen zu seinen Eltern zurückzuexpedieren, die es allerdings gar nicht gab, weder Vater noch Mutter. So daß es also, das Mädelchen, einige Zeit später, nachdem man eine gute Begründung gefunden hatte, an »Onkel und Tante« zurückerstattet wurde: welchselbige man zuvor präpariert hatte für dessen Rückkehr mit Hilfe eines jener schönen aquamarinfarbenen Bankschecks (von so psychotonischer Wirkung) auf unsere hochgeschätzte Banca Commerciale Italiana ... zahlbar, zack, zack, zack, »bei Vorlage dieses hübschen aquamarinfarbenen Burschen, die Summe von Lire ...« Je mehr draufsteht, um so besser.

Don Corpi streckte die Beine, hielt mit den Unterarmen seinen Deckel, wie einen Schild über dem Wanst, verkreuzte die Finger seiner Hände, die ihm in den Schoß sanken. Der zweite Zögling, die Ines, schon zwanzig- oder einundzwanzigjährig, die war nach einiger Zeit an den Traualtar geschritten: eine Hochzeit, wie sich's gehört. Sie hatte einen ordentlichen jungen Mann geheiratet, aus Rieti, Sohn angesehener Landbesitzer, Student der Rechtswissenschaft im achten Jahr: das gesamte Studium dauerte zehn Jahre. Sie war eines schönen Tages, als ihr die Zärtlichkeiten Lilianas allzu dick auf den Hals kamen, ausgerückt, »sie wollte ihrer Berufung folgen«. Und sie folgte ihr, in der Tat, und mit allerbestem Erfolg. Aus dem töchterlichen (und großstädtischen) Abenteuer war ihr ein wenig Mitgift erwachsen: sie hatte die Aussteuer zusammengekriegt: einige Koffer voll Wäsche, spitzenbesetzt. Da sie befallen war von einer klassischen Form hausfraulichen Weitblicks, nicht jedoch in der rafferischen Art der vorherigen, hatte sie's verstanden, sich das ganze Herz der Patentante zu erobern, das so mütterliche, so zärtliche Schwesternherz (Liliana war nur acht oder neun Jahre älter als sie) und hatte mit hartnäckigem Fleiß und unfehlbarer Zielsicherheit, Minute um Minute, sich danach verhalten, mit wohlgezielter Berechnung, in jeder Geste, jedem Blick, jedem Wirbel und jedem Kuß: mit all jenen Eigenschaften, welche das verschwiegene Wollen der Frau auszeichnen, wenn sie »Charakter« hat: die es so meisterlich versteht, den andern zu etwas zu bringen, ohne daß sie selber mit Worten auch nur in die Nähe der Sache kommt: höchstens durch Zeichen, durch probendes Hin- und Herstreifen, durch stummes Warten: indem sie nur den Abfluß freimacht und ausrichtet, wie der Stator am Induktor: mit der gleichen Technik, mit der man die ersten Bewegungen eines schaukelnden Schiffleins zu umgeben und zu schützen pflegt (und auf gute Fahrt richtet): es aber dorthin auf den Weg bringt, wo man es hinhaben will, und wo es dann in aller Gemütsruhe und Schicklichkeit und höchst befreiend Pipi machen kann.

Die Ines. Das Abenteuer in der Großstadt! Von den frühen Klarsichten des Galilei, wenn das Uffizium und das lateranische Mysterium, wenn die grüne Heiterkeit des heiligen Geviertes innerhalb seiner Mauern den Bauern unterm demütigen Zeichen des Kreuzes aufnehmen, und der Esel einen Augenblick »iiih!« angehalten wird, von dem goldnen Gepränge zur Vesper, oder dem Rubin, und von den gefüllten Torhöhlen des Maderno, aus deren Bogen in den nie wiederkehrenden Jahrhunderten zu Ehren der Mutter Maria die unsägliche Hymne sich erhob; von den Straßenbahnen PV und BM und von den zehn Löchern auf der Drehscheibe des Telephons, vom Radiokasten, den sie viermal kaputt gemacht hatte, von alldem hatte die vorsorgliche Schnepfe nicht mehr nach Hause gebracht als eine gewisse abkürzende Verfahrensweise beim Strümpfestopfen, das heißt: das Loch in Bausch und Bogen anzugehen, mit Nadel und Faden: und dann, nach einer rapiden Einkreisung, in Glanz und Gloria zusammenzuziehen und schnurstracks, mit den Zähnen, den Faden abzubeißen. Eine erstklassige Leistung. Nicht mal die Prinzessin Clotilde könnte da mit. Einen Knödel, einen Bollen unter der Ferse, daß dir das Herz lacht, während des ganzen Festtags. Wie die orogenischen Erdfaltungen rund um die Spitze des Kegelberges: jener Kegel, die fast die Wolken anbohren, welch letztere, wie man weiß, dem Herrgott seine Socken sind.

Sie hatte ihrem Studenten-Hochzeiter, außer den heiteren Tagen und den süßen Nächten der Gemeinschaft der Seelen und der Zungen ... das eingebracht, was ein Mädchen einem Studenten-Gatten als praktischste und willkommenste Mitgift einbringen kann: eine große Unbekümmertheit beim Hosenaufbügeln, nachdem sie bereits dem Balducci sechs oder sieben Paar versengt hatte. Das war, wie bekannt, ihr Lehrkurs gewesen, ihr *gradus ad Parnassum*. Wer nichts macht, kann nichts falsch machen. Und durchs Falschmachen lernt man.

Die Dritte, die Virginia! Don Lorenzo schlug die Augen nieder, blickte zu Boden, obwohl er ein ausgewachsener Mann war, dann hob er die Augen gen Himmel, als wollte er sagen: fragen Sie lieber nicht! Er verschränkte die frommen Pranken zu kurzem Gewiege unter der Nase, vor dem Adamsapfel: hin und her im Azimut, Gebärde des wohlerzogenen Italikers: »Besser man spricht nicht darüber!« schien er den Doktor Fumi zu beschwören. Aber es mußte darüber gesprochen werden. Die beiden Kommissare warteten: Ingravallo sogar im Stehen, düster, nervös das Spielbein bewegend. Die zehn Riesenfinger des Giganten sanken in den Schoß, fest ineinander verzahnt: Kamm und Gegenkamm: fast eine steinerne Apostelfigur von jenen, die auf der Balustrade stehen, über dem Sims von San Giovanni am Lateran. Zehn Kilo Fingerknochen zum Nüsseaufknacken, in der schwarzen Grube der Soutane: in welche die schwarze Knopfkarawane des Pfaffenrocks hintereinander hinunterlief: ohne Anfang, ohne Ende, wie die Litanei der Jahrhunderte. Die beiden Schuhe in Ruhestellung, gewichst, leichenbitterfarben, aber nicht mehr als der Rest, priapierten unter dem Rock hervor wie zwei verbotene Gegenstände, biwakierten für sich allein gegenüber denen des Doktor Fumi, weit drüben, fast unter dem Haufen des Aktenkrams, zwischen den vier Beinen des Tisches: und drinnen staken, zweifellos, zwei Quadratlatschen wie vom steinernen Christophorus.

»Also die Virginia?« Nach und nach kam man dahinter: auf ihre unverschämte Vitalität, ihre herausfordernde Art. Es kam heraus, daß diese Hexe zwei Seelen behext hatte: in zwei verschiedenen Richtungen. Die guten Frauen sagten, sie hätte alle beide verrückt gemacht: und spielten ihre Geburtsdaten auf dem Lotto. Ihre aufdringliche Hübschheit, ihre Gesundheit, der Korallenteufel, der in dieser Elfenbeinhaut steckte, diese Augen! man mußte wirklich glauben, daß sie den Mann und die Frau hypnotisiert hatten: »dieses dreiste Auftreten«, und dabei, in etwa, ein Landpomeränzchen, bei dem (wie die Pettacchioni meinte) »ein grundgutes Herz« zum Vorschein kam, oder, wie mit lächelnder und gleichzeitig ein wenig stirnrunzelnder Berufsmiene der Doktor Ghianda meinte: »eine flegelhafte Pubertät.« Welchselbigem Doktor Ghianda die Virginia, ohne jegliche Aufforderung, die Zunge gezeigt hatte, durch blitzartiges Vorschnellen und ebenso schnelles Wiedereinkassieren, mit automatenhafter Geschwindigkeit und steifgereckter Spitze, ihr persönliches Patent: indem sie gleich darauf mit eiskalter Überlegenheit des ganzen Gesichtes und lediglich einem Funken Boshaftigkeit in den Augen, seinem irritierten, schwefelgelben Blick standhielt: aus dem es schwelte und stank vor Ärger. Im übrigen, verdammelig! diese Prachtshüften, die sie hatte, dieser Marmorbusen: zwei steinharte Tuttchen, daß man mit dem Messer hätte reinpicken können: und dieses ständige Schulterwerfen, hochmütig, mit verächtlichen Lippen, als wollte sie sagen: Scheiße auf euch alle! Jawoll, meine Herrschaften! Und nach stundenlangem Schweigen eine närrische Ausgelassenheit, ein grausames Gelächter: mit weißen Zähnen, dreieckig, wie von einem Hai, als ob sie jemandem das Herz zerfleischen wollte. Diese Augen! so von unten herauf unter dem schwarzen Gefrans der Brauen: die plötzlich aufflammten in einem schwarzen, flüchtigen, grausam blickenden Glanz: ein schmaler Blitz, der gezielt davonschoß, vorbei, wie ein lügnerischer Verräter der Wahrheit, die, noch nicht ausgesprochen, schon wieder auf den Lippen verlöschen wollte. »Sie war ein launisches Mädchen, aber herzensgut«, meinte eine Stunde später der Geflügelhändler, den man zur Vernehmung geholt hatte. »Ein kreuzbraves Mädchen, glauben Sie mir: sie spielte nur gern ein bißchen die Unverschämte«, bestätigte die Frau des Lebensmittelhändlers aus der Via Villari: »Ah! die Virginia vom dritten Stock? das war ein nettes Ding!« – »Die? Die hat den Teufel auf ihrer Seite«, sagten die Freundinnen. »Die hat den Satan im Leib.« Einer aber, die von den Monti di Patrica stammte, entschlüpfte eine etwas andere Version: »Die hat den Satan im Hintern«, und gleich wurde sie puterrot. Der Commendatore Angeloni, den man für eine Stunde aus dem Regina Coeli-Gefängnis herausgeholt hatte, damit der arme Mensch auch mal wieder ein bißchen Luft schnappen konnte, und dem man nun im Santo Stefano ein wenig auf den Zahn fühlte, zog gleich den Kopf zwischen die Schultern wie eine verschreckte Schnecke: »Mmja«, muhte er und nichts weiter und glotzte mit melancholischen Augen wie ein übelgelaunter Ochse: gelb waren sie geworden, die Augen, in wenigen Tagen, drunten an der Lungara: »Ich erinnere mich, daß ich ihr ein paarmal auf der Treppe begegnet bin, aber ich kenne sie überhaupt nicht: kann nichts sagen«, verkündete er, »über eine Person, die ich nicht kenne. Sie war die Nichte von den Balduccis, hat man mir gesagt.«

Einmal, mehrere Male (so berichtete weiter Don Lorenzo), vielleicht ohne daß ihr dabei im Augenblick die »Mutterrolle« oder die »Mutterstellung«, welche die Signora Balducci einnehmen wollte, sehr präsent war, hatte sie, die Virginia, zu Hause in der Via Merulana, während der Gatte auf flüchtigen Eisenbahnzügen dahineilte und das Dienstmädchen abwesend war, hatte sie die Signora umarmt und geküßt. »Wenn sie so gewisse L . . . aunen packten.« Es war Don Lorenzo gelungen, das L zu retten: und mit der unerschütterlichen Stimme der Barmherzigkeit berichtete er weiter: es war, in diesen Augenblicken, eins von beiden: entweder funktionierte es nicht mehr richtig in ihrem Gehirnkasten, oder sie glaubte, sie müsse eine Rolle auf dem Theater spielen. Feststand, daß sie die Dienstherrin küßte und umarmte.

»Dienstherrin?« unterbrach der Doktor Fumi und runzelte die Brauen.

»Dienstherrin, Patin: das kommt auf eins raus.« Sie küßte

sie, wie eine Pantherkatze küssen könnte, und sagte dazu: »Ach, meine schöne Signora Liliana, Sie sind die reinste Muttergottes für mich!« und dann, ganz leise, mit verhaltener Glut: »Ich hab Sie lieb: lieb hab ich dich: eines Tages freß ich dich noch vor lauter Liebe«: und sie preßte ihr die Handgelenke und verrenkte sie ihr und hielt sie fest: quetschte sie wie in einem Schraubstock, Mund auf Mund, daß sie ihren Atem im Munde spürten, eine gegen die andere, Brüste gegen Brüste. Don Corpi verbesserte sich, natürlich: »Ich will sagen: indem sie sich ihr näherte mit der Brust und dem Gesicht.« Aber indes hatten Ingravallo und der Doktor Fumi schon auf Anhieb verstanden.

Eines Tages, in einem Anfall töchterlicher Liebe, hatte sie ihr tatsächlich ins Ohr gebissen: so daß Liliana, damals, direkt erschrocken war. Heilige Madonna! das tat vielleicht weh! Sie war im Galopp bis zur Kirche Quattro Santi gerannt. Blaß, hochatmend, hatte sie auf die Stelle gezeigt, welche man Ohrläppchen nennt, wo noch ein krönchenförmiger Abdruck zu sehen war ... von diesen Zähnen! Verdammelig! Nur so zum Spaß ... Schlechte Scherze, nicht wahr? Wenn man das noch Spaß nennen kann.

Damals hatten sie versucht, sie in die Kirche zu lotsen, um sie »einmal tüchtig ins Gebet zu nehmen«, ins Gebet, wie sich's gehört. Das Gebet, wie man weiß, ist die Fahrkarte ins Paradies, oder doch wenigstens ins Fegefeuer, für die, welche dickes Gepäck haben, so dick, daß es nicht reingelassen wird ... auf Anhieb, ins Paradies. Gebet! Pustekuchen! Sie säuselte die Gebete durch die Nase, daß man sie hätte ohrfeigen mögen, als wären's die reinsten Bänkelliedchen, jene römischen Schmalzballaden, die man zur Gitarre singt ... so melancholisch, mit Zitterstimme, zwischen Hals und Nase: oder sie duckte unentwegt den Kopf, Augen auf die Schuhspitzen, marèmarèmè vollergnadengebenedeitunterden ... undsoweiterimText, als wollte sie sich über alle lustig machen, einschließlich der Muttergottes. Der Mutter Gottes! Sag ich! Ein Gesäusel wie zum Kinderinschlafsingen. Unverschämte Person! Wo doch einzig und allein die Muttergottes uns beistehen kann in dieser Welt, sie allein: denn mir scheint, es sind wirklich alle drauf aus, dem Herrgott diese L ... leichtsinnigen Dinger aufzuhalsen.« Noch einmal hatte er das L gerettet.

Oder sie erschien im schwarzen Schleierchen, hoch das Haupt, zum Hochamt, in einer Art reizvoller Asthenie, oder angeödeter Echolalie: sie schweifte ab, den Perlmutterrosenkranz, den ihr Liliana geschenkt hatte, in Händen: hielt das Gebetbuch verkehrt rum, so daß sie nicht drin lesen konnte, selbst wenn sie was davon kapiert hätte. Und an Fronleichnam ... hatte sie da nicht die Unverschämtheit besessen, beim Gebet die Stimme der Geistlichen von San Giovanni nachzumachen! Mit Männerstimme! Die konnte ihr nur der Teufel eingegeben haben. Und die gekrönten Heiligen schienen alle zu protestieren, wenngleich sie nur aufgemalt waren, weil ihnen das einfach über die Hutschnur ging. Er hatte ihr ins Gesicht geschaut, hatte den Meßgesang unterbrochen ... zur Rechten von Monsignore Velani. Hernach, nach der Messe, hatte er ihr die Leviten gelesen, in der Sakristei, wo die Liliana mit ihr hingekommen war, um ihn zu begrüßen. Sie aber, statt jeglicher Zerknirschtheit, hatte nur die Achseln gezuckt, »daß es einem in den Händen juckte«. Und er hob die Hand und legte sie ausgebreitet auf den Tisch, wo sie die gewaltige Verwunderung des Doktor Fumi und des Ingravallo erregte.

6

An jenem gleichen Nachmittag, Dienstag, dem 22., während sich im Zimmer Nummer vier die geschilderte Unterhaltung der drei abspielte, welche dann später als ›Fünfte Vernehmung des Balducci‹ in die Akten einging, erreichte eine telephonische Mitteilung der Polizeistation von Marino den Santo Stefano (im Collegio Romano), welche die Untersuchungen über den ›Fall Menegatti‹ betraf. Die Mitteilung wurde vom Maresciallo Di Pietrantonio entgegengenommen. Die übermittelnde Polizeistation bestätigte auf offiziösem Weg und als noch vorläufige Ankündigung, daß es gelungen sei, den Eigentümer des grünen Schals (welcher derzeit nicht mehr völlig grün zu nennen war) zu identifizieren, und zwar als einen gewissen Retalli Enea, genannt Luigino, 19 Jahre alt, Sohn des Anchise und der Venere, geborene Procacci, gebürtig und wohnhaft in der Ortschaft ›Torraccio‹, unweit der Frattocchie: Lui-ginio! Jawohl, richtig, Luiginio! ... zur Zeit unauffindbar. Ja ... nein ... doch ... richtig. Nein, nein ... in Toraccio hatten sie ihn nicht ausfindig machen können. In schlichten Worten: war abgehauen. Vöglein im Wald. Aus dem, was das diensteifrige Ohr des Di Pietrantonio aus dem Schiffbruch des Textes zu ergattern vermochte (das Knattern der Hörmuschel und der Leitungsdrähte orchestrierte den Text, verschiedenartigste Interferenzen von der Stadtzentrale verzirpten und verzerrten den Empfang), ging hervor, daß der unvorsichtige Enea Retalli oder Ritalli, genannt Luiginio (was offensichtlich Luigino heißen mußte), den Schal zum Färben gegeben hatte ... sechsunddreißig Doppelzentner Parmesan! hallo, wer spricht? gestern von Reggio Emilia zum Versand gebracht ... hier spricht Schiffsleutnant Racace. Hallo, hallo! Polizeistation Marino! Gut abgelagerter Parmesan hallo ... hier bei Admiral Montecuccoli! Firma Bavatelli, Parma, jawohl, per Lastwagen ... Polizeistation Marino, vorrangiges Dienstgespräch. Sechsunddreißig Doppelzentner, ja, drei Lastautos, gestern um zehn Uhr weggefahren. Nein, die Frau Gräfin ist in der Klinik ... in der Klinik beim Herrn Admiral ... in die Via Oraz .. zio: Ora .. zio! Jawohl, mein Herr. Nein, mein Herr, nein. Gleich frag ich. Dienstgespräch der Polizei – hat Vorrang, Quästur von Rom. Sechsunddreißig Doppelzentner von Reggio Emilia, Marke Parma, ganz erstklassige Qualität! Der Herr Admiral ist am Montag operiert worden: an der Blase operiert worden: an der Blaaa ... se. Jawohl, mein Herr ... Nein, mein Herr.

Das, was man aus diesem Kuddelmuddel schließlich herauspicken konnte, war, daß der Retalli seinen Schal zum Färben getragen hatte, und zwar zu einer Frau bei den Due Santi, auf der Via Appia, einer gewissen Pàcori, Pàcori Zamira, Zamira! ... Zet wie Zara, A wie Ancona, Zamira ... ja, ja, Zamira, vielen bekannt, wenn nicht gar allen, in Marino und Albano, wegen ihrer vielfachen Fähigkeiten: ihrer allseitigen Fähigkeiten. Dann war die Verbindung unterbrochen, zugunsten und zu Ehren der übergelagerten Hierarchien: so schien es zumindest. Bei fast hereingebrochener Nacht traf im Santo Stefano per Motorrad der Brigadier Pestalozzi, oder Pestalossi, ein, Überbringer eines schriftlichen Rapports und außerdem einer mündlichen Botschaft von der Polizeistation, das heißt also vom Maresciallo Santarella, der in Abwesenheit des Chefs während dieser Tage, oder dessen anderweitiger Inanspruchnahme, diesen vertrat. Es war acht Uhr, beinahe also die Stunde des Magens und des Löffels. Der Balducci war bereits beurlaubt worden, der Commendatore Angeloni, begleitet von den herzlichsten Segenswünschen, entlassen. Um diese Zeit war er sicher schon im Bett, mit mehr denn je rinnender Nase, Zipfelmütze über die Augen bis auf den Hals heruntergezogen: eingenudelt im Bett der Großmutter unter fülliger Daunendecke, gelagert auf schwellendem aber einsamem Pfühl, dem denkbar geeignetsten und ersehntesten für einen Fleischknödel dieses Kalibers. Die Stimme des Fumi: »Der Pestalozzi soll nur reinkommen.« Der Ekel vor dem Papierkram vom Cacco überwältigte allmählich sogar die Widerstandsfähigsten ... Aber dieser knochige und polizistenmäßige Name elektrisierte sie. Der Pestalozzi, der sich am eifrigsten in die Treibjagd auf den Schal gestürzt hatte, wurde umgehend im Zimmer vier vorgelassen und gehört, vom Fumi selber: in Anwesenheit des Ingravallo, des Di Pietrantonio und des Greifers. Welch letzterer, im Schutze und Schatten eines erkalteten Zimmerofens, die letzten Relikte eines belegten Brotes mit ›Rossbief‹ zu Munde führte und eilig zerkaute, nachdem er die größere Hälfte bereits draußen hatte erledigen und verschlingen können – im Korridor. Der Nudelkoch, drüben an der Ecke von Via Gesù, unterließ keine Gelegenheit, um ihm seine besondere Sympathie zu bezeigen: und hatte ihm das Brot bestückt mit drei derartigen Filet-Trümmern, daß sie ihm wie drei Schiefertafeln vom Dach von Sampierdarena vorkamen: so schön aufeinandergestaffelt und von einer doppelten Bratenschnur zusammengehalten, daß es der reinste Pantoffel war, heilige Maria! wie man sie heut überhaupt nicht mehr kennt, nachdem man ins Zeitalter des Imperiums eingetreten ist. Das Allheilmittel für seinen leeren Magen, seinen Suppenmagen, der aber bereits wässerte vom Tau vorgefühlter Dankbarkeit und nicht minder von voreilig abgesonderten Darmsäften. Die Anwesenden im Polizeizimmer hatten, als sie dieses Stullenwunder sahen, solche Augen gemacht: versteht sich: weiß der Teufel, was sie sich dabei gedacht hatten! »He, Pompeo, was machen Sie denn da hinterm Ofen?... kommen Sie her, da müssen Sie auch zuhören«, beorderte ihn der Doktor Fumi. Er begann und las mit lauter Stimme, in kraftvolle Musik gesetzt, den Rapport der Polizeistation von Marino. Als er die Lektüre beendet hatte, begann er, den Pestalozzi mit Fragen zu bekitzeln, und abwechselnd den Di Pietrantonio, indem er seine leuchtenden Augen zu Hilfe nahm, die er im mäßigen Licht des Zimmers schweifen ließ, hierhin und dorthin, über die Gesichter der andern: indem er aus dem Parallelbericht, aus steigender Lebhaftigkeit, aus wachsender Erzählfreudigkeit (wie germanische Quellsprünge) schöpfte, was der eine an polizistenhaft-zugeknöpfter Disziplin und der andere an fuchsschlauem Eifer zu bieten hatte. Diese Disziplin der Carabinieri ist, für gewöhnlich, sehr offensichtlich und wirksam als stummer, hartnäckiger und vorsichtiger Widerstand gegenüber der konkurrierenden Organisation der Untersuchungspolizei. In der Tat aber widerstanden den sanft einladenden Blicken des Doktor Fumi, so schwarz, so klar, so schwermütig aus blassem Antlitz – auch des Nachts, im milden Kerzenschimmer der Madam Glühbirne – auch des Nachts, kaum vom Motorrad gestiegen, im zauberhaften Klangreich seiner Stimme – widerstanden auch die Zugeknöpftesten nicht mehr. Der Pestalozzi seinerseits, der den Retalli erst noch schnappen mußte, von dem ihm bisher nur der Schal in der Hand geblieben war, war interessiert daran, möglichst viel aus den fünf Experten vom Cacco herauszuholen. Präzise Daten, Vermutungen, Ratschläge, die neuesten Nachrichten: die letzten A und B, die allerneuesten Sekrete der großen deduktiven Weisheit. Und zudem: die Eigenliebe des Jüngers, der Stolz, beteiligt zu sein an den Nachforschungen über das große Verbrechen, von dem das ganze Volk fabulierte, von Frascati bis Velletri, und dessen Nummern ganz Italien auf dem Lotto setzte, bei den besten Glücksrädern des Lotto: des Königlichen Lotteriespiels von Anno dazumal und heutigen Lotteriespiels der Republik. Und so begann sich denn eine Osmose zwischen Sicherheitspolizei und Carabinieri zu vollziehen in jenem Zimmer Nummer vier, zu jener späten Stunde, durch die Eselshautmembrane gegenseitigen Mißtrauens, professioneller Eifersucht und des Korpsgeistes: ein Fluß wechselseitiger Information, eine Partie *do ut des*, mit Passagen von *molto amabile*, ja von geradezu lässiger Schwatzhaftigkeit.

Dem Di Pietrantonio war der Maresciallo Santarella persönlich bekannt: gar nicht zu reden von Ingravallo, dem er sogar ein entferntes Geschwisterkind war, auf dem Umweg über eine Kette von alten Muhmen, Tanten, Klatschbasen: die Kette der Verschwägerungen, vom Lauf der Zeiten vernietet, über die Kette der Berge und Hügel hinweg, entlang dem harten Apennin, heraufgekommen über die scharfen Küsten des Stiefels, hinauf, hinauf, von Vinchiatura bis Ovindoli. Und dann, Santarella war das leuchtende Eponym der Disziplin: Pflichtbewußtsein Latiums. Di Pietrantonio seinerseits kannte die Pàcori, und auch der Greifer kannte sie: weil sie einmal, im September, dort am

Ausschank was getrunken hatten: die Zamira! von deren Namen und deren Erscheinung, der offenkundigen und der verschleierten, um nicht zu sagen, verborgenen oder glanzvollen, der Mythos zu sagen und zu rühmen, zu singen und zu posaunen wußte: von Marino bis Albano, von Castel Gandolfo bis Arriccia.

Indes gelangte man zu der Klarstellung, daß jener Retalli, Enea, 19 Jahre alt, Sohn des Anchise und der Venere geb. Procacci, den Kriegsnamen Iginio führte und nicht Luiginio: »was ja sinnlos wäre, völlig sinnlos«, trompeteten sie *unisono*. »Jawohl, jawohl«, stimmten sie überein. Ein Streich der Telephonleitungen, der überlasteten Drähte! Des unzulänglichen Verbindungsnetzes! Der laufenden Reparaturarbeiten! Des Wechsels in der Direktion!

Die Pàcori, unter dem Druck einer Anhäufung von Lumpen und Kledaschen, Pullovern und Netzunterhemden zum Auffärben, für den's den Dampfkessel von Beelzebub, ihrem Patenonkel, gebraucht hätte, wo's nach Pferdefuß stank vor lauter Angst, hatte das ganze Färbereizeugs, inklusive dem grünen Halshudern, an die Firma Ciurlani von Marino weiterverpachtet: welche zwei Tage vorher, während ein Äquinoktialstürmchen mit diversen verqueren Regenstürzen sich austobte, ein Fuhrwerk geschickt hatte, um den ganzen Kruscht abzuholen: und das Pferd war patschnaß dort angekommen und derart verbiestert, daß man das arme Vieh ausschirren mußte und es in einem Stall, wo's auch reinregnete, zum Trocknen abstellen, ihm den Hintern klopfen und es mit Glühwein tränken. Da also war's, in Marino nämlich, wo der Pestalozzi angefangen hatte. Auf dem Tisch lag alles mögliche Zeugs, das schon gefärbt war: und ein Haufen andres Zeug, was gereinigt oder gefärbt werden mußte, stand in zwei Säcken am Boden, an die Wand gelehnt: dabei aber, so warnte die Signora Mara, sollte der Signor Brigadier vorsichtig sein, man konnte nie genug aufpassen: »Viecher sind das, wenn die sich einmal festsetzen . . .«

Der Pestalozzi, ein mutiger Mann, schärfte seine Augen, wich aber augenblicklich mit den Beinen zurück: »Zwei Schritt retour«: taff-taff, mit militärischer Munterkeit: wie in der Rekrutenschule. Nach einigem Wühlen der Ladeninhaberin Ciurlani (das heißt, der Signora Mara persönlich) in dem auf dem Tisch befindlichen Haufen, der bereits durchgekocht und ausgewaschen war, in der Schließtrommel von jeglichen eventuellen Vielfüßlern gereinigt, kam indes tatsächlich der Schal zum Vorschein: an einem Ende hervorgezerrt, der Halshudern: endlos lang: wie eine Schlange, die am Schwanz aus dem Loch gezogen wird: grün einstmalen, ja, schwarz-grün, gesprenkelt: nunmehr nicht mehr grün, aber noch nicht in der neuen Farbe, die dem Vorsatz nach bräunlich sein sollte, denn um das Braun hervorzubringen, bedurfte es eines zweiten Farbbades. Soweit die Ciurlani.

Wieso aber, so fragten sich die Sachverständigen, hatte die Zamira, die Strumpfwirkerin von den Due Santi, ihre Aussage riskiert?

Der Pestalozzi ließ durchblicken, daß die Idee, sich an sie zu wenden, von ihm stammte und dem Maresciallo Santarella erst später aufgegangen sei. Sie waren die zwei Motorisierten der Polizeiwache. Und er verfügte, im Verlauf gewisser Meinungserörterungen unter vier Augen mit gewissen Bockschädeln, über Argumente, die nicht unwirksam, im Gegenteil, sogar sehr gewinnend waren im Kampf gegen die große Landplage der Widersetzlichkeit: (Di Pietrantonios Gedanken schweiften bereits ab in Richtung des Hosengürtels) überzeugende Argumente, die in manchen Fällen imstande waren, in den zweifelnden Herzen, in den störrischen Feiglingen, die widersetzlichen Hemmungen, die Schrecken vor der privaten Rache, aufzuwiegen oder gar zu besiegen. Aber mit der braven Zamira . . . hatte es gar nicht so viel gebraucht. Umgotteswillen! Eine Frau! Und dazu eine Frau von ihrer Art, und ihrem Zuschnitt! Nicht einmal in die Kaserne, *ad audiendum verbum*, hatte man sie vorladen müssen, nicht mal dazu hatte sich Gelegenheit geboten: was ihr im übrigen ›sozusagen‹ mehr Vergnügen als Angst bereitet hätte. Oh! der Maresciallo Santarella, das heißt also . . . die Wache, jawohl, die Wache hatte ihre tüchtigen Spitzel: hier und dort, und überall herum »auf dem ganzen Schachbrett«: und der Kollege Di Pietrantonio setzte, indem er dem feindlichen Kollegen den Satz abschnitt, das verständnisinnigste Gesicht des ganzen Amtes am Cacco auf. »Mittendrin am Schauplatz der Untersuchungen«, fügte Fumi hinzu, ernsten Gesichts ein Blatt wendend, mit sanftmütiger Strenge. Eine Nichte . . . eine Arbeiterin der Pàcori. Ein Primelsträußchen für den Signor Maresciallo. Zwei Paar gestrickte Strümpfchen für seine Kleinste, die Luciana, mit wenigen Begleitworten. Wenigen, aber guten.

Dem Fumi fiel es nun ein, daß ein Mädchen, diese Ines, Ines . . . und er blätterte mit der Hand suchend im Aktenvorgang der schönen Damen, den er auf dem Tisch liegen hatte, fast wie eine Erinnerung an den Duft schöner Blumen in einer Vase – Ines . . . Ciampini, ja, aus Torraccio, oder Torracchio, auf der Via Appia, Haltestelle nach den Frattocchie, einige Abende vorher von einer Streife des Kommissariats San Giovanni festgenommen worden war: am Abend vor dem Verbrechen: inhaftiert wegen Herumtreiberei und mangels Ausweispapieren, und wegen begründeten Verdachts hurenmäßiger Betätigung an öffentlichen Plätzen (Santo Stefano Rotondo!), einer Betätigung, zu welchselbiger sie nicht durch Lizenz ermächtigt war: (als schlichte Dilettantin also). Sie hatte die Beamten der öffentlichen Sicherheit beleidigt, indem sie den einen »Sie Hammel!« beschimpft hatte. Sie hatte sich vergangen, »zugegebenermaßen, durch sporadische und, an jenem Abend, gänzlich zufällige Dienstleistungen«, und war in flagranti erwischt worden bei Überschreitung der Vorschriften, welche vom Federzoni zur Sanierung der städtischen Trottoirs im neuen Stiefel-Regime erlassen worden waren, »im Sinne jenes speziellen Runderlasses vom Innenministerium vom vierten Februar, Sie wissen's ja, Ingravallo, Nummer siebenhundertachtzehn, na, helfen Sie mir doch ein wenig, Ingravallo, mit Ihrem Gedächtnis! bezüglich der moralischen Hebung der *urbs.*« Ingravallo machte den Mund nicht auf. »Und verhaftet wegen Verdacht auf Beihilfe zu einem Diebstahl«, erinnerte Di Pietrantonio den Oberkommissar. »Was für ein Diebstahl?« – »Ein Huhn.« – »Wo hat sie das geklaut?« – »Auf der Piazza Vittorio.« Am Mittwoch, den 16., vormittags, nach der Razzia auf die Nymphen, hatte der Brigadier Jupariello vom Kommissariat San Giovanni sie den beiden Frauen vorgeführt, die drei Tage vorher den Diebstahl erlitten hatten: eine Geflügelhändlerin und eine, die Pantoffeln feilhielt. Diebstahl eines Paars Schuhe vom Nachbarstand der letzteren; und gleichfalls eines Huhns, gleich daneben, vom anderen Stand: gerupft und ohne Hals, wie es schien, aber noch drei Federn am Bürzel. Und wer sie verschwinden ließ, sowohl die Schuhe wie das Huhn, das waren zwei Figuren, ein Jüngling und ein blondes Mädchen, »die schon ein paarmal vorbeistrawanzt waren, bei dem Betrieb um diese Zeit«, sich dann getrennt hatten und auf geheimnisvolle Weise mit der Ware verschwunden waren. Die Frau vom Geflügelstand, die am allermeisten schrie, hatte »im ersten Moment« geglaubt, die Ines wiederzuerkennen, die Ines Cionini vom Torraccio, diejenige, welche ihr, wie sie glaubte, das Dreifedrige geklaut hatte, beziehungsweise das Gerupfte. »Hernach aber« schien sie unsicher zu werden. Eine Muster-Henne, zur Erhellung der Polizei, war auf die Wache gebracht worden, in allem genau die Vorlage der Kollegin, welche drei Tage vorher, am Sonntag, den 13., auf Nimmerwiedersehen verschwunden war: und ebenso zwei Schühchen: Beschuldigte und Anschuldigerinnen waren schließlich zum Santo Stefano gekarrt worden, mitsamt der Schuhware. In der Quästur befragt, hatte die Ines behauptet und beschworen, »blind soll ich werden, wenn's nicht wahr ist«, nichts zu wissen vom Geflügel, im Gegenteil: eine arbeitsame Näherin zu sein, wenn auch derzeit arbeitslos: und bereits als Strumpfwirkerin bei den Due Santi, hinter den Frattocchie, gearbeitet zu haben. »Und nachher?« Nachher sich nach Rom begeben zu haben: auf Arbeitsuche. »Arbeit suchen ist keine Schande.« Das Huhn stank abscheulich: ebenfalls zum Santo Stefano del Cacco überführt, mit den beiden Schuhen, beides linke, hatte es dort am Santo Stefano offenbar Angst gekriegt, hatte am Cacco ein wenig gekackt, obschon es bereits hin war, auf den Tisch des Paolillo: aber nicht viel, um der Wahrheit die Ehre zu geben.

»Hören wir die Ines!«

Fumi verrenkte sich auf seinem Sessel, drückte auf die Klingel, fragte nach Piscitiello, beauftragte den Paolillo, sie vom Piscitiello in Empfang zu nehmen, falls man sie noch nicht zum Regina Coeli zurücktransportiert habe. Paolillo führte nach einiger Zeit ein Mädchen herein, das ziemlich gut von der Natur ausstaffiert war, mit zwei prachtvollen Augen im Gesicht, glanzvoll und leuchtend: aber unglaublich dreckig und zerrauft, Strümpfe! und Stoffschuhe, die halb hinüber waren, mit einem Zeh vorn draußen. Ein Odem von Wildnis, um nichts Schlimmeres zu sagen, strömte durchs Zimmer: ein Geruch! »Mhm! allerhand!« sagten sich alle, im Geiste.

Nach einigen Präambeln über die Personalien, Ines ... Ines Cionini, befragt vom Doktor Fumi und dann von Don Ciccio, von Kopf bis Fuß fixiert vom Brigadier Pestalozzi, vom Maresciallo Di Pietrantonio und vom Paolillo, und ein wenig rückwärtig, auch vom Greifer, kapierte die Ines im Fluge, was sie von ihr wollten. Sie wollten ihr Stimmchen hören. Und also sang sie. »Sang«, ohne sich lange bitten zu lassen. Hatte sie vielleicht bei der Pàcori gearbeitet? Ja, genau, bei der Pàcori: bei der Zamira. Zamira? Ja, so hieß sie doch. Und, und ... wie? Und ... wann? Und ... wie lange? Ah, über ein Jahr lang? Und ... was machte denn die Zamira? Was für eine Kundschaft hatte sie? Ah, ganz verschieden! Alle kamen dorthin, jeder und jede: wegen der Papiere. Und, nebenbei gefragt, was hatte sie denn im Keller? Na, halt im unteren Stock? Ah, da hatte sie eine Korbflasche mit Öl! Ah, und guten Schafkäse! Aha, soso! Soso. Und wieviel Leute arbeiteten in der Werkstatt? Wie alt? Von sechzehn aufwärts? Ah, also auch einige, die erst fünfzehn waren. Und die Fuhrleute? Und die Pferde? Aha, im Stall ... Gewiß!

Und was gab's noch für anderes Viehzeug? Und wer besorgte die? Aha, soso. Aha, es wurde also auch Karten gespielt. Ah so, nur am Samstag. Versteht sich, versteht sich. Natürlich. Kamen alle dorthin. Der Wein war gut. Jawohl, sie hatte die Lizenz: auch für Alkoholien. Undsoweiter, undsofort. Kam heraus, daß am Freitag und Dienstag auch die Polizisten dort verkehrten, die von der Königlichen Polizei. Der Pestalozzi hätte protestieren wollen, und vor allem, protestieren müssen. Er dachte jedoch, daß es auch für ihn vorteilhafter sei, *ἐξωτέρῳ*, ein wenig Wasser ablaufen zu lassen, aus diesem gar so freigebigen Wasserhahn: und begnügte sich, in den kritischen Momenten, mit einem Achselzucken und einem Kopfsenken. »Lauter Lügengeschichten!« Alle glaubten's jedoch aufs Wort. Die Quästur nährt sich ja von Lügengeschichten: im Konkurrenzkampf mit den Carabinieri. Jede der beiden Ordnungsorganisationen würde gern die Lügengeschichten für sich monopolisieren, und nicht nur die Lügengeschichten, sondern die Geschichte schlechthin. Geschichte gibt's an sich nur eine. Na, sie werden's schon fertigbringen, sie aufzuspalten: ein Stück für den, eins für den andern: in einem Prozeß von Zellspaltung, von Amöbenverdopplung: die Hälfte dir, die Hälfte mir. Die Einheit der Geschichte gestaltet sich zur doppelten Geschichtsschreibung, wickelt sich ab in Psalm und Gegenpsalm, wird abgefüllt in zwei sich kontrastierende Gewißheiten: den Rapport der Quästur, den Rapport der Carabinieri. Der eine sagt Ja, der andere sagt Nein. Der eine sagt Weiß, der andere sagt Schwarz. Hunde und Katzen vertragen sich besser.

Die Ines Cionini hatte ihren Galan gehabt, das gab sie zu, einen hübschen Bengel: einen ganz geschniegelten Poussierstengel. Welchselbiger, so dachten alle, sie kennengelernt und vielleicht auch ... warum nicht? ihr mit einigen Zärtlichkeiten beigestanden hatte ... zu einer Zeit, als ihr letztes Bad noch nicht gar so weit zurücklag. Sie war sehr schön, wenn man sie so sah, trotz des schmierigen Raumes, der trübseligen Beleuchtung über dem Ziegelboden: weißhäutig im Antlitz und an der Kehle zwischen den Strähnen und Fransen der Schmuddligkeit: mit gewölbten roten Lippen: fast wie die einer kindlichen Sylphide, aber von vorzeitiger Reife bedrängt: und wellig und wogend im Wenden, im Beugen, und mit Volumen schmerzlich behangen (ein wenig wie gewisse Heiligenfiguren, gewisse Nonnen, die man für spanisch hielt), wie mit einem unangreifbaren Auftrag, einer schweren, einer ewigen Bürde: ihr auferlegt nach der antiken Willkür der Natur. Oberflächliche Angleichungen des wahren, des kernhaften Volumens schienen sie ständig zu überrieseln wie Wasserringe über dem geworfenen Stein, erweiterten im »Denken der Anwesenden«, das heißt, im männlichen Phantasieren jene wunderbare Vorstellung: zusammen mit jenem besagten Geruch strömte von ihr der wahre, der tiefe Sinn des Innersten, der Eingeweide: des Hungers: und der brünstigen Wärme. Das Gefühl, das den Ställen, den Heuschobern zugehörig ist: und das entfleucht vor der knöchernen Pragmatik. Ihre Gemmenaugen, ihre Puppenaugen verkündeten all dieser Männlichkeit von schmaler Abendkost den Namen eines Glückes, das immerhin möglich ist; einer Freude, einer Hoffnung, einer Wahrheit, die übergeordnet ist dem Aktenkram, den trübseligen Mauern, den vertrockneten Fliegen an der Decke, am Photo des Großscheißers. Dem stinkigen Prahlhans. Vielleicht, arme Kreatur, mußte sich das Adjektiv, das so gut auf den Stinkkerl paßte, gerade für sie beugen? Nein, sie schien nicht krank zu sein: außer vielleicht vom Hunger, von Schönheit, von Frühreife, von Dreck, von Unverschämtheit, von Verwahrlosung. Vielleicht krank vor Müdigkeit, vor Schlaf. Ihr Galan hatte sie zum Diebstahl angehalten, nachdem sie ihm zu Gefallen gewesen war: denn das linde Geflüster beim

Sinken der Nacht hatte mit einem »schau selbst, wo du bleibst« geendet. Die Meisterin hatte ihr die Vorstellungen etwas gelichtet, und ihr Gelegenheit gegeben, sie weiterhin zu lichten. Die Liebe, nachdem sie sie beschmutzt, hatte sie dem Geschick des Hungers überlassen. Alle hofften nun, in ihr die so erwünschte Spionin zu finden, die sie brauchten. Das hatte sie verstanden, das wußte sie: im übrigen, oh je, wer schert sich drum? Das Schlimme, das die himmelblauen Tage ihr aufs Haupt geladen hatten, war arg genug, als daß man's zurückzahlen mußte, den Herrn Beschützern. Also zirpte sie dahin. Zirpte über die Meisterin. »Schneidermeisterin? Meisterschneiderin?« Meisterin im Schneidern und nicht nur im Schneidern. Die Pàcori, jawohl: die Zamira. Parallel nebeneinander protokollierten sie, der Pestalozzi, der Di Pietrantonio. Auch der Ingravallo schwankte mit dem Haupte, auch er, drei- oder viermal.

Von der Zamira: jawohl: allen wohlbekannt, zwischen Marino und Arriccia, durch das Fehlen der acht Vorderzähne (bei ihr fing das Gebiß bei den Eckzähnen an: die Ines deutete auf ihre eigenen als Paradigma, indem sie mit einem Finger die schönen Lippen hochschob und auseinanderzog) vier oben, vier unten: weswegen sich der Mund, schlüpfrig und speichelig, hochrot wie im Fieber, ungern und fast nur ein Löchlein weit zum Sprechen öffnete: schlimmer, er krümmte sich in den Mundwinkeln zu einem finsteren, lasziven Lächeln, das gar nicht schön war und sicher ungewollt blöde. Weswegen, so flüsterte man, dieser *rictus*, dieser Rachen, manchen wirklich oder unwirklicherweise voll verlockender Zweideutigkeit erscheinen mochte. Manchmal, an gewissen Nachmittagen, hatte sie glitzernde Äuglein, weich, verschwollen, vergraben, wie zwei entzündete Blasen, voll verdrehter, leicht verblödeter Boshaftigkeit: bedudelt war sie: man sah's genau: man roch es am Atem: die Falten glätteten sich dann wie unter dem Odem des Gottseibeiuns. Sonst aber war sie mehr sie selber: sie, die Zamira: dann fiel das Licht aufs Harte, wie das Auflodern eines Höllenübels aufs Gesicht. Die bittre Sprödigkeit und stürmische Verrauftheit der Haare, die harten parallelen Falten überm ganzen Gesicht, das braun und dunkel war, wie aus Holz, und das gierige Schweifen des Blicks in jenen Momenten unterstrichen noch das Bild: Bild einer antiken Hexe im Götzendienst gräßlicher Urteilssprüche und Wurzelzauber, gekochtes Wurzelwerk, um damit die Seele des Lukian, des Ovid auf den Leim zu locken.

Ihre Tätigkeit war offiziell die einer Stopferin, Maschenaufheberin, Strumpfwirkerin, Färberin, Händlerin mit gewissen Waren, Gichtheilerin mit Hilfe eines Kräutergeheimnisses, patentierten handleserischen und kartenlegerischen Wahrsagerin mit Wein- und Schnapslizenz an den Due Santi, und die einer orientalischen Magierin mit Diplom erster Klasse: im Kneipenlaboratorium, wo die Fuhrleute der Via Appia sich ein Gläschen lang aufhielten, bei den Due Santi, wie gesagt. Sie wurde aufgesucht in Sachen Austreibungen, Einleiten oder Brechen von Liebeszaubern, Verjagen des bösen Blicks, mittels Schutzhäubchen, bei Säuglingen, bei blöden Kindern, und überhaupt für alle möglichen Beschwörungen: außerdem zur Kopfwäsche, um die Läuse wegzubringen, und wenn einem Mädchen die Regel ausblieb, oder wegen Nervenzuständen und anderen Störungen, von denen es ja genug gibt, das weiß man ja. Immunitätskünstlerin von großem Ruf und einzigartiger Kompetenz, wurde, nach der Befreiung Italiens vom Alpdruck der bolschewistischen Hydra durch den Großbalkon vom Heiligen

Grab (28. Oktober 1922), wurde, wie gesagt, das *cracking* der bösen Verwünschung *sive* Teufelsblick, dessen unermeßliche Kasuistik sie beherrschte, mehr und mehr das Hauptargument all derer, die zu ihren Künsten Zuflucht nahmen. Nicht bei allen jedoch. Sie war gewitzigt, *sic et simpliciter*, durch Gabe der Natur, sie war Meisterin im Zaubergebräu, das günstig stimmte oder auch bannlösend wirkte, je nachdem, und in fast allen Liebestränklein und Pülverchen, unter beiden Zeichen, dem positiven und dem negativen. Sie trieb den Rassehündinnen die Jungen ab, wenn die Ärmsten von einem streunenden Köter geschwängert worden waren. Sie verstand es, gegen angemessene Belohnung, den Zweifelnden und Zögernden eine Portion kinetischer Energie einzuflößen: sie mit der bestehenden gesetzlichen Ordnung auszusöhnen, zu tatkräftigem Handeln anzustacheln. Für zehn Lire erwarb man durch eine Medizin die Fähigkeit des Wollens. Mit weiteren zehn Lire das Können. Sie entkierkegaardisierte die kleinen Provinzhalunken und dirigierte sie zur »Arbeit« in die Stadt, in die besagte *urbs*, nachdem sie ihnen die Seele von den letzten Zweifeln befreit hatte: oder von den letzten Hemmungen. Sie wies den Mutigen den Weg, indem sie ihnen klarmachte, daß die schwachen Geschöpfe des anderen Geschlechts nichts Besseres wünschten, in jenen Jahren, als sich auf jemanden stützen zu können, sich an etwas zu klammern, das dazu angetan war, einen flüchtigen Freudenrausch mitsammen zu teilen, die süße Last des Lebens: sie unterwies sie im Katechismus des Jugendschutzes, in Konkurrenz mit der gleichnamigen Organisation. Und die Katechumenen hielten sie hoch als ihre Meisterin, obwohl sie sie zwischen einer Besäufnis und der nächsten eine Schmutzfinkin titulierten, wenn sie, wohlverstanden, glaubten, sie könne es grad nicht hören, und eine Schlampe und alte Hexe: in Anbetracht der Kühnheit der Epoche und ihrer persönlichen Flegelhaftigkeit, nannten sie sie auch Drecksau, man bedenke, eine Zamira Pàcori! und nannten sie eine alte Kupplerin, ha, eine Schneidermeisterin wie sie! eine orientalische Magierin mit Diplom erster Klasse! Undank ist der Welt Lohn! Und hatten sogar die Schnauze zu behaupten, die Due Santi ... seien ... diese zwei Heiligen seien nichts weiter als ein Paar »ich weiß nicht, wie ich mich ausdrücken soll«, begleitet von einer Handbewegung, einer handgreiflichumfanganzeigenden, unwahrscheinlich, in Anbetracht dessen, daß das Paar doch im »Zwickel« Platz finden mußte: unwahrscheinliche Geste, in der Tat, aber damals gar nicht so ungebräuchlich beim Volke. Verleumdungen. Dreckmäuler. Landstreichergesindel, das in der Nacht die Hennen stiehlt.

Oh! der feingesponnene Faden der Zeit, der albanischen Zeit und ihrer eigenen, spulte sich ab von der Spindel ihrer Wahrsagung als Responsorium der Wahrheit. Alle die Tage und Ereignisse, trübe oder klare, aber alle in ihrem Vorgefühl beschworen, schienen um sie zu kreisen, in ihr hervorzutreten, in ihr zu entschwinden. Ihr aber kam es sehr gelegen, aus dieser zitternden Erwartung der Menge, ihrem langen Studium der Gläubigkeit, ihren Stich zu machen, aus jedem Ratschlag ihre Münze zu schlagen, aus jeder Verzögerung des Mirakels einen Zuwachs des Glaubens, aus jedem geheimen Räuchlein die Morgenbrise einer aus Unwahrscheinlichkeit beschworenen Wahrscheinlichkeit. So war das, jawohl, aber wer hätt's gedacht. Trotz der Dankbarkeit und respektvollen Bangigkeit, von der sie allgemein umgeben war – kollektive Hoffnung und Religiosität, orphisches Gefühl für Mysterium und Transzendenz im großen Herzen des Volkes – trotz der Diplome und der Titel, orientalischer und okzidentalischer Herkunft, und nach endlosen Sitzungen, nach all dem Abakadabra mit dem Totenschädel überm Tischchen und dem ehrenwerten Stichelhandwerk durch mehr als zehn Jahre, die Nähmädchen im Kreis um sich, arme mollige Dinger, und Sticheln und Bügeln und Reserveknöpfe annähen, nun ja, die Braven, nach all dem, wer hätt's gedacht? Man soll nichts Gutes tun, wenn man nicht Undank ernten will. Das galt auch für die Zamira. Der schäbige Skeptizismus der Carabinieri war nicht auszurotten und umgab sie weiterhin mit dem üblichen abträglichen Verdacht, mit welchem dieselbigen ... nur allzuoft den Wahrsagerinnen das Leben sauer machen, den Kartenlegerinnen das Dasein vergällen: ihnen und den allerehrenwertesten Schneidermeisterinnen. Dieselbigen waren nämlich der Meinung, der Überzeugung, daß sie eine Ex-Hure sei, (und keiner brachte sie mehr davon ab), verwitwet sozusagen, von Jahr zu Jahr aufs neue, von zirka fünfzehn Ex-Hauptmännern der Polizeireserve in Pension: von welchen sich jedoch, von Herbst zu Herbst, zwischen Marino und Ariccia, die Spuren wieder verwischten. Es ergab sich als Tatsache, daß, mit dem Verfall der Jahre und der Schneidezähne, sich eine immer verwegenere und unverschämtere Hurenwirtschaft abzeichnete, mit Kreismittelpunkt Due Santi, in einer Art Keller, unterhalb der Werkstatt-Kneipe: Keller oder halb *souterrain* gelegener Raum, der Tageslicht, oder gar auch Sonne, durch ein Fenster vom Garten her empfing. Der Garten – ein wenig Spinat, der ebenfalls verrupft war: ein paar vom Wind zerzauste Kohlköpfe, von Pieriden vergrindet: an denen ein mausriges Huhn hie und da herumscharrte, das an einem knotigen Bindfaden festgebunden war und zu Pfingsten sein Ei zu legen hatte – lag etwas tiefer als die Höhe, auf der die Via Appia verlief. Der Keller oder Souterrain-Raum war mit einem Pissoir versehen: und überdies mit einer Bettstatt, die jedoch wegen jedem Dreck knarrte, das Luder, und überdeckt war mit einem »Bettüberwurf« von verwaschenem Grün: mit einem nicht mehr entzifferbaren Rankenmuster, welches in seinem authentischen Hermetismus eine Ahnung von Barock aufkommen ließ: vom Hochbarock, dem festlich prangenden, ursprünglichen, sobald die Decke gewaschen war und zum Trocknen im Garten hing: und schien von vornherein jede Hypothese auf einen späten, mühseligen Neoklassizismus auszuschließen. An der Wand befestigt, auf einer Seite der Bettstatt, sah man einen schönen Kunstdruck: einen Haufen wunderschöner, nackter Mädchen, in der ärztlichen Sprechstunde, und den Doktor mit schwarzem Spitzbärtchen, der sie eine nach der anderen untersuchte, aber als antiker Römer verkleidet, ohne Brille, dafür in Sandalen. Den Daumen hatte er im Loch einer Palette stecken, und mit den anderen Fingern hielt er ein Bündel Pinsel, um damit wer weiß welches Stückchen Haut anzupinseln, falls er gar kein Furunkelchen fände, bei irgendeinem der Mädchen. Dieses Salönchen oder Untersuchungszimmer führte, mittels einer verriegelbaren Türe, ins Allerheiligste, in die eigentliche Stätte der Weissagungen. Dort keimten (zur Stunde des Feierabends) die Antworten aus dem Jenseits und die Wahrsprüche der sibyllinischen Näherin: wenn sie alle heroben waren indes, das heißt zur Stunde des Schneiderns und des Titrick-Titrack, na, dann wurde das magische Rüstzeug da drunten von gewissen riesigen Ratten heimgesucht, und zwar unter Beachtung aller notwendigen Vorsichtsmaßregeln. Ratzenviecher, so lang wie der Unterarm, die auf Zehenspitzen herbeigeschlichen kamen, mit gespitzter Schnauze, diese Hurensöhne! und solchen

Schnurrhaaren, daß sie die Gespenster mit ihren Leintüchern im Finstern auf einen Fußbreit schon herausspürten und den Duft von Schafkäse auf einen Kilometer rochen, vom Müllhaufen aus, wo sie die Familie einquartiert hatten. Aber dieses Himmelsmanna durften sie nur mit den Nasenlöchern inhalieren und konnten's mit nichts anderem als dem Geruchssinn erhaschen: rochen sozusagen die Idee, die Gegenwart einer unsichtbaren Form. Einer Rundform von Schafkäse, gutem Schafkäse vom Gebirg, von damals, als uns noch nicht das Imperium auf den Hals gekommen war: auf den Hals oder den Hintern. Im Finstern: ein dreieckiges Tischgestell. Ein gußeisernes Öfchen, Kanonenöfchen. Ein Kamin, wie sie's oft auf dem Lande gibt: im Kamin ein Dampfkessel, an einer Kette aufgehängt: und ein schöner Krug in einer Ecke, inmitten von lauter Lumpen! Eine Art kupferner Krug, der wenige Jahre darauf dem Unsterblichen Vaterland zum Opfer fallen würde, das im Krieg stand, Schulter an Schulter mit den Teutonen, auf einen Wink vom Duce hin, einem Wink seines angebeteten Tuce: dem Pfannen- und Kesseldieb: mit der Ausrede, daß er damit Krieg führen müsse gegen Engelland.

Alles, was benötigt wurde, war vorhanden. Eine Stätte, wie gesagt, diese Werkstätte der Zamira, wie man keine günstigere ausfindig machen konnte, wenn man ein Tröpfchen brauen wollte, einen einzigen und wunderbaren Tropfen der ewig verbotenen und ewig unwahrscheinlichen Wahrscheinlichkeit. Unterhemden zum Färben, Hosen zum Aufnähen: die Motten zerfressen die Eule: aber immer bleibt noch etwas übrig, die Augen der Eule sind immer noch lebendig, unbewegliche Topase, wissend um die Nacht, um die Zeit, überleben sie alles in den Ruinen der Zeit. Ein Treffpunkt der nebeneinanderhausenden Lebenskräfte: Stricken und Bestrickung, Zauberei und Näherei, Wein von den Castelli und vom Bitont (eine Bütte, ein Anstich: zwei Korbbuddeln, die Schläuche aus Gummi), Schafkäse und rohe weiße Bohnen, im April, und der Enkel des Führers der Schnurrhaarigen: der im Totenschädel rumorte, im Keller drunten, im »Färberaum« sozusagen: Schädel, in welchen er hineingeschloffen war und alsbald herausschlüpfen würde, durch eine bodenlose Augenhöhlung. Spielkarten auf dem Tisch, astrologischer Tarock: Wasseruhren, Zahlenzauber des Lotto und des Drudenfußes: eine ausgestopfte Eule, Eulenaugen! Und Schafkäse, drin in der Kredenz, und die Ölflaschen: aber – verriegelt, verrammelt, daß nicht mal die Ratzen drankamen. Jawohl, meine Herren, bei der Zamira! Und ihr könnt euch die Zunge abbeißen, wenn euch der Mund wässert! Enkete, penkete, pufete iné.

Elysische Zusammenkunft der süßen Schatten, Ruf, Beschwörung des Miteinandermöglichen! Arme und teure Zamira! Sie schenkte aus für die Fuhrleute der Via Appia: für die Carabinieri auf dienstlicher Streife. Stehenden Fußes, jene, vom Sommer hereintretend, Gewehr umgehängt: verstaubt, erhitzt, geblendet vom Unendlichen: verstört vom Grillengeschrei: Kopf und Mütze umwölkt vom Mückenschwarm, hinauf, hinauf, Gesums wie von unsichtbar gezupfter Gitarre: Gespenstervorhut. Sie, nachdem sie das Getränk gebracht, hockte wieder nieder und nadelte zahnlos (die vorderen fehlten) im Kreis ihrer zarten Novizinnen, die gleichfalls werkelnd saßen: bei Nadelarbeit, Maschenwerk. Gesenkten Hauptes, aber sie hoben es flink, von Weile zu Weile, eine nach der andern, erst diese, dann jene: um mit der Hand, wie unwillig, das Gefäll der Haare zurückzustreifen. In diesem Augenblicke aber blitzten die Augen: schwarz glänzend, auftauchend aus dem Überdruß: dann ließ der Blick sich nieder, verdrießlich, auf der Gleichgültigkeit eines Gegenstandes, was es auch war, ein Knopf, ein Gewehrgriff, die Dienstpistole des Betreffenden, oder ein wenig, weiter droben, ein wenig weiter rechts, ein wenig weiter links. Ein Gerüchlein nach Landmädchen in kurzen Röcken. Welche Verheißungen, welche demographischen Hoffnungen, arme, mollige Dinger, für den ewigen Frühling des Vaterlandes, unserer geliebten Italia! Von den Knien, heilige Muttergottes! von den festen Knien ... Strümpfe, gar nicht dran zu denken! Unterhosen, zum Teufel! Die Beine fest, fest aneinandergepreßt, daß man glauben mochte, sie brüteten ein Ei aus, hüteten einen Schatz. Oder auch ganz im Gegenteil: die Beine auf den Stuhlsprossen, so daß man, bei günstiger Position, gewisse Panoramen zu sehen kriegte. Gewisse Schinkenschenkel...

Der Blick tauchte ins Halbdunkel, dann ins Dunkel: drängelte, kletterte in den Schluchten der Hoffnung, wie ein Höhlenforscher sich hinunterläßt und dann heraufklettert, wie ein Kaminfeger. Und erst die Carabinieri! Grimmigen Gesichts, treu nach Dienstvorschrift, aber die Augen gewichst. Und erst die Antwortblicke! Augen! Flüchtige Blitze! Pfeilschüsse, daß man das Herz in der Brust ersterben fühlte, bei den Carabinieri, stehenden Fußes: während die Schneidermeisterin mit ihnen über Libyen sprach: vom vierten Meeresstrand: von den Datteln, die dort reifen, köstlich, und von den Offizieren, die sie dort gekannt, und die ihr, mit Erfolg, »den Hof gemacht« hatten. Die Erinnerung an diese hofmachenden Hauptmänner oder die Obersten, gegenüber den einfachen Polizisten, war ein Verführungskunststückchen. Die Augen glänzten ihr aufs neue, klein, spitz, schwarz, höchst beweglich: unter der vielfachen

Furchung der Stirn, unter der verrupften Laube ihrer Haare, die grau waren und hart wie das Fell eines Mandrill. Und reichlicher Speichel schmierte ihr das Spundloch der Rede, Evokation oder Responsalien: die lefzenden Lippen, fieberrot wie die Kiefern, ausgedörrt oder schlüpfrig: die nunmehr, entblößt jeglicher Schneide antiken Elfenbeins, die Schwelle zu sein schienen, die freie Vorkammer der Liebesmagie. Deren Hauptinstrument, fraglos, die Zunge war:

Enkete, penkete, pufete iné,
Abele, fabele, dommi – né...

Der Teufel überhörte den Ruf nicht.

Ja, ja: sie verfügte ja, die Zamira, über eine gute Belegschaft an Lehrlings-Nichten: und über Reserven, außerdem, entlang der Via Appia, der Ardeatina, der Anziate, auf dem soundsovielten oder soundsovielten Kilometer vor Rom, Aushilfs-Strikerinnen: welche bei einer außerordentlichen Konjunktur, trick und track, trick und track, ohne weiteres mit Hand anlegen konnten: und es auch taten: so zum Beispiel während der Sommermanöver vom vierten Bersaglieriregiment. Für die Carabinieri auf Streife, die geduldigen Militen des schrankenlosen Sommers, war soviel Aufwand nicht vonnöten: es genügte der Bestand der unmittelbaren Belegschaft, der Nichten. Die alle solcherart waren, oder doch im großen ganzen so, daß sie jenen weinbeträufelten Ruhepausen Süße verleihen konnten, und auf heiterste, aufregendste Weise, im Schutz vor der brütenden Sonne, nach Kilometern und Kilometern weißen Staubes, für die dürstenden und schweißbeladenen Karabinerträger. Auf Patrouille, nachdem sie die Muskete spazierengetragen, über Straßen und Sträßchen, oder die schwere Dienstpistole, mit sämtlichen Schüssen noch in der Geschoßtrommel und ein paar Reservestreifen im Patronengürtel, liebten es diese unbezähmbaren Diener der Pflicht, sich einen Augenblick zu erfrischen, in jenem Harem, der so warm und verschwiegen beschattet wurde, bei der Zamira: für alle Adepten war er das Vestibül für die Hypothese des Glücks, das Heiligtum der Befragung, der albanischen Tröstungen. Der Augenblick der süßen Bedrängnis war flüchtig, ach, was mehr kann ein Augenblick für uns tun? aber der folgende, er folgte in der Tat, und die Gesamtheit der flüchtigen Augenblicke: das ist die Stunde: die unvergleichliche Stunde, wo ein exakter Gedanke sich verzweigt, in Hoffnung und in Bedrängnis, wie eine abgeschnellte Spule, im Webanschlag der flüchtigen Blicke, der stummen Widersprüche, der stummen Zustimmung.

Tatsache war, daß die Carabinieri bei ihr Rast hielten, bei der Schneiderin: weder die Polizeiwache noch die Disziplin hatte etwas dagegen: und, hin und wieder, wandte man sich an sie. Kleine Handreichungen mit Nähen: wenn vielleicht ein Knopf abzugehen droht und man den Stengel neu kräftigen muß. Eines Vormittags hatte sich einer von den Burschen die Uniformjacke ausgezogen, errötend, um sich einen Triangel stopfen zu lassen: den er sich irgendwo, er wußte selber nicht mehr an welchem Brombeerstrauch oder welcher Dornenhecke, gerissen hatte. Ein andermal, ein anderer, die Hosen: so erzählten jedenfalls die Leute: aus einem nicht ganz gleichlautenden Grunde, fügten sie hinzu. Die Zamira schickte ihn in den Keller runter zum Ausziehen: und schickte ihm die Clelia nach, oder, wie andere wissen wollten, die Camilla, sie sollte die Hose zum Flicken raufholen, in die Werkstatt! Die Entkleidung des königlichen Polizisten dauerte geraume Weile: süße, ach, so süße Weile. So daß die Mädchen, droben, zu hüsteln begannen, zu kichern, hmh zu machen, besonders die Emma, diese Unverschämte: bis die Zamira die Geduld verlor, dann zornig wurde, und sie schalt: schimpfte sie wer weiß was und bavte Speichel aus ihrem Loch.

Auch der Maresciallo, der Maresciallo Fabrizio Santarella, ja, einer der beiden Motorisierten der albanischen Wachstube, der Höhergestellte von den beiden, auch er hatte der Färber-Magierin Leibchen zum Färben gebracht: riesige Pakete. Von fernher kündigte er sich an, vom Torraccio, von den letzten Häusern der Frattocchie, von den Robine Vecchie manchmal oder vom Cassero beim Sant' Ignazio oder vom Divino Amore: knatternd näherte er sich, dröhnend traf er ein: blublublublublububb, das Motorrad beruhigte sich vor der Tür. Frauenunterleibchen waren's, diese Pakete: denn der Maresciallo Santarella, der eines Tages ein Weib zum Altar geschleppt hatte (und noch nicht mal so geschwollen war sie), lebte mit neun Weibern: die Frau, deren alte Mutter und eine etwas blöde Schwester, dann die eigene Schwester, völlig unbefleckt, mit allen psychischen Schnörkelzeichen der Unbeflecktheit, welche Schwestern befallen, drei Töchter, noch nicht im Alter, um etwa nicht mehr unbefleckt zu sein, und zwei Untermieterinnen, Zwillinge, einstmals auf bestem Wege, aus der Unbeflecktheit herauszutreten, nunmehr jedoch (nach gleichzeitigem Entfleuchen des erhofften Ent-Unbefleckers, welcher, nachdem er sich nicht für eine der beiden hatte entscheiden können, sie beide hatte sitzenlassen, ehe er noch ... Hand angelegt hatte), nunmehr also endgültig in die Unbeflecktheit zurückgekehrt. Als er eines Tages beschlossen hatte, unterzuvermieten, in Anbetracht der Zeitläufte und der Ratsamkeit und seines Gehaltes, und zwar jenes überschüssige Kabüffchen seines Tempels, welches seine Modergerüchlein gen Austrium sandte, dachte er natürlich an die verbreitetste der Gazetten: daran, sein Angebot im ›Messaggero‹ feierlich auszusprechen; da hatte ihm der Mut gefehlt, jenes »Frauen ausgeschlossen« vor der Leserschaft zu gebrauchen, jenes grausame »Halt!«, welches die Hausfrau des Ingravallo ausgesprochen hatte. Nein, nein, nein, in seinem Hause... ganz im Gegenteil: Ort der Frauen war es und würde es bleiben.

Männliches gab es in seinem Hause nur eines: ihn – wenn man nicht die männliche Stimme des Tuce rechnen wollte, die, hin und wieder, in seine Gehörkammern schallte, als stärkender Widerhall, indem sie ihm nicht weniger als den zwölf Millionen Italienern das Hirn aufmöbelte, vielmehr: der ein Hirn hatte, wie sein eigenes, ein Maresciallo-Hirn, wenn auch gerissen bis dorthinaus. Von Zeit zu Zeit also: wie wenn man einen Wecker aufzieht. Da kam sie heraus, die liebe Stimme, versteht sich, aus dem Radiokästchen: welchselbiges sich der Fabrizio Santarella in Mailand angeschafft hatte, als er auf ›Sonderkommission‹ dorthin geschickt worden war, um dort die Spuren zweier Raubritter zu verfolgen, beide namens Salvatore, der eine wie der andere: und er war mit zwei Salvatori heimgekehrt aus Mailand, und außerdem mit einem Zweiröhrenradio, wundervolle Errungenschaft der wundervollen Zivilisation. Eine weitere männliche Stimme und auch diese von baritonalem Schmelz war jene außerordentlich weiche und höchst gewinnende des Grammophons, das heißt in jenen Augenblicken, wenn dieses sich männlich produzierte: denn gleich darauf konnte ihm einfallen, sich weiblich zu betätigen. Das Wunderwerkchen verwandelte sich also, mit allergrößter Ungeniertheit, vom Männlichen zum Weiblichen und umgekehrt: durch verwirrende Substanzumstellungen: vom Herzog von Mantua zur Gilda und vom Rodolfo zur Mimi. Im übrigen war alles im Hause des

Maresciallo Santarella weiblich: und weiblich würde es bleiben Und die bösen Zungen, die weiblichen vor allem, behaupteten, daß trotz der neun Frauen und der achtzehn Schühchen mit den achtzehn Stöckelchen, die ihm in den Ohren tickten in den Stunden des *loisir* ... des häuslichen Feierabends, in den vier Wänden ... den häuslichen, in Gegenwart der häuslichen Laren, das waren zwei schöne Gipskatzen auf dem verloschenen Kamin, arme Miezekatzen, die von einem männlichen Krimskramshändler aus Lucca geboren waren, behaupteten also, daß er, während ihm das Grammophon aus der Via Zanardelli dreiundzwanzigmal hintereinander das eiskalte Händchen in die Seele goß, ihm und der ganzen Nachbarschaft, behaupteten sie, behaupteten, daß er trotz allem eine Schwäche habe für eine von den Lehrlings-Nichten der Zamira, der Färberin bei den Due Santi. Na ja. Er war eben ein ganz Schlauer, der Maresciallo Santarella: wie alle Marescialli.

Ein Kenner: das war logisch. Im geeignetsten Moment konnte er ein Auge zudrücken. Oder sie alle beide aufreißen.

Er sah prächtig aus: volles Gesicht, rötlichbraun gebrannt auf Wangen und Nase, blauschwärzlich dort, wo geschabter Bart ihn männlich auswies. Die großmütige Haut des Italikers: von der Röstpfanne, im Juli, unter der dreschenden Sonne: durchloht, um mit Carducci zu sprechen. Eine Gesundheit wie ein Hochzeitsmakler vom Land. Und der Schnurrbart, starr wie der Kaiser Wilhelms. Die Dienstpistole auf der linken Hüfte, die drei Kilo wog. Das Herz ging einem auf, wenn man ihn so sah. Die Mädchen, in gewissen Vollmondnächten, träumten vom Maresciallo. Und so gewisse Haderlumpen, die die ganze Misere des bevorstehenden Imperiums auf dem Buckel hatten, gewisse Hungerleider und Fahrraddiebe, Eckensteher und Rumtreiber, in Straßen und Kneipen des Tags und nachts auf »Nachtschicht«, die konnten's kaum glauben, wenn's soweit war, daß sie sich von ihm die Handschellen anlegen und »einbuchten« lassen sollten; wenn er daherkam, Hurenteufel nochmal, dann schnauften sie auf: aus war's vorläufig mit der Angst, mit der Gefahr: genug geschwitzt, genug gewetzt, genug geritzt, genug aufgeschreckt bei jedem Knistern, bei jedem fernen Kreischen eines Gatters: keine Türen wurden vorläufig mehr aufgebrochen mit klopfendem Herzen: sieh da, alle Not zu Ende: Freude erfaßte sie wieder, im Innern, die armen Haderlumpen! die Hoffnung auf morgen ergriff sie aufs neue. So froh waren sie, wenn sie ihn sahen, daß sie ihr trauriges Handwerk vergaßen, ihre Pflicht vergaßen: nämlich mit der Diebsbeute abzuhauen und, schwieriger noch, mitsamt den Brecheisen, schwerbeladen: nach soviel Mühe auch noch rennen zu müssen! Wieso denn? Sie begrüßten ihn mit einem Blick, mit einem verständnisinnigen Lacher, der bedeuten sollte »unter uns gesagt...«: offerierten ihm wahre Sträuße von Dietrichen, ganze Sortimente von Nachschlüsseln. Sie baten ihn, rücksichtsvoll, um sein letztes Zündhölzchen: um damit, genießerisch, ihren letzten Stummel anzustecken. Haaah! Hah! machten sie, beim Ausatmen, mit Wollust in der Kehle: oder schnaubten Rauch aus den Nasenlöchern. »Also gut, kann man nichts machen«, sagten sie: und hielten ihm die Handgelenke hin: Sehnsucht nach den Handschellen war in ihnen wieder erwacht: so wie dem Müden und Zerschlagenen nichts anderes behagt als sein Bett. Sie überreichten ihm die beiden Pfoten, die Langfingerpfoten: sollte er eine Weile damit anfangen, was ihm deuchte: geblendet von diesem dunklen Gesicht, von diesen festen, schwarzen, durchdringenden Augen: von diesen roten Streifen an den Hosen, von den

Silberstreifen auf den Ärmeln: von jenem weißen Bandelier wie für eine Kuhglocke, den Insignien der Autorität, der forschenden, rächerischen, handschellenanlegenden Autorität: von dem V.E.* in der Silbergranate auf der Mütze: von diesem Bäuchlein, diesem Hintern. Jawohl, Hintern. Denn er drehte sich und wendete sich, wütete, und drehte sich aufs neue, pflanzte allen und jedem einzeln die Augen ins Gesicht, mit gesträubtem Schnurrbart, Augen spitz wie Nägel und kohlschwarz, er handelte, er verfügte, telephonierte, trick, trick, titìtrick, brüllte in die Muschel, trampelte auf den Nerven der beiden Milizleute von der Wachstube herum, gab Befehle aus: denen alle gehorchten, das war das Schönste, und zwar in einer Art algolagnischer Frenesie, und masochistischer Wollust: gefangen im magischen Zirkel des V.E., im Bannkreis dieses Energiekerns, der auf so glückliche Weise auf die Satelliten ausstrahlt: und nach ihnen auf sämtliche Halunken im allgemeinen. So daß sie nichts weiter ersehnten, kaum daß sie ihn erblickten, als von einem seiner Blicke ins Loch gespült zu werden. Wenn dann alles vorbei zu sein schien, und die Frauen wisperten, pschpschpschpsch, da, aufs neue, das Knattern der brausenden Motoguzzi-Maschine, und fügte Glanz zu Gloria, Leben zu Leben. Er lief vom Stapel, unter Wolken von Staub, und überließ die raunenden Mädchen sich selber: die Gesponse: die barfüßigen Nichten der Zamira: flüchtiger Dämon aus der Legion der roten Streifen, Geist aus verfallenen Schlössern: wo die Nacht, überrascht von den Stunden, die ihr nicht zugehörig, ach! versäumt hatte, ihn wieder in ihre Höhlen zu bannen; wenn sie sie ausgelöscht, droben in den Ruinen all jener Türme: der Eule gelbe Augenscheiben. Sie holt ihn ein, den späten Flügel, den dunklen Schal der Finsternis, in ihr Fels- und Schattennest. Efeuteppiche dichten sie ab vom Tag. Doch er, im Gegenteil, kaum daß der Himmel gold und rosa ist: von Rocca di Papa nach Castel Savelli hinunter: von Rocca Orsina zum Monte Nuncupale hinauf: denn schon ist das Rebmesser oder die Harke beim Werk, am Weinberg, am Ölberg. Blublublublu, dahin mit Schwung, aufs neue erwacht, tost ihm der Motor zwischen den Knien. Oder bubbert unter ihm in verhaltenem Brodeln der neue Morgen, wo das Sträßlein hinabfällt ins befestigte Gelände: oder dort, am Berghang, sich verliert in Ackerscholle, in dornigem Gestrüpp. Oder wo Erdbeer und Vipern gedeihen am Nemisee, im Niederholz. Er agierte, der Agent, erschien, verschwand, wie Beelzebub vom Zauberer beordert: bewegungslos am Stamm einer Steineiche vielleicht, er und die Stute Guzzi, ein Stein am Boden: und ein wenig weiter vorn, als Aufpasser, die Ordonnanz: faszinierende Gegenwart der roten Streifen, mit dem weißen Bandelier, dem Kuhglockenband am Halse, mit dem V.E. in der Silbergranate auf der Mütze. Ornament, mit den Handschellen in der Patrouillentasche, von der albanischen Wachstube; zwei Handschellen für vier Handgelenke und zwei Päckchen billiger Zigaretten, und zwölf Reservepatronen, Blitz-Zentaur von der Via Ardeatina, und, weiter, der Via Appia.

Wenn er dann drunten ankam, bei Ciampino oder Palomba, erhob er die Augen: hinauf, hinauf: weiße Wolkenkarawanen des Mittmärz im Himmel, von nichts Wirklichem verfolgt, auch sie nicht, und doch gab's etwas, das sich darum mühte, sie aneinanderzuhäkeln: und das waren die silbernen Spitzen der Antennentürme, wie Kardelspitzen im Kammgarn: im fliehenden Wogen, schneeige Herde, flockten sie in ewiger Umformbarkeit, dann erschlossen sich, im unerreichbaren Wechsel des Vorgefühls, im hohen Wind, kalte Fetzen von Azur.

7

»Die Ines Cionini . . . «

»Zu Befehl, Herr Oberkommissar«, antwortete Paolillo.

»Soll sich zur Verfügung halten . . . « Armes Mädchen, mußte sie also die Morgenröte dort erwarten, am Tisch in der Gewahrsamszelle, eingewickelt in eine aschgraue Decke vom »Hotel Flohstich«: in Gesellschaft weiterer Nereiden, welche die Streife aus dem Ozean gefischt hatte und die ebenfalls in doppelten Schafwollhüllen steckten und gleicherweise von deren Einwohnerschaft geplagt wurden, und die umschichtig im Schlaf auf höchst beredte Weise seufzten: und in Anwesenheit eines stummen, mit Deckel versehenen Nachtgeschirrs in einer Ecke: sozusagen des zum Dienst Befohlenen: eines höchst gewichtigen Tresors für Exkremente. Er versetzte das Gemüt zurück in jene gewisse römisch-großzügige und freizügige Lebens- und Verhaltensweise der vorvierziger (oder vorneunundvierziger) Jahre, oder auch in ein gregorianisches *loisir de siéger*.

Armes Mädchen; auf obigen Befehl hin jedoch kam der Signor Paolillo bereits um zehn Uhr wieder, sie abzuholen.

Was den Pestalozzi betraf, so hatte der dann den Doktor Fumi gebeten, mit Verlaub, ihm zu verstatten, daß er sich ein wenig erquicke, nach dem langen und nicht zur Gänze befriedigenden Tag: eine Idee, welche auch der Doktor Fumi seinerseits ganz ausgezeichnet fand.

Er, der motorisierte Superbrigadier, der von den so gesundheitsstärkenden Hügeln hereingeschneit war, hatte damit dem Wunsche aller Ausdruck verliehen. Sie bestellten sich wieder zusammen für viertel nach neun – halb zehn. Ehe er von dannen ging, wollte der Pestalozzi natürlich sich des weiteren Fortgangs vergewissern: der Konklusion des bereits Getanen. In einem allgemeinen Füßegetrappel über die Korridore und Quertreppchen löste die Versammlung sich auf.

Mittlerweile reiften beim Ingravallo, der in den Palazzo Simonetti in der Via Lanza hinaufgestiegen war, jene Direktiven heran (wie der Tuce auf dem Katheder des Mappomondo-Palasts sich auszudrücken pflegte . . .), die den unteren Hierarchien zu erteilen waren: das heißt also an die Häfen und Näpfe, die da, einer unter dem anderen hängend, die Kaskade von rieselnden Blödsinnigkeiten in sich hineingurgelten: immer einer vom Hintern des anderen. Es war spät geworden. Es nieselte. Alles ging noch drunter und drüber in der Nacht. Don Ciccio löffelte sich die magere Suppe ein, die schließlich so mager gar nicht war, weil sie die Armut von Proteïnen und Pepsin-Zutaten in einer Schicht von Brühe emphatisch aufwog: dann kaute er, gelangweilt, so schlecht und recht, ohne ein Wort, den dicken Schädel über den Teller gebeugt, ein paar Bissen und schluckte sie hinunter – von jenem gewissen Goulasch aus Gummizadern, armer Ciccio! Zielscheibe liebevoller Erkundigungen, »aber was ist denn mit Ihnen los, Herr Doktor?« von seiten der unvergleichlichen Hauswirtin, die ganz Fürsorge und Dienstfertigkeit war: und die nur immerzu um ihn rumtanzte, um ihn und ums Essen. »Ein bißchen Weichkäse? Der vom Corticelli, den Sie so gern mögen, Herr Doktor?« Und weil er ein Gesicht zog: »Ein kleines Stückchen nur, Herr Doktor! Probieren Sie's:

ist sooo gut! ... Der schadet Ihnen bestimmt nicht ...« Unter dem Lampenschirm, gerändert mit weiß und grünen Fältchen und Löckchen wie Salat, schien sein Kürbiskopf finsterer, gekrauster als gewöhnlich. Keinerlei Auto! Keine Bequemlichkeit der Fortbewegung. Autos gab's zwar, jawohl, »aber die waren nur für diese Affen von der Politik da«, das heißt für die politische Polizei. Der verdorbene Ausflug, der gräßliche Donnerstag: »der siebzehnte! die schlimmste Unglückszahl von allen!« seufzte er, »der stinkigste Unglückstag von allen!«... knurrte er hinter zusammengebissenen Zähnen.

Das ganze Verdienst lag nun bei den Carabinieri von Marino. »Bei diesen Holzköpfen vom Kasperltheater.« Pestalozzi speiste mit gutem Appetit zu Abend, an einem Marmortisch: in der Via del Gesù: beim Nudelkoch: wo der Pompeo ihn hingeführt hatte: der Greifer, wie sie ihn nannten; und der auch den Zeremonienmeister spielte, beim Santo Stefano, wenn man einen brauchte.

Pompeo seinerseits sah keinerlei Gegenindikation, welche dem Introitus einer Wiederholung des Sieben-Uhr-Brotes in Stiefelgröße entgegenstünde: diesmal mit Einlage von Roßbiff und gekochter Mortadella in Wechselschichten, von den höchst erfahrenen, molligen Fingern des Nudelkochs weich aufs Brotkanapee gebettet: welches er schließlich – durch einen Blick die Zulassung erteilend – mit dem vorausgeschnittenen und zur Seite gelegten Brotdach (der oberen Hälfte) bedeckelte: indem er selber die Unterlippe vorschob, kaum einen Millimeter zwar: während der komprimierte und sozusagen gegen den Kragen (wenn er einen Kragen überhaupt trug) geplättete Halsspeck ihm die Frühjahrskrawatte zudeckte, den gepünktelten Schmetterlingsbinder in Erbsgrün.

Bleich, vor Neid, die umstehenden Kunden. Ein wahres Torpedoboot, ein absolutes Ausnahmebrot. Von außen gesehen ... höchst anständig: aber welche Ladung, im Innern! Der Nudelkoch hob die Lider, streng und ernst, die Lippe immer noch einen Millimeter vorgeschoben, den Blick wortlos auf den bevorzugten Kunden gerichtet, während er ihm die Trophäe überreichte. »Ist's recht so, oder ...?« schien sein Blick zu sagen. Pompeo ließ sich ruhig anstarren. Er setzte die Zähne dort an, wo sich's verlohnte. Nach einigen Gentlemans-Bissen glich sein Mund einem Mahlwerk, dem eines Irren. Er konnte kein Wort mehr 'rausbringen, wenn ihn irgendeiner was fragte. Rollte nur seine Augen in der Richtung, zwei riesenrunde Augen, als hätte er kapiert.

Um halb elf waren alle wie zuvor beim Doktor Fumi versammelt. Der Paolillo brachte die Ines wieder herbei. Wer war und wo war dieser Jüngling? Und jene Freundin von der Freundin? Was denn für eine Freundin? Na, die ... die, von der die Mattonari, die Camilla, gesprochen hatte: »das ist doch, wenn ich nicht irre«, sagte der Doktor Fumi, »die Freundin, die mit dir bei der Zamira gearbeitet hat«, bei den Due Santi.

Die Camilla Mattonari, gab die Ines zu, hatte ihr von einer Freundin erzählt, die in Rom im Haushalt gewesen war, aber nicht ganztags.

»Halbtags also, meinst du!«

»Nun ja, ich weiß nicht, ob's halbtags gewesen ist: sie war bei irgendwelchen Herrschaften, die ihr eine Aussteuer geschenkt haben, denn sie wollte ja heiraten.«

»Wen wollte sie heiraten?«

»Einen Herrn wollte sie heiraten, einen Geschäftsmann: so einen von Turin, die Maschinen fabrizieren: der hatte ihr zwei

Perlen geschenkt. Und am Lichtmeßtag, da hatte sie diese Perlen als Ohrringel. Alle haben's gesehen.« Und sie hatte sie auch eines Abends kennengelernt ... hatte solche Augen!

»Was für Augen?«: und der Fumi wurde ärgerlich und zuckte mit den Achseln.

»Nun ja, halt solche Augen«, wiederholte die Ines: »aber anders, anders als die gewöhnlichen. Wie wenn sie eine Hexe wäre, eine Zigeunerin, zwei schwarze Höllensterne. Beim Abendläuten, wenn's dunkel wird, sah sie aus, als wenn der Teufel Weiberröcke angezogen hätte. Diese Augen waren zum Fürchten. Sahen aus, als ob sie, innen drin, dran dächten, jemanden zu rächen.«

»Du kennst sie also.«

»Nein, ich hab sie nur einmal gesehen ... am Abend.«

»Wo?«

»Nun, auf einer Landstraße.«

»Welcher Landstraße? ... Glaub nicht, daß du mich an der Nase rumführen kannst ... du hast mich noch lange nicht beim Wickel!«

»So ein Sträßchen: bei einer Wiese ... da ist eine Kirche, aber Pfarrer sind keine mehr dort, man nennt sie die runde Kirche.«

Eine Lügnerin, die über ihre eigenen Lügen stolperte. Fumi hatte schon den Verdacht, daß sie verrückt sei, oder verdreht. Umständliches Geschwafel eines verlogenen Bauernmädchens. Nachdem sie sie zu viert verbellt hatten, wie vier Hunde eine Hindin, hierhin und dorthin gezerrt und geschoben und geplagt mit billigen und immer neuen Einwänden, gelangten sie schließlich dahin, daß sie ihren Lippen die rückläufige, die plausible Lüge entrissen: jene, die im Gegensatz oder in Auflösung aller vorhergehenden Lügen endlich die Wahrheit zu sein schien. Die »Landstraße«, so stellte man fest, mußte eine Straße des Celio sein (der in jenen Jahren noch ländlich und verlassen war), zwischen stillen, schirmförmigen Pinien und Artischockenfeldern, einigen Ställen, bröckelnden Mauern, ein oder zwei Torbögen, begangen, beim Sinken der Nacht, vom wundersamen Schreiten der Einsamkeit, das den Liebenden so teuer ist: vielleicht die Via San Paolo della Croce, mit größerer Wahrscheinlichkeit die Via della Navicella oder die Via di Santo Stefano Rotondo. Der Torbogen war der von San Paolo, wenn nicht der Bogen des Parks von Celimontana neben der Kirche von Santa Maria in Dòmnica. Die »runde Kirche«, wo nicht mal mehr die Pfarrer waren, war nicht und konnte es auch nicht sein, nämlich der Tempel des Agrippa, auf den die Meute sich sogleich gerichtet hatte und den sie sofort wieder ausschließen mußte, weil er ja nicht »auf dem Lande« steht. Es war vielmehr Santo Stefano Rotondo, der in jenen Jahren für den Gottesdienst gesperrt war, wegen gewisser Restaurierungsarbeiten.

Über all dieser Logistik hatte der Doktor Fumi die Zigeunerin, die Braut des Turiners aus den Augen verloren. Die Meute schien sich am aufgebrachten Wild zu weiden.

»Erzähl uns lieber von den Ohrringen.«

»Ich hab sie nicht gesehen. Aber alle wissen's: zwei riesige Ohrhänger ... als ob sie eine gnädige Frau wäre.« Und sie wiederholte, Silbe für Silbe, wie eine Kantilene: »und der Bräutigam hat sie ihr geschenkt, der ein Geschäftsmann aus Turin ist, einer der Autos kauft und wiederverkauft: noch klarer kann ich's nicht sagen.«

»Ob's klar ist oder nicht, beurteilen wir ... klar ist hier überhaupt nichts«, verwies sie mit nun schon schläfrigem Blick im mißmutigen Gesicht der Doktor Fumi. »Wer war sie? Ja, sie, die Hexe, die Zigeunerin? ... wo wohnt sie? wo war sie zu Hause?« – »Wo sie zu Hause war ...«, schwankte die Ines. Na, sie stammte wohl von dort unten an der Pavona: das hatte ihr jedenfalls die Mattonari erzählt. Und die andern auch alle, bei den Due Santi. »Die versteht's. Die ist fein raus: in Rom, da gehen sonst die Mädchen zugrunde: aber die, die hat es sogar zu einer Aussteuer gebracht. Und jetzt, sobald's ihr paßt, heiratet sie einen feinen Herrn.«

Die Beamten, der Doktor Fumi, Ingravallo, der Maresciallo Di Pietrantonio, der Brigadier, wechselten Blicke. Der Greifer, heller Junge, der er war, las in diesen Blicken einen Gedanken: ›Die da wickelt uns ein. Die versucht, uns durch die Lappen zu gehen.‹

Ingravallo schien müde, bekümmert, verärgert: dann wieder unzugänglich hinter einer Kette von Gedanken. Seltsame Analogien, so ahnte der Greifer, unbegreiflich für die anderen, arbeiteten in diesem Gehirn. Es gab kein ersichtliches Bindeglied, aber wer weiß, ob es nicht vorhanden war, ob Ingravallo es nicht erriet, stumm und schwarz über seiner Nachdenklichkeit; es gab keine Folgerung von dem Laufburschen in der Ladenschürze, vom Räuber im Monteuranzug, vom unbekannten Mörder, hinüber zu den Augen der Zigeunerin.

»Und der Jüngling?«

»Welcher Jüngling?«

»Na, dein Liebling, der Bursche, der Kerl, wie soll ich mich ausdrücken?« Der Doktor Fumi schien sie ermuntern zu wollen, in sich zu gehen, rauszurücken. Die Ines verzagte: sah müde aus, ganz plötzlich, in ihrer schmuddligen Schönheit: schien sich verschämt zurückzuziehen, mit Schmerz zu bedecken: mit eingefallenen Augen, umschattet, die weiße Stirn von Trauer umflort unter dem blonden und so herben Haar, das hart geworden war von ein wenig aufgetrocknetem Regen und staubgestocktem Fett (jenes Haar, so dachten sie alle, welchem ein grüner Zelluloidkamm unter der Sonne reines Gold entlocken würde), mit den ein wenig hochgewölbten Lippen, fast noch sprüngig vom Hauch des Bergwinds, im März.

»Er heißt Diomede, der Bursche, mit dem ich gehe. Aber von woher er ist, weiß ich nicht. Er ist immer unterwegs.«

»Wieso immer unterwegs?« Er war immer unterwegs, im besten Sinne des Doppelworts: wechselte oft das Zimmer, oder vielmehr die Schlafstelle oder das Bett: und trieb sich in Rom herum, von morgens bis abends: auf der Suche nach einem – man kann nie wissen – zuletzt hatte sie ihn an der Unterführung getroffen. Er war einmal hier und mal da. Aber er sagte ihr nie, wo er gerade war. Ein Bett bei irgendwelchen Verwandten: in Untermiete bei einer Näherin. Im leeren Bett vom Onkel, der gestorben war, vorige Woche ... das heißt, vom Onkel eines Freundes von ihm, dem der Onkel gestorben war. Und wenn er dann die Miete nicht mehr aufbringen konnte, dann brauchte es wieder einen Luftwechsel, »wie's halt so ist.«

»Versteht sich«, stimmte der Doktor Fumi mit halber Stimme bei. Und so flanierte er durch die Stadt, richtungslos, oder mit verschwommenen und vielleicht wohlüberlegten Zielen: begab sich, Schritt vor Schritt, von einem Viertel zum andern: war auf dem Monti morgens um zehn, um vier Uhr Trasteveraner, an der Piazza Colonna oder Esedra mit den Lichtern oder dem grünroten Blinken des Abends, der Nacht. Und droben, in den vornehmen Vierteln? Jawohl.

»Auch die Via Veneto klapperte er ab, Via Ludovisi, hin und wieder, wo's ein wenig dunkler ist, wegen der Frauen.«

Das Mädchen errötete, hob den Kopf, wurde trotzig in der Stimme, verärgert. »Er lief und lief: und jeden Monat mußte er sich die Schuhe frisch sohlen lassen: lief herum, verschwand wieder, und keiner wußte mehr, wo er hin war.«

Entweder paßte er auf seine Schönen auf, oder war dahinter her, sich die Gunst der Schönen zu erringen: einer gewissen Sorte von Schönen, so glaubte wenigstens Ingravallo, es verstehen zu dürfen, die ganz wild auf ihn waren, die ihn aufgabeln, auffischen wollten, mit Hilfe langer forschender Blicke, über den Strom von Autos hinweg, von einem Trottoir zum andern, oder entlang dem Trottoir, das vollstand mit Tischen und Stühlchen, mit Herren und Damen vor Getränken, beschäftigt mit Saugen, in vorsichtigen, lässigen Abständen, an den blassen Halmen.

»Die wären ihm bis ans Ende der Welt nachgelaufen«, bestätigte sie: mit festem, ruhigen Blick.

›Auch dem, auch dem‹, ging's schmerzlich durch Ingravallos Fühlen. ›Auch er im Reiche der Glückhaften, der Begünstigten, auch er!‹ Das Gesicht verfinsterte sich ihm. ›Auch er, verfolgt von den Frauen!‹

»So daß er halt immer unterwegs war, Sie verstehen...«, und nach einem Zögern, einer gewissen Verstörtheit im Ton: »Damit sie ihn nicht zu Hause finden konnten, alle die hinter ihm her waren: damit er nicht auf Schritt und Tritt mit irgendeiner zusammenrumpeln mußte.«

Mit einer Hand schlug sie die struppige Mähne zurück, und schwieg.

»Ich verstehe«, begann der Fumi aufs neue. »Sag mir jetzt

mal, wie sieht er denn aus, dieser Diomede? Übrigens: Diomede: ist das der Schreibname?«

»Sein Schreibname ...«: die Ines schlug die Augen nieder, errötete, um Zeit zu gewinnen: um die dreiundsiebzigste Lüge zu fabrizieren.

»Der Schreibname«, drängte Ingravallo. »Jawohl. Vielleicht brauchen wir ihn selber nämlich auch.«

»Müssen ihn selber einiges fragen«, fügte der Doktor Fumi hinzu.

»Ja, also den Schreibnamen hat er mir nicht sagen wollen.«

»Aber später hat er ihn dir gesagt«, drängte Ingravallo. »Heraus damit!«

»Also bitte sehr, hör zu! Es ist das beste für dich ... wir brauchen seine Hilfe.«

»Aber, Herr Kommissar, wieso brauchen Sie denn so einen jungen Burschen. Der hat doch niemandem was Schlechtes getan.«

»Höchstens dir, wo du seinetwegen der Streife in die Finger gekommen bist.«

»Aber das ist doch meine Sache. Das geht doch die Quästur nichts an: das machen wir zwischen uns aus.«

»Ah, das geht die Quästur nichts an? Bitte sehr, da irrst du dich aber. Was die Quästur was angeht, das ist unsere Sache.«

»Er hat nichts getan!«

»Na also, dann sag, wie er heißt.«

»Ich hab auch ein reines Gewissen«: und ihre Augen wurden feucht: »Lassen Sie mich auch gehen!«

»Also: Diomede ...«, und der Blick des Doktor Fumi wurde unabweisbar wie bei der Prüfung der Ausweispapiere, der unerläßlichen.

»Gut also, man hat mir gesagt, er heißt ... Diomede: Diomede Lanciani.« Und sie brach in ein ersticktes, unterdrücktes Weinen aus.

»Mach dir keine Sorge. Wir brauchen ihn nur, weil er uns was Bestimmtes erzählen soll ... etwas sehr Interessantes. Drum müssen wir ihn halt finden.«

»Also los, raus damit! Was hat dieser Lanciani für eine Visage!« drängte der Ingravallo grob. »Ist er groß? ist er klein? ist er blond? ist er dunkel?«

Hin- und hergerissen zwischen Mißtrauen und Stolz, trocknete die Ines sich die Tränen mit dem Handrücken. »Dieser Lanciani ist Elektriker«, sagte sie voller Stolz: und begann eine Abhandlung über seine äußere Erscheinung. Ihre Stimme, nach den Hemmnissen der Angst und des Mißtrauens und der Eingeständnisse voll verspäteter Vorsicht, belebte sich nun bis zur bedenkenlosen Fröhlichkeit, ja Freudigkeit beinahe. Über das Wort des Ingravallo war sie beleidigt. »Was er für eine Visage hat?« hub sie an, zu Fumi gewandt, als dem Gutartigeren der beiden Hauptinquisitoren, »so eine Visage möchte wohl jeder gern haben; glauben Sie mir, Herr Kommissar, die möchten sogar Sie gern haben, eine solche Visage.« Jawohl. »Ein junger Bursch, großgewachsen«: und sie machte die Geste, die man üblicherweise macht, indem sie die Hand hob und horizontal ausrichtete. Sie legte den Kopf seitwärts, um besser von unten die Handfläche zu sehen, abschätzen zu können, von unten her, die Richtigkeit ihrer Angabe der Statur. »Ein schöner Bursch, bestimmt. Ein schöner Bursch, dafür kann er nichts. Das ist schließlich nicht verboten. Ein fixer Bursch. Ja, blond ist er. Er kann ja nichts dafür, wenn seine Mutter ihn blond in die Welt gesetzt hat. Sollte sie vielleicht einen Schwarzen zur

Welt bringen, wenn sie Lust auf einen Blonden hatte?« In ihrem Täschchen hatte sie eine Photographie von ihm. Paolillo sauste in die Aufbewahrung, um aus dem Lumpenzeug dort ihr jämmerliches Handtäschchen herauszufischen: der Ausweis der Ärmsten, welchen sie der Streife damals vorzuzeigen sich geweigert hatte, lag bereits auf dem Tisch des Doktor Fumi, unter der Lampe, aufgeschlagen, verknittert. Paolillo kam zurück, mit dem »Täschelchen« der Obdachlosen und, in der anderen Hand, dem Photo eines jungen Burschen, mit ungelenker Feder querdurch gezeichnet mit einer klecksigen Unterschrift: »Lumiai Dio ...«, buchstabierte er im Gehen und wollte es hinreichen. »Her damit!« Der Doktor Fumi riß es ihm aus der Hand: »Lunci-a-ci Di-o ... Herr des Himmels, weiß Gott, wie das heißen soll. Diomede!« rief er triumphierend. Ein Prachtexemplar! Ein Gesicht, genau wie jene, die in der Zeitschrift ›Verteidigung der Rasse‹ fünfzehn Jahre später als ein Musterbeispiel arischer Rasse geglänzt hatten: der lateinischen und sabellischen Volksstämme. Als genaues Abbild: ja, er war blond, gewiß: das Photo bestätigte es: ein männliches Gesicht, und welch ein Haarschopf! Der Mund, ein knapper Einschnitt. Über dem Lebfleisch der Wangen und des Halses: zwei harte Augen, unverschämt herausfordernd: die Bestes verhießen den Mädchen, den Dienstmädchen, und Schlimmstes ihren auf die hohe Kante gelegten Ersparnissen. Ein Draufgänger, ganz danach angetan, um begehrt und umringt, verfolgt und endlich erreicht zu werden, und dann verwöhnt von allen, von jeder nach ihrer Möglichkeit. Ein Präsentierstück Latiums und seiner blühenden Jugend, fürs Foro Italico.

Dieses Photo hier, so erklärte die Ines, hatte sie eine endlose Serie von Ohrfeigen gekostet: denn er hatte eines Tages das

Photo zurückverlangt. Jawohl: wollte es um jeden Preis wiederhaben. Es war grad Nacht. Er war wild geworden, wie sie es nicht hergeben wollte: schien ganz verteufelt. Er hatte ihr ins Gesicht geschrien und sie dies und jenes geheißen, und hatte sich nicht gescheut, sie auch zu schlagen: und, nicht genug damit, sie zu bedrohen. Sie waren allein, zwischen zwei Gassenmauern, unter einer kaputten Laterne im Gäßchen bei den Pubblici, in der Via Rocca Savella, wo die Reiter sind: es war dunkel. Sie aber – hatte die Ohrfeigen einkassiert, ohne mit der Wimper zu zucken. Sie hatte standgehalten: wenigstens dies Andenken! wo sie sich so gern gehabt hatten! und sie ihn immer noch gern hatte: wenn man sie auch jetzt ... wenn man sie zwang, ihn zu verraten. »Aber da gibt's nichts zu verraten«, kreischte sie. »Wenn er mir ein paar runtergehauen hat, na und? das geht nur uns was an: deswegen könnt ihr ihn nicht einsperren!«

»Ein paar Ohrfeigen!« und der Doktor Fumi schaute sie an und wiegte den Kopf. »Vorher hast du noch was anderes gesagt: aber das ist egal«, und er zog den Kopf zwischen die Schultern. Er wollte ihr grad nochmals sagen, daß sie nichts zu fürchten habe: er wollte ihn nur verhören, nicht verhaften: schon gar nicht einsperren. »Aber ich kann ja sicher sein, daß sie's nicht tun, denn sie finden ihn ja doch nicht, den nicht!« Sie sagte es mit gesenktem Kopf, nachdenklich. »Und wenn sie ihn finden ... Na, ich bin froh darüber. Dann ist's Schluß mit der Amerikanerin.« Sie schien sich selbst zu entschuldigen, als Frau, bei sich selber.

Die Photographie des Diomede machte die Runde durch alle Hände. Auch Ingravallo beäugte sie seitlich, lustlos anscheinend, aber in Wirklichkeit mit geheimem Ärger: er reichte sie, achtlos, weiter an Fumi; eine Geste, welche Lästigkeit und Unlust ausdrücken sollte, und daß er ins Bett wollte, daß es Zeit dazu war: »auch so einer von denen.« Zuletzt, nach einigen Naja, nach einigen Soso, nach einem »hab's schon gesehen«, wurde sie dem Pompeo zugeteilt, von dem der letztere Ausruf stammte, und der sie in seiner Brieftasche aus imitiertem Krokodilleder, und die Brieftasche selbst in der Herzgegend verstaute, indem er mit lauter und sonorer Stimme verkündete: »Nun ja, wir werden unser Bestes versuchen!« Der Oberkommissar hatte ihm inzwischen bedeutet: »Komm her da«, mit einem Hackzeichen des Vierfingerspatens seiner Rechten: und er war demgemäß rangerückt: gebückt, nunmehr, lieh er sein Ohr dem Flüstern des sitzenden Chefs, und hatte schon mehrmals mit dem Haupte genickt, den Blick in weite, weite Ferne gerichtet, das heißt auf die papierüberklebten oder milchgläsernen Scheiben des Fensters: auf welchem von draußen, zitternd, ehrfürchtig, das Auge der Nacht ruhte. Dieses Ohr lauschte, mit dem amtsüblichen Eifer: und der Doktor hatte dorthinein sein Gewisper tröpfeln lassen, wie Tropfen von Bilsenkrautsaft: und die Bewegung der Lippen begleitete ein lebhaftes Fingerspiel, Finger zur Tulpenblüte gefaltet, von der sich Zeigefinger und Daumen oszillierend abzweigten.

Als die Ines, das arme Ding, sah, wie das Photo ihres Geliebten unter dem Herzen des Greifers in Gewahrsam verschwand, erbleichte sie: es verdichteten sich über dem Näschen die trauerbehangenen Brauen zu grollender Miene, die zornig wirkte, ohne es zu sein: Tränen schimmerten, glänzten immer neu auf, unter den langen, langen goldenen Wimpern (durch deren Gesträhl einstmalen, in ihrem Kinderblick, das Licht des Morgens, das gleißende, albanische Morgenlicht sich spiegelte und brach).

Hernieder rannen sie, über die Wangen, und hinterließen, so mochte es scheinen, zwei weiße Rinnsale, rannten bis zum Mund: den Weg der Demütigung, des Verzagens. Sie besaß nichts, um sich die Nase zu schneuzen, noch sich die Tränen zu trocknen: sie hob die Hand, als ob mit der bloßen Geste zurückzuhalten sei, was aus der jammervollen Einsamkeit ihres Antlitzes hervorquellen mochte, wie, um die ganze Grausamkeit des Momentes zu umreißen, die Kälte, den Hohn der Stunde – die Summe des Ganzen. Nackt kam sie sich vor, unbewehrt, gegenüber der Macht der Inquisitoren über Nacktheit und Schmach, von welchen sie, wenngleich ohne Hohngelächter, doch gerichtet wurde: nackt, unbewehrt: wie sie es sind, die Töchter, die Söhne ohne Schutz, ohne Schirm, in der bestialischen Arena dieser Erde. Der Ofen war eisig. Das Zimmer kalt, man sah den Atem: die Lampen der Polizei waren Lampen der Regierung. Sie fühlte, schauernd, die Blicke der Männer auf sich, und die Risse, die Flecken, den jämmerlichen Lumpen, die öde Armut ihres Kleids: Plundergewand einer Vagabundin. An Gott konnte sie sich, in diesem Aufzug, nicht um Hilfe wenden. Als er sie gerufen, mit Namen, mit dem Namen der Taufe, dreimal, Ines! Ines! Ines! am Rand des Gebüsches, dreimal! dreimal! wie die Zahl der Dreifaltigkeit ... da krümmten sich die Eichen ahnungsvoll unter den Stößen des Südwinds: öffneten ihr den Weg ins Niederholz, hinter dem freimütigen Schreiten des Jünglings. Als der Herr sie gerufen, mit seinem goldnen Strahlenblick am Abend, vom großen Rundfenster des Croce Domini, sie, was hätte sie dem Herrn denn da antworten sollen? »Ich gehe mit meinem Liebsten«, hatte sie geantwortet auf jenen Blick, auf jene Stimme. Von Gott, dem Herrn also, da konnte sie jetzt nichts mehr erwarten.

Sie senkte den Kopf, welchen die strohernen oder verfilzten Haare, ins Gesicht fallend, mit Schatten bedeckten und fast verbargen. Ihre Schultern schienen schmal zu werden, vom Fleische zu fallen, beinah, unter dem Schütteln eines stummen Schluchzens. Sie trocknete sich das Gesicht, und die Nase: mit dem Ärmel. Hob den Arm: wollte die Tränen verstecken, ihre Verzagtheit, ihre Scham in Schutz nehmen. Ein Riß, dort wo der Ärmel angesetzt war, noch einer im Leibchen darunter, enthüllten das Weißschimmern der Schultern. Nichts hatte sie mehr, um sich zu verhüllen, als dieses zerfetzte und verfärbte Überbleibsel eines Bettlergewandes.

Aber die Männer, diese Männer, erpreßten sie allein mit dem Blick, der abwechselnd entflammt oder gebrochen war von Zeichen, von Blitzen abstoßender Begierde, die nichts mit ihrem Amt zu tun hatte. Diese Männer, sie wollten hören, wollten wissen. Hinter ihnen, da stand die Justiz: eine Maschine. Ein Elend war das, mit der Justiz. Besser noch Hunger leiden; und auf die Straße gehen, und den Nieselregen in den Haaren fühlen und auf einer Bank am Tiberufer, in den Prati, einschlafen. Sie wollten wissen. Na und? Mit was handelte dieser Diomede? Und sie: keine Antwort. Und die andern: los, los: reden, singen, pfeifen! Sie verlangten nicht, daß sie jemandem schaden sollte, bewahre; nur die Wahrheit sagen, darum flehten sie. Schöne Wahrheit! damit brachte man die Leute ins Kittchen. Die Leute ... die sich schließlich auf irgendeine Weise durchbringen mußten: wie sollte man sonst leben. Reden, singen. Und auch noch hopphopp. Nichts Schlimmes, letzten Endes. Andernfalls: schlechte Noten für sie selber. Sie brauchten das für die Justiz, weil ein furchtbares Verbrechen passiert war, das in allen Zeitungen stand. Sie zeigten ihr einiges. Dreckspapier. Hielten es ihr unter die Nase, und klopften dabei mit der Hand darauf, als wollten sie sagen: da hast du's! (Sie zog den Kopf ein). Für die Justiz: »nicht um dir zu schaden, und auch niemand anderm«, fügte gelassen der Greifer hinzu, einladend, mit einer Stimme, die direkt aus dem Herzen zu dröhnen schien. War wie einer der Betbrüder vom Sanften Tod, der Greifer, die mit der Kapuze auf dem Kopf, welche die Beerdigungen begleiten: als Trost für die Witwen war er unvergleichlich. »Diomede«, sagte das Mädchen, »ist bestimmt unschuldig. Ein paar Ohrfeigen ins Gesicht, der Feigling, ist was anderes, als Frauen mit dem Messer umbringen.« Sie war auf der Hut. Schwankte. »Bei solchen Kerlen kann man nie wissen.« Vielleicht war's besser, denen nachzugeben, dachte sie. Besser für Diomede, und auch besser für sie selbst. Dann wär wenigstens Schluß damit! Dann würden sie endlich aufhören mit dem Gesumse. Pompeo würde sie wieder in die Nachtzelle bringen. Dort könnte sie sich über den Tisch schmeißen: hart oder weich, schlafen konnte sie auf alle Fälle. Weiß Gott, vielleicht würden sogar die armen Läuse und Wanzen schlafen. Sie fühlte sich zum Umfallen müde: ganz blöd: ganz am Ende.

»Was trieb dieser Diomede?« Sie schreckte hoch. »Was waren das für Frauen, die um ihn herum waren? Was für Frauen?«

Sie, zwischen der Demütigung und der Wut der Eifersucht, die sie zu erleiden hatte, das Gesicht immer noch im Ellbogen vergraben und den Haaren, die ihr spröd und trocken herunterhingen weit über den Ellbogen und ihre Stirn verhüllten ... sagte schließlich, ja, daß er imstande war, sich mit gewissen häßlichen, alten Weibern abzugeben, wenn sie nur ...

»Wenn sie nur was?«

Na ja, wenn sie halt ... nicht, daß er sie kränken wollte,

wenn er mit denen ging. Es war nur aus ... Geschäftsinteresse. Weil er seit zwei Monaten arbeitslos war: und keine Arbeit fand: eine etwas bessere Arbeit, von der man leben konnte.

»Was für einen Beruf hat er denn?« fragte der Doktor Fumi, voller Milde. »Was für Künste übt er denn aus, wenn er nicht rumspaziert?« Die großen Augen des Inquisitors weiteten sich; ein wenig gelb in den Augenwinkeln, ruhten sie trauervoll auf jenem Haargestrüpp, das wie ein Wasserfall über den Ellbogen des Mädchens niederfiel. »Elektriker«, schluchzte sie, ohne den Kopf ganz zu heben, indem sie ihn lediglich ein wenig aus der Wehr der Arme und des Ellbogens hervorzog, um die Stimme hervorwölken zu lassen. Sie netzte nunmehr mit besänftigten Zähren den Ärmel, wo wiederum ein Loch zum Vorschein kam, auf der Gelenkspitze der Schulter, und der Riß in der Bluse und im Unterhemd und die Weiße der Haut. »Jetzt, glaub ich, hat er grad eine Engländerin«, bestätigte sie, indem sie in die Feuchte mit feuchten Worten, hineinschluchzte: »eine scheußliche Amerikanerin hat er, soviel ich weiß. Aber die ist nicht alt, hat aber Haare wie Stoppeln!« Sie putzte sich die Nase am Ärmelaufschlag. »Und Geld hat sie, Geld! Das ist's, was sie hat«: und wieder brach sie in Schluchzen aus.

»Und wer ist diese Person? Kennen Sie sie? Wo wohnt sie? Kannst du mir das sagen? Sag, sag, diese Amerikanerin, oder Engländerin?«

»Was glauben Sie denn? Woher soll ich das wissen! Sie wird schon in irgend so einem Luxushotel sein, da wo die feinen Leute hingehen ...«

»Wo da?«

»Na, da droben in den oberen Vierteln, in der Via Boncompagni, in der Via Veneto. Woher soll ich das wissen? Ich weiß nur, daß es so ähnlich wie Burger heißt ... oder Borges ...«

»Aha, ich weiß schon, die Pension Bergèss«, sagte der Pompeo, indem er den Namen auf ganz persönliche Art aussprach.

»Pompè«, sagte der Doktor Fumi sich umwendend, »heute nacht will ich die Hotellisten sehen.«

Pompeo guckte auf seine Armbanduhr. Ingravallo löste sich vom Tisch und begann, langsam, auf dem kalten Ziegelsteinboden hin- und herzugehen: gesenkten Hauptes, mürrisch, schien er über all dies Durcheinander nachzudenken, getreu seiner Gewohnheit.

»Also los, Pompeo, zum Fremdenmeldeamt, Pension Bergesse. Und Petri Heil! Und sobald sie irgendein Indiz haben, sofort den Portier ausfragen. Referenzen beschaffen. Portiers! Informationen her! Wozu hocken diese Portiers herum, in den Hotels!« Er zögerte einen Augenblick. »Und auch in den Pensionen, Pompè! Ingravallo, Sie werden da wohl auch einen Blick drauf werfen müssen ... auf dieses Stück von einer Amerikanerin.« Don Ciccio stimmte zu, mit einer Zweizehntelmillimeterbewegung seines Schädels.

»Und morgen früh, Pompè, da machen Sie einen kleinen Spaziergang über die Via Veneto. Da müssen Sie, so ganz per Zufall, einer Engländerin über den Weg laufen, verstehen Sie? Und dann, haben Sie mich kapiert ...« Tiefer Blick auf Pompeo. »Ihr folgen, ihr nachgehen: und sie, zusammen mit dem Knaben, erwischen!« Zeigefinger sticht in den Abgrund, »nach dem Rendezvous«, Triumph, »mitsamt dem Knaben haben Sie sie festzunehmen, nicht etwa vorher«: Trällern »Nachdem sie sich getroffen haben! Haben Sie mich kapiert, Pompè? Mit der Stoppelhaarigen!« er krauste die Stirn. »Engländerin, Engländerin«, pensif, minding, »oder noch besser ... warum nicht?« minding, »Schottin oder Amerikanerin!« Kurzes Schweigen: »nach dem Rendezvous!«

»Ich habe begriffen, Herr Oberkommissar: aber ...«

»Stoppelhaarige!«: Augenbrauen und Wimpern unerbittlich, gen Himmel gewandt: erbarmungsloser Ton: Handfläche abweisend vorgestreckt, um jeden zulässigen oder unzulässigen Einwand abzuweisen: Finger steif zur Monstranz gefächert.

»Und die Photographie von dem photographierten Knaben hier«: er schlug mit der Hand aufs Herz, mit pathetischem Schwung: »von dem schönen Knaben die Photographie, dem ... dem Diomede Luci .. ani ...«

»Lanci-ani«, korrigierte Ingravallo.

»Schon gut, schon gut, Ingravallo! Vom Lanciani, vom Lanci-ere.« Dann, an die Umstehenden gewandt, über deren Kreis er die Augen rollen ließ, mit dem befriedeten Ton dessen, der sie verläßt *de moribus, de temporibus:* »Diese Jungfrauen gehen jeweils zu hundertfünfzig auf einmal an Land an der Immacolatella. An der Mole Beverello. Von der ›Conte Verde‹!« verkündete er: und riß die Brauen bis zur halben Stirn empor, Zeigefinger-Daumen lehrhaft zur Linse gerundet: »oder von einem Transatlantiker der Kauns Lein!« Kommen in Schwärmen, schwirren aus dem Bauch der Conte, wie Hühnervolk aus der Steige: wenn's nach langer Fahrt übers Weltmeer endlich auf Land gesetzt wird, freigelassen: trippelten in Truppen den Schiffssteg herunter, mit Taschen, mit Brillen, verstreuten sich übers Beverello: zwischen Koffern, zwischen Hotel- und Cooks-Travels-Agenten mit goldfädengestickter Schrift auf den Mützen, und Gepäckträgern und mauloffenen Adjutanten und, Eisverkäufern und Korallenhörnchenhändlern, und Diensterbötigen mit

Adressen und Ratschlägen und Erfindern von unnotwendigen Notwendigkeiten, Beflissenen, Neugierigen aller Art, Weibern.

»Nun ja...«, und der Doktor Fumi bewegte seine Linse aus zwei Fingern, den kleinen Finger abgespreizt, »Hühnervolk, das goldne Eier legt! Wenn sie legen. Und der Papa, und die Mama, drüben in Chicago, die glauben, daß sie die Bilder im Museum studieren, und wie die Madonna gekleidet ist, wie schön sie ist: wie schön unser St. Gennaro, ja, der auch«: und er schüttelte dazu das Haupt, über die Gutgläubigkeit der Väter, der Mütter. »Die Kapelle vom Beato Angelico! Und die Stanzen des Raffael! Die Fresken des Pinturicchio!« Er seufzte. »Da braucht's andere Stanzen, ganz andere Kämmerlein, für diese Lämmchen«, murmelte er. »Die Himmelfahrt!« rief er aus: »vom Tiziano Vecellio!« und dieser Vatersname, ausgesprochen in dem dreckigen Quästurraum, erhöhte die Ehrbarkeit des Namens Tizian, als ob er damit sozusagen ein Mann mit ordnungsgemäßen Papieren sei, über jede Verdächtigung erhaben. »Ein haargenaues Portrait von der Madonna! mit den sieben siegelgelackten Engelchen überm Kopf!«

Als Vizekommissar bei den Frari, hatten sich ihm die fünf scharlachroten Cherubime der einen von den sechs thronenden Madonnen des Giovanni Bellini (Accademia) ins Gedächtnis geprägt, ins freundliche, wenn auch bürokratisierte Gedächtnis, wie die sieben Siegel der Apokalypse auf einem bleifarbenen Himmel. Und er hatte die Himmelfahrtsmadonna damit beschenkt: der jedoch in Wirklichkeit ein Reigen von Putten ums Haupt tanzt, einige mit Taubenflügeln beschwingt: andere aber nicht: einer, ohne Flügel, aber mit einer Schellentrommel, lobsingend.

»Das glauben die Eltern da drüben, in Boston, in Bruklin.«

Er klopfte sich, hämmernd, mit dem Zeigefinger an die Stirn, machte vielwissende Augen, eine schlaue Miene, als ob er die Schlauheit der Eltern wiedergeben wollte. »Die glauben, daß diese Jüngferchen in Rudeln durch Italien reisen, immer je hundert und hundert, wie Schäfchen aus der Klosterschule. Hundert im Museum, hundert im Theater, hundert im Aquarium, Sie wissen schon, wo die Fische sind, unter Wasser; hundert in den Caracalla-Thermen, hundert im San Calisto bei dem Onkel Klosterbruder mit der Kerze, die so leicht ausgeht. Die, mein lieber Ingravallo, Sie verstehen schon, denken nicht im Traum dran.« Er wandte den Kopf den Untergebenen zu. »Die, kaum daß die vom Bootssteg herunter sind, mein lieber Ingravallo, Sie verstehen, frrr, frrr«: und er flatterte mit seinen Flossen, und warf sie hierhin und dorthin wie Blitze, mit den Augen eines Donnergottes.

»Eine hier, eine dort: verstehen Sie?« und die Augen, leuchtend vor Betrübnis, heimsten ringsum Zustimmung ein. »Jede für sich allein, Gott für alle! In Taormina, in Cernobbio, in Positano, in Baveno«, er versteifte sich: »auf Capri, in Fiesole, in Santa Margherita, in Venedig«, der Ton wurde hart, beflügelte sich mit wachsender Strenge, senkrechte Falte, inmitten der Stirn: »In Cortina d'Ampiezzo!«

»D'Ampezzo«, brummte Ingravallo.

»D'Ampezzo, d'Ampezzo: richtig, Ingravallo, Sie sind der reinste Philosophieprofessor.« Er krauste die Brauen. »In Cortina, in Positano! Auf Wiedersehen!« Er hob mehrmals die Hand in die Luft, und grüßte jemanden, der nicht vorhanden war. Er hob das Gesicht vom Tisch. »Auf Wiedersehen an Ort und Stelle, auf der Mole, am Beverello. In genau sechs Monaten.« Schweigen. Er seufzte vielwissend. »Raffael, haha!« rief er aus, in einem erneuten Anfall von Entrüstung: und diese Entrüstung rollte aus und grollte hinter der vorhergegangenen Verkündigung her, wie ein Donner hinter dem sich verziehenden Gewitter. »Stanzen!« ereiferte er sich. »Pinturicchio! Die Stanzen, die Kammern, die die brauchen, das sind andere, Pompè! Und so eine Kammer, mein Lieber, die müssen Sie heut die ganze Nacht suchen!« Dann, gefaßt, endlich, zu sich selber: »Und auch der Pinturicchio ... ist ein anderer ...«

Die Mädchen, kaum daß sie auf dem Beverello aus dem finstern Bauch der ›Conte‹ ausgeladen, fühlten sofort in ihrem Herzen, schließlich muß man das jungen Mädchen zugute halten, begriffen, erfühlten schlagartig, daß hier im Lande der schönen Künste, und der tüchtigen Handwerker, ein lebender Maler dem toten Pinturicchio vorzuziehen sei. Ingravallo hatte außer Lawrence auch Norman Douglas gelesen, und hatte, brummelnd, Calabrien und Sardinien herausdestilliert wie aus der Phiole eines hyper-wirkungsbereiten Elixiers. Er entsann sich, daß einer der beiden großen Erotologen, aber es war ihm nicht mehr klar, welcher, sich eines Tages in einen Landvermesser verwandelt hatte, und die Zweckmäßigkeit der Aufstellung einer Landkarte männlicher Isohypsen erwogen hatte, ausgedehnt über die ganze Erdoberfläche. Er hatte, in dieser seiner Vermessungskunst, auch das Circen-Territorium eingewinkelt, und dabei die wohlbelegte Gewißheit erlangt, daß Circe sich letzten Endes gar nicht schlecht plaziert hatte für die Ausübung ihrer Kunst, welchselbe darin bestand, die Jünglinge zu vertieren. Jenes Territorium profitlichster Vertierung, das heißt also das des höchsten Niveaus männlicher Potenz, das war, Norman Douglas oder Lawrence zufolge, ein sphärisches Dreieck, vielmehr ein geodätisches Dreieck. Und die Spitzenpunkte, die äußersten geodätischen Hauptstützpunkte des unvergleichlichen Triangels, erkannte er, Norman Douglas oder der andere, Lawrence, als zwischen den Städten Reggio (Calabria), Sassari und Civitavecchia liegend, zum großen Verdruß der Palermitaner. ›Er hätte ja schließlich noch ein wenig weiter nordwärts gehen können, dieser Stin . . keologe‹, dachte Ingravallo und biß vor lauter Wut die Zähne zusammen, ›sich noch ein wenig mehr nach Osten ausdehnen können‹, flüsterte ihm das Unbewußte ein, ›bis hinüber über den molisischen Gebirgsstock.‹ Er zuckte die Achseln: ›Ist seine Sache!‹ Und zog mit verkniffenen Zähnen die Schlußfolgerung: eine wahrscheinlich ungerechte Schlußfolgerung: welchselbige jedoch für diesen Bericht in keiner Weise interessant ist.

Die gebrochenen aber höchst aufschlußreichen Aussagen des Mädchens tröpfelten noch weiter, bis es beinahe elf war. Der Trotz, oder der Zorn in ihrem Gemüt schien ab und zu überhandzunehmen über die Liebe, die entzündete Wiedererinnerung des Fleisches. Der Diomede hatte sie, in der ersten Zeit, jeden Tag bei der Zamira besucht. Fern von ihrem Blick und fern von der gierigen Betätigung seines eigenen, so schien's, hielt es den entflammten Jüngling nicht länger als einige Stunden. Oder er hatte sie manchmal, glühend, zitternd, ein gut Stück begleitet, auf der Straße oder einem feldwärts führenden einsamen Sträßlein, zögernd im Schritt, zwischen den Hecken, vor lauter Verzögerung des Leibes, Verzögerung durch Leib, Herz und Sinne, durch das Herz: das Herz der Sinne. Sie wählten den Pfad, der das Eichengehölz säumt, in Richtung Tor ser Paolo, oder das Sträßlein am Gesundbrunnen, gen Casa del

Butiro. Ines, so schien's, kam dies jetzt eben in den Sinn. Sie öffnete die Lippen, als wollte sie ein neues Wort aussprechen: »Die Zamira konnte ihn gut leiden: auf ihre Art. Sie machte ihn fast zu ihrem Vertrauten.« Sie flüsterte ihm, in der Tat, lange Geschichten unter die Nase, schaute ihm dabei fest ins Gesicht, fraß ihn mit den Augen, die auch, naja, nicht wahr? mit einer ganz ausgeleierten Stimme, gedämpft wispernd, wie im Beichtstuhl. Im Wisperstuhl. Als ob sie ihm vorbete oder ihm heilsame Ratschläge gäbe: heilsam nur für ihn, der sie ja besonders dringend brauchte, für sein Seelenheil. Hörte überhaupt nicht mehr auf zu wispern... ps, ps, ps, ps: manchmal, um sich zu vergewissern, ließ sie den Blick herumschweifen, hob sich vielleicht auf Zehenspitzen, kletterte mit dem Mund bis zum Ohr des Jünglings: die köstlichen Geheimnisse waren nicht für die Nase bestimmt, sondern für die geheime Intimität des Trommelfells. »Als ob sie ihm Gebete vorsagte: so endlos lange Litaneien, die gar nicht mehr aufhören, wo dir der Magen schließlich bis auf die Knie runterhängt, länger als der Rosenkranz am Weihnachtsabend...« Als ob sie ihn heimlich instruieren wollte, mhm, über gewisse Vorhaben oder Umstände oder Verpflichtungen oder günstige Gelegenheiten, oder Schwierigkeiten oder Verhandlungen oder Kniffe... So sprach die Zamira damals mit ihm, dem Diomede, mit dem Augenrollen und dem galoppierenden Mundwerk eines Außenministers, über ein neues aber schon bekanntes Finanzunternehmen, wenn er, mit neuen Wörtern, im Flüsterton sich dem bevorzugten Botschafter mitteilt, ihn ›zur Seite nimmt‹: und indes die andern überwacht und in angebrachter Distanz und Untertänigkeit sich vom Leibe hält: die ihrerseits alle eine Miene zur Schau tragen, als ob sie sich über ihn lustig machten, mit ihren Blicken, ihrer ruhigen Sicherheit von Füchsen, in allen Künsten abgefeimten Füchsen: gesättigt, das feine Schnäuzchen von subtilen Operationen: den Schwanz voll vorsichtiger Erfahrungen und den Rücken voll unvergessener Prügel. Im zahnlosen Mund das schwarze Loch: wohinein sie, zwischen Wort und Wort, den bereits abgesonderten Speichel zurücksog mit einer Art feuchten Lispelns, aus dem die R's widerwillig heraussprudelten: wie vom Strudel zurückgeholt, was die Welle bereits vorgeschwemmt hatte. Eine Stauung von kleinen, zartesten Bläschen auf den Lippen begleitete dieses Wiedereinholen: welches, gleich darauf, eine ständig erneute Sichelbewegung der scharfen und scharlachroten Zungenspitze vollendete. Ja, ein Wetterleuchten in den Augen, im Gesicht, kaum daß sie anfing, mit dem Jungen, dem Diomede, zu reden: ja, da drin, in den sierigen Säcken der Augenhöhlen: zwei schwarze Punkte, die Augen, zwei Stecknadelköpfe. Man hätte glauben können, daß der Gottseibeiuns ihr endlich gezeigt habe, wo der Schatz vergraben ist, unter der Erde, der unauffindbare Haufen Gold, die Zechinen: oder das behexende Liebeselixier. Ein schwärzliches Lächeln verzerrte ihr den Mund nach einer Seite, machte das Loch zum Diaphragma: über der Haut des halben Gesichts, ein gelber Widerschein, zum Fürchten, wie von gewissen ungesunden Feuern, von der Münzschmiede des Leibhaftigen.

»Also, sie hatte halt was für den Diomede übrig, diese Schindmähre.« Der Fumi betrachtete wiederum das Gesicht der Ines, indem er seinen Unterkiefer herunterklappen ließ, mit hängender Zunge, wie verblödet. »Und er spielte auch ihren Vertrauten, damals. Und hin und wieder hat sie ihn doch glatt mit hinuntergeschleift in den Keller, um bequemer mit ihm reden zu können! Da muß sie ihm wohl was ganz Wichtiges gesagt haben. Die Schamlose! in ihrem Alter! Die Mädchen ... die nannten mich sowieso feig und blöd. Und eine Stinkwut hab ich da oft gekriegt. Aber ohne Zaster gibt's keine Brötchen. Zu Hause hat's einfach nicht gereicht, mit diesem Zuchthäusler von einem Vater. Da mußte ich mich wohl oder übel ducken.« Die Zamira und der Diomede verschwanden, hinab über die Bretterstiege, einer hinter der andern. Was dahintersteckte, hinter all diesem geheimnisvollen Palavern, »weiß man nicht, weiß man nicht«.

»Heraus damit, vorwärts! Was soll das Geflenne!« sagte der Ingravallo scharf. »Schluß mit der Heulerei!« Die Befragte, das arme Geschöpf, gab zu und leugnete dann wieder und bezweifelte und vermutete dann, daß es sich mit aller Wahrscheinlichkeit um eine Reihe von Ratschlägen und Anweisungen gehandelt habe, wie er »uns Mädchen den Kopf verdrehen könne, ohne sich von irgendeiner das Herz stehlen zu lassen.« Ein Kodex also, ein Wegweiser für »Liebe auf Nummer Sicher«: eine Einführung in die wohlgezügelte Galanterie, in die Liebesbuchführung, wenn nicht gar in die profitliche Galanterie. Und so dies der Fall war, mußte sie profitlich sein für beide, »für ihn und für sie: für sie, die Zamira.« Den Pestalozzi überkam hin und wieder ein Lächeln, ein kaum wahrnehmbares Achselzucken, als wollte er sagen: »das hatte ich längst kapiert: das liegt auf der Hand, meine Herrschaften.«

Die Beamten beschlossen, in Anbetracht der Uhrzeit, kapiert zu haben, daß Diomede, der Kavalier – vielleicht hatte ihn die Zamira dazu beauftragt – als Lockvögelchen fungierte auf der Leimrute, gegenüber den Schönen vom Lande. Gegenüber den schönen, den armen Venusmägden vom Lande: jenen bewußten, robusten, auf stämmigen Beinen, für die jedes Kleiderfähnchen ein Traum ist, im Hauch und im unbarmherzigen Licht des Tages, zwischen der Streu und den Stoppeln unter der Augustsonne. ›Jedes Fähnchen‹, dachte Fumi: ›eine Gunst des Mysteriums.‹ Und dieses war, so dachte er, das güldne, das wölkende Mysterium der Stadt. Die Gewänder, die Geschmeide, die Gerüche aus der Phiole. . . . eine güldne Scheibe von der Fülle des nächtlichen Lichts, wie ein Symbol, wie ein Passierschein zum Eintritt in orphischen Ritus: dorthinein, wo das Leben endlich sich vollzieht. Ein Rausch, nicht erfahrbar ohne Einweihung, aber vorausgefühlt, geträumt (mit Knoblauchgerüchen im Atem) vom Herzen, des Abends spät. Ein stummes »Lebe! Du wirst leben!« nach dem flinken Gabeln im Streu: von den feurigen Wolken des Abends, von der Verheißung des glühenden Horizonts.

›Oh, schmutziges Mysterium dieser Welt!‹ dachte indes Ingravallo. Schon haßte er, in der Tiefe seines Herzens, diesen Kerl, so blond er auch sein mochte: und das übliche Knirschen der Zähne, das Kneifen der Kiefer begleitete das Auftauchen und nur mähliche Schwinden seiner Vorstellung. Es war dies, in seinem Diorit-Schädel, eine gräßliche Vorstellung. Ein dreckiges, jämmerliches Ding war dieser Pomadenhengst, dieser Gigolo. »Ah«, knurrte er, »Diomede mußte als Verführer, als Bekehrer, einweihen in die geheiligten Riten des Abrakadabra: als Zutreiber dienen: als Spürhund, der die Wachteln und die Rebhühner auftreibt auf den Hügeln: als junger Sporn, der die Hühnchen aus ihren Sumpfnestern aufstöbert.« So wenigstens faßten es alle auf, die versammelt waren im Polizeizimmer, wo man den Atemhauch sah unter den Glühbirnen, im Kreis zusammengerückt um das Herzklopfen eines Feldhuhns, große Häscher und ihre Famuli: der Doktor Fumi, der

Ingravallo, der Maresciallo Di Pietrantonio, Pompeo und Paolillo, auch Paolino genannt ... der Brigadier Pestalozzi, »der Motorradler«. Ines sprach es nicht direkt aus, doch schien es ihnen, daß sie aus ihrem äußerst schätzenswerten Berichtchen über den Abstieg des unternehmungslustigen Blonden mit der mehr als kumäischen Sibylle in die Hölle, aus ihren häufigen, wenn auch schwankenden »ich weiß doch nicht, ich könnt's nicht bestimmt sagen« schließen, zu der Feststellung gelangen durften, daß der Diomede Lanciani, der Lanzenbrecher, wohl seine deftigen Tröstungen (denn daß solcherart seine Tröstungen stets waren, ließ das Mädchen durchblicken) auch der überreifen Wirtshaus-Schneiderin und Färberin, Entfleckerin militärischer und ziviler Kleidungsstücke, hatte zuteil werden lassen.

Ja, Tröstungen gespendet hatte: der ekligen Venus zum Trotz und ihrem flügelschlagenden, bepuderten Puttenschwarm. »Diese alte, zahnlose Dreckskuh!« so definierte sie der Pestalozzi in seinem in der Tat reichlich anrüchigen Vernunftschluß. Das war ja nun deutlich geworden: der Blonde hatte der Alten wiederholt Beweise seiner Klugheit und seiner Tauglichkeit geliefert: und zwar bezüglich der Eingängigkeit seiner Lockspeise und seiner Verfahrensweise, so dachte er weiter, sich selber korrigierend, die ja von jeher bekannt und im Ablauf der Jahrhunderte immer aufs neue verwendet wird, und insofern die Klugheit sich als überflüssig, die Tauglichkeit aber als um so notwendiger erwies. Eine ob jeglichen widrigen Zufalls unbekümmerte Tauglichkeit. Er hatte ihr den besten, oder den schlechtesten, Teil seines Unternehmungsgeistes gezollt. Ja, das war nunmehr klar, der Unternehmungsgeist ... den hatte er ihr kühn eingehaucht, der Magierin: vielleicht auch, nein, sicherlich sogar, gegen angemessene Entlohnung. »Vorher hat er ja keine gehabt, keine Moneten«, entfuhr es der Ines, »hernach hatte er welche.«

Dem Brigadier Pestalozzi kam es sogar vor, als entsänne er sich der schweigsamen Anwesenheit des Diomede: den er im Ausschank bei den Due Santi getroffen hatte. Er runzelte die Stirn. Es kam ihm vor, als könne er sich ihn genau vorstellen. Wieso? War's möglich? Warum nicht? Aber ausgerechnet an dem Tag? Das schweigsame und plötzliche Auftauchen über der Stiege: ein Jüngling von selten gutem Aussehen, durchaus, blond wie ein Erzengel, aber ohne Schwert: zurückkehrend vom Schwertstoß in den Abgrund. Der Abgrund, der mußte diesmal den Stoß verspürt haben. Einen Stoß, zu dem man nur gratulieren kann. Er trug im Antlitz, dem festen, blassen und mit kaum erhöhten Backenknochen gezeichneten Antlitz, trug im klaren und deutlich blauen Blick jenes frevlerische Gelüste, das fast hysterische, das ein Maler aus den Marche, ein Lorenzo Lotto, als krönendes Merkmal der Physiognomie des Himmelsgeflügels herausstudiert hatte: wenn er ihm gewisse, ein wenig bedenkliche Aufträge zuteilte. Wollte man dieses Gelüste aufs Papier bringen, dann würde es sich in folgenden wohlbekannten Termini niederschlagen: »Jedes Ding läuft, wie es will, vorher aber läuft es, wie ich es will, denn ich bin ein Erzengel. Wenn jemand anderer Meinung sein sollte, den werde ich gleich in Reih und Glied bringen: und zwar mit diesem Stöckchen hier.«

Damals jedoch schien seine schöne Selbstsicherheit, nämlich daß er ein Ausnahmegeschöpf sei, ihm ein wenig abhanden zu kommen, als er sich plötzlich einem Brigadier der Carabinieri gegenüber fand: ein Baumstamm, der ihn ein wenig aus dem

Gleis brachte, so rot und schwarz: der uns alle ein wenig aus dem Gleis bringen könnte, unter gewissen Umständen. Er aber merkte sofort, daß der Brigadier sich eine Limonade hinter die Binde gegossen hatte: um so besser.

Wie er als Elektriker nach Rom gekommen war, so berichtete die Ines, da hatte er zuerst in einer Werkstatt Arbeit gefunden, für sechzig Lire die Woche: »aber sie hatten ihm gekündigt.« So daß er dann mal hier mal dort arbeitete: auf eigene Rechnung; »er ging in die Häuser, um die Leitungen zu richten, wenn sie schadhaft waren, oder Licht in ein Zimmer zu legen, oder in eine neue Wohnung: bei irgendeiner alten Tunte«, vermutete sie und wurde wieder ärgerlich. »Auch um Sicherungen auszuwechseln und Klingeln zu reparieren, wenn sie kaputt sind und nicht mehr gehen: denn da gibt's ja so gewisse Herrschaften, besonders die Frauen, die Angst haben, auch nur eine Leitung anzufassen, oder eine elektrische Sicherung. Du liebe Güte! weil sie am Ende einen Schlag kriegen könnten. Und außerdem, wenn man sich's überlegt, wer steigt denn gern auf eine Leiter, bis wo der Kopf an die Decke stößt? Höchstens so ein armer Teufel, der sich sein Brot damit verdienen will, und der stundenlang da droben hocken muß, auf so einer Leiter. Und Zöpfchenflechten mit den Leitungsschnüren, danke schön, sag ich: und überhaupt: wo man bei uns Frauen dann alles sieht... mein ich: Strumpfbänder und das übrige«: sie drehte die beiden herrlichen Augen, die Juwelen. »Nein, darauf hat wohl keiner Lust.« Sie schien einen Augenblick zu zögern: weiß Gott, was die Leute sich erwarteten. »Die Mailänder, die vielleicht, die haben Spaß an sowas: die sind alle miteinander Ingenieure.« Sie wiederholte damit, so schien es, einen Ausspruch des jungen Mannes.

Ingravallo kratzte sich ganz leichthin, zick, zick, mit umgewendetem Daumen, die schwarze Lammperücke. »Er hatte also auf Abruf gearbeitet vorher; konnte sie angeben, wo?«

»Wo, das weiß ich nicht: er hat mir's nicht gesagt. Er ging zu den Herrschaften ins Haus. Manchmal ist er auch zu einer Gräfin gegangen, hat er gesagt: eine, die Venezianisch spricht«; sie setzte wieder ihre beleidigte Schnute auf, hinreißend. »Und auch mit der, glaub ich ... aber vielleicht täusch ich mich«: und verstummte.

»Was glaubst du? Red nur weiter«, meinte der Pompeo freundlich.

»Ich glaub ... dort hat sich's ausgezahlt. Er ist ein fixer Bursch. Der, der spannt sofort, wo der Schaden sitzt. Und überhaupt, hier in Rom, wo man soviel Ausgaben hat. Da könnte er gar nicht anders sein.«

Fumi drehte seine Augen dem Ingravallo zu; genau in dem Moment, als der Ingravallo die seinigen, die trüberen, erhoben hatte, um ihn anzublicken. Und dann, zu dem Mädchen gewandt:

»Und diese Gräfin? Wo wohnt die? Sag!« er kniff die Lippen ein »wo ist die zu Hause?«

»Da in der Nähe vom Bahnhof, glaub ich: aber noch hinter der Piazza Vittorio. Aber ich .... ich kenn mich in dem Viertel nicht aus.« Sie errötete ein wenig: ihre Stimme schien zu schmelzen, zu schwanken: in Weinen zu verzittern. »Ich ... ach was! jetzt horchen Sie mich aus! Ich...«

»Quatsch nicht soviel, Kleine, verstanden! Willst du rein oder raus? Kannst dir's aussuchen: wie's dir paßt...«, drohte Ingravallo alles andere als liebenswürdig: und stand auf: finster.

»Eine breite Straße und lang«, sagte sie, schwankend zwischen Scham und Gewissensbissen, »ganz grad... die endet am San Giovanni.«

»Hab schon kapiert«, sagte der Doktor Fumi: »habe die ganze Sache kapiert.« Er blickte wie zuvor auf den Kollegen, der wiederum ihn anblickte.

Diomede brauchte Geld: er hatte es, er gab es aus: er verschaffte sich weiteres: gab auch das aus: Kaffee, Zigaretten, eine Krawatte, Fußballbillett, Kino, Trambahn: und im Lotto spielte er auch.

»Und Aperitif mußte er auch trinken, Carpàno (so betonte sie es). Beim Piccarozzi, unter der Galleria. Vorm Mittagessen, vorher.« Das aber sagte sie voller Stolz, als ob sie sagen wollte: »er trägt ein herrschaftliches seidenes Hemde: jawoll, meine Herren!«

»Und wo geht er zum Essen hin?« fragte Fumi.

»Je nachdem. Wenn er allein ist, begnügt er sich mit einer Stulle. Er ist auch imstand und trinkt nur irgendwo an einem Brunnen: ein Schluck Wasser von der Acqua Marcia, an der Via Scrofa oder am Borghese-Brunnen. Wenn er aber in Gesellschaft von gewissen Fräuleins ist, mit so gewissen Luxuspflanzen...«

»Aha, den hattest du also nicht für dich allein«, stichelte Pompeo grinsend. Und indem er sie an der Schulter faßte: »Geh zu, tröste dich, mein Püppchen!« Sie rückte ab, trotzig, wie angeekelt von der Berührung. »Ja, ja«, weinte sie, »ja, ich will mich schon trösten.«

Sie tupfte sich mit der Hand ab, schluchzte, dann schlug ihre Stimmung um: »Ha, was glaubt ihr denn eigentlich? Ich hab mich ja längst getröstet!« und, mit einem erneuten Nachschluchzer, fischte sie nach einem Lappen, um sich das Gesicht, das Näschen zu wischen, und putzte es schließlich an dem Ärmel. Armes Wesen! Am Ellenbogen war ein Loch durchgebohrt, und der Ärmel geflickt und ausgefranst. Gelenk und Arm und die jammervollen Schultern wurden von verzweifeltem Schluchzen durchgeschüttelt. Aber sie hob den Kopf: und mit tränengebadetem Antlitz blickte sie sie an: »Und wenn er dann so eine aufgegabelt hat, die mit von der Partie ist, ich meine, eine von denen, die nicht so lang herumfackeln, denn deshalb sind sie ja überhaupt unterwegs, die schleppt er dann glatt in ein Luxushotel: zu Bottaro vielleicht, auf dem Ripetta-Ufer: oder an den Quattro Cantoni, zum Aliciaro, hinter San Carlo: oder auch zu der Via delle Vite, wo er dann zu verstehen gibt... daß das eine von auswärts ist, von weither, und von der teuren Sorte: dafür hat er nämlich ein sicheres Auge. Manchmal auch ins Buco am Sant' Ignazio, das sind Toskaner. Da muß man den Wein von dort trinken, der kostet mehr, weil er als Luxuswein bekannt ist.«

»Habe kapiert«, murmelte Fumi, den Kopf über den Tisch gebeugt.

»Toskaner«, hob sie wieder an: und indem sie mit einer Hand über den Kopf strich, warf sie die Mähne nach hinten, Büschel blonden Haares, auf welches Tropfen von Kleister gefallen zu sein schienen: dann flüsterte sie verärgert: »sind auch Stinkkerle, die können mich meinetwegen...« Die Beschimpfung verlor sich pianissimo in der Apokopé des Unendlichen, in einem immer weniger wohlwollenden Schnalzen der Zunge, der Lippen.

»Wieso Stinkkerle, was haben sie dir getan?« stachelte der Greifer sie erneut an, mit einem leichten Lachen, würde der

Romandichter sagen, das aber, seiner Kehle angemessen, der reinste Trompetenstoß war.

»Nichts, nichts haben sie mir getan: aber ich weiß eben, daß es lauter Stinkkerle sind.«

»Ruhig, Pompeo, seien Sie nicht lästig«, sagte der Doktor Fumi und verzog die Nase: und zum Mädchen gewandt: »wie meintest du?«

»Ich sagte, daß mit solchen Frauen gleich alles glatt geht, da braucht man sich nicht lang zu plagen, damit sie einen verstehen. *Scusi mi dire Villa Porchese au do jo è?* Dabei stehen sie auf der Via Veneto. Unterm Torbogen von der Porta Pinciana gradezu, die schamlosen Weiber. Von da ist's nicht weit. Kunststück! Brauchen bloß über die Straße zu gehen. Man zündet ihnen vielleicht eine Zigarette an. Ich könnte Sie ja begleiten, falls es recht ist. Und ob es ihnen recht ist, verlaß dich drauf! Mit mir ist's was anderes... mit den Fetzen, die ich am Leib hab... wo ich halb erfrier drin. Mit mir, da will er heutzutag überhaupt nicht mehr mitgehen: er sagt, ich bin blöd, schau aus wie eine Krattlerin. Aber mit denen, da wohl. Von der Porta Pinciana bis zu den Anlagen am See drunten, oder zur Pincioterrasse, das ist nicht so weit, daß einem davon die Füße weh tun. Ein wenig plaudern, so im Gehen, und hin und wieder dabei ins Gesicht geblickt, sich tief in die Augen schauen lassen. Ich weiß, ich weiß genau, wie er's macht.«

»Und haben sie dich...?«

»Und ob: jawohl, sie haben mich schön ausgeschmiert, und ich, ich weiß nicht, wo ich auch nur ein Stück Brot herbringen soll: ich geh noch ins Wasser. Für die da, da läßt er prima warmes Mittagessen springen, oder zumindest Abendessen.«

»Und der Zaster?«

»Was für Zaster?«

»Das Geld, mein ich, wo treibt er das auf?« unterbrach erneut der Pompeo, indem er den Daumen auf dem Zeigefinger rieb.

»Still, Pompè, Sie bringen mich noch auf die Palme«, ermahnte ihn der Fumi. Dann, zu ihr: »Und diese Mittagsmähler, oder Abendmähler, wer zahlt die denn?«

»Er zahlt, das weiß ich«, erwiderte mit Stolz und schmerzlichem Neid das Mädchen: »aber das Geld dafür steckt sie ihm zu, unterm Tisch. Oder am Eingang beim Bottaro (Neid auf die spendende Rivalin), während sie die Auslagen betrachten, die Spezialitäten des Tages, die da ausgeschrieben sind. Ob's Brathuhn gibt oder Lammbraten. Denn schon haben sie, auf dem Weg dorthin, alles miteinander ausgemacht: daß er ein patentierter Fremdenführer ist, daß er die Prüfungen abgelegt hat, daß er nur noch die Lizenz abholen muß in der Via Panisperna, aber daß er dafür noch einige Unterlagen, Stempel beschaffen muß, daß er alle Wirtshäuser in Rom auswendig kennt, daß es aber keinen guten Eindruck machen würde, wenn man merkt, daß sie es ist, die blecht. Das ist hier anders als in Paris. Hier ist der Papst zu Hause.« Alle lachten. In Müdigkeit, unter Tränen hatte sie gesprochen, zuletzt, aufrecht leuchtend im welken Licht des Polizeibüros: die Brauen, die blonden, hochgewölbt, strahlten rings um die leuchtende Ernsthaftigkeit des Blicks: Tränen hatten die Iris blankgewaschen, dunkel kastanen, in den türkisenen Gemmen, die sie umgaben. Das Antlitz sah schmuddlig aus, und müde.

»Auch seine Tante, wenn's überhaupt seine Tante ist, die hat sich einmal hundert Lire von ihm gepumpt. Einmal, wie sie's ganz eilig hatte, ich erinnere mich nicht mehr, wohin. Und ich glaube, den hat er nicht mehr wiedergesehen, den Hundertlireschein. Das ist die Frau von so einem Raufbold, der früher Bäcker gewesen ist, sagt sie, der aber überhaupt nie heimfindet.«

Mit der Zamira hatten sie sich zerstritten: »Vielleicht, weil er mich dazu gebracht hat, daß ich von dort weg bin: und da ist sie wild geworden wie eine Furie. Das wirst du noch bereuen, hat sie gesagt: diese Hexe! hör auf mich, das wirst du bereuen, mein schönes Püppchen. Mit ihren Haifischaugen! Er sagte, ich solle gleich ein Glückshörnchen berühren: und selber hat er's auch berührt. Ja, er war's, der mich dazu gebracht hat. Und dann haben sie sich zerstritten. Vielleicht deswegen, aber, wer weiß, vielleicht aber auch weil kein Geschäft mehr zu machen war. Sie ist eine böse Hexe, eine alte berufsmäßige Vettel vom Land. Sogar in Afrika ist sie gewesen, um es dort zu treiben. Vor fünfzehn Jahren. Und wenn sich's um Geld dreht, da ist sie imstand, dem eigenen Vater das Messer hineinzurennen. Von da hat er mich weggeholt.«

»Und deswegen haben sie sich zerstritten?« fragte Fumi, wenig überzeugt. Das Mädchen schien die Frage zu überhören. »Er, andererseits, das kann man verstehen. So ein Mannsbild! Für nichts und wieder nichts ... das ist zu wenig! Sollen sie sich doch einen anderen suchen. Nur um der Ehre willen arbeiten, sagt er, dazu hat er nie Lust gehabt. Ihr Frauen, sagt er, tut nichts weiter dazu, als daß ihr ein Weilchen stillhaltet. Zwei Minütchen genügen. Ein paar Seufzerchen. Und derweil... domino vobisco, oh Gott, Alfredo! und schon ist's vorbei! Aber wir, sagt er, wir! und ist ganz empört: bei uns gehört schon mehr dazu.«

»Bitte, habt ihr das gehört?« sagte Doktor Fumi äußerst gedemütigt, als müsse er mitanhören, oder mitansehen, wie man mit ungeahntem Hohn und Hinterhalt die geheiligtsten, die festverwurzeltsten Überzeugungen von der Güte der menschlichen Natur hinterrücks anfällt oder verspottet. Er ließ die Augen umherrollen, betrübt, wie um die Herren Mitinquisitoren um Hilfe anzugehen. Der Hals war ihm zwischen die Schultern gesackt: als ob ein mißgelaunter Apostel ihm einen Stiefeltritt aufs Haupt versetzt habe. Die zynische Unverfrorenheit der Aussprüche des jungen Mannes, welche die Ines referierte, waren wie das I-Tüpfelchen auf den vollendeten Bericht.

Man war dabei, sie zu verabschieden, und Paolillo hatte sich schon in Bewegung gesetzt, ein unbezähmbares Gähnen beschäftigte seine Kinnladen, die schon seit Stundenfrist nach ganz anderer Beschäftigung gelüstete: als sie, nachdem sie die Tränen getrocknet, noch ein paar Wörtchen fallen ließ, um das Gesagte zu ergänzen: mit ruhiger Stimme, tönend, wie der Refrain einer Arie, die sie zuvor zur Wonne ihrer Zuhörerschaft von sich gegeben: »Er hat auch einen jüngeren Bruder, der heißt Ascanio: der muß auch da aus- und eingegangen sein, in dem Haus, wo die Gräfin aus Venedig wohnt. Ein hübscher Kerl! und gerissen wie so leicht keiner! und immer auf der Lauer, der, wie wenn er niemandem ins Gesicht schauen könnte. Der äugt einen immer so von unten herauf an, und gleich darauf fallen ihm die Augendeckel herunter: daß er einem vorkommt wie ein Kater, der ganz schläfrig tut, und derweil hat er irgendwo in die Ecke gedreckt und weiß es ganz genau, aber er will's nicht merken lassen. Ein fixer Bursch, genau wie der Bruder: aber auf eine andere Art: so zwischen Ministrant und Schmuser, von dem Bäcker da drunten.«

»Und der also wäre der jüngere Bruder, das kleine Brüderchen, Ascanio Lanciani«, sagte Fumi gedankenvoll, einladend, und stürzte seine Zunge schwungvoll ins »cia« des Namens Lanciani, *more insolito*. Aber, der Aprikosenkorb war nunmehr leer.

»Ja, Ascanio«, sang sie dennoch weiter, »Ascanio.« Ingravallo überkam ein Zucken, in dem ein Grollen seiner Seele lag: wie ein dösender Hirtenhund, der, in seinem professionellen Mißtrauen, aufgeschreckt wird vom filzumwundenen, vorsichtigen Tritt des Wahrscheinlichen, des Unwahrscheinlichen. »Einer, der als Ladenbursche arbeitet, in Lebensmittelläden... einmal hier, einmal dort. Außerdem muß er auch in die Dörfer gegangen sein, mit einem fliegenden Händler. Grad am vergangenen Sonntag hab ich ihn getroffen, am dreizehnten, da hat er bei seiner Großmutter Porchetta verkauft...«

»Und wo?«

»...auf der Piazza Vittorio, und er hat mir sogar eine Stulle gegeben, so ganz schnell, unter dem Schurz: der kann nämlich so Zauberkunststückchen: und Augen hat er gehabt, weiß vor Angst, ob ihn auch die Großmutter nicht erwischt: und mit so einem Schopf auf dem Kopf! Er hat zu mir gesagt: sag's ja niemandem, daß du mich hier gesehen hast. Warum denn? Ach, immer diese Geheimnistuerei! Eine Stulle mit so einem Trumm Porchetta mit Rosmarin! Eine Portion für zwei Tage. Ohne daß die Großmutter es gemerkt hat. Die alte Hexe, die ist imstand und schlägt ihn, wenn sie's merkt. Hat mich schon ganz schief angeschaut, wie ich da so mit ihm getuschelt habe, mit dem jungen Mann...«

»Um welche Zeit war das?«

»Das war vielleicht so um elf. Ich war schon ganz blöd vor Hunger. Die große Glocke, von Santa Maria Maggiore, hörte nicht mehr auf mit Hin- und Herwackeln... wollte wohl eine

Fürbitte vom Heiligen Joseph für uns herausschlagen, der ist ja so herzensgut, sagt man: und am Samstag ist ja sein Fest, aber die Gnade hat er schon vorher geschickt. Denn mir ist der Ascanio über den Weg gelaufen, der mir die Stulle verehrt hat. Diese Glocke, wenn ich die höre, dann kommt sie mir vor wie meine Großmutter auf dem Schaukelstuhl: und rrauf und rrunter, brrrr, brrr, und bei jedem Tritt, den sie dem Gestell versetzt, da rutscht ihr auch ein Wörtchen raus, nach hintenhinaus: brrr, brrr, frrr, frrr, frrr... Einen Hunger hab ich gehabt! Und ich hab's ihm klipp und klar herausgesagt, daß ich Hunger hatte, daß ich eine gute Kundschaft wäre: derweil er immerzu seine Porchetta hinaustrompetete! Wunderbare Porchetta! (und kein Mensch wollte was davon, bei dem Preis!) die Goldporchetta!! Er hat mich verstanden: hatte bereits kapiert, kaum daß er mir ins Gesicht geguckt hat. Und das war meine letzte anständige Brotzeit, die ich seitdem gekriegt habe: ein bißchen was Handfestes, bevor ich hierher geraten bin. Wenigstens das!«

Der Zufall *(non datur casus, non datur saltus)*, ausgerechnet der verdrehte Zufall schien in dieser Nacht den Ratlosen zu Hilfe zu kommen, die Nachforschungen wieder ins Geleis zu bringen, nachdem der Wind umgesprungen war: der Zufall, das Glück, das Netz, das ein klein wenig aufgefädelte, ein bißchen laufmaschige Netz der Patrouille, viel mehr als alle Weisheit der Künste oder haarspalterische Dialektik. Ingravallo ließ den Deviti (diesmal war er da) rufen und erteilte ihm den Auftrag, für den nächsten Morgen dieses Bürschchen aufzutreiben, den Ascanio Lanciani. Die Personalbeschreibung des Jünglings ... die konnte ihm die Ines liefern, ein regelrechtes hübsches Portrait. Und sie konnte auch genau erklären, wo sich der Verkaufsstand und die Großmutter befanden, wo er die Porchetta verkaufte: ja, an der Piazza Vittorio, genau, da wo der Parkplatz war. Dem Pestalozzi wurde die Kopie einer Liste ausgefertigt, maschinengeschrieben, eine Liste der Türkise und Topase, in der alle O's als lauter Löcher im Durchschlagpapier erschienen, runde Löcher, rund wie eben die O's: Ulcera von einer Exaktheit und einer operativen Freizügigkeit, die von keiner ebensolchen Freizügigkeit im Budget des Büros aufgewogen wurden. Die einen waren regelrechte Topase, andere wurden zu Topatzen: die Juwelen der in der Wohnung Überfallenen und enttopasizierten Menecazzi, welchselbige ausnahmsweise hier wieder in den Vollbesitz ihrer Zet-Buchstaben gelangte, wobei jedoch diesmal das paduanische *G* zu einem mittelitalienischen *C* geworden war. So kann es geschehen, daß innerhalb der unerbittlichen Staatsverwaltung, der zu unterstehen wir die Ehre und das Vergnügen haben, und die uns die Papiere und die lebensnotwendigen Stempel verleiht, kann es also geschehen, daß die Nachfolge eines *Carlo Emilio*, Sohn des vorhergegangenen *Paolo Maria*, der seinerseits dem großen Toten von Canne nachgefolgt ist, in einen *Gadòla* verwandelt wird: und auf diese Weise durch standesamtliche Verwünschung auf dem Platze eines *Gadda* leuchtet. Das Blatt der Liste Menecazzi erhielt einen Zusatz (Ingravallo ließ die Augen sinken, indem er dem Vizebrigadier Pestalozzi das zweite Blatt überreichte) in Form einer zweiten Liste, die auf viel düsterere Weise schrecklich und herrlich war: die jener anderen Juwelen, welche einst in der Kassette in der Kommode lagen, der Juwelen der Signora Liliana.

8

Die Sonne hatte noch nicht die mindeste Absicht, am Horizont zu erscheinen, als bereits der Brigadier Pestalozzi (auf dem Motorrad) die Kaserne der Königlichen Carabinieri von Marino verließ, um sich in Richtung auf die Laboratoriums-Kneipe zu katapultieren, wo er in keinster Weise erwartet wurde, zumindest nicht in seiner Eigenschaft als diensthabender Brigadier. Die Mädchen, und vor ihnen bereits die Magierin, hatten, oh ja, hatten in der Luft ein gewisses undefinierbares Interesse gewittert, hatten hierauf ein gewisses Herumsummen der Carabinieri wahrgenommen (wie von häßlichen Schmeißfliegen, wenn unversehens ein neues Wunderding hofhält, auf dem Land) vor allem beim Maresciallo, beim Brigadier: sie alle kreisend um den süßen Honigseim der Strumpfwirkerin, bis hin auf die Schwelle der Kneipe und hinein, an den Schanktisch: ein Zuzug, der nicht der gewöhnliche war: der sich vom 17. auf den 18., vom Donnerstag zum Freitag, im Lauf von vierundzwanzig Stunden, in einem Schal aus grüner Wolle objektiviert hatte: welchselbiger wahrscheinlich, wenn nicht gar mit Gewißheit, geklaut war: daher die Dringlichkeit für den Nutznießer dieses Besitzwechsels, ihn der Zamira zum Auffärben überbracht zu haben. Das erneute und in etwan gar verstärkte Gesumse der graugrünen oder schwarzroten Kerle war nicht von der Art, die man privater Heimsuchung zuschreiben durfte, dem Überschäumen also der ewigen, wenngleich im Zwang der Disziplin befindlichen Lymphe. Mitnichten! Das emsige und zunehmend lebhafter werdende Umkreisen des Laboratoriums, vielmehr der alten Bruchbude, welche diese Spezies beherbergte, hatte sich, seit ein paar Tagen, als ein sehr reales und carabinierihaftes Gesumse herausgestellt, war offensichtlich einem ganz bestimmten Langfinger-Vorfall zuzuschreiben: also ein schlechthin wohlangebrachtes Gesumse. So daß, versteht sich, die Mädchen still und zugeknöpft waren. Und nadelten, und schneiderten, und stichelten: und tricktrick und tracktrack auf der Maschine. Die beiden Galonierten, der Maresciallo und der Brigadier, einer hinter dem andern und fast im Wettstreit miteinander, hatten mit wirksamer Unauffälligkeit, fast als ob es sich um eine momentane Neugier handle, jene unvorhergesehene, dann aber vorhergesehene und erwartete kleine Frage fallen lassen: nach dem Schal: wie er gewesen sei, welche Farbe er gehabt habe, ob er aus Stoff gewesen sei oder handgestrickt, nicht etwa maschinengestrickt? Ein altes Weiblein hatte ihn verloren, so sagten sie, beim Aussteigen aus der Trambahn...

Die Zamira blies kleine Speichelbläschen aus dem Loch, davon sich ihre Lippen in den Mundwinkeln beperlten: das war ihre Art des Herzklopfens, der Anteilnahme. Es lag ihr wie eine Einladung über den Lidern, das erschlaffendste, das süß verlockendste Anerbieten des *mi-carême*. Aber die andere, die Junge, die fast Bräutliche, jene, welche vor dem väterlichen Herzen des Maresciallo die erblühte, die purpurne Rose war im Bouquet der weißen und knospenden, hatte ihm bereits »ihre« Augen in die Augen geschnellt: rascher und leuchtender Blick der Adeptin, und jener Pfeilschuß, so betaut von Klugheit, war ihm mehr als genug, dem Maresciallo: um mit plötzlicher Parapathie unverzüglich sich eines Stelldicheins zu versichern, eines abendlichen und zufälligen; oh zufällig, zufällig, auf halbem Weg des Sträßleins zur Santa Margherita in Abitacolo: zu einer Stunde, da keine lebende Seele dort wäre. Dann und dort würde ihm (in seiner Vorstellung) der Schal zugebracht: leuchtend grün. Und im Brodeln des Gewispers waren gleichzeitig aufgetaucht: die Kalesche, der März und der schräge Regen und der neue Mond und aller Überschuß des Märzen und der dem Pferd – arme Kreatur! – dargebotene heiße Wein, im Napf: und, was wichtiger war: die Firma Ciurlani in Marino. Und schließlich der Name, der Schreibname, der Spitzname, die Wohnstätte des Genannten, des »hübschen Burschen«: mit einigen zusätzlichen Auskünften: einigen Glanzlichtern bezüglich des Aussehens, Charakters, bezüglich Typ, Gewohnheiten, Figur, Schnürsenkeln in den Schuhen. Der Monteuranzug übrigens, abgesehen von der Mütze, fehlte am Portrait. Eine genaue Frage des Maresciallo fand keine Antwort. In der Laboratoriums-Kneipe der Due Santi hatten sich die Mädchen, und übrigens auch die Zamira, jedesmal in verträumte Unschuld verloren, hatten geschwiegen, indem sie ihrerseits mit dem Blick den Frager befragten: oder sie hatten mit den Achseln gezuckt oder in Unwissenheit den Mund verzogen.

Gegen Montag dann, hatte sich der ein wenig fröstelige Eifer der Carabinieri gänzlich gelegt. Hin und wieder hatte ein Milizsoldat, vom Rad gestiegen, sich zwar verweilt, um eine Limonade zu bestellen. Das Schwingen des Türgriffs am Eingang mit den bunten Scheiben hatte blinkend Bescheid gegeben vom Nahen eines Klienten: und selbiger war erschienen: und war ein des Weges kommender Carabinieri. Nach Einverleibung des Sprudels, sobald das Gesprudel sich wie üblich verflüchtigt, ihm also auf dem Retourweg wieder heraufgewölkt war, in Form jenes gewissen nasalen Krypto-Rülpsers, der auf Getränke dieser Art zu folgen pflegt, da knöpfte der Krieger seine Joppe wieder zu, welche er zur Erleichterung des Atmens ein wenig geöffnet hatte: und ein schwärzlicher Klops, der mit Papier dicker gestopft war als ein Wurstbrot mit Wurst: eine speckige Brieftasche: unentbehrliches Instrument des Schweißbedeckten und Mühseligen, kam zum Vorschein, zur umständlichen Begleichung eines »Getränkes«. Das Fingergefummel in den Knopflöchern, um den nobleren Knöpfen der Uniform wieder zu freiem Glänzen zu verhelfen, hatte es den Mädchen, vor allem der Meister-Schneiderin verstattet, mit einem flüchtigen, aber nichtsdestoweniger fachmännischen Blick die lebensvollen Umrisse des Oberkörpers zu beäugen, den Seelenzustand des vom Durste Befreiten abzuschätzen, Friedfertigkeit, Kraft, Entspannung, Versagen, Stolz, und ihn zu verzeichnen, den Seelenzustand nämlich, als Aktivposten im Hauptbuch des menschlichen Geschlechts: das heißt, einen derzeitigen einschlägigen Dienstauftrag, einen »zufälligen« oder begründeten, auszuschließen.

Dreiundzwanzigster März, in der Kaserne der Königlichen Carabinieri, Marino. Ein Milizsoldat, der zu nächtlicher Stunde sich erhoben, beim Frühschummer herabgestiegen war, wartete im Hof. Der Pestalozzi erschien, dunkle Gestalt aus dem Dunkel, aus dem Gewölbe heraus: schritt zum Motorrad: man konnte das weiße Bandelier erkennen, das die Eilfertigkeit der Bewegungen in eleganter Dienstmontur hervorhob. Wenige Worte zum Untergebenen, kurze Inspektion des bis zur Schnauze mit Kot bespritzten Stahltiers. Dann, sobald er im Sattel saß, einen Fuß auf dem Boden, den linken, gab er dem Motor den Tritt: mit dem rechten. Der Posten hatte die Tore aufgerissen wie für eine Galakutschenausfahrt des römisch-apostolischen Prinzen und Fürsten von Marino. Pestalozzi schien nachdenklich. Mittwoch, der dreiundzwanzigste, dachte er. Tatsächlich. Er hob die Augen zum Turm, den ein Rinnsal fast gelben Lichts, von einer abgeschirmten Lampe stammend, von oben streifenförmig erhellte, knapp unter der noch erhaltenen Rauheit des Zinnenkranzes. Sechs Uhr fünfundzwanzig war's auf der Turmuhr: genausoviel wie auf seiner eigenen. Als Begleitperson hatte er den Milizsoldaten abkommandiert, der ihm mit dem Hintern auf dem Sozius wuchtete und seinerseits dabei war, die Beine ins Boot zu ziehen, indem er den Vorgesetzten mit beiden Händen um die Taille faßte und auf den ersten Knatterer des Motors wartete. Er, mit dem rechten Bein, trat zu, drehte am Gas. Der Zylinder begann endlich zu gurgeln, die ganze Maschine zu beben, die Flügel zu heben. Der Posten salutierte stramm: die Schwelle ward überschritten. Die Kurve veranlaßte keinerlei Sturz. Aber die beiden, sie lasteten schwer auf den Felgen. Der Kies war schlüpfrig, und es ging steil hinab: ein Pelzchen von Schlick, hier und dort, machte die Sache noch gefährlicher. Das Roß mit den zwei Reitern auf dem Rücken rollte verhalten, schnaubend, hinab, bog nach rechts, dann nach links zum Eingangstor der Ortschaft, zwischen Mauern aus schwarzem Peperin und Schatten, unter quadratischen Fensterluken, wo rostige Gitter die Düsternisse gefangenhielten. Hier und dort eine Gemeindelaterne; wiegte ihren Gruß den Flüchtigen, aus jener dunklen und steinigen Dorfarmut: Bastion aus Lungenkraut und Mauerwerk, die jählings zum Abgrund fällt, fast wie Vorhänge einer geschlossenen Bettstatt: Blüte bemühter Bilanzen, letzter Seufzer, entrungen dem Innersten des Vize-Bürgermeisters, über die vormorgendliche Verlassenheit einer Straße, wo sausend der Nordwind niederstürzt, des Nachts: oder der Südwind verflaut und verlischt, drei Nächte darauf. Sie fuhren bis hinunter zum Stadttor.

Nachdem sie den Torbogen passiert hatten, dehnte und streckte sich die Straße langhin bis zur Appia: durchlief Olivenhaine, die kaum erst vom Dämmer übersilbert waren, und staksige Rebenskelette in den Weinhängen. Dann wand sie sich wie eine Stola um die feuchten Schultern des Hügels. Bei der ersten Biegung wendete sich auch die Sicht. Der Pestalozzi hob einen Augenblick den Kopf, schaltete den Motor ab, bremste, hielt, mit einer gewissen Umsichtigkeit: verweilte zwei Minuten, um den Morgen zu erkunden.

Es war Morgendämmern, und schon mehr. Die Gipfel des Algido, der Carseolischen und der Velinischen Berge waren unbestreitbar da, grau. Immer neue Magie des Soracte, ein bleierner Fels, ein Aschenfels. Jenseits der Jöcher der Sabiner Berge, an den Einschnitten und Zugängen, welche die Lineatur des Kammes durchbrachen, machte sich das Wiederaufleben des Himmels bemerkbar, in fernsten, harten Purpurstreifen und noch entrückterem und glühenderem Sprühen und Gleißen von gelbem Schwefel und Scharlachrot: seltsame Lacke: edler Widerschein, wie vom Schmelztiegel aus den Tiefen. Der Bergwind war am Vortag verstummt, und nunmehr blies im Wechselspiel der Auspizien der warme Brodem, der billige und verkommene Hauch eines schäbigen Scirocco über Gesicht und Haut. Von weit, noch hinter Tivoli und Carsoli, schoben sich Flottillen von Wolken heran, langgestreckt und über und über mit Zirren geflockt, mit falschen Wimpeln aus Safran, stellten sich eine nach der andern zur Schlacht, eilten freudig dahin, um zu zerschellen: wohin? woran? wer weiß! aber gewiß doch dorthin, wo ihr hoher Admiral ihnen befahl, sich verhackstücken zu lassen, wie der unsrige uns, mit vollen Segeln vorm Wind. Vergängliche, trügerische Frachter, kreuzten sie auf hoher und irrealer Fahrt in jenem gleichsam auf den Kopf gestellten Traum, der unsere Art der Wahrnehmung ist, nach dem Erwachen zur Morgenröte, querten das aschfarbene Riff der Berge der Equier, die morgendlich entblößte Nacktheit des Velino, Vormauer der Marsica.

Der Fahrer, der den Weg wiederaufgenommen, gehorchte der Straße, die Maschine wendete sich in den Kurven, legte sich mit den beiden Männern zur Seite. Auf der entgegengesetzten Wettergegend, drüben am Strand von Fiumicino und Ladispoli, zog eine braunfarbene Herde, rauchte es in gewissen unterlaufenen, bleiernen Schwärzen: enggepferchte Schafe aus der Schlammbrühe, in den Hintern gebissen vom Hund, vom ihrigen, dem Winde, demjenigen, der den Himmel in Regenschauer stürzt. Vereinzeltes Donnern, rrrooo, Hurenteufel! war unverschämt genug, sich auch schon hören zu lassen: am dreiundzwanzigsten März!

Der Brigadier preßte den Fuß nieder, beschleunigte in Richtung Fontana. Weit vorn, wo die Ebene sich mit Wohnhäusern bespickte und zum Fluß niedersenkte, erschien ihm Rom: ausgebreitet wie auf einer Landkarte oder einem Reliefmodell, kaum merkbar rauchend an der Porta San Paolo: klare Nachbarschaft einer Unzahl von Gedanken und Gebäuden, die der Bergwind reingefegt und der laue Einfall des Südwinds einige Stunden später mit gewohnter Schlampigkeit aufgeweicht hatte zu billigen Bildern, sanft und süßlich verwaschen. Die Kuppel aus Perlmutt: Kuppeln und Türme: dunkles Gefleck der Pinienhaine. Dort aschfarben, da ganz rosa und weiß, Firmschleier: Zuckerguß auf einer *haute pâté*. Schien wie eine zu Boden gefallene Riesenuhr, durch die Kette des Claudinischen Aquädukts verknüpft ... verbunden ... mit den geheimnisvollen Quellen des Traums. Dort war das Kommando der Polizei: dort, ja dort wartete seit mehreren Monden sein Personalakt, wartete, wartete. Wie bei den Birnen, wie bei den Mispeln, zeichnet sich auch das Reifen eines Aktenvorgangs durch jene Fähigkeit vervollkommnenden Mürbewerdens aus, welche die Hauptstadt des Ex-Königreiches dem Papier zuteil werden läßt, paßt sich einem Zeitablauf an, der nicht umkehrbar ist, sondern den Papieren und zugehörigen Stempeln innewohnt als Inkubationszeit und römische Aufweichung. Mit stummem Staub schmücken sich Karteien und Akten der Archive: mit stillem Spinnweb alle Kästen der Zeit: der Brutzeit. Rom heckt. Rom gluckt. Im Heuschober seiner Dekrete. Der Tag wird kommen, am Ende, da das Ei der ersehnten Bekanntmachung endlich aus seinen Eingeweiden ausbricht, aus der Entladeöffnung des Dekrete-Labyrinths: und das betreffende Schriftstück, jenes, welches den abgezehrten Antragsteller in die Lage versetzt, sich dieses Gackei zu quirlen – falls sein natürlicher Lebensablauf ihm das Quirlen noch verstattet –, wird zum glanzvollen Geschenk des Schicksals. In mehr als einem Falle trifft es zusammen mit der Letzten Ölung ein. Es ermächtigt den bereits im Koma liegenden Empfänger, jenes verschlafene Handwerklein auszuüben, jenes mickerige Metier, das er, klopf, klopf, klopf, sowieso bislang, bis zur Letzten Ölung, betrieben hatte: und welchselbes er nun, *de jure decreto*, zusehen wird, in der

Hölle weiter auszuüben, in aller Ruhe und Bequemlichkeit, welche die Ewigkeit ihm einräumt.

Der Brigadier eilte hinab zu den Due Santi. Der Tag war lasch, der Vormorgen hatte sich an den Sümpfen getränkt. Aber der eilige Wind und manch ein vereinzelter Tropfen, wie ein Schrotschuß ins Gesicht, gaben ihm Vorgeschmack von der Munterkeit der Nachforschungen und den fruchtbaren Interventionen zu nützlicher Morgenstunde. Indem er einen Gänserich anhupte, der auf der Straße verweilte und sich den Hintern schnäbelte, zerbiß er einen halben Fluch zwischen den Zähnen: und genau in diesem Augenblick war's, daß vor seinem Geist, der benommen war vom Weckruf zu früher Stunde, der endlose Traum der Nacht wieder emporstieg, wieder aufzückte.

Er hatte im Schlaf erblickt, oder erträumt ... was zum Teufel war er zu träumen imstande? ... ein seltsames Wesen: einen Patsch, einen To-Patsch. Einen Topatz hatte er sich erträumt: was ist, schließlich und endlich, ein Topatz? Ein Topas: ein facettiertes Glas, eine Art leuchtend gelbes Fanal, das immer größer wurde, das von Augenblick zu Augenblick anwuchs, vor ihm herrollend ihm entfleuchte und beinahe, wie durch stummen Zauber, unters Rad seiner Maschine geriet. Die Gräfin wollte ihn haben, den Topatz, sie war betrunken, kreischte und drohte, stampfte mit den Füßen; das Gesicht von Bleichheit entstellt, sagte sie schmutziges Zeug auf Venezianisch oder vielleicht sogar in einem spanischen Dialekt. Sie hatte den General Rebaudengo abgekanzelt, weil seine Carabinieri nicht dazu taugten, ihn auf irgendeiner Straße oder einem Sträßlein einzuholen, den verfluchten Topatz, den Gelbbatz. Beim Bahnübergang von Casal Bruciato witschte das gläserne Sonnenblumenrad ... rechtsum kehrt! ... hinaus und flitzte nun die Geleise entlang, in verwandelter Gestalt, als Tollpatsch nunmehr, und trullerte toppo-toll-toppo-toll-toppo-toll: und der Rom-Neapel-Expreß sauste, sauste in voller Fahrt hinter der Morgendämmerung her und beinahe hinein in die Nacht, in die circeische Dunkelheit, gekrönt von Blitzen und Geisterfunken das Stromgestänge, ein elektrisch geladener Hirschkäfer. Bis daß er einsah, daß ihm dies verrückte Gerolle entlang den flüchtigen Parallelen nicht zur Rettung gereichte: da hatte der Topatz-Tollratz sich von den Geleisen abgewandt und ins nächtliche Gelände gestürzt, nachtwärts, gegen die stockenden Mählgraben im Campo Morto und ins Gestrüpp und Gewirr des Strands von Pomezia: die Frauen vom Bahnwärterhäuschen kreischten und schrien, er sei verrückt geworden: daß man ihn aufhalte, ihn in Schellen lege: der Lokomotivführer jagte ihm nach in den Sümpfen, mit den gelben Augen durchforschte er alles, den Dschungel und die Düsternis, bis hinab, wo Namen seltener werden, am Fuß des Berges der Gräfin Circe, wo Lampions und Girlanden über den Altanen am Lido sich wiegen in der abendlichen Brise des Meeres. Und dorten, die Nereiden: kaum den Fluten entstiegen und allsogleich sich entblößend vom Gewand aus Algen und Schaum, zwischen dem Kommen und Gehen der weißgekleideten Kellner und geeisten Siphons und Schalmeien erheitern sie die zaubervolle Nacht von Castel Porcano. Die Gräfin, unter schmachtenden Nänien, fordert vom Schlaf eine Phiole des Vergessens: Vergessen der sinnlosen Irrwege, der Verwirrungen des Traums. Traum des Nichtseins. In Castel Porcino, unter Girlanden von gelben Birnen zu zwei Watt und trunknen, süß-gewölbten Lampionen, im Hauchen und Verhauchen der Melodien wählte die Magierin in der (durchgehend) geöffneten Tabaktrafik nach Gutdünken die demnächst in Schweine zu Verwandelnden, jene, welche durch diesen Zaubertrank und durch diesen Wohlgeruch wieder zu Rüsselschweinen werden sollten, nachdem sie sich in der Schule zu Eselsohrigen herausgebildet hatten: durch den Knüppel des Macchiavell. Schon entwanden sich die Jüngerinnen, schwanenweiß bis auf das büschelige Dreieck, dem hindernden Zügel der Väter, wanden und drehten sich in stummem Angebot: das vom langsamen Mohrentanz und verhaltener Sarabande mählich sich aufschürte zum trochäischen Rhythmus einer Estampida, wo das entschlossene Stampfen des Fußes dem Pflaster stolze Akzente verleiht: während das plötzliche Aufrichten und Schütteln des Nackens und des Hauptes unterstrichen vom Taràtatà der Kastagnetten das Haar dem Abgrund wieder anheimgab, zum Zeichen unbezähmten Stolzes sowohl des Nakkens wie der Seele. Da nun der Sturm der Nackten (und keineswegs Benommenen) in den Chor einbrach, steigerte sich der Stampftanz zur Syzygie, zum vorgespiegelten apotropäischen Tanze: ein Schwarm verhuschter Mänaden tat, als schrecke er vor einem Rudel Satyre, deckte und schützte sich mit Händen und Entfleuchen vor den rubinrot rauchenden Bacchusstäben: in der Tat schon fast blöd und schwummelig geworden vor übermäßiger Inanspruchnahme: der Nase nämlich. Da er ihnen in diesem Augenblick zwischen die Beine geraten war, dazwischengestürzt wie ein schwarzer Blitz voll Kitzel und voll dunklen Geschehens, hatte der Toll-Ratz urplötzlich die Schönen verschreckt. Splitter eines explodierten Herzens waren herumgeflogen in alle Richtungen, alle Ecken; zum Stillstand gebracht beim bloßen Anblick dieser besessenen Ratte ihr hüftenwiegendes und brüstewerfendes Priesterinnentum. Und Geschrei und

Geschrille, nicht zu sagen: während der Schnurrhaarige hin- und herflitzte, wie ein Pfeil von der Armbrust, schwarzer, zugespitzter Fleischball. Viele von ihnen hatten, unbedacht des Umstands, daß sie nackt waren, die Arme gezückt, wie um sich die Röcke aufs Knie herunterzuziehen, etwas unbewehrtes Zartes zu schützen: aber der Rock, der war zum Teufel. Und das Zarte dazu.

Und so hatten sie, im Delirium, Rettung geheischt in der Flucht, im Spiegeln der Sümpfe, im Schatten des Schilfs, in der Nacht, im silbernen Gestrüpp der Erlen, der Pinien am Strand, im freien Wellengespüle des Strands, in schaumgekrönter, versiedender Dünung: andere, von den Mondfelsen des Circeo gestürzte Dichterinnen und Ozeaninnen, hatten sich in die Gischt der Wellensäume geworfen. Aber die Gräfin Circe reißt trunken das Haupt in den Nacken, und (während gelbe Lampions chinesisch lachen und wogen) hängt ihr das triefende Haar hinab in die trübe Lauheit der Nacht: triefend von einem Shampoon aus *White Label:* der Schlitz des Mundes breitgewölbt wie der eines tönernen Spartopfs und mit den Winkeln die Ohren berührend, spaltete ihr das Gesicht, wie ein Kürbis aufplatzt beim ersten Schnitt, in zwei Schlapplappen, in zwei Untersohlen eines Schlappschuhs: und aus den starrenden Augen, deren Weiß man unter der Iris schimmern sieht wie bei einer vom Teufel besessenen Theresa, rannen ihr, übers Gesicht herab, äthylene Tränen, azurene Zähren: opalschimmernde Perlen eines geschmuggelten *Pernod.* Sie beschwor das Gebräu des Teufels, rief um den Beistand des Papà, des Papé, des großen Aleppo*: nach dem unsichtbaren Allgegenwärtigen, der ganz das Gegenteil war vom allüberallsichtbaren und allüberallbegrüßten, stinkigen Erretter Italiens, dem allmächtigen Praktiker des Kitzels, jedweden Kitzels: so unfähig er selber sein mochte, irgend etwas zustande zu bringen, schon gar nicht seine eigenen, wortreichen Ruhmestaten. Azurne Perlen weinte sie, Tränen aus Aloe, aus Terpentin und Wodka: zurückgeworfenen Hauptes, verloren in die Nacht das Haar, mit den beiden Fingern, Daumen und Zeigefinger, topasgeschmückt ein jeder, hatte sie den Rock erhoben, vorn, und allen vorgewiesen, daß sie Unterhosen anhatte. Sie hatte welche, hatte Unterhosen an, die brave Frau: ja, ja, hatte welche, hatte sie. Der besessene Ratz hatte diesen Weg genommen, den Weg der Pflicht, der seinen, und den seiner gehetzten Angst, und kletterte nun um ihre Schenkel wie Efeu, fett und zitternd in seiner Furcht, und brachte sie zum Lachen, zum albernen Gekicher, zum Drehen und Kreischen vor Kitzligkeit: haha: denn sie hatte Unterhosen aus Pappdekkel und aus Gips, an jenem Tag. Weil man ihr dies eine Mal die Falle zugegipst hatte.

Der Brigadier fuhr trocken knatternd in Richtung Due Santi, mit dem an die Taille geklammerten Polizisten, der die Lider zusammenkniff vorm Wind, vorm Staub. Die Enttäuschung ließ ihn mit einem Schlag aufwachen. Träume, so heißt's, spielen sich mit der blitzartigen Geschwindigkeit eines Leica-Knipsens ab, man mißt sie mit minimalen Zeitatomen, mit unendlich kleinen Teilchen der Millionstel-Ordnung unserer Erdumdrehungszeit, gemeinhin als Sonnenzeit bekannt, als caesarisches oder gregorianisches Zeitmaß. Und siehe da! jenseits der Wolkenflottille, die am östlichen Felsenbord dahinsegelte, dem Opal im Rosanen, im Rosa, das sich verdichtete und ins Karmin hineinschichtete: das Schwarzgelb, ringsum im Norden, des erstandenen Tages: da, endlich, vom Felsenbug her die leuchtende Braue, ein Feuerpunkt, vom Gipfel des Felsenrists der Ernicäischen oder der Symbruinischen Berge: die unschaubare Pupille: der pfeilgezückte Blick der Schönen, des Fanals. Die grauen Gebreiten Latiums klärten sich und formten sich zur Plastik, tauchten purpurbedeckt empor, fast wie brüchige Reste der Zeit, wie Splitter der namenlosen Türme.

Als der Bubbubbubbu bei den Due Santi zum Stillstand kam, mit kurzem Schleifen der Räder, von den Bremsen eiligst gehemmt und dann blockiert, fand der Polizist sich plötzlich auf dem Boden stehend, als sei er vom Himmel gefallen: ein Bär vom Berge: und zog mit der einen Hand und mit der anderen, links herunter, rechts herunter, den Saum der grüngrauen Joppe glatt, die sich als ein äußerst kurzes Kleidungsstück erwies angesichts der opulenten Rundungen des anthropologischen Typus, den er darstellte. Zur Rechten der Via Appia, die in Richtung auf Albano weiterführte, lag der mit milchfarbenen und bunten Glasscheiben ausgestattete Eingang zu einem Lädchen, dessen Steinbord aus grauem und abgetretenen Peperin sich auf der Höhe des immer noch feuchten Asphalts befand. Gegenüber dem Eingang, auf der Linken des Wegs, der gemächlich anstieg, zwischen den Einmündungen der beiden zusammenlaufenden Straßen, deren eine sie hierhergeführt hatte von der Kaserne und der Ortschaft droben, das Mäuerchen eines Gartens oder eines Rebenhags, oder etwas ähnlichem: über welches in der Morgenfeuchte, struppig und tropfend, die Spitzen einiger verwelkter Schilfbüschel herausragten. Unterbrochen wurde die Mauer von einem hohen Feldkapellchen mit beidseitig abfallendem Dach und blassem Stuckgekräusel auf der Fassade. Zwei Gläser, darin ein paar Primeln und Immergrün als Zeugen der

Andacht, die den Stein überblühten und erhellten auf dem Sims vor dieser Art von Fenster: von dem aus sich das Göttliche, ein wenig geduckten Hauptes, wie von einer Kanzel auf das Gewirr der Appia herniederbeugte. Eingerahmt von den Pfosten und vom einfältig gezogenen Bogen nahm das alte Gemälde, verblichen und kalkig zwar in den Farben, dennoch die Aufmerksamkeit gefangen. Der gute Dicke warf den Blick darauf, verblödet und benommen vom Schlaf und vom unerwartet frühen Ausflug. Zwei, unzweifelhaft Heilige, so schloß er aus dem Dargebotenen, allso gekleidet in ihre Gewänder, die anders waren als jenes übliche Jacke-und-Hose der Männer: glorienscheinumstrahlt die Köpfe: einer von den beiden ohne Bart und kleiner: und schwarz und kahl: der andere steif und knochig mit einem weißen Zottel am Kinn wie ein Klacks Mörtel, und ganz dichtes Haar bis herunter zur halben Stirn, weiß, oder einst weiß gewesen, im gelblichen Kreis des Heiligenscheins. Die beiden Mäntelchen, die zusammengebündelt wie Bandeliers über die linke Schulter der beiden Gesellen hingen, ließen unterwärts die Schienbeine frei, und mehr noch als die Schienbeine die gemalten Vorderfüße: und hatten dem ursprünglichen Maler, dem »Schöpfer«, erlaubt, vier überraschende Füße auf die Szene zu bannen. Die beiden rechten, riesengroßen, waren ihm spontan dem Pinsel entflossen: und verästelten sich freizügig in Zehen, vorwärtsgerichtet im Schreiten und den Vordergrund durchbohrend, jene ideale Fläche (vertikal und durchsichtig), auf welche jede Möglichkeit des Sehens zurückgeschraubt wird. Mit erhöhter Aussagekraft, mit bewunderungswürdiger Entsprechung der in Jahrhunderten erworbenen Schulung, waren die großen Zehen dargestellt. In jeder der beiden Ausgestreckten trennte und vereinzelte das Riemchen einer sonst nicht wahrnehmbaren Beschuhung das Knöchelwerk zu jener erhabenen Vordringlichkeit, die ihr zu eigen ist, der großen Zehe zu eigen und nur der großen Zehe, indem sie sie absondert von der Schar der unbedeutenderen Zehen, unbedeutender im Rang und weniger zur Verherrlichung bestimmt, aber gleichwohl in den Folianten der Osteologen und in den Meisterwerken der italienischen Malerei als Zehen verzeichnet. Die beiden verherrlichten, vom Genius zur Geltung gebrachten Zehen streckten sich, schnellten sich nach vorn: sie schritten sozusagen für sich selbst: stießen, gekoppelt wie sie waren, gleichsam ins Auge: vielmehr in beide Augen: sublimierten sich zum zentralen, pathetischen Motiv des Frescos oder Al Frescos, denn um ein schönes Fresco handelte es sich hier. Ein Blitz des Himmels, ein Licht marterdurchlohter Stunde ließ sie blaß leuchten, das jedoch, bei näherem Zusehen, aus der Erde zu glühen schien, da sie ja von unten her davon beleuchtet waren. Das ferne Schreien eines Eselchens, im Verweilen des Winds, begleitet vom Klingeln eines Schellenzeugs. Die ruhmvolle Geschichte unserer Malerei ist zu einem Teil ihrer Glorie den Zehen verpflichtet. Das Licht und die Zehen* sind die wichtigsten und unfaßlichsten Ingredienzien jeder Malerei, die sich lebendig behaupten will, die ihren Ausdruck sucht, erzählen, überzeugen, formen möchte – die danach strebt, unsere Sinne zu unterjochen, die Herzen dem Bösen abzuringen: die achthundert Jahre lang auf ihren Lieblingsdarstellungen beharrt. Und die Heiligen, die so beladen sind mit den Gaben des Herrn, auch sie könnten nicht der unentbehrlichen Gabe der Füße ermangeln: um so weniger diese beiden, die einst auf der Appia bis nach Babylon wanderten, um dort enthauptet oder mit dem Kopf nach unten ans Kreuz geschlagen zu werden. Bei ihnen waren, ganz im Gegenteil, eben diese Füße das physische Instrument ihres wallenden Apostolats: bis sie zwischen die Füße des Nero gerieten. Der sich aber nicht überzeugen ließ. Nein, die Heiligen können nicht auf das Rüstzeug der großen Zehen verzichten: ebensowenig wie die Soldaten auf die Zuteilung ihrer Büchsenfleischration. Schon gar nicht damals, wenn so ein italienischer Maler des sechzehnten oder siebzehnten Jahrhunderts, oder des achtzehnten oder gar noch schlimmer, sich vor sie hinkniete und sich anschickte, sie von unten her abzukonterfeien mit der Hingabe eines Pedikeurs.

In Italien ist das Licht die Mutter der großen Zehen: und wer ein echter italienischer Maler ist, der läßt sich da nicht lumpen, bewahre, wie auch der Manieroni von den Due Santi sich nicht hat lumpen lassen, weder was das Licht noch was die Zehen betrifft. Der Vorderfuß des Heiligen Joseph im Rundbild des Michelangelo (von der palatinischen Heiligen Familie) verspreisselt sich sogar zu einem ganz unvergleichlichen Großen Zeh: welchselbiger Zeh, wenngleich zu einer winzigen Portion, vom Zehlein der Gattin überdeckt erscheint: ein blasses Licht, ein beinah überwirkliches oder eschatologisches vielleicht, legt eine Zehen-Idee nahe, indem sie sie auf hehre Weise fleischlich, beziehungsweise knöchelig verkörpert als primäre Realität: und sie doch allsogleich wieder hereinholt in die metaphysische Blässe der Ewigkeit. Ein Rivale zum michelangelesken und palatinischen Zeh (der das Wunder der männlichen Keuschheit zu verkörpern hat), entsproßt dem gleichen Vorderfuß, und zwar in der ›Heiligen Vermählung‹ des Urbiners, heute in der Brera befindlich. Die Abzweigung des einzelnstehenden und mageren großen Zehs vom restlichen Rudel der kleineren ist verdeutlicht durch die perspektivisch anmutige Zusammenfügung des säuberlichen Pflasters, auf welchem nichts liegt, keine Schale, kein Schnipsel, weder von Orangen noch von Kastanien; kein Blatt hat sich dort gelagert und kein Fetzen, weder Mensch hat dort hingepißt, noch Hund. Und die Hauptzehe, wenn auch getrennt von den Zehlein, ist an ihrer Wurzel abgespornt und versteift: dann aber biegt sie sich einwärts, als zwänge die Gicht sie dazu oder der gewohnte Zwang eines vorübergehend abgelegten Schuhwerks, oder als würde sie, so könnte man sagen, *domum relapsa*, als stänke sie zu sehr für die Stunde der Hochzeit. Und gibt Antwort, erhaben geworden durch die Abspreizung, gibt Antwort auf die hohe und hochaufgerichtete Ekstase des zarten Stengels oder Stabs, der in nächtlicher Stunde die Blüte getrieben: drei weiße Lilien, nicht die übliche Nelke: und schafft sich aus dem recht seltenen Zusammenspiel der Zimmermanns-Unschuld mit der Zimmermanns-Ärmlichkeit die Kennzeichen einer vielgeübten Handwerkskunst: der großen Zehen von barfüßigen Zimmerleuten in dieser Art sind viele.

Auf diese so übliche Ikonographie der zwei Heiligen und die der Apostel im allgemeinen: warum hätte der Manieroni da nicht die unverbrauchten Energien bartumwallter vierzig Jahre seiner Lebenszeit verwenden sollen? gestützt durch Gerüst und Steg und, über seinen gläubigen Eifer hinaus, noch von einer eisernen Gesundheit: dem Körperbau eines Athleten, dem Appetit eines Propheten: und hin und wieder gestärkt auch von einem Handschlag jener dort, zu dem sie sich, wenn auch widerwillig, herabließen: jener, die ihm den Auftrag zu solchen Wunderwerken erteilten. Im Kirchlein der Due Santi, überblüht und überkräuselt mit Stuck von topfenfarbiger Blässe, war es ihm endlich gegeben, alle seine Talente zu vereinen und zu verwenden: jene Talente, mit denen sein Pinsel sich zunehmend geschwängert hatte in zwanzig Jahren der Jüngerschaft und Einweihung und beharrlichen Disziplin, und in weiteren zwanzig Jahren bartwallender Meisterschaft. Ergüsse des Impetus, freihändig entladen auf den damals frischen Mauerkalk, *al fresco:* die beiden großen Zehen: der Petersche und der Paulsche, so zeugten sie von der ganzen Kraft und Dringlichkeit des Schöpfens: vom Unabstellbaren des Niederschlags ... vom Zwangsimpuls, wie hervorgespritzt aus dem Wasserspeier, aus dem Springquell... »den hohe Lust bedrängt«. Der »Schöpfer« konnte sich einfach nicht mehr halten ... nicht mehr des Schaffens enthalten. *»Fiat lux!«* Und es ward der Große Zeh. Plaff! Plaff!

Auch vom Maler Zensi übrigens wird erzählt, daß er einen Haufen auf diese Weise gemacht habe, einen Haufen schönen Schaums, am Maul eines Pferdes, indem er ihm ich weiß nicht was für einen Matsch hinspritzte, vor lauter Zorn, auf die Schnauze; ist zwar ein bißchen weit unten gelandet, wirkt aber nicht schlecht. Während der Pestalozzi angefangen hatte, an der Maschine herumzufummeln, gebückt und aufmerksam, hatte der kurzgeschürzte Knabe die Straße überquert und sich unters Kapellchen gestellt, als wolle er beten oder ein Gelübde tun: hatte, nur mit dem Daumen, das Kreuzzeichen gemacht, schaute offenen Mauls hinauf und bemerkte, daß sie mit einer Hand den Saum des Gewandes hielten, die beiden Wanderer, weil sie sich ja sonst unterwegs verdreckt hätten. Es war schlammig, weiß Gott, gegen das Brachland der Ebene hinüber, auch auf der Straße oder *strada*, die sie noch zurückzulegen hatten: die gleiche vielleicht, die der brave Knabe nunmehr nach den Frattocchie hinunter sich neigen sah. Ein Licht mußte einst von oben her gestrahlt haben, aber die Jahre, die Jahrzehnte, die Jahrhunderte, hatten es angeglichen an die Schalheit der Tünche:

besiegt vom unterirdischen Licht. Der glatzköpfige Heilige, ein Spilleriger mit schwarzen Haaren an den Schläfen, sah aus wie ein ganz Schlauer: einer der lesen und schreiben konnte, mit fliegendem Zeigefinger, wie ein Advokat, und viel besser vielleicht noch: aber er schien den Schritt anzuhalten, nunmehr, und nicht einmal unwillig, um dem Kollegen den Vortritt zu lassen. Eine Art Erstgeburtsrecht umkreiste den Nacken jenes andern, befeuerte ihm, erhitzte ihm die Pupillen: umspülte ihm wie gesträubter Bart die Kinnspitze, die gierig vorgestreckt war wie bei einem Fischer, der im Handnetz forscht: die Nase kraust sich ihm über der Rechnung: wie ein steinerner Fürstentitel lag's über dem grauen, aber wolligen Haargekrüll, über der gedrängten Stirn des magereren der beiden. Unter den Figuren, auf zwei gewellten Spruchbändern im Bildrand, eins überm andern, gelang es dem braven Knaben zu lesen, indem er die Lippen geräuschlos öffnete und schloß, sie kaum bewegte, ohne ein Wort hervorzulassen: »Crescìte ve-ro in gratia et in co . . . co . . .cococcione Do-mi-ni Preti Sec Ep.«* Der Brigadier indes hatte sich entgegen allen Spielregeln darauf versteift, die Maschine sofort auszukurieren, und beugte sich über ihre öligen Innereien. Starrköpfig fuhr er fort, an einem nicht gleich erkennbaren glühenden Köpfchen oder Röhrchen herumzukitzeln, wobei er jeweils gleich wieder die Finger mit einem halblauten »Verflixt!« oder einem »Verdammte Sauerei!« zurückzog und sie jedesmal in die Luft schnalzte, als wollte er das Brennen wegschmeißen. »Saépe«, so fuhr der Brave fort zu lesen, »proposùi venire ad vos et prohi-bìtus« (betonte er im Geiste) »sum usque ad kuc Paul ad Rom.«* Womit er nun gewißlich glaubte, sich das Diplom verdient zu haben: das Volksschulabgangszeugnis. Er hatte es erst im Jahr zuvor nachgeholt, wie ein Wiedertäufer die Taufe nach dem zwanzigsten Lebensjahr, und hatte es sofort angeheftet an seine bereits vorgewiesenen und bereits dokumentierten anderen Verdienste, als da waren: Haarfarbe: kastanienbraun: Augen: grau: Nase: gerade: Größe: ein Meter vierundsechzig: Brustumfang: einundneunzig: Umfang des Hinterquartiers: nicht nötig. Und jetzt endlich, nach der erleuchtenden Dazwischenkunft der stabbewehrten Göttin der Lanzen, getroffen endlich vom Strahl der Pallas, der Silbenschmiedin, da war's erreicht: der »Studientitel«: das Zeugnis, jawohl, meine Herren, das Volksschulzeugnis.

Die Zamira: denn sie war es selbst, die da so zerzaust und schlampig, mit dem Besen in der Hand, dem ein angemessenes Häufchen häuslicher Wolle und Stoffschnipsel und undefinierbaren Kehrichts voranrollte, die beiden Figuren in Empfang nahm: mit der speicheligen Geöltheit des Berufslächelns und der bäurischen Verschlagenheit des Blicks. Die solcherart zusammengesetzte Grimasse, durchs Fenster erhellt von der ungewissen Bleiche des Tags und dann von wiederholtem Aufblinken der Sonne beleuchtet, sollte die äußerst unerwünschte Visite als erwünscht abstempeln.

»Herein, herein!« Hatte sie diesen Besuch erwartet? Oder ahnte sie, wenn auch nicht seinen Zweck, so doch ungefähr seinen Grund? Der steife Brigadier wollte sein Motorrad hereinbringen, das allen zu wohlbekannt war, als daß er es auf der Straße lassen konnte. Als er's so weit hatte, daß es mit beiden Rädern wie ein bockiger Gaul über die Stufe herunterkam, pflanzte er's mit Mühe neben der Strickmaschine auf. Dann guckte er auf die Schöne, die Magierin. Sie war noch ungekämmt. Die Mähne, ein Wirrwarr: ein tückisches Gestrüpp aus Dornverhau und Brombeergesträuch. Unter den Stirnbuckeln und der Dachtraufe der beiden Augenbögen: das spitze Glitzern der Iris, schwarz, beinah schwarz: echte Angst oder Mißtrauen, Widerspenstigkeit, Hohn, Hinterlist. Beflankt von den vier restlichen Eckzähnen der Schlot, der obszöne: die Lippen, an den Mundwinkeln, geiferten in ekligen Bläschen, im Auseinanderstrahlen von tausend Runzeln, die noch nicht geglättet oder zerstreut waren durch die Salbe. Dies Ofenloch, es schien das Böse Tor, aus dem es schwarz hervorqualmen müßte, schlangengleich, den Kopf zuerst und dann der Hals einer unvorhersehbaren Hinterlist, Tücke einer bäurischen Kupplerin. Die beiden Bolzen bemerkten mit Verzagtheit den üblen Hauch, der ihnen mit dem Atem entgegenwölkte wie der eines Gecko oder eines Drachen, dessen Kraft im Zweikampf man nicht abschätzen kann. Der Pestalozzi mußte und wollte sich selber Mut machen: mit der einen Hand schien er sich die Augen zu reiben, die Lider vielmehr unter der Schutzbrille, schien sich die Seele zu entnebeln, die Wahrnehmungswerkzeuge, die zum Aufklärungsdienst beordert waren. »Verfluchte Hure!« sagte er sich im Geiste. Mit diesem Ausruf fühlte er sich wieder zum Brigadier erhoben. »Die Farcioni Clelia aus Pozzofondo und die Mattonari Camilla, wohnhaft in Pavona, stehen hier in Arbeit. Wo sind sie?« Der brave Dicke kratzte sich indessen den Hintern mit süßem Behagen: oder vielleicht auch, um eine zu eng einzwängende Unterhose ein wenig zu lockern. Mit beiden Händen, mit parallelen und symmetrischen Gesten besorgte er dann das Glattstreichen der Joppe über den Hüften. Sie kam ihm vor wie ein zu kurzes Hemde: er schämte sich: diese Unzulänglichkeit verdarb ihm den Tag.

»Nehmen Sie Platz, Signor Brigadiere. Gleich werden sie kommen. Wen darf ich melden?« lautete die Gegenfrage der Zamira, anzüglich, unverschämt. Den Stiel jenes Jammerstücks von einem Besen, der ganz zerfleddert war, umklammerte sie jetzt mit beiden Händen, als ob sie sich darauf stütze, in geruhsamer und lauschender Haltung. Der Pestalozzi, der nun wieder Herr war über sein Gemüt, schoß einen Blick auf die Schändliche. »Dreckshure!« bedeutete er, stumm, bei geschlossenen, knappen Lippen, »das siehst du doch, wer ich bin.« Sie schien sich in lauter Dienstfertigkeit aufzulösen, nachdem sie den Müll, so gut es ging, neben die Kredenz geschafft hatte und dortselbst den Besen aufgestellt, quasi zur Schildwacht über das Gesammelte. »Ich geh' sie holen, wenn ihr mir solange den Laden hütet: zu euch hab ich Vertrauen«, und lächelte, sich umwendend: nachdem sie einen Schal aus dem Plunderhaufen aufgeschnappt hatte: machte sich daran, hinauszugehen, schwänzelnd, als geschähe es zur Freude der so enthaltsam Lüsternen. Dem Pestalozzi preßte es den Zorn zwischen den Zähnen hervor: er hielt sie augenblicklich an einem Arm fest. Und mit was für einem Handgriff! so daß sie schlagartig herumschnellte, wie eine Natter, der man auf den Schwanz tritt.

»Wenn sie gleich kommen, dann warten wir hier auf sie: rühren Sie sich nicht weg: setzen Sie sich«, und er schleifte sie zu einem Hocker und pflanzte sie darauf: »so ist's gut. Aber wenn sie nicht kommen ... dann nehmen wir diesmal Sie mit.« Die brave Färberin erbleichte: die Härte, sie war nicht wenig hart in ihm, der aus den Bergen stammte, trotz der Polizeirekrutenschule. Die Santa Maria Novella hatte ihm nicht die Gabe besonderer Zartheit verliehen, oh nein! Die Drüsenorgane zarter Rücksichtnahme waren damals für einen Rekruten noch

Zukunftsmusik: ein Traum vom besseren Morgen im Herzen der Bösewichte: das bessere Morgen von damals. Die Härte war damals eine zu übende Pflicht: die »Kurse für den Umgang mit Menschen« *(human relations)* waren noch nicht eingerichtet. Die Maresciallo-Tressen, die eine ferne Verheißung ihm unter die Nase schwenkte wie eine schäbige Mahlzeit für die Katze, erforderten Weisheit, Festigkeit: Härte gegenüber einer Aufgabe. Dann, wenn man erst Maresciallo war, konnte man den Gutherzigen spielen, den künstlichen Rauhbautz ... der voller Verständnis ist. Hartsein also: aber jetzt erschwerte ihm Unverschämtheit dieses Hartsein. Diese Schnaufer, die höhnenden Augen der Magierin, diese lasziven Anzüglichkeiten, diesen üblen Zauber mußte man zerstreuen: den Kreisel der Hypnose zersprengen. »Und du geh' mal weg vom Fenster!« befahl er dem Rundarschigen, »versteck dich dort!« Das Motorrad war unter Dach, geschützt vor Neugierigen und vor dem Regen. Aber das Daherknattern auf der Provinzstraße, nach dem Gefälle vom Torraccio herunter, das hatten wohl alle gehört, und manch einer, so dachte er, auch vom Abortfenster aus gesehen: in der Stunde des *lever*, wenn sie gähnend, die Hosenträger bis zum Knöchel hängend und nachschleifend durchs Haus schlurfen, zum Ausguß, mit Kopfgekratze im üppigen, kohlschwarzen Gestrüpp, mit dem neunten kieferverrenkenden Gähner, mit eifervollstem Fingerspitzen- und -knöchelgereibe auf den Lidern: von denen der Schlaf, der süße Schlummer der Morgenstunden entweicht, davondampft ganz allmählich und wie gegen seinen Willen. Dann identifiziert das Bewußtsein sich mit sich selbst, schlüpft wieder in seine Haut, in seinen verdammten Kittel. Beginnt aufs neue seine Bohnen auszuzählen, die einfältigen Begebenheiten der Stunden des

Lichts: ein Motorrad auf der Provinzialstraße. Der Brigadier schien zu überlegen. »Sind sie immer zur Arbeit gekommen in diesen Tagen? oder haben sie sich absentiert?«

»Zur Arbeit . . .« die Schlaumeierin zögerte, »absentiert? ab-sett . . . absettiert?« stotterte sie, um Zeit zu gewinnen. Nein, sie konnte, wagte nicht, guten Gewissens so zu tun, als sei ihr diese Amtssprache geläufig. Sie war eine ehrliche Frau, eine gutherzige: ohne viel Gerede: aber dafür gute Taten und Werke . . . um Seelen zu retten, Herzen in Not: die sich an sie wandten . . . um einen selbstlosen Rat. Und die Gutherzigen, die, die guten Herzens sind, das weiß man ja . . . haben den Hang, sich zusammenzufinden. Zu zwei und zwei. Die juristische Ausdrucksweise, die konnte der Brigadier nicht auch noch voraussetzen. Er hatte weder einen Grund noch die Berechtigung, sie vorauszusetzen, mit all den Spitzfindigkeiten und Umschweifen und Tüfteleien, mit denen sie sich verkleistert auf der Zunge der Advokaten. Ah! die Advokaten! was für angenehme Leute! und was für gute Kunden! Sie hatte einen träumerischen Anflug. Wehe aber, wenn man zu ihren Kunden wurde, dachte sie.

»Absentiert, wer denn . . .?«

»Stellen Sie sich nicht so blöd! Tun Sie nicht so, als ob Sie's nicht verstehen, wo Sie mich gleich ganz genau verstanden haben! Die beiden, die ich genannt habe. Wer! Die Farcioni und die Mattonati: Mattonari, wollt ich sagen. Ich glaub, daß die sich am Dienstag, am fünfzehnten, glaub ich . . . daß die sich da absentiert haben. Haben sich krank gemeldet.« Das »gemeldet« erfand er völlig frei dazu. Er hatte weder was gehört, noch was erfahren: warf den Dienstag hin, anstelle des Samstag, um einen Einspruch zu provozieren, und eine nachfolgende Richtigstellung. Die Zamira schien in ihrem Gedächtnis zu wühlen.

»Na, los, antworten Sie! Sofort muß man antworten, meine werte Dame: nicht erst hundert Jahre nachdenken. Wenn man so lange nachdenkt, kommt todsicher eine Lüge raus. Waren sie immer da zur Arbeit? Das frage ich Sie. Oder sind sie an irgendeinem Vormittag daheimgeblieben? Das möchte ich von Ihnen hören, aus Ihrem Mund. Wir wissen's ja schon, da können Sie sich drauf verlassen: die Carabinieri wissen alles!«

»Was wißt ihr? Und warum fragt ihr mich dann, wenn ihr's schon wißt!«

»Hab ich Ihnen schon gesagt: weil ich von Ihnen hören will, von Ihnen persönlich: was Sie meinen und was Sie sagen. Ja, Sie Madame Pàcori, Sie, Zamira, die Sie ja das Wahrsagerinnendiplom haben«, und sein Blick suchte danach an der Wand: wo es hing, wie das Diplom eines Vermessungsingenieurs im Katasteramt. Aber es gehörte eigentlich hinunter, mit seinem Totenschädel, in den Konsultationsraum, neben die Kredenz mit dem Vorlegeschloß, wo auch der Schafkäse drin war.

Sie versuchte es wieder mit einem Lächeln, ihrem laszivsten: schlürfte die Bave wieder ein, indem sie durch die Mundwinkel Luft holte, ungeachtet des Ofenlochs in der Mitte. Trocknete die Lippen mit einem hurtigen Sichelschlag des Züngleins, das sie dann einen Augenblick lang verharren ließ am Rande der Unzüchtigkeit: der Hursüchtigkeit würde der Dichter Belli sagen. Es war dies, für gewöhnlich, eine schlüpfrige, dunkelrote Zunge, fast als ob sie auch diese mit dem Stift zu färben pflege: jetzt aber schloff sie zurück, still und brav, zwischen die Eckzähne, in Wartestellung, in Ausfallstellung vielleicht, wo ihr die Palisade der Schneidezähne abgefault war.

»Ja, Signor Maresciallo, was soll ich sagen? Sagen Sie mir's doch ...« Und sie wiegte den Kopf hierhin und dorthin, wie ein zierliches Seidenräupchen, und vergaß dabei nicht, sich hin- und herzuschaukeln, mit der Last ihrer zu so früher Stunde schlecht verpackten Angebote, über dem Knarzen des Hockers: auf den sie sich festgenagelt fühlte. »So sagen Sie mir's doch, denn ich kann mir doch denken, daß Sie auch Bescheid wissen, hi, hi, hi, daß wir halt Frauen sind und unsere kleinen Beschwerden haben ... von Zeit zu Zeit, die uns der Herrgott schickt, hi, hi, hi, um unsere Geduld auf die Probe zu stellen, wir Ärmsten! Wir können ja nichts dafür, daß wir nicht so gebaut sind, wie ihr, hi, hi, hi, ihr seid immer auf den Beinen!«

Diesmal war's der Brigadier, der, angeekelt, sich dumm stellte.

»Was für Beschwerden! Hört doch auf mit den Beschwerden!«

Und sie, unterwürfig: »Na, Signor Maresciallo, denken Sie ein bißchen nach mit Ihrem guten Herzen! Sie wollen doch nicht behaupten, daß das nicht stimmt. Meine armen kleinen Mädelchen, die ärmsten Dinger!« Und dann, flehend: »Haben Sie denn keine Frau?« Die Unverschämte! »Oder ein paar Schwestern? Nicht einmal das? ... so was hat doch jeder, heutzutage, könnte man sagen. Wo gibt's denn heut noch ein Mannsbild, das nicht ein paar heiratsfähige Schwestern hat? Sogar der vaterländische Dichter hatte welche, der uns so zum Heulen gebracht hat, zu Weihnachten in Libyen, in Ain Zara, mit dem sechsten Bersaglieri-Regiment ... wie heißt er gleich, jetzt ist er ja tot, wie hieß er denn? Giovanni ... Ist's die Möglichkeit, daß mir das jetzt nicht einfällt? Weil ich so viel Schlimmes hab durchmachen müssen ... da hab ich ganz das Gedächtnis verloren. Giovanni Pascoli! Ha, jetzt ist's mir wieder eingefallen.«

»Hör auf mit dem Quatsch. Laß die Toten in Frieden: antworte lieber auf meine Fragen!«

»Signor Maresciallo, lassen Sie mich ausreden, wie soll ich Ihnen sonst antworten? Ich sagte Ihnen: wer hat heute nicht eine Schwester? Den möcht ich sehen! Und dann wird seine Schwester eines Tages auch soweit sein, armes Wesen, daß sie ein bißchen ... Kopfweh kriegt. Das Kopfweh, das haben wir Frauen hier, hi, hi, hi«, und sie berührte sich den Leib, zärtlich fast. Die Äuglein glitzerten ihr trunken, satanisch. Das schwarze Ofenloch zwischen den Eckzähnen, die Zunge, zurückgezogen nun wie bei einem Papagei, gurgelte Frechheit im Schlund. Die Haare schienen von Elektrizität gesträubt, als ob sie entflammen und knistern wollten wie Reisig, wenn ein Funke auf verdorrten Hängen es entzündet.

»Ja, ich verstehe, ihr kriegt mal Kopfweh vom vielen Strikken. Aber fallt mir jetzt nicht auf den Wecker damit! Keine Geschichten: Schluß mit dem Geschwätz! Sie sollen mir sagen, wann sie zu Hause geblieben sind, die beiden Mädchen: die Mattonari und die Farcioni. Ich meinerseits weiß es ja bereits: aber ich will die Angaben kontrollieren, will mal sehen, ob Sie die Wahrheit sagen oder ob Sie lügen. Wenn Sie lügen, wenn Sie versuchen, die Nachforschungen abzulenken – dann, bitte sehr: hier sind die Handschellen.« Und zog aus dem Sack ein Exemplar der berüchtigten Eisenware und ließ sie ihr vor der Nase baumeln. Die Hexe saß da und zuckte mit keiner Wimper: diese Armgeschmeide gingen sie jedenfalls nichts an: »Also?«

»Nun! Was soll ich sagen ... das war vielleicht im vorigen Monat. Mir fällt gerade ein, daß wir ja erst Neumond gehabt haben.« Störrisch blieb sie bei ihrem Motiv. »Wie soll ich denn die Tage von meinen sämtlichen Mädchen im Kopf haben? Das scheint mir zuviel verlangt ...!«

»Zuviel verlangt? Die Tage? Jetzt aber, Zamira Pàcori! Sie

sind wohl übergeschnappt! Mit wem glauben Sie, daß Sie's zu tun haben?«

»Aber im vergangenen Monat ...«

»Was zum Teufel, vergangener Monat! Passen Sie auf, was Sie reden! Einen Schmarren, vergangener Monat. Ich frage Sie: ob sie sich am Dienstag den fünfzehnten absentiert haben oder am Freitag: eins von beiden.« (Den Samstag wagte er nicht auszuspielen). »Das frag ich Sie. Und nur darauf sollen Sie mir antworten: das wissen Sie ganz genau!«

An dieser Stelle, wie aus den Finsternissen heraufbeschworen, erschien, aus dem halboffenen Hintertürchen der Kellertreppe, die vom Laden hinunterführte (von der die Burschen phantasierten, andere schwärmten, und die mehr als einer von ihnen durch die praktische Erfahrung des Handlesens kannte), erschien und spazierte dann über den kalten Steinboden, hierhin und dorthin, begleitet von ihrem Keckeckecké-Gegacker, zwischen zwei Haufen von Wirkwaren eine dreckige und halbnackte Henne, der ein Auge fehlte, am rechten Bein festgebunden mit einem über und über verknoteten und angestückelten Spagat, der immer noch länger wurde, immer länger heraufkam: wie aus dem Ozean die endlose Lotleine des Senkbleis, die von der Haspel am Heck zurückgerufen wird an Bord, Stück um Stück, behangen mit einem Bart aus Seegrasgekräusel: eine glitschige, eine grüne Alge des Abgrunds. Nachdem sie hier und dort mehrmals versuchsweise den Krähfuß hochgehoben hatte, jedesmal mit der Miene dessen, der sehr wohl weiß, wohin er will, aber von einem widrigen Geschick gehindert wird, änderte die staksende Schielhenne plötzlich ganz und gar ihre Absicht. Sie spreizte die Flügel vom Körper (und schien den Brustkorb zu blähen, um eine reichlichere Luftzufuhr zu ermöglichen), während ein schlechtverhehlter Zorn ihr schon im Hals gurgelte: eine katarrhisch-krächzende Drohung. Mit giftiger Fistel begann sie im Falsett zu kreckern, flatterte wie irr auf die Hügelspitze des Lumpenbergs, von dem aus sie die Dinge und Erscheinungen des Universums mit ihrem allgewaltigen Gegacker überschüttete, als hätte sie dort oben das Ei gelegt. Aber sie flog, ohne sich aufzuhalten, wieder herunter und landete mit erneuten paroxistischen Kehllauten in höchst gelungenem Segelflug auf dem Ziegelboden: der reinste Rekordflug: und immer den Spagat hintennach ziehend. Parallel mit dem Spagat und seiner Reihe von Knoten und Buckeln, hatte sich ihr ein grauer Wollfaden ans Bein geheftet: und zwar schien der Faden sich von einem rhabarberfarbenen Schal abzuhaspeln, von unterhalb des frischgefärbten Zeugs. Nunmehr am Boden gelandet und nach einem letzten Keckeckeck, sei's von unheilbarem Ärger oder auch wiedergefundenem Seelenfrieden, wiedergefundener Freundschaft, pflanzte sie sich mit festen Beinen vor den Schuhen des verdutzten Brigadiers auf, indem sie ihm den ganz und gar nicht federbuschigen Schwanz zuwendete: hob den Rest desselben, entblößte die Bürzelöffnung: gab dem Zwerchfell einen minimalen Druck, bei völliger Öffnung der rosaroten Rose des Schließmuskels, versteht sich, und, plaff, kackte drauflos: nicht als Zeichen der Verachtung, im Gegenteil wahrscheinlich: der Hühneretikette zufolge als Zeichen der Verehrung für den wackeren Unteroffizier und mit der größten Ungeniertheit der Welt: ein grünes Riesenpraliné à la Borromini, gekeltert mit Bröseln von Schwefelkolloid wie die Batzen auf den Schwefelquellen von Acque Albule: und ganz oben drauf ein Schaumklecks aus Kalk, im Kolloidal-Zustand auch dieser – eine hellhäutige Crème, wie blasse pasteurisierte Milch, die auch damals schon im Handel war.

Von all dieser Aerodynamik, und dem anschließenden Ausklinken des Nougatbonbons profitierte natürlich die Zamira: und sparte sich die Antwort: indes war etwas zurückgeblieben von gelockten Federchen, schneeig und zart wie von einem jungen Entlein, in halber Höhe, und wiegte weich in der Luft, weich wie vergehende Rauchringe einer Zigarette. In diesem neuen Wunder zerfloß die Befehlsgewalt des Pestalozzi. Die Zamira erhob sich flink und mit ganzer himmelblau gewandeter Schnellkraft vom Sessel und machte sich dran, mit den Pantoffeln zu stampfen und mit dem Rock – Schürze hatte sie keine an – hinter der Halbgerupften herzuscheuchen und zu keifen: »Gscht! gscht! Drecksvieh! Misthuhn! So eine Sauerei! Du Drecksvieh! Dem Signor Maresciallo . . . !«

Indes die Drecksvieh Genannte, auch ihrerseits mit tausend Gock-gock-gock zurückkeifend und ihren Groll darin zusammenfassend, alles in einem gegen die Zimmerdecke kreischend sich erhob, trotz zwiefacher Verankerung durch Spagat und Wollfaden, und bis auf den oberen Rand der Kredenz flog: woselbst sie, äußerst wutentbrannt und ganz von ihrer Würde erfüllt, in die Zinnschüssel einen weiteren schönen Scheißdreck deponierte, einen kleineren allerdings als den ersten: piff! womit sie das ihr Verfügbare offenbar verausgabt hatte. Die Angst (vor den Carabinieri) hilft auf die Sprünge.

Und siehe, an der Glastür des Eingangs begann nun auch der messingene Türgriff Zeichen der Unruhe zu geben. Die Tür öffnete sich halb. Ein Mädchen, vom Märzen draußen getrieben, stürmte ins Zimmer wie ein Windstoß. Einen dunklen Schal um die Schultern: den Schirm, schon vorher geschlossen, in der Hand. Eine Welle von schönem Kastanienhaar von der Stirn nach hinten hinab hing dort, eine Kaskade fast, zusammen mit dem Schultertuch: der März hatte darin gejagt, seinen krausen Irrsinn getrieben. Beim Anblick der Graugrünen hielt sie, kaum daß sie die Stufen herabgestiegen, verdutzt und mit geteilten Lippen inne. Die beiden Uniformierten und die Zamira hatten alle drei das Gefühl, daß mehrmals ein Beben sie vom Uterus her durch Lymphen und Vaginalwege bis in die vollen Waden hinein heiß durchlief: mit leichtem Keuchen und gewißlich mit heftigem Herzklopfen. Ihr Gesicht entfärbte sich, oder es schien doch so: und hatte in diesem Augenblick das leicht hysterische Weiß eines begehrenswerten Mädchens. Die Lippen blieben ihr offenstehen, dann sagte sie: »Guten Tag, Signor Brigadier«, und äugte backbords vorbei an jenem andern, den sie schon beim Eintreten und beim Heruntersteigen der Stufe wahrgenommen hatte, den sie aber nun erst sah, abgestellt in seiner Ecke wie in bescheidenem Halbdunkel: was in jeder Hinsicht dem galonierten Glanz, das heißt dem hierarchischen Vorrang des Pestalozzi zugute kam. Nach diesem verstohlenen Blinzler auf das Wollschaf in der Ecke tat sie, als ob sie hier und dort nach einem Plätzchen für das Abstellen des Schirmes suche: aber es entging dem Luchsauge (wie er selber es nannte) des obengenannten Brigadiers nicht... nein, sie entging ihm nicht, die Bewegung ihrer linken Hand (die mit dem Ringfinger und dem kleinen Finger jene Vogelscheuche von einem Schirm trug) zu Lasten oder zur Entlastung der anderen Hand: nämlich eine Art Kratzen oder Massieren, vom Daumen unterwärts ausgeführt oder ausgeübt, und von oben her mit Zeigefinger und Mittelfinger, und zwar an den langen, mittleren Fingern der Rechten: als ob sie sie schon in Vorbereitung zur

Arbeit erwärmen wolle. In der scheinbaren Absichtslosigkeit der Geste lag ein Etwas von Überlegung, von Vorbedacht: es war die Geste, die gar nicht zufällige, mit der man einen Ring, der festsitzt, abzustreifen versucht, und sich gleichzeitig bemüht, vor den Anwesenden diesen nicht leichten Eingriff zu verbergen. Der Brigadier fixierte das Mädchen, näherte sich ihm mit zwei Schritten, pang-pang, eine Aufforderung zum Tanz, der man sich nicht entziehen konnte. Er schien sie, diese Finger, einzeln abzutasten und zu drücken, als ob er fühlen wolle, ob sie eine Warze, eine Hornhaut habe, während er ihr dabei in die Augen schaute, starr und staunend, mit dem Gehaben eines Zauberers auf der Bühne bei der Vorführung eines Hypnoseaktes. Endlich drehte er sie um, diese Hand, und schaute ihr in die Handfläche, um ihr das Schicksal daraus zu lesen, hätte man meinen mögen. Ein herrlicher gelber Stein, ein Topaz? funkelte heraus wie der Scheinwerfer eines Zugs, über und über facettiert, auf der Innenseite des Fingers, des Ringfingers, nachdem er diese halbe Drehung zuviel gemacht hatte. Er verstrahlte aus sich die selbstgefällige und ein wenig dumme Fröhlichkeit des farbigen Glases, jetzt, unter dem Kommen und Vergehen der Sonne hinter märzlichen Wolken, als sei auch sie von einer Wallung des Uterus ergriffen: als ob auch sie im ersten Monat schon, kaum daß sie ein Rüchlein Rhabarberkraut noch unterm Himmel erhascht, bereits erfaßt sei vom Schwindel und vom Herzklopfen: die prachtvolle Gestalt.

»Du... wer bist du?« fragte der Pestalozzi strahlend, der im eigenen Verlangen die erregende Identität des Antlitzes erkannte, der Augen, der lieblichen Person – wenn auch nicht dem Namen nach, so doch ihrem Platz in seinem Gehirnfach gemäß. »Bist du die Clelia, die Farcioni oder die Mattonari, die Camilla?«

»Was meinen Sie, Signor Brigadier? Mattonari, ja, so heiß ich: aber ich bin nicht die Camilla. Ich heiße«, sie zögerte, »Mattonari Lavinia.«

»Und die Camilla, wo ist denn die? Wer ist sie? Deine Schwester?«

»Schwester?« sie krauste angewidert die Lippen. »Ich hab keine Schwester«, als ob sie die Vermutung einer Verwandtschaft entrüstet zurückweisen wolle.

»Aber du kennst sie, sie arbeitet hier: du hast ja ihren Namen gesagt: die Camilla: ihr seid also Freundinnen.« Und indes hielt er sie an der Hand. Sie hatte, endlich, den Schirm abgestellt und runzelte die Brauen: »Was soll ich gesagt haben? Camilla? ich hab nur den Namen wiederholt, den Sie gesagt haben, Signor Brigadier.« Pestalozzi hatte geglaubt, ein »die« aufgeschnappt zu haben, nach dem Sprachgebrauch der Toskaner und Lombarden, das offenbar gar nicht ausgesprochen worden war.

»Freundinnen? ich hab keine Freundinnen.« Die Heftigkeit im Leugnen, auch diesmal: genau wie es der Brigadier erwartete: »Na, um so besser, wenn du keine Freundinnen hast: dann kannst du ja offen reden. Also: keine Geschichten, ich hab keine Zeit zu verlieren. Wer ist die Camilla?«: und hielt sie weiter an der Hand, an den Spitzen der Finger.

»Ach,... ja, das ist eine, die hier arbeitet. Als Lehrling, an der Strickmaschine...«

»Sie arbeitet hier...?«

»Nun ja, ja«, gab sie gesenkten Hauptes zu.

»Sie ist eine Kusine, eine weitläufige Kusine...«, sagte gesetzt die Zamira, im Tonfall des Gotha-Almanachs, der nachweist (und alle glauben es ihm), daß Charlotte Elisabeth von Coburg die Kusine vierten Grades von Amalie von Mecklenburg sei.

»Und wo ist sie? Warum ist sie nicht da? Kommt sie nicht zur Arbeit, heute?«

»Woher soll ich das wissen?« Das Mädchen zuckte mit den Achseln. »Sie wird schon kommen.«

»Sie werden das ja schließlich auch verstehen, Signor Maresciallo«, schaltete sich hilfreich die Zamira ein. »Wir sind auf dem Land. Wir arbeiten, wenn's was zu tun gibt... zum Anfertigen oder Reparieren: wenn's halt notwendig ist, meine ich. Mehr oder weniger, einen über den andern Tag. Aber im Winter, und bei dem Wetter«, und sie profitierte von einem Verblassen der Sonne hinter den Scheiben und deutete mit dem Kopf hinaus, »mit diesen Stürmen, wo man von heut auf morgen nicht einmal weiß... ob sich das nun Frühling nennt, oder ob wir noch mitten im Jänner sind, bei so einem Wetter? alles was recht ist, ein Tag schön und vier schlecht! Sie werden's besser wissen als ich, Signor Maresciallo, wo Sie sicher die Mondwechsel und alle Temperaturen vom Klima studiert haben, wie ich sie ja auch studiert hab, damit ich die Zeugnisse als diplomierte Handleserin bekam«, und sie rezitierte getragen:

»Lichtmeßtag, Lichtmeßtag!
Nicht mehr nach dem Winter frag!
Doch wenn's regnet oder schneit,
ist der Frühling weit!

Wo's doch gerade vor drei Wochen, Sie werden sich erinnern, genau wie heute, ein teuflisches Wetter war: daß es mir in den Laden reingeregnet hat, und das Drecksvieh dort«, sie suchte mit den Augen hinter der Maschine, »nicht einmal mehr Eier gelegt hat. Heut gibt's vielleicht gar nichts zu tun, und morgen gibt's einen Haufen Arbeit.«

»Mir kommt eher vor, euer Haufen Lügen langt für den

ganzen Monat«, und er deutete mit dem Kinn gegen den Berg von Zeug, der, zwiefach gebuckelt, aussah wie ein Kamelhöcker. Das Mädchen immer noch an der Hand haltend, überließ er die scharrende Henne ihren Zweifeln und ihrer doppelten Schleppe aus Faden und Spagat mit zugehörigen Knoten.

»So... nun sag mir einmal, wer hat dir den Ring gegeben?« Er hob die Hand der bebenden Lavinia, indem er sie am Puls festhielt und im Innern der Hand den Topas betrachtete, den sie um den Finger gedreht hatte.

»Wer ihn mir gegeben hat?« und sie befleißigte sich, zu erröten wie über ein delikates Geheimnis.

»Mein Fräulein, beeilt Euch: zieht den Ring ab: den muß ich nämlich beschlagnahmen. Und sagt mir, von wem Ihr ihn habt. Wenn Ihr's sagt, ist es gut: wenn Ihr's nicht sagt...«, und er zog aus der Tasche das übliche Geschirr: und bot es ihr dar.

Lavinia wurde weiß im Gesicht: »Signor Brigadier!«

»Laß den Signor Brigadier! Tu sofort den Ring herunter und gib ihn mir, beeil' dich, denn falls du's nicht wissen solltest, das ist Diebsgut. Der steht auf dem Verzeichnis der geraubten Schmucksachen und Armbänder der Gräfin in der Via Merulana: der Gräfin Menegazzi: hier steht er auf der Liste.« Und um seinen Befehl zu unterbauen, der ihm trotz allem ein wenig nach Unverschämtheit schmeckte, steckte er die Handschellen ein: und zog aus der anderen Tasche den Papyros des Ingravallo. Die Schüchternheit in der Anwendung dessen, was im ›Barbier von Sevilla‹ in B-Dur ausgedrückt ist, nämlich der »Gewalt«, war damals, 1927, noch nicht ganz versunken in den ozeanischen Gräben von heute: aber schon damals waren ihr gewisse Erscheinungen des heutigen Geschmackes nicht fremd. Auch die Härtesten, die allein, auf dem Land, inmitten des Volkes, operierten, hielten sich daran und tun es heute noch. Nachdem er also die Liste hervorgezogen hatte und die beiden Blätter aufschlug, als ob er einen Verhaftungsbefehl verlesen wolle, tat der Pestalozzi doch so, als ob er darin suchen müsse... nach einer legitimen Begründung seines Vorgehens. »Hm...«, überflog er brummelnd die ersten Zeilen, und traf sofort auf das, was er suchte: »goldener Ring mit Topas!« und seine Stimme läutete Sieg. Er wedelte mit dem Briefkopf, auf dem obersten Blatt, breitete es vor ihr aus, vor den Augen des Mädchens. Aber sie, Lavinia, konnte nicht einmal lesen.

»Quästur von Rom!« verkündete er ihr ins Gesicht, im Ton der Gewichtigkeit, der ironischen Überlegenheit gegenüber der konkurrierenden Organisation, welche sich, nur weil sie ein paar Blättchen auf der Maschine tippen konnte, so aufspielte: »Quästur von Rom!« Er nahm den Ring, welchen das Mädchen ihm reichte, blaß vor Zorn, bleich, mit einer Miene, als ob sie, ein armes Mädchen vom Land, wehrlos solchem Schimpf ausgesetzt sei. Die Zamira, mäuschenstill, schaute zu: und hörte zu. »Ah, ah, genau der ist es!« riskierte der Pestalozzi zu sagen, indem er mit Kennerblick den Ring musterte, ihn hin- und herwendete und untersuchte, wie ein Pfandverleiher von der Via del Gobbo unmittelbar vor dem Abschluß des Geschäfts: hielt indes die beiden Blätter in der anderen Hand, zwischen den kleinen Finger und die Handfläche geklemmt: »das ist der Topas, den ich seit zwei Tagen suche: genau der!«: quasi als hätte die berufliche Tüchtigkeit, die in seinem Hirnkasten *ab aeterno* funktionierte, ihm verstattet, ihn augenblicklich wiederzuerkennen. In Wirklichkeit sah er ihn zum erstenmal und suchte ihn seit zwei Stunden, wenn's überhaupt wirklich ein Topas war, der Toppatz, und nicht etwa ein schäbiger Glasscherben. »Wer hat ihn euch gegeben? Sagt die Wahrheit: er hat ihn euch gegeben, der Retalli. Du, du hast doch niemals das Geld, um dir sowas zu kaufen: so ein Ding da! Den hat dir der Enea Retalli geschenkt: und er hat's ja schon gestern abend dem Maresciallo gestanden.« (Der Retalli war unauffindbar, wie ein Vöglein im Wald). »Mit dem steckst du zusammen, das ist bekannt: und er hat dir den Topatz geschenkt«, was offensichtlich eine etwas blöde Bemerkung war. »Ich steck mit gar niemand zusammen: und der Enea Retalli wird irgendwo auswärts arbeiten: wo, weiß ich nicht: und es ist überhaupt nicht wahr, daß ihr ihn gestern erwischt habt, und auch nicht, daß er irgendeinen Schmarren gestanden hat.«

»Um so schlimmer für dich! Gehen wir! Komm!« und er machte dem braven Knaben ein Zeichen: sie aber ergriff er fest an einem Arm.

»Signor Brigadier, Sie müssen's mir glauben«, protestierte das Mädchen, indem es sich freimachte, »den hat mir eine Freundin von mir gegeben, die ihn einer Frau abkaufen will: sie hat ihn mir auf zwei Tage geliehen, weil heute ist... heute hab ich Geburtstag. Sie hat ihn mir nur für zwei Tage geliehen.«

»Ah, und wie alt wirst du?«

»Ich, ich werde neunzehn.«

»Bist du sicher?«

»Ich bin heute neunzehn geworden: heute nacht genau.«

»Ah, nachts bist du also geboren. Und wer hat dir den Ring geliehen für deinen Festtag? Laß hören!«

»Signor Brigadier, woher soll ich denn wissen... ob er von der Gräfin ist, die sie in Rom umgebracht haben, oder von wem sonst. Die Hausierer, die mit dem Pferdekarren von einem Dorf ins andere ziehen, wissen die vielleicht, wer das Zeug gemacht hat, das sie verkaufen, oder woher's stammt?«

»Schluß mit dem Herumgequatsche!« Er preßte ihren Arm, den er wieder ergriffen hatte und festhielt.

»Au!« machte sie: »Sie können doch nicht so grob mit einem umgehen!«

»Wer hat ihn dir gegeben? Komm! Dem Maresciallo wirst du's sagen. Der wird dich schon im guten zum Reden bringen.« Er zog sie zur Tür hin. Der Knabe setzte sich gehorsamst in Bewegung, entwurzelte sich von seinem Platz: verließ seine Ecke. Die Henne hatte sich wer weiß wohin verkrochen.

»Den hat mir ein Mädchen gegeben, Signor Brigadier, ein Mädchen, das hier arbeitet. Schon lange haben wir immer geredet von Korallen für eine Halskette und Ohrhängsel. Ich hab ihr immer gesagt, daß ich für meinen Geburtstag gar nichts zum Aufstecken habe.«

»So sag es doch, wer sie ist, wenn du's weißt«, schlug ihr die Zamira vor, blaß geworden.

»Es ist die Camilla«, antwortete sie der Zamira.

»Ah, die Camilla Mattonari also? Was für Umstände wegen dem Namen von dieser Camilla Mattonari! dem Namen deiner Kusine, die mit einem Dieb zusammensteckt, vielleicht gar einem Mörder. Gehen wir! los: führ mich zu ihr!«

»Und das Motorrad«, stotterte die Zamira, der schon die Vorstellung, die Maschine allein, ohne ihren Herrn, in ihrer Werkstatt zu haben, gräßlichen Ärger verursachte. Sie hatte sich von ihrem Hocker erhoben. Sie rang die Hände vor ihrem Wänstchen, einem Ballon, als sei sie im dritten Monat schwanger, beträchtlich bekleckert unterhalb des Gürtels, wo man gewisse Rinnsale von Spülwasser oder von Kaffee erkennen konnte:

Schürze hatte sie keine. Die Lippen erneut zusammengepreßt, weit entfernt nunmehr von jeder Einladung, jedem Freundschaftswink, mit dem wissenden und deduzierenden Blick jener, die aus der bloßen Geste die Beweggründe und Absichten der Akteure erraten, mit leuchtenden und aufmerksamen Augen folgte sie, von einer Bewegung zur andern, den beiden Gesellen auf Schritt und Tritt, die jene reichlich verlegen vollführten, zwischen Kredenz und Motorrad, zwischen der Strickmaschine und dem Tisch, dem Schanktisch und den Stühlen, dem Haufen Wirkwaren und der Tür: der Tür zur Straße hinaus. Das Licht in ihren Augen wechselte, wurde böse, Übles verheißend und fast finster. Es schien zu schwanken, als schwanke es unter einer elektrischen Ladung, unter einer Hochspannung des Gemüts, als wolle es die Abfolge der Akte und der unannehmbaren Fakten sprengen, die prozedürliche Gültigkeit dieses polizeilichen Wunderakts. Der sich ihr, an einem gewissen Punkt, in seinem wahren Licht enthüllte: in seinem bestimmten Sinn, in seinem der Erkenntnis verbindlichen Sinn: eine graugrüne und scharlachrote Teufelei des Höllenprinzen: des Teufels mit den Maresciallo-Tressen: desjenigen jedenfalls, den man schon mehrmals als erklärten Feind der Due Santi hatte nachweisen können: der sich im Felsen verkroch, des Nachts, in Marino, der mit dem Bergwind herunterheulte, der vor dem bläulichen Umkreis des Dochts die Übeltaten des Tages ausbrütete, allgegenwärtig dann in den großen Stunden des Sonnenlichts wie das Auge des Falken, der forscht und erkennt in allen Erdfurchen, im Hag und in den Wiesen, am Berg und auf dem Feld. Ein rot-schwarzes Hexenübel, besilbert, betreßt, beladen wie die Septembernacht mit tausend sophistischen Bedrängungen, die von Tag zu Tag enger sich zusammenziehen um die Person dessen, der vielleicht gar ehrlich arbeitet, sich von den vielen Mühen des Daseins in irgendeiner Weise losstrampeln möchte mit Hilfe des erstbesten Kniffs. Eine Amtshandlung, wenn auch noch so sinnlos und verhängnisvoll, ausgeführt als Rechtfertigung, als Bestätigung sozusagen für die Korpulenz, die wohlbeleibte Gesundheit, die Pension: ein willkürliches Einschreiten, unzulässig in den privaten Operationen der Magie oder des einfachen Handlesens, wobei es das Gelingen des Ganzen verpatzen würde: zu befehden also, guten Rechts mit Hexenblicken von der Art jener ihr zu eigenen, der zamirischen, zu befehden mit Hilferufen an den großen König mit den steifen Hörnern, dem Höllenspieß: jenen also, den sie, Zamira, mit ihrem Ruf erreichen konnte. So daß sie also nun geschäftig war mit den Fingern überm Utrikulus des Leibes wie der Spezereihändler überm Marmortisch, gewisse Bewegungen machte, gewisse Fingerspielchen, seltsame Gebärden, die vom gesunden Menschenverstand nicht vorgesehen sind, als ob sie unsichtbare Erbsen ausperle oder irgendwelche unsichtbaren Pillen in Richtung des nichtsahnenden Pestalozzi schösse oder abschnelle, der ihr die Schultern zuwandte, noch unentschlossen, was zu tun sei. Die Lippen begannen ganz allmählich wieder aufzusprudeln, zu beben, und die Wangen zu zittern, *motu proprio* zu blubbern in düsterer Verachtung, die sich langsam zuspitzte in die fideistische Anrufung gewisser Hexenpriester aus Tanganjika oder afrikanischer Kaffern oder stumpfnasiger und wollhaariger Njam-Njam, über und über voll Löckchen auf dem Kopf, bestaubt mit Kohle, einen Goldring in der Nase, das Hinterteil terrassenförmig, wenn sie zu ihren Tier-Göttern rufen oder fluchen in der einsilbig-pappigen Sprache ihrer homologen und näselnden Kantilene: »niemniem-tschep-tschep-ititi, schießt ihm einen Krebs in den Buckel und hebt ihn uns hinweg unterm Hintern, diesen Missionar vom Cacco.« Diesen mennonitischen Missionar, versteht sich. Und derweil bieten sie ihm zum Trank ihre mit Kokos gequirlte Spucke in der Kokosschale, als subtropisches Zeichen der Ehrerbietung, als Tanganjika-Reverenz.

»Sie da, Frau Zamira, halten Sie die Finger still!« gebot ihr entrüstet der brave Knabe. Er war rot angelaufen an den Bäckchen, ein Saucenrot, das gegen die unterwärtige Partie der Wangen käseweiß wurde. Die objektive Klarheit des gesunden Menschenverstandes in ihm hatte die Überhand über die Unvernunft der Düsternisse erlangt: als ob ihm das auf dem Volksschuldiplom bestätigt worden sei durch eigenhändige Unterschrift des Filangieri, des Don Gaetano Filangieri, Prinz von Arianello, Unterrichtsminister des Königs. Er wollte nicht zugeben, konnte nicht zulassen, daß der »Aberglaube« entschwundener Jahrhunderte sich wieder in Magie zurückverwandle, zur gültigen Kunst, Krebsgeschwüre auf den Buckel des Nächsten zu rufen, (wo er doch nun Carabiniere war), einzig und allein durch das Gefingere der Hexe. Ein Uterus ist immer in uns, ein vernunftvoller Uterus, der in Wallung gerät über ein Zwinkern, ein Zeichen, ein Zittern von Fingerkuppen, an welchem sich, trotz allem Leuchten des himmlischen Regnums und aller Diplome auf Büttenpapier, die klarsten Erkenntnisse vergiften.

»Gehen wir«, wiederholte der Brigadier Pestalozzi endlich entschlossen. »Die Maschine laß ich hier«, und er wandte sich um, »paßt gut drauf auf: stellt einen Stuhl davor, laßt sie von niemandem anrühren.«

Die Signora Pàcori lächelte ihm zu mit einem automatischen Lächeln, in dessen Zentrum es jedoch finster war: ein strohtrockenes Lächeln, ein strohdummes Lächeln, eins von jenen, die sie am Schanktisch über die trüben Stunden zu verteilen pflegte, aus der Gewohnheit des Metiers, der Verkäuferin, welche den Wünschen der Raucher nachkommt: sie entblößte, wie gewöhnlich, den Schlund: sie konnte nicht anders. Die Lider sanken ihr einen Augenblick herab wie im Vorgeschmack der Wollust: in pflichtgemäßem Vorgeschmack, berufsgebunden. Die Äuglein bekundeten mit einem blitzartigen Funkeln die übliche Zustimmung: wem denn? zu was? Die Mißlaune jedoch auf ihrer Stirn hatte die beiden Stirnbuckel wie mit Wachs gewichst, wie zwei Festungsbunker, die immer noch der Teufel besetzt hielt.

»Wo ist der Retalli?« sagte der Brigadier zu dem Mädchen.

»Signor Brigadier, ich weiß es nicht«, sagte sie: mit bestürztem Gesicht. »Und deine Kusine, Ihre Kusine, wo ist die? führ mich zu ihr! Los!« Er schien ganz und gar von der Sucht ergriffen, irgend jemanden zu erwischen, nicht mit leeren Händen in die Kaserne zurückzukehren. Einen Ring, und was für einen Ring, den hatte er: gut, gut: aber nun brauchte er einen Verdächtigen, einen Hehler, eine Hehlerin, wenn nicht gar den Stehler.

»Aber ich...«, greinte noch das Mädchen und vergaß den Schirm, dort, wo es ihn abgestellt hatte.

»Los, genug damit, zeig mir, wo sie wohnt«: und öffnete die Tür, indem er sie mit der anderen Hand aufforderte, davon Gebrauch zu machen: sowohl von der Stufe wie vom Ausgang. Die Lavinia ging als erste hinaus.

»Beim Bahnübergang«, wisperte ihm da die Zamira in ein Ohr. Aber auch der brave Knabe hatte es gehört. Immer noch erlosch ihr nicht, unter der erzürnten Stirn, das böse Leuchten des Blicks. »Sie ist die Nichte vom Bahnwärter: beim Bahnübergang wohnt sie.«

»Welcher Bahnübergang?«

»Auf der Straße nach Castel de Leva, bis zur Brücke: dann links, bis zum Bahnübergang von Casal Bruciato«: sie schien eine Taubstumme, die sich mit den Fingern verständlich macht, mit den klanglosen Bewegungen der Lippen. Sie wollte nicht, daß die Lavinia sie hörte, von der Straße. Der brave Knabe stolperte über die Stufe: »Vorsicht!« machte sie, mütterlich, und wiederholte: »Auf der Straße zum Divino Amore. Fast bis zur Brücke. Dann links.«

Und mit diesem Schubser, dieser Wegzehrung, gelang es ihr, die beiden Genossen und ihre vier Stiefel auf Trab zu bringen. Sie würden genug zu beißen haben, genügend Staub! Der Ritter Höllenspieß hatte ihr glühendes Flehen vernommen, hatte die wiederholten Anrufungen, die inständigen Bitten, erhört.

»Paßt auf's Motorrad auf!« rief ihr der Brigadier noch zu, von draußen: während ihr Blick sich bereits zur Bosheit zuspitzte: »Zur Brücke vom Divino Amore!« schrie sie, als peitschte sie die Nachhut des Besiegten. Was sie ihr dann für Knallfrösche nachgeschossen, was für Ausdrücke, während die Glastür noch offenstand hinter dem Rücken der sich Entfernenden, das hat die Geschichte, die Meisterin des Lebens, sich nicht aufzuzeichnen bemüht.

9

Zur Brücke vom Divino Amore! Leicht gesagt! zweieinhalb Kilometer, wenn nicht mehr: vierzig Minuten Fußmarsch: und dazu das Mädchen, mit den Latschen, die sie anhatte. Manchmal kam die Sonne durch, eine Scheibe, ein verwaschener, wackliger Kreis mit flüchtenden Dampfschleiern überm Gesicht, wie ein Eidotter im Weiß: lauwarm streckenweise, oder butterweich: dann manchmal ein plötzliches Aufgähnen des Tages, zwischen einer Wolke und der nächsten sich brüstend und neckend, rittlings auf dem galoppierenden Scirocco-Treiben: ein Fliehen und Wandern von der Brücke her, im Geschiebe von Wolkenkruppen, die über die Flanke der Bergsplitter des Apennin zu kommen suchten. Straße gab es nur eine, zum Glück, außer dem ersten Stück allerdings: die staatliche Straße, die Appia, dann, im rechten Winkel dazu, die Abzweigung der Provinzstraße nach Falcognana. Anläßlich dieser Ecke stieß ein Weg diagonal in die Campagna. War aber zu schlammig, der Weg quer durch die Kornfelder, die im feuchten neuen Grün dalagen, vom Platzregen vollgesogen: und hier und dort wie überzuckert vom Reif. Wenn sie hier heraufkäme, die Camilla Mattonari, so sagte die Lavinia, dann müßten sie sie unbedingt treffen, wenn sie auf dem Asphalt daherstöckelte, oder zumindest auf dem trockenen Straßenrand, wie gesagt, hier auf der Straße von Falcognana. Eine Kutsche, die sie einholte, nachdem sie die Kurve hinter sich gelassen, bot dem Brigadier Gelegenheit, die Lavinia aufsitzen zu lassen; und neben ihr den Milizsoldaten. Nachdem das Pärchen verladen war, kehrte er selbst wieder um zu der Kneipe an der Weggabelung, um sich von irgendwem ein Fahrrad zu leihen. Sonst wäre er bis zur Zamira zurückgegangen, um seine Stute wieder zu holen. Der brave Knabe, runden und ernsten Gesichts, wie eingesponnen in einem Kokon, schien gar nicht unzufrieden zu sein mit dem Einfall des Chefs, der ihm den vielleicht recht gesunden Spaziergang ersparte und ihm statt dessen die wohligwarme Nachbarschaft eines Mädchenschenkels an seiner Seite bescherte; wenn auch, leider – »keine Rosen ohne Dornen« – die warmen Schauer auf der anderen Seite, das heißt, an ihrem anderen Schenkel, vom Kutscher geteilt wurden. Trotz des Geruchs von lebendiger Weiblichkeit, den er sofort angenehm vermerkte, und des erregenden Zusammensitzens im Wägelchen mit einer so »gelenkigen« und »netten« Signorina verhärtete sich, das muß zu seinem Lob gesagt werden, verhärtete sich der gestrenge Polizist zumindest dem Anschein nach zum gesetzlich-militärischsten Agnostiker der Carabinieri des gesamten Bezirks unter dem vormärzlich erwachenden Himmel der römischen Hügel. Langsam fuhr man herab zwischen den frischen Anpflanzungen einiger (noch kahler) Weinberge, die zwischen den Wiesen lagen. Sie gelangten mit ihrem Pferd an eine Weggabelung, schon in Sicht der sogenannten Brücke vom Divino Amore, wo die oben löblich erwähnte Provinzstraße die Eisenbahn nach Velletri kreuzt. Das Divino Amore, genauer gesagt, jenes alte Kirchlein, das hier und dort mit Zement geflickt und mit seinen zwei angebauten Häusern von dem wachsamen

Prinzen in die Sonne Latiums gepflanzt worden war, beflankt und überragt vom Castel de Leva, welches mit hohlen Ruinenaugen um sich blickt und es mit einer Mauer umgibt, oder einmal umgab; das alles liegt von der Brücke fünfeinhalb Kilometer entfernt. Dort, an der Wegscheide, konnte der Pestalozzi seine vorausentsandten Weggenossen mit dem Fahrrad wieder einholen; weithin sichtbar auf den gestreckten Armen die Ordonnanzstreifen, die wie ein Freibrief, eine Art spezieller Führerschein wirkten, ihm persönlich verliehen für dieses wenig bewegliche Fahrzeug. Das Fahrrad mit seinem Krack-Krack in den Gelenken war der reinste Leierkasten. Wie eine kaputte Zahnradmaschine, die sich am Mandelzucker die Zähne ausgebissen hat: aber von Mandelzucker keine Spur, weit und breit. Der Kutscher rief dem Pferdchen ein »Ih!« zu, um es ein wenig zurückzuhalten, und derweil kniff er, nach links hinausgelehnt, die Wagenbremse zusammen, und die beiden Bremsklötze schabten immer stärker über die Radreifen, bis es kreischte. Beim Abwärtsfahren hatte das Pferdchen zuerst, so gut es ging, sich dagegengestemmt, hatte sich das sukzessive Reißen des Schwanzriemens auf der mageren Hinterhand gefallen lassen, das auf seine Arschbacken klatschte, ein aufs andere Mal, wie Ohrfeigen, wie das Klatschen des Meeres auf den unschuldigen Strand, strebte entschlossen dem festen Straßenrand zu, hob gar nicht mehr die Hufe zum verloschenen Trab, rutschte ein wenig auf allen vieren: und stand. Kaum daß es, beim Ziehen der Zügel, den Kopf nach hinten wandte, als ob es sagen wollte: »Ihr könnt mich alle, da in der Kutsche! Ausgerechnet jetzt mußt du mich anhalten, wo's so flott ging!« Nach vorn geschleudert die drei Köpfe der Reisenden, Brüste voll und überschwappend, die so aufreizende Kehle und das ein wenig hysterisch blasse Gesicht der Lavinia, wie zum Erbrechen hinausgereckt: wie es eben mit allem geht, was nicht ordnungsgemäß verpackt und in einem System verankert ist: und auf eigene Faust daherreist, fast der Kutsche vorneweg. Der Pestalozzi stieg vom Rad. Von der Straße nach Falcognana, die ein paar hundert Meter weiter unten durch die Brücke vom Divino Amore und vom halbtiefen Graben der Eisenbahn gekreuzt wird, geht hier, an diesem Punkt, die Nebenstraße nach Casal Bruciato ab: die heute noch, in einer weiten Kehre, dieselbe Eisenbahn ebenerdig kreuzt. Auf der Hucke des gelben Straßenwärterhauses hockte unentschlossen und zerfetzt ein Rauch – es ließ sich nicht einmal ausmachen, ob's ein Rauch vom Kamin war – zerging, mühselig fast, in der Märzluft, als wolle er durch seinen aufwärtssteigenden Versuch des Nichtseins die Armut seiner Herkunft versinnbildlichen: oder in der gestaltlosen Einsamkeit den Biß der täglichen Notdurft auflösen, welchen jener, der ihn empfindet, Hunger zu nennen pflegt. Das ewige und hartnäckige Wort, dieser verzweifelte Doppellaut der Eule, war mit der Nacht verstummt: mit dem Morgengrauen erloschen. Jetzt, von einer verborgenen Ulme her, vielleicht von einer Steineiche, die, von der Axt verschont, in der Leere der Campagna stand: der Wechselruf, unerreichbar, der wehe Jambus des Kuckucks. In Vorahnung des neuen Laubes schien er der Erde die ewigen und verlorenen Gezeiten in Erinnerung zurückzurufen, die Schmerzen des Frühlings.

Die Lavinia flehte den Brigadier an, sie doch »draußen« warten zu lassen. »Wo draußen?« – »Dort, ich meine hier. Sonst sind die imstand und glauben, ich hätte meine Kusine verpetzt.«

Nach einigem Hin und Her war der Brigadier einverstanden, aber nur ungern: und murmelte ein passendes Wörtchen von

»ein Mann, ein Wort«. Er engagierte die Kutsche für die Retourfahrt: lehnte das Fahrrad gegen die Böschung, die auf der anderen Seite des Grabens wieder ins Wiesengelände anstieg: bat den Kutscher, ein Auge drauf zu halten. Als er schließlich mit dem Braven beim Bahnwärterhäuschen Kilometer 20,35 ankam, wurden sie vom wütenden Keifen eines Köters begrüßt, von dem man kaum die Augen sah, dafür aber die Zähne, scharf und vereinzelt vor Angst, so verkniffen und borstig war er, halb Stacheltier, halb Schlammbewohner und halb ein armes Arschloch (wie der Brave sagte), aber zum Glück an der Kette. Eine Alte kam zum Vorschein, gänzlich unerwartet in diesem einst geheiligten Eisenbahnpanorama*; sie versuchte, ihn zu besänftigen, zu beruhigen, dann machte sie sich näher an die Schranken heran, welche die Straße unterbrachen. Zum Zeichen, daß, wenn zwar nicht in diesem unmittelbaren Augenblick, so doch demnächst ein außerordentliches Ereignis zu erwarten stand: nämlich die schwarze Dazwischenkunft des Eisenbahnzugs, das Aufundniederblasen des Dampfes, wunderbares Fluidum, das den Frachtgütern Kraft und Wanderfähigkeit verleiht, selbst wenn's bergauf geht, also auch dem gemischten Personen- und Güterzug 181: der in der Tat bereits keuchend sein gutgeöltes Hebel- und Räderspiel ankündigte, rauf-rauf-rauf-föfföfföfföff, von den Frattocchie her, den fernen Jammerruf des Kuckucks übertönend: und am Bahnwärterhaus auf Kilometer 20,25 würde er wiederum über die Steigung triumphieren: ein Wunder der Baukunst, eine ungenannte Steigung von 4%, aber lauter Kurven und Gegenkurven, Bauzeit Ende des vorigen Jahrhunderts. Beim Bahnwärterhaus, das manche Casal Bruciato nennen, wartete man jeden Tag auf ihn, einmal täglich, mit mathematischer Sicherheit und mit der Gemütsbewegung, mit der man in der Sternwarte von Arcetri oder im Observatorium von Mount Palomar alle fünfundsiebzig Jahre das Vorüberziehen des Halleyschen Kometen erwartet. Die Alte, so hinfällig sie war, mußte gleich gerochen haben, daß dieser üble Besuch in Graugrün ... ganz danach aussah, als wollte er in ihrem Haus Zuflucht suchen. Daher kniff sie ihre blutleeren Lippenränder gleich wieder zusammen, ohne sie nochmal aufzumachen, die von zwei geringelten Borsten geschmückt waren über dem Kinnfaltengebammel: und überließ ihnen, den Gebrüdern Branca*, die Initiative der Begrüßungsreden: vielmehr dem älteren und ranghöheren der beiden. In der Zwischenzeit, doch ohne es zu erkennen zu geben, versuchte sie krampfhaft, das Ereignis runterzuwürgen, das Ereignis dieser drei Erscheinungen, das sie bis in die Eingeweide entsetzte und erschreckte: mit brandeiligen Stoßgebeten an den Heiligen Antonius von Padua, den von uns allen heißgeliebten Wundertäter, der auch durchaus sich zu verwenden bereit ist für das gute (in ihren vergangenen Tagen mechanische) Funktionieren des mittleren Hämorrhoidalplexus, des *plexus haemorrhoidalis medii*. Es gelang ihr in der Tat eine ungehemmte Zusammenziehung der wichtigsten wenngleich vom Alter abgenutzten Rektalringmuskeln: die nicht gänzlich ausgeleiert waren, wenn sie auch von Jahr zu Jahr mühsamer in Bewegung gesetzt werden konnten: die sogenannten Houstonschen Klappen, vor allem die *Supervalvola Kohlrauschii*, und die *Semilunaris Morgagnii*. Der verzweifelte Versuch, die Ampulle zu blockieren, auf deren Inhalt – ohi, ohi, ohi – schon das graugrünschwarzsilberne Angsttrauma, und gleichzeitig das schrille Pfeifen – ohi, ohi, ohi – des näherkommenden Dampfzuges sich auswirkten, konnte aber doch nicht verhindern, daß ein paar dicke, ziemlich phobische Tropfen loskamen, pfnaff, auf die Bank vor Casal Bruciato: *free along bank*, jawohl, fab. Casal Bruciato, wenn es auch andernorts cif. geschrieben wird, *cost insurance free*, und mancherorts sogar ciaf. Da die Vorsehung dafür gesorgt hatte, daß es der Alten unterwärts an jenem Paar röhrenförmiger Hüllen gegen die Nacktheit ermangelte, welches unsere höchst feinfühligen Reporter als »intime Kleidungsstücke« zu bezeichnen pflegen, gelang es dem genannten Ereignis, sich unbemerkt von den beiden Gebrüdern Branca auf dem Pflaster abzuwickeln. Einer hinter dem andern, durch den schmalen Durchlaß neben dem Schrankenbaum hereingetrudelt, schritten die Carabinieri schweigend auf das Brückchen zu, mit schweren und genagelten Schritten bis zur Tür des Häuschens: der Alten fast nicht achtend, von der sie annahmen, sie sei in amtlicher Funktion nunmehr mit dem Zug beschäftigt. Aber sie täuschten sich: dort stießen sie mit dem weißen Kartoffelgesicht eines jungen Mädchens zusammen, welches resolut herausgestürzt kam, nachdem es von einer Bank eine Art Nudelwalker aufgenommen hatte, der aber jetzt mit einem rot-grünen Fetzen umwickelt war: und gerade in diesem Moment mehr grün als rot.

Mittlerweile war wirklich der Föff-Föff mit gewaltigem Puffen herangeschnauft, trotz heller Morgenstunde mit angezündeten Lichtern gegen das Dunkel jeder neuen Höhlung gewandt: der einzige Morgenzug in dieser Richtung. Er kam von Ciampino herauf, ganz schwarz, und tat wie ein erboster Feuerwehrler, schickte aus dem Schornstein Explosionen von braunem Rauch gen Himmel und dann, plötzlich, weißen Dampf, pufft e dahin, fuffuffuffu, daß es sich wie Gewehrsalven anhörte, und man zu fragen versucht war: aber was ist denn los mit dir? und paffte so nach unten weg aus einem Paar zylindriger Säcke –

hierhin, dorthin, als ob er ebenerdige Schnurrbärte hätte. Es trieben und drehten sich die glänzenden und geölten Stangen und die wie von einem irren Scherenschleifer angetriebenen Kurbeln, mit einem Geruch gesottenen Öls, in der tragischen Überwindung der kleinen Geländesteigung des Ingenieurs Negroni. Sah aus, der Zug, als wollte er einem an die Gurgel springen, einem Gift und Galle ins Gesicht spucken, und weil er nicht hinten hoch kann vor lauter Gicht, schießt er die Wut, die er im Bauch hat, aus allen Nasenlöchern heraus, und gleichzeitig bei den Füßen. Jenseits vom Bahnwärterhäuschen, entlang dem grauen Pfad an der fliehenden Böschung, beeilten sich derweil zwei oder drei tödlich verschreckte Hennen, ungewohnterweise jedoch mucksmäuschenstill, in beschleunigtem Kratzfußtempo die Gleise hinab zu entfleuchen: sie dann flatternd zu überqueren, im geeignetsten Moment, knapp vor den Puffern und den drübersitzenden Scheinwerfern, mit jener vorbedachten Selbstmördergesinnung, die ihnen eigen ist. Der Maremmenhund, vielmehr das Maremmenstacheltier, stürzte vor: als wollte es sich erwürgen oder sich selbst guillotinieren im Halsband, einem dünnen Eisenstreifen, an dem das Fell des Wütenden sich aufsträubte: und an hochgespannter Kette begann er erneut zu jaulen, zu heulen, unermüdliche, frenetische Ausbrüche: als deklamiere er leidenschaftliche Verse des Foscolo, ohne aber ihren Sinn zu verstehen noch ihren Un-Sinn, vor einem von plötzlicher Müdigkeit übermannten Publikum: entschlossen, sie alle wieder aufzuwecken und sie zur Läuterung und zur Wachsamkeit aufzurufen, und auch nicht dem letzten von ihnen Schläfrigkeit zu verzeihen. Schleimiger Geifer, wie Bechamel, kam bei diesem Tun dem verteufelten Idioten zwischen den ärmlichen und krummen Reißzähnen und seiner ganzen hündischen Wildheit hervor und quoll bei jedem erneuten Aufrucken des Kopfes in weißlichen Flocken über die Lefzen: aus dem Brand derart betauten Zorns hob er die blutunterlaufenen Augen der reißenden Bestie gen Himmel, als wolle er die Zustimmung der himmlischen Tiere, der Götter seiner Rasse beschwören, ihr Numen günstig zu stimmen, als wolle er die Billigung für noch töchtigere Elfsilber einholen. Welchselbiges er, dumm wie er war, zwischen den Stiefeln und den Wickelgamaschen der Carabinieri als seine unerläßliche Pflicht betrachtete. Diese wütenden Fürze seines Zorns zerrissen ihm beinah den Schlund, aus dem hin und wieder, was die Polizisten unsicher machte, die höhlenhafte Röte aufschien wie aus einer Höllenspelunke: und als er das Federvieh vor dem Geschnaufe des Zuges herfliehen sah, verdoppelte sich seine Heftigkeit bis zum Paroxismus und schien es gar den besessenen Sophonisben gleichtun zu wollen: aber die Haltbarkeit der Kette und die Güte der Schnur, vielmehr des Seils, hielten ihn, wenn auch mit knapper Not, zurück. So stieß halt sein verrückter Schädel bei jedem Ausbruch der Kehle auf und ab, ohne Sinn und Verstand und ohne Gewinn für ihn noch für andere; Zerberus: auf Urlaub im Irdischen, auf den Hügeln, wo er sich ans Werk begeben hatte, soff er das unverdiente Licht, die süße Aura der offnen Himmel über ihnen: *coeli jucundum lumen et auras*. Der Föffö-föffö war im Begriff, »durchzufahren«. Der Wind, der von den Sümpfen heraufstieg, war müde, der Tag ließ ihm die Flügel sinken: nur ein Flattern noch von einem Zaunkönig, von einem Sproß, hinauf zur rostigen Dachtraufe, oder der gebrochene Flug weiter droben und die vermählten Widerrufe zweier nestloser Eichelhäher. Das Mädchen mit dem Kartoffelgesicht schob mit einer Hand die beiden Polizisten zur Seite, als wären sie niedrige Tarockfiguren, und unwillig, mit einer Schnute wie ein zur Unzeit belästigtes Mamsellchen, wandte es sich mit seinem Instrument gegen den Bahndamm: wo es dann, das Instrument mit fester Hand ergriffen, quasi in Habachtstellung, es sich vor den Bauch pflanzte im genauen Fünfundvierzig-Grad-Winkel. Woselbst dieser grünbespannte Nudelwalker an ihrer Person blühte und, unterwärts, am groben Griff, aussah wie ein ungewöhnlich kräftiges Reis, bleckend für jeden, der es sehen wollte oder nicht, ein Insignum, das nicht ihr zugehörig. Schon beugte sich das geschwärzte Gesicht des Maschinisten aus der Kabine, um die Farbe des Wedels zu vermerken. Ein Theatermohr, ein Othello mit schwarzer Skifahrermütze. Es war dieser Föfföff der gemischte Personen-Güterzug: der einzige Vormittagszug, der hier heraufkam: zusammengeschustert aus drei Güterwagen, verschieden nach Alter und Bauart, und zwei Personenwagen: wo die Gesichter und die Haarwuschel und die leuchtenden Augen und Münder der Unverschämtesten und Lustigsten, oder eines Gockels von überdurchschnittlichem Format, grinsend aus den Fenstern hingen oder gafften. Oder sich hinausbeugten, wie andere, mit halbem Oberkörper samt Armen, im galanten Adieu einer wedelnden Hand. Und riefen aus lüsternem und wäßrigen Mund dem Mädchen zu: flüchtige Madrigale, man verstand nicht recht was, aber Schweinereien waren's zweifellos: ein Rudel Heimkehrer, Soldaten jener Epoche, vielmehr jener Ära; aber in einer anderen Ära wär's das gleiche gewesen. »Die hat aber den Knüppel steif!« gelang's dem braven Knaben gleich drauf zu rekonstruieren, unter dem Räderkreischen des Geleitzugs, der vorüberrollte, und er biß vor Entrüstung die Zähne zusammen, erbleichte und errötete nach oben, nach unten, zwischen den Wangen und dem Kinn.

Und er hätte irgendeinen Quatsch zur Ehrenrettung der Carabinieri hinzugefügt: wenn nicht der Zug, der nun völlig außer Puste zu sein schien, so langsam gefahren wäre. Man hörte nunmehr, wie er beim Abwärtsrollen in allen Fugen krachte, in allen schlechtgeölten Scharnieren kreischte: auf die Geländesteigung des Negroni Numero einundsiebzig folgte, nach der kurzen Geraden der Verladerampe, die Senkung des Gegenhangs Numero dreiundsiebzig, ebenfalls vom Negroni: welchselbige dafür bekannt war, daß sie sich gleich einer schwarzen Odaliske bereitwilligst und voller Verständnis der schrankenlosen Lust der Triebwerke hinbreitet, so daß der Föfföff, nunmehr von allen Mühen befreit, ohne Trompeten- und Dampfgeschnaube sich freien Rads der mussolinischen Glorie eines regelrechten Sturzflugs mit nachfolgender Bruchlandung zum eignen und zu anderer Leute Schaden überlassen hätte, wenn da nicht die Bremsen mit gegenteiliger Wirkung vorsorglich eingegriffen hätten. Der Luftzug hatte sich gelegt und schien dort unten hängenzubleiben. Das Züglein verschwand, hob sich winzig gegen die hohen Wolkenkarawanen: zwischen erinnerungsschweren Bildern, den Trümmern, den zerstörten Mauern einer Geschichte, die nicht die seine war. Die Rauchfahnen, die es nach der Brücke (vom Divino Amore) und vor seiner Ankunft am Bahnwärterhaus hinter sich gelassen, kaum höher als ein Schwalbenflug, hatten sich ein wenig von ihrem Platz gelöst und hockten nun, weiß und sinnlos, über dem triefenden Grün der neuen Felder. Die Hennen hatten, wie alle Tage, das Drama überlebt: seit Jahren nunmehr hatten sie, diese Ex-Jüngerinnen der Melpomene, ihre so leicht vorhersehbaren und berechenbaren Ausbrüche aus dem frühen und jugendlichen Irrtum des Scharrens und Gackerns um ein Nichts und Wiedernichts in hebephremes Crescendo, zu einer rituellen Algolagnie ausgebaut: sozusagen für die Bühne bearbeitet als »Szene für nordische Touristen«: hatten sich, aus poetischer Bewußtheit, dem Schweigen und der vagotonen Blässe des Mystikers verschrieben. Ihre Einweihung in die orphische Lehre hatte sich nach und nach zur Meisterschaft vervollkommnet: hatte den Klimax einer malerischen Weisheit erreicht und die akustischen Virtuoseneffekte der Pubertät hinter sich gelassen. Eine halberloschene, dämmernde und trotz allem stets disponible und wiedererweckbare Wollust erwachte in ihnen täglich beim Heranschlattern des gemischten Personen-Güterzugs und seinem Föff, bei der gewohnten Fiktion: dem künstlichen Orgasmus des Opfers, das von niemandem bedroht wird, beim überstürzten Getrippel und dem Sturmlauf entlang den Geleisen und dem Bahndamm, beim Versuch, sich in die Luft zu erheben (wird Delagrange fliegen?), beim simulierten Selbstmord, die Scheinwerfer im Nacken, und unter gleichzeitigem Ausklinken einiger Bonbons, während der Föfföff vorübereilt. Wenngleich das orgiastische Motiv fiktiv war, so konnte doch die kleine Bescherung nicht fiktiv erscheinen: so wie auf der Bühne die fiktiven Leidenschaften gewöhnlich eine Bresche schlagen für nicht fiktive Küsse und die Gehörnten auf der Bühne oft und oft aussehen, als wären sie in der Tat gehörnt. Jeden Tag, jeden Vormittag. Kaum jedoch, daß die lokomotorische Einheit ihren Auftritt absolviert, ihr Schnaufen verpufft, sobald sie die obligate Rolle der Schrecknisse abgespult hatte, nahmen jene ihr Gescharre wieder auf, als wäre nichts gewesen, und pickten, als vertilgten sie ein übles Kraut, mit geschäftigem Niederstoßen und Wiedereinziehen des Kopfes, des Halses, die raren Würmchen aus dem Boden.

Als die kurze Karawane der eisenbahnerischen Trommelfellbedrängnis vorüber und das verrückte Viehzeug nahezu verstummt war, sich gedämpft hatte zu unheilvollem Knurren und Jachern bei wütend zusammengebissenen Zähnen – ichwerddirsschonzeigen, zeigenwerdichdirs! – vergaß der Pestalozzi auch die Alte: hinter oder innerhalb deren leeren und schlechtgehängten Röcken, Hudern und baumelnden Fransenfäden er sie irgendeine Teufelei hatte brummeln hören, wie eine Kröte orgelt. Hier handelte es sich nicht um das Auswerfen des Hexenbanns wie im Laden der Magierin, aber vielleicht um eine *«jactura»*, die über ihre Absicht hinausging. Jawohl. Und so wandte er sich an das Mädchen direkt. »Die Mattonari Camilla, bist du das?« Er erkannte in ihr eine der Näherinnen der Due Santi, wußte aber ihren Namen nicht: die am wenigsten Auserwählte, die am wenigsten »Sympathische«. Er zog aus der Tasche, vierfach zusammengelegt, und entfaltete langsam, mit Amtsdekorum, das Papyros: zur legalen Rechtfertigung seiner Frage, die Liste der Topatze, die er schon in der Kneipe vorgewiesen hatte. »Ja«, sagte das Mädchen. Sie war ein junges Ding von mittlerer Statur, mit graublasser Haut, die wie fettiges Papier aussah: mit plattem Gesicht, ein wenig kartoffelhaft, kleinen Augen, grau und stumpf, wie versoffen im Schweineschmalz. »Kennst du dies hier?« und er hielt ihr den Ring unter die Nase.

»Wieso soll ich den kennen?« und sie zuckte die Achseln.

»Ihre Kusine, die Mattonari Camilla, behauptet ... daß sie ihn von Ihnen geliehen bekommen hat.«

»Nein, die ist eine Lügnerin! Ich hab nichts damit zu tun!«

»... behauptet, daß sie ihn sich ausgesucht hat«, improvisierte er, »von denen, die Sie haben!«

»Die Lügnerin, diese unverschämte! Den hat sie wahrscheinlich von ihrem Kerl gekriegt. So einen Ring wie den hab ich nie gehabt!«

»Wie den? Wollen Sie damit sagen, daß Sie andere Ringe gehabt haben, einen anderen, oder ein paar andere, die anders ausschauen als der? Die möcht ich sehen! Zeig mir, wo sie sind! Und wer ist ihr Kerl?« – aber er versäumte es, sich bei der so alltäglichen Vorstellung eines Kerls aufzuhalten, nunmehr ganz darauf versessen, der Dicken auf die Sprünge zu kommen, herauszukriegen, ob sie irgendein Nußkernchen in irgendeinem Loch versteckt hielt. »Und übrigens, warum bist du heute morgen nicht zur Arbeit erschienen?« Das Mädchen hob mit blassen Lippen und automatischer Bewegung den Fahnenstock mit der doppelfarbigen Haut, deutete mit dem fliehenden Kinn darauf und mit Augen, die dem Suchlicht in den Augen des Brigadiers auswichen, als wolle es sagen: »Das ist die Schuld oder das Verdienst von dem hier.« – »Ja, hab ich gesehen, daß du die Fahne in der Hand hast: aber ... bist du etwa die Bahnwärterin? und das willst du ausgerechnet mir weismachen?«

»Nein. Mein Onkel mußte nach Ciampino hinunter zum Stationsvorsteher. Er ist der Inhaber. Wenn er nicht da ist, vertrete ich ihn.«

Inhaber, so hieß für sie der Bahnwärter.

»Zeig mir die anderen Ringe, wenn du welche hast, auch die Korallen: den ganzen Schmuck, den du hast, die Festtagsohrringe.«

»Festtagsohrringe? Ich hab keine Korallen und auch keine Ohrringe: was glauben Sie denn eigentlich! bei der Hungerleiderei hier, jahrein, jahraus!«

»Der Onkel ist doch Staatsangestellter: du arbeitest in der Strickerei, wenn du arbeiten gehst. Wir wollen keine Zeit verplempern. Zeigen Sie mir, was Sie haben. Wenn's Ihre eigenen

Sachen sind, rührt's keiner an. Und wenn nicht, hab ich den Auftrag zur Beschlagnahme. Und wenn wir uns erst dranmachen, zu suchen, und wenn dann irgendwas zum Vorschein kommt, was nicht in Ordnung ist ... ›Wer sucht, der findet‹: und wer was findet, muß es vor seinen Vorgesetzten rechtfertigen. Sie haben mich wohl verstanden! Ich weiß nicht, ob Sie die Bestimmungen kennen ...«

»Die Verstimmungen? Was für welche?«

»Die *Be*-stimmungen«, schrie er, »die gesetzlichen Bestimmungen: das, was vom Gesetz vorgeschrieben ist ...«

»Eh, Signor Brigadier, erklären Sie's genauer!«

»Es gibt ein Gesetz, nicht? Einen Kodex, ein Gesetzbuch, wo drin gedruckt ist, wie wir vorzugehen haben, wie wir uns verhalten müssen. Wir ... müssen uns nach den Vorschriften richten: müssen nach dem Buchstaben des Gesetzes vorgehen. Also, paß auf! Zwing mich nicht dazu, das Haus zu durchsuchen«, es war ja nur ein Bahnwärterhüttchen, »beziehungsweise das Zimmer, wo ihr die Sachen habt, ... eure Sachen. Das wäre für euch belastend: Artikel 788 (einen Schmarren 788, das hatte er aus dem Stegreif erfunden): das ist ein Artikel, der eine klare Sprache spricht.« Das Mädchen beäugte ihn, jetzt, wo sie ein wenig Mut gefaßt hatte, ihm zu widersprechen, die grauen Schweinsäuglein ins Fett der Lider gepolstert, mit der knauserigen Beharrlichkeit der Bauern, die sich hüten, das Maul aufzumachen, schwankend zwischen Angst und Mißtrauen. Die Alte tat, als hätte sie im Hintergärtchen zu schaffen: und war hinuntergestiegen mit einer Hacke, deren abgerissene Schläge auf den Schollen man vernehmen konnte. Der Hund, nachdem er das Jaulen aufgegeben hatte, kläffte weiterhin mit dem Eifer der Schwachsinnigen.

»Wenn wir suchen«, fügte der Pestalozzi noch hinzu, »wär's für Sie schlimmer. Ich hab's Ihnen schon gesagt: wer sucht, der findet. Verstehn Sie mich?« Die untersetzte Person gab sich einen Ruck, fast als hätte der Brigadier ihr seine Pistole unter die Nase gehalten, drehte sich um und ging aufs Haus, oder Bahnwärterhäuschen, zu wie eine Schlafwandlerin, trat ein. Die beiden folgten ihr. Vom unteren Raum, der eine Kombination von Telephonzelle und Küche war, stiegen sie, über Stufen aus grauem Peperin, in den oberen Stock, in ein kleineres, unregelmäßiges Zimmer, in welches die Treppe oben einmündete. Es war angefüllt mit drei Bettstellen und ansonsten spärlich ausgestattet. Der Pestalozzi und der gute Dicke hinter dem Mädchen konnten sich mit knapper Not hineinzwängen. Ein Geruch von Bettwäsche, wenn man die Lipoiden, die Ammoniaksäuren, die Ureiden, den Schweiß schließlich, mit denen das Bettzeug der Armen sich vollsaugt, Wäsche nennen mag: ein Fenster mit Gitter und Fliegendraht: kein Möbelstück, außer den drei Pfühlen, die aussahen wie drei Hundelager, und einem winzigen Schränkchen mit dem draufgestellten skalenoiden Scherben eines von Anbeginn zerbrochenen Spiegels. An der Wand, am Kopfende eines der Betten, mit dem Ölzweig und seinen papierig vertrockneten Blättern, hing in seinem dunklen Rahmen ein Buntdruck zu zwei Lire, vergilbt an den Rändern, den der Pestalozzi sogleich erkannte. Es war die Madonna vom Divino Amore, wie sie über der Pforte von Castel di Leva dem Furchtsamen und Verirrten erschienen war, des Nachts, als er verfolgt wurde von wilden Hunden, die ihn heulend zu zerfleischen drohten, bis sie bei *ihrer* Erscheinung zurückwichen: und der Schutz der Mauern ihn aufnahm.

Der Kasten, halb Schränkchen, halb Kommode, erhob sich

jenseits des dritten Bettes, zwischen der Wand, die erst kürzlich mit Kalk getüncht worden war, und dem Rand der Matratze, die keineswegs mit wohlriechendem Lavendel gefüllt war, sondern ganz im Gegenteil zusammen mit den beiden anderen verantwortlich für den ach so »menschlichen« Dunst. Der Kasten sah ganz danach aus, als ob er in schöner Gemeinsamkeit alle jene Überflüssigkeiten enthalte, jene Knäuel von Geräffel, jene gevatterlosen Knöpfe, jene rautenförmigen Lappen, welche die braven Frauen des römischen Hinterlandes und aller anderen Gegenden der fatalen Halbinsel aufs gewissenhafteste sammeln, bedachtsame Bewahrerinnen in Hinblick auf die Unwahrscheinlichkeit eines Bedarfes in einem fernen Morgen, wo weder Geräffel noch Spagat mehr vonnöten sind, nachdem nichts mehr dasein wird, was des Einpackens bedürfte. Der Pestalozzi warf ein Auge darauf, auf das schäbige Möbelchen, aber ohne sonderliches Interesse. »Also wo?«

»Dort«, murmelte die Kartoffel: mehr mit einem Heben des Hauptes – Kinn hatte sie so gut wie keines – als mit einer Bewegung der Lippen, deutete sie unters Bett, das zweite der Betten. Nachdem sie es umkreist hatten, entdeckten sie dort, in ihrer Höhle, ihrem Nest eine Truhe: eine Holzkassette, mit dunklen Metallrändern an den Ecken. Das Mädchen versah sich mit einem Schlüssel, der, fast wie herbeigezaubert, da war, duckte sich nieder, um mit beiden Händen die Kiste unterm Bett zu ergreifen. Das Gesicht und der füllige Teil der Brust ragten ein wenig über die grauen Bettdecken hinaus: sie fuchtelte im Dunkel wie eine Blinde, die sich jedoch auskennt, blickte starr vor sich hin, bis es ihr gelang, sich des Parallelopepids zu bemächtigen; dann wühlte sie von ungefähr in den Lumpen, mit den divinatorischen Gesten einer Blinden, welche aber die richtigen Tasten zu drücken weiß, die düsteren Tränenakkorde ihrer mitleiderregenden Blindheit. Sie zog die Truhe hervor und öffnete sie. »Sucht nur, Signor Brigadier: aber es ist nichts drin.« Und da der Brigadier sich nicht rührte und an seinem Gesichtsausdruck erkennen ließ, wie enttäuscht er war von diesem ziegenstallartigen Kasten, wie's ihm bereits in die Nase stank, hob sie den Deckel, streifte über einige Hemden, einen Schal, schwarze Strümpfe mit weißen Fersen, eine Pappschachtel, ein Männerhemd, ein gutes. »Und der Ring? Deinen Ring, wo hast du den?« Verärgert über die grundlegende Unterstellung des Brigadiers, »du hast bestimmt noch einen anderen«, öffnete sie unter seiner Nase eine Natron-Bikarbonat-Schachtel: und hob daraus, wie aus einem Wattenestchen, ein armseliges Kettchen, das aus Gold zu sein schien, mit einem dünnen Kreuzchen daran, das auch aus Gold zu sein schien: eine Anstecknadel mit Sicherheitsschloß, besetzt mit einer falschen Koralle, eine weitere Brosche aus Metall mit einem vierblättrigen Kleeblatt aus Emaille.

Der Brigadier nahm das Kettchen mit zwei Fingern, spreizte, indem er's hochhob, die anderen und ließ das Kreuzlein baumeln: dann die Brosche mit dem grünen Emailklee, als picke er von einer Weißdornhecke einen ruhenden Falter mit geschlossenen Flügeln, um ihn wieder fliegen zu lassen. »Du hast bestimmt noch einen andern.« Sie hatte behauptet: nein. Nun hielt sie's nicht für zulässig, sich selbst zu widersprechen oder sich in weiteres Leugnen zurückzuziehen. Die ölige Beschaffenheit, die unbewegte, verbockt statuarische Art ihrer physiognomischen Disponibilität kam ihr dabei zustatten, ihre Zunge im Zaum zu halten. Blässe, Schweinsfett und Kartoffelbrei, die beiden Stecknadelköpfchen der Augen, die in dieser Molle staken, die runden Backenknochen, welche aussahen, als hätten sie zwei Püffe abgekriegt, alle diese ihre besonderen Kennzeichen gestatteten es ihr, stumm zu bleiben und auf der Hut, nicht einmal Bääh zu sagen: »Dreh die Matratzen um! Laß sehen, was unter den Matratzen ist!« Er steuerte um die Betten herum und erreichte, nach nicht einfacher Kreuzfahrt, aufrechtstehend den Platz zwischen der Wand und dem letzten Bett, quasi als wolle er das Kommödchen befragen. Zog an der Schublade, merkte, daß sie mit einem Schloß versehen war, ein ganz unwahrscheinlicher Umstand für ein Nachtkästchen: es war ein Kommödchen *sui generis.* Er verlangte den Schlüssel. Das Mädchen Mattonari suchte ihn unter einer Matratze, fand ihn: öffnete das Schränkchen, mit öliger Trauer in der Miene, wie eine von der Willkür beleidigte Bäuerin. Lumpen, auch hier, Weiberkram; ein Gilet, ein paar zerfranste Hosen rutschten talwärts zu Boden, zur enttäuschten Kenntnisnahme des Unteroffiziers: dies alles war dort von ungefähr hineingestopft, so gut es ging. Mit eigener Hand zog er ein Unterleibchen hervor, ein Hasenfell, einen hellblauen Unterrock mit vom Bleichsoda weißverfärbten Zonen. Zwei oder drei Nüsse kollerten heraus. Da kam aus dem Lumpenkram, der ganz mit zerlöcherten Strümpfen verknäuelt war, ein Nachtgeschirr zum Vorschein. Angefüllt mit Nüssen, mit mehr als einer Beule auf dem emaillierten Rund, und es war sofort ersichtlich, daß es sich nicht um ein Stück Capodimonte und auch nicht um Ginori-Porzellan handelte. »Ah! Jesusmaria! Die Nüsse von der Großmutter!« rief die Mattonari aus, als wollte sie mit dieser angstvoll besorgten Besitzanzeige dem Schatz seinen wahren Wert zuerkennen: dem Schatz, den der Herbst in der so bereitwilligen Weite des Gefäßes deponiert hatte, *en passant:* ein Pilger, der, ohne Abschied zu nehmen, vor Morgengrauen freundlich gewährte Herberg begleicht. Und, neben dem stehenden Brigadier sich niederbeugend, schickte sie sich an, das Gefäß aufzunehmen und es somit aus dem Weg zu räumen, wobei sie, alles in allem, von den besten Absichten bewegt zu sein schien. Sie beabsichtigte mit dieser Geste den Weg zu ebnen: für die amtliche Untersuchung, für das Schwerwiegende, für das Geschick, das harte Kreuz, für das Gesetz. Aber die garstige Drüse des Spürhunds hatte bereits das *Versteck* gerochen. »Halt! Nimm du ihn!« gebot er dem Dicken. Das Mädchen richtete sich auf. Der getreue Knabe ging in die Hocke. Langte mit beiden Händen in den Schrank: um mit der einen, am Henkel, das gefüllte Nachtgeschirr zu ergreifen und es mit der Handfläche der anderen vorsichtig zu umfassen, als wollte er quasi zärtlich die Gutartigkeit der jenseitigen, so wohlgerundeten und henkellosen Wölbung betätscheln. Und zog ihn hervor aus seinem Tabernakel (und er war gewichtig wie selten einer), mit dem Gehaben des Benützers, oder geradezu wie sein Besitzer, der sich anschickt, ihn zu nächtlicher Stunde seinen niedrigen Zwecken dienen zu lassen. Eine achte und neunte Nuß kollerte. Zu spärlich indes für die fast mädchenhafte Opulenz des braven Soldaten enthüllte die graugrüne Joppe dessen hinterwärtige Rundungen, die ordnungsgemäß in gleichfarbiges Tuch gekleidet waren. Geschwellt durch die hockende Stellung, schienen sie den glatten Wölbungen des Topfes nachzueifern, sie noch zu übertreffen, gebläht wie von einer Pumpe, einer jener dreifüßigen Tretpumpen der Fahrradreparateure. Die unglaubliche Fülle drohte die mittlere Naht des Hosenbodens zu durchbrechen, machte alle Miene dazu: diese aber schien sich lediglich zu dehnen, im gestrafften Zick-Zack eines Nähfadens von blaugrauer Färbung, dunkler als das Grau des Stoffes. Obwohl die besagte Naht über Gebühr in Anspruch genommen war, kam es aber nicht zum Platzen derselben. Ein trockener Schuß dröhnte statt dessen im Raum: nein: kein Revolverschuß. Der arme Knabe errötete höchstwahrscheinlich in der ihm eigenen fleckigen Röte übers gute und strenge Antlitz. Die tiefe Hocke, in der er sich befand, das Gesicht gegen die Kommode gekehrt und den Hafen im Arm, ließ den Purpur nicht zum Vorschein kommen. Die bescheidene Notwendigkeit hatte sich verselbständigt, das war alles: gewisse Stellungen begünstigen gewisse Nomenklaturen, indem sie gewissermaßen den Ton hervorlocken aus den ihnen ureigenen Quellen. Das Mädchen schwieg, amorph und gestaltlos. Die Stirn des Brigadiers umwölkte sich: im Schweigen. Hochgefüllt indes und beschwert mit seinen gutgelagerten Gaben des Vertumnus, wurde der Nachthafen auf die ehrenvolle Höhe der Kommode erhoben, nachdem man den schimmernden Spiegelscherben ein wenig beiseitegerückt. Der Handlanger erhob sich, ohne sich umzuwenden. »Arschloch! leer ihn aufs Bett!« sagte grob der Brigadier. Der Handlanger gehorchte. Bei der halben Drehung zeigte sich die sichtbare Hälfte seines Gesichtes gefleckt von scharf abgegrenzten Zonen, Inseln von Röte und Blässe: Bischofspurpur, Weichkäse. Auch verriet er, daß er in hohem Grad die Eigenheit aller Gutartigen, Großzügigen und Aufrichtigen besaß; die, bis an den Hals hinab zu erröten. Setzte dann, wie ihm geheißen, flink das umgestürzte Gefäß aufs Bett: mit den Händen, ringsum, eifrigst Einhalt gebietend. Von diesem Hort von Nüssen wären sonst, wenn nicht angehalftert, die dämlichsten davongesprungen mit unzähligen Hopsern und lustigem, blöden Gekoller, um sich hier und dort unter den Betten zu verschlüpfen: in einem Loch also und nicht in der Mulde des menschlichen Körpers, auf eben diesem Bett. Aber sie hatten sich verrechnet. Alle zusammen wurden sie wie in eine Schüssel deponiert, zum Haufen getürmt. Und oben drauf: eine Papiertüte. Aus blauem Papier, Krämerpapier. Zucker wahrscheinlich: eine geheime Reserve der Großmutter. Auf der anderen Seite des Bettes stehend, öffnete der Brigadier es selber mit ungeduldigem Gefingere, dieses Päckchen. Ein Säckchen kam zum Vorschein, aus grobem Leinen: gar nicht dickgeschwollen, aber doch beschwert und auf dem Grunde, wo es Ware barg, bollerig: Haselnüsse vielleicht? oder ein Häufchen Knöpfe? oder ein Rosenkranz?: abgebunden oben, unterhalb der Öffnung mit Spagat umwickelt, der verknotet und abermals verknotet war. Der Pestalozzi befühlte es. Sein Gesicht erhellte sich wie von der Morgenröte des NUN-IST'S-ERREICHT. Die Rüge, die er im Geist dem Jünger zugedacht, verpuffte. Eine halbe Lippe verzog sich ihm aufwärts, in einer verachtungsvollen Grimasse: wie um die Kennzeichen der Ironie, seiner Ironie zu unterstreichen. Das Durcheinander der vielen Knoten wurde von heftiger Nagelarbeit entwirrt: das Würgeband der Spagatwindungen lockerte sich und gab den Weg frei: aus dem gelösten Säckchen, seinerseits mit aller Geschicklichkeit umgekippt, aber aufs Bett der Großmutter, das mittlere, rutschten, als beglückwünschten sie sich gegenseitig zur unerwarteten Befreiung, grüne Kügelchen, Medaillons, Broschen und Karneole, Goldgehänge, Kettchen, Kreuzchen, Filigranhalsbänder, eins ins andere verhängt, und Hörnchen und Korallen; Ringe, besetzt mit seltenen Steinen oder gekrönt von einer Gemme, manche auch mit zweien verschiedener Farbe, kollerten vor dem offenen Maul des Dicken und unter dem Herzklopfen des Brigadiers hervor: der schon die Dienststreifen auf seine Ärmel klettern spürte, um die derzeitigen zu verdrängen. Maresciallo-Streifen diesmal. Dort auf dem Bett verharrten sie, wie verängstigte Tierlein, wie Marienkäferchen, die die Flügel einholen, um nicht aufzufallen im armseligen Schoß des Elends: und lagen dort wie lauter aufgedeckte kleine Lügen, auf der Ladenbank vom geiernasigen Juwelier erkannt, nachdem sie gestohlen und wiedergefunden waren: in allen seltsamen Farben spielend und in allen Formen: ein Kreuzchen aus hartem Stein in stumpfem Grün, das zu befühlen, zu drehen und zu wenden die Fingerkuppen des künftigen Maresciallo sich nicht enthalten konnten: ein schönes Zylinderkegelchen aus glänzendem Schwarzgrün, geeignet, um sich daraus von ägyptischen Priestergaunern Horoskope lesen zu lassen, besser noch als des Pythagoras Lehrsätze aus dem Pentagon, wenn sie sich, westwärts blickend, schwatzend niederlassen im Angesicht der Spitzen durchglühter Pyramiden: mysteriosophisches Korn, verborgen in den antiken Eingeweiden der Welt, eines Tages geraubt aus den Eingeweiden der Welt, durch magischen Zauber kristallisiert. Ein armseliges Eikügelchen, bläulich und weißlich, wie die Drüse einer toten Taube, die auf den Müll gehört: und zwei Ohrgehänge, mit zwei Tropfensteinen aus himmelblauem Azur, in gleichschenkeligen Dreiecken, an den Spitzen gerundet, schaukelnd und gewichtig, glückhaft-schwerelos für die Ohrläppchen einer himmelblaugewandeten, ausgelassenen Vollbusigen: Blau, das in seiner zartgestreiften Durchsichtigkeit vielfältig strahlte, als hätten sich goldene Strohfäden darein gebettet. Und ein großer Ring, zylinderförmig, in Gold gefaßt, der den Daumen des Nero oder den großen Zeh des Heliogabal geschmückt: mit einem ovalen Riesenbonbon, orangegrün schimmernd und gleich darauf zitronengelb: durchschossen von allen Strahlen des Morgens der Tagundnachtgleiche wie das helle Fleisch des Märtyrers von seinen hundertneunzig Pfeilen: überströmt von hellgrünen Lichtern morgendämmrigen Meeres, bis zum Gleißen des Flint: von dem die beiden unverzüglich entzückt zu träumen begannen: einem Pfefferminz-Flint auf der Piazza Garibaldi mittags um zwölf. Und ein Ringlein aus Goldgespinst, mit einem roten Granatapfelkörnchen, wie zum Wegpicken für ein Huhn: und endlich ein Anhängerchen, ein Klunkerchen, fast ein Kügelchen aus Methylenblau, welches das Gelb aus der Wäsche bleicht, gefaßt von einem goldenen Gehäuse mit einem Kringel: und mittels dieses Aufhängers, aus Goldmasche, anzuhängen, durch goldne Öse, an ein anderes und ebenso wesentliches Organ der Vervollkommnung: sei es die hochgefüllte Schönheit eines Busens oder auch der männliche Rockaufschlag oder die bebauchte und uhrbewehrte Autorität des Hüters eines solchen Busens, des Verwalters, Sittenbewahrers, des Gatten also: ›und Erzhammels‹, so dachte der Pestalozzi mit verkniffenen Zähnen. Ein Kreuz aus Granaten, dunkelrotes Leuchten schattiger Häuslichkeit. Ringe, Broschen: unverhofftes Wunder. Und Rubin und Smaragd erglänzten und ruhten in der Grube des rattenfilzigen Bettes, hausten einen Augenblick lang gemeinsam mit der Perlen wahrhafter Demut auf der abgenutzten und zerschlissnen Überdecke dieses Altweiberbetts: zwischen dem kostbaren Widerschein, dem Schlängeln und vielkantigen Schimmer des Goldes, an dem sich nach den Pupillen und Netzhäuten nun die Gedanken entzündeten. Broschen und Berlocken hatten sich in die Kettchen verwickelt und verhängt, wie Zwillingskirschen zwischen den zwiefachen Stengeln ihrer gepaarten Geschwister: die Anhänger hatten, im plötzlichen Katarakt des Sturzes, die Ringe mit sich gezogen. Rubin und

Smaragd behaupteten sich körperlich auf der grauen Armut des Tuchs, der Abgenütztheit, in jener verschlossenen, stummen Pracht, die Kennzeichen ist der autonomen Natur gewisser Wesen und ihrer Seltenheit, ihrer natürlichen und eingeborenen Würde: jener mineralogischen Eigenart, die im knalligen Karneval schäbiger Glasscherben vorgetäuscht wird, mit verlogenem Geklinker und Gezwinker. Der Korund, als pleochromitischer Kristall, enthüllte sich als solcher auf dem Mausgrau seiner Umgebung, bewies seine Herkunft aus Ceylon oder Birma oder aus Siam, geadelt durch seinen strukturellen Gehorsam im glänzenden Grün oder im glänzenden Rot, oder im Nachtblau und auch als Ring noch: dem Gehorsam nach Gottes kristallographischem Vorbedacht: Erinnerung also, wie jedes Juwel, und individuelles Gestaltwerden in jener fernsten Erinnerung und im Werke Gottes: wahrhaftes Sesquioxyd $Al_2 O_3$, wahrhaft zur Form geworden als ditrigonales Skalenoeder seiner Klasse, vorausbedacht von Gott: dem Konzept des Finanzministers Tafano »Arbeit = Wert« zum Trotz.

Der Pestalozzi, nein, er war kein italienischer Finanzminister: und die Menegazzi ebenfalls nicht. Ein gewisses Wertgefühl oder Unwertgefühl hatten sie alle beide: wenn's bei ihr vielleicht auch nur dazu diente, um sich den Fimmel zu erlauben, diesen Wert einmal auf dem Abort liegenzulassen (den Topas), da sie in der Tat keinerlei Genuß daran gefunden hätte, in keinem Teil ihres dithyrambischen und huspeligen Körpers, etwa einen Un-Wert auf dem Abort zu vergessen: einen Glasscherben. Edelsteine waren sie, die leuchtenden Rubine, man sah es, gekeimt und geboren in den Jahrtausenden des Weltbeginns. Der Fachmann konnte es feststellen und garantieren, ungeachtet des Schnittes, das heißt, ungeachtet künstlichen Schliffs und Politur.

Edelsteine, die sich auf natürlichem Wege aus dem flüssigen Sesquioxyd kristallisiert hatten: gemäß den Richtlinien des Systems: und nicht fälschliche Kristallisierung vortäuschten in einem lügnerischen Licht, einer lügnerischen Glorie, aus einem Napf voller Exkremente. So gefriert das Ungestüm, der Schmerz einer Seele zum Schrei, gerinnt zum Zeichen, den formenden Richtlinien des Gedankens folgend: zu einem gefrorenen Schrei! der nur der ihre ist, und nicht das Gekreisch eines anderen, nicht vom Jahrmarkt der Seelen und der Schreie. Es breitete indes der Brigadier mit den Fingern und mit der Geste dessen, der die Reiskörner verliest, eh er sie in den Topf wirft, breitete sie aus, die Steinchen, die Kieselchen, die Goldklunkerchen, die sagenhaften Zuckerkügelchen, die leuchtenden Edelsteine des Maharadscha, breitete sie aus auf der Bedrücktheit der elenden Bettdecke. Von diesen Dingelchen, diesen Goldsplittern und leuchtenden Körnern auf dem Braun des Tuches, zeichnete sich ein Muster ab, wie eine Leuchtkette (als sähe man sie jedoch von oben und von weither, vom Berg oder vom Flugzeug aus) von elektrischen Lampions in den Buchten der Riviera: so beperlt der Lichterglanz von Botafogo in den Bananennächten die Linie der Meeresküste und der Küstenstraße rings um die Niederlassung von Paõ de Azucar. Jene Juwelen schienen in diesem Augenblick aus dem Sammelbecken vieler Einbruchsdiebstähle wie aus einem Brunnen herabgesprudelt. Doch glaubte der Pestalozzi, mit einer gewissen anfänglichen Unsicherheit aber allsobald selbstgefälligen Gewißheit, in diesem verstreuten Glanz das zweifelhafte und ultraverdächtige Perlenhalsband, zwei oder drei Anhänger, einen Amethysten, das Granatkreuz, das Kügelchen des Lapislaruli (so stand's dort geschrieben), die Korallen, die Juwelen zu erkennen, welche als

Partner und Gevattern des Topatzes in den ersten Zeilen und weiter, weiter im Verlauf des ersten und zweiten Blattes, im Verzeichnis Martinazzi, das heißt vielmehr, um genau zu sein, Mantegazzi aufgeführt und tituliert waren. Tituliert mit Namen und Titel, mit den gebräuchlichen zumeist, aber in manchen Fällen äußerst schwierigen: Ring »aus« Rubin mit zwei Perlen, Brosche mit schwarzer Perle und zwei Smaragden, Anhänger »aus« Saphir, so wie man sagt »aus« Blätterteig, »umgeben« von Brillanten, Halsband (auf der Maschine getippt als Haslband, dann zu Hasbland korrigiert) von Granaten in antikem (sic!) Stil, Kolliers, oder vielleicht Kollier, statt des »o« ein Loch, versteht sich, aus weißen Perlen (komplett falsche Perlen) etcetera, etcetera. Eine Leseübung für den ABC-Schützen-Kursus, dachte der Pestalozzi.

Die Zeit indes drängte: am gleichen Vormittag, noch vor zwölf, mußte er sich nach Marino zurückverfügen, mitsamt dem Topatz in der Tasche und was sonst ihm aufzuspüren gelungen war bei seinem unverhofft fruchtbaren Streifzug, der, wie gesagt, so unverhofft fruchtbar war an Juwelen, Gold, falschen Perlen, schönen und häßlichen, aber allesamt höchst lügnerischen Mädchen. Über das Aufgespürte und Aufgefundene, oder auch Nichtaufgefundene, mußte er dem Maresciallo mit gezückter Liste Rechenschaft ablegen: und da standen seltsame und schwierige Wörter, hatten etwas Magisches, Mysteriöses, Indisches: und waren dabei durchlöchert wie eine Fahrkarte, überall, wo ein »o« vorkam. Die zweite Liste, unvollständig, weil ein Blatt fehlte, das aber keineswegs weniger durchlöchert war als die Genossen, kam ihm vor wie eine Schikane, eine scheußliche Schikaniererei, die ihn eigentlich nichts anging, eine Akte, die einen anderen betraf, alldieweil ja der Kommissar

Ingravallo, der Dickschädel, der sich statt Brillantine Teer in die Haare schmierte, »ausdrücklich« erklärt hatte, daß er selber sich um die Sache kümmern wolle. Das war also eine Angelegenheit des Don Ciccio. Mit dem roten Farbband getippt, als ob das Farbband in Blut getaucht worden sei, schien ihm die Liste des »Diebsguts Balducci« einem Alptraum zu entspringen: in Blättern und Worten zu Protokoll gebracht von einem verborgenen Grauen, welches an jenem verrückten und ahnungsschweren Morgen der Äquinoktien nicht unter die Kompetenz der Carabinieri fiel, nicht fallen konnte. Nein, das einsame Land da draußen, durchfeuchtet von Schauern, hin und wieder von der wiedererwachten Sonne belugt, nein, es wollte den Schrecken nicht aufs neue erweckt sehen: in welchen sich nach dem Aufzucken des Messers, wenn das reißende Tier dem Leben jegliche Schonung versagte, die unbewegte Stille des düstern Relikts verhüllt. Vor dem Blick der Hausmeisterin und der Polizisten (noch ehe das Gesetz seine Feststellungen machte) oder des entsetzten Vetters, der ahnungslos eingetreten (so sagte er); und dann, zwischen den Stiefeln aller Umstehenden: dieses bleiche Bildnis, das in ein Wachsfigurenkabinett gehörte: und dieses stinkende Blutwasser, das aus der Halswunde troff, mit Leichenhausgeruch, in den dann folgenden Tagen. Diese, die er aufgespürt, das waren die Schmucksachen vom »Eingang gegenüber«, das Gold der blonden Gräfin war es: und im folgenden Aufleuchten einer erträumten (nicht gesehenen) Vorstellung seufzte der Brigadier. Und indem er schon phantasierte, wie er mit den Maresciallo-Streifen vor ihr erscheinen würde als Retter und Finder, versuchte er, sich der schlangenhaften Verstrickung seiner Zweifel zu entwinden: ». . . aber vielleicht sind auch ein paar von den andern dabei, aus der Eisenschatulle der Ermordeten.« Er verweilte nicht, um nachzuprüfen. Er hatte es eilig. Über den eventuellen Preziosen der Balducci lagerte angesichts der nur halbvorhandenen Liste die Zweideutigkeit der Hypothese: die Identifizierung und Unterscheidung der einzelnen Stücke mußte in der Kaserne durchgeführt werden, droben in Marino, oder vielleicht in Rom, am Santo Stefano del Cacco, während die Juwelen der Gräfin Mantegazza, die in der diesbezüglichen Akte aufgeführt waren, jeder einzelne klar und deutlich, ihre geraubte Identität reklamierten. Und außerdem, wahrhaftig, sagte ihm sein Verstand, daß weitere Möglichkeiten nicht mehr zu erwarten stünden; in anderthalb Stunden zwei Haupttreffer wie diese: ein Topas am Finger und ein Nachtgeschirr voller Topase, das war fast zuviel aus Fortunas knauserigem Füllhorn. Die vorberechnenden Statistiken seines erhitzten aber immerhin sachlichen und von Zweifeln erfüllten Gehirns hielten einen dritten Coup für unwahrscheinlich. Das Mädchen und der gute Dicke warteten, unbeweglich und wie entleert jeder Fähigkeit weiteren Handelns: der Brigadier gab sich einen Ruck.

»Wer hat dir die gegeben? Wer hat sie hierhergebracht? Er wird sie dir wohl nicht geschenkt haben! ausgerechnet dir!«

»Ich weiß es nicht. Ich sehe sie grad zum erstenmal. Ich weiß nicht, wer sie da reingetan hat.«

»Sag mir, wer sie dir gegeben hat, du weißt es genau, oder sie der Großmutter ausgehändigt hat ... oder dem Onkel. Der Kasten war abgesperrt. Ihr habt ein Schloß anbringen lassen. Und den Schlüssel hast du sofort gefunden.«

»Das Schloß war immer dran: weil wir da ein paar Sachen aufbewahren.«

»Saubere Sachen! Sag, wer das gebracht hat; denn du weißt

es. Wir wissen es bereits: was da vorgegangen ist, das ist uns längst bekannt. Auch in Rom, der Kommissar, der weiß es auch schon. Rede, du mußt gestehen, du mußt die Wahrheit sagen, wir haben keine Zeit zu verlieren. Wenn du nicht hier reden willst, mußt du mit zum Maresciallo nach Marino.«

Das Mädchen schwieg, gedankenverloren, die Augen ins Leere gerichtet: das Kartoffelgesicht, die beiden trüben Glasscheibchen der Iris, die farblosen Lippen verrieten keinerlei Neigung zum Sprechen: wie die einer Sibylle der Wildnis, oder eines rechtsgelehrten Bürgers, dem die vorhergegangenen Auslassungen keine Antwort entlocken können. Sie schwieg, umgeben vom Schweigen des Landes draußen, des ganzen verlassenen Landes: Bildnis einer unheilbaren Verweigerung. Eine versteinte Hysterikerin, der die geäußerte Lüge zur Wahrheit geworden ist und bleiben wird, selbst unter glühenden Zangen.

»Dann komm mit in die Kaserne. Dort wirst du schon dein Ei legen. Wollen wir wetten, daß du es legst? Der Maresciallo wird dich schon dazu bringen.«

Die Edelsteine wurden ins Säckchen verfrachtet, eine ganze Handvoll: und die verirrten, die zentrifugal und peripherisch Flüchtigen aufgepickt. Der Brigadier tat das mit eigenen Händen, mit den einzelnen Fingern schließlich, höchst darauf bedacht, von dem ganzen »Diebsgut« auch nicht ein einziges Körnchen auf der Bettdecke zu hinterlassen. Die Lippen bei dieser Obliegenheit leicht geöffnet und durch Katarrhschleim hindurch schwer atmend hielt der brave Knabe, steif wie ein kaltgewordener Knödel, der einer Bauchoperation assistiert, das schlauchförmige Säckchen aus grobem Leinen: indem er es, um dessen ausreichende Rezeptionsfähigkeit zu gewährleisten, mit zwei Gynäkologendaumen auseinanderhielt. Dann schmissen sie, als wollten sie die Betten demolieren, Federkissen, Decken, Laken durcheinander: die weder blütenweiß noch lavendelduftend waren. Die Nüsse hatte das Mädchen wieder ins Nachtgeschirr gesammelt, wie Wasser vom Grund einer Barke, oder als wollte es einen Graben ausschöpfen. Sie guckten sogar unter die Betten, hießen sie, die Matratzen umdrehen (»los, Signorina, los! nur zu, fest gelüftet!«), den Schrank vollends leeren von den zerschlissenen Hosen und Socken, und die Truhe, und beides wegrücken. Sie beklopften die Matratzen, das unterste zu oberst gekehrt, auf den Drahtgestellen, beziehungsweise die eine auf den beiden Planken, auf denen sie normalerweise ruhte: mit dem kleinen Finger bohrten sie in den Luftlöchern, mit dem Zeige- und Mittelfinger in den Schlitzen. Der Krösus-Nachthafen, von Bett zu Bett geschoben, ähnelte ganz und gar einer Wöchnerin, so entzaubert und verringert um seine vorhergegangene Fülle. Das Grünrot des Gnadenbildes an der Wand, das Ölzweiglein vom Vorjahr mit den aufgerollten und vertrockneten Blättern, silbergrau die einen, grau oder grünbraun oder gar havannafarben die andern, als ob die Weihe, die sie durchdrungen hatte, im Wandel des Jahres verdampft sei. Und drunten schließlich, auf der Bahnrampe, das Licht trostloser Erkenntnis oder Vorahnung. Das Übel, so deuchte es die beiden im grauen Rock, schien es wirklich zu geben: schien die Tage und Ereignisse auszubrüten: von jeher: stumme Macht oder Gegenwart in einem Pandämonismus des Landes, der Erde, unter Himmeln und Wolken, die anderes nicht tun konnten als zusehen oder fliehen. In diesem Gefühl der Bedrücktheit hatte sich eine Lockerung aller rechten Bindungen kundgetan, das ihre Herzen überfiel, sowie sie heraustraten: beim plötzlichen Wiederauftauchen der Landschaft, dem fliegenden Gewölk am

Himmel. Der Teufel, für das Mädchen hatte er sich in eine Henne verwandelt: jene, die dort im Gemüsegärtchen die Einfältige spielt und sachgemäß den Kratzfuß hebt, und ihn niedersetzt: um herumzupicken, herumzukacken. Eine von den dreien: aber welche? Und so führte sie, nah am Hause, zwischen einer Stoppel und der anderen, mit einem Ei pro Tag (so daß man nie herauskriegen konnte, welche es war, von den dreien, die es an diesem Tag gelegt hatte) – in der Armut und Einsamkeit des hüttenlosen Landes, führte sie die Seelen in Versuchung: und verriet sie dann an den Maresciallo, an die Spitzel des Herrn: indem er, der Teufel, oder sie, die Henne, tagtäglich sich den Anschein gab, als sei sie nur damit beschäftigt, zu scharren, Würmer zu suchen. Dicke Maden, kleine Würmchen. Und kaum daß sie den Zug daherpusten hörte, ließ sie sich von jener Angst und Hoffnung erfassen, ihn im Nacken sitzen zu haben, und die anderen beiden ebenfalls: damit man nicht rauskriegte, welche von den dreien es war, welche *er* war: der Teufel nämlich. Teufel, zweifellos, und Spitzel, dachte das Mädchen, eine Hand mit zum Horn gespreizten Fingern beschwörend gegen die Hennen gerichtet: Spitzel, Spitzel: hatte sich im trügerischen Gewand ins Bereich der Häuslichkeit, dieser ländlichen, bahnwärterlichen Häuslichkeit gestohlen: da war er, da war er: stolzierte einher wie ein Huhn und benahm sich wie ein Huhn: wie ein Herr mit gelben Handschuhen auf der Via Veneto, das Einglas im Auge, die weiße Blume im Knopfloch: pickte sich eine Laus von der einen Schulter, mit hochmütiger Miene, dann von der anderen: kackte herum, als wäre nichts dabei, und profitierte von den vorteilhaften Umständen, ein Huhn zu sein, äugte seitwärts, genau so, wie's die Hühner machen, beschäftigte sich damit, in die Küche zu gucken, wenn die Tür offenstand. Trat gar ein. Und keiner jagte es davon, der Onkel telegraphierte gerade nach Ciampino oder nach Cecchina, tack, tatatrack, tack, vor dem Apparat sitzend. Das Huhn also konnte in Ruhe alles bespitzeln. Registrierte mit irrer Pupille, verzeichnete auf der Netzhaut: mit dem seitlichen Auge, das den Hühnern zu eigen und eine Erfindung von Picasso sein könnte. Guckloch aus einem Abort, einem jeder Absicht und jeder Gucklochhaftigkeit entkleideten Abort, backbords oder steuerbords. Und indes betrachten sie dich doch. O ja, es war der Teufel: hinterlistig in die Küche eingedrungen, dort, auf dem wehrlosen Ziegelboden der häuslichen Armut: oder lauernd im eingezäunten Bereich hinter den Bambusstecken: kunstvoll in die Erde getriebene Stöckchen, gegeneinandergerichtet, im Rhombenmuster, von Wind und Regengüssen verwittert, halb zerspellt, halb verfault nunmehr, am Winterende: brüchige Einfriedung: die nicht mehr die häusliche Armseligkeit beim Kilometerstein 20,25 vor dem offenen Eindringen des Landes zu schützen vermag. Die Großmutter, zwischen den Hennen und Stoppeln, stand wie ein verwachsener Baum im Garten, ein schon skeletthaft verdorrter Elsbeerbaum: einst aufgepflanzt als Vogelscheuche und dann, vom Bergwind der schwarzen Fetzen entkleidet, der Natur zurückerstattet. Sie versetzte der Erde einen Hieb mit der Hacke, ließ ab, müde, ohne sich aufzurichten. Mit vier Sprüngen war der Brigadier neben ihr. »Ich habe gefunden, was ich suchte«, sagte er. »Wenn Ihr es gewesen seid, die es versteckt habt, dann müßt Ihr mir Erklärungen abgeben...« Sie hob das Gesicht, das aussah, als wär's in die Wurzel geschnitzt: blickte ihn verständnislos an.

»Sie ist taub«, tat die Camilla kund. Sie telephonierten nach dem Onkel. Wollten den Onkel benachrichtigen: daß die Camilla »vorgeladen« sei vom Maresciallo Santarella, so sagten sie: sie mußte sich nach Marino »begeben« zur Zeugenvernehmung: die Bahnwärterstelle blieb ohne Aufsicht. Er tat keine Meinungen kund und ergoß keine Proteste ins Telephon, der Alte. Er gab keinerlei Kommentar zu dem, was man ihm zu verstehen gab. Er war bereits im Begriff, zurückzukehren nach Casal Bruciato. Züge würden, das wußte die Camilla, vor dem gemischten Personen-Güter-Zug nach Ciampino Termini um zwölf Uhr vierzehn keine mehr durchfahren.

Den Alten hatte in Wirklichkeit, als er eine unbekannte Stimme vernahm, panische Angst ergriffen. Am Telephon, so erklärte das Mädchen grob, wurde er, wenn sich's nicht um einen Anruf oder eine Mitteilung dienstlicher Art handelte, unweigerlich von einer Lähmung seines Basioglossus befallen; sie sagte, daß ihm die Zunge im Hals stecken bleibe: wie ein dem Reden abgeneigter Ingenieur, der perfekt mit seinen Logarithmen hantiert, aber trotzdem nicht »über genügend passende Worte« verfügt und ebensowenig über ausreichende italienische Verben, um sich über wenig angenehme Nachrichten petrarcahaft auszulassen. Eine typische Aphasie coram Telephon, Ehrfurcht, Trotz, Unfähigkeit, sich sprachlich auszudrücken, und der Verdacht, vielmehr die bedrückende Gewißheit, von Dritten, von unbekannten Dummköpfen belauscht und natürlich verlacht zu werden; und schließlich und endlich: das Verlustiggehen der eigenen Persönlichkeit und die Zerfledderung des Logos zu einer ausgeplünderten Stotterei ging um und lagerte endemisch über ganz Europa und vor allem über der italienischen Halbinsel in jenen Jahren des *téléphone* mit der Handkurbel. Der Onkel war Eisenbahner: und verwitweter Landarbeiter, und zermürbt vom Leben, trotz seiner finsteren Fresse, ehe er endlich das Plätzchen am Schienenstrang gefunden hatte. Er war als Analphabet auf die Welt gekommen, wie wir alle: aber »Wollen heißt können«: und mit der Macht des Willens hatte er sich ein Diplom erworben in Bi und Ba: las das Kabelband wie geschmiert und tickte auf den Tasten. Herrschte und manövrierte auf der Höhe des Magens mit der wechselhäutigen Flagge, wie ein freundlicher Bannerträger beim Palio mit der Fahne des »Torre«, der »Tartuca« oder der »Oca«. Schüchtern von Natur, schluckte er, wenn er so auf Du und Du der Hartgummimuschel gegenüberstand, seine eigene Spucke, anstatt die angeberischen Sprüche des Tages dahinein zu ergießen: gab vorsichtige Einsilber von sich: und auch diese nur spärlich. Die Großmutter wurde allein zurückgelassen, um ihn zu erwarten: allein, wenn man nicht den Hund und die Hennen mitzählen wollte. Sie würde gleicherweise, und zwar im Vollbesitz des offiziellen Zubehörs und als alleinige Handhaberin des grünen Knüppels, der als Zeichen für »freie Fahrt voraus« stand, das Zwölf-Uhr-Züglein von Velletri erwarten. Das Mädchen, das man nunmehr für eine Taubstumme hätte halten können, nicht weniger als die Großmutter, wurde zur Wegkreuzung geführt: wo in Erwartung der Rückkehr der Carabinieri die Kalesche stand: und die Lavinia obendrauf, hockend, zusammengekauert, Hals und Wange auf beide Hände, die Ellbogen links und rechts auf die Knie gestützt, das Kinn vorgereckt, die Lippen und den Mund zu verächtlicher Miene verzogen. Sogeartete Stellung räumte ihr, unterhalb der Arme, genügend Herberg ein, um dort die laue Last der Brüste unterzubringen, ja, fast zu verbergen, muffig und empfindlich nunmehr gegen Blicke: wo trotzdem der Bogen der Achselhöhlen, links und rechts, das Verborgene zu erspähen gestattete, dem, der einen Blick dorthin warf, ohne daß man es merkte: wie der brave Knabe bald nachher ihn draufwarf, mit Herzklopfen, kaum daß sie die Kalesche erreichten.

Der Besitzer des Pferdes hockte jenseits der Mulde auf dem ziemlich hohen Rain der Wiese, in welchen die Straße heute noch sich einschneidet, und starrte gedankenvoll zu Boden: offenen Mauls: die Stiefel im trockenen Rinnstein lagernd. Er schien über die menschlichen Geschicke und Zeichen zu sinnieren: ließ sein Hirn grasen in den endlosen Weidegründen des Nichts, wie es die Utopisten und Laternenanzünder zu tun pflegen: wenn die Leere ihre Wirkung getan: jenes süße Torricellische Vakuum, das die bewegten Dämpfe und die morgendlichen Nebel der Tagundnachtgleiche zur unabweichbaren Bedingung allen psychischen Lebens erheben. Neugierde hatte ihn sogleich gezwickt beim Anblick der Lavinia in Begleitung der beiden Polizisten: hatte sich dann gelegt und war gänzlich verflogen, als er, allein geblieben mit ihr und dem Pferd (aber das Pferd verstand wenig von einem mehrstimmigen Diskurs), sie über die Umstände befragt hatte. Lavinia hatte ihn mit wenigen herben Worten kurz und bündig abserviert, worin sie Meisterin war, und hatte sich, wie gesagt, zusammengekauert. So daß er nunmehr, offenen Mundes einen Grashalm anstarrend, in Frieden dahindöste: ein Speichelfaden war daran, ihm aus dem Winkel seines schlechtverdichteten Spundlochs zu triefen, unter der trägen Zunge hervor, und aufs Pflaster zu tropfen. Die beiden Stiefel auf den Rinnstein gesetzt, die Beine auseinanderhängend, Ellbogen auf die Knie gestützt, ragte ihm die Peitsche zwischen den verschränkten zehn Fingern hervor, die sie lässig hielten: und sah aus wie eine Fahnenstange im schrägen Becher an einem Balkon, oder wie die stumme Angel eines Fischers über dem Schweigen des Sees: und war auch nicht mit dem Griff auf den Boden gestützt, sondern, statt auf den Boden, auf eine äußerst leere Tuchfalte (unmittelbar unterhalb des härenen Gilets), welche die Hosen dort an ihrem Treffpunkt bildeten: so daß sie ihm aus der Leiste herauswuchs wie ein faunischer Schößling, der sich allmählich immer mehr verringert zu einem geschmeidigen Maitrieb und schließlich zur dünnen, herniederhängenden Geißelschmitze, als wär's eine patentierte Spezialität, ein ihm eigenes und persönliches Organ, Antenne oder Angel, ein gesondertes Attribut des angehenden Radiobastlers oder Kutschers. Und rings um das hüpfende Gehängsel der Geißelschmitze (die mit dem Pulsschlag bebte) frönte eine Schmeißfliege ihrem üblichen Hin und Her, demjenigen, das eine ewig wache und ewig neuerweckte Lüsternheit auf Nahrung anzeigt, und die erspähte oder per Nase aufgespürte Wahrnehmung selbiger Nahrung. Sie surrte geräuschvoll mit metallischen Vibrationen, deren Höhepunkte sie mittels gewisser Achterschwünge und -kehren erreichte: wie berauscht davon, daß sie sich dem ständig wiederkehrenden Zwang eines eigenen Kraftfeldes verschrieben hatte: eines Kraftfeldes, das zum Ruhm der neueren Geschichte erfunden worden war vom Obmann der jungen Schmeißfliegengeneration: worin die Ellipse der Newtonschen Flugbahn ersetzt war durch die Lemniskate. Sie war eine von den schönen Grünen, mit Flügeln von metallischem Asch-Grün, das an polierten Stahl gemahnt, und die, kaum daß man ihnen etwas beschert, oder eben schlechthin etwas beschert, sich ausgedehnten Aufenthalten hingeben, unaussprechbaren Schwelgereien auf den Wanderpfaden in den gar nicht so vereinsamten Ecken des Territoriums: *du vieux terroir*. Umgetrieben von früher Geschlechtsreife, im Äquinoktium, im feuchten Morgen, und von lüsterner Nase, in jenem Kosmos von verheißenden Gerüchen (frühlingshafter Mistbreitung), verbiß sie sich in diese Idee: die Idee vom Schwänzchen der Peitsche. Wer weiß, wofür das Trotteltier dies Schwänzchen gehalten hat!

Die beiden Kusinen hatten sich von weitem gesichtet. Die drei, die neue Hoffnung des Regina-Coeli-Karzers, und die beiden Schutzengel knapp dahinter, fast wie flankierend, kamen als Gruppenbild daher. Als sie sich der Kutsche genähert, erhob sich deren Besitzer und zog voll Eifer die Angel, als hinge ein schöner Karpfen dran: die Camilla entfärbte sich zu Weißlich-Grün. »Du bist's gewesen«, sagte sie unterdrückt zur Lavinia, während sie, mit den Gebrüdern Branca zur Seite, auf Messernähe herankam: der Kutscher schnalzte mit der Peitsche durch die Luft, um das Pferdchen aufzuwecken, und schickte sich an, hinter der Camilla aufzuhocken, der eine hysterische Blässe, von einem Augenblick zum andern, das Gesicht abschwellen ließ, jene vorherige Schwellung, jenes *empâtée* der verschiedenen Gesichtsvolumen, jene geschwulstartige Konsistenz, welche die beiden öligen Hügelchen der Wangen mit der Geschlechtsreife angenommen hatten, um ohne Unterschied in die Backenknochenpolster überzugehen. Die Augen, eingeschlitzt ins kartoffelförmige Oval, begannen zu reagieren, weiß zum Himmel aufzublitzen, machten sich bemerkbar. Die Wut bescherte ihr einen Blick, lieh ihr ein Gesicht: »Ich?« sagte die Lavinia, »wieso denn, bist du verrückt?« Haß, Verachtung und auch Angst waren in dieser Stimme, diesem Satz, den der Brigadier Pestalozzi aufzuschnappen und dann zu verstehen sich bemühte. Ein leichtes Keuchen lag darin, eine zögernde Zäsur. Der Busen pochte, unendlich begehrenswert, wie zwischen den zwei Polen einer magnetischen Lamelle, aber es war nicht der Maxwellsche Magnetismus, und die Lamelle war aus milchfarbener Haut, furchtsam und süß. »Ich?« und sie hob die Achseln, »mich haben sie auch geschnappt. Sie lassen uns eine Spazierfahrt machen nach Marino, wegen Zeugenaussagen.« Sie hob den Nacken, hochmütig. »Ich muß dir erklären, wie das gekommen ist, wie er, der Brigadier da, geglaubt hat, ich sei verlobt, weil er den Ring an meinem Finger gesehen hat.« Das Knallen der Peitsche verkündete, fröhlich fast, daß es ratsam sei zu schweigen, loszufahren. Nicht weit davon, auf dem erhöhten Wiesenrain, standen gaffend zwei kleine Mädelchen mit hängenden Unterhosen und Schuhen, schnürsenkellos, wie vom größeren Bruder. Ein kräftiger Mann, ein Bauer, versuchte, mit verdrehtem Hals wie eine der volkstümlichen Gestalten des Inganni, einen halben Stumpen anzuzünden und in Zug zu setzen. »Steig auf«, sagte der Brigadier zu Camilla. »Schwätzt nicht, und versucht nicht, etwas miteinander auszuhecken, es nützt euch doch nichts. Wir wissen schon, wie alles gegangen ist: und von wem ihr das Zeug habt.« Und man sah, wie sich über der Hüfte die Jackentasche wölbte, rechts, und sich so mit dem Weichkäse in der anderen Tasche symmetrisch ergänzte, als ob sie die Behinderung ausgleichen wolle. »Steig auf!« wiederholte er. Camilla gehorchte. Der Kutscher kletterte anschließend hinauf, von der anderen Seite. Die Federung ächzte erneut, als sie seine Kompetenz verspürte, diesmal mit dem gewohnten Eifer: dann schwieg sie, völlig geplättet, niedergebügelt. Der Brigadier beeilte sich, das Rad mit der Hand führend, der Kalesche nachzukommen: die rechts am Wegrand entlang, nach entsprechendem Kurbeln an der Bremse, wie am Hebel einer Kaffeemühle, nach einem letzten Peitschenschnalzen, einem »Aaah« des Kutschers, einem

Ohrenspitzen und einem Hufheben von seiten des Vierbeiners, einem leichten Schwanzlüpfen zwischen den Kuppen, nicht anstand, sich in Marsch zu setzen. Im Schrittempo, das heißt, im Tempo eines Kleppers, der drei Personen bergauf zu ziehen hat. Denn die Straße stieg hier bergan: das Fahrrad, kaum daß der Brigadier dieses Wunderwerk der Technik zu schieben begann, kreischte aufs neue, knackte wieder seine Zuckermandeln. Der getreue Knabe mußte die Straße zwischen die Beine nehmen. Wie er mit den ihm zur Verfügung stehenden Verstandesgaben feststellte, konnten die beiden Mädchen in dem Kutschkorb nur mit Mühe verstaut werden, denn sie drückten mit den Schultern und mit den jeweiligen Schenkeln aneinander wie zwei fette Wachteln, die man am Bratspieß zwillingshaft zu einer Portion vereinigt hat: auf der einen Seite vom Kutscher gehalten und, als Gegendruck, vom Eisengestänge, an das die Camilla sich geklammert hatte, um nicht hinauszufallen auf die Straße: an das einzige Eisen also, das als Anker zur Verfügung stand.

»Ja, du bist's gewesen, falsche Hexe«, sagte sie halblaut, mit einer Wut, die noch grüner war als ihr Gesicht. »Zum Ausprobieren bist du gut zu gebrauchen, das weiß ich. Vielleicht hat's ihm auch gepaßt, daß er hin und wieder mit dir gegangen ist: das war recht bequem für deinen Spezi.«

»Meinen Bräutigam, meinst du«, und die Lavinia hob entschlossen das Haupt mit dem ruckartigen Schwung der Schlange, indem sie geradeaus vor sich hinblickte, als wollte sie die bloße Vorstellung ihrer Reisegenossin von sich abstreifen, deren verhaßte Körperwärme und deren Geruch sie spürte. Kaum verzog sie den Mund, als diese fortfuhr, sie zu schmähen.

»Geh zu: Bräutigam – einen Schmarren: dich heiratet er bestimmt nicht.«

»Mit dem Geld willst du ihn mir wohl ausspannen, was, so mies wie du bist, du gemeine Giftspritzerin. Du, wenn du spüren willst, was ein Mann ist, dann mußt du ihn dir kaufen, wie die Meisterin. Aber du bringst's nicht soweit, daß du ihn mir ausspannst. Weil du viel zu häßlich bist, mit deinem Kartoffelgesicht. Und zu geizig bist du auch: nicht einmal mit den vier Kreuzern, die du auf der Seite hast, könntest du ihn mir ausspannen.«

»Den werden dir schon die da ausspannen, kannst dich drauf verlassen.«

»Das geht die da nichts an. Und dich schon gar nichts! Ich hab's ihn schwören lassen, wie wir gestritten haben. Mit der? Ich bin doch nicht verrückt! hat er gesagt. Geh zu, die blöde Kartoffel. Geh und spiel Bauernmagd, du Hexe, du häßliche! Zu was anderm taugst du eh nicht!« Der Kutschenmann sprach nicht dazwischen: bocksteif, um sich eine Haltung zu geben, war er nur darauf bedacht, die Peitsche durch die Luft zu knallen wie ein Postillion in Schärpe und Mantel, so schäbig er auch war in seinem lausfarbenen Fräckchen, und sein Pferd mit Aaaaah-Rufen anzutreiben. Aber nach jedem Peitschenknall schien er eingeschüchtert: wie manchmal die Blöden oder die kleinen Kinder, die beim Streit der Erwachsenen verstummen, weil sie nichts zu begreifen imstand sind von dem, worum es geht, sondern nur die erschreckende Feindseligkeit, den Haß, dessen Triebkraft ihnen verborgen ist. Er verstand wenig von den Frauen. Die Frau ist ein großes Geheimnis, sagte er des Sonntags, bei den Frattocchie, in Marino droben, quer auf der Bank hockend, oder, des Sommers, unter dem Buschen, den Lauben, mit dem Ellbogen und dem Gläschen Wein auf dem Wirtstisch. Die Frau muß man genau studieren, bevor man anbändelt, verkündete er bei den Due Santi, überm halbgefüllten Glas, vor dem weißgeschlierten Marmortisch: weil die Frau ein großes Geheimnis ist. Und die Zamira bemitleidete ihn von oben herab und von jenseits des Marmors, halb angeekelt, halb gerührt, indem sie sich die Hand am Schurz trocknete, denn manchmal trug sie einen, wenn auch einen dreckigen. Und einmal widersprach sie ihm sogar: »Sie ist ein Geheimnis, das man aber sofort kapiert, wenn man nur genug Phantasie dazu hat.« Er kapierte wenig davon, meinte er. Und vielleicht kapierte er überhaupt wenig, von allem. Mit gewissen Frauen, mit einer zumindest, aber er erinnerte sich nicht mehr mit welcher, mußte er einmal Püppchen gespielt haben. Aber selbst damals hatte er eigentlich nichts kapiert. Er hockte da, mucksmäuschenstill, und wartete auf den Schnabelhieb. Wenn er heutzutage, gelegentlich, einer von denen auf der Straße begegnete, ließ er sich manchmal ins Schlepptau nehmen, aber nie aus eigener Initiative.

»Du bist eine Hure, eine feige«, fing die Camilla wieder an, erpicht darauf, den Streit nicht versiegen zu lassen. Die betrogene Liebe erboste sie noch viel mehr als der beschlagnahmte Schatz: jener, welchen sie bereits »meine Hochzeitsjuwelen« genannt hatte, das Unterpfand der Liebe, welches, ach ja, in die Hände des Carabiniere gefallen war, »der dreimal Verfluchte«, zischte sie zwischen zusammengebissenen Zähnen.

»Eine Drecksspionin, das bist du, du häßliches Mistvieh! Ein Aas bist du!« Der Mann mit dem schäbigen Jäckchen knallte laut mit der Peitsche und rief »Aaah«, um mit seiner Stimme den Streit zu übertönen.

»Die hören euch«, mahnte er ohne sich umzudrehen im Flüsterton, der ihm aber vom Katarrh rostig herauskam: und das verschüchterte ihn mehr denn je. Er hielt die Augen auf die

Straße gerichtet, über die Spitzen der beiden Pferdeohren hinweg, die ihm quasi als Kimme und Korn dienten, wenn auch verdoppelt: denn er fühlte die des Brigadiers im Kreuz brennen: Ohren und Augen.

Das Rößlein tat bei jedem neuen Peitschenknall sein Bestes, um sich den Anschein zu geben, als fiele es in Trab – das dauerte ein paar muntere Schritte, verlangsamte sich dann wieder. Die Mädchen schwiegen. Die Lavinia weinte – endlich: ihre Schönheit, ihr Übermut: in Scherben: ihr so stolzes Wissen um die Liebe, um die Tatsache vielmehr, daß man sie um der Liebe willen begehrte. Der Jüngling, der ihr den Ring geschenkt, jenen Stein ganz aus Licht, überglänzt vom Ranunkelgelb, wo war er wohl? Einen Brotbeutel um den Leib, ein Messer in der Tasche: ein Schwung, ein heller Haarbusch im Wind, wie eine Handvoll Weizenstroh, das keinen Kamm verträgt: nachdem er sie so verraten und entwürdigt hatte, sie, die Ärmste (und ihr Schluchzen wurde beinahe zärtlich), um dann hinaufzugehen nach Casal Bruciato, und den Schatz dieser Dreckssperson zu geben!

»Der da, die mir hier den Schenkel einheizt!«

Oh, Iginio! Die Carabinieri hatten ihn am Halstuch gefaßt, er aber, flink, war ihnen wieder entwischt. Die alte Pistole, die nicht im Traum daran dachte zu schießen, sollte nur der Verteidigung dienen: und jetzt, als ob das noch nicht genüge, hatte er sie auch noch versteckt, vergraben. Und nicht einmal schlecht. Vergraben – nicht mehr vorhanden. So ein Ding! Taugte grade dazu, um der Gräfin Angst einzujagen. Die Mütze? Na, die hatte er in der Tasche seiner Joppe. Das Gesetz, nein, das konnte ihn nicht drei Jahre einlochen nur auf einen grünen Schal und eine Mütze hin, und eine alte, halbverrostete

Pistole. Das Messer... Heilige Muttergottes! mit dem hatte er Unheil angerichtet bei einer jungverheirateten Frau... in seinem Dorf, ja, es stimmte, er war es gewesen. Und eisiger Schweiß, ein Schauer des Ekels und der Angst überkam sie bei diesem Gedanken, dem entsetzlichen Gedanken. Sie trocknete sich mit dem durchnäßten Läppchen die Wangen, die Augen. Der dicke Maresciallo von Marino – und sie wischte sich die Nase – wie hatte er es nur angestellt, um das rauszukriegen? alles einfach so zu erraten?

Wegen des Schals vielleicht: aber ein Schal kann schließlich nicht schwatzen. Und daß sie den Ring mit dem gelben Stein vom Iginio bekommen hatte, wie konnte er das nur wissen? so aus heiterem Himmel? Und daß sie und Iginio sich drei Tage zuvor verlobt hatten, nachdem sie fast ein Jahr lang drumrumgeredet hatten, und daß er es gewesen war, der ihr den Ring fast mit Gewalt auf den Finger gesteckt hatte? »Gehört er denn vielleicht nicht mir, der Ring? Und du, gehörst du mir nicht auch?« hatte er gesagt und hatte sie so wild geküßt... daß einem ganz angst wurde. Aber der Maresciallo, wie hatte er das bloß gemacht, um das alles zu wissen? War er vielleicht hinter einem Baum versteckt gewesen, hinter einer Hecke, grad an der Stelle, wo sie sich das Jawort gegeben hatten? Oder hatte es ihm jemand erzählt, der sie gesehen hatte? Oder hatte der Iginio es herumerzählt, um sich großzutun, wie die Männer es machen (und das Herz hüpfte ihr vor Stolz). Na, für ihn war's aber gar nicht so ratsam, herumzuschwätzen. Und außerdem war er nicht der Typ dazu. Viel mehr als äh und bäh kam nicht oft aus seinem Mund, aus seinem bösen Gesicht. Was dann? Vielleicht die Arbeitskameradinnen. Sie waren zu dritt, als Näherinnen bei der Zamira: sie selber fast täglich; die Camilla und die Clelia den einen über den andern Tag. Die Camilla hatte bestimmt nicht geplappert, bei dem schlechten Gewissen, das sie hatte, wo sie doch das Zeug versteckt hielt, das Gold und die Steine: da wär's gescheiter gewesen, sich unter den Zug zu werfen als zu schwätzen. Clelia? Der Clelia, der gefielen diese langen Latten von Carabinieri: kamen ihr vor wie lauter flotte Teufel, mit denen sie rumtanzen und pro Monat einem andern Ja sagen konnte, das war klar: das merkte sogar ein Blinder. Aber zwischen Soldatenliebchen spielen und eine Freundin verraten, eine Arbeitsgenossin?! Oder es ist vielleicht gar eine von seinen dreckigen Lügen, und sie äugte nach dem Pestalozzi, der gewaltig auf seine Musikmaschine trat, dieser Teufel aus Piemont, der um jeden Preis drauf versessen ist, als Maresciallo zu gelten. Nein: die Clelia konnte sie sich als Verräterin einfach nicht vorstellen. Die trottete des Abends getreulich bis nach Santa Rita in Vitacolo, wo ein Teller Suppe und ihr Bett auf sie warteten: die wohnte zu weit weg und an einem zu übersichtlichen Platz. Wenn die heimkam, war's dunkel. Und außerdem, was außerdem? Schwätzen ist schließlich riskant. Falls der Iginio, nur um mal eine Vermutung aufzustellen, falls der Iginio was davon erfahren hätte, der wäre imstand gewesen, ihr die Knochen zu zerschlagen. Und in einem Halbschlaf, der kaum von einigen Blitzen durchleuchtet war, einem Aufzucken des Bluts, dem Pochen, welches das Blut in ihren Ohren verursachte, erinnerte sie sich, daß man das Motorrad des Maresciallo, des Dicken, eigentlich überall herumknattern hörte, entlang der Straßen und Sträßlein; und vor den geschlossenen Bahnübergängen zornig beben, bis hinauf zum Torraccio, bis zur Brücke, bis nach Santa Palomba wo die Masten vom Radio stehen, und manchmal, ja, bis hinüber nach Santa Rita in Vitacolo.

Aber was bedeutet das schon? Das war ja schließlich seine Pflicht, Tag und Nacht auf dem Motorrad herumzufahren, um seine Armen zu besuchen, nachzusehen, wie es ihnen gehe... seinen Hühnchen: deswegen trug er die doppelten Silberstreifen. »Er hat nichts anderes im Kopf, als den ganzen Tag auf seinem Motorrad herumzukutschieren: und wenn Festtag ist, legt er sich aufs Ohr: und läßt 's Radio spielen: und hat sieben Weiber, die zuhören, außer ihm selber.«

An Zuträgerinnen, die schon verkapselt waren in die Langweiligkeit des Geistes und der Sinne, mangelte es ihm sicher nicht! Dem Maresciallo, der von den vortags zusammengekratzten Erkundigungen ausging, war es ihrer Auffassung nach gelungen, herauszukriegen (so träumte sie vor sich hin), wieso ein gewisser Enea Retalli, genannt Iginio, sich mit der wunderschönen Lavinia verlobt habe, von welchselbiger er, mittels unbegrenzter Versprechungen und einem Gesicht, das einem Angst einjagen konnte, hin und wieder einen gewissen Vorschuß erlangt hatte. »Einen gewissen Vorschuß?« – »Ja, manchmal«, antwortete die Spionin, die ohne Gesicht, aber unzweifelhaft von weiblichem Geschlecht war, da sie nämlich einen Rock und ein Schultertuch trug: »...und vor allem...: ich möchte nicht von diesen Dingen reden, die kennen Sie besser als ich, Signor Maresciallo.« Den Ring, den hatte er ihr gegeben, Enea Retalli, hatte ihn dieser wunderschönen Lavinia in einem seltsamen Augenblick gegeben, wie einer, der Abschied nimmt: indem er sie an sich preßte, sie wild auf den Mund, auf die Augen küßte. Oder vielleicht, so meinte jene gesichtslose Erscheinung und hauchte unmenschliche Worte aus, vielleicht um auf diese Weise das gefährliche Ringelein loszuwerden, das er, solange die Verlegenheit andauerte, nicht am Leibe tragen wollte; aber mit der

Absicht, es sich eines Tages zurückzuholen, wenn er die Pfoten wieder frei hatte. »Aber von wo hast du sie beobachtet?«

»Ich hab sie gesehen«, erwiderte das Gespenst der einsamen Straße, »ich hab sie gesehen, von dem rosa Haus aus dort drüben, wo man vom Torraccio herunterkommt, und wo ich ab und zu zum Arbeiten hingehe.« – »Aber wenn du im Haus warst, und die ... die beiden sich auf irgendeinem Feldweg herumtrieben. Nein, die Rechnung geht nicht auf.« – »Signor Maresciallo, ich habe sie vom Fensterchen aus gesehen.« – »Von was für einem Fensterchen?« – »Vom Abortfenster«, und Lavinias Geist irrte dahin: die Bilder der Wirklichkeit verwirrten sich, gefiltert durch einen müden und doch hellsichtigen Dämmerschlaf. »Sie sollten einmal da hineingehen. Das ist ein Abort, von dem aus man alles sehen kann: Motorräder, die Rebbauern, die da allein arbeiten, und die Karren, und die Esel...« – »Und was hast du auf dem Abort gemacht?« – »Signor Maresciallo!« Da ergriff er ihre Hand. »Stehst du mir gut dafür?« – »Ich schwör's Ihnen, verlassen Sie sich darauf!« sagte – und man begriff nicht, mit was für Lippen – dies erschreckende Gespenst: um das man ein Schultertuch geschlungen, einen Rock gehängt hatte. Ein Mädchen war's: und hatte als Kopf ein Oval, rund wie ein Stopfei, zum Strümpfeflicken. Der Topas war zwei Tage vorher am Ringfinger (dem rechten) der Lavinia aufgetaucht, zur Verblüffung aller. »Was hast du denn am Finger, Donnerwetter, alle Achtung!« und auf die Fragen und das Drängen, »sag's uns doch!« hatte sie nur die Augenbrauen gewölbt. »Neugierig seid ihr überhaupt nicht«, und hatte die Achseln gezuckt, trotzig und dann errötend, fast wie erfreut über ein Lob oder einen schlechtverhehlten Ausdruck des Neides. »Laß ihn nicht zuviel sehen, Lavinia«, hatte die Zamira gemahnt, »wo seit ein paar Tagen so viele Schmeißfliegen hier herumschwirren, die hier Zigaretten einkaufen.«

Der Pestalozzi besaß also an jenem Morgen außer den Befehlen auch die Hypothese seines direkten Vorgesetzten, den Verlobungsring! und, wohlgemerkt, die doppelte Liste der Beamten in Rom, wie er sie in den Augenblicken inneren Abstands zu nennen pflegte. Der Vorgesetzte hütete sich wohl, zu sagen: »Man hat mir berichtet...« Er hatte sich darauf beschränkt, Hypothesen aufzustellen, knappe und klare Hypothesen: eine einleuchtender als die andere. Und der Pestalozzi war nun dabei, indem er die Straße zwischen die Beine nahm, eine dieser Hypothesen zu erhärten, die topasische Verlöbnis-Hypothese, und zwar im Lichte der neuerlichen und überdies unvorhergesehenen Feststellungen. Der Topas bei der Mattonari Livinia, nun ja, »nehmen wir an, daß der Retalli ihn ihr gegeben hat«. Aber weshalb und wieso war alles übrige statt dessen zu der Kartoffel gelangt, zur Mattonari Camilla? Als Unterpfand etwa? Weniger als Unterpfand der Liebe vielleicht; denn, wie wäre der Gedanke? als Unterpfand für ein kleines Gelddarlehen, was er ja ständig nötig hatte? ›Eine andere Arbeit als die eines Arbeitslosen kriegt der ja nie‹, dachte er brutal; als Soziologe (für den er sich hielt) und als Carabiniere (der er war). ›Und dann, ja dann, vor lauter Eile, weiterzukommen!‹ auch dies gehörte zur Hypothese des Maresciallo. Er mußte am gestrigen Vormittag abgehauen sein: und sicherlich war er landeinwärts davon. Oder ob er vielleicht nach Rom gegangen war? und zwar auf der Straße? Woher wußte der Maresciallo, daß der Retalli am Tag vorher Lunte gerochen hatte? Sie hatten am Abend zuvor in der Kaserne drüber geredet, als er, Pestalozzi, zurückgekommen war, kurz vor Mitternacht. Na ja. Der kannte sich aus, der Maresciallo, der hatte seine Schachfiguren überall. Einen Riecher! Eine Nase! Wenn er, Pestalozzi, nur auch eines Tages eine solche Spürnase kriegen würde! »Überlegen wir mal«, brummte er, die Augen zu Boden gerichtet, in sich hinein und dachte nicht mehr an seine Wachteln, »überlegen wir mal genau. Das ist der Moment, um die Prüfung zu bestehen, Guerrino: mach's gut, Guerrino! Wenn du deinen Grips gut gebrauchst, und kühn, dann wird's dir diesmal Silberstreifen auf den Ärmel regnen. Du wirst versetzt, das wohl: nach Gerace... Marina – wahrscheinlich. Von Orta aus ist's ein wenig weiter nach Marino... im Latium: aber alle behaupten und schwören, daß die Luft dort auch sehr gesund ist: und dort gibt es Feigen: und Kaktusfrüchte. Nun ja, wir sind dazu da, daß wir in Italien herumkommen. Überlegen wir. Denken wir mal scharf nach.« Und er ruderte mächtig vorwärts. Das Bild dieser so trostlosen märzlichen Landschaft, die unter dem hängenden Südwind und seinen flüchtigen Schauern vom Strand her nunmehr in einer klargefegten Helligkeit über den Hügeln lehnte, an den Behausungen der Menschen, blendete ihn plötzlich wie eine magische Erscheinung: ihr Gipfel gekrönt von den Kuben und Dreiecken der Häuser, der Klöster, der Türme. Eine Lände für die Trugbilder der Einsamkeit, einen Augenblick lang. Drüben aber, weit voraus, die volkreichen Dörfer, die Trambahn: entlang der Konsularstraße. Dahinter, so wußte er, führten die Gräben reißende Regenbäche zur Düne hinab: von dorther die Angst: die verschlossenen Horizonte der Tälchen, ihre müden Sumpfäcker, der rötliche Schlamm, wo dicht das Schilf wuchert, kaltgrün, erbarmungsloses Frieren. Hier und dort ein Ruinenturm, unerwartet, auf der Kruppe eines Hügels, mustert und erkennt den Wanderer, der seit vielen

Monaten nicht mehr vorüberkam, wohl aber heute: Ruine mit einseitigem Dach, wie eine Mütze über den Augen, die Mauern verdorrt von erbarmungslosen Sommern, gebleicht vom Brodem des Meerwindes. Und wieder getrocknet von der Einsamkeit. Das Bahnwärterhäuschen, wo sie kurz zuvor reiche Ernte gehalten, so dachte der Brigadier auf dem Fahrrad, konnte wohl dem Retalli Enea Zuflucht und Schutz geboten haben, wenn auch nur für eine Minute Dauer, als erste Etappe einer Flucht, die gar nicht unmöglich war. Auf den Hauptstraßen wie der Appia oder der Straße nach Anzio gab's Kontrollen: motorisierte Polizisten: vielleicht auch Streifen von anderen Polizeiquartieren aus: und dann das Hin und Her der rotgestrichenen Karren, die herunter- und heraufkamen in diesen Tagen, mit den Fässern voll neuem Wein, mit dem sie überjoch beladen waren. Und Gemüsebauern, am frühen Morgen, und Milchkäselieferanten auf ihren Eseln mit dem lustig klingelnden Zaumzeug: und hin und wieder Lastwagen, alle vom Schlamm bespritzt und vom nächtlichen Regen, mit ihren mächtigen Lastenfahrern im Führerhaus hinter den Scheiben, wie Steuermänner, mit den wasserdichten Joppen aus Wachstuch, die wetterroten Gesichter in den Fuchspelzkragen vergraben: die sehen gut, wer des Weges kommt, auch wenn es scheint, daß sie gar nicht drauf achten. Die wußten inzwischen alles über die beiden Verbrechen aus den Zeitungen. Wenn er aber auch nur auf einen Augenblick im Bahnwärterhäuschen Station machte, so konnte Iginio Casal Bruciato bestens erreichen, konnte die Straße nach Ardea überschreiten oder auch nicht, ohne gesehen zu werden sich verkrümeln zwischen den sandigen Böschungen, welche die unsichtbare Befestigung Ardeas sind und dem Geiß- und dem Wolfsgott als Höhle und Schlupfwinkel dienen; oder, um einer anderen These zu folgen, hätte er ohne weiteres auf die Linie Rom-Neapel gelangen können, an der Station von Santa Palomba: wie ein Taglöhner auf Arbeitsuche, der auf den Zug wartet, den ärmlichsten aller Züge, einen »Personenzug«, einen von den beiden einzigen, die hier hielten. Oder aber... dachte zweifelnd der Pestalozzi, indem er das Dilemma zu verscheuchen suchte, wenn ihm die Schneid oder das Geld für den Zug fehlte, hätte er sich landeinwärts schlagen können, gen Solforata und den großen Niederholzwald des Prinzen, Richtung Pratica di Mare. Um von dort aus an den Meeresstrand zu gelangen: und sich, indem er in den Fischerhütten sein Brot bettelte, in Etappen zurück nach Ostia durchzuschlagen... oder sich nach Anzio zu verdrücken. Dort schnappte ihn keiner mehr. Bestimmt nicht. Aber konnte er nicht statt dessen den Zug nach Rom genommen haben? Und das Geld dafür, am Fahrkartenschalter? Wer konnte ihm das Geld zugesteckt haben? ...Die Lavinia? ... Und warum nicht die Camilla? Wahrscheinlicher war's, daß die Häßliche es ihm zugesteckt hatte.

Unter solcherart Grübeleien war er am Ende der Straße angelangt: bis nahe vor den Weg nach Anzio. Er schloß also ab, indem er alle Verdachtswege offenhielt: denn dies hier war seine Eignungsprüfung für die Würde des Maresciallo: in der Kaserne würde das Gack-Ei schon zum Vorschein kommen. Aber der Geist oder der Dämon der »Rekonstruktion der Umstände« hämmerte ihm in den Schläfen. Der Retalli... aha, das war's, warum er das Diebsgut im Bahnwärterhäuschen gelassen hatte. Das war ein Ort... an den niemand, vielleicht nicht einmal der Maresciallo Santarella gedacht hätte: da saß die häßliche Braut, im Bahnwärterhäuschen: häßlich aber verläßlich. Und die Gegend ringsum war gottverlassen. Zur Flucht mußte er sich unterwegs entschlossen haben, nachdem er aus dem Gerede der Leute ein Wort aufgeschnappt oder eine Zeitungsüberschrift gelesen hatte, bei einem, der die Zeitung in der Hand hielt. Die Juwelen... nein, die konnte er nicht daheim lassen (wenige Stunden, nachdem er »flüchtig« geworden, würde man ihm das Haus durchsuchen). Und man hätte sie bei ihm gefunden. Das wäre der Beweis gewesen, hätte Zuchthaus bedeutet. Sie bei sich zu tragen, war, sofern man ihn festnahm, nicht weniger gefährlich, als sie in eine Schublade sperren. Also: um auskneifen zu können, sich in Sicherheit zu bringen, dazu brauchte es Geld: für die Eisenbahn zumindest! und die Camilla hatte vielleicht was verfügbar, konnte ihm was geben: konnte ihm ein paar Kreuzerchen zustecken: und wenn er ihr den Saphir- und Topaskram als Pfand ließ, gab sie's ihm ohne weiteres.

Aber die Camilla hatte doch gegreint, daß sie so arm sei? Das Hirn des Brigadiers verwirrte sich. Jede Hypothese, jede Ableitung, so gut verfugt sie auch sein mochte, zeigte irgendwo einen schwachen Punkt, wie ein Netz, bei dem die Maschen laufen. Und das Fischlein... schwamm dahin! Das Fischlein der fehlerlosen »Rekonstruktion«. Der Retalli spielte wohl, auf eine etwas finstere Manier, die gleiche Rolle wie der Blonde der Ines, wie dieser Ganimede Lanciani, jener blonde und unsichtbare Gott beim Verhör am Santo Stefano: und auf diesem ziemlich ärmlichen Krümelchen kam schließlich die Hitzigkeit seiner Nachforschung zur Ruhe. Ganimede war als Personenname leichter im Gedankenarchiv einzutragen als der Name Diomede.

Die Mädchen in der Kalesche schienen sich bereits wieder zu zanken: fuhren fort, mit halblauter Stimme Schmähungen auszutauschen: den teuflischen Glanz hysterischer Hexen auf den

Backenknochen: sie aber schien dabei Oberwasser zu haben, immer noch, die, die mit den wütenderen Augen, den verächtlicheren Lippen, die Schönere der beiden. Der gestrenge Pestalozzi, erfüllt von einer Neugier zum Verrücktwerden, spitzte die Ohren, hörte aber nichts: das Kreischen der Federn, das Krackkrack seines eigenen Fahrrads, wiederholt abgeprotzte Äußerungen von seiten des Pferdehinterns versagten ihm, in den Genuß des Wortwechsels zu kommen, der dem Anschein nach nicht weniger hitzig war als dem Inhalt nach: ungeachtet des Störfeuers der knallenden Peitsche und des »Aaah!« aus dem Mund des völlig verdatterten Kutschers, der immer aufs neue aufschreckte aus seiner Kutscherlethargie, um seine Stimme ertönen zu lassen, völlig sinnloserweise jedoch: da nämlich das Pferdchen, das arme Geschöpf, weder schneller gehen noch auch mit seinem braven Hintern mehr schießen konnte als es tat. Nein, nichts konnte er erlauschen, der Brigadier.

»Weil du vier Groschen auf dem Sparbuch hast«, hörte er plötzlich und setzte den Fuß auf die Erde, »bloß deswegen, häßlich wie du bist, deswegen hat der Iginio sich als deinen Bräutigam ausgegeben. Ach, geh doch, du bist eine von denen, die, wenn sie einen jungen Mann haben wollen, dann müssen sie ihn sich kaufen und zahlen«, und sie spuckte aus, über die schwächlichen Knie des Kutschers hinwegzielend, der wieder »aaah« schrie, aber ohne Erfolg, denn er hinkte dem Takt hintennach: und außerdem war das Pferdchen bereits stehengeblieben, mit gespreizten Beinen, einer (für ihn, den Herrn und Meister) unvorhersehbaren Notwendigkeit wegen. Das Gesicht des Brigadiers entspannte sich, seine Seele faßte Mut.

»Ja«, schrie die Lavinia giftig, »und du hast's satt gehabt, ihm Geld zuzustecken. Und weil du's satt gehabt hast, weil du ihm schon so viel gegeben hast, da hat er dir als Pfand diese Dinger dagelassen. Für zweitausend Lire hast du sie ihm abgekauft, du hast's mir ja selber erzählt!«

»Du lügst, du gemeine Hexe, du! Wenn du schon unbedingt herumschnüffeln mußt, dann sag gefälligst die Wahrheit; denn von solchen verlogenen Tratschen, wie du eine bist, davon hält niemand was, am wenigsten die, die dich dafür bezahlen!« – »Holla, meine Mädchen!« sagte der Pestalozzi, beleidigt über den geringen Respekt, den die beiden Kusinen ihm entgegenzubringen schienen. »Was habt ihr denn auf einmal? In der Kaserne, da könnt ihr euch streiten. Der Maresciallo wird ganz entzückt sein, wenn er euch beide auf einmal flöten hört: und er läßt euch streiten bis Mitternacht und noch länger, könnt ganz beruhigt sein. Wenn ihr erst im Hennenstall sitzt, dann könnt ihr euch pecken soviel ihr wollt. Jetzt aber Schluß! Hört auf damit!« So verlosch also der Zank der beiden Furien, schwand auf den wunderschönen Lippen der Lavinia dahin wie ein Donner, der fliehend verrollt. Der brave Knabe holte sie, hocherhitzt, zu Fuß ein, glühend das Antlitz mit Ausnahme der käsebleichen Flecken, die ihm wie verspätetes Firmungsöl die Kinnladen bleichten: knapp über dem Halse. Und hinter sich her zog er mit einiger Mühe in der Steigung jenen Ballon, der so *«court-vêtu»* war, so ausgesetzt den Äquinoktiallaunen, daß man unwillkürlich an den alten Marschreim des Regiments erinnert wurde, das soeben die Feuerfirmung (nicht nur die Feuertaufe) erhalten hatte:

Le bon vieux grenadier
qui revenait des Flandres ...
était si court-vêtu
qu'on lui voyait son tendre ...

Das Pferd hatte sich indes wieder ordnungsgemäß aufgebaut: und ein endgültiges »Aaah« brachte es wieder zum Zug und zur Arbeit, ehe noch der wackere Krieger den Grund des Aufenthalts erfahren konnte: der von ferne wie eine dem Kutscher von seines Vorgesetzten Güte gebotene Wartezeit hatte erscheinen können, ein Akt der Freundlichkeit und des Generalablasses also, ihm, dem Wackeren, gegenüber. Nachdem er jedoch die hippurisische Lache beäugt und die süßliche und noch warme Dampfwolke, die davon aufstieg, in die Nase bekommen hatte, bekundete er in der rubinleuchtenden Haut des Halses und den *ad-hoc*-Zonen des Gesichts seinen Abscheu, seine Entrüstung. Diesen Pferdeaufenthalt hatte zwar die ungehörige Natur erheischt, aber durch ein wenig Peitschenknallen hätte er vielleicht vermieden werden können: es waren schließlich Damen anwesend!

10

Während der gleichen Morgenstunden jenes gleichen Tages, Mittwoch, den 23. März, war, nachdem sich die Suche nach dem Enea Retalli am Torraccio, wo er wohnte, sofern er überhaupt wohnte, als vergeblich erwiesen hatte, war der Maresciallo Santarella, genannt Cavaliere Fabrizio, dabei, mit seinem Motorrad die Provinzstraße von Marino nach Albano entlangzufahren, die so herrlich baumbestandene Straße, oder vielmehr baumgesäumt von den Gärten und Parks, die den Hügel dort immer dichter bewalden. Der März findet einen Teil davon nackt und kahl vor: die Ulmen, die Platanen, die Eichen: die anderen besitzen auch um St. Blasius, St. Luzius dichtes Laub: die italienischen Pinien, die Steineichen, die heitere und fast häuslich-freundschaftliche Vertrautheit des Lorbeers in den Parks, mit dem man andernorts den Akademiker und manchmal den Poeten krönt. Aus mehr als einem Anhaltspunkt war zu entnehmen, oder zumindest nicht auszuschließen, daß der gesuchte junge Mann die Richtung (die ungefähre jedenfalls) auf Pavona oder Palazzo eingeschlagen hatte, um über die Landsträßchen und Feldwege hinabzusteigen, alldieweil ihm die regelrechten Straßen auf ihre Art unsicher scheinen mochten. Auch er hatte einen Polizisten auf dem Sozius, der brave Maresciallo, und war bewaffnet, um nicht zu sagen, belastet, mit einer Muskete. Zwei Polizisten von der Polizeistation Castello hatte er mittels Telephongekurbel zur Verstärkung erbeten, da er selbige im Besitz eines Fahrzeuges wußte, das heißt, eines Fahrrads; und hatte sie an die Pavona entsandt.

Gänzlich anderer Art jedoch, aus anderem Lebensstoff und von Volk und Völkchen durchwimmelt, von anderen Ortsbezeichnungen beschriftet und mit anderen Namen signiert, zwischen den erhabenen Ruinen und dem umbertinischen Grau der fünfstöckigen Häuser, dem holprigen aber klingelnden Rollen der Trambahn – war das Operationsfeld des großen Blonden: das Feld der Arbeit und des Müßiggangs, des Feierabends und der Feierabendarbeit, aus dem sich seine Trott-Technik erklären ließ, seine Zerstreutheit (wie er vorgab), seine Trottelhaftigkeit, sein Zufallsgrinsen, seine Grillenfängerlaunen, und die glückhafte Weisheit des städtischen Tagediebs, des Eckenstehers, der sich von der Stummheit jeglicher Hypothese und jeglicher Zusammenhangslosigkeit treiben läßt wie ein Schlafwandler auf der Dachrinne; da folgte er inmitten der allgemeinen Aufgeregtheit und dem unaufhörlichen Aufeinanderprallen der Leute ihren Wegen nach: in die Stehbars, in die Pantoffelläden, in die Seife- und Soda-Verkaufskeller, an den Gittern der Anlagen entlang, hinter denen die schiefen Palmen standen: gelb und geplagt vom Winter, erschlafft unter drückendem Himmel, trotz der wechselnden Stunde, der sicheren Drei-Tage-Spanne des Bergwinds. Die Brunnen, die Basilika von Santa Maria della Neve, und die Torbögen und die Fensterborde in den überlebenden Mauern, Quader aus Peperin und Sandstein: eingedenk des Tullius und Gallienus und des Papstes Liberius; zwischen den einladenden Rufen der schwarzfingrigen Maronibraterinnen über ihren Kohlenpfannen, mit ihren ernsten, rußigen, runzeligen Gesichtern voller Geschäftseifer und dem Schweigen des diensthabenden Taxichauffeurs, der da eingemummt in seinem gläsernen Beichtstuhl saß: Kutscher, von dem man auch hätte sagen können, er warte (auf einen Ruf, einen Befehl), wenn nicht freundliches Schnarchen ihn längst abgetrieben hätte, weit weit fort von jedem auch nur halbbewußten Warten.

Nach der langen Kantate, und mehr noch nach der Schlußarie der Ines bezüglich des Segenswunsches, den die Glocke von Santa Maria Maggiore über den kleinen Diebstahl des Ascanio gespendet, hatte sich der Blonde gesagt: »den Knaben werde ich morgen mal unter die Lupe nehmen«: und hatte am Ausgang jenen Riesengähner losgehen lassen, der ihm schon seit zwei Stunden im Hals auf- und niederging wie ein Löwe im Käfig und dem er gleich, unmittelbar darauf, mit der Hand Einhalt geboten, alldieweil der Doktor Fumi sich an ihn wandte: »Um den Jüngling, um den wirst du dich wohl kümmern! Mach einen Spaziergang zum Esquilin hinüber und dann zur Via Carlo Alberto, dann wirst du ihn todsicher drüben an der Piazza Vittorio schnappen, hinter den Mauertürmen, da an der Ecke.« Ingravallo hatte zugestimmt, düsteren Gesichts: er wäre selber gegangen, wenn er nicht Besseres vorgehabt hätte: und er hatte etwas Besseres: »Da mußt du ihn ohne weiteres finden. Das Mädchen hat sich deutlich genug ausgedrückt.«

Am nächsten Morgen, pünktlich um zehn, war der Blondkopf zur Stelle (nach einem kleinen Rundgang unter den Palmenwedeln). Um diese Stunde pflegen die Frauen sich den Einkäufen hinzugeben, im Hinblick nicht nur auf das Abendessen, sondern vor allem auf das noch dringlicher zu besorgende Mittagsmahl: die Stunde der Quarklaibchen, der Käse, der würmervertreibenden Zwiebeln, der Artischocken, die geduldig unterm Schnee überwintern, der Suppenkräuter, der ersten Salatpflänzchen, des Lammbratens. Leute, die auf den Marktständen Porchetta verkauften, gab es an diesem Morgen einen ganzen Haufen. Von St. Josephi an, kann man sagen, ist die Zeit der Porchetta mit Thymian und Rosmarinsträußchen, vom Knoblauch gar nicht zu reden, und als Beilage und Füllung Kartoffeln mit gehacktem Petersil. Doch der Blonde, mit hängendem Schädel, ließ sich von seinem halsbrecherischen Optimismus treiben durch das Geplärre und die Berge von Blutorangen, leise pfeifend, oder kaum merklich die Lippen gespitzt, plötzlich wieder verstummend, das Auge hierhin und dorthin gewendet, wie zufällig. Oder er hielt sich mäuschenstill, den Schlapphut halb in die Stirn gezogen, Hände in den Taschen, den Buckel fröstelnd unter dem hellen, leichten Mantel, der offenstand und hinter den Handgelenken herabfiel wie Frackschöße. Es war ein schäbiger, trügerischer Übergangsmantel von eher flauschiger und weicher Stoffart, der sich an vielen Stellen schon abgeschabt zeigte: er rundete das Bild eines schläfrigen Stutzers, der auf der Suche ist nach einem Zigarettenstummel, den man rauchen kann. Rings umspült vom Strudel der Aufforderungen und Einladungen zum Kauf und überhaupt vom Stimmenchor dieses Fressalien-Festes, schritt er langsam an den Ziegenfleischständen vorbei, zog vorüber an den Karotten und Kastanien und den benachbarten Türmen bläulichweißer Fenchelknollen, fransigen, wohlgerundeten Boten aus Ariete; und dann an der ganzen Republik der Kräuter und Gemüse, wo im Wettkampf der Preise und Angebote die jungen Selleriestauden schon das Feld behaupteten, und in der Rauchbeize der wenigen überlebenden Kastanienröster am Ende der Geruch des fliehenden Winters sich erhob. Auf vielen Ladentischen schwankten, zeitlos und unberührt von der Saison, Pyramiden von Orangen, Nüsse in ihren Körben, schwarze Provence-Pflaumen wie mit Pech poliert, kalifornische Pflaumen: allein ihr Anblick ließ dem Deviti das Wasser im Mund zusammenlaufen. Überwältigt von den Stimmen, den Schreien, vom bedrohlichen Gekreisch der vereinigten Verkäuferinnen, gelangte er schließlich zum antiken und ewigwährenden Königreich des Tullius und Ancus, wo sie auf dem Schneidebrett ruhten, rücklings, oder seltener bäuchlings, oder – manchmal – seitlich schlummernd: die goldhäutigen Spanferkel, ihre Eingeweide aus Rosmarin und Thymian zur Schau stellend, oder hier und dort einen grünschwarzen Knoten mitten im blassen zarten Fleisch, ein Blatt Bitterminze, mit Speck und einem Pfefferkorn hineingepreßt, der von den Schreiern im großen Stimmgewirr folgendermaßen angepriesen wurde: »Eine neue Drüse, in der Küche eingesetzt, auf anderen Märkten und in anderen Gegenden unbekannt!« Es fiel ihm nunmehr nicht schwer, in Anbetracht des optimistischen Rückenwindes, der ihn durch das Gekreisch der netz- und einkaufskorbbehangenen, blumenkohlbelaubten Weiber trieb – es fiel ihm nicht schwer, der Beschreibung der Ines folgend, schon aus einiger Entfernung jene Type auszumachen, jenen freundschaftlichen ›Blasengel‹, der für seinen Fall gerade der richtige war. Der forsche Bursche stand hinterm Ladentisch, mit einem Paar Augen! Sie zeigten im Moment das Gegenteil von jener Ängstlichkeit und Schüchternheit, welche die Ines angepriesen hatte, mit einer unwahrscheinlich dichten Haarmähne, triefend geölt und alles nach einer Seite gekämmt: da war er zusammen mit der Großmutter. Von oben fielen ihm die Haare ein wenig in die Stirn zurück, die einzelnen Fäden nach einem letzten launigen Strich des Kamms, wie Kräuselsalat gewellt, oder wie die Rolle einer sanften Meereswelle, die aufbrodelt im Augenblick, eh sie sich anschickt, zurückzufluten und den Sandstrand zu verlassen. Er war in einen weißen Schurz gebündelt, und während er seine Anpreisungen hinausschrie, wetzte er die Messer, ein langes und ein kurzes, und schaute ihn dabei an, den Blonden, aber ohne daß er ihn zu sehen schien; jenen dunkelblonden Dickschädel mit dem Zahndoktor-Schlapphut, der ihm bis auf die Schnauze herunterhing, und der sich, Hände in den Hosensäcken, in gemessenem Abstand vor ihm aufgepflanzt hatte: war doch sicher einer, der Lust hatte auf Spanferkel, aber wenn er nicht die Zechinen dafür hatte, der arme Krauter, dann konnte er ruhig dran verrecken! »La porca! La porca! Hier gibt's Porchetta, meine Herrschaften! Die schöne Porchetta von Ariccia mit einem Wald von Rosmarin im Wampen! Mit neuen Kartoffeln!« (Die neuen Kartoffeln hatte er allerdings geträumt, es waren alte Kartoffeln, kleingeschnitten, über und über mit Petersil bestreut und ins Fett des Ferkels geschoben.) »Neue Kartöffelchen, meine Herrschaften, meine schönen Damen! Die sind besser als harte Eier im Salat. Besser als Kapauneneier sind die Kartoffeln. Ich sag's Ihnen offen. Probieren Sie's!« Er hielt einen Augenblick inne, um Atem zu schöpfen. Und dann, herausplatzend: »Einsneunzig das Viertel, die Porca! Es ist ein Elend, meine Herrschaften, es ist eine Schande für den, der's verkauft, und für den, der's nimmt! Einsneunzig das Viertel, besser getan als gesagt! Treten Sie vor mit dem Groschen in der Hand, meine Damen. Wer nicht ißt, verdient nichts! Einsneunzig das Viertel! Feines Fleisch für feine Leute! Wer's nicht probiert, der's nicht verspürt! Das sag ich den Damen. Feines und saftiges Fleisch! Wer's einmal probiert, probiert's gleich nochmal, wer gewinnt, das seid ihr! Die schöne Porca von den Castelli. Wir haben sie in den Wald geschickt zur Aufzucht: in den Wald von Galloro. Wir haben sie die Eicheln des Kaisers Caligula futtern lassen! die Eicheln des Prinzen Colonna, des großen Prinzen von Marino und Albano! Der die schlimmsten Türken besiegt hat, zu Wasser und zu Land in der großen Schlacht von ›Lévati‹.* Und am Dom von Marino hängen noch die Fahnen davon, mit dem türkischen Halbmond drauf! Die schöne Porca, meine Herrschaften, Spanferkel mit Rosmarin, mit neuen Kartoffeln!« Und, sich Ruhe gönnend nach der Litanei, wie auch der tragische Schauspieler nach dem Drama ruht, machte er sich mit tiefstem Ernst wieder ans Messerwetzen. Aber nach zwei, drei Strichen über die Messer flackerte das Feuer wieder in ihm auf; es schüttelte ihn. Es war wie das Abbrennen einer letzten, endgültigen Variation, so schien es dem Polizeiagenten. Mit niedergeschlagenen Augen: »Probieren Sie, meine Herrschaften, versuchen Sie! Für einsneunzig das Viertel essen Sie ein Spanferkel, für das Ihre Frau Ihnen dankbar sein wird!« Und dann, zu einer Hübschen, in verhaltenem Ton: »Und was wünscht die schöne Puppe?« Worauf die Puppe diesem überlegenen Ton gegenüber ein Lachen nicht unterdrücken konnte. »Ein halbes Pfündchen Spanferkel?« Und mit leiser Stimme zu ihr, aber mit einem Seitenblick auf den geldlosen Zahnzieher: »Ihnen geb ich das beste Stück, ich schwör's! Sie gefallen mir einfach zu gut! So ein sauberes Weibsbild! Einen Happen Braten extra für Sie, mit zwei Kartöffelchen!« Dann, von neuem, unentwegt plärrend und diesmal die Augen gen Himmel gerichtet, mit den Backen eines Schlachtentrompeters ohne Trompete: »Kaufen wir Porchetta, meine Herrschaften! Rücken wir die Groschen raus, meine Herrschaften! Ist ja eine Schande, das auf dem Ladentisch liegen zu lassen, wo's gleich wieder regnen wird; ich weiß ja schließlich, daß ihr einen Sack voll im Sack habt, voller Zechinen. Rücken Sie heraus mit den Moneten, meine Herrschaften! Die Porca gehört euch, wenn ihr die Groschen rauskramt!«

Die Großmutter indes, wenn es die Großmutter war, behumpste fröhlich schwätzend beim Abwiegen und stellte die füllige Dienstmagd vollauf zufrieden. Und er wieder: »Einsneunzig das Viertel! Das Schwein, das Goldschwein, die Porca.« Doch indessen fuhr der Zahnauszieher, der Blonde, fort, ihn anzustieren, nachdem er seinen Deckel zurückgeschoben hatte, mit unbedeckter Stirn also, die flammend rot leuchtete, von rauhen, rötlichen Stoppeln bedeckt; grad so zwischen blond und kastanienbraun. Neben ihm hatten sich zwei Mann aufgebaut, zwei Typen von Polizeispitzeln, und ziemlich viel dunkler als er selber, einer auf der einen, der andere auf der anderen Seite, wie die schweigsamen Gendarmen, die Pulcinella auf dem Kasperltheater erst nach einer Weile bemerkt, mit plötzlichem Unbehagen, zu spät, um noch zu handeln. Indes er oder es, das Jüngelchen nämlich, nach und nach: »Herrschaften, Herrschaften, einsneunzig das Viertel, die Porca, die Porca, ja, ja, die Porca, ich hab verstanden!« zu sich selber zu sagen schien, aber die Stimme senkte sich immer mehr, »die Porca«, stammelte er, »die Por...«, und der letzte Schnaufer blieb ihm in der Kehle stecken: wie das Licht immer knittriger und falber wird, wenn der Kerzenstummel bavt und das verkohlte Schwänzchen in der Mitte in einer Lache von Gestank ersäuft. Mit den Polizeispitzeln im Genick, die sich so plötzlich verdreifacht hatten. Auf diese Weise, versteht sich: als er kapierte, um was für Leute es sich handelte, war's zu spät, zu verduften. Er legte die Messer auf den Ladentisch nieder, flüsterte der Großmutter zu: »Sie suchen mich«, und schon knüpfte er sich den Schurz los. Ihm zitterten die Knie. Er mußte dem Blonden wohl freundliche Miene machen, der, ohne es merken zu lassen, ein Papier herausgezogen hatte, einen Ausweis, und ihm im Augenblick, als er ihm den unter die Nase hielt, diesen schönen Talisman, mit halblauter Stimme sagte: »Du mußt einen Moment mit auf die Wache kommen. Wenn du still bist, merkt's keiner. Das da sind zwei Polizisten in Zivil, aber wenn's dir lieber ist, begleite ich dich, ohne daß sie mitzukommen brauchen. Du bist der Lanciani, Ascanio Lanciani, wenn ich mich nicht irre!« Wenn er keine Geschichten machen wollte, dann mußte er nun wohl Spanferkel und Messer schießen lassen, der Tante übergeben... der Großmutter: da stand sie, hart und steif wie ein Pfahl, das Auge unruhig auf die Menge gerichtet, die zerstreut vor ihr hin- und hereilte. Er habe Auftrag, ihn zur Wache zu begleiten, teilte ihr der Blonde kurz mit und wies ein zweites Mal den Ausweis. »Lanciani, Ascanio«, fügte er hinzu. Die Großmutter, Herrin des Geschäfts, eine Bäuerin mittleren Alters, noch schwarzen Haares über hölzernem, faltigem Gesicht, und viel magerer, als das Geschäft es eigentlich mit sich bringen sollte, schien unsicher, wie sie sich verhalten sollte: nicht, daß sie bestürzt gewesen wäre, aber ärgerlich. »Dieser Junge hat nichts ausgefressen noch verschuldet«, sagte sie, »warum will man ihn abführen?« Vom Blonden mit leiser Stimme befragt, nannte sie ihren Taufnamen, Zunamen und die Wohnung und wies die Lizenz für den Verkaufsstand vor. Fügte auch, wenngleich unwillig, hinzu, daß sie eine jüngere Tante von Ascanios Mutter sei. Der Blonde kritzelte mit einem Bleistiftstummel diese Angaben auf ein Blättchen, steckte es ein. Sie sahen aus wie friedliche Verwandte, die sich unterhielten: niemand achtete auf sie. Aus Grottaferrata stammten sie, gab die Großmutter unwillig kund: Gemeinde Grottaferrata, genauer gesagt, das Viertel von Torraccio, gleich hinter den Frattocchie: aber seit acht Jahren seien sie bereits in Rom, ja, draußen vor der Porta Latina, mitten in den Gemüsefeldern, sozusagen auf einer Landstraße, die kaum ein schäbiges Schild trug mit der Bezeichnung Via Popolonia. »Da wohnen lauter Gemüsegärtner in den Baracken. Da wohnen wir, kurz bevor man zur Bahnlinie kommt, die dort« – sie machte eine abfallende Geste – »hinuntergeht durchs Schilf bis zum Tümpel bei der Cafferella.«

»Eine kleine Baracke mitten im Blumenkohl: später pflanzen wir dann Artischocken an.« Ascanio hatte seine Schlafstelle bei ihnen. Sie hielten ihn aus Mitleid, zum Ausgleich dafür, daß er auf dem Markt mit Hand anlegte. Der Vater ... nun ja, der Vater: der Bruder war seit zwei Monaten arbeitslos. »Von dem haben wir gar nichts mehr gehört.« Dem Ascanio versuchten sie etwas beizustehen, dem Jungen – »so gut wir's halt können.« Und dann ließ sie ihn ziehen, gedrückt und stumm, auf die Zusicherung hin, daß man ihn später wieder zurückbringen werde. Ihrerseits darauf bedacht, Szenen zu vermeiden, nicht nur wegen der Kundschaft, sondern auch um ihrer selbst willen, hatten die beiden schwarzhaarigen Wachtengel sich vom Geschäft verzogen und warteten ein Stückchen weiter unten: der Junge, weiß im Gesicht nach den Anstrengungen des Schreiens, ging um den Ladentisch herum, wo am anderen Ende der ›Vetter‹ ihn erreichte. Das war die große Kunst des Blonden: mit wackelndem Kopf, mit den Schultern durch die Menge drängend, stieß er wie zufällig auf seinen ›Typ‹, auf den Typ, der gerade im Moment sein Fall war: »Wen sieht man denn da! Na? Was treibst du denn hier?« und (mit gesenkter Stimme): »Stehst herum und zwickst wohl die Dienstweiber in den Hintern, oder zwickst den Männern die Brieftasche aus dem Sack? Wenn kein Knopf dran ist an der Tasche, dann ist die Sache schon geritzt, stimmt's?« Dann, im Befehlston: »Hopp, los, gehen wir, der Kommissar will dich sehen: er hat dir was zu sagen.« Er nahm ihn am Arm, blickte zur Erde, als ob er ihm einen ernsthaften Vorschlag zu machen habe.

Sie verließen das Durcheinander in Richtung der Via Mamiani oder der Via Ricasoli: zwischen den Marktständen der Fischhändler und der Geflügelverkäufer war ein Durchlaß, da wo sie die Tintenfische und die Kuttelfische verkaufen und sämtliche Arten von Aalen und Makrelen, die's im Meer gibt, von den Sardinen gar nicht zu reden. Das Jüngelchen und er selber, der Blonde, blickten auf dieses weiche, hellsilbrig perlmuttfarbene Fleisch der Tintenfische, von innen her so bräunlich zart geädert, schnupperten, ohne es zu wollen, den Geruch der Meeresalgen in ihrer feuchten Frische, jenen gewissen Chlor-Brom-Jod-gemischten Hauch von Himmel und Freiheit eines lebendigen Morgens auf dem Hafenkai, jene Verheißung frischgebackenen Silbers auf dem Teller, gegen den Hunger, der sich aus den Tiefen zu melden begann. Rollen von Kutteln, wie gewellte Teppiche eine über die andere geschichtet, freundliche Anatomien von abgehäuteten Lämmlein, rot und weiß, das Schwänzchen spitz, aber mit einem Quästchen dran, als ob damit die Noblesse des Angebots unterstrichen und bewiesen würde. »Für vier Lire geb ich euch alles«, sagte der Lammfleischhändler und hielt es halb in die Luft hinaus – das ganze Lamm, vielmehr der Länge nach durchgeteilt; und die weißen Büschel römischen Lattichs oder Salatköpfe, gekräuselt, über und über voller grüner Löckchen, lebende Hühner mit den Augen, die nur nach einer Seite hin spähen und sehen können, jedes Auge für sich ein Viertel der Umwelt, lebende Hennen, ruhig, geduckt, in ihre Käfige gedrängt, schwarze oder belgische oder elfenbeinstrohfarbene aus Padua, getrocknete Peperoni, gelbgrün oder grünrot, die schon beim bloßen Anschaun auf der Zunge beißen, dir den Mund unter Speichel setzen; und dann Nüsse aus Sorrent, Nüsse aus Vignanello, und Kastanien, bergeweis. Leb wohl! Leb wohl! Die Frauen, die dickbusigen Hausfrauen: dunkles Schultertuch, oder grasgrün, eine Sicherheitsnadel, die offenstand – au weh! mit der man der Nächststehenden einen Moment in den Hintern pieksen konnte: *così fan tutte.* Schwer bewegliche Hinterquartiere, walzten sie schwerfällig von einem Marktstand, von einem verschossenen Segeltuchschirm zum anderen, von den Selleriestauden zu den getrockneten Feigen: sie drehten sich, rieben die jeweiligen Hinterteile aneinander, bahnten sich ächzend mit hochgefüllten Einkaufstaschen einen Weg, stöhnten, schnappten nach Luft, wie fette Karpfen in einem Fangteich, wo das Wasser langsam abfließt, zusammengedrängt, gequetscht, in die Falle gegangen mit all ihrer Fette im Strudel des großen Jahrmarkts der Gefräßigkeit.

Auch Don Ciccio hatte inzwischen keine Zeit verloren. Um halb ein Uhr nachts endlich zu Hause: »Montag, den 21. März, Benedikt von Nursia«, verkündete der am Nagel aufgehängte Kalender (Neujahrsgabe des Nudelhändlers *vis-à-vis)* mit dem Kalenderblatt von tags zuvor, das die Signora Margherita abzureißen vergessen hatte. Ein dicker Tropfen geschmolznen

Metalls – der Glockenschlag – vom Kirchturm der Santa Maria della Neve. Er legte sich nieder, schlummerte ein, schnarchte schwer, nachdem er alle Schlußfolgerungen auf den Morgen verschoben. Als das zornige Trillern sich urplötzlich ausklinkte, ins schlafende Haus hinein, unerwartet hervorbrach aus diesem Blechtopf von einem Wecker, der auf dem Marmor (des Nachtkästchens) hüpfte, um den neuen Ärger des neuen Tages anzukündigen, da, gleichzeitig zwei Klopfer an der Tür; diskret, von Händen der Wirtin, bestätigten sie ihrerseits die wütende Mahnung des blödsinnigen Apparats: ungeachtet des gewaltigen Bedürfnisses, sich umzudrehen und weiterzuschlafen, das er drinnen im Hirnkasten verspürte, half man ihm um sechs Uhr auf die Beine. Er rutschte mit steifem Hintern und pflegte vom Rand des Bettes, plum-plum, wie ein Bauer, auf die Fersen zu fallen. Untersetzt und mit starkgliedrigen Beinen, die vom Knie abwärts sich dicht behaart zeigten, in Anbetracht des strohgelben, mit roten Parallelen versehenen Flanellhemdes, das ihn nächtlicherweile umhüllte, pflegte er sich, *ipso facto*, noch ehe er ihn wachen Geistes abgewogen hatte, des Plumpsers zu schämen: der auf den Dielen widerhallte, ungeachtet des Jammerlappens von einem Bettvorleger, und der dieses atavistische *lever* dem darunterwohnenden neurasthenischen Ingenieur kundtat, indem er ihn schlagartig aufweckte. Weder dem nächtlichen Bergwind, beim Nachhausekommen, noch später, im Bett, dem eiligen Wind der Träume war es gelungen, ihm die lammfellartige Perücke zu zerraufen: schwarz, pechig, geschneckt und kompakt: die auch im Glanz des neuen Lichtes, was immer der Pestalozzi dagegen sagen mochte, keine Brillantine benötigte. Die knorrigen Beine, der davon sichtbare Teil, sträubten, um nicht zu sagen, pfeilten senkrecht von der Oberfläche der Haut ihre Haare empor, schwarz auch diese, aufgeladen mit Elektrizität: wie Hochspannungssplitter eines Newtonschen oder Colombianischen Kraftfeldes. Mit noch geschlossenen Augen, oder fast geschlossenen, schloff er in die Pantoffeln: die auf ihn zu warten schienen wie zwei (zusammengerollte) Tierchen auf dem Parkett: auf seine Füße warteten, jeder auf den seinigen. Er streckte sich, daß er aussah wie ein Ringkämpfer, der wieder zur Besinnung kommt, ließ ein Kettengähnen los, acht- oder neunmal, bis es ihm die immerhin recht kräftigen Kinnladen auseinandersprengte, beinahe jedenfalls. Beschloß jenes Gähnen mit einem »Oh-Am!«, das definitiv zu sein schien und es nicht war, weil er nämlich wieder anfing, und zwar gleich darauf. Tränte links, dann rechts, langsam, gemächlich, indem er erst ein Auge und dann das andere auf die aufeinanderfolgenden Gähner preßte wie die zwei Hälften einer Zitrone, die der Austernverkäufer hintereinander benützt. Er vergönnte sich ein kleines Kopfgekratze, jeweils drei Schaber im Okziput-Dschungel, tschin-tschin-tschin, wie ein Affe und mit dem automatischen Gehabe des Schlafwandlers ging er in Richtung »Bad«. Hier gelandet, und die Tür mittels Riegelchen versperrt, konnte er sich endlich auf radikale und pressante Weise jenes Gefühls des *trop-plein* entledigen, das jede noch so elastische und jugendliche Blase ihrem Eigentümer morgendlich beim plötzlichen Erwachen kundtut.

Was übrigens dazu beitrug, zusammen mit dem märzlichen Zuglüftchen vom schlechtgeschlossenen, das heißt schlecht schließbaren Fenster aus, ihm den Kopf gänzlich zu entnebeln, wiewohl es sich um einen schleimigen Scirocco handelte, der da hereinkam. Er schlüpfte aus dem Hemde, das noch ganz warm war von Bett und Schlaf und hängte es an den Nagel: wo er es hängen sah, leer, makellos, die nächtliche Haut seiner selbst. Es dämmerte. Nachdem er im Schlaf so schlecht gesungen, schien aus dem Marsyas ein Apoll hervorgegangen zu sein. Ein nicht mehr zwanzigjähriger und recht behaarter Apoll. Wieder kratzte er sich den Schädel, näherte sich dem Becken, und, nachdem er den Wassern freien Lauf gegeben, seifte er sich Nase und Gesicht, Hals und Ohren. Befreite und klärte sich die Perücke unter dem hohen Hahn des Waschbeckens, unter Prusten und Trompeten der Nase, gleich dem des Seehunds, wenn er nach seinen Kreisen unter Wasser an die Oberfläche taucht, und welches allmorgendlich von jenseits der »Besetzt«-Badetür aus das unverkennbare Indiz seiner üppigen Ablutionen war. Ein süßer Rausch, ein sanftes Ameisenkribbeln überkam in jenen Momenten jenseits der Tür, welche das Riegelchen verschloß, die freundliche Wirtin Signora Margherita: Margherita Celli, Witwe des Commendatore Antonini, nein, nein, nein, nicht Zimmervermieterin, um Gottes willen; eine äußerst vornehme Signora, Schwägerin seiner Exzellenz Barlani, des Präsidenten Pier Calumèro Barlani: Präsident von, tja, . . . sie hatte vergessen, wovon: es war schon einige Jahre her, daß auch er hinübergegangen war, der Ärmste: ein Lungenemphysem mit septischer Supporation: er war, so konnte man sagen, das Rückgrat der Familie gewesen. Sie annullierte die Endlosigkeit des fliesenbelegten Korridors und den dazugehörigen Geruch (Katzenpipi und Petroleum) mit stummen Durchschreitungen, beschwingt von Unwahrscheinlichkeit und Wunder, die sich zu vollziehen schienen in einem verlassenen und nun nicht mehr brauchbaren Kraftfeld, wie dem eines entladenen Magneten. Sie durchmaß ihn also, bis hinab zu Küche und Kesseln, mit unendlich flüssigen Schrittchen, welche der lange rosa Flanellschlafrock, eines ums andere, den Blicken der Umwelt verbarg: und im Korridor blieb wie ein zögernder Dunststreif die Idee der Kontinuität zurück, in des Begriffes allerwinzigsten Bruchteilen. Wobei all diese Flüssigkeit und Flüchtigkeit eines Gespenstes, das da im Einwattierten lebte, wenn auch immer noch ergeben den betrauerten Händen des Dahingegangenen, »meines Gaspare«, darauf bedacht war (das muß man ihr lassen), in keiner Weise die strophenweise Abfolge des Ablutionsritus und der gleichzeitigen Entprustungen der Nasenhöhlen zu stören, denen Don Ciccio sich hinzugeben pflegte. Begleitet von einem wiederaufgelebten Herzpochen der Gastgeberin – nein, nicht Zimmerwirtin, bewahre – mit den kaum wahrnehmbaren roten Anflügen eines Firmlings, oblag sie also im ganzen Wohnbereich den ersten häuslichen Verrichtungen des Tages: deren Frucht, kaum daß sie aus dem Bett gestiegen, vor allem ein kanonischer Milchkaffee war, den sie schon des Abends vordisponiert: der berühmte doppelstarke Milchkaffee der Signora Margherita: ein glatte Tollheit und von allen gerügt, in erster Linie von allen häuslichen Zimmerwirtinnen; ah ja, diese wohl, waren Zimmerwirtinnen! Jawohl. »Armer Mann«, sagte sie, »soll ich ihn vielleicht nüchtern zum Santo Stefano gehen lassen?« Demütig dargebracht auf einem Zinntablettchen, der Kaffee in einer Kanne, man weiß nicht, ob aus Kupfer oder Blech, in einem henkellosen Töpfchen die Milch, der Zucker in einer ausgedienten Suppenextrakt-Dose, einer über und über fettigen zylindrigen Form und, zu Füßen der hängebauchigen Kaffeekanne, ein Tellerchen mit aufgerösteten Brotscheibchen und Butterhörnchen, auf die der mürrische Herr Doktor (man muß ihn in Ruhe lassen) sich jeden Morgen wie ein Büffel stürzte: und, mit der Ausrede, daß er's eilig habe, krack-krackkrack, war mit einem Haps alles verschwunden, bis auf den kahlen Teller. Und an dem Morgen überhaupt, am Mittwoch, dem dreiundzwanzigsten März, am Tag des Heiligen Benedikt mit der Hacke, dem Kalender nach, »und wo Sie so disparat sind über das Unglück mit der armen Dame«, die Signora Celli schlug das Kreuzzeichen, *«ora et labora pro nobis»*, margheritierte sie. »Desperat!« grollte Don Ciccio höchst beleidigt, den Mund voller Brühe: »und das *pro nobis*, das hängen Sie selber dran.« Es kam ihm etwas quer in die Kehle, und er wurde puterrot im Gesicht: die Brösel in der Luftröhre, hatte er das Gefühl, als müsse er ersticken: beinahe hätte er alles durch die Nase rausgeschossen, Karbunkel und Kaffee. »Desperat heißt's, nicht disparat«, gurgelte der Beleidigte. »Wieso, ist das nicht das gleiche? Sie sind zu gebildet, Herr Doktor: Sie könnten Schullehrer sein.« Und derweilen klopfte sie ihm zweimal auf den Rücken, als praktisch veranlagte Frau, als Schwester beinah – leider Gottes! – ihm liebreich beistehend: sie, die sich aufs Klopfen hatte spezialisieren müssen (aufs harte Holz der Zimmertür). Der Herr Doktor wischte sich den Mund und stand auf. Er hatte sich schon am Morgen vorher und am Abend, ehe er das Büro verließ, um einen Wagen bemüht: telephonisch, auf den Wellen des Stroms, und auch durch direkten Besuch bei dem, der's ihm verschaffen konnte, und durch ein kleines Schwätzchen: und dann erneut durchs Telephon, um elf Uhr nachts, verhandelte er wieder mit dem Vize-Quästor Pantanella, genannt Commendator Amabile: und hatte ihm, dem armen Mann, eine Menge Wind ins Ohr gepustet: versetzt mit reichlichen Hagelkörnern elektrischen Zorns: (er war schwerhörig, der Amabile). Das Automobil? Jawollja, er hatte schon Antrag gestellt. Jawoll, er hatte schon drum angesucht.

Und er hatte es, kaum zu glauben, bekommen: von einem seiner Kollegen: dem Oberkommissar der Politischen. Welchselbiger in Hinblick auf einen stillen Tag, na, er hatte noch zwei oder drei Fälle vom Tag vorher übrig, ihm seinen Zwölfhunderter vom Verbindungsstab P überlassen hatte, wenn auch schweren Herzens, und indem er sich mächtig aufspielte und tat, als hätte er ihm einen ganz besonderen Gefallen erwiesen, eine ganz spezielle Freundlichkeit: »weil Sie's sind, Don Ciccio, Sie verstehen schon ... Ingravallo«: als ob er durchblicken lassen wollte, daß er eines Tages eine Gegengefälligkeit erwarte. Einem anderen hätte er ihn nicht getan, den Gefallen: »nein, hätte gar nicht daran gedacht.« Eine alte Wackelkiste von Auto. Man schämte sich, drin zu sitzen. Ausgeleiert und verbeult, zwei schwarzübermalte Blechstreifen als Kotflügel, ganz gewellt und gefleckt dort, wo die Farbe abgeplatzt war; die wedelten und wackelten wie zwei Blumenkohlblätter aus dem halbleeren Einkaufskorb des Dienstmädchens heraus, kaum daß das Ding sich in Bewegung setzte. Mit der einen Wagentür, die nicht mehr aufgehen wollte, und einer Klinke auf der anderen, die's nicht mehr fertigbrachte, die Tür zu halten. Eine Scheibe, die man nicht hochkurbeln konnte und einen hängenden Scheinwerfer, so daß es auch noch schielte, das Auto. Und die Polster, wie alte Hauslatschen, mit allen Federn draußen, daß es aussah, als hätte es einen Leistenbruch. Und war doch, *illis temporibus!* einstmalen das achtunggebietende Automobil des römischen Quästor gewesen. Die Maschine war gleich nach dem Marsch auf Rom in die Hände der Faschistenbande gefallen und, den Zeiten und Ereignissen entsprechend, zur Dirne erniedrigt und den Weisungen jener Herren ausgeliefert, die sie dienstlicherweise spazierenführten: und erzählte nunmehr in ganz und gar eindeutiger Weise von sich und vom Zustand ihrer Dienstfertigkeit. Da drinnen, das merkte, das roch man, mußten sie getrunken und gesoffen, Mortadella gefressen und die Lippen mit Olevano begossen, ordinäre Zigaretten geraucht, genießt, gespuckt und den Olevano und die Mortadella wieder ausgekotzt haben.

So daß heute alle, ob von der Politischen oder nicht, die dort hineinstiegen mit abgewendetem Kopf und einem vorsichtig nachgezogenen Füßchen, den anderen Stiefel noch auf der Erde, und einem suspektiven und inspektiven Auge und ebensolchen Nasenlöchern: quasi als ob aus einer solchen Rattenfalle zusammen mit dem Gestank auch Dünste, Lemurenblässe von einigen dreimonatealten Kinderleichen mit ganz eingerollten Nabelschwänzchen und Eselsköpfchen hervorsteigen könnten. Vorsichtig, mürrisch, unruhig, jeder war von dem Gedanken besessen, daß auf dem Tuch (der Sitze) etliche organische Absonderungen von der höchst allgemein bekannten Art zurückgeblieben seien: er machte die Vorsichtigsten ängstlich, und die Ängstlichen mutig und waghalsig, wenn es Ängstliche überhaupt gab. Sie zögerten alle ein wenig (ein ganz klein wenig), zitterten alle um ihr retrospektives Dekorum, das heißt ihr Boden-Dekorum, ihr Hosenboden-Dekorum: ihrer so würdevollen, auf Raten bezahlten Hosen, Monat um Monat, einbehalten vom Verpflegungsgeld mit Hilfe eines auf selbige Hosen fester geschnallten Gürtels. Wenn das Zeug erst mal an diesem Boden klebte, na, das wußte man ja: jeder auch gar nicht verdiente Schandfleck pflegt den Glanz zu trüben, wie die berühmten Sonnenflecke des Paters Secchi das leuchtende Rund der Photosphäre.

Und es war ihm sogar gelungen, Benzin fassen zu dürfen, dem Ingravallo, pumpen und ziehen; und plötzlich, platsch, kam aus der vertrockneten Kiste, was drin war: das hätte gereicht bis nach Benevento. Drei bewaffnete Polizisten, zwei davon mit Muskete: aber nicht der Greifer, der war zur Pension Burgess kommandiert, und auch nicht der Blonde, der zur Piazza Vittorio beordert war: statt dessen, schön und schlank, mit gesträubtem Schnurrbart, der Maresciallo Di Pietrantonio, das machte vier: und er selber, Ingravallo, fünf: und sechstens der Schofför, der damals im Jahr siebenundzwanzig noch nicht »Fahrer« hieß. Da könnt ihr euch denken, wie die Lokomotive aussah! Wie die Brunnenschale vom Spanischen Platz, die auf Reisen geht! Sie fuhr, wie sie eben konnte, die Eingeweide bis zum Boden, wenn auch weich bis dorthinaus; aber am ersten Stein, dem sie begegneten, wär's schon fast zum Platzen gekommen: die Kupplung machte Krackkrack bei jeder Kurve und jedem Hund, der über die Straße lief. Bei der Via Giovanni Lanza, die grad repariert wurde, rumpelte und rollte sie mehr als hundert Meter lang durch lauter Pfützen und spritzte den Leuten Dreck gegen die Beine, selbst wenn sie auf dem Trottoir gingen: parabolische Spiegelflächen von flüssigem Schlamm, schimmernd im rosenen Frühlicht des Morgens, der sich langsam eintrübte: das Auto versank darin, tauchte wieder auf wie frisch gestrichen: hatte ein hübsches, nußbraunes Bad genommen. An der Piazza Brancaccio, wie sie in die Via Merulana einbogen, auf San Giovanni zu, wendete Ingravallo sich um, düster, zur linken Seite: ließ die Scheibe herunter, und schien – von Santa Maria Maggiore, aus den drei dunklen Mündungen der Loggia über dem Vorschiff – einer Bahre, einer aus ihren Eingeweiden entstiegenen Bahre zu folgen mit seines Volkes barmherzigem Odem. Die Architektur der barocken Basilika, prunkvolle Wohnstatt des Geistes auf dem Gipfel dessen, was einst in fernen Jahrhunderten der »Hügel«, der Viminale, gewesen sein mußte, ruhte, mit ihren Wurzeln im Dunkel, im Schatten der senkrecht abfallenden Straße und dem Gewirr ihrer Verzweigungen: ein Zeichen, ein Signal, der spitze Glokkenturm, jenseits vom Wirrwarr des Geästels, das sie säumte. Aber über dem Ziegelstein dieses romanischen Türmchens bereitete sich der Himmel zum Festschmuck. Don Ciccio steckte den Kopf hinaus, versuchte die Augen wolkenwärts zu heben, zur Wetterprognose. Alle Wolken sah man eilen: eine Herde von Stuten; sie überflogen den hellen, hin und wieder azurnen Saum des Himmels zwischen den beiden Parallelen der Dachrinnen: wie eilige Kohorten stürmten sie, wer weiß wohin! Die Platanen, die Äste der Merulana, wurden Wildnis, verstrickt, an der Kehre, wo das Auge dem gleichlaufenden Senken der Drähte folgte, von denen die Trambahnen sich nähren: noch märzlich skeletthaft, und doch schon ein Schmachten tief unter der Haut, eine Art Prickeln, drin in der heiteren, straßenhaften Klarheit ihrer Rinde aus Schuppen und Flecken: trockene Borkenhaut, weiß-silbernes Kuhfell: Unterkleid wie erbsengrünzarte Zuckerschoten, zwischen dem Hin und Her der Menschen dem Auf und Ab der Wagen, der Fahrräder. Aufgetaucht aus dem Geästle, und erweckt durch ein Purpurgeflüster, schien der Glockenturm »aus dem neunten Jahrhundert« im Strahl sich zu erwärmen: und in dieser Lauigkeit seine schlummernden Bronzen sogleich zum Dienst zu rufen. Gefangen in ihrem Käfig, begann die große Schulglocke sich zu wiegen, leis und langsam, mit fast unmerklichem Beben anfangs, mit einem in den Himmeln verhangenen Dröhnen, wie ein metallischer Flügel. Die Welle verbreitete sich wohlig über die Gedanken und die Terrassen; die verschlossenen Scheiben der Häuser vibrierten unter ihr, ein jedes noch so verschlafene Fenster. Eine alte Großmutter auf dem Schaukelstuhl, die rhythmisch ihr Harfen beginnt: und bei jedem neuen Stoß ihr süßes und ein wenig wäßriges Summen hervorschabt, man weiß nicht, aus welcher Gitarre: und die Lucianen und die Maria Magdalenen zur Schule ruft, mit hängenden Zöpfen. Wohin sie, in der Tat, bald darauf eilten, mit einem Packen von Wörterbüchern: und manche waren schon unterwegs: zu Fuß und mit der Tram, wer das Geld dazu hatte: allein oder in Trüppchen, wie Spatzenschwärme: nachdem sie sich in aller Eile die Ohren getrocknet, oder sie vielleicht gar ein wenig gewaschen: ja, die Ohren: unentbehrliches Organ jedes Schülertums. Brum, Brum, Brum! Die Alte auf ihrem Schaukelstuhl, dieses Brummfliegensignal: im Pendeltakt: sie ließ es mit Gewalt auf einen los, mit jedem Stoß, den sie mit dem ganzen Hintern in den neuen Schwung hineinlegte. Und allmählich wurde sie dabei immer körperhafter, die Mahnung, die Arie heftiger, die Welle prächtiger: obwohl die Großmutter sie gleichsam ein wenig in Sordine herausließ: um die armen Lieblinge nicht gar zu übel aufzuschrecken, die Nanninchen oder die zerzausten Romoletti: die von einem wütenden Wecker den Scharlach gekriegt hätten, die armen Schätze! Wie weich wurde einem ums Herz, wenn man sie hörte, die Alte! Ihr bedächtiger Vortrag rückte dem Übel stufenweise zu Leibe, in gedämpfter Modulation, dem Übel: nein, nicht das Rizinusöl: dem Übel des Wiedererwachens zur Erkenntnis, zur Wiedererkenntnis und zum Wiedererleben der Wahrheit eines jeglichen Tages: das heißt, daß gleich nach dem kalten Wasser die Schule auf uns wartet und der Lehrer mit der Vier. Sie, unser aller Großmutter, deckte mit zärtlicher Gemächlichkeit die kleinen Köpfe ab, die schwarzen Löckchen der Mädchen, der Buben:

öffnete ihnen, ein Spältchen nur, die Lider, zog mit dem weißen Zipfel der Laken den Schleier der fliehenden Träume fort. Eine halbe Stunde brauchte sie schier, um anzuschwellen, langsam, gemächlich, und wieder eine halbe, bis sie's endlich bleiben ließ. Bis sie wieder abgeklungen, niedergestiegen ins beruhigte Schweigen. Und dies gehörte dann den Büros und dem Beginn des Unterrichts, den Frostbeulen über den Schiefertafeln. Unterm großen Portrait jenes Wohlbekannten an der Wand: mit der zornigen Visage (weil er von Natur aus blöd war und sich an allen rächen wollte).

Ein paar neugierige Gesichter, zwei oder drei Herumlungerer mit den Händen im Hosensack und aufgesperrten Mäulern unterm schwarzen Fragen des Blicks, empfingen und umringten dann in Marino das Auto der »römischen Polizei«, als dies zweimal »Buuuh, buuuh!« vor dem Einfahrtstor der Burg lostrompetete. In der Umrahmung eines Fensterchens hoch droben, hinter rostigem Gitter erschien das Gesicht eines Jünglings mit zwei Sternen auf dem grauleinenen Rockkragen, einen links, einen rechts. Verschwand wieder. Ein paar Minuten später: und es öffneten sich die Flügeltore. Der gutmütigen und beulenreichen 1200er-Maschine gelang es schließlich, mit großem Karacho und Rückwärtsgang und Einschlagen nach vorn, mit Zuckungen und gewissen Lupfern, die man ihr gar nicht mehr zugetraut hätte, sich unter dem Triumphbogen durchzuzwängen, den sich zu verdienen sie vorher kilometerweit Land in sich hineingefressen hatte. Noch dazu die Burgstraße hinauf, die steil und eng war, kopfsteingepflastert zwischen gespornten Mauern, schattendunkel, moosgefleckt der alte Albanerstein, in seltsamem Farbgerinnsel und Kokarden, blaugrün und gelb. Das Pflaster glitschig. Ein Schild am Straßeneck: Via Massimo D'Azeglio. Ingravallo stieg aus dem Auto, die anderen folgten. Sagte der Polizist: »Der Signor Maresciallo befindet sich auf Patrouille und Untersuchungsfahrt, der Brigadier ist zu den Due Santi kommandiert: wegen der Sache mit dem Verbrechen.« Derweil kam noch einer daher. Höheren Dienstgrads und älter, nach einem nicht gerade prompten und etwas weichlichen Zusammenschlagen der Hacken (sie waren von der Quästur, diese Herren) und einem Hochheben des Gesichts, worin sich die Habachtstellung deutlicher und eleganter ausdrückte, überreichte er dem Ingravallo ein bläuliches Briefkuvert, aus welchem, nachdem er es aufgerissen, ein viergefälteltes Blatt zum Vorschein kam. Der Santarella teilte darauf mit, daß er den Pestalozzi zur Pàcori entsandt, zusammen mit einem Polizisten, zwecks weiterer Erhebungen: er selbst war mit einem andern unterwegs auf den Spuren des flüchtigen Enea, beziehungsweise Iginio, wie sie den Retalli nannten. Er habe eine gewisse Hoffnung, ihn einzuholen, das heißt, ihn zu schnappen und ihm die Handschellen anzulegen und angeschellt in die Kaserne zu überführen: sei sich aber dessen freilich nicht sicher. Ingravallo nahm ziemlich verärgert den Hut ab, um seinen Schädel ein wenig ausdünsten zu lassen, und kniff die Kiefer zusammen: zwei dicke Knödel an den beiden Kinnladen, halbwegs zum Ohr, gaben seinem Gesicht unter der geschneckten Perücke etwas Bulldoggenhaftes, wie schon des öfteren geschildert. Den beiden Carabinieri machte das gar keinen Eindruck. In Friedenszeiten gewinnen die Carabinieri, ähnlich wie die Nonnen zu allen Zeiten, aus ihren jeweiligen Ordnungsdisziplinen jene dauerhafte Festigkeit, welche sie gegen die Erschütterungen der

Tageschronik und sogar gegen die Erdbeben der Geschichtsläufte feit, wobei ihnen Chronik und Geschichte, sei's wie es sei, genau soviel Respekt einflößen wie halt die Chronik, oder schlimmer noch, die Geschichte es verdient: nämlich einen Schmarren. »Wißt ihr, ob die Crocchiapani Assunta«, fragte Ingravallo, »meiner Mitteilung vom 20. zufolge in ihrer Wohnung verhört worden ist?«

»Nein, Herr Kommissar.«

»Und warum nicht? Wißt ihr, wo sie sich befindet? Kennt ihr, meine ich, ihren Aufenthaltsort?«

»Am Tor di Gheppio, hat der Maresciallo gesagt.«

»Wie lange braucht man dorthin?«

»Mit dem Auto, Herr Kommissar, vielleicht vierzig Minuten ... oder nicht einmal.«

»Gut. Fangen wir dort an. Los!«

Der Soldat ließ einen Ortskundigen herbeiholen: ein mageres Männlein, schwarzgekleidet wie Ingravallo. Sie nahmen ihn mit an Bord. Um das Auto aus dem Hof herauszumanövrieren, Hinterteil voran, über die steile, enge Kurve, und sich im Vorwärtsgang in die Tobogganbahn der Via D'Azeglio einzufädeln, brauchte es noch mehr Karacho als vorher im umgekehrten Sinn beschrieben. Ingravallo, finsterblickend, preßte weiterhin seine Kinnladen: es knirschten ihm die Zähne. Im Geiste verfluchte er alles, von den Autoreifen, von den Federungen und Faschinen bis zu den Faschisten. Wenn er jetzt eine Reifenpanne hätte, welche Blamage, mit dem Kerl an Bord! Die ganze Gegend hätte sich auf dreißig Jahre hinaus krankgelacht. Das Auto der römischen Quästur! mit einem leistenbrüchigen Autoreifen, der mitten in der Vorstellung Pffff macht, und man noch froh sein mußte, daß es nicht die ganze Fuhre in einen Graben kippte. Aber die Maschine funktionierte: sie lief. Sie lief gegen den Wind, unter gelegentlichen Regenkörnern gegen die Schutzscheibe: mit unvorhergesehenen Stößen bei gewissen Mulden, Querrinnen, die der Touring-Club noch nicht ins Protokoll genommen hatte. Die Oliven und ihr äschernes Silberlaub bewegte dies kaum: beperlt vom nächtlichen Regen oder schon von der Frühsonne getrocknet, kündeten sie von der klaren Kontinuierlichkeit des bereits mannbaren Jahres, das bereits die Umtriebe plagte, in Ariete, schon Geruch verströmte vom Mist in den Weinbergen, von der braunen Erde der Hügel, der Buckel. Die Wolke lungerte über den Getreide- und Wiesensaaten, den kaum erst keimenden, die eine plötzliche Angst überschauerte, nochmals im Winter zu verlöschen: unter dem flüchtigen und doch gefürchteten Schatten schienen sie sich anzupassen, ohne Beistand, schienen verzweifelt wieder zu erstarren. Der Flügel des Südwinds dagegen, falb und lau, im farblosen Feucht des Tages: wärmer als Kälberatem im Stall. Das Wetter, in der Morgenfeuchte, gab die Auspizien für Getreide, für Getreideschlacht, für Mais, und scherte sich einen Dreck um den Parademarsch des Großesels. Ein Rauhreif am Ende des März, dachte Ingravallo, konnte, so Gott wollte, die Verheißung umstoßen: die achtzig Millionen Doppelzentner auf achtunddreißig herunterschrauben. Der autarkische Kinnladige, der mußte dann für seine vierundvierzig Millionen ... Untergebenen, ja, durchaus, Untergebenen, in Toronto Weizen laden, bei den Franzosen, die in Kanada Engländer geworden waren: mußte bei den Rothäuten um Maccheroni betteln. Und Ingravallo kniff und knirschte vor Wut, und gleichzeitig vor Befriedigung. Sie fuhren hinunter zum Torraccio, wo's lau wurde vom verlöschenden Südwind: oder doch so schien. Sie bogen ein zur Appia und den Due Santi, mußten gut zwei Kilometer in entgegengesetzter Richtung, das heißt, Richtung Rom fahren bis zur Abzweigung nach Falcognana. Nach einem kurzen Stück auf dieser, stießen sie auf die Straße nach Anzio, und schwenkten dort ein. Der Wind legte sich. In Anbetracht des Guzzi-Motorrads vom Signor Maresciallo Santarella und des motorisierten Pestalozzi hatte der Carabiniere eine Begegnung als wahrscheinlich oder fast sicher hingestellt: aber sie begegneten ihnen keineswegs. Statt dessen: ein Esel, mit Holz beladen und dem dazugehörigen Bauern auf der Kruppe, eine Hand um den Schwanz geklammert: oder ein Trüppchen von etwa fünfzehn Schafen, dem Schäfer mit dem grünen, zusammengeklappten Regenschirm: Hund keiner, kostet zuviel. Eine Kalesche. »Das ist der Tierarzt von Albano«, verkündete das Männchen. Er kutschierte ruhevoll, blaurot, das Schwänzchen eines verloschenen Toscana-Stumpens zwischen den Lippen, mit abgeschabten Handschuhen. Nach gut zwei Kilometern auf der Straße nach Anzio mußte man nach rechts einbiegen: »da rüber, hier rüber, nach Santa Fumia«, sagte der Fahrgast. Zur Brücke von Santa Fumia, Richtung Tor di Gheppio, und dann zum Casal Bruciato. Die schlammige Straße senkte sich: wurde dann wieder fester. Die Fahrspuren verbreiterten sich zu Pfützen, hochgefüllt, im Gegenlicht, mit dunklen Wassern, geschmolzenes Blei, himmelblau-silbern, worin der Flügel eines Hähers, eine verlorene Eiche schwarz sich spiegelten. Sie sah aus, als ob sie bald darauf in der Erde aufgehen, in der Scholle sich verlieren müsse. Doch sie überkreuzte die Geleise (der Eisenbahn nach Velletri) bei einer Bahnüberfahrt, die jener zwei Kilometer nördlicher gelegenen nahe der Brücke vom Divino Amore glich. Grashalme zwischen den beiden Schienen sproßten in der Schneise, zwischen einer (eichenen) Bohle und der anderen, als ob der Schienenweg zu nichts mehr diene, nachdem er ein Jahr lang Pius dem Neunten gedient. Rauchfetzen hingen noch schwer in der Luft, unbewegt, wie vom Zauber festgehalten: Relikte einer beglaubigten aber zerstobnen Erscheinung: weiß, fast wattig, vom irrealen Weiß des Dampfes. Der rauchende Umriß des Zügleins verwinzigte sich soeben dort hinten an einem fernen Brückenbogen: ließ für sich, für sein Dahinschwinden die perspektivische Flucht der konvergierenden Schienen bürgen: und schien der schwarze Geist selbst zu sein und das Bremshäuschen am letzten Waggon sein Schweif, wenn die Zauberin ihm Urlaub gibt und er mit einem Zischen ums Eck entwischt, unterm schwarzen Torbogen hinein in den Berg: und im Schweigen des Landes und dem stummen Staunen der Dinge ist der Abdruck von einem Bocksfuß geblieben, als Siegel, und ein wenig Schwefel in der Luft. »Da ist Tor di Gheppio«, sagte das dienstfertige Männchen und deutete »dahinüber, beim Meierhof von Palazzo. Die Crocchiapani wohnt da drüben, in einem der Häuser, die man sieht, da bei dem Haufen dort hinten links.« Aufgetaucht aus den Wellen jenes volklosen Lehmbodens, welche das Maigrün hier und dort fleckte, zeichnete sich die spitze Ähre eines Turms am Himmel wie ein Splitter: Stück eines alten Zahns aus dem uralten Kiefer der Welt. Die Häuser der Lebenden, stumm in der Ferne der bebauten Felder, umstanden ihn, hier und dort verstreut. Sie stiegen aus.

»Und der Bahnhof von Pavona?« frug Ingravallo.

»Dort«, er wandte sich um: »noch dreieinhalb, vielleicht auch vier Kilometer: man braucht nur mit dem Auto weiterzufahren. Wenn Sie auf dem Rückweg von Tor di Gheppio auch nach Pavona müssen, dann könnten wir bis nach Casal Bruciato hinunterfahren: und auf die Straße nach Ardea. Wenn wir die ungefähr zwei Kilometer entlangfahren, dann sind wir gleich in Santa Palomba, dort wo die Antennen stehen (und er zeigte sie), die man da überall sieht, bis hinauf nach Marino. Dort, wenn Sie wollen, kreuzt man hinüber zur Straße nach Solforata und Pratica di Mare: wir können also, um nach Palazzo zu kommen, gradaus nach Pavona fahren, das werden, Casal Bruciato eingerechnet, sechs oder sieben Kilometer sein. Mit dem Auto an die fünfzehn Minuten.« – »Meinetwegen«, sagte Ingravallo, dem diese Toponomastik wieder verkniffene Kiefer verursacht hatte: »also zum Tor di Gheppio«. Sie schifften sich ein und fuhren: an dem Punkt, den das Männchen bezeichnete, stiegen sie nach mancherlei Wasserverspritzen und Gerumpel aus. Ließen das Auto in der Obhut des Schofförs, der, ebenfalls ausgestiegen, sich einen Moment lang an der Straßenseite auf eigene Rechnung absentierte. Sie machten sich auf, entlang dem Weg, der geradeaus und nicht einmal allzu schlammig auf die drei Häuser zulief. Sie schritten hintereinander, im sogenannten Gänsemarsch, der Polizist, ein gewisser Runzato, allen voraus, dann Di Pietrantonio, dann Don Ciccio mit beiden Händen in den Taschen des Mantels: und sahen aus wie eine Gesellschaft von Leichenträgern, die den Toten holen kommen, so kohlschwarz im offenen Hell des Tages: und mit der dazugehörigen Unlustigkeit. ›Die Crocchiapani, die dumme Gans, hat uns sicher schon kommen hören‹, dachte Ingravallo, ›und äugt gewiß nach uns.‹ In der Tat beobachtete sie sie, wie man gleich darauf feststellte, vom Fenster aus hinter dem geschlossenen Laden, wohin das Auto sie gelockt hatte. Als Ingravallo das Antlitz hob, und Runziato pfiff und rief: »Polizei! Aufmachen! Aufmachen!« stand schon an jedem Eck des Hauses, dem kleinsten der drei, ein Posten. Kinder, Hennen, zwei Frauen, zwei Bastardköter mit hochgeringelten Schwänzchen wie ein Hirtenstab, so daß die ganze Schönheit drunter zutage lag: wurden gar nicht fertig mit Schauen und Bellen. Augen glänzend und schwarz: stumm über dem Staunen der Gesichter, und der Armut, der Fetzenarmut der Gewänder. »Wer ist da drin?« frug vorsichtig Di Pietrantonio. »Wie viele sind's? Sind Männer dabei?« – »Eine Frau ist drin, mit ihrem Vater«, sagte die nächststehende der Bäuerinnen, die angerückt waren, als ob sie die Kinder oder eine besonders gefährdete Henne in Sicherheit bringen wollten. Das Haus, das der Assunta Crocchiapani, war klein und quadratisch, ein wenig abgesondert vom übrigen Häusertrupp: eine verschlossene Tür mit der Hausnummer 3 darüber, zu ebener Erde. Vor der Schwelle einige Fliesen, abgetreten vom Schritt und von genagelten Schuhen. Kein Laut von drinnen. Dumpfe, verschlafene Jahre hatten nach dem ursprünglichen Rosa des Kalkanstrichs den Mauern eine verwaschene Düsterkeit verliehen, nach der Seite des Bergwinds hin (nach der Wetterseite) dumpfes Rostrot, Schatten: das war die Seite, von der her die Herren dem Haus sich genähert. Am Dachsims war keine Regenrinne, auch kein Firstholz ringsherum: so daß die Ziegel an den Rändern wie abgeschlagen schienen und hier und dort herausstanden: sie ließen den Rand des Daches gewellt und gefältelt erscheinen, ein rustikales Ornat. Ein paar Grashalme aus der Erdkrume, die es hier und dort zwischen die Ziegel vertragen hatte, Geschenk des gönnerhaften Windes. Ab und zu löste sich ein Tropfen, gleißte regenbogenfarbig vor dem Fall von den altersschwarzen Dachplatten: und fiel schwer herab, als sei es Quecksilber, das wieder verletzen und eindringen wolle, tief in die nasse Dichtigkeit der Erde. Ein Fenster öffnete sich, wurde wieder geschlossen: es gackgackerten die entgeisterten Hennen. Zu lind, die Giebel, oder mißgestaltet, schienen sie wellenartig abzufallen: waren aufgeweicht von den Regengüssen und wiederum gebacken und aufgetrieben von der Hitze: beschuldigten das Handwerk der Stümperei: oder vielleicht war der Stützbalken krumm, der ihnen als Träger diente. Unter dem erdigen Lasten dieser Decke mußte er eines schönen Tages nachgeben und mit einem plötzlichen Krachen unter dem ganzen Dreck des faulen Gerüstes zersplittern und zerbersten: oder das ganze Dach mußte wegfliegen, bei einem Stoß des Meerwinds, wie ein Lumpenberg, den der Sturm sich vorgenommen. Die hölzernen Läden vor den Fensterchen, einer geschlossen, einer klappernd: ohne Farbanstrich, der vielleicht schon verfault, schon abgesprungen war mit dem Gang der Zeit, im gleichmäßigen Verdampfen der Jahre. Ölpapier im Fensterrahmen statt einer Scheibe, oder ein rostiges Stück Blech.

Das Türchen öffnete sich einen Spalt. Als es ganz offen war, stand vor dem Gesicht des Ingravallo ... ein Antlitz, ein Augenpaar! Wie es leuchtete im Halbdunkel! die Assunta Crocchiapani. ›Sie ist es, sie ist es‹, dachte er nicht ohne gedämpftes Herzklopfen: die wundervolle Dienstmagd der Balduccis mit den schwarzen Blitzen unter den schwärzesten Brauen, wo das albanische Licht sich verfing, regenbogengleißend zerstob (das weiße Tischtuch, Spinat) unter den wirren schwarzen Haaren über der Stirn, fast wie ein Werk des Sanzio, von den Blauschatten auf den Ohrläppchen und den Wangen, wiegendes Ohrgehäng: und die Brüste! denen der Dichter Foscolo das Prädikat »schwellend« verliehen hätte in einem seiner troubadourisch-äffischen Anfälle, die ihn in Brianza unsterblich machten. Zum Abendessen bei den Balduccis, bei der Signora Liliana! Das Feld der schwarzen und schweigenden Göttin, für sie, die so grausam von allen Dingen getrennt worden war, von den Lichtern und Bildern der Welt. Und diese hier, sie war jene, jene (der Pfad der Zeit verlor sich), die ihm beim Darbieten des flachen und ungünstig geneigten Ovals der Platte mit all den Keulchen und den nierengeschmückten Synchretismen eines Zicklein- oder tranchierten Lämmchengerichts ein Klätzchen Spinat hatte herabrollen lassen auf das Blütenweiß zwischen Silber und Kristall, dem Kelch, nein, dem Glas: und damit von der Signora Liliana jene flehende Mahnung hervorgerufen, jenen Namen: »Assunta!« Die Tina, mit ihrem Antlitz, streng wie damals, ein wenig bleich, aber mit einer Neigung zur Verwirrtheit in den Augen, blitzte ihn gleichwohl stolz an, schien sich wieder zu fangen: zwei dunkle Lichter der Pupillen, aufs neue aufleuchtend aus dem Schatten, dem stinkenden Hausgeruch des Eingangs. »Herr Doktor«, sagte sie mit Anstrengung und wollte weiteres hinzufügen. Aber Di Pietrantonio brachte sie in Verlegenheit. Obwohl sie ihn schon vom Fenster aus gesehen hatte, hinter dem Polizisten, der die ganze Prozession von Mänteln anzuführen schien. Groß und wortlos, polizistenhaft mit seinem Schnurrbart, war er nicht die leibhaftige gefürchtete Strafe? vom Gesetz angedroht? Aber für welche Untat, welche Schuld, so rechtete sie innerlich, konnte man sie, offiziell, bestrafen? Daß sie zu viele Geschenke herausgelockt hatte, aus der Signora Liliana?

»Herr Kommissar Incravalli, was ist los?«

»Wer wohnt alles in eurem Haus?« fragte Ingravallo streng: streng, wie in diesem Augenblick sein »anderes« Ich es ihm zu sein gebot: an welches Liliana sich zu wenden schien, verzweifelt rufend aus ihrem Schattenmeer: mit dem müden, erbleichten Gesicht, dem schreckgeweiteten Auge, das für immer auf dem grauenhaften Blitzen des Messers haftete. »Laß mich vorbei, ich muß feststellen, wer da ist.«

»Mein Vater, Herr Doktor. Er ist krank: furchtbar krank, der Arme!« und sie keuchte leicht vor Unmut, blaß und wunderschön. »Er kann jeden Moment sterben.«

»Und sonst, außer deinem Vater, wer noch?«

»Niemand, Herr Doktor Incravalli: wer soll denn da sein? sagen Sie doch selber. Eine Frau von hier ist da, von Tor di Gheppio, die mir beim Pflegen hilft ... und manchmal kommt eine von den Nachbarinnen, von denen, die Sie draußen gesehen haben.«

»Wie heißt sie?«

Die Tina überlegte ein wenig. »Es ist die Veronica, die Migliarini. Wir nennen sie einfach Veronica.«

»Laß mich vorbei. Los! Gehen wir hinauf. Ich muß das Haus durchsuchen lassen.« Und er musterte ihr Gesicht mit dem festen und grausamen Blick dessen, der einen Schwindel aufdecken will. »Durchsuchen?« Die Tina runzelte die Stirn: der Zorn bleichte ihr den Blick, das Gesicht, wie über einen unerwarteten Schimpf. »He, durchsuchen: durchsuchen«, und, sie beiseiteschiebend, schritt er durchs Dunkel auf die hölzerne Stiege zu. Das Mädchen folgte ihm, und Di Pietrantonio hinter ihr. Es kam ihm der Gedanke, daß der Mörder der Liliana vielleicht, außer daß er von der Tina nützliche Aufschlüsse erhalten, »unentbehrliche sogar, was heißt, nützliche!« ihr etwa auch die Juwelen anvertraut hatte ... ihr selber ... der Braut? Sie stiegen hinauf. Die Treppen knarrten. Alles ringsum draußen ums

Haus war bewacht: drei Polizisten, das Männchen, das sie bis hierher geleitet, nicht mitgerechnet. Die schwarzen, zornigen Augen der Tina – Ingravallo fühlte sie in seinem Nacken brennen: fühlte seinen Hals davon durchbohrt. Er suchte, versuchte, im Geist die Summe zu ziehen: die Fäden, hätte man sagen können, zu ziehen, an der schlaffen Marionette des Wahrscheinlichen. »Wieso war sie nicht nach Rom geeilt, die Tina? Hatte sie nicht die Pflicht dazu verspürt?« das war eine Zwangsvorstellung in seinem schrecklich verletzten Gemüt: »wenigstens zur Beerdigung ...? Sie hatte wohl kein Herz, kein Gemüt im Leib, nach all den Wohltaten, die sie empfangen hatte?« Es war die schmerzvolle Buchführung des einfachen Mannes, des Einfältigen vielleicht. War die entsetzliche Nachricht vielleicht nicht bis Tor di Gheppio gedrungen, oder erst zu spät ... in diese Abgelegenheit ... und der Schreck hatte das dumme Mädchen gelähmt. Aber nein, kein dummes Mädchen, ein Weib war sie! Und die Neuigkeiten fliegen, auch durch den Dschungel, durch die Steppen Afrikas. Ein christliches Herz hätte anders reagiert. Gewiß, der Vater lag auf den Tod ... gewiß.

Das Holz der Treppe knarrte weiter, mehr und mehr, unter dem steigenden Gewicht der drei. Oben angelangt, machte Ingravallo die Tür mit einer gewissen Vorsicht auf. Trat ein, gefolgt von der Tina und dem Di Pietrantonio, in ein großes Zimmer. Darin ein Gestank von schmutziger Wäsche oder von ungewaschenen oder im Elend schwer zu waschenden Menschen, oder vom ewigen Schweiß unermüdlicher Feldarbeit: oder vielmehr, schlimmer noch, von schlecht verräumten Fäkalien nahe dem Bettlägrigen, der so schonungsbedürftig. Zwei lange Wachslichter, in lebhaften Farben bemalt, blau-rot-gold, in einer von der Zeit nicht abgelegten koloristischen Tradition, hingen von der Wand, an zwei Nägeln, links und rechts des Bettes: der trockne Ölzweig: ein Buntdruck, die blaue Madonna mit der Goldkrone im schwarzen hölzernen Rahmen. Zwei Strohsessel. Eine Gipskatze, mit einem Bändchen um den Hals, scharlachrot, auf der Kommode, zwischen Flaschen, Pfannen. Neben dem Siechen hockte eine Alte, den gestreiften Rock bis zur halben Wade, mit zwei Stoffschuhen ohne Senkel (und drin, die Füße), die sie auf die Querleiste des Stuhls stützte. Im breiten Bett unter abgenützten und grünlichen Decken, zum Teil überspreitet von einer guten (warmen und hellen, Geschenk der Liliana, überlegte Ingravallo) – ein hingestreckter, dürrer Körper, wie eine magere Katze in einem Sack, den man auf der Erde abgestellt: ein knochiges und kachektisches Gesicht ruhte im Kissen, bewegungslos, gelbbraun, wie aus einem ägyptischen Museum: wäre nicht das gläserne Weiß des Bartflaums gewesen, der die Nichtzugehörigkeit zum ägyptischen Katalog anzeigte, sondern zu einer leider viel näheren Ära der Menschheitsgeschichte, einer für Ingravallo in diesen Tagen geradezu aktuellen. Alles schwieg. Es war nicht auszumachen, ob es sich um einen Lebenden oder einen Toten handelte: ob es Mann sei oder Frau, der im Ablauf des Lebens, zwischen den Tröstungen der Nachkommenschaft und der Erdhacke, in einem Wirbel von Mücken, auf die Goldne Hochzeit zu, dieser Bart gesproßt war. Die beiden Wachslichter links und rechts schienen darauf zu warten, daß man sie in die entsprechenden Leuchter stecke, auf daß eine barmherzige Hand sie mit einem Streichholz entzünde. Voller Ungeduld gegenüber dieser neuen, wenngleich durchaus echten und mitleidgebietenden Komplikation des sterbenden Vaters, fing des Ingravallo Phantasie an, auszuschlagen, zu bocken, zu galoppieren, zu hören, zu sehen: sah bereits und erledigte bereits die Bahre ohne Leichentuch, aus Pappelbrettern, umkränzt von Immergrün und Primeln, von geleierten Absolutionen und dem sogleich anhebenden Singsang oder Genäsel, zwischen dem Gemurmel der Frauen und dem guten Geruch des Weihrauchs, hervorrufbar *(con cuidade)* durch sparsames Wiegen des Rauchfasses: als Sinnbild der großen überstandenen Angst und der Reue des Toten, und des Flehens und Hoffens ringsumher, der Lebenden und Überlebenden, wenn dann der Sarg geschlossen und gut vernagelt und verhämmert war: und – letzten Endes – eine gewisse abgeklärte Heiterkeit in allen Herzen einkehrt, (besser so, als wenn er noch einen Monat lang hätte leiden müssen), beim Anblick des Holzsargs, der Blumen ... und unter Weihwassersprengeln das Kreuzzeichen geschlagen wird: unter Sohlengeschleife und Knirschen der Genagelten auf den Fliesen, wo's Fliesen gibt. Aber die Wirklichkeit entsprach noch nicht dem Traum: diese Vorstellungen seiner Ungeduld, die fast Delirium war, gehörten der Zukunft an, wenngleich einer nahen Zukunft. Don Ciccio beschwichtigte das Galoppieren seiner Ungeduld, zog dem Aufbäumen der Wut die Zügel. Der Bettlägrige, der so ausgetrocknet war, schien reif für die Letzte Ölung: die Ewigkeit, jene unfehlbare Ärztin, stand bereits über ihn gebeugt. Liebreich den Blick auf ihn geheftet (und etwas Speichel rann) mit den beweglichen und lüsternen Augen einer Rotkreuzschwester oder einer etwas nekrophilen Pflegerin: die ihm mit leichter Gebärde die Stirn wischt, mit ihrer ach so zögernden Hand: und mit der anderen, so erfahrenen, gewandt unter den Decken und sogar unter dem Körper, zwischen Steißbein und Gummiring greift und endlich findet, wo sie ihm den Schnabel einschlagen kann, die Kanüle aus Hartgummi, für das Klistier der Immunisierung auf immerdar.

Seltsames Kullern unter der Decke widersprach noch dem Koma und, seltsamer noch, dem Tod: gab einem das Gefühl, als stünde ein wundersames Ereignis bevor: daß die Laken, die Decken sogleich anschwellen, sich wölben würden: sich heben und in halber Höhe schweben müßten auf der erstarrten Schwerkraft des Todes. Die Alte, die Migliarini Veronica, hockte bucklig auf dem Stuhl, versteint in der Rückerinnerung der Jahrhunderte, die sich im Nicht-Erinnern aufgelöst: sie hielt die Hände verschränkt, gleich Cosimus Pater Patriae im gleichnamigen Bildnis des Pontormo: trockene Eidechsenhaut das Gesicht, und die faltige Unbewegtheit des Fossils. Sie hielt es nicht im Schoß, aber es hätte dorthin gehört: das tönerne Kohlenöfchen. Sie hob die Augen, gläsern und gallertig in ihrem Grau, ohne daß sie an irgendeinen von jenen, die ihr als die Schatten erscheinen mußten, eine Frage richtete, weder an das Mädchen, noch an die Männer. Die verloschene Stille ihres Blicks widersetzte sich dem Ereignis, wie die erinnerungslose Erinnerung der Erde, die paläontologische Ferne: indem sie jenes hundertneunzigjährige Aztekengesicht abwendete von den Acquisitionen dieser Spezies, von den letzten, so läppischen Errungenschaften der italienischen Spitzelei.

Eine Porzellan-Bettschüssel wie aus einer Klinik erster Klasse stand auf dem Ziegelboden und nicht einmal an die Wand gerückt: und war auch nicht frei von einem nicht näher zu definierenden Inhalt, über dessen Konsistenz, Färbung, Geruch, Schleimigkeit und spezifisches Gewicht sich weder Ingravallos Luchsauge noch Spürnase näheren Bescheid verschaffen wollte: die Nase, wohlgemerkt, hatte sich nicht von den ihr natürlichen Dienstleistungen, das heißt, jener Aktivität, oder genauer gesagt, Passivität der Drüsen freimachen können, die ihr, Gott sei's geklagt, kein Interludium durch Verbot oder Dienstenthaltung verstattet.

»Ist das dein Vater?« wandte Don Ciccio sich an die Tina, indem er sie anblickte, um sich blickte, und dann den Hut abnahm.

»Herr Kommissar, jetzt sehen Sie selber, wie er ausschaut. Sie wollten's ja nicht glauben: jetzt müssen Sie's endlich glauben!« rief sie aus in vorwurfsvollem Ton und mit Augen, die aussahen, als hätte sie geweint, die Schöne! »Jetzt hab ich die Hoffnung aufgegeben. Es ist besser für ihn und für mich, wenn er stirbt. So leiden müssen, und ohne Geld und Mittel. Der Hintern, mit Verlaub zu sagen, ist eine einzige Wunde: nacktes Fleisch, mein armer Vater!« Sie versuchte, so dachte Ingravallo unerbittlich, versuchte in ihrem Schmerz den Vater zur Geltung zu bringen, nicht nur den aufgelegenen Hintern des Vaters. »Obwohl er einen Liegering aus Gummi hat«, seufzte sie, »ohne den hätte überhaupt alles zu eitern angefangen. Heute früh um acht Uhr hat ihm noch alles weh getan, furchtbar weh, hat er gesagt. Er hat's keine zehn Minuten mehr aushalten können. Jetzt rührt er sich schon seit drei Stunden nimmer: sagt keinen Ton, ich glaub, er spürt nichts mehr, er leidet nimmer.« Sie trocknete sich die Augen, schneuzte sich das Näschen. »Weil er nichts mehr spürt, jetzt, weder was Gutes noch was Schlimmes, armer Vater ... Der Pfarrer kann vor ein Uhr nicht dasein, hat er mir ausrichten lassen. Ach, wir Armen!« Sie blickte auf Ingravallo: »Wenn die Signora nicht gewesen wäre ...« Dieser Ausspruch tönte dem Ingravallo leer, und fern. Liliana: es war nur ein Name. Es schien ihm, Don Ciccio, daß das Mädchen sich scheute, ihn zu beschwören.

»Gewiß«, sagte er müde, »der Liegering!« und erinnerte sich der Ausschläge des Balducci. »Ich weiß schon, ich weiß schon, wer ihn dir gegeben hat, und auch diese Bettschüssel«, und er deutete mit dem Kopf, mit dem Kinn hinüber, »und die Decke auch«, er blickte auf die Decke überm Bett, »die hat sie euch gegeben...und hat's auch gleich heimgezahlt gekriegt, ihre Güte. Tu nichts Gutes, wenn du nicht Schlechtes erfahren willst, sagt das Sprichwort. So ist's. Du sagst gar nichts? Erinnerst du dich nicht?«

»Herr Doktor, an was soll ich mich erinnern?«

»An die, die dir so viel geholfen hat, wo du's so wenig verdient hast!«

»Ja, die Herrschaften, wo ich im Dienst war. Und warum hab ich's nicht verdient?«

»Die Herrschaften! Die Signora Liliana mußt du sagen! die von einem Mörder umgebracht worden ist!« und er machte Augen, daß die Tina diesmal erschrak: »von einem Mörder«, wiederholte er, »von dem«, fabulierte er salbungsvoll, »ich den Namen herausgebracht habe, den Schreibnamen ... und wo er wohnt, und was er macht...« Das Mädchen erbleichte, sagte nicht bah.

»Heraus mit dem Namen«, schrie Don Ciccio. »Die Polizei kennt ihn schon, diesen Namen. Wenn du ihn gleich sagst«, die Stimme wurde ernst, eindringlich, »dann kommt es dir nur zugute.«

»Herr Doktor«, wiederholte die Tina, um Zeit zu gewinnen, zögernd, »wie soll ich Ihnen etwas sagen, was ich nicht weiß?«

»Nur zu gut weißt du es, du Lügnerin!« schrie Ingravallo von neuem dicht an ihrem Mund. Di Pietrantonio erbleichte. »Spuck den Namen aus, den du da auf der Zunge hast: oder der Brigadier wird dich schon dazu bringen, ihn auszuspucken, in der Kaserne, in Marino: der Brigadier Pestalozzi!«

»Nein, Herr Doktor, nein, nein, ich bin es nicht gewesen«, flehte das Mädchen und spielte, genoß vielleicht sogar jene pflichtgemäße Furcht: die das Gesichtchen ein wenig erbleichen läßt und doch den Drohungen standhält. Welch glanzvolle Lebendigkeit war in ihr, an der Seite des sterbenden Urhebers ihrer Tage, denen es an nichts fehlen würde zu ihrem Glanz: ein unverbrüchliches Vertrauen in die Botschaft ihres Fleisches, welche sie kühn der Beleidigung entgegenwarf: im plötzlichen Runzeln der Brauen, im finsteren Blick: »Nein, ich bin's nicht gewesen!« Der unglaubliche Schrei brachte den Furor des Besessenen zum Einhalt. Er verstand es nicht, nicht in diesem Augenblick, das, was seine Seele zu begreifen begann. Diese schwarze, senkrechte Falte zwischen den beiden Brauen des Zorns, im schneeweißen Antlitz des Mädchens, sie lähmte ihn, verführte ihn zum Nachdenken: zur Reue fast.

S. 9 Die Namen konnten Mussolinis Ohren unangenehm sein, da Remo-Remus, der Zwillingsbruder des Rom-Begründers Romulus, von diesem erschlagen wurde. Eleuterio stammt von Eleuteria, der Göttin der Freiheit, und daher dem Diktator Mussolini nicht angenehm.

S. 62 Anspielung auf einen Dante-Vers: ‚... il possessivo di cui era tutto.'

S. 69 Die italienische Königin Margherita, Gemahlin Viktor Emanuels II. Das ‚Novecento' war eine Künstlergruppe.

S. 110 An der Lungara befindet sich das Gefängnis Regina Coeli.

S. 150 Der ‚Prete' oder ‚Pfarrer' ist ein schlittenförmiges Holzgestell, in dessen Mitte man eine Wärmpfanne hängte zum Aufwärmen des Bettes. Eine in Italien auch heute noch übliche Kommodität.

S. 227 V. E. = Viktor Emanuel.

S. 281 Anspielung auf einen Dante-Vers, in welchem der Teufel die Worte ausspricht: ‚Papé, papé Satan Aleppe.' Sie sind wahrscheinlich arabischen Ursprungs.

S. 285 Unübersetzbares Wortspiel zwischen ‚luce' (Licht) und ‚alluce' (große Zehe).

S. 289 Crèscite vero in gratia et in cognitione Domini. Petri Secunda Epistula: (III–18).*

S. 289 Saepe propòsui venire ad vos et prohìbitus sum usque adhuc. Pauli ad Romanus: (I–13).*

S. 318 Die Eisenbahnlinie Rom-Velletri wurde als eine der ersten Eisenbahnlinien Italiens von Papst Pius IX. erbaut und ging kurz darauf bei Auflösung des Kirchenstaates an den italienischen Staat über.

S. 319 Gebrüder Branca: volkstümliches Wortspiel mit ‚fratelli Branca', den Inhabern einer wohlbekannten Schnapsfirma, und gleichzeitig dem Anklang an das Wort ‚abbrancare', d. h. greifen, fassen. Gemeint sind die Carabinieri, die fast immer zu zweit auftreten.

S. 375 Unübersetzbare Verballhornung der Bezeichnung ‚Schlacht von Lepanto': Lévati = Heb dich hinweg!

Die Anmerkungen stammen von der Übersetzerin, die mit einem Stern versehenen vom Autor.

Italienische Autoren (Auswahl)

Italienische Erzählungen des 20. Jahrhunderts
Hrsg. von Klaus Stiller. 1982. 468 Seiten. Leinen

Eugenio Montale
Glorie des Mittags
Ausgewählte Gedichte. Italienisch/Deutsch. 1975. 176 Seiten. Geb.

Eugenio Montale
Satura/Diaro
Aus den späten Zyklen. Italienisch/Deutsch. 1976. 190 Seiten. Geb.

Eugenio Montale
Die Straußenfeder
Ausgewählte Prosa. 2. Aufl., 7. Tsd. 1985.
145 Seiten. Serie Piper 145

Pier Paolo Pasolini
Accattone
1984. 124 Seiten mit 19 Abbildungen auf Tafeln. Serie Piper 344

Pier Paolo Pasolini
Gramsci's Asche
Gedichte. Italienisch/Deutsch. 1983. 192 Seiten. Serie Piper 313

Pier Paolo Pasolini
Mamma Roma
1985. 118 Seiten. Serie Piper 302

Italienische Autoren (Auswahl)

Pier Paolo Pasolini
Teorema oder Die nackten Füße
3. Aufl., 14. Tsd. 1983. 191 Seiten. Serie Piper 200

Pier Paolo Pasolini
Vita Violenta
Roman. 4. Aufl., 21. Tsd. 1985. 444 Seiten. Serie Piper 240

Umberto Saba
Ernesto
Roman. 1985. 157 Seiten. Geb.

Giuseppe Tomasi di Lampedusa
Der Leopard
Roman. 18. Aufl., 220. Tsd. 1985. 198 Seiten. Serie Piper 320

Giuseppe Tomasi di Lampedusa
Die Sirene
Erzählungen. 1985. 191 Seiten. Serie Piper 422

Federigo Tozzi
Das Gehöft
Roman. 3. Aufl., 8. Tsd. 1985. 179 Seiten. Geb.